一朝权在手

南台／著

作家出版社

·目·录·

第一章

第二章

第三章

第四章

第五章

第六章

第七章

第八章

第九章

第十章

第十一章

第一章

1.默默的开始

一向默默无闻的水泉县,至今仍默默无闻,并没有因为曹兀龙任了代理书记而引起人们的注意。然而,灾难却已经悄悄降临,又一轮新的折腾就要开始了……

2.人生当官烦恼始

那是个古怪的年代。

按照阶级分析法,出身越贫穷越革命,知识越贫乏越可靠。早先很为没有文化自卑过的曹兀龙,这时却被“粗而优则仕”的浪潮卷起,一下变得身价百倍,再加上新时期的贵族血统——“贫农”成份,竟被上峰选中,连升三级,从一名公社书记跃升为水泉县的代理书记了。

突然间成了水泉县“最大的”,他一下有了“王”的感觉,心急火燎地想干出一番轰轰烈烈的事业,成为真正的“水泉王”。俗话说“一朝天子一朝臣”,他首先想到的,就是把公社级领导都换成自己人,那样,他就可以说了算,就可以前呼后拥,一呼百应。怀着这样的算计,他匆匆忙忙地召开了上任以来的第一次县委常委会。

他摄政王般大坐在沙发里,虎视着整个会议室,大约是由于会议开得太久了,那双令人生畏的环眼里往外喷射着不耐烦。

他的眼睛很有些与众不同,有的人叫“牛眼”,文雅点的叫“金鱼眼”,稍俗些的叫“水泡眼”,水泉县的人却只叫“蛤蟆眼”。这倒并不含特别的贬义,只因为地处偏僻,只见过蛤蟆的缘故。

他嘴角噙着白沫,牙齿一咬一咬的,好像在恨什么人。并不带超凡的气象,却故意装得高贵、气概不凡,眼睛一鼓一鼓的,力图显示他是与众不同的庞然大物。但毕竟才获得“代理书记”的头衔,王冠尚未和精神融为一体,在座的“老家伙们”尚未忘记不久前他还是个公社书记,是他们的部下,这样地在他们面前指手画脚是不是嫌早了点?然而,他们忍着,什么话都没有说。

衣着是普通的,并不漂亮,式样也显得古板,但料子却货真价实,使人联想到发了横财的小市民指头上的大金戒。由于内心太焦躁,他无法保持姿态不变。他不时在动。一个冲动使他几乎要跳起来，但却被“一把手”的头衔压住了。于是，他一阵儿前倾，一阵儿后仰，不得安生，仿佛得了肠梗阻的马。

人生当官烦恼始。他的情绪坏透了，原想自己已经是“代理书记”，提拔几个“自己人”还不应该，却没想到遭到如此激烈一致的反对。他耐着性子听先前的上级现在的下级们发言，一方面想着如何驳倒他们，一方面又不得不分出精力来对付自己的胃。他的胃一向极好，可偶尔也有不好的时候。这次不知是因为那羊羔肉煮得不甚烂，还是因为连日开会坐着未动，抑或是开会生了气，反正羊肉吃下去消化不了，只在胃里腐烂发臭，弄得他好几天没胃口。

他听着发言，不断将几上的茶杯拿起放下，放下又拿起，借以掩饰心中的焦躁。正在这时，肚子里忽然一阵滚动，有气体直向下冲去，他身子不由自主地往前一倾，借取茶杯的机会轻轻抬了下屁股，让那股气冲了出来。

一股腐臭味热呼呼黏呼呼地包围着他，有一丝钻进鼻孔，他立即屏住了呼吸。他怕近旁的人闻出来，急忙点了一支烟，猛吸几口，故意把烟喷向两边，还用手扇一扇，以遮掩那股腐臭味。

腹中轻松了许多，他的心情也似乎好转了点。看着烟气绕着昏黄的灯泡翻滚，想到其中混着那股腐臭，这些人都得呼吸，心里忽然有股报复了的快感。

他心情反倒平静了些。反正那些发言差不多都是千篇一律的反对，他也就不必再认真去听了，挨个儿打量起在座的几位副书记和常委来。

刘钟，一个老病号，离开医院就不能活的老家伙居然能把三天马拉松式的常委会坚持下来，并且顶到现在还没有坚持不住的迹象，真是一桩不可思议的事。如果不是那一刀把他的小病割成大病，代理书记的头衔到底归谁还难说呢！曹兀龙看了看刘钟过早花白的头发，心里偷偷掠过一丝冷笑。

庞大卫正在打盹，他一身膘肉里似乎钻满了瞌睡虫。名义上，他也是县委副书记，那一身军装却时时提醒着大家叫他庞部长。自然，工资也是县武装部发。

苏芸正在发言。看她现在还那么干净利索，可以想见年轻时多么漂亮。她要是不那么多嘴多舌，倒是一个值得争取的对象。

比较起来，阮祥林和赵天葵倒容易让人接受，如果他们不是铁首仁的人就好了。

杨子厚不在。倘不是暗算人数,大约不会想到他,几乎没有几个人能想到他也是常委,他只是一个数字,分量甚至不及在此作记录的办公室主任朱仕第。

这么看了一遍,曹兀龙忽然一阵心凉:全他妈是铁首仁的旧班底!

应该说,曹兀龙也是这个旧班底里的一员,可现在他是"代理书记",已经达到了铁首仁的高度,该有自己的一套人马了。俗话说"一朝天子一朝臣",不是天子容不得旧臣,实际是他妈的旧臣不拥戴新天子!

"冯彦虎算什么东西!"苏芸的声音刺耳起来,"你去他工作过的地方走一走,不用打听,看老百姓怎么说他!太不像话了!他走过的地方,要有一处干净的,算我苏芸诬蔑了他!这样的人要能提拔,水泉县真的没人了!"

这女人太恶毒了,曹兀龙在心里骂一句。由于生气,一个屁没放出来,窝回肚子里,滚得肚子里咕噜噜一阵乱响。

"我同意苏芸同志的意见。说冯彦虎没一处没搞过女人也许有些过分,但他到处乱搞却是事实。把这样的人提起来,我看是给共产党脸上抹黑。"刘钟说。虽然多病,却还是容易激动,说着说着便站了起来。不用看人,只要听他说话的刚口(语气、声调),就知道是个不讲情面的角色。

赵天葵是组织部长而又是常委,对曹兀龙未经考查就在常委会上乱提名心怀不满,自己不好直接和他冲突,有人开了头,他自然会跟上来。

阮祥林虽然生性懦弱,但在又合心愿又可以随大流的情况下,说话也不迟疑。

庞大卫一向是个无可无不可的人,只求赶快从会议中解脱出来,好回去睡觉,当然同意多数人的意见。

除了提名的曹兀龙,常委全数反对。

曹兀龙难堪极了,他恼得眼中喷火,却无法回击。水泉县偏僻,对男女之事敏感得很,"嫖客"、"婊子"比反革命还让人看不起,偏冯彦虎在这些事上把柄太多,叫他有口也难辩。曹兀龙胸腔里一团火,眼睛里冒着烟,使劲咬着牙,仿佛要化作枪弹,就要"轰"的一声爆炸了。

就在这时,昏黄的烟雾中,不被人注意的哪个角落里发出了一声极轻极淡的"嘿",像轻笑,又像轻咳,轻极了,轻得都使人怀疑是不是发生过,但却把所有人的目光都吸引过去了。

这声音有些特别,特别得使所有的人都觉得:有情况要发生了!

庞大卫一下睡意全消，精神抖擞地坐直了身子。

曹兀龙心里的导火索停止了燃烧。虽然他不知道要发生什么事，却盼望着赶快发生，仿佛那将是他的救星。

刘钟和苏芸也都转过了头，注视着方才那个角落。

那一声是朱仕第发出的。

他，南方人的脸型，一副度数不深的眼镜遮住了本来很灵活的小眼睛。没有胡须的脸清瘦而苍白，总带着一丝莫测高深、若有若无的讥笑。干练而优雅的风度使人产生敬意，但那两片薄薄的轻易不开启的嘴唇又使人觉得他的心有包皮。他姓朱，不姓刁，但却名仕第，那是他有学问的父亲给起的名，所以，虽经了文化大革命，却没有改为朱造反或朱革命。

他见所有的目光都聚拢了来，歉意地笑笑，似乎有点不好意思地说："我——没有发言权。我是觉得这个问题……很有意思，随便插一句。"他停顿了一下，谦和地笑着，迅速地扫视了一下会场，"其实，作风问题，我看，也不应该算什么大问题，不必看得太严重。"他又扫了一眼会场，"一个人，该不该提拔，我想，主要应该看他的才干，看他的政治立场，而不是看他和女人的关系。当然我这是指一般而言，不是针对冯彦虎。冯彦虎该不该提拔，我没有发言权。"

他又停顿了一下，"比如一个人，作风很好，绝不搞女人，可是他立场反动，又没有才干，什么事都做不了，能提拔吗？另外一个人，作风虽然算不得上乘，但他政治上坚定，能坚持毛主席的革命路线，能把工作搞上去，对革命、对建设都有益，为什么就不能提拔？这个问题，历史上争论了上千年了。以孔老二为代表的，代表封建没落逆历史潮流而动的反动儒家，总是强调仁啊、礼呀、义呀之类的东西；而历史上代表进步的、革命的，站在人民一边的法家，正好相反，反对那些东西，而强调才干。比如曹操，他当然是法家人物了。他的《求贤令》上说：'……若必廉士而后可用，则齐桓何以霸世？今天下得无被褐怀玉而钓于渭滨者乎？又得无盗嫂受金而未遇无知者乎？……负污辱之名，见笑之行，或不仁不孝而有治国用兵之术，其各举所知，无有所遗。'这就是法家的态度。毛主席他老人家让我们'评法批儒'，目的何在？恐怕不是为了几个历史人物，而是为了我们现在的革命和生产。意义非常伟大、深远！我们任何时候都不应该忘记！"他作了较长的停顿，然后结束道，"当然，这是我随便说说，没有什么目的，也没有针对性。不算发言，因为我没有发言权，请原谅。"

会议室里突然静了。仿佛掠过一阵风，风来时风铃动了一下，而今风又过去了。但又不完全像风,风过去就会恢复原样,可现在,风是过去了,空气里却仿佛留下了东西,看不见,摸不着,但却肯定存在,像喷洒过农药的田野,有股带毒的雾弥漫在四处。

【东风吹雨】走马灯,折腾急,为真理?为利益?是秘密,说不得。最高指示,最利武器,一句顶一万句。

曹兀龙最先反应过来。他心里很激动,但由于一时还没跟上朱仕第的思路,不知道该说什么好。他明白自己得救了,是在重重包围之中获救的。他的激动已经从形体上反映了出来,却找不到合适的语言来表达。他很想把自己的语言提高到一个能和朱仕第发言接上茬的高度,却怎么也找不到感觉,不由又有些急躁。这一切,都没能逃过朱仕第的眼睛,他看了一下表,恭敬地弯腰走到曹兀龙跟前,将手表指给曹兀龙看,同时小声建议:“曹书记,今天晚了,会议是不是可以再找时间开?”

这正合曹兀龙的意,他忘了征求其他常委意见的形式,一挥手,果断地说:“今天的会就到这里。没有定的问题,另外再找时间。”他怕朱仕第离开,忙低声说:“你等一下。”

别的书记、常委都离开了,只有曹兀龙、朱仕第和组织部做记录的小郭磨蹭着。小郭是想等他们走后压炉子、拉灯。朱仕第见他不走,怕曹兀龙有话不好说,下巴一挑说:“你先走,炉子我来压。”

小郭这才拿起笔记本走了。他脸上没有任何表情,但曹兀龙和朱仕第的一举一动,他全看在了眼里。

小郭刚出门,曹兀龙立即站起,冲朱仕第说:“你到我家里来一下,有事和你商量。”一迈步,又补充了一句,“就今晚!”说完,马上走出去,在台阶上跺一下脚,咳嗽两声。他这是告诉别人,他一散会就走了,和别的常委们是同时离开的,没有和什么人搞什么勾当。

会议室里只剩朱仕第一个人了,他舒了一口气,心里却并不轻松,一抬头,见墙上的几幅“最高指示”(毛主席语录)居高临下冷冷地盯着他,中间一条是:共产党的哲学,就是斗争哲学。左右两边哼哈二将似的还站着两幅,左边的是:阶级斗争,一抓就灵。右边的是:不是东风压倒西风,就是西风压倒东风,在路线问题上,没有调和的余地。

他没有说话,只用手指尖顶了顶压到鼻梁上的眼镜,心里默默重复着:斗争……不是东风压倒西风,就是西风压倒东风……他现在就正处在这风口上,不斗都不行了。

3.“朱”与“诸”同音,他心里向以“诸葛”自居

朱仕第原是城关小学的教师,“文革”前一直默默无闻,到“造反有理”时,人们才觉得,他不是个一般人,但到底怎么个不一般法,却没人说得清。凡见过他的人,都印象深刻,却说不出为什么。他平时话很少,不得不

说的话,也半吞半吐。然而,即使他一言不发,静静地坐在那里,也能感觉到他的存在。他周围似乎有一个看不见的“场”,有能量,有股威慑力。

他有位看不出年龄的妻子,叫虞观鹤,在县文化馆工作,老家是浙江温州,但水泉县的人分不清,都叫她“上海人”。她长得并不艳丽,但皮肤要比当地人细嫩,很会打扮。说“很会”,是因为她并不穿得花枝招展,同样的灰蓝布,她却收拾得那么合体,穿得又干净又利索,别人学都学不来。她父亲解放前在温州似乎是个人物,店铺都开到上海去了,解放后好像还拥护共产党,“开明”过些日子,但后来就无声无息了。虞观鹤很少跟人谈她父亲,财产问题更是讳莫如深。父亲的一个什么亲戚据说不在中国,更使她带了几分神秘色彩。但从“红卫兵”的观点来看,有海外关系,几乎就等于特嫌,了解了这层关系,就能理解为什么朱仕第办什么事都小心翼翼。

今晚,他莽撞了,这阵儿恨不得打自己几个嘴巴。是聪明暴露了他。人太聪明了,就像棉花里的针,要想不扎着人也难。今晚他是忍无可忍了。他听那些书记、常委们辩论,觉得那么可笑,无论哪一方的发言,他都能挑出破绽,几句话就可以驳倒。然而,他们双方却都只知道发火、着急、生气。特别是后来,他看到刘钟、苏芸、赵天葵几个围攻曹兀龙一个,曹兀龙只有招架之功,没有还手之力,他忽然生出了想一戟定乾坤的豪气,他想自己要是吕布,绝不让刘、关、张在虎牢关占了便宜去。他开口了,几句狗屁歪理就堵住了刘钟、苏芸、赵天葵的嘴,可是,他还没来得及享受战胜者的乐趣,就发现自己把自己置于风口浪尖上了。

他必须做出选择。

水泉县委班子已经一分为二了,他站在哪一边呢?从心里说,他赞赏刘钟、苏芸他们,这是一帮正人君子。可是,他们的致命弱点是,不看形势,这都什么年代了,他们说话还只强调一个“理”字。如果是“理治”的社会,有理可以走遍天下,可现在判断是非的标准是上面怎么说的!毛主席的话就是“最高指示”,你还到哪里找另外的“理”?毛主席的话就是绝对真理!要想折倒对手,根本不需要找什么理,只要把自己的观点用毛主席的话包装一下,就无往而不胜了。谁再敢反对?再反对就是反对毛主席!就是反革命!这么锐利的武器,他们竟然不用,还搜寻什么理和人辩论!就从这一点来说,他们是没有前途的一群,虽然他们目前看起来人数众多,在班子里占绝对优势,但都是泥菩萨,一场暴雨就可以淋他们个落花流水。

曹兀龙也不是什么好东西,要论德、才,比刘钟他们差远了,也就一个生产队长的水平,给我朱仕第拾鞋带都不配!可是,这家伙却有一样好——他踩着时势的鼓点了!这个世界,是“势”的世界,谁能因势利导,谁就能生存、发展、发达。曹兀龙不一定看得这么透，但他却是实行者。我只是悟透了这层道理，曹兀龙却已经这样做了！他不管三七二十一，上面怎么说，他就怎么干，谁是他的顶头上司他就听谁的，顶头上司变了，他立即跟着变，一百八十度、三百六十度他都不在乎，所以，他能永远立于不败之地！社会上流传的“站不完的队，受不完的罪，写不完的检讨，流不完的泪”对他不起作用。他永远跟着权力大的人，永远站在胜利者一边。这就是他的过人之处！然而，毕竟，他是个老粗，过分地随风倒，在人们心里的分量就太轻了，现在，让自己黑更半夜去找他，要叫人说是他去投靠，也太掉价了。

朱仕第觉得自己的自尊心受了辱，脚下越来越迟滞，却一直没有停下来。

街上很黑，路灯和机关门墩上的大灯都做了孩子们练弹弓的靶，只有十字路口的高压线电杆上星星般悬着一盏，似乎在提醒人们知道，这里是有电的县城。

他走出县委大院时，街上已经看不到一个行人了，但他还是怕看不见的地方有眼睛，没有直接向西走曹兀龙家，而是先向南，仿佛是要回家，却在快到家门口时向西转弯，再向北到曹兀龙家。这样他就要走一个“U”字，但心里踏实多了。

他走得很慢，他要思考，要在这段路上做出最后的决断。有好几次，他在心里命令自己：回去吧，回去，不要去曹兀龙家，可那会有什么结果？结果就是得罪曹兀龙。曹兀龙可不是一个普通人，而是一把手，顶头上司，和铁首仁、刘钟他们完全不同的人。铁首仁、刘钟他们不会故意找你的茬儿，可这位，不是朋友就是对手！绕都绕不开！而且，今晚的话一出口，刘钟他们就对他另眼相看了，曹兀龙要再出手打击，岂不是两面受敌！不，不能那样！今晚就先看看曹兀龙的态度吧，这边先挂着点，刘钟他们要是不逼他，还和从前一样，他再慢慢撤出来；要是刘钟他们对他不利的话，也只好和曹兀龙站在一条线上了。他一向以诸葛自居，可惜曹兀龙当不起刘备。

一条狗猛地从街角蹿出来，看见朱仕第，吓得一跳，立即逃了。朱仕第也被它吓得心怦怦直跳，他一向有股优越感，觉得自己是上海人，这时却也不免气馁，他比当地人胆儿小，再瘦的狗他都怕。

4.要紧的公事

他继续往前走，想起曹兀龙家养的“黄狼”了，虽然常年的铁链拴得它肥不起来，但毕竟是喂食的狗，比那些只靠自己觅食的瘦狗们要凶猛得多。有人说,"黄狼"吃过点心,那可是小县城里奢侈的食品,普通老百姓都没有那个口福的。这传说弄得"黄狼"的名声很显赫,它能挣断铁链是否与吃过点心有关?这畜生并不优待上海人,在这样的黑夜,这样的深更……朱仕第不由担起心来。他站住脚,想回转去,却又摇头,绝不能回,曹兀龙特地让他到家里来,那是有要紧要紧的事商量,否则,办公室里就说了,何必找这麻烦,无奈,只得硬着头皮伸手叩门。

"黄狼"在院里咆哮,铁链发出怕人的"嚓嚓"声,这倒使朱仕第放心,至少,他知道狗是拴着的了。他不等里面应声,推开了厚重的大门,进了院。

这院子他进来过,不过还是夏天,留给他的印象并不美妙。用城里人的眼光来看,不像县委书记的住宅,而是彻头彻尾的农家四合院。建筑师设计为花圃的地方,毫无诗意地种了几株洋芋。房门的台阶用水泥抹得光滑平整,可惜布满了鸡屎。他心里能想到的词只有一个:土财主。

曹兀龙拉开门,把朱仕第迎进了客厅。这里的摆设却又有点怪:沙发、茶几是现代的,新做的八仙桌和用玻璃镜框装了供在上首的祖宗照相却又带点灵堂的味道。如果你一早一晚来这里,还会发现香炉里有细细的卫生香袅袅地冒烟,不知是在敬墙上的毛主席像,还是在给镜框里的祖宗上供。不同于灵堂的是,门前摆着一架大书柜,厚厚的玻璃后面,稀稀落落摆着七八套精装、平装的《毛泽东选集》。中层是旧报纸和他老婆剪的鞋样。下层立着喝空的酒瓶和他女儿的旧花鞋。

曹兀龙让朱仕第坐了,刚准备说话,进来一位硕壮的中年妇人,将一杯茶和一盒烟放在茶几上。她头发蓬松,胡乱在脑后绾个髻,长脸、大鼻头、厚嘴唇、小眼睛,两个颧骨突出,宽宽的肩膀粗粗的腰,即使把她看做男人,也似乎粗鲁了些。她放下烟茶,不说话,谁也不看,转身就走。她是曹兀龙老婆,叫黄香桂,朱仕第认识,为了礼貌,微微欠了欠身。她也不理会,径自去了。

朱仕第自言自语似的咕哝一声:"还没睡?"曹兀龙知道是说他老婆,也不接茬儿,他心里还装着大事,顾不得这些应酬。

"今天这事你怎么看?这么下去恐怕不行吧?"曹兀龙看一眼朱仕第,下了很大的决心说。向人讨教,特别是向一个下级讨教,不是轻松的事。"六个常委,五个人说话是一顺子,你想干啥都干不成!"

朱仕第点点头,仿佛在思考的样子,好一会儿,才慢声道:"今天到了五个。杨子厚在工地上,要回来就是六个,刘钟他们的意思,可能还想把姬建华弄到班子里来。要真弄成了,就是七个。那就是七比一,不是六比一的问题了!"

“那不行！”曹兀龙烦躁地一挥手，“姬建华，他的问题多着呢！”虽然他一时还没想起姬建华有什么问题，但为了阻止他进常委班子，先把问题扣他头上再说。朱仕第说：“可要是刘钟他们硬要提……咋办？常委会上他们是六比一，赵天葵还兼着组织部长，话还不都在人说。”

曹兀龙牛一样喘一声：“那你说咋办？”

朱仕第心里笑起来，他要的就是这个效果，先把他逼到墙角，叫他无路可走，返回头来请教他，他再给出主意，让他绝处逢生，那他就是救苦救难的活菩萨了，他以后凡事还不都得依赖他。

“这事儿，”朱仕第字斟句酌地说，他本来说话是文文的，但在当地久了，得学当地人的口气，“恐怕还得熊书记出面，关键在地委。刘钟的牛皮再大，还能大过熊书记去？常委班子的事，非得熊书记说话才行。就是进新常委，没有熊书记的话，恐怕也进不去？”他看了看曹兀龙，“熊书记对姬建华的印象……可能要比对冯彦虎的印象深？林丰公社的简报经常往地区送，山口公社的，熊书记还不知道见没见过……”他知道曹兀龙和冯彦虎的关系密切，话尽量说得委婉。

“冯彦虎的问题可以放一放。姬建华坚决不能进常委！要进，我看就你进！”曹兀龙毫不迟疑斩钉截铁地说，仿佛这是他早就考虑成熟的方案。

朱仕第一愣，他没想到这位会突然冒出这么一句。说实在话，他私下里早就想过，要是让他当县委书记，保证比现在常委班子里任何一位都强。他出生在什么都拥拥挤挤的上海市，根子里就带着竞争的本性，来到这人烟稀少的黄土高原，那竞争的意识让他处处得益，各方面都成长得比松散的当地人强。他内心深处，根本看不起这个眼睛像牛似的家伙，却没想到他办事会如此果断，他的行动能力让他吃惊，也让他佩服。他不可能知道拿破仑那句“首先投入战斗，然后再看分晓”的格言，行动却暗合了那位伟人。进班子，当常委，他不是没想过，但他的出身和社会背景让他却步，他不敢向那个方向努力。但曹兀龙却没有任何顾虑，一句话就讲了出来。他脑子里突然一闪，以他的智慧，加上曹兀龙的果敢，也许真能在水泉县干出一番事业？他心里一下澎湃起来。而且，他突然意识到，尽管曹兀龙不是智力型人物，但他能在这么短的时间里发现自己，并决定起用自己，不也证明他有非同寻常的优点么？

他突然发现，曹兀龙硬气的粗鲁正体现了他的果敢，是个缺点，同时，又是难得的优点。

一个声音在他心里响起：和曹兀龙一起干！人生，不就是一次又一次的赌博么！赌输了，自认倒霉，赌赢了，飞黄腾达。机会来了，你不抓住，后悔都来不及。人生难得几回赌，此时不干，更待何时！

水泉县的历史，在这一瞬间产生了新的程序。

朱仕第那阵儿很有些膨胀，觉得自己就是隐居卧龙冈的诸葛亮，正在和三顾茅庐的刘皇叔作“隆中对”。

他突然有了倾心一谈的渴望。现在，他已经不再是单纯为人出主意了，而是在为自己的事业作筹划，在为自己的未来铺路。他在想象中摇了摇羽毛扇，心灵的眼睛注视着未来说：“……就目前的情况来看，现在还不宜有大的举动，必须先改造县委班子。班子问题解决了，才能谈别的。我这样想，”他顿了顿，“也就八个字：壮大自己，削弱对方。壮大自己，没什么好讲的，就是要把我们的人一个一个推上去，当然，这要照顾到愿望和可能两个方面，我们满意的人，要推，不遗余力地推。但也要注意，现在还是对方强于我们，不是我们说了就能算的，如果对方坚持，我们在不能取胜的情况下，不妨把中间力量拉出来，这样，以中间力量代替对方的人，他们可以接受，我们少了对手，实际上还是我们的小胜。削弱对方，要注意策略，刘钟是这些人的头，能搞掉当然好，但刘钟毕竟在水泉县二十多年了，盘根错节，不会那么容易，而且，他一向谨慎，抓不住他什么大的辫子，和熊书记的关系也还不错，在熊书记那里，话就不太好说。孙子兵法上说：‘攻坚则瑕者坚，攻瑕则坚者瑕。’我们要选比较容易拿掉的……”

“赵天葵顶过熊书记。”前面的文话曹兀龙没听懂，后面的解释他听懂了，接了一句。

“对，这就是机会。”朱仕第说，为曹兀龙能和他合上拍有点欣喜，“他顶过熊书记，熊书记不会高兴，但这件事在熊书记面子上不能提，你得装做什么都不知道，汇报他的其他问题，把熊书记的面子留下。”他看曹兀龙点了头，又说，“组织部是个关键地方，要物色一个可靠人，先任命为副部长，赵天葵还在，他们以为大权在握，就不会注意，到关键时刻，把赵天葵免掉，咱们的人马上就能接管。即使赵天葵一时免不掉，也可以支使开，让他下乡或干别的，咱们的人照样可以干该干的事。”

“对。余明贵可以顶赵天葵的缺。”曹兀龙边想边说。

朱仕第稍稍有点不快，余明贵他知道，没什么本事，却和曹兀龙关系好。他略沉思了一下，继续说：“要说阮祥林，就说他革命意志衰退。熊书记来咱们县上几次，正好都碰上他回家，熊书记有点不大高兴，你一说就对上茬了。”

“阮祥林不是意志衰退的问题，他是思想修正的问题！”曹兀龙受了启发，发挥道，“他主要的问题是搞封建迷信活动！一个共产党员，党培养多年的干部，还是县委常委，搞封建迷信，像什么话？”

曹兀龙文化程度不高，说话常常是新旧名词搭配使用，听的人要猜，才能明白。朱仕第已经习惯了，能听懂他词不达意的“思想修正问题”，却不明白他所说的“封建迷信活动”之所指。曹兀龙看出他没听明白，解释道：“我听李映说，阮祥林在家里搞封建迷信，家里也不知道谁病了，请的人给刹冲气着呢！”

“刹冲气”是当地土话，指用土办法驱邪。朱仕第点了点头，心里稍稍震动了一下，“刹冲气”在当地很普遍，没有人太当回事，这位作为政治斗争的把柄来用，既说明他头脑灵活，也说明此人心狠手辣。他心里想：阮祥林完了！见曹兀龙还等他往下说，这才接道：“庞大卫是个无可无不可的人，暂时可以不动，等于替咱们占一个空位置。需要的时候，只要说他是部队干部，不熟悉地方工作，换人就行了，不要说他的坏话。苏芸的坏话也不要说，从关心的角度出发，让熊书记调到地区去，解决夫妻两地分居的问题，顺理成章，不要让熊书记觉得我们是排挤她。”

曹兀龙说：“这样就可以空出三个或四个位子了。”朱仕第说：“对。刘钟到时机成熟时再动。只要把那几个闹掉，剩刘钟一个也就无能为力了。他又常生病，咱们有什么重要事，挑他住院的时候开，你是一把手，召集会议的时间由你定，他想搞啥名堂都没有机会了。”曹兀龙下意识地一点头：“好，那你看进常委班子的，除了你，还有谁比较合适？”

朱仕第稍稍有点呆，他没有料到这么重要的事情，他居然没有计划？或者他是在考验自己？不管是咋回事，这都是表现自己智慧的时候，他想了想，说：“要进人，得进得他们无话可说！比如，班子里缺一位贫下中农代表，这个上面有精神，咱们要快摸，摸准了就让组织部去写材料，他们想挡都不敢挡。”曹兀龙点点头：“对着呢。”

朱仕第脸色凝重地看了看曹兀龙，慢慢说：“再一个，曹书记考虑没考虑过……孙铁？”“孙铁？”曹兀龙显然吃了一惊，这个名字他没有丝毫思想准备，一时竟愣在了那里。

朱仕第刚要解释，却听隔壁房间里闹起来，一个女娃娃死声咽气地号起来了。

5.无神论者的祈祓

号的是曹兀龙的老疙瘩女儿。“老疙瘩”，是水泉县人的习惯称谓，意即“最小的”，含有“后无来者”的意味，因此很显得宝贵。要是个有身份的人家，就更宝贵。身份显赫到县委代理书记，就更更宝贵。这位小奶奶就在“更更”之列。

她叫臊女子。别以为这名字不雅，在水泉县，没一定身份的人家，还不敢这么叫；不当做心肝儿肉的父母祖宗，也不会轻易这么叫。所以，只听“臊女子”这称呼，就等于提醒大家注意，这可是个惹不起的小祖奶奶。这小祖奶奶都快十岁了，却还没有上学，原因是她不愿上。七岁那年也到学校里去混过几天，后来却死活不去了。曹兀龙骂，可她奶奶说：“娃娃不想念就不要念了，一个女娃娃家，念书有啥用呢，你没念过书，当的官比兴人(任何一个)都大！”那时正是读书人最下贱的时候，学校大部分关了门，曹兀龙一想也对，就没再管。

当下臊女子一号，她妈她奶奶都起来了。她妈不要紧，她奶奶一起来，曹兀龙便坐不住。他是个孝子，不能让老妈劳动，他倒四平八稳坐着。他还想和朱仕第聊，便让朱坐，他过去看究竟，见臊女子光身子在被子里乱蹬乱嚷。曹兀龙见老太太在旁问，就站住了听，一问，说肚子痛，再问，又说头痛。她妈在旁着急，也加进去问，还是肚子和头换着痛。曹兀龙听得上火，还急着要去和朱仕第商量大事，厉喝一声道：“你到底头痛还是肚子痛？”

臊女子一听她爸喝，干脆不说了，只扁了嘴一个劲儿地号。老太太不满了，回头瞪一眼曹兀龙，训斥道：“娃娃不乖了，你躁啥着呢！”接着抱怨，“这些人白天也不知道都干啥着呢，黑天半夜的往人家家里跑，人家家里有碎娃娃呢，把不对火带着来了咋搞呢！这些人咋那么不自觉咪！”

曹兀龙怕朱仕第听见不高兴，忙悄声说：“妈你小点声，我们是商量公事。”老太太更火了，回头歪儿子道：“公事你们不到单位上商量去，黑天半夜在人家家里商量！”曹兀龙气结，不敢吭声。老太太见了，口气缓了些：“怕是沾了不对火了，要给刹一刹。”

她说的全是水泉土话，“不乖了”即“病了”，多用在小孩子身上；“躁”是“急躁、发火”；“不对火”较难翻译，大意是指沾了邪气；“刹”是驱邪的方法。

曹兀龙一听老太太要“刹”，便有些急，这算封建迷信，他刚借此准备抓阮祥林的把柄，这阵儿倒自己搞起来，再说朱仕第还在家里，要传出去，他这个书记还怎么当？“代理”二字还能拿掉？但老太太的话又不能驳，只得说：“再等等，再等等，等人走了再刹。——我马上打发他走！”老太太挪一下小脚，满脸的不高兴，嘟囔道：“你快打发去！怕就是那个人带来的不对火，一下赶紧叫走。”

曹兀龙解释不得，急忙赶过去，忍着尴尬让朱仕第先回。朱仕第慢慢站起来，一边往门口挪，一边客套说，是不是娃娃病了，要不要请医生等。曹兀龙忙说不要。朱仕第好意地坚持。曹兀龙心里不快，这家伙平日冷得像石头，偏今天倒巴结得这么过分。黄狼见有生人出来，从狗窝里扑出来，汪汪地吠，铁链子嚓嚓直响。曹兀龙骂几句狗，将朱仕第送出门外。

他回来关上大门，到东屋时，老太太已经准备好了水碗，他老婆正拿一张拾元的票子往白纸上按，按一下，揭一张，旁边已经有了好些张。这叫"印钱"，是贿赂鬼的，却不知道冥国银行认不认账。过去冥钱是用印板印的，印板需要阴阳用咒，现在都兴革命，阴阳先生难找，只好这么凑合，这叫"哄鬼"。

老太太见"钱"印多了，走过去，拿起一沓，从脖子后面拔一撮头发，放"钱"里卷巴卷巴，弄成一个筒儿，放在碗边。然后再拿"钱"，再卷。这也有讲究，叫卷"箭"，和荆轲刺秦王图里卷匕首一个意思。那"箭"要货真价实，须是男人的汗毛，其次，女人的也可以，实在拔不着汗毛，用头发也可以代。这叫大棒胡萝卜并用，鬼要知趣，拿了钱走路，要不知趣，或还不满足，有"箭"在后面伺候着呢！不过，曹兀龙这阵儿没心思考虑这些，还担心朱仕第多事再找来大夫，瞅空儿提醒道："你们把这些暂时拿过，一阵儿可能还来人呢！"

婆媳俩都住了手。黄香桂往婆婆脸上看，老太太一脸不高兴，说："叫的干啥的大夫！娃娃得了不对火了，大夫会看啥！这一夜子了，还往家里引人，还怕娃娃……"她突然住了口，不好的话有毒，她不能说出来。

黄狼又吠起来。大门的扣儿规规矩矩地敲响着，一个脆生生的声音钻进来："曹书记在家吗？我是大夫。"

曹兀龙慌忙一指水碗，扫一眼老婆说："快把那些都拾过。"黄香桂匆匆收拾。老太太不高兴地嘟囔。曹兀龙装没听见，眼看着老婆把水碗、钱卷儿都拾掇过了，才去开大门。

他稳住神，边走边向外问："谁？"外面应一声："我是县医院的兰大夫，兰曼曼。"

曹兀龙不再说话，开了门。一个小得可怜兮兮的身影怯怯地进来，背后吊着个大药箱，要不是她声明自己是大夫，谁看也是个替人背药箱的孩子。她问了书记的好，再问孩子的病。曹兀龙也问她。她赔着笑回答了。进得屋来，见地上哼哈二将似的站着两个老太婆，一个瘦，细腿，脚小得像钉子；一个胖大，有点像男人，看架势都是有来历的，慌忙端出笑脸来，左左右右赔礼。曹兀龙喝令臊女子睡好，谁知她非但没睡好，反伸出两只光胳膊，娇声喊道："奶奶。"

地下两个老太婆同时凑过来，顾命大臣般围住了。老的一位挡着兰曼曼说："你略坐坐，你刚从外面进来，等身上的瘆气散散再给看，小心把娃娃打了。"

兰曼曼笑笑，慌忙退后一步，不知所措地站着，偷偷往曹书记脸上看。曹兀龙见状，指挥老婆道："你给大夫倒点水。"

兰曼曼忙说不用，但又觉无事可干，只得接了黄香桂倒的水，一边焐手，一边用焐热的手再去焐听诊器。她见臊女子光身躺在炕上，怕听诊器冰着。暖一阵，她觉得身上不瘆了，听诊器也不冰了，才给臊女子诊病。谁知听诊器刚接触到臊女子，她就躲蝎子似的尖叫起来，吓得兰曼曼忙撤了听诊器。她再去用手焐听诊器时，她的手都没有听诊器热了。老太太过来，接了听诊器去，两手换着暖了好一阵，臊女子才不再叫。

曹兀龙站在地上，见兰曼曼一团绒球儿似的在面前颤，那么细气，那么清爽，像薄荷般往人心里渗气儿，清凉滋润得叫人心颤。再看他那辨不清男女的老婆，母牛似的喷着热气，心里便不是味。乱想着，病却已经看完，绒球儿从瓶儿里倒出大的小的白片片麻片片，包好了，在包儿上写了字，交给黄香桂，关好药箱，告辞了出来。

黄狼又狂吠。曹兀龙心里比方才热多了，紧走几步，插在狗和她中间，替绒球儿挡住狗的恶声气，直把她护送到大门口，才笑着关心一句："你走啊？"绒球儿甜甜地"嗯"了声，让过书记才走。曹兀龙看着她娇娇小小的身影隐没在黑暗里，还追着吹过去一股气儿："小心些！"黑暗里传来感动的一声"哎"，又怯怯甜甜地送来几声"曹书记请回"。曹兀龙心里暖暖的，往黑暗里招一下手，希望看到她感激灿烂的微笑，却只看到一片没有声息的黑暗。

他若有所失地闩了大门，回到东屋时，老太太已经亲自上阵为宝贝孙女刹冲气了。水碗放在臊女子头前，几支筷子撮一起扶着往碗里站。臊女子这阵儿似乎什么都不痛了，背着头看她奶奶演戏，抿着嘴嘻嘻地偷笑。黄香桂知道她

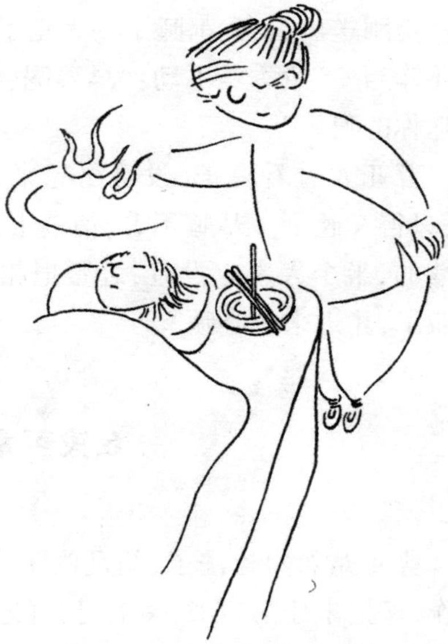

【五言句】有权香火盛，无钱鬼祟人；殷勤纳贡银，作揖求告频。

的毛病,轻骂了句,臊女子还笑,后见她老子虎着脸,才不笑了。只听老太太嘴里念叨道:“站住,站住,不管你是谁,你都站住,站住我给你些钱,你拿着花去,再不要缠我们臊女子……”

她一遍又一遍地说,猜是哪个阴魂缠了孙女,却似乎总也猜不对,那筷子就是不站。老太太回头看了曹兀龙一眼:“你睡去,男人家煞气大,逼住了,不敢来拿钱,筷子都不站。你去。”

曹兀龙应一声,悄悄松了口气,嘱咐黄香桂:“你看着把药给吃了。”黄香桂还没言声,臊女子却叫起来,蹬着腿嚷:“我不吃药!我不吃药!叫奶奶给我刹。”

老太太忙抚慰,一边赶曹兀龙快走。曹兀龙要走,想起水碗要送到大门外的,叫人看见不好,悄悄把老婆拉到一边嘱咐:“水碗送出去放一放就拿回来,不要叫人看见。”黄香桂答应了,他才悻悻地出来。

夜气已经很重了,他大大地打了个哈欠,感到身上有点凉,急忙向卧室走去。

他已经很累了,要在往常,这一觉准能睡到大天亮,但他惦着水碗的事儿,睡了一会儿就醒了,也不睁眼,捅一下母马似的卧在身边的黄香桂:“水碗拿进来了吗?”

黄香桂刚睡着不久,不耐烦地说:“刚送出去,咋往回拿!”曹兀龙火了:“啥刚送出去,我都睡了一大觉了。你快拿进来。叫人看见了,我这个书记还咋当?”黄香桂不动:“早着呢,半夜刚过,天不亮我就拿进来了,你放心睡你的吧。”

曹兀龙看看窗子,没看出亮来,不放心,划根火柴看表,果然才三点多,只得又睡下。却睡不着,悄悄下去开了大门,伸半头出去探看,街上静悄悄的,半个人影也没有,赶紧把扣在门口的水碗拿进来,纸灰水渍都用脚撒了,才进来放心睡下。

6.灾可幸,祸可乐

曹兀龙匆匆梳洗了,胡乱吃了点,急忙往单位上去,处理了几件手头工作,又把朱仕第叫来,关上门,讨论孙铁的问题。他主要担心的是孙铁能不能和他们一条心。

朱仕第想了想,说:“一条心,恐怕不会和咱们完全一条心。这也是无奈之举。你看现在的形势,孙铁进班子是迟早的事,咱们提,他能进来,咱们不提,人家也能进来,我们何不落个顺水人情?还堵了刘钟他们的嘴……"

正说着,通信员小李敲开门,怕打扰领导,一脚门里一脚门外地说:"曹书记,家里叫你回去一下,说北山上她三姨娘(姨妈)来了。"

曹兀龙听了心里一堵,知道是为白梦媛调工作来的,皱着眉一扬下巴:"知道了。"小李赶紧收身退步,轻轻关上门走了。朱仕第若有所思地说:"曹书记家里该装个电话了。"

曹兀龙没有思想准备,心里却"轰"的一声。电话,还是奢侈品,地区熊书记家里是有电话的,县委书记一级的,还没听说谁家里有电话,要是能装一部就太好了。可是,这关系到他的形象,自己自然是不好开口的,别人提出来,自己就没有责任了。他不吭气,还接着孙铁的话题聊,苏芸却敲门进来了,说要请假,她丈夫出了车祸,她要去看看。她丈夫姓岳,在地区农业局当局长。

曹兀龙心里一喜,脸上却装同情:"怎么样?人不要紧吧?"苏芸脸上淡淡地说:"不要紧。司机重点,他只受了点轻伤。"

曹兀龙说了几句客套话,同意她去。朱仕第也关心了几句,苏芸应酬了。

苏芸刚走,朱仕第忙一欠身,压低声儿说:"曹书记,你应该出面,拉上苏常委,以县委的名义买点东西,一块儿去慰问一下,这是个机会。"

曹兀龙一愣,说:"对!"朱仕第再加一句:"正好可以给熊书记建个议,让把苏芸调地区照顾岳局长!"曹兀龙明白了,说:"你快叫老张去买东西。叫苏芸等我一下。"

7.情归我,罪归他

送走曹兀龙和苏芸,朱仕第慢慢地往回走,心里却盘算着给曹书记装电话的事。这事还没有前例,要没人说话,就是他的功劳,要有人说闲话,还有可能惹来麻烦。不行,得把刘钟拉进来,让他点头,办成了,曹书记知道是我办的,得记我的情;有了问题,是他刘钟点的头,让他去领罪。他心里一乐,嘴角挂起了一丝嘲笑。

刘钟门前的花圃边倒着一堆中药渣,老远便闻到药味。朱仕第咳嗽一声,隔门问:"刘书记在吗?"

刘钟在里面应一声，开门让他进去。一股浓烈的中药味立即冲进鼻孔。朱仕第装得若无其事，简单问了几句药、身体，说:“刘书记，曹书记那里要装一部电话，你看咋办？”

刘钟一愣:“他房子里有电话，还装啥？”朱仕第说:“不，是家里。”刘钟没有思想准备，诧异道:“家里？”朱仕第不紧不慢地说:“嗯，家里。曹书记有时候在家里，要是单位上或地区有什么急事，叫人跑去叫不方便，主要的是还怕把事儿耽误了……”

刘钟将炉子上的药锅端下来，脑子里转着:“是曹书记提出来的？”朱仕第慢慢地说:“主要是考虑工作确实需要。其实，常委们都应该装，只是现在条件还不具备，以后有条件了，都应该考虑。”刘钟沉吟半晌，说:“那你给别的几个常委也说一说。”他也没有明确表态。

这阵儿在家的只有阮祥林和赵天葵。朱仕第去说，要给曹书记家装电话，刘书记已经同意了，让给你们两个说说。二人听说刘书记同意了，就不说什么。朱仕第返回头又到刘钟那里，说阮常委、赵常委都同意。刘钟想想，电话确实也需要，就说:“那你们办公室安排去。”

朱仕第得了令，立即通知人去办。

8.对工作没意义的事，对当官……

下班时候了，朱仕第刚准备走，电话铃却警报似的响起来。他们用的还是手摇电话，摇得快，就响得紧，摇得慢，就响得缓，这种响法就像发生了火灾。

朱仕第慢慢去接，心里还骂，这是哪个冒失鬼。可电话里传来的却是曹兀龙十万火急的声音，让赶快准备布置春播的文件，同时给他起草一份动员春播的讲话稿，晚上要开紧急电话会。

朱仕第捏着电话愣住了，春播早就开始了，现在还发什么狗屁春播文件，等发下去春播都结束了。但他是知道曹兀龙的脾气的，什么都没说，只“嗯嗯”地答应着。完了找来“农办”(农业学大寨办公室)的马宏雄主任和办公室秘书文戈，布置他们分头去办。

马宏雄嘴里叨叨着，抱怨着。文戈却皱了眉，说:“春播都快结束了，现在布置，还有什么意义？”

马宏雄心里不满意，但他知道领导是说不得的，反过来数说文戈:“文戈同志，服从命令是当下级的天职。你别管春播是不是快结束了，让你写你就写。你是秘书,不是书记。等你啥时候当书记了,就知道有什么意义了。”

晚饭后,开电话会的人都到了,唯有曹兀龙还没回来,刘钟、孙铁一遍遍问,朱仕第只得让文戈在邮电局和县委之间一遍遍地来回跑。直到快九点了,曹兀龙才来了电话,说他有事回不来,电话会推迟。

孙铁听了,第一个跳起来,骂骂咧咧地走了。刘钟没有走,忍着火儿拿起话筒,边想边说,讲了几句“抓革命,促生产”的老话,勉强磨掉十几分钟,总算把场面撑了下来。

曹兀龙第二天中午才赶回来,他风尘仆仆地直扑县委办公室,脸也没顾得洗,就要看起草的文件和发言稿。朱仕第拿来,他胡乱翻着,问道:“你都看了吗?有没有啥问题?”

朱仕第说他看了,问题是没有,但讲话稿起草得仓促了些。曹兀龙问谁起草的,朱仕第说是文戈。曹兀龙不说话,数了一下页数,只有七页,心里有些嫌短,说:“这么重要的事情,都当耍头(儿戏)着呢。我看这些人得给敲打敲打呢。”说着,拿了文稿,提了黑提包向外走,到门口又扭回头冲朱仕第说:“一阵儿你到我房里来拿文件。要赶紧安排打印,赶紧往下发。”

曹兀龙回到自己宿舍兼办公室,洗了脸,泡了茶,将文件略翻了翻,就签了字。这种东西,他知道没啥问题,有朱仕第把关,也不会出问题,发下去也没几个人会看,但不发,要有人说你工作没做到,就不好解释了。

讲话稿却不敢马虎,领导,就是从讲话见水平的。他见稿子上难字旁有同音字注,认得是朱仕第的笔迹,心里得意,觉得有了个能干的帮手,自己的决策对了。

朱仕第来了,曹兀龙让关了门,带着几分得意几分神秘地说:“苏芸的问题解决了!”朱仕第自是高兴,点头说:“好,解决了一个。”曹兀龙得意地说:“一个?我解决了两个!”

朱仕第有点意外,“哦”一声。曹兀龙说:“地区的斗争也复杂得很,我跟熊书记谈话,谈了没多一会儿,就几个来找的。熊书记大概听了听,就让我去找丁义川。”

朱仕第又哦:“丁义川现在是熊书记的红人啊。”曹兀龙点着头说:“不仅是红人,还是实权派!那么年轻,就是常委、组织部长,我看熊书记的意思,以后地区的大权,说不定就要交给丁义川呢!”朱仕第点点头。

曹兀龙说:“我和丁义川谈了我们的想法,开头我还不敢深谈,谁知人家对咱们县的情况熟悉得很,也直接得很,说话根本不绕弯子,就直说着呢!一谈就说,让咱们考虑孙铁进班子的事。我一看他先提出来了,就跟他讲条件，我说孙铁进班子我没意见，就是没位子，最好能调出去一个。他问调谁，我就说阮祥林。开头还不吐口，后来见我坚持得硬，就答应了。”

朱仕第慢慢点着头，审道：“没有提什么条件？”

曹兀龙一摇头：“提了，咋没提！那都会讨价还价得很。说阮祥林调出来可以，要考虑把靳向东好好培养培养。我看他的意思，第一是孙铁，第二就是靳向东，胃口大着呢。——看来孙铁也在底下拼命做工作着呢，我们先前都忽视了！”

朱仕第心里暗笑，想是你忽视了，我并没有忽视。他点点头，自言自语似的说：“丁部长还不好得罪。不过，只要他想安插人，事情就好办了。”

他没有解释为什么好办，见午饭时间到了，让曹书记先吃饭，有时间再聊。曹兀龙说还有好些情况，约了晚上再聊，就起身回家了。

9.人有了权，家就成庙了

曹兀龙在家门外见两个穿墨绿邮电服的人在墙边挖坑，知道是朱仕第安排装电话的，心里高兴，装没看见，径自进了家门。黄香桂听到门响，迎出来悄悄说：“北山她三姨娘和圆儿两个在家里呢，寻你给圆儿调工作，等你等了两天了。”

曹兀龙眉头攒着，这些亲戚，见他升了书记，远的近的都来找，仿佛他当了皇上，可以封侯封王，也不管他的难处。

东房里迎出来一老一少两个女人，满脸堆笑地问候。曹兀龙碍于情面，只得敷衍几句。她三姨将女儿介绍给曹兀龙，曹兀龙问：“你叫圆儿？”不想那位直勾勾地瞪着他，碰见他的目光，也不回避，大大方方地说：“姨父好着吗？我叫白梦媛，小名叫圆儿。姨父给我调个工作，我想当打字员。”

白女士一张大白脸，脸皮下仿佛没有肉，全是脂肪，但她年轻，站那里也能感觉到她浑身的活力，连脂肪都是才生成的嫩白色。见曹兀龙不说话，她又道：“姨父，我爱打字，别的啥都不想，就想当个打字员，姨父把我调你们那里面打字吧。我保证好好干。”

她的要求倒不高，但打字是文化人干的活儿，她认得字吗？刚想问，她三姨开口了，说她们圆儿多么多么喜欢打字，说在什么地方见过打字的，“呱哒”一下就出来一个字，觉得好玩得很，再啥都不爱了，就想打字。曹兀龙问她上过学吗。她三姨抢着回答，说上过，中学都念了。白梦媛补充说：“初中上了二年。本来我还想上，学校关门了，就再没上。”

曹兀龙听她说话实在,倒也有些喜欢,见老太太也替她们帮腔,就漫应了,但强调说:“不过,时间上你们不要催,这不是一下两下能办成的,要求调县上的人太多了,得等茬口。”

母女俩眉开眼笑,曹兀龙说什么,她们应什么。黄香桂见曹兀龙答应了,便替丈夫谈苦经,说找的人多,事情不好办,很为难等等。圆儿的母亲知道是说给她听的,脸上有些尴尬,千恩万谢地点着头,说了有一车的抱歉话,告别要走。曹兀龙站起送客,也说几句客套话。老太太知道留不住,指挥黄香桂将吃剩的半包点心和几块风干的蛋糕作一包包了,让圆儿娘俩拿回去给娃娃尝去。她三姨心里好过意不去,推辞几句,也就拿了。

送走白梦媛母女,黄香桂才收拾碗筷,一边告诉曹兀龙:“她三姨提了一塑料桶清油,有五斤;还有二十个鸡蛋。鸡蛋大的大,小的小,不一样,不像自个家里的,像是各家儿收的。”

曹兀龙剔着牙,不说话。黄香桂继续说:“这几天家里就像庙一样,都跑着烧香来了。还来了几个人,一个姓杜,提了二斤点心,找你调工作。一个老师,叫啥我没记住,留了一封信,我先没在意,后来觉着信封子不对,拆开一看,吓了我一跳,那人不知是急了还是疯了,里面塞了一百元。十块钱的票子整整十张!”

曹兀龙吃了一惊,一百元,那是他一个半月的工资,这人是谁,怎么拿这么重的礼?他让黄香桂取信来看了,说:“以后你要注意呢,钱不能乱收,这是犯错误的事,叫人知道,我这个书记还咋当。”说着,掏出打火机将信和信封都点燃了,眼看着烧完,还用脚将纸灰磨碎了。

黄香桂还说:“哦,北山的顺子,就是西院里他六姨父的孙子,官名我不知道叫啥,昨天来了一趟,空手啥都没拿。”曹兀龙已经起身准备去单位了,一听是鲍日曙来过,回身嘱咐道:“他再来你让他等我,我正要找他呢。”

臊女子在院里喂狗,将馍掐碎高高抛起,看着狗跳起去接,狗每接一次,她就“咯咯”地笑一气。馍馍喂完了,她抱住和黄狼蹭脸。她奶奶在东房台阶上站着看,急得直拿拐杖捣地:“不要抱狗,不要抱狗,狗身上有虼蚤呢!”

曹兀龙正好出来,看见了,呵斥几句。臊女子见奶奶在,就不怕,不但不听,还抱得越紧了,故意“咯咯”地笑着气她爸。曹兀龙无奈,用手指着威吓一下,走了。

10.嘴上要的和心里要的

曹兀龙在县委门口碰见文戈,见他夹着个枕头往外走。他脸一拉,问他干什么去。文戈说刘书记住院,医院里枕头太低,他送个枕头当靠背。

曹兀龙心里老大不高兴,县委的人大部分和刘钟关系亲近,却不大兜揽他,他早就一肚子气,这阵儿见文戈当着他的面和刘钟扯不清,更气了,便沉了脸,恶恶地说:“你来把你写的那个讲话稿拿去修改去,那里面有许多提法都是错误的!”

文戈心里一惊,他是参照文件和两报一刊社论,怎么会错?忙到收发室将枕头交给小李,匆匆去找曹兀龙。曹兀龙见他来,将稿子往桌上一扔,说:“赶下班前修改好,晚上还要用。”文戈翻草稿,除朱仕第给难字注了同音字外,没有画过的痕迹,便问:“曹书记,哪些提法是错的,怎么没画出来?”

曹兀龙一愣,他只是随口那么说,一显书记的威风,二显自己的见识,哪儿错了,他哪里知道!当下被文戈问了个张口结舌,脑子里“轰”的一声,仿佛爆炸了个烟幕弹。他从文戈手里接过稿子,随手翻了翻,总算冷静下来了,以怒代答,用手指甩打着稿纸说:“你仔细看看,你这里面的提法和中央精神一致不一致!你不学习!不看报!马马虎虎!能行吗?中央文件你看过没有?人民日报社论你学过没有?你好好对照对照,看和中央的精神一致不一致?你的胆子也太大了,敢和中央精神唱反调!”

他翻一下,甩打一下,翻一下,甩打一下,完了将稿子往桌上一扔:“拿回去好好对照对照,你以为县委秘书就那么好当!”

文戈被呵斥得目瞪口呆,愣一阵,拿着稿子出去了。

文戈困惑迷惘。曹兀龙却恼怒至极。

曹兀龙出生在一个贫穷而坚强的农民家庭,在该上学的年龄,却顶着风雪在茫茫的大山里放羊。新鲜的空气和艰苦的劳动造就了他强健的躯体,同时也让他习惯了运用鞭子。当了代理书记,牧羊的鞭子是放下了,思想里的鞭子却还在挥舞。不论他穿什么衣服,坐什么交椅,骨子里,他只是个对着空旷的山野吼叫的农民。牧羊人实际上就是个独裁者,他的全部精神资产就是个人意志和鞭子。羊无力反抗,无论牧人的指挥正确还是错误,它们只该服从,否则,鞭子伺候。

文戈的错误在于不了解这层关系。他这个错误犯大了。

曹兀龙气文戈的原因还有一个。“知识越多越反动”后，曹兀龙老以“大老粗”自炫，文戈听着不顺耳，说：“粗不等于马列。”不想这话传到曹兀龙耳朵里了，就给文戈记了一笔。他等待着时机加倍奉还，不想今天又惹得他生了气。新仇加旧恨，他越想越恼，摇电话给朱仕第，让朱仕第把赵天葵喊来。朱仕第愣了一下，问他在哪里。曹兀龙不高兴了，怒冲冲地说：“在我办公室！”话未完，就把电话砸上了。

朱仕第看着话筒愣了愣，曹兀龙和赵天葵都在东院，而办公室在中院，东院的人打电话让中院的人到东院喊人到东院去，什么意思？他摇摇头，脸上掠过一丝苦笑，无奈地放下电话，还不敢找人代替，亲自到东院去喊。赵天葵正好在，他喊了，顺路告诉了曹兀龙，回办公室去了。

赵天葵问什么事。曹兀龙火尚未熄，开门见山说：“你下个通知，把文戈调羊路公社去。把草店公社北山小学的鲍日曙调县革委会办公室当秘书。”

鲍日曙在曹兀龙的亲戚里算是比较有文化的一个，但他还不是党员，只好先让他在县革委会过渡一下，反正县委和县革委会是两块牌子一套人马。县委就是县革委会，县革委会也就是县委。

赵天葵是多年的组织部长了，像熟悉车辆的老交警一样熟悉全县的人员情况，一听就明白是怎么回事。他也是有血性的人，以前还是曹兀龙的上级，很听不惯这种命令的口气，也有了气，话口很冲地说：“那不行。县委办公室的人，要通过常委会才能调。文戈那时还是铁书记让调进来的，还经过常委会了。常委没研究的，不能随便调进调出。鲍日曙也要考查。”

赵天葵一向温顺的，今儿是怎么了？曹兀龙一下愣在那里，不知要说什么好了。赵天葵话已出口，也就不再忌讳，见曹兀龙不说话，站起来说：“还有事吗？没事我就走了。”说着，真就出去了。

曹兀龙愣着。小李来送报，他才略略缓过些劲儿来，让小李把朱仕第叫来。朱仕第来了，见曹兀龙脸色非常难看，不知道发生了什么事，悄悄坐了，半晌才问：“曹书记……怎么了？”曹兀龙寻思了寻思，说：“文戈，水平太差，写的稿子不像话，还是刘钟的眼线，我想调出去，赵天葵还不同意，说要常委会研究。你说气人不气人，一个一般干部，我都调不动了！”

朱仕第听了，心里大不以为然，文戈是个正直、单纯、有才气的年轻人，说他水平差就不实事求是了，思想上和刘钟近些是事实，也不会影响到什么，现在何必动他？想了想，尽量和缓地说：“曹书记，我想，调文戈，倒是不必太急。他只是个小钉子，赵天葵才是大钉子。赵天葵掌着组织部的权，文戈只是个小秘书。要把赵天葵拔掉，文戈就是一句话的事。”

曹兀龙心里猛一亮，对呀，赵天葵拔掉了，拔文戈还不容易！可又一想，觉得拔赵天葵谈何容易，迟疑着说："也好，要真能把赵搞掉，你就当常委、组织部长，把组织部的权给咱们把住。——就是话不好说了？"

朱仕第伸手将门缝掩住，略倾倾身子，轻声说："还有办法。曹书记可以再找一下丁义川，他已经答应了调阮祥林，叫他把阮和赵两个换一下，先把赵调走，对他来说，反正是一个人，姓阮姓赵有啥关系。"

曹兀龙沉吟，说："刚说的，马上改口不太好。"朱仕第说："没关系，不要说是你个人的意见，就说是常委会的意见。"

曹兀龙说："那还得再开一次常委会？把调的提的都研究一下？"朱仕第点头："对。以常委会的名义报上去。"

曹兀龙沉吟。朱仕第进一步动员："现在开时机比较好。刘钟住院。苏芸在地区。再想办法把赵天葵支走，常委会上就不是五比一了，而是二比一。剩下的那两个，庞大卫是个样子货，阮祥林是个转脑子，会上还不是你说了算！"

曹兀龙有点迟疑，说："人数是不是太少了？就是三个人都同意，也没有过半数？"

朱仕第一笑："这好办。杨子厚在工地上，打电话问一下，就说常委会通过了，征求他的意见。他在工地上，啥都不了解，想反对也说不出理由，再说他那个人能说出啥反对的话！只要他一点头，就四个，过半数了！"

曹兀龙还犹豫。朱仕第说："要保险，也可以让刘钟也参加意见，不过，那就要做点手脚，不能只报我和孙铁两个，要把姬建华也报上。"

曹兀龙看他一眼，以为自己听错了。朱仕第说："这是策略。报姬，刘就得动脑子，他就不敢轻易反对咱们报的人。他要反对，会怕你否决姬。他为了让姬通过，就得同意咱们报的人。"曹兀龙说："可那倒给姬办了好事？"

朱仕第一笑："不要紧。这只是哄弄刘钟的。报咱们可以报，但是后面得给丁常委讲好，不要批姬建华。咱们也不为难丁常委，找几个人，写几封告姬建华的材料，和咱们的报告一并送上去，就不可能批他了。"

曹兀龙心里同意了，说："赵天葵怎么支走？"

朱仕第用手指尖顶一下眼镜："他不是刚和曹书记闹了矛盾么，曹书记给丁常委打个电话，就说赵和你闹矛盾，无法正常开展工作，让丁找他谈话。这是很正常的事，也不难，丁无法拒绝。只要丁口气一松，这里马上叫他走路，我给他派车让他走人。"

曹兀龙心里已经同意了，往沙发上一靠，看见了墙上的"最高指示"："要搞马列主义，不要搞修正主义；要团结，不要分裂；要光明正大，不要搞阴谋诡计。"他突然有点心虚，吸一口气："这么好不好？"

朱仕第注意到了他的目光所指，心里冷笑，“三要三不要”是嘴上要的，心里能要吗？他看曹兀龙一眼，说：“这不是我们愿意，我们也是不得已。毛主席早就说了，‘共产党的哲学，就是斗争哲学。’‘不是东风压倒西风，就是西风压倒东风，路线问题上，没有调和的余地。’咱们不这么干，别人也会这么干，你想一下上次的常委会和调文戈，我们要不干，连一个一般干部都指挥不了，还不要说干别的！”

门“当当”地响，杨天才进来让朱仕第签支票，说给刘书记住院用的。朱仕第签了，看着曹兀龙说：“曹书记，咱们……是不是去看看刘书记？”曹兀龙答应一声，和朱仕第、杨天才一同往医院去。

11.“美”是“多”

医院里到处都脏兮兮，空气仿佛是黏的，沾着无数病菌和被病菌战败的药粉。杨天才带着曹、朱二人拐弯抹角来到病室，见里面围了好些人，曹兀龙心里便有些不快，又不好发作，见办公室秘书肖宗泉也在，借机施威道：“肖宗泉，你去看文戈把稿子改好了没有。你给说，我晚上要用！”

众人都怯曹兀龙，仿佛老鼠见了猫，都往外溜。肖宗泉一溜烟跑回县委，在文戈门上敲了敲，没有应声。他知道文戈在里面赶稿子，怕人干扰，故意不应，又轻敲几下，捏着鼻子学女人：“文秘书，我是杨红砚，开门。”说着，忍不住偷笑。

文戈已听出是肖宗泉，隔门说：“你待会儿来，我这阵儿正忙呢。”肖宗泉不装了，笑道：“曹书记有旨，你接不接，不接我可走了。”说着，装着要走，在台阶上踏步。

文戈开了门，肖宗泉进去，问了问情况，又将曹兀龙的话传了。文戈苦着脸说：“光让人修改，也不说改什么。说里面的提法是错误的，我反复看了，核对了，没有错，叫我咋改？”

肖宗泉眨眨眼，问了文戈和曹兀龙谈话的经过，又捏了下讲话稿，嘿嘿地笑起来：“我知道你错在什么地方——你错在不理解咱们大书记的心理。你知不知道咱们曹书记现在是什么人？水泉县二十几万人的‘王’！最大的！你懂不懂？‘王’讲话是什么样子？下面是看不见边际的人群，喇叭里是震天的吼声！他要的是一种统率一切的气势！要居高临下，让世界在他脚下发抖！他对讲话的要求是声音和时间，他只要听到自己的声音久久地在大地上回响就行了，内容他根本就不知道！他知道什么是对？什么是错？嘿嘿，你把报纸上的狗屁文章前拉后扯给他抄上二十页就对了，你只写了七页，哪怕这七页你抄的是马、恩、列、斯、毛的话，他也会说你错，会把你骂个狗血淋头。一九七三年我跟他下乡，他是工作队队长，我是秘书，开始我还很认真地写，可怎么写都不合他的意。后来有一次，时间太紧，我实在来不及了，就扯了一堆报纸，这儿抄一段，那儿抄一段，抄完连看一遍都来不及就送去了，我提心吊胆地准备挨批，谁知那主儿拿起掂了掂了分量就眉开眼笑。上了会，扯开嗓子吼了整整两个多钟头，几只高音喇叭把对面墙上的土都震得刷刷刷刷往下掉，下面社员的耳朵都快震聋了。下来你猜他说了个啥？说'今儿才讲美了！'嘿嘿嘿，他说'今儿才讲美了！'好我的老哥，你明白了吗？"

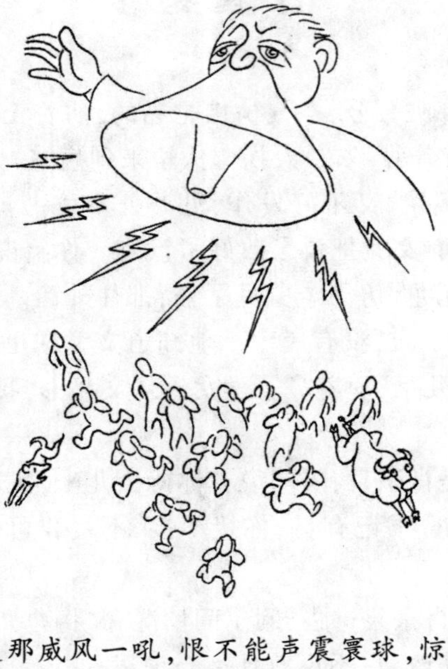

【大话症】最是那威风一吼，恨不能声震寰球，惊走了牛，吓跑了狗，吹歪了柳，炸崩了豆；试问听者感受，却道耳朵挨了揍。

12.一口冷气吹熄了两颗火星

肖宗泉见时间无多，告辞出来拉上门，正碰上"农办"的马宏雄主任找文戈，肖宗泉怕误了讲话稿文戈挨骂，揽去办了。

一时，常菊墨送来打印稿让肖宗泉校对。肖宗泉见左右无人，想和她开个玩笑,偷偷将食指背面在印泥盒里按一下,趁常菊墨转身之机,几步跳到她身后,立掌在她肩上一砍,常菊墨一回头,嘴唇正好蹭到他伸着的食指上。常菊墨一抹嘴唇,见手上两道红印,追过来就打。肖宗泉边笑边躲,见躲不过,忙往窗外一指:“曹书记来了!”

常菊墨一愣神,肖宗泉拿着校样跳出办公室,在门外笑着说:“常女士的口红别具风格,都抹到耳朵根儿上了。好看!好看!”常菊墨用手捂着嘴,警告说:“你等着!”怕人看见,捂着脸急回打字室去。

肖宗泉仍回办公室校文件,心里却也提防着。忽听身后有响声,以为是常菊墨偷袭,忽一下站起来,连椅子都踢倒了,却是办公室机要秘书何玮婉。自己也觉好笑,解嘲说:“我以为是小常。”

何玮婉也被他一惊,笑说:“一定是你不老实,不知怎么捉弄了小常,这阵儿草木皆兵了。你呀,也太不老实了,一阵儿都不闲着。不过,我挺喜欢你的性格,啥时候都无忧无虑的。”她叹一声,“唉,人要能一辈子无忧无虑,就是最大的幸福!”

再说常菊墨,回打字室去洗了半晌,唇上的红看不出来了,脸上的红却隐隐约约的总也洗不净。拿着小镜子照呀照,嘴里叨叨:“洗不净了。难看死了!这个肖宗泉!”

马秀娟早看见了,不满于他们的打闹,却不说话,只叮当打她的字,常菊墨抱怨她也不接茬。常菊墨没留意她的冷漠,洗完了,悄悄出去,从西院绕过来,到办公室后窗口偷偷侦察了一番,见肖宗泉校样快看完了,忙蹑手蹑脚从原路跑回来,戴了和油墨的胶手套,在掌心抹了些油墨,在窗后瞄着,想等肖宗泉来送校样时出其不意抹他一脸油墨。

马秀娟忍不住了,站起来,也不看她,边往外走边冷冷地说:“都安生些吧,也都老大不小的了,不是幼儿园的憨娃娃,还成天我打你、你追我的,像啥话嘛!”说着出去了。

常菊墨一腔热气顿时化作冷冰,一个人呆呆地站一阵,没意思起来,用废纸擦了手套上的油墨,脱下扔水盆里,用刷子蘸了去污粉清洗。正洗着,肖宗泉来了,在门口看见常菊墨洗手套,怕她洒水,用蜡纸做盾牌,两手各提几张挡在身前往里走,笑着说:“这可是县委文件,你要敢把水洒文件上,算你胆子大,我这身衣服不值钱,我豁出去了。”

他一边笑说,一边往里走,到桌旁,不放蜡纸,却去开了窗子,又举着蜡纸出去,从窗口将蜡纸放进去,才在外边笑着说:“文件我给你放桌上了,赶下班前要印出来。我走了。”他脸上挂着胜利的笑,边走还边往后看,提防常菊墨偷袭。

已经走远,没见任何动静,他有点诧异,回头看看,常菊墨也没追出来。他想想,从西院又溜回打字室后窗探看,见常菊墨已坐打字机前改正他送去的文件,一脸严肃,根本没有一丝一毫要和他闹着玩的意思。他心里越奇怪,悄悄绕到前面,在门口听了听,常菊墨的打字机声音很均匀,没有故布疑阵等他自投罗网的迹象。他心里更疑,悄悄进去,常菊墨也不转脸。他再走近些,故意咳嗽一声,一边做好逃的准备,但常菊墨仍照常工作,脸都不转。肖宗泉觉出不对来,慢慢走到她的视线里,常菊墨仍不动,脸上一无表情。肖宗泉脸色凝重起来,问道:"你咋了?"

常菊墨不说话,不看他,还照常工作,仿佛身边根本没有他这个人。肖宗泉心里一凛,伸手按住她的手问:"你咋了?真的生气了?"常菊墨抽出手,仍一脸严肃,目光注视着打字机说:"肖秘书,你严肃点。从今以后,咱们严严肃肃工作,免得叫人说闲话。"

肖宗泉又一愣:"咋了?谁说啥了?"常菊墨说:"你别问。谁也没说啥。"说着,眼中泪花一闪。

肖宗泉见了,看一眼马秀娟的空座位:"我知道了!她说你啥咪?"常菊墨摇头:"你别乱猜,啥都没说。谁也没说。——你走吧。"

她说完,又工作起来,不再理肖宗泉。肖宗泉冷冷地站一阵,也觉没意思起来,快快地出来了。

13.最大的"政治"

电话会刚一完,孙铁第一个起身离开会议室,他很厌烦这种没有实际内容的会议。

孙铁乳名铁蛋,原叫孙铁锤,工人出身,曾是省级劳模,要不是"文化大革命",他可能一辈子都是个优秀工人。可是"文化革命"了,还是"大"革命,他开始不理解,后来被一帮人推着,也扯旗造反,居然一呼百应。他当了头,身上瘤子般长出了一股工人阶级领导一切的豪气,以"造反派"代表的身份进入县革命委员会,任副主任。当了官,觉得孙铁锤不大好听,便取掉了锤字,只叫孙铁。坐在"团长"、"司令"、"主任"的交椅上是能看见一些幕后戏的,这增加了他的见识,虽然表面上他仍保留了工人的粗直,内里却已是一个能权衡利弊得失、勇中有谋的领导者了。他当县革委会副主任已经四年,却还不是县委常委,心理上越来越不平衡。"党政军民学,东西南北中,党是领导一切的",这使他有种被排除在中心之外的感觉。他努力过，现在有了希望，但进展却没有他期待的快。

今晚的电话会，曹兀龙一个人在讲，他思想开了小差，准备着散会后和靳向东商量几个问题，所以一散会他撒腿就走。刚出邮电局大门，却听后面曹兀龙叫他，他先一愣，随即一喜。曹兀龙很少和他说话，见面从来都是公事式的，可今晚他从声音里听出了不同，好像有点求和巴结的味道。他脑子一转，明白是“上面”在起作用了。他站住了等，曹兀龙紧走几步赶上，笑着邀他到他那里坐。

两人一同来到曹兀龙办公室，坐下，曹兀龙先开口：“孙主任，我两个都是直筒子，我跟你直说吧。我一直对你非常重视，这次我代理了书记，想把你闹到班子里来，当个常委或副书记，可是，他们那一帮子不同意。”他手指屋外，观察了一下孙的表情，“这个我想你能猜到。那些都是‘文革’初期被打倒过的，对造反派意见大着呢！”

孙铁因不摸曹兀龙的底，只模糊地“嗯”。曹兀龙继续说：“这帮子人把持在班子里，你啥都不要想干。你可能已经听说了吧？我和赵天葵吵了一架，一为调几个一般干部，二为你的材料。我叫组织部把你的材料整一下上报，赵不干。我气坏了，给地区丁部长打电话说了，丁部长准备找他谈话呢。”孙铁悬着心点点头：“那好。”

曹兀龙拐弯抹角说了半晌，只得到这么不阴不阳的两个字，心里一团火腾一下就起来了。但又一想，找这位太岁来，不是和他吵架的，便喝茶压火气。

屋子里突然静下来，有股不安的气氛慢慢弥漫着。

孙铁感到了，他不想把关系搞僵，无话找话地说：“丁部长要找赵天葵谈话？”曹兀龙点点头：“就是。我估计，一是批评他，再者，可能是想动他。”孙铁点头“嗯”。两人又都无话了，屋子里再次陷入沉默。

孙铁平日没有这么稳健，但今晚面对的是曹兀龙，又是他毫无准备的话题，才存了十二分的戒心，但他也不愿表现得过于生分，又挤出一句话来：“那你估计会谈成什么结果？”

曹兀龙放下茶杯，说：“难说。丁部长不了解情况，我怕他把丁部长问住。本来，我想到地区去把详细情况给丁部长汇报一下，这里又准备开常委会，就是研究你的常委，抽不开身。你看你能不能到地区去一趟？把情况给丁部长汇报一下，争取这次就把赵的问题解决了。要不，他那里不走，空不出位子，你这里还进不去。”

听到这里，孙铁一下释然了，拐弯抹角这半晌，原来是想叫他到地区去汇报赵天葵。这自然不成问题，曹不说他也会说的，凭着他和丁义川的关系，小菜一碟，何况还关系到自己的前程，便爽快地说："行，没问题，丁部长那里，包在我身上。"

曹兀龙心里大喜，脸上小喜，轻轻地笑笑说："那给你报常委的事，就包在我身上。"

两人坐着，同时伸出手，握了一下。孙铁脸上明显有了喜色，关切地问："常委准备报哪几个？"

至此，曹兀龙不好瞒他了，思谋着慢慢说："准备上会的三个：你、朱仕第、姬建华。"

听说还有朱仕第和姬建华，孙铁有点意外，说："朱仕第的海外关系搞清楚了吗？"

曹兀龙脸上的笑意收了，说："朱仕第是个很能干的同志，当办公室主任也有些日子了，也该提拔提拔了。"

他没有回答"海外关系"的事。孙铁明白了，朱仕第是上了曹兀龙的船，立即转舵："那倒也是。——姬建华怎么还要提？那可是刘钟的死党！"

曹兀龙叹一声："我也是没办法。这是他们的交换条件之一，我要提你和朱仕第，人家就要上姬建华。如果不同意姬建华，你和朱仕第就没法通过。你不算算人数，那帮子人的势力太大了！这个情况你到地区去要给丁部长汇报呢！不把那帮人调出去几个，咱们啥事都干不了！"他开始使用"咱们"了。

孙铁想趁机探探曹的虚实，点点头说："你到地区去给熊书记和丁常委怎么汇报的？咱两个最好意见一致，要不，说到两岔里，反倒不好了。"

曹兀龙沉吟，想着也瞒不过去，不如实说，便道："我没顾上细说，但和丁部长有个初步想法，就是把阮祥林调地区拖拉机厂。可是，现在我想，赵天葵对咱们的威胁比阮祥林大，你去给丁部长汇报，就说我两个意见一致，阮祥林可以先放放，先把赵天葵调走。"

孙铁点头，他有一肚子主意，但都要等进了常委班子后才能提，这阵儿自然以不露声色为好。他见曹兀龙话已完，站起说："那好，我明天就去地区，争取早一点把情况反映上去。"曹兀龙也站起来，说："那好，我叫朱仕第给你派车。你先去，和丁部长谈好，完了给我一个电话，我这里就送赵天葵走人。这边的事你放一百二十个心，包在我身上，这次哪怕和他们翻脸，也要把你的问题解决了。只要你到班子里来，咱两个团结一致，啥都好办了。"

孙铁伸出手，和曹兀龙使劲握一下，豪气地说："那就这样，这边，就看你的了，地区那边，包在我身上。我孙铁是什么人，以后你就知道了。对朋友，我两肋插刀；对对手，我寸土不让。帮过我的人，我不会忘记的。"说完，离开了那里。

送走孙铁，曹兀龙一个人回想方才发生的一切，仿佛做了一个梦。他心里很有些得意，仿佛突然明白了“政治”，“政治”就是为自己。一切为自己就是最大的“政治”。他觉得自己是个政治家了。

这一夜，是那么平常，又是那么特殊，也许，水泉县的不幸，从这一夜才真正开了头。不错，这是一次简单的谈话，简单得有些仓促，但它却改变了水泉的历史进程。水泉县并不惧怕曹兀龙那非凡的大嗓门，哪怕用高音喇叭放大几十倍也不可怕，水泉县却惧怕这深夜里悄悄的谈话，惧怕政治上的零蛋“政治家”。

14.“龙”学会了游泳

曹兀龙当代理书记以来，还未有过今天这样的好心情。一早，他看着孙铁的小吉普驶出院子，便给朱仕第下达了召开常委会的命令，却不通知具体的时间，上午，下午？抑或明天，后天，要看赵天葵什么时候动身。

他从容，镇定，充满自信。像一个有经验的猎人，有上等的猎枪、充足的弹药，猎物在他枪口下无知无觉地吃草，丝毫不知道命运已经掌握在别人手里了。一种安排别人命运的主宰者的豪气使得他全身每个毛孔都觉得十分舒畅。上次常委会他吃了败仗，败得那样恼人，这次，他也要捉弄捉弄他们。然而，一想到至今常委会上己方还是他一个人时，一种焦躁又浮上心头。不，不能大意，现在还不是高奏凯歌的时候，他又冷静下来了。

他打电话询问了几个公社春播的进度，又召集农、林、牧、水电等几个局的负责人，开了个可开可不开的长会。大家都觉得怪怪的，只有朱仕第明白，他在磨时间，在等待那个时刻的到来。

下午，他显得稍稍有些烦躁。要尽力显得忙，偏偏事儿少起来，想走开，又要等那个至关重要的电话，便一遍遍地上厕所，路上碰上什么人，就和什么人聊，内容都是些莫名其妙的问题。

五点钟，那个要命的电话终于来了，他等不及电话结束，屁股就离开了座椅，压着嗓让朱仕第派车，立即催赵天葵上路。看着满腹狐疑的赵天葵钻进车里，他高兴得肚子都笑了。

赵天葵的车刚出大门，他就命令朱仕第：“通知常委会晚上开。赵走了，你帮小郭准备一下材料，除了要报的那几个常委外，公社书记、主任的调整也上。山口公社的田养民调羊场去，冯彦虎任山口公社书记、主任。”

朱仕第沉吟了一下，慢慢说："曹书记，冯彦虎……是不是稍缓一缓？上次刚上过会，现在马上再上，他们会不会怀疑……太急了？田养民一调，山口公社实际他就是一把手，实权已经到手了，略缓一缓，常委班子的事解决了，那就不算什么问题了，你看……？"

曹兀龙想想，说也行。说到文戈的调动，朱仕第又提了不同意见："文戈是不是也稍缓缓？你刚和赵常委为文戈的事吵了嘴，现在马上调，会不会叫人议论？"

曹兀龙嘴上说"议论怕什么"，但还是听了朱仕第的话。朱进一步建议道："你要嫌文戈碍眼，可以让他下乡去蹲点。不如带他到山口去，一来便于监督，二来还可防止他和刘钟他们来往，三还可以让他写材料。你看……"

曹兀龙想想说："那也好。但鲍日曙这次一定要上，办公室的权一定要掌握在咱们的人手上。是一步上主任，还是分两步，你考虑，但是一定要上。"

晚上的会开得很短。阮祥林见只有三个常委，说："只有三个人怎么开？"庞大卫也说："人太少了么！"

曹兀龙不动声色，说："没办法，地区催得紧。熊书记、丁常委都催，不研究不行了。"

阮祥林说："三个人不过半数呀？"庞大卫也说："就是。"曹兀龙说："咱们三个先研究，完了还要征求别的常委的意见。"

阮祥林、庞大卫无话可说了。

朱仕第代替赵天葵汇报了材料，阮祥林说："咱们班子里只缺一名常委，怎么报三个？"曹兀龙说："这是熊书记和丁常委的意思。"

阮祥林和庞大卫又不能吭气儿了。

反正是，阮祥林有一句话，曹兀龙就有一句话对答。曹兀龙对答不上的，朱仕第就代答。庞大卫不了解情况，也不大关心，实际就成了阮祥林一个人对曹、朱两个，他反成了少数。所以，几乎没费什么事，计划的内容就都通过了。朱仕第虽不是常委，却已经起到了常委的作用。

会一结束，曹兀龙立即让朱仕第给杨子厚挂了电话，说常委会定了三名常委，问他同意不同意。杨子厚远在千里外的工地上，四五个月才回来一次，哪里知道县上的情况，再听说"常委会已经定了"，他还能有什么意见，朱仕第给他挂电话，总不好意思说"我不同意你"，只得说没意见。

至此，七名常委已有四名通过，过半数了，曹兀龙一颗悬着的心才放下。为了堵刘钟的嘴，他带了朱仕第去医院征求意见。阮祥林已先一步到医院了，双方一见，都有点尴尬。阮祥林起身告辞，曹兀龙怕他在场不好说话，也不甚留，让他去了。

刘钟问情况:“咋报得这么急?”曹兀龙说:“熊书记、丁常委催得急,没办法。”刘钟说:“苏常委、赵常委决定调了吗?还没下文呀?”

曹兀龙说:“苏常委是熊书记照顾两地分居,熊书记早就有这个意思,这次岳局长出了车祸,才下了决心。赵常委是调去加强地区拖拉机厂的,那里有点乱,领导的意思是调个能力强责任心强的同志加强一下。咱们报的三个,孙铁,是地区丁常委亲口跟我讲的;朱主任,”他指一下坐在一旁的朱仕第,“也该报了。能力、经验,各方面都没问题,该报了。姬建华你也了解,也该报了。姬建华下面还有些反映,我挡住了,干部么,该用的时候就要用,谁还没人反映。”

接着,朱仕第缓缓地说了常委已经有四名通过的话。刘钟明白大势已去,孙铁是上面点名,挡不住;姬建华他早就想报;朱仕第论能力当个常委绰绰有余,听出是曹兀龙力主报的,又当着朱仕第的面,还能怎么样?只得哑着嗓子说:“既然多数常委已经通过了,那就这么报吧。”

【喜羊镜】台上算,台下不算;二比一,多数通过;发帽子,符合政策!

曹兀龙要的就是这句话,心里长舒一口气,显得格外平和,坐着问了一阵病情,才起身告辞。刘钟没起来,只在床上招了招手。他感到很累,既多病,又多事,搞得他身心疲惫,刚想闭眼休息一阵,郭玉海和文戈来了。

他们问了刘钟的病情,郭玉海说:“刘书记,我参加常委会了,我觉着这次常委会很不正常。”刘钟看看他,说:“怎么个不正常?”郭玉海看一眼文戈,说:“只有三个人,开什么常委会!连半数都不到。”刘钟看看二人,说:“你是不是把常委会的情况告诉小文了?”郭玉海说:“嗯”。

刘钟脸上严肃了:“小郭,这点我要批评你。小文,你也听着。你两个都有机会参加常委会,会上的情况不对你们保密,但是,你们必须明白,常委会上研究的事,在没有公开之前,不应该传给没有参加会的人。你两个也不例外。小郭参加会了,小文没参加,就不应该告诉小文;小文参加会了,小郭没参加,就不应该告诉小郭。这就是纪律。你们以后要注意,不能在这些问题上犯错误。”

郭玉海和文戈心里一灰。他们本来是想找刘书记讨主意,倒受了一次教育。刘钟其实是很喜欢他俩的,但职责所在,又不得不板着面孔训他们。见他俩神情有点沮丧,又安慰道:“今天的事已经过去了,就再不提了。我不是要把你们怎么样,你们都年轻,对党的纪律的严肃性认识不足,应该提醒一下;再者,你们毕竟也没有告诉别人,虽然性质上也是泄密,但没有造成不良的后果,以后注意也就是了。”

郭玉海、文戈呆听一阵教导,脑子里乱乱地走了。

15.要留忠名在人间

郭玉海、文戈一走,刘钟突然觉得病房里一阵空虚。规定的吃药时间早过了,他却不吃。他心里苦苦的。常委会的不正常他当然感到了,但他却不能和他们说,不能和他们一样自由地议论。他已经是五十多岁的人了,从出生的那天起,就受着“听话”的教育,他从小就是个“听话”的孩子。他是有三十多年党龄的老党员了。当县级领导也十多个年头了。从他当干部的第一天起,就受着“个人服从组织,下级服从上级”的教导,他一直都是“服从”的模范。几十年来,他就在工作——服从——服从——工作中度过,仍难免一再被怀疑、审查、批判。从解放初的“肃反”开始,到后来的“三反”、“五反”、“反右”、“反右倾”,再到“社会主义教育运动”,每次都要把干部队伍像篦头发似的篦那么一遍。稍有点脾气的,都被篦出来了。刘钟虽然没被篦出来,但每搞一次运动,他的灵魂差不多都要出一次窍。而这样的运动是一次一次又一次,无止境地在搞。直到文化大革命开始,他还是没逃脱被打倒的命运。数年时间,一位忠诚的革命者却是戴着标志“反动”的白袖标过来的。直到铁首仁来到水泉县,他才得以解放。看看他那过早到来的满头白发和永远严肃的面孔,就知道他的一生多么不容易。而几十年的经验集中到一点就是:当干部,不能犯错误!而“不犯错误”的关键,就是无论何时何地在何种情况下,都不违背上级的意志。

他是凭着自己绝对的忠诚才有今天的。这是个高尚的品质。这品质在群众中有很好的声誉。但人们在赞叹他品质高尚的同时,总会附加一句:“唉,刘书记……”那无法用语言表达的省略号,是遗憾和叹惋。他的高尚是真的,然而却显得那么僵硬和个人。他像财迷保护金子一样保护着他的高尚,那是他一生全部和仅有的财产。然而有时候,这高尚却有点像挡箭牌。因为那后面可以卸掉许多责任。一个人,当他的肩上套上县委书记或副书记的绳套时,他就不仅仅是他个人了。他就对他治下的老百姓有了一种责任。可以相信,如果是战争年代,刘钟绝对是那种为了事业和同志毫不犹豫牺牲自己的人。然而在和平时期,他却看不到自己的目标和责任。他以为自己的全部责任就是服从,而不是为老百姓。这种终极目的的忘却使得他的高尚变了味,用历史的眼光看过去,他对水泉县二十多万人民来说,是有罪的,但却不能全怪他自己。

今晚,他用高尚的行为和高尚的言词深深地伤害了两个还不很成熟但却可以肯定是一片赤诚之心的年轻人。如果他能听到郭玉海和文戈那灰心丧气的话,也许能做点什么,但他却只躺在病床上自责。这种自责的精神无疑是可贵的,但却于事无补。

强烈的自责和深深的忧虑严重地损害了他的健康,他几乎一夜未眠。第二天早上,当护士看见他时,吃惊地问:“刘书记,你……昨夜又犯病了?”他勉强应道:“没有啥。就是没有休息好。”他向护士要了几片安眠药,希望吊针的时候能够睡一会儿。

然而,他没有睡成,听到消息的苏芸和赵天葵连夜赶回来了,带着走了长路的疲惫和灰尘进了病房。然而,见到刘钟,两人都暗暗吃了一惊,准备说的话,一下都咽了回去。他们眼圈儿都有些红,向护士询问刘钟的病情。

刘钟猜到了他们的来意,说:“你们知道了?”苏芸说:“熊书记找我谈了,说要照顾我们两地分居。”刘钟问:“单位定了吗?”苏芸说:“还没有。熊书记说,先征求我的意见,如果我同意,他就安排。”刘钟说:“那你什么意见?”苏芸说:“就为这,我才赶回来和刘书记商量。”

刘钟又问赵天葵。赵天葵就没有苏芸那么幸运了。他是丁义川谈的话。曹兀龙没有在丁义川跟前少汇报他,再加上求胜心切的孙铁,他在丁义川眼里,离十恶不赦也差不远了。能够平调到地区拖拉机厂,就已经是宽大处理,很有照顾的性质,哪里还有讨价还价的余地。

两人的情绪都很不好。特别是赵天葵,革命了大半辈子,却叫一个初出茅庐的年轻人没头没脑地训了一顿,还要把他从干熟了的岗位上调开,哪里有好心情。苏芸虽然被用了照顾的名义,但她总觉得是被人算计了。

她不是不想夫妻团聚,她更想在她愿意的时候由她自己提出这个要求。两人连夜赶回来,家都没有顾得回,就到医院来了,目的就是想和刘钟商量出一个应对的办法。

苏芸说着说着忘了刘书记的病:“刘书记,这显然是陷阱。我们不能就这么任人宰割。曹兀龙、孙铁都到地区去活动过,他们已经对我们下手了,我们不能死等着挨宰。”

赵天葵也说:“这次谈话,我有个深切的体会,就是地区的领导听一面之词听得太多了。他们已经先入为主,再说什么都听不进去了。我们过去只知道埋头干工作,根本没往地区跑。现在看来不行了,我们也得向上反映。”

刘钟听了,半晌说:“我还是那句老话,我们应该相信组织,应该相信上级领导。毛主席早就说过,兼听则明,偏听则暗。不管他们怎么反映,那都是一面之词,不足为信。我就不相信地区的领导那么没水平,他们怎么说就怎么信?他总还有个调查呢。不调查,不听听我们的意见,他们说也白说。”

赵天葵和苏芸一对眼,心上的苦渗到了脸上。苏芸说:“刘书记,我们不能太天真,领导的水平我们应该相信,但是,一面之词听得多了,我们这边又没有驳词,总会听进去一些。事实也证明,地区的领导确实已经听信他们的话了。”赵天葵也说:“不是一般的听信,是听信得厉害了。”

刘钟在枕上轻轻摇头:“没有根据的话不要乱说。都是县委领导,到地区开会,反映情况,也都是正常现象,不能乱怀疑。我们有时候也去地区汇报工作,别人要是怀疑我们反映了谁,告了谁的状,我们心里也不痛快。所以没有根据的话不要乱猜。毛主席说了,‘要搞马列主义,不要搞修正主义;要团结,不要分裂;要光明正大,不要搞阴谋诡计’。我们不要搞,谁都不要搞。毛主席的话是针对所有的干部说的,所有的人都要遵守。这一点我们还是要相信的。”

苏芸和赵天葵同时说:“人家已经不遵守了,我们……怎么……”他们急得说不出话来了。刘钟却仍说:“人家不遵守是你们两个说的,事实是不是那样,那还要经过调查。即使他们真的那样做了,那说明他们没有按毛主席的话做,是他们的不对。我们不能因为有人不光明正大,我们也就不光明正大。那不对,那不对的!”

苏芸急得站起在地上转了一圈。赵天葵使劲拍了一下铁床的栏杆。忍了忍,苏芸说:“刘书记,那你说我们怎么办?”安眠药似乎开始起作用了,刘钟感到四周一片黑暗压过来,眼前一阵阵发黑,他以强大的意志力克服着困倦,说:“怎么办?毛主席早就说过,‘个人服从组织,下级服从上级,全党服从中央’。还能怎么办?”

苏芸几乎绝望,说:"我们就这么让人给算计了?"刘钟说:"你们不是已经把情况给熊书记和丁常委谈了么,就听地区领导的安排吧。上级领导我们总要相信吧。"

苏芸喘了一声,感到一团无名怒火在胸中燃烧,却说不出话来。赵天葵也是。刘钟是他们几十年的同志和战友了,他的话句句都是正确的,却仿佛处处都在为难自己。那些使他们听来非常别扭的理论,像是圈套,将自己套住动弹不得。但细想,却都非常正确,那些话,他们自己就时时挂在嘴上,用来教育别人。一个巨大的困惑像雾一样罩住了他们,使他们开口不得。苏芸想发火,想尖叫,想把心中的不平喊出来,可看看刘钟白得像纸一样的面孔,再看看他手上像蛛网缠住他的吊针,看看他由于病痛和忍受安眠药变得扭曲的面孔,忍住了,咬一下嘴唇,不再说话。赵天葵也是。

刘钟的心脏也在剧烈地疼痛,他并不是一个很糊涂的人,明白这些天发生的事会带来什么结果,但他坚守的原则和纪律使他不能和他们说心中想说的话。他其实已经做好了最坏的打算,却只能独自忍受痛苦,也独自享受圣徒殉教的神圣感。

他们的谈话在一种让人颤栗的带有永诀意味的悲壮气氛中结束。刘钟始终没说一句不可以在任何地方公开讲的话。那么原则,那么正确,那么让人痛恨,又那么让人遗憾和怜悯。

苏芸和赵天葵都觉得无话可说了,站起来用告别的眼光巡视了一下县级医院常有的那种不洁的白墙,看了看那有些可疑图案的白色棉被。无人照看的药瓶倒挂着,毫无感情地一滴一滴往那枯柴似的胳膊里输送鬼才知道能起什么作用的液体。他们的眼圈再次发红了。苏芸嗓子发颤地问:"家里人一直没来吗?"刘钟摇了摇头:"不用。"

他家在农村,县城里就他一个人。女儿一年前卫生学校毕业,有人建议她留在县医院以就近照顾他,他却以领导干部子女不能特殊为由让她回家乡进了公社卫生院。

苏芸说:"要不要给办公室说说,派个人来?"刘钟坚决地摇头:"不用。这里有护士。"苏芸不再坚持,她知道,在这些问题上,他的克己是出了名的。

告辞后,他们慢慢向外走,在门口回了一次头,见刘钟一个人孤零零地躺着,显得那么孤单,那么无助,心下不忍,喊护士来看着。两人出了门,想舒一口气,却发现天和地都是黄的,街上的人木偶似的毫无来由地走来走去,满世界都是下等医院的闷人气味。

第二章

1.一颗心在另一颗心旁跳动

那是个仇视知识的年代。“知识越多越反动”早成定论。上海机床厂的调查报告又新得出了“大学生不如中专生,中专生不如工人”的论断。文戈和杨红砚不幸而上过大学,倒成了洗刷不掉的耻辱印,在社会上备受歧视。不过,他们自己倒并不觉得特别罪恶,私下里还有些惺惺相惜。

文戈今天的心情不好,戴着“小知识分子”的帽子,跟随“粗而优则仕”的曹兀龙下乡,不是什么愉快的事。但也无奈。秘书,并没有自己选择跟谁或不跟谁的自由。他找杨红砚借书,想乘机和她说说话,排解排解心中的烦闷。

杨红砚,是县常委杨子厚的女儿。然而,似乎没有沾杨常委什么光,因为人们说“杨常委的女儿”的次数,还没有说“杨红砚的爸爸”的次数多。她在宣传部管着一柜子图书,倒像个蜜源,吸引着大院里一帮年轻人常来光顾。她正写东西,见文戈来,嘴里应着,手不停,想把一句话写完再给他拿钥匙。

屋子里静静的。文戈悄没声地站桌旁看她写字,心里温温的,感觉空气里融了她的香味,自己正被那香味围着,酥酥地由毛孔往他身体里渗,使得他全身都悄悄活跃了起来。他轻轻做了个深呼吸,想象中似乎将一个看不见的她悄悄吸进了体内。他屏住气,仿佛把她关在了自己体内,可以带着她走,到任何地方都和她在一起。他有点痴痴地、傻呆呆地享受着那片刻难得的宁静,倒希望把这种宁静固定下来。

杨红砚写完一句话,一抬头,见文戈呆呆的,愣住了,说:“你……怎么了?”文戈惊醒过来,忙掩饰地一笑:“哦,我借书。”他怕自己脸红让她看出来,故意举拳向空中一伸,同时全身都鼓了下劲。

她给他取钥匙。钥匙上有朵塑料绳编的玫瑰。文戈去接钥匙,碰到了她的手。她笑着看了他一眼。文戈也笑着回看她一眼。两人心里便都温温馨馨的。她笑问:“你要下乡?”文戈说:“嗯。”杨红砚说:“跟曹?”文戈点头。她微摇一下头:“怎么偏偏跟他!”文戈叹一声,无奈地说:“怨憎会呗!”她一笑:“小心点。”文戈点头,心里润润的。

“想借什么书?”她问,同时一笑,一嘴猫儿般细牙白亮亮地在那鲜嫩的唇间排列着,使得她整个人都显得那么生动。文戈见她满脸鲜亮,心头一凛,突然想到了一个人,他有一瞬间的疑惑,把两个人混为一个人了。然而，理智告诉他，不是，她是她，她是她，她在天边，同时在他心里，而面前的人是杨红砚。他摇一下头，目光从她脸上移开，脸上突然肃了："我到里面找吧。"

这变化没有逃过杨红砚的眼睛，她本来想跟进去给他介绍什么书在什么地方，脚都跨出一步了，却又站住了，看着他一个人进了套间。

说是一柜子书，半柜子是《毛泽东选集》，小说只有一本《欧阳海之歌》，其余都是"毒草"，烧掉了。他进去好半晌，只找到一本《梅特涅》，一本《田中角荣传》。他把书放桌上让她登记。她登记了，把书推给他，虽然仍看他，但笑容似乎有点吝啬了。

文戈感到了，想走，却不愿让她心里有霜，迟疑一下，笑道："我昨晚做了个梦，知道我梦见什么了吗？"杨红砚一笑："什么？"文戈说："我梦见我是只小猫，被你叼着满处走，你的牙尖尖咬得我身上痒痒的。"杨红砚一笑："那我成什么了？老猫啊？"

两人同时哈哈笑起来。杨红砚做了个轻打的动作，却没有打到他身上。

文戈见她高兴了，放下心来，告辞要走，一转身，被杨红砚喊住了："等等，你背上一溜麻雀屎。"文戈转脸看一下，没看到："在哪儿？"杨红砚说："你别动，我给你擦。"可看了看办公室的抹布，说："到我房里给你擦吧，抹布不干净。"文戈嘴上说不用，但也不很坚持，见她不由分说的样，只得跟了去。

她房间里有股女性特有的香味，很整洁。她取了自己的擦脸毛巾，文戈忙制止："不行，不行。擦脸毛巾弄脏了。"他从脸盆架上拿了抹布："这个挺干净，就用这个吧。"

杨红砚看他一眼，也不说话，夺过抹布扔椅子上，将毛巾蘸了水，命令道："转过去。"文戈听话地背过身去让她擦，小心地抵抗着加在背上的压力，忽然有股想转身抱她一下的渴望。他定了定神，想了一下远方的她，忍住了。

他无话找话地说："雀屎掉身上不吉利，这次跟曹兀龙下去，不会有什么事儿吧？"杨红砚已经擦完了，在盆儿里洗着毛巾说："别胡说。会有什么事儿，吉人自有天相。你要心里不踏实，我给你吃一颗定心丸。——来，把衣服脱下来。"

文戈没明白她的意思："干什么？"她不解释，搭好毛巾，笑眯眯地说："你脱下来就行了，哪那么多废话。"

文戈倒喜欢这带点娇气的命令，嘴上说些话，手却不由自主地去解扣子。杨红砚帮他脱下衣服，取把小剪子，将苫被子的红头巾扯了过来。文戈知道她是要剪一块红布缝那儿避邪，他一把按住头巾："不行。新新的头巾，剪了多可惜。"杨红砚一笑："我上中学时的破头巾，都快成文物了，谁还用它！”

文戈还是按着不让剪:“别糟蹋东西。我跟你说着玩儿的，谁相信那些。”杨红砚固执地扯着头巾,看着他的眼睛说:“我相信。你要就这么走了,我会……一直记着。”

文戈被震了一下,看看她的眼睛,那眼光里有股期待,还有一股无法抗拒的柔情,他的心突然一软,慢慢松了手。她嘴角抿出一个胜利的笑纹。

他看着她剪了一块,再剪剪圆,再剪,出现了一个桃子形状。她笑着说:“我给你剪一个寿桃,算是给你祝寿、保平安,逢凶化吉。”文戈笑着说:“谢谢。”

剪好了,她在衣服上比划,文戈说:“要缝里面,缝外面叫人看见了。”杨红砚笑起来:“你以为我就那么笨？”

可是,当她缝时,桃子尖儿却向下，屁股向上,变成一个红心了。文戈呆了，看着她细心地用针尖儿挑着缝,他的心颤了。他感到一股无法抗拒的温柔向他袭来,使他只想闭上眼化进去。然而,他同时还感到,在天边,不,在身边,还有另外一双眼睛正盯着他,那眼光里有担心,有责备,有抱怨,也有温柔,同样使人无法抗拒。他不愿让这两双眼睛相碰，他怕她们不能相容,这个时候，只要杨红砚一抬头，就会发现那双眼睛,而她眼看就要缝完了。

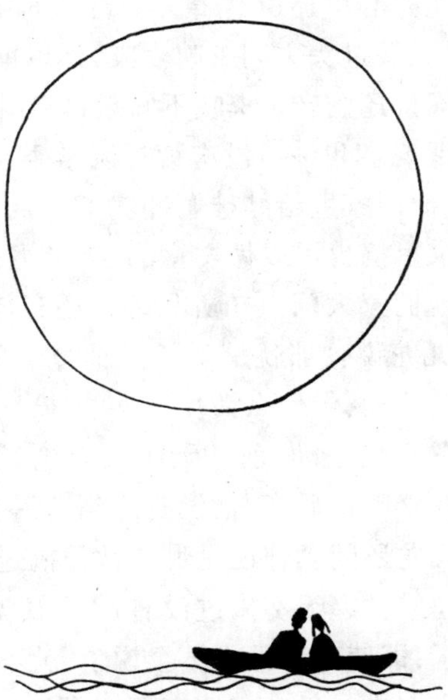

【湖心月】无言两相对,似醉还似醒;温唇默默,柔肠静静,半湾秋水,一叶扁舟,两个情人。兰心润似谜,红微香轻,似有若无心头过,淡淡幽幽;一分甜,两分醉,三分梦。

他心跳得厉害，万一，万一杨红砚说出什么话来，他怎么回答?他可不愿让她不愉快。可也同样不愿让远方的“她”不愉快。两个人他都不愿意得罪,可怎么才能都不得罪?他不知道。正惶恐,却听小李在院子里喊:“文秘书,曹书记要走了,你在哪里？”他心里一松,连忙抓过杨红砚刚刚缝好的衣服,说声“谢谢”,边穿边往外跑。

2.山口人物

今年又是大旱。旱,将蓝天、白云、绿草、羊群的诗意扫得荡然无存。公路两边的山丘是土灰色的,没有一点绿。偶尔见着的羊群也是饥饿的土灰色。吉普车扬起的灰尘将天空和云彩也污染了,也是一天的土灰。文戈的心情似乎也和这天地一样,一片土灰。

开车的师傅叫李映,平日话也不少,但和曹兀龙一起时,却很少开口。过了一道梁,风向变了,灰尘被吹向一边,车里才稍稍轻松了。

曹兀龙心里还琢磨着县委班子的调整,想抓住阮祥林搞封建迷信活动的把柄,转过头去问李映:“哎,你以前说阮常委会刹冲气,真的假的?”

他问得还婉转。李映不知是诈,还回想自己什么时候说过这话。他疑疑惑惑地说:“我……没有说过阮常委会刹冲气。我说过有一次我送阮常委回去,他们家里给娃娃刹冲气了。”

他家里搞也可以做文章的。曹兀龙问:“你看见了?”李映说:“没有。我去时见他们家大门上扣着只碗,还有烧过的纸灰,我猜是给娃娃刹冲气了。”曹兀龙说:“那就是刹了。”他鼻子里哼一声,“一个常委、共产党员,搞封建迷信活动,像什么话!”

文戈心里一动,前些天听人议论,说阮常委搞迷信活动,是不是曹造的舆论?李映也后悔,他没有想到这话会给阮常委带来麻烦。

曹兀龙还问:“你还见哪个常委搞过?”李映摇头:“没有。再没见过。”曹兀龙还问:“赵天葵搞过没有?”李映说:“没有。我不知道。”曹兀龙知道问得急了,即使他看见也不会说了,就不再言语。

两个多小时后,吉普车蒙着厚厚一层尘土,越过在门口等候的冯彦虎,驶进了山口公社大院。

冯彦虎随后颠儿着跟进来,老远就伸出了手,冲正在下车的曹兀龙喊说:“啊呀,曹书记咋才来?我们都等死了!我算时间早该来了,咋到这时候才来?路上没有打啥麻烦吧?”他一边说,一边准备和书记握手,曹兀龙却仿佛没看见,径直往里走。冯彦虎一愣,随即又笑,从李映手里接过书记的茶杯,前前后后颠儿着,猫一样咪咪地发出一连串问话。

文戈站在车门口,冷冷地看着冯彦虎献的那种讨厌的殷勤,心里浮起一阵轻蔑。这个背微有点驼,四十多岁的粗俗汉子的脸是那种不健康的灰黑色,像是被鸦片烟熏透了一般;制服油光光的带着膻气。由于大量吸烟,喉咙里老是嗞嗞作响，咳上来的痰又浓又黄，呼出的气有股不卫生的味道。再联想到他的名声，文戈突然觉得，这位公社副主任的手一定很脏，说不定带了结核菌。为了避免和他握手，他下车时把曹兀龙的手提包也提到了手里，好让两只手都占着，以做拒绝的借口。然而，他的预防措施完全没有必要，冯副主任捧着那神圣的茶杯，全神贯注地迎接一号人物去了，根本没往他这边看。

“啊哈，李师傅、文大秘书好！”瘦瘦的公社秘书走来招呼文戈和李映，“我们这儿是对等接待，小书记接大书记，小秘书接大秘书。李师傅，请！”他顺手接过文戈手中的提包，向李映做了个请的手势。

他叫李锦竹，高个长腿，走起路来垮里垮架的。嘴巴很奇特，下牙床比上牙床突出，看上去像是要揽包子吃，当地人叫“地包天”。

文戈没见到公社书记田养民，心里奇怪，问李锦竹。李锦竹诧异：“你不知道？县上找去谈话去了，说要调羊场去。”文戈诧异：“那山口又调了谁？”李锦竹不回答，说：“进屋，进屋。进屋洗个脸，喝口水。”

文戈刚进屋，李锦竹嘴贴他耳朵边说：“冯！你不知道？”文戈更诧异，说：“他？”李锦竹一咧嘴：“怎么，不行？”文戈说：“当然！”李锦竹点点头，扁一扁嘴说：“你快当县委书记吧，你当了县委书记，他就不行；你当不了县委书记，人家就行！”文戈梗着脖子说：“不论谁当书记，总不能鼓励嫖风吧？”李锦竹不回答，耸一下肩，笑着招呼李映去了。

那年头，书是极稀罕的物儿，李锦竹见文戈的包里鼓鼓的，猜着可能是书，笑着动手去翻：“我检查检查大秘书带了什么书，叫我先‘批判批判’——哦，对了，我最近得了一本书，太值得‘批判’了！”文戈问：“什么书？”李锦竹笑说：“天机不可泄露。因缘成熟的时候自然给你看。现在咱们先检查检查你的。”

他掏出一个厚本，竟是《马克思恩格斯选集》。他睁大了眼睛，笑道：“啊呀，看来咱们的文大秘书是真正的马列主义者，下乡还背着马列著作。”

文戈说：“我告诉你，只要你读一读，保证喜欢，那里面的语言真是美极了！”李锦竹笑着放下：“好，那就留给你美。”说着又掏出《梅特涅》和《田中角荣传》，“梅特涅同志我怎么不认识？我还是先批判田中角荣吧。这个同志还有点面熟。”

李映在旁，拿起《梅特涅》翻了翻，扔下说：“现在他妈的连本小说都找不上，也不为我们这些车户想一想。”

这时，从门外进来一位年轻、清秀的女同志，穿一身清亮的毛蓝布外衣,眼睛黑亮黑亮的,脸上红是红,白是白,垂两根细细的长辫子,辫子上什么也没扎,只在辫梢处绾了一下。她先问了李映好,然后大大方方地问文戈:“文秘书来了?”

文戈看一眼李锦竹,一边应她的“好”,嘴里念叨:“我还不大熟悉。”李锦竹扁着嘴笑起来:“有眼不识金镶玉,竟然不认识咱们黎主任!”她拿眼瞪李锦竹,眼珠儿更显出清亮来。李映说了她的名字,文戈没听清,却不好意思再问。

她拿起桌上的书看了看:“文秘书带的书吗?借我一本行吗?”她说话柔声柔气的,瞭一眼文戈,那眼光仿佛婴儿粉嘟嘟的小拳头,带着股叫人又心疼又甜蜜的重量。文戈微笑着点了下头,也没看清她的脸,只觉得水灵灵的又嫩又鲜,和这块干旱的土地显得很不协调。

她要拿《田中角荣传》,李锦竹夺过去,将《梅特涅》塞给她,她不要,李锦竹又故意给她塞《马克思恩格斯选集》。她举手要打,李锦竹一缩脖子,她抢过他手里的《田中角荣传》跑出门去。跑几步,回头说:“文秘书,我就借这本了,谢谢你。”李锦竹笑骂,跺脚,装着要追,却没追。

冯彦虎在院里喊李锦竹,让把曹书记的提包送过去。李锦竹答应一声,没送,反掩了门,从窗口往外探看。文戈、李映奇怪,也看,却见一位穿紫红条绒上衣青坎肩的年轻女人笑眯眯地从院子里走过。冯彦虎看见,眉眼儿都细了,迎几步,做手势向他屋里让。李锦竹一摆头,舌头弄出“当”的一响,摇头晃脑地唱:“郎格儿里格郎底儿当!”那神气仿佛是发现了绝大的秘密,忍俊不禁,要笑出声来。

文戈问咋回事。李锦竹故作高深的样子说:“没什么呀!”可他的笑却分明告诉人是有什么的。李映嘿一声:“往冯彦虎房里去了,还能有什么事!”李锦竹只笑,将曹兀龙的手提包送过去了。

3.神相水镜集

李映劳累了一天,晚上早早睡了。文戈和李锦竹闲聊。李锦竹问:“曹书记要把山口定为点?”文戈说:“嗯。”李锦竹说:“那林丰公社呢?”文戈摇头叹息:“一朝天子一朝臣。林丰是铁书记的点,现在是曹书记当政。”

李锦竹说:“可山口不如林丰,前些年县上提‘远学大寨,近学林丰’,现在怎么提?远学大寨,近学山口?学山口的头儿嫖风?”

文戈说:“山口咋了?‘拉不完的山口’,条件也不差呀!”李锦竹撇嘴,说:"条件是不差,拉也确实拉不完,但不是往出拉,是往进拉!"文戈叹一声,摇摇头,无话可说。

文戈说的顺口溜是:"拉不完的山口,填不满的羊路;长流水的林丰,干河滩的灰条沟;圈不干的羊山,扒倒墙的芦子川。"这是说山口公社粮多,拉都拉不完;羊路公社穷,老吃救济粮,填都填不满;林丰公社油料多,油如长流水;灰条沟则干旱,河都干了;羊山公社的畜牧业发达,羊多,四季产羔,圈不干;芦子川羊越来越少,羊圈墙都扒倒了。七十年代,是"以粮为纲"的时期,有粮,说话就硬气。什么叫"蹲点",不是经验介绍时讲的找个落后公社把工作抓上去,而是找个工作抓上去了的公社当点。山口公社自然条件好,这些年在田养民书记的带领下,是很做了些工作的,虽然这些年老吃救济粮,但在全县比较起来,还是上等的公社,所以,曹兀龙选山口并不是犯傻。只是田养民是铁书记推上去的干部,得把他弄走,让自己人冯彦虎主持工作,啥事就都好办了。

李锦竹见文戈无话,说:"嗨,不管屌他了!我们又管不了,白操的闲心。来,我给你看一本书。"他看一下表,"早了点。"犹豫着,却又锁了门,拉上窗帘,打开土改时没收地主老财的一个厚重木柜,翻开一个报纸包儿,里面是一本看不清封面的石印破线装书。书名已经看不清,翻开来,扉页上写着"神相水镜集"、"右髻道人编定"字样。再翻开一页,仿佛目录,道是:"一集相宗纂要,二集相学辨难,三集相外别传,四集阴骘注解……"

文戈从未见过此类东西,倒生出许多惊奇。那字迹却有些难认,看样子不是正宗书法家所为,有些字儿草得干脆不认识。再翻,还有图,有头有手,上面圈点,注了许多字。

李锦竹见文戈诧异,自是十分得意:"怎么样?"文戈问:"你从哪儿弄来的?"李锦竹说:"你先说怎么样吧?"文戈说:"现在居然还有这种书?"李锦竹更得意了:"扫'四旧'时一个社员拿出来的,吓坏了,要烧,我说我看看,就拿来了——来,我给你看看,看你将来能当个什么官?"

文戈正要说话,却听门"当当"地响,两人都吓了一跳。李锦竹一把抢过书去,顾不得许多,就往柜子下塞,一边问:"谁?"门外应一声,李锦竹先松了一口气,悄说:"哦,黎虹。"文戈也听出来是来过的那位公社妇联主任。

门开处,黎虹站在门口:"这么早,你们关门闭窗的搞什么阴谋诡计?"说着皱一下鼻子,"你们吃了羊肉嘴都不漱,满嘴的蒜味,难受不难受!"随即掏出几块水果糖,给每人两块,"给,压压蒜味。"

叫一位漂亮女士嫌弃,两人都有点不好意思,比挨了批评还尴尬,幸亏有水果糖的友好表示，否则就太难堪了。一来二人要回避“关门闭窗”的问题，二来看她的脸色似乎有些不对，便问：“你好像不高兴，怎么了？”

这一问，把她的火儿问出来了，气呼呼地说：“真倒霉。我的床单、被子刚洗过，又叫住我那儿，我又不是开店的！也不知公社有她的啥，三天两头往来跑。”

文戈猜可能是她那里来了什么不受欢迎的客人。李锦竹早知道是说谁了，笑道：“主雅客来勤么。一定是你招待热情，服务周到，人家才来了还想来。”

黎虹愤愤地说：“一年半载都不洗一回澡，光外表看着光堂，衬衣你们没见！两个肥脚，鞋一脱，土从袜子窟窿里往外淌。我刚洗过的被子床单这下又得重洗。”

李锦竹说：“你没要？”黎虹鼻子“哼”一声，没说话。李锦竹笑了：“我就知道，你没那么大胆子！”

文戈插不进话去。李锦竹给他介绍说：“红沙沟大队的妇女主任，山口公社的社花——吕翠儿同志！——就是今天那位紫红条绒青夹夹（坎肩）。”黎虹不屑地撇一下嘴：“屁花，还社花！除非山口公社的女人都死光，她就是社花了。”

李锦竹大笑，自拍一下脑门说：“哦，我忘了，咱们黎主任才是真正的社花！我该死！我该死！”黎虹说：“你好点儿昂！”说着捏了拳头就打，李锦竹一躲，黎虹一下跌到文戈身上。文戈伸手来扶，两人的手正好捏在一起，不觉都一愣。等再坐下说话，却似乎与方才不同，总觉有股不自在，说话竟再热烈不起来。黎虹似也觉得了，坐一阵，告辞走了。

李锦竹重新锁了门，从柜子下摸出《神相水镜集》来，吹去尘土，要给文戈查书相面。两人互相相了一阵，也不知真假，文戈忽然说：“哦，对了，咱们相相曹兀龙、刘钟、孙铁，看看他们三个谁当县委书记。”李锦竹诧异，说：“曹已经是代理书记了，还有什么情况吗？”

文戈说：“我倒没听说什么情况，只是我想，他那水平，不可能当书记，上面是不是也有看法，否则，为什么不直接任命，还要代理？其实刘钟最应该当，无论从经验、资历、群众基础，别的人没法儿比，可惜身体不好。孙铁也有些苗头，年轻，造反派，现在的形势又比较有利——咱们看看吧，给他们相一相。”

两个人吭吭哧哧查一阵书，回忆一阵三人的面相，直折腾到十点多钟还未罢。冯彦虎却在外面喊文戈，说曹书记找。文戈赶紧去了，一会儿回来，说：“咱们早点睡吧，曹书记明天要下队。”

李锦竹带文戈到另一间房里,嘱咐了自去。文戈摸摸炕,已经热了,却有些潮,知道是久未住人的缘故,怕致病,不敢就睡,想等潮气散发散发再说,就掏出《马克思恩格斯选集》来读。冯彦虎却推门进来了,见文戈在读马列著作,心里十分诧异,虽然当时号召读马列,可都是做样子,人面子上装一装,谁还真读,但也只得称赞:"读马列呢?好,好。读马列好。读马列好。现在号召读原著,好。"文戈不好说他是无书可读,只能读马列,嘴里胡乱应着。冯彦虎摸摸炕,寒暄几句,走了。

冯彦虎回去,给曹兀龙说:"文戈在屋里学马列呢?"曹兀龙仿佛没听清,说:"啥?"冯彦虎又说一遍:"我刚去看文戈干啥着呢,进去一看,在灯底下读马列呢!"

曹兀龙愣了半晌,忽然狠狠地说:"哼,假的!林彪、陈伯达马列学得比兴人(所有别的人)都好,思想最反动!做那些假样子给谁看呢!"

4.一丛玫瑰刺

十一点刚过,公社的发电机不响了,电灯也跟着熄了。文戈摸摸炕,似乎还有点潮,便撕一个纸条,在炕炉子里点燃了,点着煤油灯照亮,想再看书。光线有点暗了,眼睛也有些疲劳,便合了书坐着。忽然又想起《神相水镜集》来,不由联想到一个人,便从兜里掏出钱包,那里有一张女子的照片。

他端详着照片,想给她也相相面。

照片上,她在看画报。神秘、静穆、美。仿佛战神的女儿,善良,高贵,有爱心,却不容人侵犯。她文文静静地看着画报,却似乎有股凛然之气从照片中散发出来,自信极了。心目中似乎只有自己,对人间的目光根本不放在心上。

她身上有股震撼力。离她有相当距离你就得停下脚步,等待她的允准后,才能往前去。她不点头,人似乎不敢走近,好像她周围有看不见的禁区。

她身上还有股征服力。看着她时,你会觉得有种宗教般的神秘感。如果你觉得她美,那是你已经被她的美俘获了。那是一种崇敬的爱,而不是一个男人爱女人。

面对她,你觉得不能有丝毫的邪念。心中稍有不洁,都会担心被她一抬头发现。你得赶快溜掉,免得让她盯你一眼。那一眼一定能把你看穿,使你从此做不起人,在她面前再也抬不起头来。

她叫余小楼。文戈称呼她“玫”——“一丛玫瑰刺”。有一次,他给她写信,用了这个词,她问:“玫?什么意思?我什么时候成了‘玫’?”

文戈笑笑,说:“一丛玫瑰刺!”她似笑非笑地说:“我是玫瑰刺?那么可怕?”文戈仍笑:“不是可怕,是可爱。”

她已经明白了,却故意装不明白,笑着说:“你喜欢刺?”文戈说:“不是喜欢刺,是喜欢带刺的花。一般的花,太容易受伤害了,只有玫瑰,花艳,味香,还带刺,不需要园丁专门看护,她自己就可以保护自己,有点女剑客的味道。飒爽英姿五尺枪,是一种俏美。”

她笑了:“那你可就小心点!”

今晚,文戈突然发现了她一个小小的缺点。他发现她的上眼皮有一点点极轻的向下弯曲的弧线,遮住了黑眼珠的边边。一般人眼睛睁开时,上眼皮的弧线都是轻微向上的,了不起也是平的,像这样微微向下的很少见。很少有人注意到这一点。文戈自己以前也没有注意到,但今天李锦竹给他看了《神相水镜集》,他注意到了。因为他想起了相书上说的“鹰顾”。“鹰顾”,在男人,显得英武,在女人,则有失温柔。她身上的震撼力,神秘性,难道就是从这“鹰顾”上来的?照片太小了,他看不清,只好闭上眼回忆。然而,回忆到的只有美好。

文戈慢慢从回忆中醒来,却忽然记起,她好久没来信了,为什么呢?

5.打是亲,骂是爱

且说曹兀龙没在门口和冯彦虎握手,冯彦虎心里就咯噔一下,知道有事,连招呼别人都忘了,只傻呆呆跟定了曹兀龙走,表面上却还装得什么事儿都没有。

一进屋,他心里更虚了,一边让座倒茶,一边偷眼儿觑着,心里七上八下的,不知如何是好。曹兀龙不理他,直到冯彦虎第三次递烟时,他才一鼓蛤蟆眼,训儿子似的猛喝一声:“你能把我气死,知道吗?”

书记的火像地雷,存在心里时让人觉得可怕,一旦响出声儿,危险性就减轻了。冯彦虎见书记气儿放出来了,偷偷松口气,却也不敢懈怠,手里拿着火机不敢打。曹兀龙见他害怕,“嗯”一声,示意他点上烟,喷一口,才说:“你知道我在常委会上有多难吗?你知道吗?”

冯彦虎不知道他说的什么事儿，但不敢惹书记，只得说："知道！知道！"

曹兀龙"呸"一声："你知道个屁！我在常委会上作难的时候你在哪里？你……"他看一下门口，也怕叫外人听了去，声儿压低了，"你怕——哼，我就难说你了！"他从兜里掏出一封信，往地下一扔："你看！"

冯彦虎颤颤地捡起，身子背着门掏出信来看了，头上便汗津津的了，非常无力地说："造谣，这纯粹是造谣。"

原来是写给地委的告状信，告冯彦虎欺男霸女，强占人妻。曹兀龙去地区时，熊书记让他调查，他悄悄将信压了。

有人敲门，却是位抱羊羔子的社员。冯彦虎慌忙把信装兜里，挥一下手说："抱灶房里去。"

社员走了。冯彦虎问曹兀龙："曹书记，你看是煮，还是蒸？"曹兀龙还生着气，一挥手说："随便。"冯彦虎心里怯，以询问的口气说："我到灶房里去给嘱咐一声，要不那些人怕不操心。"见曹兀龙不反对，颠儿颠儿走了。

一会儿回来，说他安顿好了。曹兀龙问："信呢？"冯彦虎求饶地一笑："我顺手扔灶房炉子里烧了。"

曹兀龙知道是他藏起来想查对笔迹，警告说："你就闹好。出了问题我没办法给熊书记交代。"冯彦虎忙赔笑："我知道，知道。"

6.好是大

曹兀龙气色这才和缓了，商量起在山口建"点"的事来。冯彦虎知道危机过去了，才在椅子上坐下，慢慢地试探曹兀龙的口气。

曹兀龙说："这个点一定要搞好！这是咱们两个人的前途！明白吗？"冯彦虎连连点头："明白！明白！"

曹兀龙说："那你看怎么个搞法？你要从一把手的角度考虑。田养民一调，山口今后就是你的了。咱们要干，就要大干！干得轰轰烈烈！一定要超过林丰！要叫县上的人把姬建华忘掉，叫人一提起水泉县，马上就想到山口！田养民修梯田的那一套要扔掉，太慢了，到驴年马月才能见效？我们要干一个大的！干个别人没有干过的！还要马上能够见效的！要在最短的时间里能把声势造出来！你想想，好好想想。"

冯彦虎脑子里只有女人，可没有这些，让他想这种主意真是难为他了。但书记要让他马上拿出一个主意来，只得胡说："咱们红沙沟大队，靠东原县那边有个大滩口，平平整整的，大概有两三千亩大，要在那里造田，声势容易造。搞大会战人能排得开。见效也快，只要把石头挖掉，铺一层土，田就造出来了。"

曹兀龙喜欢"大"，搞大会战，造大声势，目的是出大成绩，好早点把"代理"二字拿掉。所以，对他来说，"好"就是"大"，"大"就是"好"。听冯彦虎说，他精神头儿一下来了："有两三千亩？能造田吗？"冯彦虎支吾道："底子是胶泥，不能种地，得在山上取土，铺一层就可以了。不过，得稍微厚点。"

他说得有点迟疑，知道那地方是不能造田的，只想把曹兀龙应付过，并不想真在那里造田。但曹兀龙太想出成绩了，追着问："有没有水？如果有水，造成水田，意义就更大了。"

冯彦虎势同骑虎，只得跟着书记的思路往下想主意："没有现成的水，那是个干滩。不过，沟口常淌洪水，要打一座水库，把洪水蓄起来，也能灌溉，洪水比清水还肥。"

曹兀龙一拍大腿："好，这是个创造。林丰蓄的是地面水，咱们蓄的是天上水。哎，对了，沟里能不能打井？要能打井，咱们多打他些井，搞百井汇流！"冯彦虎喝一声彩："好，百井汇流好！这是个创造！听着都气派！"他把"创造"的高帽子又戴还给书记了。

曹兀龙兴奋起来："造三千亩地，搞百井汇流！对，就这么干！这才像大干社会主义的样子！"

冯彦虎知道根底，心里直打鼓，嘴上却仍给曹书记鼓劲，千好万好。他有自己的小算盘：干不干，是立场问题，干好干坏，是方法问题。方法有问题没关系，属好人犯错误，说一声错了就完了；立场要叫人抓住，那就完了。

曹兀龙越想越兴奋："那好，那这事就这么定了，你牵头，好好抓一下。你看怎么干？"

冯彦虎一下傻了，他没想到这么大的事，就这么定了？一来觉着心里没底，想拉着曹书记，二来他也知道曹兀龙的脾气，事事都要出头，就笑着说："曹书记，这么大的事，我可担不起。我提个建议，书记看行不行？首先，得成立一个会战指挥部，曹书记你牵头，当总指挥，山口是书记的'点'，你当总指挥顺理成章。我就当个副指挥。曹书记挂帅，我们就胆正了。你不挂帅，我们哪有那个魄力！"

曹兀龙也不推辞，一口应承下来："省水利厅给干旱山区投资了一批抗旱抽水机,我看咱们就保重点,给山口公社先调一百台来。”冯彦虎说:“对。就应该保重点!书记的点不保,还保谁去?”

两人谈得投缘,都很兴奋,最后还决定召开各大队支部书记会,走走“群众路线”。曹兀龙想,这次要干出大成绩了,得把材料写好,叫冯彦虎去找文戈:“老冯,这个文戈,我给你交个底,那是刘钟的人。我这次带下来,名义上是叫他写材料,实际是把他和刘钟分开,要不,办公室稍有点事,他就跑去给刘钟报告去了。将来,就把他留在这里,你就给我看好。办公室将来要调咱们的人,不能叫这些人把持了——哦,这阵儿你去看一看,看他干什么呢?咱们说的时间长了,不要叫这些人钻啥空子。”

冯彦虎去了一趟回来,身后却跟了个年轻女人。她穿紫红条绒上衣,外罩青坎肩,腿上着墨绿裤子,水灵灵一双大眼睛。她正和冯彦虎说着话,一抬头,见曹兀龙大坐在屋里,一双凸眼那么有神,猛一怔,似乎吓住了,脸突然大红,眼睛几眨,浓密的黑睫毛忽闪忽闪上下波动,舌头要吐,却没敢吐出来,一脚门里,一脚门外,就那么定住了。

7.他开常委会都敢放屁,见了吕翠儿,却将一个屁硬憋了回去

人说女人是水,怕有几分道理。水泉县干旱,书记、主任谈了半天工作,早已干巴巴的了,忽然看见这么清汪汪一潭水,眼珠子一下就被吸引过去了。冯彦虎觑一眼发呆的书记,介绍道:“这是咱们公社红沙沟大队妇联主任吕翠儿同志。新提拔不久,工作挺热情的。”

“吕翠儿?”曹兀龙不由重复了一句,仿佛在品一截嫩黄瓜。看她结实的身子,红扑扑健康的脸膛,特别是配在那双黑白分明的大眼睛上扑闪扑闪的茸茸眼睫毛,曹兀龙忽然心里有些乱。他不由自主,猛然想到了兰曼曼,要说漂亮,兰曼曼自然上些,但她绝没有这位茸茸眼的结实健壮。兰曼曼是一种城市人细气的娇嫩,好比桑杏、草莓,要小心地用手指尖儿去掐;而吕翠儿却是大个儿的苹果、黄瓜,可以大口吃的。他不自觉地站起身,微笑着伸手过去,说:“吕翠儿同志,你好。”

吕翠儿长这么大,还没和县上的大官握过手,见状,心先跳起来,脸更红了。见书记的手伸在那里,不握不好,要握又觉不敢,瞅一眼冯彦虎,想从他眼中讨个主意。见冯彦虎笑着鼓励,这才怯怯地将手伸过去,却觉得书记的手又温暖又有力,比一般礼节性的握手似乎长了几秒。她心里一紧一松,意识到曹书记是个男人。

这是个重大发现。

下级碰见上级，特别是级别相差较大的上级，只会觉得他是上级，并无性别之分，一旦感觉到性别，这上级便回到了人间，不再是高悬在天空威严不可侵犯的概念了。吕翠儿意识到了这一点，轻轻将悬着的心放回了原处，碰见书记的惊惧不见了，脸上涌出一层见了男人的红晕。

真所谓有一利便有一弊，吕翠儿不害怕了，却忽然不安起来，从红沙沟一路行来，风吹尘积，脸上又干又涩，自觉满脸是垢，曹书记问话时，她只敢回答，不敢抬脸。好容易挨到书记问话告一段落，她慌忙出去，在门外招手叫冯彦虎："哎，你来。"

也是吕翠儿过于激动，忘了避嫌，这一声叫得未免亲切。山里人的习惯，跟长辈或上级说话，先要尊称一句"叔"、"舅"或"书记"、"主任"，然后才能说话。什么都不称呼就说的叫"白搭话"，那是很不礼貌的。只有自家夫妻，才可以这么直接叫"哎，你来。"吕翠儿一时忘情，冯彦虎却吓得心直跳，因为曹书记刚批评过他这号毛病。他怕吕翠儿再犯傻，慌忙出去，背身捏翠儿一把，朝屋里努嘴提醒她注意，一边大声问话。

吕翠儿会意，轻吐一下舌头，但她的话却不能大声，只得轻声说："哎哟，作难死我了。我从红沙沟来，走了一头一脸的土，手上的汗活泥泥着呢，和曹书记坐一搭里(一块儿)说话，难为得我一身一身出汗着呢。你快给我寻个地方我洗一洗。"

她往常都在冯彦虎屋里洗。冯彦虎要给她拿盆子，她急得跺脚："曹书记在呢，我不敢！"冯彦虎无奈，只得带她到黎虹房里去洗。

黎虹却冷冷的。吕翠儿知道是嫌她打扰了她，且用了她的香皂。她本不愿用她的香皂，但要洗去汗味，不用不行，只得厚着脸用了。洗完，她犹豫一下，实在不想张口用人家的润脸油，但今天实在又是个非常特别的日子，一狠心，又装出笑脸来问黎虹。黎虹脸上的血都凉凉的，冷冷一指。吕翠儿觉得了，也只好装没看见，拧开瓶盖，轻轻用指尖抹了点，放在手心里磨，觉得细腻和香味都比自己用的好，知道是好东西，也就顾不得许多，又多抹了些。匆匆将头发梳了梳，索性用黎虹的湿毛巾又将身上的尘土擦了一遍。周身上下收拾得清清爽爽了，这才又回到冯彦虎屋里去。

曹兀龙正在挂电话。吕翠儿出去了，"书记"又回到了身上，他想起了工作，找水电局局长安顿抽水机的事，偏一时找不到局长，气得他把值班人员骂了一顿。又挂出朱仕第来，问了县上的情况，让他转告水电局，一定要给山口留一百台机子。说着，听身后门响，以为是冯彦虎，不料香味钻进鼻孔来了。他故意将前面说过的话又说一遍，倒不是怕朱仕第听不清，而是要给身后散发着香味的人留下印象，让她看到他发号施令的威风。

打完电话，他才矜持地转过脸来，忽觉眼前一亮，吕翠儿仿佛换了一个人，香喷喷一张鸭蛋脸，毛茸茸两只水杏眼，新鲜得要让人流口水。曹兀龙肚子里一咕噜，他赶紧收腹提肛，硬是将一个屁逼了回去，弄得肚子里咕噜噜一阵响，反冲了上去。他开常委会都敢放屁，在这女人面前，却不好意思放了。

【哈哈气】哎哟娘娘，能不能暂离这厢？不是要赶你，是肚子翻了浆，一群屁目无官长，闹着要出访。女人是领导的领导，数字化叫领导平方，总不能当着您面儿放，求您暂回避，将来，我要和它们算账！

冯彦虎回来了，见书记和吕翠儿都在地上站着，觉得奇怪，忙让两人坐。三人都坐了，本来都想说话，却一时找不到话题。谈工作吧，太生硬，谈生活吧，两个领导围着一个女人……

不觉意，天就晚了，等吕翠儿发现，已经到了晚饭时间。她急得声音都打颤了，这里到红沙沟，还有几十里山路，这么晚说什么一个人也不敢走。曹兀龙似乎倒有些喜，说："没关系，就在公社吃饭，吃了让冯书记给你找个地方。这么大个公社，住一两个人还有啥问题。"冯彦虎也劝，吕翠儿只得应了。

曹兀龙说："老冯，你给灶房里说一声，我今天不吃肉，给我来一碗素素儿的素面。"

冯彦虎一愣，说："羊羔子已经蒸上了？"曹兀龙说："我这两天胃口不太好。”冯彦虎明白了，叫来叶景珍给嘱咐：“你给灶房里说一声，给曹书记单另做一碗素面。擀得薄薄儿的，切得细细儿的，熟点香油，炸点葱花儿，泼点红辣子，调得酸酸儿的，做得香香儿的。”说得几个人都笑了。

吃过晚饭，三人又说笑了半夜，曹兀龙才让冯彦虎领吕翠儿去找住处。平常时候，吕翠儿也来，冯彦虎给留着一间屋，但今天李映住了。只好去找黎虹，黎虹很不高兴，但也只得答应。

回来，见曹兀龙大开着窗子，冯彦虎一进门就闻到一股腐臭，知道书记放屁了，要装糊涂，说：“曹书记咋把窗子打开了？房里放冷了晚上冷得很。”

曹兀龙说：“打开让味气走一走，我今天吃得不对劲了，肚子胀得很。”冯彦虎说：“肚子胀你就放，没关系，谁还没个肚子胀的时候。不臭，一点都闻不出来。”

曹兀龙还惦着吕翠儿，问：“吕翠儿安顿好了？住哪里了？”冯彦虎说：“安顿好了，住黎虹那里了——黎虹……不大高兴。”

曹兀龙一听吕翠儿受了委屈，心里火就上来了：“是不是那个收拾得像小姐的女的？我今天一见她就觉着不是个好东西。细皮嫩肉的哪像个干工作的！对这种资产阶级小姐不能客气！她为什么不下乡去？你明儿找一个艰苦的队叫下去。对这种人不能客气。”冯彦虎心里有病，嘴里胡乱应着。

临睡前，曹兀龙忽然问：“你注意到谁有好狐皮筒子没有？好的。价钱没关系。”冯彦虎问：“是曹书记自己穿，还是送人？”曹兀龙犹豫一下，说：“我有个用处。东西一定要好！”

冯彦虎明白是送礼的了，沉吟半晌，说：“我听说罗山大队的支书罗吉万有一件，我没见过，但估计可能有。那个家伙打了十几年狐子了，常给人卖狐皮筒子，听说自己落下一件白狐嗉子的，自己给人夸，说给皇上进贡都是好东西。我问过，不给我说实话。”

曹兀龙哦一声：“他要多少钱？”冯彦虎说：“没正经谈过。去年我跟他开玩笑，说给他三百，硬没敢拿出来。我看都没看上。”曹兀龙说：“那么贵？”他想了想，“明天咱们先看看去，回来再开支书会。”

8.龙虎戏小狐

第二天，曹兀龙起了个早，叫了冯彦虎和李映，坐小车直奔罗山而去。冯彦虎怕那里的水杯不干净，特地带了书记的瓶式水杯。罗山没有正经公路，只有一条勉强能跑手扶拖拉机的土路，快到罗山大队时，吉普车陷到碱水河里了。曹兀龙见一时开不出来,且有越陷越深的危险,心里反高兴,就下车和冯彦虎步行去了,让李映等着,说到队上找人来抬。

曹兀龙思谋了一路,怕罗吉万漫天要价,因当着李映的面,不好说话,这阵儿见只有他两个了,便笑着问:"你说,他会要多少钱?"冯彦虎也在想这个问题,心里没底,要安曹书记的心,只说:"没关系,他不敢多要。他胡要我熟他的皮子呢!"

到庄子边上,曹兀龙被这里的荒凉震惊了,这是个被遗忘的村庄。太阳的眼睛是注视着别处的,只漠然地把一点余光洒在这里。庄子倒也不小,但人家儿坐得很零散,高高低低、山上沟底乱堆着,远远看上去一片土色,至少有一半的人家儿还住着窑洞,土拨鼠似的藏在地下。住房子的也是非常低矮的土房,顶上连一片瓦都没有,房子和地面都不大好分辨出来。除了少数几家人房前屋后偶有几棵胳膊粗的小杨树外,看不到一棵大点的树。

曹兀龙在庄边站住了,指着高处鹤立鸡群似的唯一一家瓦房大院问:"那是不是支书家?"冯彦虎说是。曹兀龙冷笑了:"这个地方这么穷,支书家却盖得那么阔!这个支书有问题呢!"冯彦虎不敢答腔。

进了罗吉万家,曹兀龙笑眯眯地在院里打量了一番,进屋去,见房上椽、檩都是松木,炕上是绸被、缎被,心里更有了底。

冯彦虎打发个社员去喊支书。曹兀龙却在屋里数椽子。罗吉万喘吁吁进来,曹兀龙猜着定是支书,不等介绍,便指着房顶问:"罗支书,你盖这一院地方总共花了多少钱?"

罗吉万,绰号狐子。一来因为他生性奸猾,二来也因他长年打狐子,人称狐子支书。他一路快奔赶来,气尚未喘匀,心里正盘算怎么招待县上的大书记,不料劈头挨了一枕头。他不明白书记的意思,开在脸上的花儿突然僵了,硬了,冷了,半晌,支吾出一句:"也,没花多少钱……"

"没花多少钱?"曹兀龙冷笑一声,"咱们给你算一笔账:一根松椽在县上卖三元,你拉到这里绝不止三元了吧?运费咱们不要算,就算三元,你这是一百六十根椽,就是四百八。这十二根檩条,一根给你打二十五元,运费也不要算,就是三百元。两根担子,一根打一百元,也不算运费,就是两百元。光这房顶子上的木料,你就得花一千元。这还不算房芭、砖瓦等乱七八糟。你要叫人盖,要不要手工?砌墙、打地基、挂瓦,要不要劳动力?这些零零星星的活计,少了五百元你拿得下来?还有招待匠人、小工的烟、酒、吃、喝,得多少?这才是一栋上房,把这一院子都算上,少说少说,三千元你能盖起来?这还不算你房里的这些桌子、凳子、柜子、收音机、自行车、绸褥子、缎被子，还有你戴的手表。这些加起来，少说少说，也得四千多，如果细算，没有五千你下不来。我当县委书记着呢，在咱们县上，工资不是最高的，也不下二三名，我一个月七十多元，就我这个水平，要盖你这一院子地方，不吃不喝，一分钱不花，得攒六七年时间。要是一般干部，不管妻儿老小，二十年时间也盖不起你这一院！你在队里，虽然是支书，你挣的还是工分吧？你没挣工资吧？你说你从哪里弄来这么多钱？”

罗吉万没有一点思想准备，听书记算账，慢慢蹲下了，头上密密地渗出了一层细汗，细汗又慢慢变成汗珠，汗珠悄悄汇集，额上承不住，一滴一滴地往地上掉。他感到额上有虫子爬，用大手抹了一把，抹了一掌的湿。曹兀龙见他出汗，心里得意，更来了精神："咱们再算一算你的收入账。你们队一个劳动日多少钱？”

罗吉万连忙抹一把脸，支吾道："那一年和一年不一样。"曹兀龙说："你说个平均数。"罗吉万想了想，怕说谎叫书记查出来，只得说："平均……也就两角。"曹兀龙盯着问："最高多少？最低多少？"罗吉万说："最高时三角，一九七三年最低，一个劳动日只有八分。”

进来一位社员倒茶，冯彦虎将曹兀龙的茶瓶拿出来，亲自用开水涮了两遍，掏出他带来的茶叶，用三个手指尖儿撮了一撮撒进瓶中，看看，又撮几根，也撒进去，才倒了水放曹兀龙面前。见窗外有人偷听，虎着脸出去赶跑了，才回来继续听曹书记算。

曹兀龙屈身向前，扳着手指头说："咱们就按平均数算吧。你家里几个劳动力？两个？好，一个劳动力算得高高的，一年给你算四百个工，两个劳动力八百，二八一十六，一年能分一百六十元。你们全家把嘴都缝了，不吃，不喝，不穿，不花一分钱，十年存一千六，二十年才能存三千二。要把这一院地方盖起来，你全家人不吃不喝不穿不花，三十年才能盖起来!你存了多少年？你不吃不喝不穿行不行？你说说，你哪里来的这么多钱？”

罗吉万的脸白了，贴身的一件粗布衬衣叫汗湿透了，贴在背上。他偷偷伸一只手到后面，往下拉了拉，嗫嚅道："那不能那么算。"曹兀龙嘿一声，身子往后一仰，说："我这还是宽算！要折过吃粮，你一年能分多少现钱？"罗吉万擦一把汗："现钱是分不了几个，但账不能那么算。"曹兀龙又向前一倾，笑道："好，你说现钱分不了几个，那你的钱从哪里来的？你算一算我听。"说完又往后一仰，靠在身后的被子上。

罗吉万又擦一把汗："有些钱我是从外面找的。"曹兀龙从炕上坐起来了："外面找的？外面哪里找的，你说我听。”

这时，罗吉万一抬头，见书记脸上的表情有点古怪，他的声音很严厉，脸上却在笑，笑得很平和，似乎并无恶意，心里疑惑，却摸不着头脑，只得说：“我一年打狐子也收入一些呢。”

曹兀龙不笑了：“打狐子？你是猎户，还是支书？你的工作是当支书还是打狐子？”罗吉万嘴干了：“打狐子是叼空儿的事。也不是专门打。”曹兀龙说：“好，就算你叼空儿打，你一年能打几只狐子？能不能打十只？”罗吉万说：“那不一定。有一年多，有一年少，平均下来，一年打四五只是有保证的。”

“好！”曹兀龙拍一下腿，“就给你算五只。一张狐子皮高高地算你十元，一年收入五十，十年五百，要收入三千元得多少年？”

冯彦虎渐渐明白了曹书记的意思，在旁助一句：“最少六十年。”

曹兀龙笑起来，欣赏地回看一眼爱将，又转脸对罗吉万说：“罗支书，你今年多少岁？撑破天也不到四十吧？你在你妈肚子里就开始打狐子了？哈哈哈哈……”

冯彦虎见书记笑，也跟着笑。罗吉万不能不笑，却笑不出来，尴尬地咧着嘴。

这时，庄外传来隐隐的汽车喇叭声。冯彦虎知道是李映等不见人，急了，想安顿人去帮着抬，却怕李映来了多个耳朵，往曹兀龙脸上看，曹兀龙没有任何表示。冯彦虎怕拖得久了不好，见罗吉万吓得够呛，就转入了正题，说：“罗支书，我听说你有个狐皮筒子，好不好？准备卖多少钱？”

罗吉万呆了一呆，说：“我现在手上没货。冯书记要想要，我赶今年秋天打一个给你送到公社里。”冯彦虎怕等会儿再来人话就不好说了，看一眼曹兀龙，说：“我跟你实话实说了吧，不是我想要。是曹书记想看看你的那个白狐嗉筒子！”

罗吉万心里“轰”一下，什么都明白了。他脑子里一下全乱了，不知道该说什么好。冯彦虎怕他漫天要价，肃了脸说：“罗吉万，我可告诉你，曹书记要看，那是看得起你！要是看不起你，你罗山请都请不来，明白吗？我可告诉你，你不要给脸不要脸！”

【小夜曲】拆房！拆房！肉块儿掉在了地上。班头好手段，声东击西运用得如此精当！天生的官宦坯，地造的公侯囊，怨不得能坐公堂！

罗吉万从蹲着的地方慢慢站起来,坐到板凳上了。他脸红了白,白了又红,变了几变,终于下了决心:“曹书记冯书记这么说,我心里明白,这是看得起我。多余的话我也不说了,实话实说,筒子有一个。这我就对不起冯主任了,冯主任早几年问过我,我没有说实话,冯主任不要见怪。”

冯彦虎忙摆手:“这话再不提了。只要你拿出来给曹书记,比给我还让我高兴。——不过,你可不要漫天要价!”

罗吉万摇头又点头:“冯主任放心, 我还不是那么糊涂的人! 曹书记要,我还能要价?”

曹兀龙听了一喜,笑着说:“这话你可不要说,不要钱不行。你的东西咋样?”

罗吉万叹一声:“筒子么,过得去。稀罕么,也稀罕,也不稀罕。人么,有的人爱这个,有的人爱那个,爱了看着就稀罕,不爱了看着就不稀罕。曹书记要爱,你拿着去。这是老人们的古言,不是龙身子,披不住蟒袍。老天爷造下是曹书记的东西,不是我们个土社员拿得住的。”

曹兀龙高兴,说:“你说个价,要多少钱?”罗吉万说:“看曹书记说的,曹书记能看上,那是我的福气,还能跟曹书记要钱!”曹兀龙摇手笑道:“那不行。不要钱不行。你说个价,值多少我给你多少,一分都不少你的。你一年指靠狐子皮收入着呢,还能断你的财路?将来房盖不起来了,还怨我的不是呢!是不是?哈哈哈!”他说笑着,回脸看一眼冯彦虎。冯彦虎忙响应,赶忙跟着笑。

罗吉万身上的汗开始回落,背上有点凉了:“曹书记再不要说笑话了。我是实心实意的。狐子是山里跑的,我又没耕没种,谁拾着去是谁的,咋能和书记要钱!咱们说个啥话呢,我都是书记的社员,还不要说狐子。”

曹兀龙连连摆手,说不要钱使不得。两人来回扳了几次,冯彦虎说话了:“我看,你们两个都不要扳了,看这样行不行?曹书记呢,是书记,违反政策的事绝不会干,不给钱书记心里过不去。老罗呢,也是实在人,收书记的钱,他心里也过不去。再说了,你要收了钱,叫人知道,说罗山大队支书和曹书记做买卖着呢,就太难听了。所以,这不光是个钱的问题。我的意思,钱就不要掏了,曹书记和县武装部的人张个口,有步枪子弹了给老罗要些,有了子弹,吉万到山里再拾去。另外,吉万的儿子去年初中毕业了,还没有工作,这个包在我身上,将来公社里有指标了,我给吉万的儿子安排个工作,就算是曹书记给你还账了。行不行?”

这超出了罗吉万的预想,忙连连点头:“行、行、行。这是我托了曹书记、冯主任的福了。”曹兀龙嘴里还念叨:“子弹随便儿就给你要上了。不给钱不行。"冯彦虎知道书记是要面子,也不再劝,问罗吉万皮筒子在哪里。罗吉万说:"不在我家里,在县上我姑舅家。这一两天我上县去给书记取去。"

曹兀龙听不在家里,脸稍凉了凉,看一下表:"哎哟,时间大了,还要开会呢,快走!"几个人忙忙地往外走。罗支书说:"羊羔子已经宰好了,吃了再走吧?"冯彦虎说:"书记还忙着呢,不吃了。"悄捅一下罗吉万,"这个话儿就到这里止住,外面一个字都不能提!"罗吉万悄说:"这冯主任放一百二十个心,就是借我一副天胆我也不敢说呀!"

冯彦虎叫罗支书找了几个小伙子,头前去抬车,几个人一起往外走去。

9.征求意见,那是抬举你们

已是下午了,支部书记们还未到齐。冯彦虎心里着急,幸亏曹兀龙昨夜睡得不好,早上起得又太早,这阵儿午睡尚未起,他想趁这个时间开个预备会,提前给大家打个招呼。

会议在公社会议室里召开。冯彦虎是个粗人,且长期在农村工作,知道大家最反感搞形式的东西,所以开始时没念"最高指示",也没有唱"东方红"。他看了看七零八落的几个部下,说:"我给你们先打个招呼,今天下午的会是曹书记召开的,你们都小心一点!要认真听,坐端,精精神神的,不要交头接耳,不要东倒西歪,不要乱走动。屎尿提前都腾空。有痰的,老早儿咳尽,书记讲话时不许乱咳嗽。屁子都夹紧,谁要放屁,叫我闻着,你就小心着!"

支书们"哄"的一声笑了。椽空间一只麻雀被惊飞出来,在窗玻璃上乱撞。冯彦虎怕曹书记开会时干扰,让开窗放了出去。待平静下来,他接着说:"告诉大家一个好消息,曹书记把咱们公社定为他的'点'了。这是好事、大好事。"

下面一阵骚动,纷纷说:"以后咱们要救济粮就方便了!"冯彦虎冷笑:"眼光不要那么浅,不光是救济粮的问题,方方面面的好处多着呢!"

下面乱了一阵,讨论书记来蹲点的好处。冯彦虎听了一阵,继续说:"今天的会是征求意见会。书记要搞一次大会战:在红沙沟的大滩口造三千亩水地,打一百眼井,搞百井汇流!"

会场上一下乱了,说什么的都有,说得最多的是大滩口是胶泥底,不长庄稼,也没水。冯彦虎见下面乱说,镇喝一声:"不要乱讲!"他等静下来才又说："我可告诉你们，这是已经定下来的事情，书记说征求意见，那是走群众路线，也就是个形式，把你们当一回人，你就都掂量着些，谁要不识抬举，给脸不要脸，要觉着他比书记还能，敢乱讲，讲出岔子来，我可饶不了你们！提意见应该怎么提？就是补充、完善领导的意图。要补台，不要拆台！谁要说风凉话，乱起哄，你就小心着！"

一句话未完，曹兀龙出现在门口，接过话茬儿去说："谁要说风凉话，乱起哄？"冯彦虎赶紧站起来。支书们也都站起来。有人鼓了一下掌，提醒了大家，掌声七零八落地响起来。

文戈和李锦竹也来了。曹书记开讲，又问谁要起哄，没人敢应，都笑。曹兀龙说："起哄、说风凉话也没关系么。毛主席说了，共产党的哲学就是斗争哲学，咱们斗一斗么！阶级斗争，一抓就灵，我正想抓一抓你们公社的阶级斗争呢，谁想自动跑出来，欢迎么！"

他乱七八糟说了好一会儿，才转入正题，说今天是征求意见，看大滩口会战行不行？文戈听他已经定了才来征求意见，嘀咕一声："定了还征求什么意见？"

李锦竹悄悄在文戈跟前咬耳朵，说："你看咱们这位书记的面相，五岳还算丰隆，但中岳不峻，中岳不峻则无主见，即使当官，也是个昏官。四水更谈不上秀，他那一对牛眼破坏了脸上风水……"文戈怕人听见，悄悄在他腿上掐一下，李锦竹才不吭气了。

正讲着，一个满脸皱皮的男子推门进来，看着冯彦虎说："冯主任，县上电话，说曹书记要的一百台抽水机送来了，问到了没有？"冯彦虎说："到没到你没长眼睛，还来问我！"大家"哄"的一声笑了。

男子赶紧关上门跑了。冯彦虎抱怨："一点脑子都没有。那是火柴盒盒，在我口袋里装着呢！"众人又笑。

李锦竹悄悄给文戈说："山口的活宝——'李线长'。冯的小跑儿，送信，放哨，啥都干。"文戈没听清，正开着会，也不好问，就没吭气。

冯彦虎站起来，说："我插一句。刚才大家可能已经听到了，县上给咱们送来一百台抽水机。我告诉你们，这是曹书记给咱们公社的！你们知道不知道？省水利厅给咱们县上才给了二百台，曹书记一下就给了咱们一百台！大家想想，咱们沾了多大光！"

正说着，轰隆隆一阵汽车响，几辆大卡车开进了公社大院，支书们要看抽水机，有的扒窗子，有的干脆跑出了会议室。冯彦虎想制止，曹兀龙笑着说："叫看去。"冯彦虎一挥手，全跑出去了。

文戈和李锦竹愣在那里。文戈问李锦竹："这意见就这么征求完了？"

李锦竹见曹、冯都出去了,悄笑说:“那不完了,还等你总结呢!”文戈说:“大家还没有发表意见,就完了?”李锦竹笑道:“征求意见也就是走个过场,你还当真了?”说着,把文戈推出了会议室。

10.曹书记的面子要紧,还是你们挣钱要紧?

院里,支书们围着汽车看抽水机。曹兀龙笑眯眯地站着听赞叹的话。汽车队申队长来问货卸哪里。曹兀龙说:“不要卸。明天直接拉到大滩口。大滩口明天要开誓师动员大会,你们把车开上,给大会助助兴。”

申队长一听急了:“书记,我们的货都联系好了,今天要不赶到,货人家就不给我们了。”曹兀龙说:“那是你们的事,我管不了。”

这话有点无理,申队长却不敢言语。在一旁的梁天佐听到了,那是车队有名的“疯子”,喊一声:“曹书记,压一天车你得给我们付一天的运费!”

申队长急了,手指梁天佐制止:“你不要乱喊。”梁天佐不在乎,大声说:“我咋是乱喊?我们是企业,不是政府拨钱,你问曹书记付不付运费?要付运费,十天半个月我们等,要不付运费,谁爱等谁等,我不等!”

申队长两头为难,嘴上喊着不让梁疯子讲,心里却希望他讲。所以,一边制止,一边偷看曹书记。

冯彦虎见申队长制止不了手下人,曹书记也尴尬地站那儿不知道如何是好,过来推着曹兀龙进屋:“书记进去,外面风大的,不要感冒了。外面的事儿我处理。”不由分说,将曹兀龙推进了屋里。

申队长见惹了祸,跟进来赔不是。曹兀龙黑着脸说:“申队长,我这个书记权不大,管不到你们车队,这个事儿你看着办,你要想支持会战,就不要卸车,明天拉到大滩口再卸。你要不想支持,觉着就你们挣钱重要,毛主席号召‘农业学大寨’是干㞗蛋,你就把抽水机卸到院里,挣你们的钱去!好不好?你看着办吧!”

冯彦虎在旁助话:“申队长,你这事就没办漂亮!你也不想想,你的队长是谁给的?一个疯司机你都管不了?曹书记的面子要紧,还是你们挣钱要紧?”

申队长一肚子的苦水,只是倒不出来,千般苦劝苦求,无奈曹书记气得狠了,火就是消不下去。冯彦虎怕梁天佐真卸车,催申队长说:“你快到外面看看去,不要让卸车,车要卸了,你再说啥都没用了!”

申队长急向外走,一边说:“冯主任,你劝劝书记。我到外面看看去,这个梁天佐，我非收拾他不可。”可他出去一转又回来了，“那个疯子已经把车卸了！”

曹兀龙听了，冷笑一声说：“好，这个小伙子干脆！”别人没来得及说话，他又说一遍：“好，这个小伙子干脆！”

11.在自己的一亩三分地里，一把手就是个小皇上

晚饭后，曹兀龙正剔牙，李锦竹进来了，问：“誓师会只通知了各大队，公社驻队干部通知不通知？”

曹兀龙一愣，心想疏忽了，但他是不轻易认错的，虎了脸说：“公社干部还要专门通知？他们听到就应该自己去，还等着专门通知他，真成爷了。”

李锦竹本来是想提个醒儿，不料讨了个没趣，只得退出来，心里怨自己多事。冯彦虎心虚，不敢当着曹兀龙的面发话，悄悄跟出来嘱咐李锦竹：“你给驻队干部都通知一声，不要惹曹书记生气。”

嘱完回来，曹兀龙问：“这个扁嘴会不会写材料？”冯彦虎说：“还可以。”曹兀龙说：“要能写材料，把他和文戈两个换一换，扁嘴给我，文戈调给你？”

冯彦虎迟迟疑疑地说：“材料倒写得可以，能不能和咱们一心就不敢说了。那是田养民弄来的，和田养民关系近。”曹兀龙叹一声：“这么大个县，找个好秘书都找不上。”

正说着，陈召凤来了。陈召凤是县水电局局长，在水泉县，也算一尊人物。论资格，和刘钟一样老，由于心机老用在一些花花点子上，不往正路子上来，所以到现在还只是个科级。他并不服气，老想有所作为，却一直没找到机会。这次，他见曹兀龙当了代理书记，一直在等茬口，听说曹书记要在大滩口开誓师大会，他觉得机会来了，第一个跑来表示支持。

一进门，冯彦虎问：“你干啥来了？”陈召凤看一眼曹兀龙，说：“我站队来了，干啥来了！”冯彦虎说：“你站啥队？”陈召凤说：“我站曹书记的队，站啥队！曹书记要开誓师动员大会，我不来支持，你还把书记一个人霸占了！”

冯彦虎要回嘴，陈召凤说：“我还没吃晚饭呢，快给我弄屎些羊羔肉吃。县上啥屎都吃不上。”曹兀龙听得笑了：“你想吃啥‘屎’？”陈召凤一笑：“又叫书记抓住把把子了。”他们是熟人，说话没任何忌讳。

冯彦虎说笑了一阵，才让人去弄饭。陈召凤肃了脸说："曹书记，你这一次把杆杆子立起来了，我投奔你来了。"冯彦虎说："你说屎的，曹书记啥时候杆杆子没立起来？"陈召凤说："不对，不对。以前人看不出来，这次才真正立起来了。"

这马屁把曹兀龙也拍糊涂了，他想听，笑笑说："哦，你说说，以前怎么没立起来？"

陈召凤先不说，起身去关了门，才说："书记，我说话你不要见怪，你刚当了书记，我就给人说过，我说，曹书记不当书记便罢，当上，肯定有一番作为呢！我说不信你们都看着，用不了多长时间，书记的杆杆子就立起来了。果不其然，第一次常委会上，我听说斗得非常厉害。我就给人说，你们看咋的，这是曹书记立杆杆呢！"

曹兀龙听没有什么新奇，心里有点淡，但仍点着头："嗯，还有么？"

陈召凤说："可是，第二次常委会，我糊涂了。书记，你不要见怪，我到现在都不明白，你为啥要报那么三个常委？孙铁是什么人你不知道？那是个孙猴子！造反派！你把那个弄到班子里，还能安生？那不给你大闹天宫？你为啥要报他？"

曹兀龙说："这你们不知道，这是没办法的事。孙是上面点的名。熊书记、丁义川几次提，不报不行。"

陈召凤说："哦，我猜也是——那么朱仕第呢？为啥要报那么个阴阳？那个贼不楚楚的，嘴上就像挂了把锁子，谁知道他心里想的啥？那和咱们能一条心？"

曹兀龙摇一下头，说："这你们就不知道了。朱仕第是咱们人！"陈召凤颇感意外，半晌说："真格？"曹兀龙说："那没一点问题！"

陈召凤挠挠头："这我就看走眼了——那么姬建华呢？水泉县的人谁不知道姬是刘钟的人？为啥还报他？"

曹兀龙看一眼门，压低声音说："这个，你们在外面千万不要说。报姬建华是一计！那是给刘钟他们打个马虎眼，不然名单通不过！"

陈召凤和冯彦虎都"哦——"，刚要说话，有人敲门。冯彦虎开门看时，从外面递进来一只搪瓷圆盘，圆盘里放着两碗羊羔肉，一碟雪白的小花卷。没看到人，只看到一双端盘子的手，腕上的金属手镯"叮——"的发出一声脆响。

冯彦虎接过盘子往里端，陈召凤却只顾往门口的黑暗里看，见冯彦虎关了门，用下巴向外一指："坦白！谁家的嫩媳妇儿又叫你弄来了？"

冯彦虎眼一瞪："啥话么？"陈召凤看一眼曹兀龙，说："曹书记看到了吧,不是我说虚话吧？手手儿比那个花卷儿还白,雪花膏的味道比羊羔肉还香,你能放过呢！曹书记你下个令,以后不叫冯彦虎了,叫冯艳狼！”

冯彦虎端起肉碗威胁:“你嚼不嚼？不嚼我端去喂狗了！”陈召凤赶紧笑着告饶,端过碗来让曹,曹不吃,他才开吃。

冯彦虎笑骂:“羊羔肉都塞不住狗嘴！我不揭发你就好,还向我挑衅！”陈召凤嚼着肉说:“你揭发我的啥？”冯彦虎说:“你干净得很？我问你,你说的是来送抽水机的,你和车队一同出发,车队的人早都来了,你啥时候来？这一段时间你干啥去了？我看书记在呢,给你留面子不讲,你还……”

话未完,公社团委书记叶景珍敲门进来,说:“有的生产队没有锣鼓,供销社有,那些队没钱买,通知明天都要带锣鼓,咋办？”

曹兀龙还没说话,陈召凤先开了口:“老冯,你下一道命令,让供销社先供应上,秋天队里卖了粮再还他们的账不就行了。”曹兀龙点头:“这倒也是个办法。”冯彦虎就让叶景珍去办。

曹兀龙还惦着“立杆杆”的事,问陈召凤:“你刚才说你糊涂了,怎么又明白了？”陈召凤把空碗一搁,打个嗝,说:“我怎么明白的？一百台抽水机让我明白的！”

曹兀龙笑:“一百台抽水机怎么让你明白了？”陈召凤自己倒了水,说:“你一打电话,我就明白了。你说给山口公社一百台抽水机,我就知道,这肯定是曹书记一个人做的决定！为啥呢？如果要在常委会上研究,肯定不会这么多！刘钟他们能给你姓冯的一百台？你做梦去吧！所以,我一听就知道,这肯定是曹书记一个人决定的。电话接完,我在屋里高兴了半天！这就是曹书记立的杆杆！你不要看这只是一百台抽水机,它说明曹书记事事都有自己的主见,都要自己做主,不会听刘钟他们的,也不让他们有插手的机会！这多有气魄！这才是一把手的气魄！这才是过去戏文里唱皇上的‘乾纲独断’！想当一把手就得有皇上的气派！实际上,在自己的一亩三分地里,一把手就是个小皇上,你们说对不对？”

曹兀龙心里高兴,但这是赞他,不好直接赞同,只笑不回答。陈召凤又盯着冯彦虎问:“你说对不对？”冯彦虎心里有点勉强,但当着曹书记的面,只得点头应承:“对着呢。”陈召凤强调地自我称赞一句:“当然！人常说,宁给狠汉子坠镫牵马,不给㞞汉子当舅当大。所以,从那一刻起,我就决定了,这辈子,我跟定曹书记了！”他挥一下老拳,表示决心之大。

曹兀龙咧嘴笑了:“好。”陈召凤继续说:“当时我就想,我跟曹书记,不能光嘴上说,我得拿出实际行动来证明才是。于是,我给谁都没打招呼,一个命令,让车队把一百台抽水机拉到山口来了！曹书记打电话让‘留着’,

我想,留着,再有个什么变化,还不好办了。干脆,一不做,二不休,把机子拉到这里来放下,生米做成熟饭,他谁再有意见也干屎蛋了!就这么着,我一边让人装车,一边给曹书记打电话,我说抽水机我装车了,曹书记说好,我就送来了!"冯彦虎舒一口气:"你这件事儿办得是干脆。"

陈召凤嘿地一笑:"原来,我还有点担心,怕刘钟他们听了要闹。果不其然,车一来,就有人跑去报告了。哎呀,好笑得很,你们知道吗?去报告的人,不但没领上功,还碰了一鼻子灰!第一个,赵天葵。报告的人一说,赵天葵冷冷地说:'我是要调走的人了,管不了,也不想管了,看尿他咋搞呢搞去,搞烂包了看他咋收场。'"

曹兀龙和冯彦虎相视一笑。陈召凤说:"给阮祥林报告了,阮祥林就说了一句话:'这是常委会定的事,他咋一个人定了?'庞部长正巧也碰上了,听了说:'常委们知道吗?'说不知道,庞说:'那咋搞的?'最绝的是刘钟,办公室的何玮婉去报告的,他倒是气了,气得话都说不出来了。何玮婉一个人唠叨,说:'这是常委会研究的事,不应该一个人决定。'刘钟接过去说:'这些话你不要说,常委们的事,你们下面不要乱议论。'把何老婆子说了个脸红脖子粗,再没说一句话。抢功去了没抢上,给碰了一鼻子灰!"

三个人"哈哈"地笑了一阵。曹兀龙忍住笑问:"谁这么嘴长?打报告的是谁?"陈召凤说:"刘钟是何玮婉说的。庞大卫也是何玮婉说的。阮祥林是肖宗泉说的。赵天葵是郭玉海说的。"曹兀龙气上来了:"办公室、组织部净是那些人的眼线!下一步要好好整顿整顿呢!"

陈召凤说:"对着呢,那都是重要部门,应该把可靠的人安插进去——不过,我想说的是,通过这次事件,可以看出一个问题,以后只要曹书记看准的事,常委会能通过,就上常委会,常委会通不过的,干干脆脆就定,不上常委会。这次你们看出来了吗?他们满意吗?都不满意!可是,咱们事儿办了吗?办了!要上常委会,人家是绝对多数,肯定通不过,咱们就给他来绝的,不开常委会!刘钟他们可能还憋了一肚子气准备常委会上和曹书记干仗呢,不开这个会,那一肚子气叫他憋着,叫他没个放的地方!这个权在曹书记手里,一把手不召集会,他们没一点儿办法!你们说是不是?"

院子里汽车响,农办主任马宏雄、办公室主任朱仕第、宣传部长解文举拥了进来。他们都是来支持誓师会的。一会儿又有县供销社主任张振和,拉了许多锣鼓、红旗、铁锹等器物。解文举还捎来了县计委、民政局、卫生局、科委、文教局、组织部、工会、防空办公室、落实政策办公室等部门的支持信。一时又有邮电所送来农业局、畜牧局、林业局、商业局、养路段、体委等单位的贺电。县医院、药材公司、工商局、公安局、法院等单位还来电话表示支持。一会儿,又有县物资局的章大纯副局长送来一车炸药、导火索。乱哄哄直闹了半夜。

12.黎虹女的打“虎”棒

在这一片扰攘中,独有文戈和李锦竹紧闭房门,不与外界往来。李锦竹的屋子腾给新来的科、局长们了,只好捅开黎虹房间的窗户,爬进去赶写曹、冯的讲话稿。冯彦虎怕曹书记看见黎虹发火,让她下队去了。

十二点过后,院子里才静下来。李锦竹去送讲话稿,文戈在地上伸懒腰,见黎虹的绿毛线围巾挂在铁丝上,凑上去闻闻,似乎有股香味。一转脸,发现自己的头影正好印在窗帘上,心想外面要有人,一定看得清清楚楚,一时大窘,头脸都烧了。开门出去,院子里静静的,只有黑糊糊许多汽车,才稍稍放了心。

李锦竹回来铺床,笑道:“咱们今天要在黎小姐的牙床上滚一滚了。”

文戈关门,见门后一根结实的顶门杠,笑说:“黎虹胆子肯定小,你看这根顶门杠。”

李锦竹看一眼,笑说:“那是防狼的!”文戈不明白说:“防狼的?”李锦竹说:“哦,不对,是防虎的,比‘色狼’还厉害的‘艳虎’!”

文戈点点头,摸了摸杠子,没有说话。

两人合盖一床被子,并排躺下,文戈闻着被头上淡淡的香味,倒同情起黎虹来了:“这么说来,黎虹的处境也不是很好?”

李锦竹说:“咋好得了!又不敢得罪,又不能不得罪!得罪了不得了!不得罪了不得!你说咋办?”

文戈从桌上拿过黎虹的照片来端详。李锦竹笑道:“怎么样?算不算山口的社花?”文戈说:“这个你才有发言权。”李锦竹叹一声:“人长得漂亮本来是好事,可有时候反成了麻烦!你说怪不怪?”文戈放下相框,说:“福兮祸所伏么!”

文戈心里还想着方才的话题,说:“她为什么不告!”李锦竹冷笑:“告?从他来山口公社,我估计告状信起码能装一麻袋了,啥结果?人家还不是官越升越大!”文戈叹一声,好久才说:“碰上这么个领导,人也难活!”

那一夜,文戈好久睡不着,觉得黎虹真的好可怜。

13."县公主"动动嘴,"李线长"跑断腿

第二天,人、车都奔大滩口去了,山口公社大院里显得特别寂静。除了灶房的大师傅,就只剩"李线长"一个人了。

他叫李峰山,因为管公社的电话线,大家取笑儿,都叫他"李线长"。他虽朦胧地觉得是取笑儿,但因和"长"有了联系,且"线"和"县"同音,"李线长"听起来有"李县长"的味儿,倒高兴。他年龄不小了,想事儿办事儿却不怎么周全。傻倒不傻,就是只能看半步棋,头脑里总少根弦儿。他办事认真,对领导忠心耿耿,凡领导交办的事,他一丝折扣都不打。冯彦虎临行前给他交代,公社大院就交给他了,他觉得责任重大,权力也重大,神气活现地在院子里转来转去,外面的鸡跑进来他都要轰出去。

十点多钟,电话铃响,他拿起听,却是个女娃娃声气。原来是曹兀龙家的电话装好了,他女儿臊女子要试试,就接过来了。李线长一个人无聊,便问她是谁,有什么事?那边说:"找我大(父亲)。"李线长问:"你大是谁?"那边说:"曹书记。"李线长吓一跳,和颜悦色地说:"曹书记到大滩口开会去了。"

臊女子是娇纵惯了的,说:"找去。我要给我大说话。"李线长有些为难,说:"大滩口远着呢。"臊女子哪管这些,撒娇道:"你找不找去?你不找去,我告诉我大,熟你的皮子呢!"李线长哪敢得罪曹书记,只得答应。同时想,这是个立功的机会。平时,只有冯书记他们才能和曹书记说上话,现在,他要亲自给曹书记报告一个消息了。

他有辆破自行车,把守院的责任给大师傅交代了,立即骑了上路。他心急火燎,既怕误了书记的事,还怕大师傅不负责,公社大院有个闪失,恨不得一步跨到,骑上车没命地蹬。八公里山路,他半个小时就蹬到了。大滩口那一片红旗招展、人头攒动的景象他都顾不上看,径直奔主席台而去。

曹兀龙话还未讲完。李线长先找到冯彦虎,冯彦虎犹豫一下,悄悄到曹兀龙跟前说了,那响彻云霄的高音喇叭突然静了。上千脑袋都往主席台上看。曹兀龙问什么事,冯彦虎答不上,只得叫李线长过来。李线长说:"不知道啥事。急得很,非要我喊曹书记不可,说误了事要我负全部责任。我就跑来了。"说着擦汗。

曹兀龙见他满脸通红,头上蒸锅似的冒着热气,也没了主意,寻思一会儿,问:"大队部有电话吗?"李线长说:"早坏了。我来了,公社那头也没

人接。只能到公社去。”曹兀龙没办法了,翻翻讲话稿,嘱咐冯彦虎:“你叫李映准备车,我把这点念完就走。”

曹兀龙心里有点慌了,许多平日认识的字也认不得了,只好乱念。匆匆念完,让冯彦虎主持着会,他坐车飞奔公社而去。半路上赶上了李线长,心想接电话还离不开这个主儿,就让他也坐车,连自行车也抬上来了。李线长没想到会坐上小车,心里好不兴奋得意。

曹兀龙还不知道家里电话已经装好,到公社,先让接县委办公室,问朱仕第,家里出了什么事?朱仕第不知道,急忙找人去问,折腾了二十多分钟,才回过话来,说没事,是臊女子试电话。曹兀龙一听,差点没背过气去,怒视着李线长,呼哧呼哧喘了半晌,才命令李映:“走,回大滩口!”

傍晚时分,开完誓师会的人都回来了。曹兀龙气消了些,想起家里装了电话,也自高兴,就挂了回去。是臊女子抢着接的,曹兀龙问家里有没有事?臊女子说黄狼挣断了铁链,跑出去叫野狗咬伤了。曹兀龙不以为意,不想臊女子和黄狼感情甚深,非要曹兀龙找人给治伤。曹兀龙被缠不过,说:“你找县医院的兰曼曼去。”

话出口了,他也意外:不知怎么就记住兰曼曼的名字了?眼前不由又出现了她站在黄香桂身边的情景,一个那么娇嫩、清爽,一个母牛似的热烘烘……

14.嬉笑一堂亲,各自想拳经

曹兀龙要喝水,才发现他的喝水杯不见了。和冯彦虎两人回忆了半晌,才想起可能是落在吕翠儿家里了。叫李映开车去取,李映悄悄嘟囔:“来回的汽油钱够买几十个杯子了!”

李映想叫个人做伴,李锦竹推荐李线长。李线长倒高兴,立即跑来了,看见文戈,说:“哦,文秘书,县上一个叫杨红砚的女的来过电话,说让你找一下孙铁主任。说她给你捎了样东西,孙主任捎来了。”

文戈奇怪,心想她会给我捎什么?说:“孙主任没来呀?”李线长说他不知道。李锦竹在旁扁着嘴笑:“嗯,杨红砚!”

正寻思,院里车响,竟是孙铁、肖宗泉、靳向东来了。他们奔了曹兀龙屋里去,一进门,孙铁就高声说:“哎呀来晚了!曹书记的誓师会完了吧?我老早就想来,阎师傅的车坏了,硬来不成,左等修不好,右等修不好,我没办法了,借了车队的破吉普赶紧往来赶,还是没赶上。唉,他妈的,气死人了！”

听他的口气，仿佛很遗憾，其实是他算计好的。曹兀龙开这个会，大造声势，目的何在，他清清楚楚，这个时候不表示支持，曹兀龙会记一辈子。可是，让他和别的人一样早早地来，跟在曹的屁股后面转悠，他又觉太委屈自己。这才想出这么一招，口头上表示大力支持，但不参加大会，会后来表示遗憾，既保持了自己的相对独立性，又不致惹曹太生气。这是他和靳向东两个人商量好的主意。

朱仕第、马宏雄、解文举三人还没走。孙铁笑着问："你们怎么来的？坐哪里车？"马宏雄说："我们还是靠朱主任的面子借的医院的破救护车。"

朱仕第本来想给曹兀龙说点事才留下的，却一直不得机会，见孙铁他们来了，知道更没机会，就站起告辞："曹书记，要不我们先走吧。你和孙主任可能还要商量事。"曹兀龙见屋里坐的地方都没了，就让他们走了。

肖宗泉和靳向东这才有机会和曹兀龙打招呼问好。孙铁忙说："我准备到几个公社跑一跑，叫小肖收集点畜牧业方面的材料，叫靳向东检查一下各公社团委的工作，就把他两个带上了。"

孙铁分管畜牧业，靳向东是团委书记，两项工作都是曹兀龙不愿管的，就笑着点头："那好。"

肖宗泉见没他的事了，告辞出来去找李锦竹和文戈。文戈见了问："杨红砚给我捎的啥？是不是书？咋没给你，倒给孙主任了？"肖宗泉一听就明白了，笑道："别的东西我能捎，这次却非孙主任捎不可。"文戈隐约觉得有点什么，却猜不透，要问，孙铁却推门进来了。

他满脸是笑："你们聊着呢？好、好，好好聊。"说着，热情地伸过手来，和文戈、李锦竹握了握，问了几句寒暖，说："我还要和曹书记商量事儿，你们聊着。我就不陪你们了。你们聊、你们聊。"临走，又和文戈、李锦竹握一遍手，握得非常有力。

孙铁走了，李锦竹翻来覆去看着自己的手："我觉着孙主任今天这个手握得不一般，是不是有什么情况？"文戈也觉得了，但什么话都没说。

肖宗泉笑了，过去关了门说："你们觉着有情况，那就对了。我告诉你们吧，现在咱们县上，明着有两股势力，实际上是三股。明的两股，人都看出来了，刘书记、曹书记。暗的一股，敏感的人看出来了，不敏感的人还没看出来。其实，将来真正前途无量的，只怕还是这暗的一股。"

李锦竹说："你是说孙？"肖宗泉笑着在他肩上拍一把："李秘书算是比较敏感的一种。"他看一眼文戈，"其实文老兄也算比较敏感的，只是不愿说罢了，是不是？"

文戈一笑，没说话。李锦竹来了兴趣："你说说咱们听，我听着好像三驾马车。"

肖宗泉说："对，实际就是三驾马车。这三驾马车，力量最大的是刘钟一派，但这一派又是前途最暗淡的一派，为啥呢？因为曹是'抓革命'的，刘是'促生产'的。人说抓革命的拿鞭子，促生产的拿屁股。曹是进攻者，刘是建设者。曹是斧头，刘是树。小斧头也能砍倒大树，何况曹还是把大板斧！比如说这次曹没经过常委会就把一百台抽水机给山口拿来了，这是多大的把柄，可刘书记那里没有反应！何玮婉给刘书记反映去了，还把何玮婉碰了一顿。你们说，这还有什么希望？"

文戈不愿听人说刘钟，但肖宗泉说的又是事实，不好说什么，只念叨一句："怎么会这样？"

肖宗泉继续说："这位就不同了。"他用下巴向外一指，"现在是还没有把旗帜亮出来，但是，已经是准备大干一番的架势了。这次我跟着下来，在路上断断续续地听了他和靳向东的谈话，野心大着呢！现在在做这么几项工作：第一，网罗人才。他们原来造反时有一帮子人，可现在那帮子人就帮不上什么忙了，这才笼络开笔杆子了。你们刚才不是已经感到有情况了么？这是他计划的第一步。"

李锦竹扁扁嘴："第二步呢？"肖宗泉说："第一步是为当下准备的，第二步是为将来准备的。第二步就是靳向东手下的那一帮'青年军'。他们在车上说，我听出来了，靳向东这次下去，主要是联络各公社团委书记。"文戈一摇头："我不喜欢靳向东。"李锦竹也说："我也有点儿。"

肖宗泉稍稍有点尴尬："我也不是喜欢他。水清不养鱼。杨红砚估计到了，打电话找你，就是想先跟你打一声招呼。"

李锦竹笑说："这么说来，肖秘书和杨女士已经是孙大主任的人了？"肖宗泉犹豫着说："不能这么说。我是骑毛驴儿看唱本——走着瞧。但形势的发展，只怕不会以我们的个人意志为转移。你们想，将来刘钟一倒，你们不站到孙的旗下，难道会跟着曹兀龙跑？"

靳向东推门进来了。他原名靳小柯，"文革"开始后才改叫了向东。说句公道话，他长得倒也一表人才，但那种四两人要说半斤话的大人物派头，把形象糟蹋了。他环视一周，找了个算是中心的位置坐下，随便说几句话，就给肖宗泉下命令："你和李秘书出去转转，我有几句话要和文戈说。"

肖宗泉也讨厌他的口气，想给他一个钉子碰，忍了几忍，忍住了，拉了李锦竹向外走，一边问："黎虹在不在？咱们到黎虹那里坐一坐。"

靳向东一听这名字，往肖宗泉脸上看了看，想说什么又没说，见他们走了，给文戈示意："把门关上。"文戈不愿听他指手画脚，说："屋里有煤烟。"靳向东只得罢了。

见屋里没了外人，靳向东口气一下变了，故作亲昵地说："好你个文老兄，你的嘴咋那么紧？地区的丁部长是你的亲戚，你怎么从来没提起过？这次要不是他让孙主任关照你，我们还都不知道。现在好了，弄清楚了，咱们就是一家人了。"文戈不想和他"一家人"，半低着头不说话。

靳向东说："我在曹那里谈工作呢，是偷偷跑出来和你说句话的，不敢多待，我的意思你明白就行了。以后，有什么事儿，就给我和孙主任说，能关照的，我们就关照了——哦，县团委要开代表大会了，你想不想当代表？你要想当，我给你弄一个代表名额。"

文戈讨厌他神秘兮兮的样子，对团代表也无兴趣，淡淡地说："我早超龄了。"

靳向东也是个心高气傲的人，见文戈懒懒的，爱答不理，心里不舒服，但想到丁义川那层关系，只好装看不见。他的话完了，文戈总不开口，只得起身告辞，临出门时却问："黎虹住哪个屋子？"文戈诧异，说："黎虹不在，下队去了。"

靳向东"哦"一声，走了。

15.一个好常委苗子，除了能力差外，她万事俱备

曹兀龙留孙铁住了一晚，两人一直谈到半夜，冯彦虎和靳向东也没参加。第二天，两人还关着门，院子里便有了股奇怪的气氛，走路的人都主动绕开那里，仿佛那里是军事禁地。

肖宗泉无事，打电话找黎虹，说给她捎了本小说。小说在那时可是罕物儿，黎虹真就来了。肖宗泉从包里取出个报纸包儿，李锦竹先抢过去看，完了传给文戈。文戈发现是《多雪的冬天》，他头里便"轰"的一声。

《多雪的冬天》是苏联小说，属内部售书，县级以上宣传部门才能得到。水泉县宣传部的一本买来时叫解部长拿去了，在一些领导手里传看。文戈早给杨红砚挂了号，说解部长还回来一定借给他看，不想却先到了肖宗泉手里。有他讨女人欢心的份儿，自己却看不到，心理不免有点不平衡。

肖宗泉给黎虹介绍着书，忽然说："哦，我塞你门缝里的信你看到没有？"黎虹诧异，说："没有呀？谁的信？"肖宗泉说："那你还不赶紧看去。谁的信你一看不就知道了。"说着，拉了黎虹就走。

黎虹开了门，却不见有信。肖宗泉往门后看，说："在这里。"黎虹不知是计，真往门后看，肖宗泉趁势关了门，一把揽过黎虹来，在她脸上亲了一口。黎虹知道上当，推他，推不开，悄声说："人来了！"

肖宗泉手一松。黎虹趁势拉开门，站门边拢头发，一边悄声责怪："你咋这么个人！"

肖宗泉赔笑，悄声说："我忍不住了。"黎虹说："走吧，咱们到李秘书房里说话。"肖宗泉不走。黎虹自己走了出去，说："你出来给我把门拉上。"肖宗泉无奈，只得拉上门，紧走几步，赶上黎虹，装没事人，仍到李锦竹屋里说话。

坐没几分钟，叶景珍带着靳向东来找黎虹，推开门，指着黎虹说："靳书记看，是不是回来了？我说回来了，你不信。"

靳向东怪样地咧着嘴，对黎虹说："你下队去了，没去？"黎虹说："去了，刚回来。"靳向东鼻子"嗯"一声："我有话要跟你说。"黎虹似乎迟疑了一下，还是跟他走了。这下，看得文戈、肖宗泉、李锦竹三人大异。

几个人被靳向东和黎虹的举动搞糊涂了，嘴里说些话，心思却都不在。听孙铁在院里喊上路，肖宗泉立即跑出去，指着黎虹的房间说："靳向东在那个房里。"

孙铁站院里喊，肖宗泉才回李锦竹屋里提包，将《多雪的冬天》交给李锦竹，让转黎虹，自己出去，盯着黎虹的房间看。靳向东和黎虹一起出来了，边走还边说着什么，两人都是满脸严肃。孙铁满脸是笑，和文戈、李锦竹握手道别。

曹兀龙和冯彦虎都出来送，看着孙铁的小车开出院子，才转回来。冯彦虎心里有事，几次想说都叫人打搅了，这阵儿抓住了机会，急忙说："曹书记，你恐怕不会在山口长久待，我想趁你在的时候开个会，把大滩口的事儿定一下，有个名目，你走了，我也好办些。"

原来冯彦虎是担心，曹兀龙有意将山口公社交给他，但目前他还只是个公社副主任、党委委员。大滩口会战，又是造田，又是打水库，又是"百井汇流"，未经公社党委讨论就干起来，这阵儿有曹书记在，万一曹书记走了，他这个副主任如何担当得起。

冯彦虎说："曹书记可能没注意，我注意了。昨天开会的时候，公社里那几个干部，脸一个比一个阴。问他们有没有话说，都摇头，不张嘴。会散了吃饭时，有两个饭都没吃就走了。留下的几个都远远儿躲着，不到咱们跟前来。散会后，都走了。曹书记你在公社里，他们都不来问候一声。所以，我想，还是开个会，以会议的形式定下来，以后我还好办点。"

曹兀龙想了想,说:“可以。现在你们还有几个人?”冯彦虎扳着指头数:“公社党委共五个人。田养民到县上谈话去了。苗森是副书记,跟杨常委到水利工地上去了。公社武装部长王西存是委员,最近到军分区学习去了。现在在的就我和红沙沟大队支书周兢。周兢不脱产,实际是个摆设,叫他负责任根本不行。”

曹兀龙说:“那说来说去就你一个人?”冯彦虎说:“对。”曹兀龙想着,拿了罗吉万的狐皮筒子,总得给人家一点甜头,说:“周兢和罗吉万两人,哪个能力强?罗吉万能不能给闹个委员?要行,就把周兢扒拉掉。”

冯彦虎说:“行。不脱产委员么,实际就是个数数字,闹谁都行。——不过,我想咱们稍缓一缓,不要叫他觉得咱们欠了他的,是不是先冷一段时间再说。”

曹兀龙点头:“哎,你说把吕翠儿闹上好不好?”他兴奋起来,眼睛都发亮,“我看那是个好苗子!昨天大会上那几句话你看讲得干脆不干脆!一个农村女的,敢上台就不错了,还干干脆脆讲了那么几句话,不简单!我看是个好苗子!”

冯彦虎心里高兴,嘴上说:“吕翠儿是不错,除了人老实、能力差点外,别的条件都不错:女的,人年轻,身体也好,和咱们这边也靠得近,不错。我打算以后在大队里给安排个副支书……”

曹兀龙一挥手:“不要等以后。发现了就用。现在就培养。大队里给放个副支书。公社里给放个不脱产的副书记。先锻炼锻炼,以后再看情况。能力差怕啥,农村的个社员,你要她有啥能力!咱们看上的是她的人,不是能力。”曹心里已有了让她当县常委的想法,但只说了一半。

冯彦虎毫无思想准备,他自己才是个副主任,虽然曹书记答应他当书记,但毕竟还未成为事实。吕翠儿一步就跨到公社副书记,以后似乎还不止副书记,他一时竟愣在那里,半晌才说:“吕翠儿……现在还不是党员。”

曹兀龙不以为然:“那有啥关系!文化大革命搞了十年了,你咋还这么保守!不是党员发展么,发展了不就是党员了!这个事儿就交给你了。大队副支书的事,你们公社里研究批一下。公社党委副书记的事,你们整个材料报到县委来,我批。山口公社以后就是你的了,你得有个全面考虑。公社班子里几个人,你考虑一下,把和咱们一心的闹上。三心二意的都叫他们滚蛋。这是我的‘点’,不能马马虎虎。”

冯彦虎连连点头答应,完了说:“那……咱们的会啥时候开?”曹兀龙说:“现在开就行。你去叫李映跑一趟红沙沟,把周兢接来,现在马上开。”冯彦虎答应一声,颠儿颠儿地去了。

16.一人主持、一人参加的县、社领导联席会

一会儿,周兢接来,曹兀龙叫文戈也参加听,好积累材料写简报。李锦竹做记录,在一个硬皮笔记本上写道:

山口公社??? 会议
时间:1976 年 3 月 16 日
地点:公社副主任冯彦虎宿舍
会议内容:???
主持人:冯彦虎
县领导:代理书记曹兀龙
社领导:公社副主任冯彦虎
参加人:公社党委不脱产委员周兢
缺席者:公社党委书记田养民
　　　　公社副书记苗森
　　　　公社党委委员王西存
听会者:县委办公室秘书文戈
记录者:李锦竹

曹兀龙示意冯彦虎开始。冯彦虎清一下喉咙,说:“今天咱们开一个……”他想说“公社党委会”,却觉得只有两个人,不合适,就回头问曹兀龙,“咱们叫县社领导联席会吧?”

曹兀龙不在乎名目,说:“行。叫啥都行,会开了就行了,叫啥有啥关系。”冯彦虎就说:“好。咱们就开个县社领导联席会。”

李锦竹就在本本上填上“县社领导联席会”几个字。

冯彦虎继续说:“有两项内容:一是讨论大滩口会战,作个决定,形成一个决议;二是讨论会战指挥部人员组成……”

文戈听得奇怪,忍不住说:“誓师会都开过了,怎么现在才作决定?”

这话问得唐突了。冯彦虎无法回答,往曹兀龙脸上看。曹兀龙一来觉得不好解释,二来嗔他多嘴,便以怒代答:“你听着!叫你说话的时候你再说!”

李锦竹悄捅一下文戈,指指他在文戈名字前写的“听会者”三个字,这

【句半词】一个县委书记——代理，一个公社主任——副的，开了个奇怪的会——联席，决定了会战问题——后补的。造三千亩地——胶泥底，打一百眼井——没水，目的很明确——造成绩，一年改变面貌——吹！

里有个说话“资格”问题。文戈不说话了。

冯彦虎继续说。既然是开会，就得讲深远意义，讲是在执行毛主席的革命路线，讲是无产阶级文化大革命的伟大胜利等等。曹兀龙无聊，端着杯子喝水，嗅一嗅，说：“你们这水不对劲。我今儿喝着咋有股怪味儿？”

冯彦虎接过杯子去闻了闻：“真个咋有股怪味儿？”

周兢端起自己的茶闻了闻，又闻了闻冯彦虎的茶，都正常，也端过曹书记的杯子来闻，一闻闻出股香皂味儿，明白了，笑道：“哦，我知道了，是香皂味。曹书记把杯子落吕翠儿家里了，吕翠儿洗了。她们家里没有香皂，拿了几个鸡蛋去小卖部里换的，我们队里的人都知道。”

冯彦虎再闻，果然是香皂味儿，再看茶杯，惊喜道：“哎呀曹书记，你看洗得干净的！”

曹兀龙看时，果见塑料套绿晶晶的，干净多了。李锦竹也站起来，笑嘻嘻地端过茶杯相看，又闻闻，拿给文戈看，文戈不接，说：“看见了。”

屋子里有股闹攘攘又轻松又撩人的气氛。

曹兀龙心里有股说不出的味道，但警惕到了屋里的轻佻气氛，沉下脸来，要过茶杯，让冯彦虎倒了残茶，重新换茶添水，与冯彦虎两人一替一换，讲大会战，强调：要大干！要开膛扒肚地干！要造三千亩水地！要打一百眼井！要搞“百井汇流”！要一年内改变山口面貌！

会议还做出决定：曹兀龙任会战指挥部总指挥；冯彦虎和吕翠儿任副指挥。吕翠儿是以“半边天”代表的身份进入指挥部的。除曹兀龙和冯彦虎两人外，别的人都深感意外。周兢也荣获委员之职。另外，还有两名公社干部也被加进了“委员”名单。

会议临近结束时，县计委副主任汪天鹏和羊路公社书记段梦熊乘拖拉机来找曹兀龙。会议再次中断。

17.屁招苍蝇香招蜂

汪天鹏和段梦熊是曹兀龙那一百台抽水机的决定鼓舞来的。正如陈召凤所说，那个决定是“立了一个杆杆”，号召着先前在铁首仁时期感到压抑却不甘寂寞的男男女女不分远近都投奔了来。

这一点，曹兀龙自己事先没有预料到。他作那个决定，是无准备无把握的，他只是为了要“大”干，为了“百井汇流”听起来响亮，为了使他的“点”声名远播，匆忙间冒险做出的。他当时还犹豫过，怕遭到别的常委反对，是吕翠儿洗了脸，抹了黎虹的雪花膏香喷喷地进来了，他为了显示一把手的威风，突然间把还在犹豫的心中一闪念脱口讲出来的。后来泼水难收，才硬着头皮给陈召凤打了电话，不料竟收到如此意外的效果。他曾担心过刘钟，还为在常委会上作解释想了几种说辞，不料什么事儿都没发生。简单、顺利得他都不敢相信了。这给了他一个意外的经验，也给了他一条路子、一个方法，就是——独断专行。

这有点像处女接客，第一次总有点战战兢兢，一旦迈出第一步，往后就无所顾忌了。

冯彦虎的屋子里，段梦熊正讲得眉飞色舞，他风尘仆仆地专门坐了拖拉机来找曹兀龙，表面上是为羊路公社要抽水机，实质还是为了和曹兀龙靠拢。他是羊路公社书记，身材矮胖，脖子差不多和头一般粗，但他思路敏捷，办事干脆利索，人起绰号“狼儿子”。这称号除了赞许他的干练外，还隐含有处理事情敢下辣手。他在“填不满的羊路”已经九年，苦怕了，曾多次要求调动均未成功。他对铁首仁看重姬建华极为不满，认为羊路工作上不去是自然条件太艰苦。曹兀龙当了代理书记后，他舒了一口气，觉得压在他头上的铁盖子掀掉了。但他一向心高气傲，对曹兀龙并不佩服。当他听说曹兀龙一个人决定给山口公社一百台抽水机的事后，心里翻了好几个个儿。一方面，他觉得这事儿办得太蠢，另一方面，却也看到了希望，曹兀龙如此匆忙地和刘钟摊牌，一定急切地需要帮手，这个时候向他靠拢，当然最容易得到器重。所以，他坐了公社的拖拉机来了。

和段梦熊比，汪天鹏表面要显得温和，但实际上他更深沉。他话比较少，不露声色，但你只要看一看他的眼睛，就知道这位绝非等闲之辈。他目光像鹰，眼睛后面仿佛还有一双眼睛。他平时不苟言笑，但眼睛一瞪，你立刻会意识到他的权力。他是计委副主任，由于主任是曹兀龙兼，他这个副主任实际是正科级，权力比别的科局还要大。但他从不在公事上行使特权，星期天他要回家时，可以打电话让车队开一辆“顺路”的大卡车，像今天这样要见领导时，却坐段梦熊的拖拉机。

这就是他和段梦熊的不同。然而，在“抽水机事件”上，他们的看法却基本一致。

段梦熊快人快语，评论说：“对着呢，干得漂亮！对刘钟那些人，你就不要尿屎他！那些人就那号贱毛病，你不尿屎他了，他把你白屎不咋！”

曹兀龙舒心地笑。他的舒心，不仅因为称赞他干对了一件事，还因为这两个大老远来投奔。汪、段二人在水泉县科级干部里是有影响的人，他们对这件事的称赞，分量自是不同。

汪天鹏的评论表面上要保守一些，可分量一点不比段梦熊的轻，他说：“这件事影响面儿很大，对支持我们的人，是个很大的鼓舞，他们会看出来，我们撑杆杆子的人是个硬手，这就看到了希望；对动摇的人，是个警告，也是个威慑，能促使他们早点站过来；对刘钟派的人，是个震动，能起到分化、瓦解作用。同时，也把刘钟的杆杆子打倒了。以前大家都觉得他们是铁首仁的老班底，力量一定非常强大，谁知刚一碰，杆杆子就倒了，这在全县干部中的影响不得了！一个杆杆子倒了，一个杆杆子竖起来了，他们往哪边站，阵线一下就分出来了！这就逼着他都得站队，想装糊涂都不行！”

曹兀龙更舒心了。竟隐约觉得，这一步棋是他算计好了走的。然而，段梦熊逼宫了：“曹书记，我还有个要求：你给山口给了一百台抽水机，给羊路给多少？我们不如山口重要，山口给一百，我们至少也得给八十台吧？”

曹兀龙“嘿”一声：“那不可能。”段梦熊说：“最少五十！少了五十台我就不干了！就羊路那个烂摊子，你看派谁了派去！”

这有点将军的味道。曹兀龙有些不快了，收了脸上的笑。汪天鹏觉得了，急忙打圆场：“哎，梦熊，咱们商量的话你不说，咋扯到抽水机上了？”冯彦虎追问一句：“哦，你们还商量了？”段梦熊冷嘿一声，不以为然地说：“狗屁！那都是‘一个鸡蛋的家当’，实现了才算呢。——陈召凤先来的，没给你们说？”

冯彦虎往曹兀龙脸上瞅，说：“哦，怪不得昨天申队长让陈召凤走，陈磨磨蹭蹭不想走，说他还要和曹书记说几句话。原来你们商量好的？——那你们咋没一起来？”

段梦熊用下巴一指汪天鹏，说：“本来要一起来，他鬼鬼祟祟的，说走一起目标太大。”

曹兀龙心里一疑：“你们商量的啥？”汪天鹏刚要说，李锦竹进来请示工作，打断了。李锦竹刚走，叶景珍要下乡，来问冯彦虎有没有什么事。叶景珍还没走，又有几个社员进来，找冯彦虎要医疗救济。段梦熊忍不住了，冲冯彦虎发火道：“你这是公社，还是自由市场？我们大老远地跑来，曹书记也在这里，就听你在这里周吴郑王的断官司？也太不像话了吧！”

冯彦虎有点尴尬，脸微微红了，急忙起身，把几个人带到李锦竹屋里去嘱咐。刚出门，“李线长”来报告，说县上电话找公社领导。冯彦虎让接到李锦竹屋里。却是县组织部来的，说地区丁义川常委要来县上考察新报的常委，让曹书记回县上去。

冯彦虎来说了，提醒了汪天鹏，说：“我到地区去了一趟，听说苏芸在地区使劲给姬建华活动常委呢，曹书记还得……小心一点。”曹兀龙问：“她在谁跟前活动？”汪天鹏说：“听说是王三丰和陈贵。也找了熊书记，可能没找响，王三丰和陈贵可都给姬建华说好话着呢。”

王三丰是地委副书记，陈贵是地委常委，是两位老同志。

曹兀龙听了,心里便有些翻腾,但口气仍然硬:“那倒好,王三丰和陈贵正好和熊书记是对立面,他们不说话还好,他们越说,熊书记越清楚。现在地区的实权,就在熊书记和丁义川手里,丁义川的常委也批下来了,权越大了!”汪天鹏说:“听说丁义川给孙铁闹副书记呢,真的么假的?”曹兀龙心里越不是味,勉强说:“有这种可能性。”

18.一朝天子一朝臣

曹兀龙今天的心情还是比较舒畅的,一是工作顺利开展了,二是有这么些人围着他献计献策。他喜欢有人围着,喜欢有人献计献策,这样他就有一种“中心”的感觉。自从当了代理书记,已经有许多人来献计献策了,有的周详,有的简单,有的深谋远虑,有的不值一哂。虽然各不相同,却都是单个人的主意,像今天这样几个人商量好了来谈,还是第一次。他有股整团整连收编投诚部队的感觉。

汪天鹏代表三人献的计策是:

首先,最根本的是抓住干部问题。他引用了一段“最高指示”:“政治路线确定之后,干部就是决定因素。因此,有计划地培养大批新干部,就是我们的战斗任务。”他特别解释了那个“新干部”的“新”字,说这不是招收新人手,而是用“新人”换“旧人”。比如赵天葵,就是“旧人”,如果换成陈召凤,虽然陈的年龄比赵还大,但这就是“新人”。

段梦熊嫌他饶舌,截断说:“你就一句话,直截了当,说白了,就是把咱们的人换上去,把他们的人换下来。你的啥‘新’呀‘旧’的,听着咬牙死了!”

汪天鹏说:“对,实质就是这个。俗话说,一朝天子一朝臣,你不把自己的人换上去,到时候他不听你的,咋工作?”

曹兀龙不以为意,这他早就想过,用不着别人教。

其次,工作的总纲是“稳住下面,抓紧上面”。

“稳住下面”的意思有三层:

第一,头脑要清楚,各级领导班子是一定要换的,但动手之前不能乱,要给他们吃定心丸,用政策捆,用纪律压,用好话笼,让他们心甘情愿好好干,工作不要受损失。

第二，调整的时候要秘密，防止出意外。“上”的干部，可以给交底儿，让他们暗中作好接手的准备。“下”的干部，一定要保守秘密，让他们直到宣布的前一天还为咱们努力工作。

第三，调整后，“上”的立即到任，“下”的立即卸任，无论下文还是讲话，都要硬，叫“下”的死心，不敢闹。

“抓紧上面”好理解。汪天鹏说：“我们的一切计划，都要上面点头才行，所以一定要和上面搞好关系，得勤跑，勤请示汇报。”

这个曹兀龙明白，所以漫不经心地说：“那对着呢。”

对于具体实施，汪天鹏提了四条措施，他说：

“第一，稳定外围。曹书记应该坐车到各公社、农、牧场跑一趟，不要只蹲在山口公社。你想，你现在是一把手，肯定有许多人想向你靠拢，但没有机会表示。像我和梦熊是豁出来了，不怕刘钟他们知道，但不是所有的人都能豁出来，叫他们往这里跑，有的人就不一定敢。再说也不方便，大部分公社只有拖拉机，想来也来不了。有的年龄大点的，还有那么点小架子，不好意思来。这几种人，只要你去，他们立刻就会向你靠拢，这就可以揽来一大批支持咱们的人。就是那些动摇的，曹书记要先去，就有可能站到咱们这一边，要是叫别人捷足先登，就可能站过去。再就是和刘钟关系铁的死硬分子，你去转一转，也是对他们的威慑，对争取动摇的人有好处。我听说孙铁已经带着靳向东到各公社转去了，曹书记要早点动身才是。

“第二，县级各单位的头头，消息快，能量也大，要尽早控制住。但县级单位与公社不同，不能挨着门跑，那容易惹议论。可以找几个可靠人分头串联，只要说是受曹书记委托的，话就好说了。

“第三，县委各部室，不仅那些科局长们能量大，就是一般干部，都有能量。特别是组织部、办公室、计委这些要害部门，一定要有咱们的人把关。这些部门现有的人，能拉过来的拉过来，拉不过来的坚决调走！”

听到这儿，曹兀龙得意起来，说：“这我早都考虑好了，组织部准备让朱仕第管，办公室已经物色了鲍日曙。计委就天鹏管。”

段梦熊听让朱仕第管组织部，摇了摇头：“‘四眼子’是个阴阳，咋叫他管组织部？那个心里想的啥，谁知道？”听段梦熊也说朱仕第，曹兀龙心里有点动摇，但想想常委会上救驾，还是为他立了功的，就说：“朱仕第已经站过来了，算咱们的人了，再不说了。”汪、段二人只得作罢。

汪天鹏继续说：“最后一点，也是最重要的一点，还是常委班子。常委班子的问题不解决，别的都是空的。”他为曹兀龙制定的战略是：请出苏快嘴(苏芸),赶走赵大头(赵天葵),压住软蛋(阮祥林),笼住肉头(庞大卫),吊死干猴(杨子厚),磨死白头(刘钟),联合、限制孙司令(孙铁),团结、利用四眼子(朱仕第)。

对此,段梦熊看法不同,说:"转尿那么多弯弯子干啥呢,你干干脆脆一脚把刘钟发了(即一脚踢开),树倒猢狲散,剩下的不收拾他都乖乖儿的了,吃那么多闲力干啥呢!"

汪天鹏摇头说:"这你就说错了。正因为刘钟是他们的头,才不能一脚发了。你想想,刘钟现在起什么作用?是他们的头不假,可是他这个头实际在帮我们的忙。"

这话太惊人了,几个人都往汪天鹏脸上看。汪天鹏说:"你们听我分析就明白了。你们想想,刘钟现在样子像是那些人的头,实际他不是头,他只想使自己干干净净的,啥事都不伸头,怕惹事,所以他们那一派实际上就有名无实了。没有头,就是一盘散沙。比如这次一百台抽水机的事,县上吵红了,可是,光是下面乱喊,再没有任何行动,为啥?就是因为刘钟不动,别的人都动不起来。这是不是在帮我们的忙?实际等于刘钟替咱们压住了那帮人。你现在要是一脚把刘钟发了,万一再出来一个刺儿头,那不把咱们整住了。他们那一派的力量多大呀!要是有曹书记这么个人,杆杆子一立起,当下就是另一番天地!你们说是不是?"

曹兀龙和段梦熊心里都觉得有道理,但嘴上都不说。冯彦虎听了点点头,说:"有点道理。"

汪天鹏接过去说:"所以,刘钟现在不能发,而是磨。不仅让他抓生产,还把各种杂事屁事都推给他,叫他在医院里躺着也二十四小时不得闲,出了问题,误了事,还要他负责,磨得叫他想死死不了,想活活不成,根本没时间注意咱们在干啥,等知道时,咱们已经把事办完了。"

段梦熊说:"曹书记你听,整个儿一个阴谋家!"曹兀龙一笑:"几个常委,你赶走的赶走,磨死的磨死,我靠谁干工作?"汪天鹏和段梦熊同时说:"那还不好办,破旧立新嘛!你把他们的人赶走,把咱们的人弄进来,不就有人干工作了嘛!"曹兀龙说:"你们说,把谁弄进来?"

汪天鹏和段梦熊推辞一阵,每人推荐了两个。汪天鹏荐段梦熊和陈召凤,段梦熊荐陈召凤和汪天鹏。于是,曹兀龙和冯彦虎明白了,如果陈召凤没有被申广恩拉走,一定会荐汪天鹏和段梦熊。因为冯彦虎一直在座,他两个有点不好意思,也推荐了一下冯彦虎,但听的人还是能听出来,他们真正想推荐的,是他们三人。

他们连分工都考虑好了：曹兀龙抓全盘；汪天鹏管工业、计委；段梦熊管农林；陈召凤管水电；孙铁管畜牧；朱仕第管文卫；庞大卫抓民兵训练。为了礼貌，他们说："要是将来老冯也能进去，也可以抓一抓农业。"冯彦虎当然能听出来，这句话里的"要是"、"也"、"也"，但他什么话都没说。

这是一张新常委班子蓝图。在这张蓝图里，刘钟派的人已经荡然无存了。

这个计划不可谓不周密，相反，他的缺点恰恰在太周密。他们把一切都替曹兀龙想好了，却没有想到实施一项计划，主要负责人如果只是听从别人安排，自己只是一个被人操纵的工具，他会怎么想？也许他们太为自己的计划周密得意，而没有注意到曹兀龙在这次重要的谈话中始终是个听众。他几乎没有插话。他插不进话去。他没有机会显示自己的高明。傻瓜时时想表现自己的聪明，聪明人只是明白该在什么时候装傻。他们双方都犯了一点小错，致使这次重要的谈话没有立即引起本该引起的反响。对汪天鹏和段梦熊来说，这是个小小的不幸。

临睡前，冯彦虎来到曹兀龙跟前，照例只问"冷不冷"、"要不要开水"等生活上的小问题。他今天显得很尴尬，在整个献计过程中，他几乎没说一句话，显得那么多余、蠢笨。他几次想走开，却又没动。他觉得他们是一种类型，而自己是另一种类型。他们谈话时，他觉得他们有一个圈子，而他不属于那个圈子。进入这个圈子需要能力，更需要野心和狠毒。他不是一个狠毒的人。他也不喜欢段梦熊的傲气，不喜欢他那尖酸的聪明和刻薄的机智，不喜欢他说话办事都狠巴巴的样子。他可以当面叫陈召凤"扎耳子狼"，却从没有叫过段梦熊"狼儿子"，他觉得他们的交情还没到那个份儿上。对汪天鹏，他说不上什么，但总觉隔膜。一想到他们的圈子，就更隔膜。他不像他们那样有野心，因而也不会动那些叫别人听来不很光明的脑筋。他也希望升迁，官儿当得越大越好，但他不想靠打什么鬼主意弄倒别人来达到目的。他不是刘钟一派，也不是孙铁的人，他拥护曹兀龙，圈儿画大一点，他也可以和汪天鹏、段梦熊在一个圈儿里，因此，他不反对他们，更不会揭露他们，也希望他们成功，他们成功了，对他只有好处，但他还是不赞成他们的做法。他经常偷偷摸摸搞女人，他清楚自己不配"正大光明"几个字，但他的心并不毒，他不愿害人。

曹兀龙也在想，在所有向他献的计策中，数朱仕第和汪天鹏三人献的计好，但似乎又都不能使他完全满意。朱仕第的计策听着好，实行起来却比较难，似乎很空，抓不着东西，他常常不知道下一步应该怎么走。他觉得朱仕第书生气太重，计策好像都是从书本上搬来的，与他这号粗人不甚相宜。而汪天鹏三人的计划，件件都非常具体，一下就明白该怎么做，很对他的心思，他心里早就同意了，但口头上却不公开承认。他觉得那有碍他的尊严，仿佛是他们偷了他的主意。见屋里只剩了冯彦虎一个人，他笑一笑问："你听他们说得有没有道理？"

冯彦虎想了想，说："对是对着呢，想法都挺好的。不过，我想着，工作当然要抓，曹书记自己的事儿也要抓，如果曹书记的书记批不下来，一切都是空的。"

真是一语中的！

这是曹兀龙一块心病。他真的被感动了，所有献计献策的人都只考虑自己，只有冯彦虎才为他曹兀龙着想。他半晌没说出话来。见冯彦虎有些呆，他轻轻一挥手："你也睡去吧。夜深了。"

第三章

1.吕翠儿的家

吕翠儿的家，即使在并不富裕的红沙沟大队，怕也算是数得上的穷家。一家三代四口，婆婆两眼看不见，丈夫张培河瘸着一条腿，儿子锣锣尚不足周岁。吕翠儿在家里很有些鹤立鸡群的样。她模样儿长得好，不要说红沙沟大队，就是全山口公社，要找出第二个来怕也难。两只毛茸茸的眼睛，一开一合，仿佛能荡动人的心潮。红红的嘴唇总带着那么股潮润味儿，使人联想起奶糖或熟透的樱桃。

她娘家是上中农，离"富农"只一步之遥。文化大革命开始不久，造反派谋划着要给定"漏划地主"，一家人差点没吓死。这时有人来提亲，听说张家是"真正的贫农"，仿佛从狼嚎虎吼的森林一脚踏进了红色保险箱，安全一下有了保障，别的什么都来不及问，就嫁过来了。过来后才发现，张家确实是"真正的贫农"，"贫"得几乎一无所有，丈夫、婆婆还都是残疾，她一脚踏进天堂的幸运感没有了，但还不很后悔，因为"贫农"虽贫，到底是天堂里的穷人，而"漏划地主"可是实实在在的阶级敌人，是地狱里的穷鬼。

后来，"漏划地主"的风波过去了，她有了点不安分，闹过离婚，却被娘家老子狠骂了一顿："你刚好了伤疤就忘了痛。张家穷是穷，可人家是真正的贫农！你进了保险箱了，还不知道好歹！咱们家现在是没事了，可上中农到啥时间都有危险！政策稍微一变，谁知道是地主还是富农？你要离了婚，再要想找个贫农就不要妄想了。找个地主，你一辈子完了不说，连子子孙孙都判了无期徒刑！"她一想也是，只得忍泪死受着。

后来，她碰上了冯彦虎，成了大队妇联主任。再后来，她怀孕了。按说，这些都是应该庆幸的，但人们却发现，瘸腿的张培河非但不高兴，待吕翠儿反更严厉了。这反常自然要引起人们疑问，好看的女人加上冯彦虎的名声，是产生故事的好材料，却找不到什么把柄。人们等待着她的孩子出世。但孩子出生后仍然不能断定什么，仅靠不科学的肉眼，要在一个未满周岁的孩子身上找出证据，未免难了点。

然而，人们发现了吕翠儿身上悄悄的变化。先是多了一条好看的围巾。接着，脖子上露出了鲜艳的的确良衬领。后来，一条农村妇女连想都不敢想的料子裤子穿出来了。走后门才能买到的紫条绒，吕翠儿做了两件上衣。而在此同时，张培河和瞎眼婆婆的衣着却令人难以相信的破烂。鸡窝里飞出凤凰的反差，给了人们更多的话题。

闲话听多了，她反不在乎了，破罐子就破摔吧。她万万没料到的是，堂堂的县委书记会那么看得起她，会到她家里去。

那天开誓师大会，因为要她发言，紧张得忘了上厕所。她发过言，就觉得尿憋，但不好意思去。女人尿尿，男人们是要皱眉吐唾沫的，县上的书记、科局长们岂不嫌弃？好不容易等到散会，不想曹书记不去大队部吃肉，却要到她家里看看。

她傻了。天爷，家里两孔又黑又脏的土窑洞，一间无法转身的矮房，炕上连一片毡都没有，书记去坐哪儿？她求救地瞅冯彦虎，希望冯主任阻止曹书记去。冯彦虎从未去过她家，不知道她的为难，还笑眯眯地用目光鼓励。吕翠儿站着不动，用手使劲掐自己的大腿，结结巴巴地说："我们家……太乱了，连个……坐人的地方……都没有……"

曹兀龙大度地笑笑："没关系，没关系。贫下中农么！家里穷了乱了我们才去呢，地主富农家我们还不去！"冯彦虎也鼓励。吕翠儿无奈，只好硬着头皮往家领。

早有一群孩子一窝蜂地跑去报信儿。瞎眼婆婆听说县上的书记要来，急忙从小房房里摸出来，还没想好该说什么话，脚下一虚，差点从台阶上栽下去。张培河正在院里忙活，怕书记来笑话，忙把母亲扶伙窑里去了。

冯彦虎觉得有半主之份，见吕翠儿惶恐，替她将曹兀龙让进屋。一进屋，冯彦虎也傻了，屋子太小，除了炕，地下三个人便无法转身。凳子或类似凳子的东西都没有。炕沿儿露着泥皮。炕脚一堆黄土，是给小孩子屙屎尿尿准备的。炕上一床被子，不是布包棉花，而是棉花包着布。他看那炕沿儿实在无法坐，一时竟也愣住，和曹兀龙两个在地下呆站着。

吕翠儿已急了，抢上炕去，一把扯过破被，顾不上锣锣还在睡觉，连破被裹了跑去交给婆婆。跑回来开了一口半新的木箱，从里面扯出一条淡红棉毯，几下铺开来，用手抹平了，红头涨脸地请曹兀龙、冯彦虎坐。她早已羞得头都抬不起来了，只挥手让门边儿看热闹的孩子们走开。

尴尬半晌，她才看见曹书记手里的茶杯空着，想着应该给客人倒水。忙红着脸双手接了杯子，一边往伙窑跑，一边寻思到哪里去借开水。她家原先本有一个竹壳暖瓶的，去年冬天让瞎眼婆婆碰打了，现在只有个空壳摆在伙窑里。

她简直急疯了，一进伙窑，见张培河白马歇蹄似的一脚点地在那里发呆，那气便不打一处来，立时竖起眉毛，呵斥他快去借开水。张培河也是吓慌了的人，急忙一点一晃往外走，还没想好到谁家去借，吕翠儿已放下茶杯，一把拨开张培河，拔脚飞跑出去了。她一边跑，一边寻思，茶叶也没有，有一点红糖还压在箱子底,那还是她坐月子时冯彦虎给她的,这阵儿翻箱子不好,干脆连糖也借上,以后再还。

她脚不沾地,连跑两家,才一手提了暖瓶,一手攥着一小块用纸包的红糖回来,曹兀龙和冯彦虎却已出来到了大门口。他们要走。两人都笑着,曹兀龙说:“不要忙了。我们回公社去,以后有时间再来看你。”

吕翠儿一句话说不出,一手提着暖瓶,一手攥着红糖,眼看着他们去了。两人走几步,还回头冲她笑,向她招手,她却无力回答,那块糖在手心里都快攥化了。

她简直无地自容。

小车呜呜地响着开出村子去了, 吕翠儿却倚在土门旁号啕大哭起来。张培河怕打了人家的暖瓶,忙点几步,接了过去。吕翠儿索性一屁股坐到地上,拍腿打脸地大号。她尿本来就憋得不行,这一号,竟收不住,一股湿热在两腿之间奔涌起来。这一来,她越号得凶了。队里人不知道发生了什么,近处的都跑来看,远处的都伸着脖子往这边瞧。院内院外顿时挤满了人。

周兢本来在大队部里招呼县、社干部用餐,听见哭声,又见人都围着,便跑来看。吕翠儿拍腿打地地号:“哎哟,羞死我了,我咋把人活到这一步了,领导到家里来,连个坐的地方都没有,我还有啥脸见人嗽——”

大家这才知道是咋回事,七嘴八舌地议论。周兢急得跺脚,皱着眉头说:“起来,回去!领导来没地方坐就没地方坐,怪我们穷着,号啥呢!县上的领导一大群在大队里呢,你穷号穷号的,叫人家听见你羞不羞!”

一句话把吕翠儿禁住了,擦擦脸,爬起来往伙窑去。幸亏棉裤厚,尿没湿透。周兢轰散人群,又奔了大队部去。

吕翠儿回去,看见曹书记的茶杯孤零零地在锅台上,捧起看了看,抱在怀里,眼泪不由自主又淌下来了。哭一会儿,想起这里实在太脏,书记的杯子受委屈,止住哭,换了条干裤子,在盐罐里取了几个鸡蛋,不管张培河的质问,到大队小卖部里换了块香皂,舀一碗水,把杯子里里外外仔仔细细洗了。塑料绳编的套子洗不净,她小心地扒下来,一遍一遍地搓香皂。

张培河出来进去好几趟,见她一遍一遍搓香皂,碗里净是白沫,忍无可忍,嘟囔了几句。吕翠儿忽一下站起来,冲他喊:“就搓!就搓!你管着呢!你看得惯了看,看不惯了离婚各过各!”

瞎眼婆婆在炕上拍锣锣睡觉,她对“离婚”二字敏感,急忙呵斥张培河:“你出去做啥去沙!守着家里要骂个仗呢!你还嫌我死得慢吗?”张培河怕母亲生气,狠狠瞪吕翠儿几眼,忍了几忍,咬着牙走了。

吕翠儿将套套洗好,用她的衣裳襟擦干,闻闻,还有股淡淡的香味,脸上才有了一点笑意。屋子里没个干净地方，她从箱子里取出一条没舍得戴的新头巾，小心地把杯子包好，在箱盖上抹出一块干净地方敬着，等有机会再捧还给曹书记。

一个小社员跑来叫，说县上的领导和汽车司机都吃完了，该着大小队干部吃了，叫吕翠儿赶紧到大队部去。吕翠儿脱了棉裤，腿上冷，再加上刚才号过，有点不好意思，便不肯去，让那个小社员给她端些来。那小社员犹豫了一下，去了，一会儿回来说："周支书说了，大小队干部只准吃，不准端，只准带嘴，不准带家具。你要吃了吃，不吃就算了。"

吕翠儿想想，一年四季见不上个腥气，这次不吃，过了这个村儿可就没这个店儿了。腿上冷也顾不得了，只得随了去吃。还怕县上的干部看见，躲躲闪闪，包了头往大队部去。

大队院里堆满了抽水机。成群的孩子在院外跑来跑去，扒着墙头往里看。几个民兵把着大门，不让闲杂人等进去。周兢正指挥人给吃罢的干部们倒茶，看见吕翠儿，也顾不得说话，只往当临时灶房的屋子一指，吕翠儿会意，赶紧溜了进去。

周兢随后跟进来，叫人给吕翠儿端馍盛肉，他也趁空儿捞一块肉吃，一边教训吕翠儿："你当了这么长时间的干部了，还这么不懂事，你来吃上一顿，吃多吃少，是说你陪县上的领导，给你端家里去，咋端？那么多眼睛盯着呢，能端吗？"

掌勺的大嘴女人讨支书的好，盛了半碗羊肉小炒给周兢，说："你也吃上点，跑出跑进的，忙死了！还连一嘴都吃不安生。"周兢接了，顺手抄起一个花卷当筷子，便往嘴里扒。没扒几口，外面又有人喊，他紧扒几口，扔下碗又跑出去了。

吕翠儿不言语，眼睛早被羊肉小炒吸住了，直吃到嗓子眼都满了才罢。吃完回去，曹书记的茶杯已被人取走，家里熬的玉米面糊糊，知道她吃过了，也不给她盛。她吃剩的半个花卷，偷偷藏在袖筒里，拿出来捏碎泡在糊糊里给锣锣喂，一边说："好好吃，我锣锣今儿也过个年。"

小社员又跑来传话，嘴上多了圈惹眼的辣子油红，说："干部们都吃完了，还剩下一些羊肉小炒和馍馍，周支书叫各家去一个人去分，把家具带上。"

张培河找出瓦罐和竹篮，觉得吕翠儿面子比他大，想叫她去。吕翠儿不愿受他支使，不去也不说话。两人僵持着，瞎眼婆婆觉得了，责备儿子道："哎哟你去嘛！锣锣他妈还给娃娃喂奶呢！"张培河只得去了。

一会儿回来，竹篮里只有娃娃拳头大的两个半馍，瓦罐里盛着不到半碗小炒，大半是洋芋疙瘩，只有苍蝇头大几小蛋羊肉。天冷，羊油已在瓦罐上结了一个白白的油圈儿。吕翠儿本不愿说话,见只有那么点,也动了气:“咋才这么一点?是按劳力分的,还是按人口分的?”

半晌,张培河才说:“按家户。”瞎眼婆婆听到了,怕惹气,说:“闲,闲,分多分少都闲。咱们一年四季能见几回腥气子,分了就好。我不吃,你们想吃了尝上点,剩的给锣锣留下。”张培河听说,也不吃了。

夜里,吕翠儿胃里难受起来,她知道是吃猛了,几次要吐,舍不得那顿肉,都忍住了。但后来越来越难受,实在忍不住了,“哇”一声,吐了一地。张培河被吵醒了,摸索着点了豆似的煤油灯,看看地上的肉蛋蛋,心里着实可惜,也无办法,只得从外面铲一锹土来压住,复吹灯睡下。

吕翠儿却睡不着了,只恨当初胆太小,就想嫁个贫农保平安,没想这种平安还不如死了干净。想着,那泪便止不住地流,竟“呜呜”地哭出了声。张培河再次被吵醒,气恨恨地说:“白天号丧,晚上还号丧!你要睡了睡,想死了大门外死去!”

吕翠儿本来就讨厌他,听他还骂得如此歹毒,便也回骂。张培河气了,闭着眼,蹬她一脚。吕翠儿哪受这个,也还他一脚。张培河火了,更狠地一脚。吕翠儿被蹬急了,翻身起来,摸着大概方向就是一顿乱抓。张培河被抓急了,也翻身起来。吕翠儿怕被他抓住吃亏,又是一脚。张培河在炕边睡,没防,又是残废之人,老牛滚坡似的,“轰隆”一声,栽下炕去,额头撞在墙上,痛得他差点晕过去。

张培河大怒,在地上一摸,抓到一只鞋,爬起来,一手拄炕沿,朝炕上就抡。吕翠儿着了一下,着实有些痛,她急了,一手抓被子,一手护孩子,大叫:“救命啊——杀人啦——!”锣锣也吓醒了,没命地号起来。

门忽然开了,瞎眼婆婆跌跌撞撞扑进来,“扑通”一声栽倒地下,头在地上撞着,拉着哭腔叫:“祖宗!祖宗!我给你们跪下哩……”

2.一个值钱的“人民”

周兢听吕翠儿要离婚,心里冷哼“你休想”,摇摇头说:“那不行。你也不想一想,那个家里瞎的瞎,瘸的瘸,就靠你着呢,你离了,叫那一家子咋活呢?”吕翠儿气结,说:“我又不是他们家里的长工,他们是死是活,与我有啥关系!”

周兢听她说得太绝,沉了脸说:“哎,咋能这么说话!一日夫妻百日恩呢,你们结婚这么些年了,娃娃都那么大了,还能说那话。大小你还是个干部，冯主任还说让你入党呢，你这种思想还能入党？”

正说着，瞎眼婆婆“咚咚”拄着棍子摸来了。吕翠儿知道她是来求支书，不让她离婚的，怕缠不清，站起说：“反正话我已经说了，开不开介绍你看着办去。我找公社去了。”说完，愤然离去。

瞎眼婆婆听出是媳妇的声气，叫了几声“锣锣他妈”，没人应，知道走了，心灰地叹一声，颤巍巍摸进来，哭道：“周支书，你要给我们做主呢，我们寻一个媳妇子不容易，离了，叫我们娘儿们咋过？那是我们一家子的命啊！”说着，泪水从两只茫然的眼眶中流出来。

周兢怕她的眼泪，不敢往脸上看，安慰说：“婶婶你放心，这事有我。咱们一个队里住着呢，你家里的事就是我家里的事。有我在，你就放心，媳妇子保证跑不出去。你放心回去吧。”他连说带劝，把她推走了。

这时，开会的生产队长们来了，打听吕翠儿家半夜三更闹仗是为啥。周兢笑说：“两口子半夜三更打仗，还能为啥？保险是一个要弄，一个不让弄，还能为啥！瘸子的个牛牛子，只有小拇尕尕大，妇人家觉着不过瘾，不让弄，不就打开了。”

一个生产队长说：“听说咱们冯主任的牛美实得很，你们谁见过？”

周兢说：“我见过，真格美实得很！和那个老叫驴的家伙一样！这你们就想去，吕翠儿为啥不爱要瘸子！——不过这个话可千万不敢让冯主任听见，要让冯主任听见，我们都不得活了。”

一句话未完，冯彦虎在屋外接口道：“啥事怕让我听见？”周兢的脸“刷”一下黄了，忙从炕上跳下来。冯彦虎和文戈两人已经进来了。队长们纷纷站起，和冯彦虎、文戈问了好。冯彦虎还追问：“你们刚才说的啥，不让我听见？”

周兢扫一眼队长们，笑着说：“我们正商量分抽水机呢，怕冯主任听见。”冯彦虎肃了脸说：“抽水机不能动！曹书记有打算呢，你们动了还了得！千万不能动！”

周兢见掩饰过了，笑说：“冯主任说不能动，我们就不动了。”冯彦虎说：“不能动！抽水机万世不能动。你们应该讨论一下会战的事，讨论讨论打坝造地的事。”

文戈听说大滩口是胶泥底子，不能种地，早就存了心要问，听如此说，问道：“听说那个地方是胶泥底子，能不能造田？听说正好是个沟口，洪水下来怎么办？”

队干们互相看了看。周兢抓住时机说：“冯主任，文秘书提的这个问题，我们也考虑过，确实是个问题。一来大滩口是胶泥底，根本就不能种地；二来那里是沟口，即使造了地，一场洪水，地都到江洋大海去了，咋种；第三，'百井汇流'听起来好，可到哪里打井？有没有水？……"

冯彦虎脸沉了，不等他说完，就制止了，说："这些话你再不要胡说！会战是已经定了的事，现在我们要做的，就是讨论怎么干，不是要你讨论干不干！誓师会都开过了，声势造了那么大，你还打退堂鼓，你想和曹书记唱反调？"

一顿训，周兢和队干们不说话了。正要讨论怎么干，吕翠儿呜呜噜噜哭进来了。她去公社找冯彦虎，半道听说冯彦虎来大队了，又折回来的。一进门，大哭起来："冯主任，我不活了。我没法儿活了。我没死没命为那个家，没落下好，还差点把我打死……"

冯彦虎见人多，有话也不好说，让周兢组织队长们讨论会战事，他另找一间屋和吕翠儿单独谈话。周兢让大队会计王银江给开了一个屋，他和队干们仍说会战的事。说一阵，想着冯彦虎可能要替吕翠儿出气，要训张培河，他怕张培河没思想准备出意外，叫王银江去喊，说："瘸子来了你叫在门外等着，不要进来。进来还叫冯主任看见了。"

王银江去一会儿叫来了。周兢到大门外，叫到墙拐角教训："你吃着胀住了是咋的，半夜三更把你的个妈妈打得吱哩哇啦乱叫唤，你自己也不掂量掂量，你还打人呢！把你妈妈打跑了，你再想寻那么一个媳妇，看把你的头想成个马蹄子着！冯主任这阵儿在里头呢，一阵儿要叫你进去，不论是冯主任骂你，还是你那个妈妈骂你，你都给我乖乖儿听着，一句嘴都不许回！她要离婚你也不要言喘，说啥你都不要吭气，那不是她说离就能离的。还有我这一关呢！他们骂罢了出来咱们再说。听清了吗？"

张培河嘴都僵了，只点头。周兢骂一声："你这阵儿悄悄在这儿待着，一阵儿我叫人喊，你再进去。"

他骂完进来，见文戈在了解大滩口的情况，不好打断，又怕冯主任过来听见责怪，故意抱怨张培河："牛牛子还没个鸡嘴嘴大，尿毛病还多得很！一阵儿看冯主任揉他那个背锅子(驼背，意整治)不揉！"队长们哄笑。

一会儿，西边屋里有了动静。在窗口偷看的人报告说："周支书，快去叫瘸子，冯主任可能要训瘸子了。"

然而，吕翠儿却只叫周兢去。周兢过去，冯彦虎说："周支书，你看小吕这事咋办？这个瘸屄人囊得很，心还毒得很，小吕到他们家里，把他们一家子都养活上了，不但不感谢，还动不动就打。这还了得！小吕现在不敢回那个家了，你说咋办？"

周兢慢慢说："这个瘸子是不对。不论咋说，打人总不对。是不是我把他叫来,冯主任好好训一顿,以后他就不敢了。"

冯彦虎微微摇头:"怕没那么简单。"吕翠儿接过去说:"训一顿还太便宜他了。"周兢说:"那你说咋办?再把瘸子打一顿?"吕翠儿说:"打不打的,反正那个家我是不回去了。把我打死在那里都没个人知道。"

周兢知道他们商量好了,就问:"那你说咋办?"吕翠儿偷瞟一眼冯彦虎,说:"我没别的要求,我就是要离婚。"周兢说:"那不行。哪有那么简单。"吕翠儿说:"周支书,你要不让我离,你得保证我的命。我要在那个家里被人打死了,你要负责。"

周兢心里明白,她在家里比那娘儿俩都厉害,怎么会打死她,听她这种无赖口气也有了气,就说:"行,我负责。把你打死了我抵命。"

听如此说,吕翠儿反答不上了。冯彦虎接过去说:"周支书,话不能这么说。人命关天,真要出了事,你负不起这个责任!不要说你,我也负不起这个责任。咱们都不要赌气,实事求是地研究问题。小吕刚才跟我说了,她要离婚,我想着,离婚是件大事,要慎重,不能马马虎虎,说离就离。我也不同意她现在就离。但是,瘸子打人也是个问题,我们得认真对待,是不是大队里先给小吕找间房子,叫小吕暂时先另住着。过些日子,要是好了,她还搬回去,要不好,咱们再说。你看行不行?"

周兢还没说话,吕翠儿接过去说:"暂时不离也可以。那我就搬出来单住。但是,大队里的房我不住,这里院这么大,我一个妇道人家,晚上害怕得很。要搬,得给我单收拾一院子地方。"

周兢听了冷笑:"收拾两院子也行,那是你的自由,你想收拾几院子就收拾几院子去。"

一句顶得吕翠儿不说话了。冯彦虎沉吟一阵,慢慢说:"周支书,咱们这么商量。你也是多年的老支书了,党的政策你也明白,我们当干部是为什么的?不就是为人民服务的么!小吕的问题,不单纯是她个人的问题,也关系到干部如何为群众服务的问题,是不是?吕翠儿同志也是我们的同志啊,是不是?对同志,就要关心。她现在碰到困难了,我们就应该设身处地为她想一想,她一个女同志,不要说收拾一院地方,就是我们收拾好一院地方,叫她搬进去她都有困难。是不是?"

周兢心里一团火快冲到脑门子上了,心想,她就是"人民"?他气笑了,说:"冯主任的意思是让我们给吕翠儿收拾一院子地方让她搬进去?"

冯彦虎没有立即回答,顿了顿说:"叫大队里白收拾一院子地方,当然给谁也不会干。但是……你考虑一下,用什么办法给你们一定的补偿……"他说半截不说了,让周兢自己思考。

周兢岂不明白他的意思，他脑子迅速转着，冯既然把话说到这个份儿上了，就等于明白告诉了他和吕翠儿的关系。如果你还不领这个情，那就彻底得罪他了。他想了想，慢慢地说："冯主任，我们大队的困难，你不是不知道。本来粮食就缺，现在要搞会战，就更缺了。"

他没说完，冯彦虎就明白了，说："你们救济粮有缺口？缺多少？"周兢一听有门，说："三万斤。"冯彦虎摇头："三万斤太多了，我再给你们加一万。"

周兢心里一下乐开了花，心想，这个"人民"值钱，但嘴上还要装得迟疑，说："一万斤分不过来。"冯彦虎说："就一万。再不要争了。再多我就为难了。"

周兢好像很为难地说："那就一万吧。我听冯主任的——吕翠儿的院子，我们大队里包了。"

冯彦虎还要说话，李线长热气腾腾地进来了，擦着汗说："冯主任，曹书记电话，说地区熊书记要来，明天就是下刀子也要把会战搞起来。"冯彦虎听了，念叨道："还得到公社去开个电话会。"他转身对周兢，"你们电话还没通，晚上电话会就不参加了，精神就是曹书记说的那话，明天就是下刀子都得上会战！你马上布置去。"

吕翠儿侧耳听了听，忙推冯彦虎："冯主任快走，锣锣他瞎奶奶来了，小心把你缠住。"

瞎眼婆婆果然在院里喊："冯主任。冯主任来了吗？我寻公社里冯主任。"冯彦虎悄推了自行车往外走。吕翠儿怕响，帮他从后面抬着。周兢大声说："冯主任不在。没来。你回去吧。"

瞎眼婆婆站住了听，拉着哭声说："是没来还是走了？我听着自行车子响呢，就是冯主任么不是？我眼睛看不见，要是冯主任，你站住听麻眼儿一句话，我们媳妇子要走呢，万世不敢叫走啊！冯主任，你要给我们做主呢，我们寻个媳妇子不容易啊，冯主任！麻眼儿给你跪下了，冯主任！"

她冲着空旷的黑暗哭喊，像向天神求救似的摸摸索索跪到了当院。

四周突然像拉了电门一样，猛地寂静了。

3.领导想升官，大领导离得远，不放大屁听不见

周兢继续召集队长们开会，说："刚才冯主任的话大家都听到了吧？明天就是下刀子都得给我上会战！地区熊书记要来，县上曹书记肯定也要来。都是大头头，我们一个都惹不起。所以，明天上会战再不用多说了，现

在就报人数。”

文戈也在座，提了个问题：“大滩口是胶泥底子，能不能种田？糊里糊涂就会战，将来不能种怎么办？”周兢忍不住说：“这还不明白，太明白了！领导想升官，大领导离得远，不放个大屁，能听得着吗？”

队长们的话匣子一下打开了，七嘴八舌嚷起来。周兢知道这些人得嚷一阵，悄悄溜下地，钻进灶房，见大嘴女人背身在揉面，说：“肉熟了吗？捞一块肉吃。”大嘴女人没转脸：“怕还没烂，吃不成。”

大嘴女人平时对支书很巴结，今儿咋连脸都不转？周兢诧异，笑说：“吃不成你是干屎啥的？锅里的吃不成，我把你那两片子揪下来喂猫儿呢！”说着，手就往大嘴女人裤裆里伸。大嘴女人扎煞着两只面手，弯腰躲避，悄声笑骂：“人看见了，你疯了！”

周兢一眼看见她脸上有泪痕，停住手问：“你咋了？”女人用袖子擦一下脸：“没咋。我听锣锣奶奶哭媳妇子的事，心里难过的。”

周兢见她如此心软，叹了一声。大嘴女人说：“周支书，吕翠儿那个婊子要离婚，你们不能给开介绍。那个婊子和冯主任勾搭上了，离了婚还不把他们美死了？”

周兢知道她嘴不牢，怕惹闲话，不敢搭茬儿，支吾几句，走了。女人追到门口说：“肉一阵儿就烂了，你来吃咪。”

周兢到会议室，队长们还在乱扯，他见时候差不多了，说：“扯得差不多了都听我说。”队长们静下来，他说：“会战，我刚才已经说了，必须搞。这一点你们都听清了，我是拥护曹书记、冯主任会战的。但是，你们都给我听清了，各人心里都有点数着！我们靠啥活着？靠粮食！没粮食，天王老子也保不了你！所以，各队的庄稼一点都不能耽搁！谁要有吃风屙屁的本事，你就不要种庄稼。这是一。二、会战还要搞。人必须给我上够！明天要是工地上没人，我可告诉你们，我站在冯主任一起熟你们的皮子呢！”

队长们“哄”一声嚷开了：“那你到底叫我们种庄稼，还是叫我们上工地？”周兢说：“那你们自己看着办去，我可给你们说清楚，我没有叫你们不上工地！”

一个队长说：“我们就那么些劳力，种庄稼就不能上工地，上工地就不能种庄稼，你叫我们把人都掰成两半个？”另一个说：“你死脑筋，你不会把好劳力种庄稼，工地上打发些娃娃老汉去——是不是，周支书？”周兢笑道：“我啥话可都没说，啥话都没听见。”

队长们都笑：“就是。支书啥话都没说。我们啥事都没干！”文戈听得摇头笑。周兢笑说：“文秘书不要见笑，我们这是没办法的办法。”

大嘴女人在门口喊,说肉熟了。队长们不等支书宣布,一哄而散,都到灶房抢肉吃去了。周兢到灶房去,为文戈端了一碗,让他一个人吃,他仍去灶房,嘱咐那些队长:“刚才文秘书在,有些话我不敢说,你们都听清楚,庄稼一点都不敢耽误,好劳力一律上地里。工地上,你们把那些妇人、娃娃、半劳力弄去吼叫去。会战么,就图的个红火热闹,你们连喊带叫,把当官的哄高兴就行了。”

队长们答应着,吃完各自去了。周兢留住三队队长孙廷明,悄悄嘱咐道:“咱们队你安排一下,好劳力都留下。冯主任发现了也不要紧,就说留下给吕翠儿盖房着呢。打发两个人先在阳山台子上取土,装个要盖房的样子就行了。房先不要急着盖,等把一万斤救济粮弄到手再说。”正说着,王银江来了,说:“支书,吕翠儿要那个空库房门上钥匙,说是你答应的?”周兢说“嗯”。王银江脸忽一下红了,气呼呼地说:“凭啥?”周兢说:“你别问。给给。”

王银江不动,说:“你不说清楚我就不给!”周兢气得一拍腿:“我领导你,你领导我?”王银江睁圆了眼说:“除非你把我这个会计撤了!”

周兢看他半晌,气笑了,拍拍他的肩膀说:“给给。我不会让大队吃亏。那把钥匙换一万斤粮呢!”王银江和孙廷明都吃了一惊:“一万斤粮?”周兢无奈,只得给他们悄悄说了。王银江这才笑了:“行,这还差不多,钥匙我给。”又说,“文秘书就叫在东头那间小房房里住吧?”周兢说:“行。”

王银江走了。周兢给孙廷明交代:“咱们队你安排一下,好劳力都留下。冯主任发现也没关系,就说给吕翠儿盖房呢。打发上两个老汉先在阳台子上取土,装个要盖房的样子,先把那一万斤粮弄到手再说。”孙廷明点头答应了。

两人出来,大嘴女人在灶房门前站着,看见周兢,招手叫:“周支书你来,我有个话呢。”周兢过去,她悄悄说:“还剩下几个馍馍,我给你留着呢。”周兢摇摇头:“我不要。你拿回去叫娃娃们尝去。”大嘴女人笑了,说:“你要不要了我拿回去叫娃娃们尝一尝。”

吕翠儿来找周兢,叫找个人帮她搬家。周兢沉着脸说:“你找孙队长去。我给说好了。”吕翠儿迟疑,也只得走了。大嘴女人在后面瞪眼睛,悄悄骂:“婊子×痒急了!”

文戈无事,出来到大队部外转。周兢跟过去说:“文秘书没来过我们山里头,还习惯吧?”文戈说:“我就是山里出来的,有啥不习惯的。”

远远地看见吕翠儿在前面走,悄悄问:“冯主任和吕翠儿的事,到底是真是假?”

周兢笑一声，说："吕翠儿就要搬到大队部来了，来了你看那个娃娃就知道了。人说真假都不足信，娃娃是铁证。瘸子的牛牛子，我们从小一块儿耍大的，谁没见过，还没有个鸡嘴嘴大。冯主任的家伙，和老叫驴的一样。你看那个娃娃，脸上还看不出来，牛牛子在那里摆着呢！还不到一岁的个娃娃，牛牛子和手指头一样粗了，你说是谁的？"

文戈默然。周兢问："听说田书记调了，真的假的？"文戈说："可能是真的。"周兢微微点头，叹道："唉，田老汉好人！——好人留不住！"

文戈见无人，心想他可能会说实话，就问："大滩口到底能不能种地？你能不能说句实话？"周兢思谋一阵，长长地叹一口气："要能种，田书记在的时候早就平整了，还能等到这时候。"文戈说："那你们为啥不提意见？"周兢摇头："谁敢提？曹书记眼睛瞪得那么大，前面就是坎子就是崖也得往下跳，还提意见！"

一个社员远远地扯着嗓子喊："周支书，孙队长叫你来一趟。"周兢告辞去了。文戈一个人往山上走去。

他慢慢地爬上村后的山头，默默地看着北方的天空发呆。他本来是想向"玫"所在的方向眺望的，他记得她许久没有来信了，却没想到只看到一望无际的广袤土地。天显得很静，一片漠然的淡白一直铺到看不到尽头的远处。一片山的海洋，也那么静，那么遥远，浩浩淼淼，没有尽头。他忽然觉得自己很渺小。觉得人类很渺小。连他对"玫"的思念也变得恍惚，仿佛两只细菌的依恋，除了渺小和无味外，没有任何意义……

他忽然觉得若有所失。

【杨柳枝】漫步无友影若痴，默对群峰忆故知；

无语夕阳苍山下，独思风前若有失。

天黑尽了他才回去,饭菜碗对碗扣在炕炉子上。他仍有些茫然,呆了许久才吃了点。院里一个孩子隐隐地哭。他猜可能是吕翠儿搬来了,突然觉得她也无味得很,这么折腾,到底为了什么呢?

这一晚他没有看书,一直呆呆地望着屋顶,脑子里却是那一望无际的山海。

要睡了,一脱衣服,看见杨红砚缝在衣服里子上的红心。他竟也有些茫然,许久才叹口气,摸摸,渐渐地才仿佛看到杨红砚的微笑。心情变得复杂起来。他用指甲剪将红心拆下来,想扔进火炉里,想了想,却夹到了书里。

院子里传来棍子敲地的"噔噔"声,一个老女人拉着哭声叫:"周支书,周支书。你把我们媳妇子闹到哪搭去了?"

文戈听出来是瞎眼婆婆的声音,心下不忍,等她再叫,披衣出去劝道:"周支书不在。有啥事明天再说吧,今天夜深了。"瞎眼婆婆问他是谁。文戈说:"我不是你们大队的。回去吧,周支书明天才能来。"

瞎眼婆婆说:"周支书回家了?那我到他家里去找。"文戈说:"明天再找吧,今天晚了,黑灯瞎火的,小心摔着。"瞎眼婆婆说:"没关系,我能摸着。"

文戈这才想起,她看不见,天黑不黑不是问题。只得扶她到大门口,听她棍子点着地,"噔噔"地去了。

4.我和冯主任好,碍谁什么了

早上,文戈刚起来,李锦竹就来了。文戈问:"这么早你来干啥?"李锦竹笑道:"还早?我来过一趟大队了,你没起来,我到学校去通知他们上工地,通知完才回来,你还说我早。"

文戈诧异:"小学生还上工地?"李锦竹说:"当然。"文戈皱眉:"小学生娃娃,到工地干什么?又不是除四害打苍蝇。"

李锦竹笑道:"地区熊书记要来视查,你不搞一个热火朝天的场面?"文戈说:"那也不能耽误娃娃们上课呀!"李锦竹摇头笑道:"你还活在上世纪。"

文戈说:"不是我活在上世纪。我也知道大家都在这么干。我只是不理解,这么一级哄一级,哄到啥时候去?"李锦竹说:"不是一级哄一级,而是一级一级都需要哄。现在的人,谁是傻瓜?谁都比你、我精明。问题是,小官想升大官,大官还想升更大的官,怎么升?得造点成绩吧?小官儿连吹带造,吹一个大气球,大官儿明明知道是怎么回事,但他得假装受骗,为什么?他承认了下边的成绩,他也就有了成绩!”

文戈说:“他们这样升了官,老百姓就倒了霉。”李锦竹说:“老百姓倒什么霉?”文戈说:“会战,造田,没收益,不是劳民伤财?”李锦竹点头:“这么说也有道理。可是,也有老百姓的好处。比如说,要会战了,救济粮会多分些,老百姓受益了吧?那一百台抽水机,能抽水浇地,当然好,不能抽水浇地,砸了卖废铁也是一笔收入。”

文戈说:“可那是国家的钱呀?国家吃了亏呀?”李锦竹笑起来:“这儿一个一心为国家着想的人,国家怎么没发现?国家任命错了,应该让你当书记,却任命给曹兀龙了。嘿嘿嘿……”听他玩笑,文戈反无话可说了。

李锦竹说:“不开玩笑了,我还有一项任务。冯副指挥让我看一看吕副指挥家搬完了没有,我得看看去。”文戈说:“吕翠儿搬来了。在西北角角那间房里。”李锦竹说:“那我去看看。”说着,一摇一晃去了。

他站吕翠儿屋前喊:“吕指挥,吕主任,吕翠儿主任。起来了吗?冯主任叫我来看你。”屋里暗暗地应一声:“李秘书吗?你等等,我给你开门。”接着一阵石板、杠子响,门开了。

李锦竹进屋去,却一下愣住了。一间冰冷的空房。一个冷炕。炕上没有席,只铺一条尿迹斑斑的破毡。一条棉毯叠成四折给孩子铺着。孩子还未醒,裹在一床烂棉絮里。炕下一个半新的小木箱。箱盖上放一个搪瓷小盆、一个粗瓷碗。两只山上折来的当地叫做“兔儿条”的筷子。炕头上一个罐、一口小铁锅,锅盖缺了一块。——这是她的全部家当。

李锦竹看看冷炕,问:“你昨晚就睡在这里?”吕翠儿眼睛一红,忙低了头,半晌才说:“我抱着锣锣坐了一晚上。”她头低着,两滴泪掉在了地上。她穿得还是那么新,但不再给人干净利落的感觉,却觉得与这里那么不协调。

李锦竹看看炕下没有生火的土炉子,自言自语念叨:“这人还能受得了!”他忘了来这里干什么,茫然地出来了。走几步才想起是来传冯彦虎话的,折回去说:“哦,忘了。冯主任叫我告诉你,地区的熊书记要来视察,叫你催一催周支书,无论如何今天工地上要上人。冯主任叫你也去。”他犹豫了一下,“不过,依我说,你还是自己看吧,能去了去,实在不能去,我给冯主任说。”

吕翠儿迟疑半晌,说:“我去。”李锦竹心里想说不要勉强,但只看了看她,没言语。

李锦竹走了，吕翠儿却为难了。她昨天搬得太匆忙，口粮没分出来，虽只一点玉米面、一点洋芋，毕竟能填肚子，不分，今天一天都没法儿过。锅她分了个小的，烧火柴却一根也没有。出来时赌了一口气，没想那么多，现在却没法儿了。地区熊书记要来，冯主任让她上工地，锣锣怎么办？原先有瞎眼婆婆，她似乎一无牵挂，现在却处处是难题。女人，女人咋就这么难呢！她擦了擦脸上的泪，将昨晚压门的石板搬到门后，忍着心痛，将锣锣摇醒。锣锣哭，她将奶头塞孩子嘴里，却没有奶。锣锣放开奶头使劲哭，她没一点办法，只有陪着哭。

瓦罐里有个洋芋大的白面馍馍，是瞎眼婆婆给锣锣放的，她取出来，犹豫一下，又掰下小半拉放回罐里，剩下的用头巾包了塞锣锣怀里，抱到春子奶奶家，千求万求，春子奶奶才答应给她带一天。锣锣认生，死命地哭，她忍着揪心的痛，急急忙忙奔出去找周支书。她脸都没顾上洗，边走边抹去眼屎，顺了顺头发，心里只惦着冯主任交代的任务，别的什么都顾不得了。

她在周兢家门外喊了半晌，才出来一个娃娃挡狗。周兢老婆叫杨金花，甩着两只大奶子喂猪，正眼儿都不看她。吕翠儿感到了她的冷漠，忍着装看不见，问："周支书在吗？"好半晌，杨金花才爱答不理地说："不在。"吕翠儿问："到哪里去了？"杨金花懒懒地说："不知道。"吕翠儿说："是不是寻孙队长去了？"杨金花没好气："不知道，不知道，给你说不知道，你没长耳朵！"

要在平时，吕翠儿早就忍不得了，但今天她负着冯主任的使命，只得强忍，还心平气和地说："冯主任说，地区的熊书记和县上的曹书记要来，叫人都上工地，周支书知道吧？"

杨金花仿佛没听见，喊娃娃给她端水。水端来，她悠悠地给猪拌食，拌完，在石槽上"当当"地磕两下拌食板儿，提着盆子往回走，才懒懒地甩了一句："知不知道你问他去，问我，我哪儿知道。"

吕翠儿气了个没得喘，只得去找孙廷明。孙廷明正在院里装锹把，听问周支书，半晌才说："到一二队去了。"吕翠儿说："那咱们队啥时候上工地？"孙廷明懒懒地说："一阵儿。"

吕翠儿真急了，说："地区熊书记和县上曹书记都要来，冯主任说了，叫人都上工地，我可把话给你说了，到时候人上不去，冯主任要问，我可不管。"

孙廷明仿佛没听见，仍装他的锹把，半晌才说："你不管就不管，谁请你管咪？"吕翠儿被噎得说不出话来，嘴唇颤了半晌，怕眼泪流出来，转身就走。孙廷明却在后面说:“冯主任如果查人数,你给说一下,队里劳力抽出来给你盖房呢,不是我们上的人少,你就给说清楚。”

吕翠儿一愣,不知道该说什么好,只好仍走。一回到她的临时住房,关上门,趴被子上号啕大哭起来,还怕人听见,将脸埋被子里,打着被子哭诉:“我这是何苦咪哟,我这是何苦咪!我不知道亏了啥人,把人活成这样了!……”

此时的吕翠儿,只觉可怜、渺小得没有。刚离开家,灵魂就似少了半拉,不料还被不堪的人踩踏,她心里明白,这些人其实都是恨她和冯主任好,可我和冯主任好,碍你们什么了,这么踩踏我!她越想越气,越想越委屈,可无力还击不说,肚子里还空空如也。四壁冰冷如铁,没一个人跟她说一句同情的话。幸而想到冯主任,才渐渐地有了点希望。又想到冯主任特地嘱咐她要到工地上去,只得强忍住哭,挣扎起来。猛想到冯主任、曹书记散工后说不定要来看她的房子,这个样子如何见人。她着急起来,忙把破被子叠了,塞箱子里,展开那条棉毯铺了,从箱子里取出那床没舍得盖的新被子来放好,用一方新头巾苫上。箱子里包糖的半张报纸拿出来,展展平,铺窗台上,将搪瓷盆和碗、筷扣报纸上。一个椭圆塑料边小镜是冯主任送的,也从箱子里取出,在靠门边的墙上挂好。转脸看了看,粉红的棉毯,大花的被子,翠绿的头巾,虽仍遮不住屋里的穷寒,但比方才整洁多了,冯主任来,至少有个地方坐了。

她想洗脸,却没水。大队院里有水窖,却是上了锁的。她也没有打水的绳子和桶。灶房里可能有水,但她知道大嘴女人见不得她,要也不一定给。看看院里,太阳已到屋角,她才有些慌,拿起头巾,舔湿一个角儿,擦了擦眼睛,在脸上抹了几圈,就算是洗了脸。取出珍藏的雪花膏,挖一指头,对着镜子往脸上抹。她对着镜子仔细审视,虽然看不出没洗脸,但总觉不是味儿,却已没奈何了。

她从瓦罐里取出那半块馍,食物的香味立刻钻进鼻子,她闻了闻,舍不得吃,只掐了指甲盖大的一小片放嘴里含着,一口一口地咽惹出的口水,剩下的仍放回罐里给锣锣留着。罐里还有两个煮熟的洋芋,她拿出来,想想晚饭还没着落,又放回去了一个,那一个皮也舍不得剥,只掐了伤疤就吃了。匆匆再照一遍镜子,将一绺散发拢进头巾里,才找锹。

她愣了一愣,这才想起,锹没带出来,还得到老家里去取。刚跨出门,大嘴女人到了跟前,问道:“灶房里的洋火是不是你拿了?我给文秘书做饭呢,咋寻不着洋火了?”

吕翠儿生气,忍着说:“我没见。灶房里我去都没去。”大嘴女人拉下脸，说：“还怪了，大队里再没来外人，我不信它还自己飞了。”

这不明欺负人吗？吕翠儿实在忍不过，眉毛一扬说：“你哪搭没有了哪搭寻去，在我跟前说这话啥意思！”大嘴女人也火了：“啥意思你不明白？屎屙到裤裆里装好人着呢！”

三言两语两个人吵起来了。大嘴女人说出好听的来了：“你个婊子把你不要美！把你美啥着呢！你一天雪花膏擦得香喷喷儿的招谁着呢不要以为人都不知道！你还离婚呢，你离臊脸着呢！不要脸的事干下了，你还觉着光荣！”

文戈早上出去送李锦竹，两人聊到村口才分手，进来听两人骂得难听，过去将两人分开了。

远处锣鼓已经响起来，村子里也有人敲着响应。吕翠儿着急，虽气得脸上变了色，却顾不得再吵，匆匆出门找锹去了。

大嘴女人也气得够呛，指着大门外追骂：“你个婊子你不要走了！把人家的洋火偷了，嘴还硬得很！没×脸着把×卖了，还把你美啥着呢！”

文戈听她骂得不堪，制止道：“算了，算了，人家已经走了，再不要说了。”大嘴女人气未消：“你不知道，那是个臊婊子。你知道她为啥要离婚？和公社里的冯主任不清楚！那还想着离了婚嫁个当官的呢，你当啥着呢！”

文戈不愿听这些，说：“火柴不见了？我不抽烟，也没有火柴。”大嘴女人说她回去拿。要走，想起一事，又凑到文戈跟前悄悄说：“文秘书，灶上油不多了，支书来了你给说说，叫哪个队里送些油我给你炒菜。没油的个饭我一点不会做。”

文戈是个不太讲究的人，更不愿搞特殊，现在大家都那么困难，他哪会张那个口，就说：“油不多没关系，饭菜简单些。我这个人不讲究。”

大嘴女人是想借他的口多要些油，她也占点便宜，又进一步动员：“来的干部都要着呢，你怕啥？反正是公共的油。”文戈嘴里支吾：“以后再说吧。”大嘴女人便有些不悦，嘟着嘴走了。

文戈从灶房里取了桶去窖上打水，见水窖锁着，只得等大嘴女人来问：“听说队里井打出水了，窖咋还锁着？”

大嘴女人说：“一眼泪水，早上先去的人还能刮一点，后去的都没有了，能指望上呢。”文戈听了想，百井汇流，要打不出水，怎么个汇法？

周兢要上工地，来招呼文戈。大嘴女人出来说：“我说你看气人不气人，灶房里一匣匣洋火不见了，我问了吕翠儿一声，那个婊子就和我骂开仗了！一匣匣洋火才二分钱，我穷得很，还没看在眼里，那个婊子硬不承认，硬要和人骂仗呢！”

周兢一愣怔，摸摸口袋，掏出一盒火柴来，说："我拿的这匣子多半是灶房里的。我点了烟忘了，顺手就装上了。"

女人接过火柴去，不好意思地笑笑："我还当是吕翠儿拿去了。"又嘱咐周兢，"你不要言喘说是你拿的话了。我已经和那个婊子骂了一仗，我栽都要给她个婊子栽上呢！"

周兢不以为然，说："哎，那又何必呢！"

5.消息树，抗日战争时对付日本人就用过

大嘴女人叫文戈吃饭，没像往日探进头来笑，只在门口一晃就不见了。文戈过去一看，白汤寡水的，碗里连个油花儿都没有。一小盒辣子也干巴巴的。文戈心里便觉好笑，知道是女人嫌他不向支书要油，给他来了个"立竿见影"。他装作浑然不觉，边吃边和她聊："你看吕翠儿两口子，要没有冯主任，能不能过到一起？"

女人先有些不自在，脸也不转，装收拾锅上，听文戈问，说："现在就难说了，妇人的心已经野了。早先人家过得好着呢。妇人家又没个主意，男人家说啥就是啥，谁还能想起离婚。"

文戈说："她今天在哪里吃的饭？刚搬出来，可能连锅灶都没有？"女人倒称愿，只淡淡地说："不知道。"文戈见她冷冷的，便也不再提起，心里却觉吕翠儿也有些可怜。

正吃着，一个小社员跑来问："文秘书，你有药吗？吕翠儿把她男人搡着绊倒把头绊烂了。"文戈一愣："咋回事？"那小社员说："听说是吕翠儿回家去拿铁锨去了，她男人不给，两个打起来了，她男人腿不行，叫吕翠儿搡倒了。"

文戈说："你们队里没有赤脚医生吗？"大嘴女人抢着说："大队里有一个，一早就上工地了。"

文戈没有伤药，只得取了几片四环素和去痛片凑合，跟那小社员到张培河家。吕翠儿早不见了，几个人围着张培河给头上按棉花灰。文戈看血还往外渗，让人把四环素片碾细撒在伤口上，留了去痛片说痛时再吃。准备走，看了看，见家里实在寒碜，心里着实不忍。

回到大队，灶房门已上锁。到住的屋里一看，见暖瓶已灌满了水，未吃完的饭扣在炉子上。他一揭碗，见一撮葱花儿油汪汪地在面条上，香味直钻鼻子。辣子盒儿里也浇了油，红艳艳的能照人影儿。他心里颇有些暖意，

这女人表面上恶，心却也软。

吃过饭，他随了上工地的人，一起到了大滩口。老远的就听到高音喇叭一遍又一遍地唱《大海航行靠舵手》。新新旧旧的红旗迎风招展。人尚未动，羊群似的扎着堆儿。冯彦虎带着几个年轻干部，指手画脚地喊。吕翠儿不远不近地跟着。

文戈和冯彦虎打招呼，问怎么个干法。冯彦虎只说坝址还未选定，要等曹书记，现在就先造田。文戈见他忙得团团转，便不多问，一个人从南到北、从东到西走了走，估量三千亩足有，只是他走过的地方，除了石头就是胶泥，根本无法种庄稼。他借把锹，试挖了几处，也全是胶泥和沙子。他本想再挖几处，手上却打了个血泡，锹把也抓不住了。他看着偌大的荒滩，心想要铺土，起码得七寸以上，还得把石头挖掉，那得花多少劳力啊！

山上有几个人影晃动，像是在铲标语，他看着像李锦竹，问人说是的，他便还了锹，也向山上爬去。

黎虹也在山上，手里拿着皮尺，帮李锦竹画字，两条辫子从一边肩上搭过来，一长一短，显得很别致、很女性。看见文戈，笑道："文秘书刚才在滩上挖什么来？"

文戈冲她笑一笑，想起她屋里那根结实的顶门杠，觉得她的笑都是凄楚的，无话找话地说："这么远，你能认出是谁？"李锦竹嘴一扁笑说："咱们黎主任的眼睛特别，想认得的人，再远都能认得；不想认得的人，在她跟前都认不得。"

黎虹回头嗔道："你好着点嗯！"李锦竹笑着拍一下自己的头说："好，好。错了，错了，声明作废。"

文戈见山顶上坐着一个人，很悠闲地拿着面小锣轻轻敲着玩儿，身边还栽着个胳膊粗的死树，觉得诧异，问他是干什么的。李锦竹笑道："'消息树'你都不懂？电影上学来的，抗日战争时对付日本人就用过。鬼子一进村，就把消息树放倒，接着响锣，广播里放'下定决心，不怕牺牲'的语录歌，八路军战士立即进入战斗岗位，单等鬼子进入伏击圈内。"

黎虹下意识地看看左右，说："你别没深浅，叫人听见！"文戈明白是为了观察熊、曹两位书记的，摇头叹息："脑筋都用到这些地方了！"

山风很有些凉意，文戈上山时出了点汗，贴身的衣服觉得冰凉。手上的血泡也有点痛，他问谁有针。黎虹是女人，觉得有责任带这种工具，问："干什么？"文戈说："我手上打了个泡，想挑破。"

黎虹坐过来一些，说："我看。"文戈伸手，她看了一眼，说："锦竹，打火机。"说着，从钱包儿里取出一个小别针，在李锦竹打着的火上烧了烧，握住文戈的手要挑。李锦竹笑说："小心，咱们文秘书的手可是握笔杆子的。"

她的手又细又软，文戈心里也觉软软的，见她脸白白嫩嫩，眉毛一根一根的，鼻翼一张一阖，几根散发被风吹得在脸上飘来拂去，心里替她发痒，意识里已伸一只手代她掠过，真实的手却还在她手里握着。他脑子里有点乱，想着自己要是长期和她在一起，一定替她挡住恶狼，不让她担惊受怕。掌心传来一阵微痛，立时就有毒血外泄的畅快，他将血甩到地上，接过黎虹递来的卫生纸，将手心擦干净了。

一时无话，文戈似有所失，找话道："你们铲的什么字？铲那么大，不把草皮破坏了？"李锦竹道："不破不立，破中有立，破就是立。"

黎虹不开玩笑，认真地说："一个字五米高。一笔一尺二宽。还要先挖成半尺深的沟，再用白灰填上。你想想，不要说造地打井修水库，光这些字得花多少劳动力！"

李锦竹笑说："不要说铲，挖沟，从山下往山上背石灰。光是写字，都够费事的。我和黎虹两个人忙了两天了，才画出来两个字！"

黎虹又说："开头还不想用石灰。说石灰就叫风吹跑了，要用石头砌。再用红漆灌。还是我们说了再说，公社里也拿不出那么多钱买漆，才罢了。要不，光这些字，嘿，你就造去吧！"

文戈摇头说："我家在农村，我父亲母亲都是农民，往上数，祖祖辈辈也都是农民，看见有人折腾农民，马上会觉得好像我的父母也在其中受罪。"

李锦竹"嘿"一声："你应该当县委书记。"文戈说："如果让我当县委书记，最起码，我不会折腾老百姓，干这劳民伤财的事。"

李锦竹又笑："好！黎虹，从现在起，我们不叫文秘书了，叫文未来书记！怎么样，文未来？"

黎虹摇手制止他说下去，同时向山下做倾听状。他们都听，果然山下有人喊，让山上的人下去"缓干粮"。

6.要连自己的女人都护不住，我当这个官干啥

"缓干粮"是水泉土话，"缓"是"休息"的意思，"干粮"指"吃食"。水泉县大部分是山地，离村子远，中午回不了家，需带点馍之类的吃食，叫"干粮"。"缓干粮"就是休息下来吃东西。

文戈三人听下面喊"缓干粮"，一起向山下走。黎虹绊了一下，差点绊

倒，文戈在旁扶住了。李锦竹笑道："小心，千万小心，要把黎主任摔伤了，靳大书记怪罪下来，我们可吃罪不起。"

文戈说："靳向东又来了？"李锦竹说："人没来，电话每天不断！咱们黎主任就要离开山口，到靳书记手下任职了。"

文戈问黎虹："真的？靳向东办的？"李锦竹撇嘴说："已经快调成了，还有假！"黎虹似乎有些为难，半晌才说："有这么回事，但现在还不敢说调成的话。"马上给李锦竹一句，"就你嘴长！"李锦竹只笑。文戈颇觉意外，半晌才说："要能离开山口也好。"

社员们都休息了，文戈边走边看，他们的干粮多是洋芋。也有拿灰条(一种野草)籽面馍馍的。公社干部的却都是白面馍馍。冯彦虎铺了一张报纸坐着吃馍，李锦竹悄悄说："这儿坐着个现行反革命，你们说抓不抓？"

文戈不解，说："现行反革命？"李锦竹悄说："你们看冯主任屁股底下，那张报上即使没有毛主席像，也肯定有毛主席语录，他坐屁股下，打他个现行反革命有何难。"黎虹瞪他一眼，悄说："行了行了，你一张嘴就不能消停一阵儿。"李锦竹抹一下嘴，自己也笑了。

周兢招呼他们三个来吃馍，文戈想起吕翠儿从昨天下午到现在可能还没吃东西，心有不忍，见冯彦虎虽在，料他这阵儿也不好意思招呼吕翠儿，便故意问周兢："周支书，吕翠儿咋不见？昨天搬到大队里，到现在好像都没动烟火。"

冯彦虎果然注意了，大声说："是不是？周支书，你喊一声，喊来问问。"周兢站起转着看，喊着问了一声，有人答应去找，周兢坐下了。黎虹悄捅一下文戈："咸吃萝卜淡操心！"文戈不吭气。

吕翠儿来了，头巾遮了半个脸，大约是饿得狠了，眼睛虽故意不看馍馍，却止不住直咽口水。冯彦虎抓起一个馍馍给她，问："我听文秘书说你昨天到现在还没吃？"

一句话问得吕翠儿低了头，眼泪成串地下来了，咬着嘴唇，气都哽住了，哪里还能说话。冯彦虎把他的茶水给她，悄说："先吃。吃了再说。"

旁边的人见了，都找借口走开。吕翠儿和着眼泪吃了一个馍，才哽咽得慢了。冯彦虎又拿一个给她，吕翠儿边吃边诉说，才把她昨天如何搬家，晚上如何不敢睡，锣锣如何冻得睡不着，她现在是无粮、无灶、无柴，连一口水都喝不上，不饿死也得冻死渴死。最后她说："要不是想着你，我咋晚上就一绳绳吊了。"

冯彦虎听得鼻子发酸，悄说："是我把你害了。"吕翠儿忙摇头："不、不怪你。只怪我命不好。"冯彦虎安慰她："你不要愁，我叫周兢给你安排一下。”吕翠儿说：“不要，他们又给你说闲话。”冯彦虎道：“你都到这个程度了，说我几句闲话怕啥！要连自己的女人都护不住，我当这个官干啥！”不由分说，就喊周兢。吕翠儿低了头，悄说：“我把你拖累了。”

周兢过来问干什么。冯彦虎说：“吕翠儿昨天搬出来了，现在是要啥没啥。我也不跟你绕弯弯子了，你要给照顾一下呢。粮，你给孙廷明说，叫他们队里先给打些；烧的，你们大队里的煤先给弄点叫把锅灶和炕烧上。还有个小娃娃呢，山里这么冷，冻坏了咋办？大队院里不是有一窖水么，先让喝着。你们大队里的被褥，拣新的给取上一套。”

吕翠儿忙说：“被褥我有，就不要了。”冯彦虎说：“你不要管。”又说周兢，“你不要听她的，给取上。还缺啥，你都给看着闹上。今天下午估计曹书记不来了，你们两个这就回去，给吕翠儿安顿好。”

周兢迟疑着说：“那这些都怎么算？”冯彦虎火了，眼一瞪：“算你们大队的，怎么算？一个大队上千口子人呢，这么点子事你办不了？你要实在办不了就算了，我叫别人办。”

周兢嘴里打开乱话了：“冯主任你不要躁，我办、我办。我是怕给社员们不好交代。”

冯彦虎说：“有啥不好交代的？吃救济粮的时候你们怎么给国家交代？”

周兢怕冯彦虎真火了，连答应的那一万斤粮都扣下，连忙说：“对、对。我办、我办。”

7.他没想到会下雪，这一出去，脚印就暴露了行踪

冯彦虎着实累了，曹书记、熊书记上午没来，估计这个时候不会来了，就找几张旧报纸铺了，在地上躺下来。这一躺，看见山上放哨的也躺着，他火了，坐起来四下看，叫过叶景珍嘱咐：“你到山上去一趟，把那个放哨的踢给几脚。叫他放哨着呢，他睡觉去了。你给说，你就说我要熟他的皮子呢！”叶景珍要走，他又说：“再给李锦竹说一下，他铲的字看不清，叫他明天想办法先闹些石灰，把铲出来的字填上，咱们看看效果怎么样。”叶景珍答应着去了。

他直躺到快散工时，李锦竹几个从山上下来。他给嘱咐：“我不回公社了，就住红沙沟大队。你回去给县上挂个电话，问曹书记、熊书记来不来，啥时间来。问清了叫李峰山来给我说。哦，你告诉李峰山，叫他这几天抓紧

把红沙沟大队的电话闹通。你给说硬扎,三天之内再不通就叫他回家种地去。你看今天这么重要的事,没个电话,人和聋子一样,啥都不知道。”

李锦竹点头答应。文戈想着,“玫”应该来信了,悄给李锦竹说:“你给县办公室挂电话时顺便问一声,看有没有我的信。”黎虹有女人的敏感,一笑说:“文秘书等谁的信,那么急?”李锦竹笑道:“这还用问。这事你们都遇呢!”

李锦竹和黎虹走了。文戈随冯彦虎走了几步,问道:“冯主任,这滩里全是沙子和胶泥,只铺那么薄一点土,能种庄稼吗?”冯彦虎不傻,听他问得不善,说:“能长。刚开始铺么,以后年年加厚,年年上肥,土层就厚了。”

文戈说:“曹书记准备搞百井汇流,万一打不出水来咋办?”冯彦虎说:“还没打呢,咋知道没水?”文戈说:“总得多少有点把握吧?”

一来冯彦虎着实累了,二来他也不想和文戈讨论这些事,叫住一辆架子车,自行车交给一个社员推着,他斜躺上去,让人拉着走。仿佛一只累坏的骟猪,软兮兮地瘫在车厢里,随着车子的颠簸,浑身的肉水囊似的跟着一颤一晃。

回去,挣扎着到吕翠儿房里看了看,见粮也有了,煤也有了,炕炉子也生上了,放下心来,回自己房里休息,一进门就躺下了。晚饭都没到灶房去,让人端到他屋里来吃了。

他已经睡着了,李峰山满头是汗地骑自行车来报告:“李秘书问县上了,说曹书记、熊书记明天不来,县上有会,熊书记要作报告。”冯彦虎说:“问的谁?”李峰山说:“问的县委办公室。”冯彦虎发火道:“我知道问的县委办公室!我问你话是谁说的。”

李峰山挠挠头:“好像姓包,说是新来的主任?”冯彦虎知道是曹书记把鲍日曙调来了,心里高兴,说:“好。我再问你,红沙沟大队的电话啥时候能通?”李峰山说:“线已经拉好了,就一两天的事。”

冯彦虎不再问,说:“那好,一两天通不了咱们再说。你走吧。出去告诉周支书,今晚的会不开了,明天再说。”周兢在外听见了,问:“会不开了?”冯彦虎隔窗说:“不开了,明天再说。我乏了,要早点睡。”

他一来是真的累了,再着也想早点休息好,半夜去会吕翠儿,知道她刚出来,一定有许多话要说。谁知他从未下过这么重的苦,着实累了,一觉醒来,已是后半夜,浑身酸痛,一点都不想动,也无欲望,但怕吕翠儿久等,只得挣扎着起来,轻轻开了门,往文戈那边看了看,才朝吕翠儿房里摸去。

他轻推门,觉得似顶未顶,还没拿定主意是推是敲,那门却自动开了,吕翠儿伸一只手来拉他进去。他一脚踩住个软物,才知道她是用麻袋挡着门。吕翠儿贴上来，嘴凑他耳朵上说："你上炕去，我关门。往边儿上，娃娃在窗子跟前。"

冯彦虎不忙，等她顶好门，揽着她一起上炕。摸着她的腿已冻得冰凉，便用手摩挲着替她解冻。吕翠儿偎着他，悄悄说："你咋这时候才来？我当你不来了。刚一黑我就洗了，一直等到这时候，一眼都没眨。你那边一出来我就知道了。我怕你搡不开门，不敢顶，不顶我又害怕，就用麻袋挡住，万一我睡着了，你来也能搡开。"

冯彦虎打着哈欠，极力忍着不发出声音，听她说洗过了，一直等到现在，颇觉歉意，觉得应该干点什么，便伸手过去，却是手到意不到，怎么也抵挡不住疲劳和瞌睡，那手也似乎在打盹，正要蒙眬睡去，却觉身下有些潮热，他警觉了，欠起身子说："这炕时间长了没烧过，这么潮，这要造病的，这不能睡。"

吕翠儿便往自己身上揽他，说："你来睡到我身上。我不要紧，不要把你潮下病。"冯彦虎哪里肯。吕翠儿还拉："不要紧，我身体好，我不怕。昨天晚上没炭，炕冰古冰古的，我把锣锣放我肚子上睡了一夜。"冯彦虎听得动情，说："唉，我昨天太忙了，没顾上管你，叫你受罪了。"

一句话，把吕翠儿眼泪说下来了，哽咽半天，才抽抽搭搭地说："你说我现在咋办呢？我是一点主意也没有了。昨儿我那么闹了一场，恨不得立马把婚离了，可晚上我越想越害怕，要真离了，我一个妇道人家，领着指头蛋大的个娃娃，咋过日子呢？顾了家里顾不了外头，顾了外头顾不了家里。今天我回来，赶紧跑春子奶奶家去接锣锣，头上给我绊了核桃大的个疙瘩。我就心疼着，一句话都说不出来，还怕人家不让我寄放。以后日子还长着呢，我咋办呢？你家里有妇人娃娃，我们又不能到一起，我今后靠谁去呢？"

冯彦虎睡意没了，抚慰道："你放心，只要我在，保险不叫你吃亏。你今后的吃的用的，盖房打窖，我都给周兢安顿，这么大个大队，照顾一半个人随便儿。再说，我也不会让他们吃亏，这次我就给他们多拨了一万斤救济粮，要不周兢能听我的。你放心，他们也不傻，照顾你，只有他们占便宜的。"

吕翠儿贴着他，说："那对着呢。可是，你是公家人，说走一句话就走了，你走了我靠谁去？"

冯彦虎倒真动了心，想着要真能和她结个长久夫妻也好，比他那个丑老婆子强多了，她心肠又好，只是怕离婚手续不好办。吕翠儿见他不说话，问："你想啥着呢，咋不说话？"

冯彦虎说："我想着，你离婚，我也离婚，咱们结个长久夫妻，你看咋样？”吕翠儿呆了一呆：“真格？”冯彦虎说：“真格。”吕翠儿脑子里一阵空白，半晌，伏冯彦虎胸口哭起来。冯彦虎在她背上拍拍，算是抚慰。

吕翠儿边哭边说：“我等你这句话等得时间大了，你不说，我不敢问，我怕你看不上我，怕你不要我。我没有啥本事，又是个社员。但我想着，只要你要我，我这一辈子就是吃啥苦，受啥罪，都要把你伺候得好好儿的呢！”

怜悯心使冯彦虎暗下决心，他要像丈夫一样保护她。他忍着身下的潮热，让她在他胸前趴着哭诉，拍着她的背，抚慰着。两人叽叽哝哝，直说到鸡叫。

他应该离开了，却还是没一点情绪，知道今晚不能了，仿佛欠了她什么似的。他冲她说对不起。她用嘴堵他的嘴，说：“我只想和你这么抱着，不是想做那活儿。”

冯彦虎说：“昨儿实在太累了。”吕翠儿忽然把他往她奶头上压，说：“你吃点奶。人奶是个补的。你身子太垮了，吃些奶补一补身子。”

冯彦虎哪里肯。她却不依不饶，硬往他嘴里塞，还说：“你吃，没关系，我昨儿吃了白面馍馍了，奶多得很。今后锣锣大了，我把奶隔了，把奶都攒下，你每天晚上都来吃。把你的身子补得好好儿的。”

冯彦虎推她，一股奶水挤到了他脸上。他严厉地制止。吕翠儿哭着抱住他，说：“我恨不得把心扒出来给你吃了，只要对你好！”

冯彦虎大为感动：“我身体还可以。再说，我有补药。医院的大夫我都认识，要啥药都能开上，你放心。”

吕翠儿说：“啥补药都没有人奶好。我要一辈子能奶你，你就是把我吸干我都是个高兴的。”

隐隐地鸡又叫了一遍。冯彦虎不敢耽搁，急忙起身。吕翠儿又想起一事，说：“哦，冯主任，我给你提个醒儿，周支书你不敢太信任。我看周支书对你心不实，他和田书记好，和你说话我看他都是应付着呢。你要防着些呢。”

冯彦虎笑说：“这我知道。我也就是暂时用一用他，以后就不用他了。”

他怕天亮，急着要走，一开门，却愣在了那里。吕翠儿听出异样，下炕来看，也愣住了。原来外面不知什么时候落了薄薄一层雪，院子里整个儿白了。冯彦虎看了看，没地方可绕。

吕翠儿说：“你快走，不要管，你走过去，我后面把脚印扫了。”冯彦虎说：“不行。半夜三更扫院，人不怀疑？”

吕翠儿想了想，说：“我有办法。”急忙去炕边抓过衣裳来穿了，过来抓冯彦虎的手，说：“来，我背你。”冯彦虎犹豫：“那你的脚印咋办？”吕翠儿说："不要紧，他谁看见，我就说上厕所了。"冯彦虎还犹豫："我重得很。"吕翠儿着急，说："我能背动。快！"

冯彦虎还犹豫，吕翠儿不由分说，抓住他胳膊背起来，笨重地跨出门去。冯彦虎在背上吸气，恨不能化作气球飘在空中，一边小声说："慢点，小心滑倒。"

吕翠儿不说话，憋着气只往前走。到冯彦虎门前，她扭身让冯彦虎把脚落在门边，忍着微喘往里推他。冯彦虎捏一下她的手，推她快走。吕翠儿没忘了到厕所去一趟，才回了她的屋。

【哆嗦令】屋里情正浓，大雪封了门；老天生怒气，撒网捉奸人；急煞梁上君，此遭怎逃生？

8.黎虹犹疑，是怕出了虎窟跌入狼窝

阳光无奈地投射在大滩口上，毫无热情，只公事似的略带点悲悯地给滩上驱赶来干这无意义活计的人照着亮。曹、熊两书记不来，冯彦虎就没劲儿上工地了。工地上冷清了许多。文戈仍来了，和一个背石灰的小社员聊，问他："你咋不走快点，压不压？"小社员笑了："不压，这么点子有啥压的。我们给自留地里背粪，这么三些子(三倍)都背走了。"

文戈说："那你为啥不多背些？"小社员说："集体的活儿，慢慢儿磨，干得多了划不着。"文戈说："集体也是你们自己的，为啥划不着？"小社员说：

"心不齐么,有的偷懒不干,干得多的人不就吃亏了。"

李锦竹来了,老远就扬着一封信。文戈以为是"玫"的,赶紧接过来看,却是靳向东来的,说县团委要开代表会,想给他安排一个团委委员,问他愿不愿干。他把信给李锦竹看,李锦竹笑道:"弄个师长、旅长的干干还差不多,团委委员我都看不上眼,还不要说咱们'文未来'了!"

文戈问:"黎虹咋没来?"李锦竹出了口长气:"昨晚靳向东来电话,说调令已经打印了,马上就发,今天做点准备吧!"

文戈点头:"没想到他还真给办成了——哎,你说靳向东为啥那么热心?"李锦竹说:"无利不起早。总有目的吧?"

文戈微摇一下头:"可惜了。"又问,"你问办公室了吗,有没有我的信?"李锦竹这才想起,说:"办公室没有。杨红砚来电话,说她那里有你两封信。"

文戈心里一跳,想一定是"玫"的,问:"你没问是哪里来的?"李锦竹道:"哦,忘了问。杨红砚到扬水工程上慰问去了,要不今晚可以问一下。"文戈心里焦急,恨不能一下飞上县去取信,听杨红砚去了扬水工程,只得隐忍。

黎虹调动,影响了李锦竹的情绪,他也想调县上去,却苦于没门路,试试探探地说:"唉,山口待的人没劲的,越待越不想待。"文戈仍想着"玫"的信,没留意,只胡乱应了一声。李锦竹见他毫不在意,便不好再提。见干石灰被风吹得乱飞,让社员铲雪压压,才好些了。

李锦竹想起冯彦虎来,说:"老将昨晚上是不是加班了,今天在家里缓伤呢?"这话文戈不好对答,只笑了笑。

李锦竹说:"昨晚下雪了,老将没留下脚印吧?要把脚印留院里就热闹了。"文戈说:"今天早上大嘴女人和周支书叨叨咕咕,说吕翠儿一大早起来扫雪,我没仔细听。"

李锦竹便笑:"我知道老将不回公社总有啥企图呢,果不其然!"

好不容易挨到散工时分,文戈说:"今晚别回去了,到红沙沟大队吃肉去,大队里宰了羊羔子。"

李锦竹被黎虹调动扰乱了心思,摇头说:"不,我还得回去,公社里还有点事。"

回到公社,天已黑尽,黎虹的窗上还亮着灯。李锦竹胡乱吃了点,便去看黎虹。黎虹晚饭还未吃,用碗扣着温在炉子上。屋里初看似乎保持着原样,但人能感觉到已经收拾过了。李锦竹知道她在做走的准备,心里越发凄凉。靳向东来的信还摆在桌上,却只剩了空信封。黎虹看见他的目光,顺手拿过来撕了，扔进炉子。一阵白烟过后，烟筒里发出火吼，随后又转为静寂。

两人似乎都无话可说。黎虹想打破沉默，说："你吃了吗？"要在往常，她问如此无意义的话，李锦竹定会大开一通玩笑，可今天却说不出话来，只咧嘴一笑。屋子里显得更静了。半晌，他问："调令来了吗？"黎虹瞪他一眼，说："来没来，你不知道？"李锦竹又凄然一笑，无话了。屋里只有火的毕剥声。

好一会儿，黎虹说："我咋没主意了，你说我去好，还是不去好？今天我收拾东西，取出来，放进去，放进去又取出来，心里乱乱的，没一点主意了。"

李锦竹心里一直有个疑问，但怕伤着黎虹，不敢提，听她如此说，才问道："你前怕狼后怕虎的到底在犹豫啥？"黎虹说："就是在前怕狼后怕虎。"李锦竹道："是不是……靳向东……跟你提什么要求了？"

黎虹心里乱乱的，不知该怎么回答。李锦竹便猜出了几分，又问："是不是这就是他调你的条件？"黎虹咬了咬嘴唇："这还用得着问！"

李锦竹试探着说："你就真答应他？"黎虹有点愤愤然了："我的情况你不是不知道，我还求谁去？谁还能帮我？你能吗？"

李锦竹半晌没说出话来，许久，叹一声道："是啊，想帮的无权，有权的不想帮！也是我们这些人没出息！"他说着低下了头。

屋里又一阵寂静。半晌，黎虹动了动，说："不想那么多了，你帮我拿个主意吧，我是去，还是不去？"

李锦竹凄然一笑，说："这还不简单，两害相权取其轻。你要不走，落到冯的手里会有啥结果？那纯粹是个驴！叫他碰一下，你这一辈子还有啥活头！去，当然，理想也不理想，但总比在这里好。靳向东虽不是……理想的人，但到底年轻，人也干练，还在向上升，人也长得挺帅的。再说，他还是准备和你过，不像冯，纯粹是牲口行为！"

黎虹轻轻地几乎看不见地点了点头。许久，才叹一声："你咋不想想办法，也调县上吧。你去了我还有个伴儿，有个说话的人，要不，我就觉着太孤单了。"

李锦竹叹一声："要有办法，我早走了。"黎虹说："你给文秘书说说，叫他给你想想办法不行吗？"李锦竹苦笑："我今天试探了一下，他没反应。"

黎虹不信，说："他不肯帮忙？"李锦竹说："也不是不肯帮忙，我没有明说。也不知道他听懂了没有？"黎虹说："这就是你的问题。你为啥不明说？是不是不好意思？要是不好意思，我明天给你说。"

李锦竹嘴上说不要，但情绪却明显好转了，拍一把床铺笑说："我和文戈还在这个床上睡了一晚上。"黎虹瞪他:"睡了就睡了,你老挂在嘴上干什么?"李锦竹说:"随便说说。"黎虹说:"谁不知道你是随便说说。本来没事儿,你这么说来说去,好像有啥见不得人的似的。"李锦竹一抱拳:"好好好,不说了,再不说了。保证这辈子一个字都不再提了。"

第二天,黎虹要去工地请文戈帮李锦竹调动工作。李锦竹说:"算了,你还要收拾东西,我自己说。"黎虹说:"走吧。要能办成,咱们一块儿走。"李锦竹心里一热,眼圈儿都红了,不说话,捎她上了路。

走半晌,李锦竹说:"哎,我说一句话你不要生气。"黎虹说:"啥话?"李锦竹说:"我觉得,靳向东和我们这些人不是一路子的,我对他的印象不怎么样。"

黎虹似乎有些不舒畅了,说:"他怎么了?你有什么证据?"李锦竹说:"他也没有怎么。我也没有什么证据。就是觉着他和我们不一样。"黎虹说:"那又咋样?凭什么人人都得和你一样?"李锦竹回一下头,没看到黎虹的脸,笑说:"不是我要人都和我一样。我只是觉得,他不是个正派人。"

黎虹生气地从自行车上跳下来:"你想骂我就直接骂,不要这么转弯抹角地说别人好不好?"李锦竹停住自行车,笑说:"噫噫噫,八字还没见一撇呢,倒护上了。"

黎虹不说话,转身就往回走。李锦竹赶紧追过去,笑着拦住去路,说:"开句玩笑么,何必当真?你不想去给文秘书说了就算了,算我请不动你好不好?"

黎虹瞪了他好一阵,才说:"你咋那么贱咪你!你一天得有人在你嘴巴子上抽着你才痛快!"李锦竹将脸向前伸,笑说:"对。在这里,你抽吧。"

9.别写吧,何必拿鸡蛋去碰石头

李锦竹和黎虹来到工地上,看见文戈还在山上,也就上了山。李锦竹先传达曹书记电话,说:"文秘书,曹书记让你赶紧的马上的把这里的情况整理一份简报送上去。他准备以县委名义转发。"

文戈说:"我倒是想写份东西,怕他不转发。"黎虹说:"什么意思?你想搞什么?"文戈说:"咱们找个避风地方坐吧。我还正想请二位参谋参谋呢。"

三人找个向阳地方坐了。文戈说:"我想把这里的情况写个东西给上面反映一下。我觉得,这次会战,整个是个错误。你们想过没有?这是在为谁会战？”李锦竹笑道：“这还用问，为曹书记造成绩，还为谁？”

文戈道：“对！这是第一点：从动机来看，”他扳下一根手指，“不是为了给群众谋利益，而是为了给个别人造成绩！这是个根本性的错误！毛主席说：‘我们的共产党和共产党所领导的八路军、新四军，是革命的队伍。我们这个队伍完全是为着解放人民的，是彻底地为人民的利益工作的。’可是，曹兀龙的决策不是为人民谋利益，出发点就错了！”

黎虹说：“你是不是太书生气了？谁是为人民的？”

文戈激昂起来，摇头说：“为自己就不对！中国古代都有‘民为重，社稷次之，君为轻’的思想，那可是封建社会！发展到今天，如果还不把‘民’字摆在最前面，能说他是对的？”

李锦竹扁嘴笑笑：“第二是什么？”文戈扳下第二根手指：“第二，决策方法错误。事先没有征求群众意见，也没有实地考察，更没有请专家论证，只是个别领导人空想出来的。”

他扳下第三根手指：“第三，决策本身更是错误。这里有两大点，三小点。第一大点，选址错误。小一，大滩口离生产队太远，哪个生产队都不靠，将来这地由谁种？小二，是胶泥底，不适宜种庄稼；小三，取土距离太远，造地成本太高，取来的又是生土，铺得又薄，庄稼根都扎不下去。第二大点，决策矛盾。到底是蓄水灌溉，还是打井灌溉？要打井，得打在沟里，山上打不出水，可打到沟里，一蓄洪水，井就淤了，所以，这坝不能打，可坝不打，来了洪水，造的地又得被冲掉。”

他扳下第四个手指，“第四，组织实施闹笑话。事先毫无规划，听说领导要来，立即通知上人，人上去了，都不知道干什么，人都像羊群一样！所以，我概括了四句话：动机不纯，方法错误，决策荒谬，实施混乱——你们说有没有道理？”

李锦竹先笑起来：“好好好。大一二三四，小 1234，甲乙丙丁，ABCD，观点正确，论据充分。好！”他笑着看一眼黎虹，“不过，黎虹，你说，如果你是曹书记，看到这样的简报你会做何感想？”

半晌，黎虹才说：“你是真的，还是跟我们说闲话？”文戈说：“我想写个情况反映，向地区、省上反映。”

李锦竹苦笑着摸摸头：“我的这颗脑袋咋觉着不太安全了？曹书记叫我通知你写简报，你写这么个东西送上去，我还活不活了？”

文戈忙说：“我这是跟你们商量，将来要写，我只以我一个人的名义写，绝不连累你们。”

李锦竹说：“我不是怕连累，怎么说呢？黎虹，你说。”黎虹说：“别写吧，何必拿鸡蛋去碰石头！”李锦竹笑说：“我还指望你帮我往县上调工作呢，你当了董荐瑞，我的调动也没戏了。”

文戈其实已经下了决心，题目都想好了，就叫《大滩口为谁会战？》只是想找个人说说，以免憋得慌。见他们这样，也不想说服他们同意，听李锦竹说调动，趁势转了话题，说：“农办还缺人，我早就想把你推荐给马主任，因为没顾上说，就没吭气。”

黎虹高兴起来，说：“文秘书好好给马主任说说，将来办成了，咱们就可以在一起工作了。”

文戈问她的调动怎样了，想起《多雪的冬天》，也问了一句。黎虹说：“这些天心里乱糟糟的，看不进去书，我给锦竹看去了。”李锦竹说：“我看完给你。”文戈不置可否地点一下头。

10.人奶最补

文戈既已决定写情况反映，一路往回走，还向同行的社员打听情况。回到红沙沟大队，冯彦虎已经吃过晚饭，在大队部门外剔牙，见了文戈，问几句工地上事，让他赶快去吃饭。吕翠儿抱着锣锣出来，看见文戈，也问候几句。文戈觉得有义务关心一下锣锣，便凑近去逗他笑，想起周兢说的锣锣的牛牛，偷看一眼，果见有小姆指般粗细，心里便有几分相信。他不由自主，目光向冯彦虎裤裆里一溜，虽然看不见什么，但心里却觉得有个什么脏兮兮的东西在那里，似乎脏了自己的眼睛，有点恶心，忙送还孩子进里面去。

冯彦虎见文戈进去了，便凑过去，手逗弄着锣锣，悄说：“你昨晚上咋不？”吕翠儿红了脸，声音小得像蚊子：“脏的。”冯彦虎说：“都是人身上的肉，有啥脏的。”吕翠儿脸越红，说：“妇人家下贱得很。人家讲究的男人，鞋脱着地下都不让妇人跨，你还那样……”

冯彦虎说：“你还那么封建。”吕翠儿不说话，只拿脸蹭锣锣，意识里仿佛在和冯彦虎亲热。冯彦虎问：“你们两口子那么要吗？”吕翠儿一下肃了脸：“他！我身边儿都不让他挨一挨！”

一语未了，“李线长”在院里兴奋地喊：“冯主任，电话通了！”

冯彦虎进去看，让挂公社，果然通了。周兢也过来看，见冯彦虎严肃地在电话上讲着什么，怕说他偷听，便退出来，仍进灶房去。

大嘴女人从窗口看见吕翠儿抱着锣锣进来，悄给周兢说：“这个婊子，一天不知道都洗啥着呢,一阵儿打一桶水,一阵儿打一桶水,她不打他们家里的去,大队里只有一窖水,糟蹋光了来个干部都没啥吃。”

周兢说:“那个家里不好进去了,还咋进去呢。叫用去吧,用完了咱们找冯主任,叫公社的拖拉机给咱们再拉。”女人笑起来:“哦,原来你打的那号主意!”

冯彦虎打完电话出来喊,周兢连忙去了。冯彦虎说:“中央给咱们拨了一批救济衣服,我马上要到公社去,开个电话会发下去。明天你把工地上的事关照着些。”他扭脸看一下吕翠儿,“吕翠儿同志是会战副指挥,工地上有啥事,你和吕指挥一起商量着解决。解决不了的给我打电话。”

周兢听他说“吕指挥”,知道是故意给他亮耳,让他不要小瞧了吕翠儿,听着别扭,想笑不敢笑,嘴上答应着:“冯主任,救济衣服给我们大队要多分点呢,我们大队困难大。”

冯彦虎知道他是借吕翠儿要价码,怕他说出来,一扬下巴说:“我知道。”

他见吕翠儿目光幽幽地看着他,问:“小吕还有事吗?”吕翠儿嘴说没事,但话很迟疑,冯彦虎看出来了,见周兢在,又不好问,也无话了。周兢看出来了,借口说他还有事,连忙走了。吕翠儿这才悄说:“你来。”

冯彦虎只得跟她过去。一进屋,吕翠儿一手抱锣锣,一手端过小半碗奶来让冯彦虎喝。冯彦虎已猜出是她的奶,仍忍不住问:“这是啥?”吕翠儿说:“你不要问,喝了我给你说。”冯彦虎坚拒:“你胡来!”说着要走。吕翠儿急得眼泪都出来了:“你喝了!你不喝我就泼到院里去!”

冯彦虎听她如此说,走不好走,喝又不忍喝,一时竟也呆了。吕翠儿见他站住了,忙把奶碗硬往他嘴里灌。冯彦虎无奈,又怕耽搁时间长了来人,半推半就地喝了。吕翠儿这才舒口气,说:“人奶最补。以后我每天都给你挤着喝。”

冯彦虎擦一擦嘴,皱着眉头说:“你再不要胡闹!你……真是的!”吕翠儿却高高兴兴的,替他擦一下嘴,说:“我说一句话你要听呢!”

冯彦虎警惕起来,说:“啥话?”吕翠儿咕嘟一下嘴:“你的身体垮得很。你要把身体保护好呢。干那个事情费人得很,你再不要和人那个了。”冯彦虎便摇头哈气:“你不要听人说那些闲话好不好?”

说着,便往外走。吕翠儿只得跟出来,看着他推自行车,嘱道:“天黑了,小心些。陡处不要骑。”冯彦虎说:“我知道,你回去。”吕翠儿抱着锣锣,直送出大门外,看着他远去,还呆呆地望着那条路,直到天黑尽了,才回屋去。

第四天，冯彦虎才回到红沙沟大队，一见面，吕翠儿就气呼呼地说："冯主任，你一走，那些人都糊弄开了，工地上都不上人，去得少，报得多。去的还尽是妇人娃娃，壮劳力都上地里去了。我说他们根本就不听。"

冯彦虎见她那么幼稚认真，又心疼，又可怜，拍拍她的手，笑说："你不说我也知道。你看我啥话都不说，心里一清二楚的。山里的黄羊都有数儿呢，人还没个数儿？去多去少我还能不知道？你别看我人没去，工地上有我的眼睛呢，你放心，他们哄不了我。他们要多报人数，就让他们报，他们报得多，我给上面也报得多。有成绩了，首先是我的，怕啥？各队都那样，不光是你们队里，我清楚着呢。我跟你说句实话，会战也好，打井也好，造田打坝都好，可那都是画儿上的，哪年哪月才能见成效？这全公社近万口子人呢，不把现成的抓住，吃啥？救济粮年年给，可那只能吊个命，不让饿死人，吃饱肚子还得靠自己。这个话我不能讲，曹书记听见，说我拆他的台，下面听见，更不干了。所以我是嘴上紧，心里松。他们要捣鬼，你悄悄儿让他们捣。曹书记没发现，他好我也好，曹书记发现了，我跟着曹书记骂他们，有啥不好？这里道道多着呢，你不要管，我都明白。"

吕翠儿长出一口气："哦，我瓜(傻)着呢。我看那些人都哄你，我忍不住就气了。"冯彦虎拍拍她作为抚慰，说："我给红沙沟大队多分了些救济衣服，我给周兢说，叫他把你当特困户照顾一下。零零碎碎的东西，你自己再置上点。"说着掏出二十元钱来往她手里塞。吕翠儿先推辞，后拗不过他硬给，就收下了。

正说着，外面自行车子响，却是罗山大队支书罗吉万来找冯彦虎。吕翠儿起身要走，正和他碰上，罗吉万笑着和她打招呼，下死劲看了她一眼，看得吕翠儿心里直发毛，赶紧走了。罗吉万这才接过冯彦虎递来的烟，点上说："冯主任，我给你道喜来了。"他喷一口烟，"我去了一趟县上，见曹书记了。"

冯彦虎问："皮筒子给曹书记了没？"罗吉万说："给了。百分之百！"冯彦虎说："你没有向曹书记要钱吧？"罗吉万说："我又没傻，能向曹书记要钱！曹书记要给钱呢，我硬没要。"冯彦虎点点头说："没要就对了。你要敢和曹书记要钱，看我不熟你的皮子。"罗吉万说："没要！没要！你借给我一副天胆我也不敢要！"

冯彦虎这才问："曹书记说啥咪？"罗吉万说："曹书记说，冯主任的事他给熊书记说好了，很快就下文。山口公社就是冯主任的了。田书记调羊场去了。"

冯彦虎心里落实了，又问："县上还有啥消息？"罗吉万说："我听说煤矿上要招一批工人,这次名额要下来,冯主任不要忘了我?我们儿子都等急了。”

冯彦虎本想听听人事方面的消息,不想他说这事,只得说:“你放心,我不会忘。”

11.煮茶论英雄

文戈要写情况反映,找大队会计王银江要了些数字,回来时,公社送救济衣被的拖拉机停在大队门口,拖拉机手问支书在哪里,让找人卸货。文戈见左右无人,只得自己去找。

周兢让进上房,文戈一眼看见桌上供着周恩来总理的遗像,像前有香炉,炉里厚厚一层香灰。他鼻子一酸,想给总理鞠个躬,却怕人说他搞迷信,只站定了,默默注视着,心里悄悄鞠了三个躬。周兢叹息:“总理已经走了,他老人家发的救济粮、救济衣服我们还得济着呢!”

文戈说了拖拉机等着的话,周兢去找人卸货,他自己仍回大队写东西去了。写着,听院里摩托车响,一个声音问冯彦虎,周兢说不在。文戈听出是靳向东,怕他来打扰,忙收拾了桌上,躺炕上装睡。但靳向东还是问到了他,周兢知道他在,带来了。文戈只得起来,装着打哈欠,说他有点不舒服,让他坐。

靳向东大大咧咧地盘腿坐在炕上,鞋也不脱,鞋底上粘着些泥片和乱草。文戈心里老大不痛快,也不好说,一副未睡醒的样子,呆在凳子上,连水也不给倒。靳向东似乎毫无知觉,带着点神秘地说:“你以为我是找姓冯的?我是专门来找你的!找冯彦虎是给他们放烟幕弹,其实真正的目的是在这儿。”他手指往下一点,“怎么样,还可以吧?”

他说完,摆了一个上级特别关照下级的姿态。文戈讨厌这种假模假式,嘴里支吾,话都懒得说。靳向东自己掏出烟来点上,长吸一口,说:“现在县上的形势复杂得很,你知道吗?”

文戈慢慢摇摇头:“怎么个复杂法?”靳向东说:“苏快嘴发到地区农办去了。‘苦大仇深’发到地区拖配厂去了。”文戈说:“谁是‘苦大仇深’?”

靳向东冷笑一声:“你不知道?赵天葵呀!那还都是常委!你看他那个形象,背驼着,腰弯着,满脸的双眼皮,整个一个苦大仇深的老长工,他知道‘常委’两个字怎么写?除了给铁首仁、刘钟举巴掌,还能干啥?”

文戈想起赵常委的忠厚,叫人这么损,心里很不舒服,低了头,什么话都没说。

靳向东继续说："这一下，等于拔了刘钟一个舌头，打折了他一条腿。新上来的两个，咱们孙大帅！"他竖了下大拇指，"副书记！还有一个是'四眼子'。'四眼子'顶的'苦大仇深'的缺，常委兼组织部长。他妈的，这个'四眼子'是个刁德一！人想都没想到，就和曹兀龙搅到一起了。这以后是个害！姬建华县上也给报了，到地区去给啪嘶了(扔到一边)。"

这些情况文戈是关心的，仔细问了一遍，问到办公室是不是调了个姓鲍的当主任。靳向东说："鲍日曙。啥水平么！我还跟老孙说呢，县委办公室，多重要的部门，弄了个穷酸鬼当主任！尻子上的补丁扇风着呢，能当办公室主任？水泉县真个再没人了？我说你把咱们文戈提上去，不是一个响当当的主任！没办法，老孙还没进去呢，人家已经把窝窝子占了。"他摊一下手。

文戈不愿和他深谈，说："我还没想过这些事。"靳向东说："老弟，不想不行啊！你不想，别人可想着呢！咱们不早想，到时候想想就来不及了！"

他大言不惭地叫"老弟"，还轻松自如地说"咱们"，文戈心里不舒服，只想走开，以免和他"咱们"到一起。

靳向东继续说："我这个人你可能还不是很了解，我宁当爷哩，不当孙子！不是吹牛皮，咱们比那些科长、主任、常委、书记，差鼻子差眼睛？把权给咱们，我不信就不会用！今天就咱两个，我跟你说心里话呢，县委大院里咱老靳没几个看上眼的！你扳着指头数去，谁的几斤几两，咱不清楚？跟别人我不说，说了他们也不懂，还说我不知天高地厚，爱吹牛皮。跟老弟你，我说心里话呢，咱们县上这些干部，我看上的只有两个，"他顿一下，见文戈抬头看他，知道说动了，两眼放出光来，"一个你，一个我！别的，嘿，给咱两个拾鞋带咱还有个看上看不上呢！"

文戈没说话，虽然他不愿和靳向东扯一起，但这些话他却不十分反感，尽管他知道他的颂扬里真诚的成分很少。靳向东继续说："你看咱们这像不像曹操煮酒论英雄？不过，咱连点茶都没有煮，你能不能把你的开水给咱倒一点？说了这半天，嗓子都说干了。"

文戈无奈，也有点不好意思，只得给他倒了水。他又想装迷糊，不想靳向东说："你桌上那个瓶瓶里是不是茶叶？煮白开水可论不了英雄。"

文戈更不好意思了，他不是舍不得茶叶，而是不愿用茶招待他这种人，但叫人这么当面点出来，毕竟是件尴尬的事。

他取过茶叶来给靳向东杯子里倒上，想解释，靳向东又开了口："现在的人都爱在背后说人的坏话，说我坏话的人肯定少不了，我不在乎。但你老弟,我得把话说清,我不想叫你对我有看法。我这个人咋样,我自己说的不算,你了解去。可能有说好的,也有说坏的,老孙、杨红砚两个你该相信吧?你问问他两个,看他们对我是什么印象。我两个,以前主要是接触太少,所以你不了解我,有些误会完全是可能的。但对你,我说实话呢,我对你的印象一直不错。你找老孙问问,我老早就跟老孙说过,我说你要注意文戈呢,那可是个人才!那次老孙到山口来,找没找过你?找过吧?那就是我叫他找的!当时人多,不好说话,但意思你明白吧?我早就建议把你提起来,可老孙没权,我也没权,没办法。这些就不说了,今后,只要咱们思想统一了,拧成一股绳,毫无疑问,水泉县就是咱们的!你别看那些书记、常委现在神气得很,等将来正式较量,那都是纸老虎!我把他们早都看透了。”

他吸一口烟,喝一口茶,继续说:“你看咱们县上的形势,有许多人可能还在鼓里呢!以为就是刘、曹两股力量,其实我早就看清了,绝对是三驾马车!老孙这股力量,好多人根本没看出来。没看出来的,他就吃亏了。这三股力量里,刘钟代表旧势力,人数多,根子深,但他代表的是腐朽的力量。铁首仁一死,大旗倒了,虽然刘钟取代了铁的位置,可他一年三百六十天,三百天在医院里,说不定哪一天就去见刘少奇了,哪里顾得别的!但是,他们绝不会自动退出历史舞台,还有力量,但复辟的可能已经没有了。第二驾马车是曹兀龙。这个家伙我们得小心点,前几年没看出来,这几年上来了。他本人倒没啥,大草包一个,胡传奎第二,但没想到的是这家伙和‘四眼子’搅到一起了!那可是个刁德一!你不要看那家伙平日不咋说话,关键时刻那可真照要命处下刀子呢!这次收拾苏芸、赵天葵,我估计就是老刁的主意。曹兀龙和他搅一起,胡传奎就成坐山雕了!坐山雕现在嘴张得有簸箕大,要吃掉刘钟呢。刘钟吃掉好是好,但现在吃掉,对咱们可是不大有利。”

文戈诧异:“为什么?”见问,靳向东来了劲:“你想,现在老孙刚进班子,脚跟还未立稳,这个时候刘钟要垮了,地盘儿就全是坐山雕的了!所以,我跟老孙说,我们现在明里支持曹兀龙,暗里还得悠着点。嘴上喊打倒刘钟派,实际上不出力,让鬼子和蒋介石干仗去,咱们就抢地盘儿,等把咱们的人提起来,各个岗位上都有了咱们的人,再把他们彻底扫地出门!我给老孙提了个建议,第一步把你提起来,先办公室主任,然后常委,到时候,老孙挂帅,咱们两个参谋,我有一帮子团委书记呢,各个岗位上一撒,咱不把水泉县弄他个轰隆隆!”

此时的文戈,仿佛热灰泼上了冷水,蒸汽、尘灰腾起,又呛鼻子又扎眼,乱哄哄的理不出个头绪,一句话不说不好,但不想和他议论县委班子,于是斜刺里问了一句:“鲍什么曙原来是干啥的?”

靳向东说:“鲍日曙。曹兀龙的亲戚。办公室调了两个,都是曹的亲戚。一个鲍日曙、一个女的。名字我没记住,我叫白胖子。比鲍日曙还大一辈,鲍日曙见了还要叫‘娘娘’。哎呀,你没见,见了你保险头皮子都麻呢。我的个姑奶奶,那就几辈子没见过男人,简直吸人呢!来还没几天,把个肖宗泉差点没吸了!哎呀不得了!这个白姑奶奶可是惹不得,我见了老早就远远儿躲了,跟前说啥我也不敢去!”

文戈问她安排什么工作。靳向东说:“打字员。她除了打字,还能干啥!就知道吸男人。眼睛本来不近视,硬要戴个眼镜,三戴两戴,真个把眼睛给弄近视了。——就那么个宝贝!”

周兢在外面久了,进来歇腿,坐下一边卷烟,一边有一搭没一搭地闲扯。靳向东心里有事,见他没有马上走的意思,想打发他走开,说:“书记,你们院里那军大衣堆得山一样,能不能给咱们先借一件穿穿?人家书记、常委坐小车呢,咱们骑了个烂摩托,一路上风像刀子一样,把人的脸都快刮破了。”

周兢没料到县上的干部会和他要救济农民的东西,一时竟有些呆,正没主意,王银江进来听见了,代支书答道:“哟,你说晚了,都分下去了。”

周兢明白他是替他打掩护,怕伤了这位的面子,沉吟半晌说:“这样吧,靳书记已经开口了,你去给取上一件,算到我的账上,就算我们家里的。”

王银江知道支书是不得已,笑道:“那也可以。不过,得打个条子,要不将来运动来了,我们交代不清楚。”

周兢有些为难。连文戈都觉得难堪。靳向东却一挥手说:“行。你写,写了我给你签字。”王银江本是想为难他一下,好让他知难而退,至此也有点不好意思,只得写。他向文戈要了张纸,趴桌子上写了,给靳向东签字。靳向东拿起看了半晌,说:“不行。不能写收条,写借条。我是暂借,用完还还给你们,不能叫‘收’。”

王银江咧了咧嘴,心想你借去穿烂了再还来有啥用,只得重写。靳向东看了,真就签了名。周兢有点不好意思,说:“你去给靳书记挑个好的。”

王银江要去,靳向东说:“等等,你顺便给我弄十个扣子。”王银江发愣,说:“啥扣子?”靳向东说:“就军大衣上的扣子,铜把儿带‘八一’的。”

王银江愣着,不知该怎么办。周兢说:“揪去,你给揪上十个。”靳向东见周兢脸有不悦之色,问:“支书,你贵姓?”周兢说:“免贵,姓周。”靳向东说:“周支书,你要是觉着为难就算了。我看你是咱们自己人,说话就随便了点，我可不是贪你几颗大衣扣子。”

周兢这阵儿后悔极了，本想进来白说句闲话，套个近乎，没想到惹出这么多麻烦，只得笑着说：“哎——看靳书记说的。我们大队再穷，一件大衣、几个扣子还拿得起。靳书记话说出口了，我们有吃没喝也得孝敬你。将来靳书记当了县委书记或常委，不要忘了我们红沙沟大队，就是我们的福分了。”

正说着，院里忽然嚷起来，周兢开门看时，是看衣服的社员轰赶揪扣子的孩子。大嘴女人只揪了四个就被赶开，见王银江揪得多，跟在后面想要一个，凑够一副。王银江不给，说：“不行，我是给县上当官的揪的，又不是我的，给你一个人家就不够了。”

大嘴女人说：“你不要哄我，县上的人要这个烂扣子呢！”周兢见她还缠，吼道：“走远去，咋那么眼小！”大嘴女人一愣，王银江乘机走了。周兢怕靳向东再缠王银江，隔门在外喊：“王银江，扣子给靳书记你快出来，得赶快把这些衣服分掉，不然乱人拉了。”王银江明白，答应一声赶紧出来了。

靳向东又给文戈吹了一阵全国形势，吹完要走，站起来说：“今天我说的这些，都是我掏心窝子的话，你可不要给人说！前些天我和县上一个人说话，他不高兴，我说你不高兴没关系，你告去，到任何地方告都没关系，反正就咱两个人，看是信你的，还是信我的！我的原则是‘人不犯我，我不犯人，人若犯我，我必犯人’！你要揭发我个反革命，我揭发你个反革命平方呢，你信不信！说得他大气都不敢出了。咱们是最好的朋友，我放心得很！对你我啥话都不说。历史已经把咱们绑到一个战车上了，我们得生死与共啊！”

文戈突然觉得一阵恶心，想碰他几句，还没想好，周兢见靳向东要走，过来话别，说：“靳书记这就走啊？咋不多住几天？你要多住几天，咱们打听哪个队里有好羊羔子捉一个给靳书记吃。你看你还就要走。”

靳向东是聪明人，听出他话里的假来，说：“多谢周支书的好意。你把羊羔子留着，等书记、常委来了再吃。”周兢还要说话，王银江喊了一声，他立即说：“那么靳书记你慢走，我那里喊得不行。”说着握手告别了。

靳向东一声冷笑，悄悄对文戈说：“老弟看出来了吗？今天来的要是书记或者常委，叫把他奶奶捉来吃那都捉呢！咱这个团委书记人家根本没放在眼里！你说我们不努力、不当官行不行？好我的文戈同志，咱们得好好干呢！”

12.他一开门愣住了,文戈的窗口亮着灯

靳向东的来访在文戈心里引起了极复杂的情感。一方面,他讨厌他,他们的性格完全不同,他不喜欢靳向东事事为己的自私劲;另一方面,他又不得不承认,他的那种以恶对恶绝不吃亏以及兜底说实话的勇气还是值得佩服的。今天这一席争权夺利的鬼打算,有谁能这么赤裸裸地对人讲呢?就像妓女,公开承认自己是婊子,倒比那些既想当婊子又想立牌坊者显出诚实的可爱。如果他吞吞吐吐鬼鬼祟祟,绝收不到这种效果。这正是他过人的聪明处。

他面临着一次选择,在人格上,他赞同刘钟,但他不愿和刘钟一样只以沉默对抗攻击。他不想像植物一样只以忍痛对抗斧子。他多么希望刘钟也能如靳向东一样公开讲出"人不犯我,我不犯人,人若犯我,我必犯人"的铿锵词句啊,然而,这却成了靳向东的专利。指望靳向东生出高尚的人格显然不切实际,但对付曹兀龙这种人,还就得学他那样,摇身一变,化为泼皮,相打相骂。

他沉思得忘了时间,大院里一堆救济衣被分完了也不知道,天黑尽了他也没点灯。这反常引起了冯彦虎的注意。他从工地回来,没看见文戈,以为文戈到什么地方去了,问大嘴女人,却说在。然而他屋里始终黑着,门也闭着,静悄悄的仿佛里面并无活物。喧闹使人注意,寂静却让人害怕。冯彦虎心动了一下。

半夜里,冯彦虎一觉醒来,想到吕翠儿房里去,一开门愣住了,文戈的窗口亮着灯。白天那么寂静,而夜晚却更深不睡。一种不祥涌上心头,他本能地觉得有事要发生。联想到曹书记对这个年轻人的提防,他心里有种踩着地雷的恐惧。他朝吕翠儿的房门看了一眼,很大方地走了过去,虽然院里还亮着灯,但他清楚,主要的危险不在女人房里。

这一夜,冯彦虎过得很不安,虽然怀里拥着个粉团似的女人,却不能行使男人的职责。他解释说乏了,吕翠儿只能相信。

13.一张小字条

第二天,冯彦虎在窗孔里瞄着,见文戈没上工地去,他也不去了,找了

个借口,突然推开了文戈的房门,然而,什么都没有发现。文戈的桌上只有一张纸,一个字条。冯彦虎假装关心,问了些闲话,似乎很随意地拿起字条来瞅了一眼,说:“文秘书写东西呢?”

文戈感觉出他在侦察,淡淡地说:“那是大队会计写的个废收条。”接着把靳向东借大衣的事说了一遍。

冯彦虎有点失望,已经将纸条扔下了,心里忽然又一忽悠,拿起又看了一眼。这个字体怎么这么熟悉?他猛地想起了,曹书记给他的那封告状信就是这个笔体!他头脑里“轰”的一声,像漆黑的夜里一个闪电,使他看见了近在身边的窃贼。

他有半分钟没说出话来。

文戈觉得诧异,问了声。冯彦虎才醒过神来,忙掩饰道:“这个小伙子字写得不错。”他想把字条拿走,又担心文戈起疑,装作随便地扔下了。

从文戈房里出来,他立即叫人把王银江叫来,问他大队的救济粮、救济衣被是怎么分的。王银江回答了,冯彦虎不置可否,让他把分配方案写出来。王银江奇怪,也只得写。冯彦虎拿了看,又问了些别的问题,打发他走了。他口袋里装着那些字,仿佛装了一团火,急急忙忙回了公社,和那封告状信核对了,果然是同一个人的笔迹。他从牙缝里挤出一句话:“娃娃,我叫你认得我呢!”

第二天,他仍到工地上去,叫吕翠儿来,打听王银江有没有经济问题。吕翠儿摇头,说:“没听说过。”冯彦虎又问他手脚干净不干净,说没说过什么反动话等等。吕翠儿觉得奇怪,冯彦虎虽和她关系不一般,但这种事也不想让她知道,含糊说:“有人反映他有贪污,不知道真的假的。你以后注意点,发现啥情况就告诉我。”

正说着,听见汽车喇叭响,一抬头,认出是县委的吉普,冯彦虎说:“曹书记来了。你快劳动去。”

14.工作要干好,声势更要造大

冯彦虎向吉普迎去。曹兀龙下车来,身后跟了个年轻干部,过来和冯彦虎握手。曹兀龙介绍说:“水电局的小张。我带来给咱们定井位的。”小张腼腆地一笑。

曹兀龙指着山上铲的字说:“字小了,公路上看不清。这不行,工作要干好,声势更要造大,声势造不起来,你干半天不白干了!领导都是坐车的，你不能指望领导下车来看咱们的标语，得让公路上远远地就能看到。”冯彦虎吸了口气，说：“字不小，可能是颜色不显。我们本来想用石头砌了，用红漆一浇就显了……”曹兀龙说：“对！就用石头砌，用红漆浇！”

冯彦虎为难了，吭哧半晌才说：“那样好是好，就是成本太高，石头好办，多叫上些人，多抬上几趟也就行了，买漆可要钱呢，公社里拿不出那笔钱？”

一听拿钱，曹兀龙也没办法了，公社穷，县上也穷，到哪里筹那笔钱去？他转脸看了看四面，说：“那就再选上一个山头铲。再铲上一条。把‘农业学大寨’也铲上。‘农业学大寨’是毛主席说的，不敢忽视。”冯彦虎答应了。

几个人往劳动的地方走，曹兀龙看见吕翠儿了，笑着和她开玩笑：“吕翠儿同志咋干劲大得很！你这个‘半边天’是不是给男的做榜样呢？你没有组织一个铁姑娘突击队？应该组织一个铁姑娘突击队么，和男的比一比，把男的比过！敢不敢？”

吕翠儿不知道该怎么说，只笑。冯彦虎在旁鼓励说：“组织一个。曹书记已经说了，你就组织一个。”

曹兀龙笑说：“你要组织起来，叫冯主任给你们发一面红旗，上面写‘红沙沟大队铁姑娘突击队’，组织起来和他们男的比一比，不要怕！”

吕翠儿看看曹书记，又看看冯主任，见两人都笑着，怯怯地说：“我怕我干不好。”

曹兀龙立刻笑了：“不要怕！组织一个！有你们冯主任支持，你怕啥？”

冯彦虎也说：“组织一个，曹书记都说了，还怕啥！”吕翠儿红了脸：“那我就试试。”

曹兀龙笑着鼓励：“好！小吕像个女干家子！敢说敢干！等你把突击队组织起来，就和男的比一场。要把男的比过，我叫县上给你发一期简报，把你的事迹好好表扬表扬。全县、全地区就都知道了。说不定还能上报呢。叫文戈把你好好写一写——哎，文戈呢？”他四下里转着看，李锦竹听到了，忙说：“哦，刚才还在这里？我找去。”

李锦竹知道文戈在大队写东西，怕曹兀龙知道发火，装着去找人，背过曹兀龙，打发个社员赶快到大队去找文戈。一会儿找来，李锦竹说：“赶快到沟里去找曹书记。曹到沟里定井位去了。”文戈只得又往沟里赶。

15.一百眼井,一个都不能少

大滩口面对的这条沟无名,以前无人提起,现在大家说起时,只能以手指着说“那条沟”。“那条沟”沟垴不深,对打坝蓄洪来说,承雨面积小,洪水也小,坝的安全性大些,是优点;但对打井汇流来说,沟垴短,可供选择的地方也少了,却又成了缺点。

曹兀龙刚带了张玉林来时,还兴冲冲,一大帮人闹哄哄在沟里嚷,走了一个来回,只定了七八个井位,许多人泄了气,都散漫了。张玉林年轻,觉得这事关系重大,脸上的汗便下来了。冯彦虎被女人掏空了身子,体力不支,便劝:“曹书记,休息休息吧,让小张带人去定。你跟着,压力太大,小张紧张。”曹兀龙也有些累,就同意了。

他们刚坐下不久,文戈找来了。曹兀龙见他这时候才来,心里早憋了一股气,但他已经知道他是丁义川的亲戚,只得把火压下来,脸上还带出一丝挣出的笑意,伸手给文戈。文戈倒一愣,这种近于友好的态度可是从来没有过。他还没参透是怎么回事,曹兀龙问起了简报。简报文戈还没有动笔,他想这下要挨一顿臭骂了,不料曹兀龙只扭了扭脸,心平气和地说:“抓紧。抓紧写出来。你就不要在这里磨时间了,回去写去。”

意外。文戈准备接受一个雷霆,洒下来的却是细雨。这不符合曹兀龙的性格。他正准备走,张玉林、周兢几个来了。张玉林被紧张和羞愧折磨着,黝黑的脸上透着红,十分不好意思地说:“曹书记,我实在没办法了。这沟里不可能有水,那几个井位都是勉强定的,有没有水都不敢说,再实在找不出来了。”

曹兀龙的反应使所有的人都吃了一惊。他忽一下站起来,一脸怒容,粗暴地朝年轻的技术员一挥手,喝道:“你走!你回去!我叫你来是叫你找水的,不是叫你来和我对抗的!这沟里怎么就没水了?你说没水就没水了?你是皇上,金口玉言?还成怪事了!你走吧!这里用不着你了!你爱干啥干啥去!——别的人都跟我来,我还不信定个井位能把人箍住!”

别人当然不知道,曹兀龙实际是把两个愤怒加一起爆出来的,刚才文戈没有写好简报他就已经怒不可遏了,慑于丁义川的地位,他只能窝在肚子里,技术员又迎头给了他一瓢冷水,他再也压抑不住地爆发了。本来已经疲惫不堪的队干部们啥话都不敢说,只得跟了他再去步那条干沟。

张玉林不敢走,悄悄跟在队伍后面。一个队干部告诉了曹兀龙。曹兀龙回头吼道:“你走！你走！不要跟我！跟我干啥呢？”

张玉林不敢走,也不敢跟,只得悄悄地在沟口等着。

曹兀龙隐约听人说过,“两沟夹一嘴,当中必有水”。遵照这个原则,他很快就确定了一批井位。等他转回来一圈,问跟在身后的大队会计:“定了多少了？”王银江说:“四十四个。”曹兀龙说:“才四十四？你数对着吗？”王银江笑说:“差不多。顶多错上一两个。”

冯彦虎自从知道这个瘦会计告了他的状后,就一直盯着他,这阵儿再也压不住了,脸一黑,厉声说:“什么叫‘差不多’？让你记数着呢,记了半天,还‘差不多’！‘差不多’谁不会说,还要你记啥！”

王银江敛了笑,以肯定的口气说:“四十四个。”冯彦虎脸更黑了:“你不要在这里蒙混过关！我看你欺瞒领导欺瞒惯了,刚还说‘差不多’,怎么一下就四十四了？你这不明明是糊弄人？”

王银江无言以对。大家都觉得冯彦虎今天严厉得奇怪,幸亏曹兀龙一心在井位上,招呼大家再去定,才打断了他继续寻衅。眼看已到散工时候,为了加快速度,兵分两路,一路曹兀龙带领,一路冯彦虎带领,沿沟两边走下去,按缺的数,一边至少还要定二十八个。曹兀龙下了死命令:“一百眼井,一个都不能少！哪边定不够数,今晚就不要回去！”大家肚子早就饿得咕咕叫了,但无人敢说个“不”字。

等两边在沟垴会合,数字加起来,还缺十几个。大家的沮丧就别提了。惟有曹兀龙丝毫没有倦意,两只环眼在夜幕中闪着光,命令两支队伍沿原路返回,一定要定够一百之数。

天已全黑,差不多所有人的精神都被累饿击倒,哪里还管沟呀嘴的,拣个山脚平地,搬两块石头一垒,就喊:“又一个,记上！”记数的人应一声多少个了,这个井位就算定下了。

这样走到沟口,两边一合计,还差一口。人群中一下乱了,有的说记错了,肯定够了。有的说,九十九是吉利数字,好。有的说,百井汇流,“百”是指多,不一定非要一百口。曹兀龙知道这些人是怕再跑一趟,他也乏了,才说:“好吧,今天就到这里,明天再说。”

冯彦虎早就支撑不住,别人说话的当儿,他已经乏驴借坡躺下了,见曹书记松了口,他才来了点精神,斜躺着高声说:“别的人都走,大队会计再去数一遍。闹清楚到底是一百,还是九十九。数清楚了晚上来给我和曹书记汇报。”

王银江恨得直咬牙,真想冲过去揍老家伙一顿,但只能忍着。周兢见天太黑了,一个人碰上狼不是要的,就说:“冯主任,我留下和会计两个数。

一个人怕数不清。”冯彦虎心里嗔他多事，也不好拒绝。

人群走远了，王银江气得把本本往地上一摔，指着黑暗处骂道：“老嫖头，我×你妈！你个嫖头不得好死！”

周兢坐地上慢条斯理地卷烟，说：“你坐屎着吧，这阵儿再骂，你老子能听见！”王银江说：“我都快饿死了，能走动呢！再说，这么黑，看都看不见，咋数？”

周兢点上烟，慢慢吸着说：“数啥呢，咱们把这个烟抽了就回。他们头里走，咱们后头跟着。谁数屎它去呢！那么多人都没数清，咱两个能数清。咱们回去就说一百个，他谁不信了自己数去。”王银江高兴得“嘿”一声，在黑暗里伸一下大拇指：“周支书，高！高家庄！”

周兢卷支烟点着抽。一个黑影悄悄地过来了。王银江本来就心虚，一下跳起来，喊一声“哎哟，鬼——！”，就在地上摸石头。那黑影忽然说话了：“不要打，我是张玉林！”

周兢也心跳，却还撑得住，说：“你咋还在呢？”黑影带着颤声说：“曹书记发那么大脾气，我咋敢走！”

16.不！我不回去！我死了都不会回那个家去

晚上，曹兀龙正帮吕翠儿组织铁姑娘突击队，突然门外一个老女人放声大哭起来：“县上的书记，麻眼人求你来了。你给麻眼人做个主！叫我们媳妇子回家去。我给你跪下了！”

开会的姑娘、媳妇忽地都站起来往外看。冯彦虎听出是吕翠儿的瞎婆婆，又慌又气，跳下炕，分开众人就要出去，却被吕翠儿从后襟上一把扯住，咬牙瞪眼摇手不让他去。冯彦虎突然清醒过来，指着门口的两个年轻媳妇小声命令：“你两个快出去拉回去。就说这里开会着呢，叫她不要胡搅！”

两个媳妇出去，一边一个，挽了胳膊往外拖，一来瞎眼婆婆豁出去的人，死命挣，二来两个媳妇心里也不满吕翠儿和冯彦虎，倒希望趁曹书记在闹一场，不真用劲，拖了半晌也没拖动。冯彦虎又指派了两个出去，才连拖带抬弄走了。

会议继续开，曹兀龙做主让吕翠儿挑，只要吕翠儿点了名的，就算是铁姑娘队的队员了。吕翠儿拣老实听话的点了几个，铁姑娘突击队就算成立了。

一散会，曹兀龙立即严厉批评冯彦虎："你这件事办得错错的！你怎么就不想一想，小吕是咱们重点培养对象，这是咱们准备重用的人，你要把她弄着离了婚，算啥？她在张家，就是百分之百的贫下中农，我们怎么说、怎么用都有理。要离了婚怎么办？她娘家是上中农，还差点打成地主，她一离婚，还能算贫下中农吗？要打成地主，你我和她接近都有问题了，还不要说重用！"

冯彦虎点头，说不出话来。曹兀龙继续说："你明天立即叫小吕搬回去！你给她讲清楚，不是害她，是为她！同时，入党的问题也要抓紧。咱们马上要用她，不是党员怎么用！"

冯彦虎一一应了。然而，却是件难办的事，必须提前给吕翠儿说清楚。半夜里，他摸到吕翠儿房里来了。吕翠儿着实吃了一惊，悄问："啊哟，今晚曹书记在呢，你咋还敢来？"

冯彦虎握住她还带着被窝热气的手，半晌才悄说："翠儿，我给你说件事。"

一听这口气，吕翠儿吓了，忽一下坐起来。冯彦虎按着她睡倒，捋着她的头发悄悄说："你不要紧张，听我给你慢慢说。"他爬上炕去，怕冰着翠儿，只躺在被外。吕翠儿怕他冷，硬撑开被子，拉他进来一起躺着。

他镇静一下自己，才缓缓说："明天，曹书记要和你谈话呢，我怕你一时想不开和曹书记顶牛，来给你先说一下。你要有点思想准备。"

吕翠儿紧张得心直跳，颤颤地说："啥事？"冯彦虎沉了沉，说："曹书记想提拔你当县委常委。"

吕翠儿愣了。县委常委，多大的官儿啊！怎么会轮到自己头上？她觉得这是绝不可能的，否则冯主任就不会这么心事重重。她说："我不信。"冯彦虎说："真的。这我不骗你。"吕翠儿说："这怎么可能呢？我连干部都不是，怎么可能当常委？"

冯彦虎说："这你就不懂了。要是干部，就不一定能当上了。中央的政策，各级班子里都要有工农兵代表。陈永贵不就到中央去了？"

吕翠儿没词儿了，问："那你咋就像不高兴？"冯彦虎叹一声，说："你知道吗？当常委，就得是党员。当党员，就得是贫下中农。张家是真正的贫下中农，你要在张家，就啥事都好办。要是不在张家了，就不一定能给你算贫下中农了。要是算娘家，好一点，算上中农，万一有个啥情况，你……明白吗？"

吕翠儿吸了口冷气，颤声说："你是想要我回张家去？"冯彦虎屏了半晌气，才说："不是我，是曹书记。"

吕翠儿仿佛失了魂，说："曹书记要让我回去？"冯彦虎说："嗯。曹书记想让你回去。”吕翠儿一把推开冯彦虎，说：“不！我不回去！我死了都不会回那个家去！”

她声音之大，把冯彦虎吓得一哆嗦，赶紧捂她的嘴，小声央求：“不要喊！不要喊！”

吕翠儿也被自己的声音吓住了，半晌才说：“不，我不！说啥我都不！我宁死呢都不回去！”

冯彦虎无话可说，只捉着她轻摇：“你不要急，听我说。不要急，听我说。”

吕翠儿一把抱住他，哭道：“不！我不回去！我是你的人，你要管我呢！你不能丢下我不管！”

冯彦虎摇摇她说：“你听我说。你不要嚷，你听我说。”

吕翠儿不听，只哭：“你不能不管我。你要不想要我了，我就一绳绳挂了。那个家里说死我也不回去了！”

冯彦虎想说服她，可她根本就不听。冯彦虎无法，只得抱着她，听她哭一阵，诉一阵，诉一阵，再哭一阵。

院子里似乎有响动。冯彦虎忙用手捂住她的嘴，屏气听了一阵，才悄悄地说：“翠翠，你听我好好跟你说，叫你回去，不是说叫你永远回去，是暂时的。”

吕翠儿似乎看见了一根救命的草，静了下，情绪也稍稍稳定了：“暂时的？”

冯彦虎肯定地说：“暂时的！你想么，一旦把你提成常委，不要说这个家里你不待了，山口公社你都待不住了，你就到县上去了。对不对？”

吕翠儿想了想，觉得还不把稳，说：“我不入党、不提常委行不行？我就想和你在一起，我不想当党员，也不想当常委。”

冯彦虎拍拍她，说：“瓜(傻)话。提了常委，你要啥有啥，想都想不到的好处就都来了，咋能不当！再不要说瓜话了！再说，你当常委也是对曹书记的支持，你总不能让曹书记失望吧？”

吕翠儿糊涂了：“我当常委是对曹书记的支持？我不会支持，我啥都不知道啊！”

冯彦虎拍拍她，说：“现在跟你说这些你也不懂，等你当上就知道了。常委班子里也有斗争呢，你当了常委，就等于给曹书记增加了一个支持者，曹书记的力量就大了。这就是支持。”

吕翠儿沉思了一阵，说：“那我非得回去了？”冯彦虎说：“回去怕得回去，但你也不要害怕，我刚才就说了，是暂时的，它就是个火坑，一下也烧不死人，何况那还算是你的家，对不对？”

吕翠儿仿佛变了汽,要到天上去变云变雨,变云变雨之后又怎么样,则不知道了。她不敢断定是吉是凶,心颤颤地说:“那要是办不成,我回去出不来了咋办?”

冯彦虎轻松了点,说:“好我的瓜翠翠呢,咋会办不成,一定能办成!你就相信曹书记吧!”

吕翠儿说:“你能不能给曹书记说说,叫我在公社里当个一般干部吧,只要能当个一般干部,能和你在一起,我就满足了。我不会当官,当常委我听着害怕的。”

冯彦虎轻轻笑了,说:“那有啥害怕的。我告诉你吧,你只是挂个常委的名,啥心都不用操,曹书记叫你干啥你干啥就行了,有啥不会当的。”

吕翠儿想,曹书记让干啥就干啥,那当然没问题,可真的就那么简单吗?冯彦虎听她好半晌没声气,玩笑道:“以后,你就是常委了,我到县上去,你还认我吗?”

吕翠儿一下抱紧了他,酸着鼻子说:“哪怕叫我当天王,我还是你的人!”冯彦虎听得动情,宽衣解带,感觉和以往大是不同,身下压着个常委,仿佛档次一下提高了。

第二天,冯彦虎被屋外的说话声吵醒,一看晚了,连忙穿衣洗脸。出来时,曹兀龙已经和周兢在院里说老半天话了。大山里本来就凉,又刮着小风,冯彦虎身子掏空的人,一出来便觉心里颤颤的,想退回去,又不好意思,只得陪着站了一阵。有点打颤了,他打断周兢的话,说:“大队里有救济大衣去拿两件,不要把曹书记冻着。”

周兢答应着,心里正想到哪里找去,曹兀龙说话了:“不要。我不冷。那是党中央、毛主席对广大贫下中农的关怀,我们怎么能要?干部都不能要!你们查一查,哪个干部拿了要退出来!这种歪风邪气要刹一刹呢!”

说得冯彦虎、周兢两个一声儿不敢吭。曹兀龙见冯彦虎冷得打颤,才说到屋里去吧。一边走,一边问周兢:“周支书,你检查过没有,你这个支书当得合格不合格?毛主席号召吐故纳新,你们这个大队吐了多少故,纳了多少新?”

周兢说:“这一段时间没有开除人,也没有吸收人。”曹兀龙说:“没开除也许是没有违法乱纪的,为什么不吸收?这么多的贫下中农,难道就没有几个该吸收进来的?”

周兢说:“我们也想吸收,就是没有写申请的。”冯彦虎接过去说:“怎么没有。吕翠儿就要求入党,要求了好多次了。”周兢吃惊地说:“没有呀,吕翠儿从来没写过申请!”冯彦虎说:“不是写,书面的是没写,可口头跟我说过多次,积极地要求入党。”曹兀龙接过去说:“党章里有规定,口头的也算!你说,吕翠儿同志够不够个党员?”

周兢吭哧半晌,说:“吕翠儿表现咋样,冯主任一本账。”曹兀龙说:“你不要推皮球。冯主任是冯主任,你是你。你先说,我现在问的是你的态度。”周兢为难了,好半晌才说:“吕翠儿,我们倒是考虑过,就是她这一闹离婚,群众有看法,我怕会上通不过。”

冯彦虎要说话,曹兀龙一伸手挡住了,说:“周支书,我们暂时不说她的离婚,先谈谈她的表现。我问你,吕翠儿同志的表现咋样?——她是不是贫下中农出身?历史是不是清白?拥护不拥护党中央、毛主席?拥护不拥护中央文革?拥护不拥护文化大革命?拥护不拥护‘狠批《三项指示》为纲’?拥护不拥护‘农业学大寨’?拥护不拥护‘学习小靳庄’?历次运动来了,她是走在前面的,还是落在后面的?这次大会战,吕翠儿同志表现咋样?听说有一天早饭都没吃就上工地了,是不是事实?这样的好同志,够不够一个党员的标准?你说,够不够?”

周兢被一串问话打得晕头转向,勉强笑了笑,说:“现在的问题是,她一闹离婚,影响太大了,群众有看法。”

冯彦虎要说话,曹兀龙又伸手挡住,笑道:“那你说,吕翠儿主要是闹离婚影响不好,如果不闹离婚,就可以入党了,是不是?”周兢考虑都没考虑就说:“那当然!”

曹兀龙像打了个漂亮的伏击战,得意地笑了,看一眼冯彦虎说:“老冯,你说,吕翠儿同志的思想工作能不能做通?”

周兢轻狂了,不等冯彦虎开口,抢着说:“只要能做通吕翠儿的思想工作,不再闹离婚,其他人的思想工作我包了!”

冯彦虎也笑了,说:“那好,那咱们就这么说定了,吕翠儿的思想工作,我和曹书记做,其他人的你去做。”

周兢痛快地说:“没问题。只要冯主任能让吕翠儿回去,那是大功德。”曹兀龙沉了脸:“话不能这么说。我们主要是从党的利益出发考虑问题,不能掺杂封建思想。”周兢连忙说:“那是,那是。”

曹兀龙说:“那好。这件事就这么定了。——现在,你去找一些五六十岁的老贫下中农,叫到大队里来开个会,我要征求征求他们对大会战的意见。”周兢心里说,会战已经搞了半截子了,才征求意见有屁用,但嘴上也只得答应着。

曹兀龙听他脚步声远了,说:“这个姓周的是个大滑尿!你看这么一点子事,跟我们讲了这么半天条件!这把我们没放在眼里着。这个人我看靠不住,你注意一下,再找一个,把他换掉。"

冯彦虎很痛快地说:"行。我也早就想换。这是田养民培养的,心和咱们离皮子着呢。这个大队班子整个儿坏了,大队会计也不是好东西。我准备一齐换呢。"

17.青天大老爷

一夜之间,吕翠儿似乎老了好几岁,眼睛下面隐隐地有些发青。冯彦虎一见,心里便"咯噔"一下,悄问:"夜里没睡好?"吕翠儿眼圈儿里便汪汪的,忙低了头,咬唇忍住。冯彦虎看看门外,悄说:"快别这样,要装得高高兴兴的。你要一哭,曹书记就猜着我给你透风了,对咱两个都不好。"

吕翠儿已经抽咽得身子一抽一抽的,哪里忍得住。冯彦虎心急,又不敢催,幸亏吕翠儿憋住劲,抱着锣锣自己往曹兀龙屋里走了。冯彦虎提心吊胆地跟在后面。刚到曹兀龙屋门口,她一口气没憋住,"哇"的一声哭出声来,反身就往自己屋里跑。冯彦虎吓得一抖,呆了。文戈在院里帮李映擦车,听见了,抬头看了看。大嘴女人也听见了,跑出来看热闹,见冯彦虎在院里站着,吓回去了。

曹兀龙见吕翠儿哭着跑了,忙下炕来。冯彦虎知道瞒不住了,急中生智,勉强笑着说:"我给说了一句,你看就哭开了。"曹兀龙不说什么,跟进了吕翠儿屋里。冯彦虎也连忙跟进去。

吕翠儿站在炕沿边,脸埋在锣锣身上抽咽,锣锣吓得张着嘴嗷嗷直叫。曹兀龙见这样,也没招儿,只说:"你别哭。你别哭。"冯彦虎也觉不好劝,跟着曹兀龙说:"别哭。别哭。你看曹书记也来了,曹书记也是为你好……"

吕翠儿止住了哭,头半抬,红着眼睛说:"曹书记,冯主任,你们不用劝,我心里明白着呢。我知道曹书记、冯主任都是为我好,我就是一时受些委屈,终究还是为了我。我啥都清楚着呢。我不要你们劝,我回去就是了。哪怕那就是个火坑,为了曹书记、冯主任,我也跳了……"

曹兀龙、冯彦虎二人颇动情,反无话说。吕翠儿在锣锣身上蹭蹭漫下来的泪,继续说:"我感谢曹书记和冯主任,你们对我太好了,我这一辈子也报答不完。我也没有啥本事,你们看我有啥用处,只要你们说,我保证听曹书记、冯主任的,就是把我的命搭上我都情愿。"

曹兀龙和冯彦虎两人心里都酸酸的,不知道该怎么好。吕翠儿又道:

"曹书记那次把喝水杯子放到我家里,我不懂,我是好心,觉着我们家太脏了,怕沾染了曹书记的杯子,就用胰子(香皂)洗了,没想到会把胰子味儿沾在杯子上。我听说味道大得不能喝水,我对不起曹书记,曹书记不要生气。"

曹兀龙大受感动,连忙说:"哎——不要紧!不要紧!那没关系!香皂味儿怕啥?涮一涮就啥味道都没有了。你给我把套套洗得那么干净,我还没有谢你呢,咋会怪你。"冯彦虎要说话,大嘴女人来叫吃饭,在门外翻了吕翠儿一眼。

冯彦虎、曹兀龙还有许多话想说,见大嘴女人直眉瞪眼地在外面听,也不好再说,只得出来。吕翠儿跟出一步说:"曹书记、冯主任,家我回,你们看能不能叫我再稍微缓几天?我心里一下吃不倒……"说着,眼泪又漫下来了。曹兀龙连忙说:"可以可以。没关系。你再住几天,反正迟早回去就行了。"

吃着饭,冯彦虎想到吕翠儿回家的难处,说:"曹书记,我想小吕这么回去有点问题。她那个瘸男人你不要看瘸里吧叽的,那还拐(厉害,毒)得很,小吕这么回去,他再打再骂就不好了。是不是叫来曹书记给说一说,批评几句,叫他好好儿的……"

大嘴女人竖起耳朵听着。曹兀龙咔嚓咔嚓地嚼着菜,说:"可以。"冯彦虎便让大嘴女人去叫张培河。

一会儿来了,大嘴女人先进来说了。张培河踮着一只脚站在门外。冯彦虎早看见了,故意不理睬,稳稳地坐着,慢慢和曹兀龙拉着闲话,慢慢吃喝,不时笑几声。文戈也在,有点看不惯,朝门外招呼一声:"曹书记叫你,你就进来么,这里有板凳。"

冯彦虎感觉到了,看一眼曹兀龙。曹兀龙也感觉到了,嚼一阵菜,冷着脸说文戈:"简报你得快弄了,好了没有?"文戈说:"快了。"李映吃得快,放下碗出来,冲张培河使一下眼色,悄说:"进去,到里头板凳上坐下。"张培河感激地回看,嘴唇嚅动一下,没说出话来。

文戈也吃完出来了,见张培河头上还包着纱布,说:"头还没好?"张培河说:"好些了。"文戈说:"进去么,进去坐。"张培河摇摇头,仍站着。

曹兀龙打着饱嗝出来,仰着脸向他屋里走。冯彦虎跟着,从张培河身边过,仿佛没看见,眼角儿都没有挂一下。二人进屋去,剔牙,喝水,说闲话,直到无话可说了,曹兀龙才一扬下巴说:"叫来。"冯彦虎伸脸出去,瞪一眼张培河,喝令:"你来!"

张培河这才提起有点站木了的腿,一点一晃地向屋里走。冯彦虎先没头没脑地呵斥一顿,喝他站好听曹书记训话。

大门口有几个老汉老婆子探看，冯彦虎知道是来开会的，出来招呼，正碰上前任支书周万贵。冯彦虎见左右无人，悄说："我给你说一句话。你们支部这几天要讨论吕翠儿的入党问题，周兢可能捣鬼，你要在下面做做工作，保证不出一点问题！明白吗？——你的事我正在考虑。田养民那么对待你是不公正的，干部嘛，谁不犯错误，不能犯一点错误就一棍子打死。公社班子快批了，公社班子一定，就要整顿各大队班子，你心里有点数着！"

说完，目光严厉地往他脸上看。周万贵是过来人，心有灵犀，一点就通，见有人来，只点一下头，啥话都没说就走了。冯彦虎喊周兢开了会议室门，让来的人进里面坐，他才回来。

曹兀龙还在训斥张培河："……她现在是干部，你知道不知道？好，还是不好，有领导管她，你没有权力打她！骂她也不行！打人骂人是犯法的，你知道不知道！人，我可以交给你，但是，你必须保证，要绝对保证她的人身安全！共产党的王法是说到做到！我把人交给你，要是少了一根头发，我要叫你负完全的责任！完全的责任！"冯彦虎立即助喝一声："曹书记的话你听清楚了没有？"

张培河吓得一哆嗦，瞅瞅两位大神，舔舔干咧的嘴唇，点了点头。冯彦虎又喝一声："你听清了没有？咋不说话？"张培河这才清一下嗓子，干涩地说："听清了。"冯彦虎又顺着曹兀龙的意思，打墙夯院，结结实实训斥了一顿，方让张培河回去。

曹兀龙见他走远，说："这个瘸子倒是个老实人？头咋了，包的纱布？"冯彦虎说："没出息。前几天和吕翠儿吵嘴，叫小吕搡倒把头绊烂了。"曹兀龙笑起来："小吕还比瘸子厉害？"冯彦虎笑道："打架瘸子老吃亏。"曹兀龙笑："那还算啥男人！"

周兢过来说："人到得差不多了。有几个动不了的叫不叫？"冯彦虎瞅着曹兀龙说："动不了的就算了吧？"曹兀龙说："算了。"

三人过去，老头子们有的在板凳上坐，有的在地下蹲着，曹兀龙想说都坐板凳上，见地下没有多余的板凳，就没说话。靠门的几个站起来表示对书记的敬意，曹兀龙也叫他们坐下了。

冯彦虎先开讲。讲完曹兀龙讲。正讲着，听院里有棍子拄地的"噔噔"声。冯彦虎吃过亏，比较敏感，猜着可能是瞎眼婆婆来了，怕她闹事，却一时想不出制止的办法。正犹豫，却听她在门外一声号叫："曹书记，青天大老爷！"接着，"扑通"一声，在门外跪下了，流着泪哭诉，"县上的曹书记，好人啊！好人！我碰到青天了！麻眼儿碰到青天了！共产党好啊！共产党的书记好啊！青天大老爷！"

【近黄塘】摸着天花板，错当了青天，失目人好可怜；眼迷离，心迷离，点灯对镜，夜也黑，日也黑。

屋里顿时乱了营。周兢赶紧出去拉劝，不让她胡闹。瞎眼婆婆哭道："我不是胡闹，我说的是心里话。曹书记，是县上的曹书记把我的媳妇子给我送回来了！我这个瞎老婆子还有谁管呢，谁都不管，曹书记把我救了！曹书记把我们一家子的命都救了！青天大老爷啊，曹书记！"

众人这才知道是咋回事。曹兀龙也听明白了，分开众人出去，也不嫌瞎眼婆婆身上的土、眼泪、清涕，抓着她的胳膊拉起来，在她耳边大声说："老人家，快起来，不敢这么说！我是共产党的干部，是人民的勤务员，是贫下中农的勤务员，是专门为你们服务的，不是青天大老爷。再不敢这么叫，你叫着叫人听见了不好，懂吗？老人家。"

瞎眼婆婆感动得不知该说什么好，鼻涕一把泪一把，只用袖子乱抹。曹兀龙立即掏出自己的手绢，塞到她手里，大声说："老人家，不要用衣裳擦眼睛，你眼睛不好，袖子不干净，有细菌呢，我给你一个干净手绢你擦眼睛去。送给你了,听清了吗?”

屋里的老头子老婆子感动得唏嘘赞叹,有心软的,还不住擦眼抹泪。瞎眼婆婆摸着那条手绢,仿佛捧住了一片青天,心底里充满了阳光,世界仿佛都变亮了。她坚持摸了摸曹书记的手,捧着曹兀龙的手嘟囔了好一阵,才带着一片虔诚感激地走了。

会议重新开始,曹兀龙脸上挂着一片发自内心的慈祥和善的笑容,连那对凸眼也变得柔和光明。屋里原来不敢抬头的老头子老婆子,现在都活跃起来,盯着县上的大书记一个劲儿地看,想把“青天”的形象尽量印在脑子里。

18.他们明明是我最亲的人,也是为了我好,可为什么却像刀子扎心

工地上,铁姑娘突击队在和男人比赛。所有的人都集中在一个狭长的路带上看热闹。原定要等曹书记把照相的人找来再正式比,今天只是演习。等曹兀龙和冯彦虎来时,突击队的大部分姑娘已经败下阵来。她们有的是真不行,有的是装不行,只有吕翠儿一个还坚持着。曹兀龙和冯彦虎要给吕翠儿助阵,也站进了人夹道中。

吕翠儿上身只穿一件粉红衬衫,已被汗粘在脊背上。头发像蒸锅似的冒着汽。男子汉一边是三队的“愣半山”,人称“二百五”,有力气,不服人,只要有人挑唆几句,他就会像上足发条的机器,非等发条转松不罢休。他也脱了外衣,只穿一件白粗布的手工汗衫,也见湿了,但人还很冲,一边推着车子跑,一边还不时瞄一眼吕翠儿。上土时,他还要冲吕翠儿挑衅:“上满!上满!不上满装半车的是鬼子尿!我今儿倒要看看你是肉的还是铁的!不把你屁放了你不知道狼是麻的!”

吕翠儿已完全没有回嘴的力气,但她白着脸,咬着牙,一声不吭,像有深仇大恨似的抓着架子车,没命地推。她倒完土,腿一软,车子歪到一边,陷在软土中,旁边一位社员想帮她,她也不理,硬是一个人拽了出来。

你道吕翠儿为何要这样?她真把那非正式的比赛看得那么重?其实,她心里并没有当这是比赛,而是在发泄心中无名的悲愤。要她回那个家、回到瘸子跟前的要求几乎使她绝望,如果不是因为提这要求的是她敬爱着的曹书记和冯主任,她会一口回绝,甚至用死来抗争。可提要求的偏偏是他们,而且是为了她好。她不明白的是,自己明明知道这个理儿,可为什么却像刀子扎心?她觉得胸口闷得慌,很想大哭一场,但却不能哭,只能憋

着,只能用拼命地奔跑、推车、拉车,用拼命的挣扎来折磨自己。要在平时,她早就瘫倒了,但现在,她几次都仿佛要倒了,却都出人意料地挺住,又起来了,并且似乎重新获得了力量。看热闹的人当然不知道她心里的苦,还兴奋地有些人还有点幸灾乐祸地给她鼓掌加油。

曹兀龙今天很兴奋,他脑子里还盘旋着"青天大老爷"的声音,吕翠儿的拼命挣扎和奔跑,被汗湿的衬衫呈现出的凸凸凹凹的线条,在他看来,仿佛天女献给"青天大老爷"的舞蹈。反倒更刺激了他,让他变得更加兴奋,也笑着,鼓掌,还冲吕翠儿热烈地喊:"加油!"一个社员不小心挤了一下,他也没生气,还宽容地朝他一笑,使那社员惶恐感动了好一阵。

愣半山不小心摔了一跤,看热闹的人起一阵哄,鼓掌让吕翠儿超过他。然而,愣半山爬起来了,这一跤非但没有摔败他,斗志反而更旺了。只见他"吐吐"两声,朝掌心吐两口唾沫,冲吕翠儿骂了句脏话,拽上车子又疯跑起来。于是,人群中又起了欢呼和吼叫。

有两个人没有欢呼吼叫,一个冯彦虎,一个文戈。文戈早看出吕翠儿在挣扎,这样下去会出事的,但他不好出面制止。他慢慢凑到冯彦虎跟前,乘人声落下的间歇,悄悄念叨了一句:"吕翠儿会挣下病的。"

冯彦虎一惊,这正是他心里想的,不由回头看了文戈一眼。但他犹豫着,这里最有权威的人是曹兀龙,曹书记不发话,他不敢乱喊。他不安地看了曹书记一眼,见曹书记还笑着,还在喊"加油",他就不敢说话了。

文戈猜到了他的心思,心里叹一声,正想如何制止,却听人群中发出一声:"哎哟!"看时,吕翠儿的车子从车道上翻下去了。人群"哗"地向前围去。这一栽,把曹兀龙栽醒了,急忙往前去看。冯彦虎心跳着,也急跟过去。

吕翠儿张着嘴斜躺在沟边,一只胳膊压在身下,已经昏了过去。有几个社员要拉,曹兀龙大喊不要动,找几个年轻人,用双手轻轻托着,送到吉普车上,让李映急送公社卫生院抢救。

吕翠儿闭着眼,觉得自己仿佛掉到了深深的井里,耳边能听到人声,却听不大明白,她眼睛有条缝,看见曹书记亲切的面孔像井盖一样在遥远的上面冲她微笑,那面孔上充满了阳光,但由于太远,听不清他说的什么。她想问,却出不来声;想抬起身去听,身子却像被泥吸住了似的不能动。曹兀龙看见了她的挣扎,忙伸手做按住状,意思是让她不要动。这动作在她眼里,觉得那手似乎是从高高的井口伸下来的,虽然又长又大,却还是够不到井底。她心里在喊:"曹书记,我很好,把我吊上去就行了。"然而却没人听到。

她觉得井下很软,睡着很舒服,便又闭上了眼。她隐约记起让她回家的事了，记起那破烂的小屋，记起瘸子那死尸似的身子，眼中便不由流出泪来。她能感觉到热热的泪水从小眼角流下，细细的一行，有点痒，有点凉。有一汪泪水聚在大眼角处，慢慢地变凉，要流回到眼内，她偏一下头，让那窝泪水流掉。随后，她又想到井底的安全，瘸子是无法够到这里的，她可以暂时不回家了，心里便有了点模糊的幸福。于是，她睡着了。

冯彦虎和周兢说吕翠儿是挣着了，休息休息就好了。曹兀龙却坚持要送医院，他坚定地说："不行，一定要送卫生院。这不敢马虎！要是出点危险就不得了了！万万不敢马虎！"

正争着，王银江骑辆自行车来说："曹书记，县上电话，说啥高家湾大队有个高支书来咱们县上了，想要两车油渣。问怎么办？"他觉得一个大队支书要两车油渣，简直是屁事，还值得打电话请示，他来送信都觉得不好意思。却不料曹兀龙脸色一下凝重了，问："谁打的电话？"王银江想了想，说："好像是计委的，姓汪。"曹兀龙知道是汪天鹏，立即命令李映："赶快送吕翠儿同志去卫生院。完了咱们上县。"

你道曹兀龙为啥如此慌张？原来省委的洪书记在高家湾大队蹲点，高支书不可怕，但庙里有了菩萨，庙前的石头也就有了神气，谁还敢得罪。李映听书记一张嘴布置了俩任务，犹豫一下，说："那怎么走法？曹书记在这里等着，我把吕翠儿送卫生院再回来，还是你坐着一块儿走？你要一起走，这半截路你就得坐去再坐回来。"他看看太阳，"时间，还来得及吗？"

曹兀龙为难了，犹豫片刻，说："人命关天，先送吕翠儿同志。我等着。"能听出来，他口气没方才那么坚定了。

李映答应着要走，吕翠儿却睁开了眼，挣扎着要起来。曹兀龙不让她动，她不听，硬挣着说："曹书记，你走县上。我不要紧，缓一阵就好了，不要耽误了你的大事。"说着，不顾众人劝阻，硬是下车来。腿还软，就势坐在地上了。

曹兀龙见她没什么要紧，心也放下了，但还好意劝她到卫生院检查检查。吕翠儿硬不去，两下里坚持着。冯彦虎出来打圆场："这样吧，李师傅把吕翠儿送到大队里，然后和曹书记上县。这样就两不耽误。"曹兀龙还坚持了一阵，见大家都这么说，也就点了头，还不放心，找大队的赤脚医生和吕翠儿一起回大队。

准备出发，曹兀龙看见了周兢，便一脚车里一脚车外地说："周支书，你现在说说，吕翠儿同志今天的表现咋样？你这个支书能不能像她一样一直跑到晕倒？和你比一比，你说够不够一个党员？够不够？"

周兢想笑，脸上却一副哭相，说："比我好。我是不如。"曹兀龙将脚收进车里，点着头说："我看确实。你怕真格不如！"

第四章

1.白梦媛你要会看,能看丑,能看美

曹兀龙紧赶慢赶,还是晚了一步,高翔已走,油渣也拉走了。曹兀龙来了气,谁这么大胆子,未经他允许,私自将油渣给了人?他气呼呼来到县委办公室,踢门进去,见何玮婉和办公室管后勤的张茂春两人说笑,大声问:“高家湾的油渣是谁批的?”

何玮婉见书记来势不善,犹豫一下说:“我没见人,听说是计委汪主任。”

一听是汪天鹏,曹兀龙不说话了,见张茂春笑着,想起臊女子要个狼狗儿子,就说:“那窝狼狗下了吗?狗儿子一律留下,一个都不许外流,等将来咱们研究咋处理。”

张茂春笑了笑,说:“那咋留呢?狗么,你总不能开常委会研究吧?你要是开常委会研究,下文件,我就能留住。不下文件,我咋留呢?人家来了,硬抢走了,你叫我打呢夺呢?”

曹兀龙见他不以为意,生气道:“国家还没有个法律了!净由了他们,那‘走资派’还不复辟了!我今天给你说清楚,一个都不许给人,乱给了人由你负全部责任!”

正说着,孙铁和肖宗泉风尘仆仆地回来了。孙铁见曹兀龙在,用帽子拍拍身上的尘土,进来和曹兀龙说话。肖宗泉胳膊上搭着件黄大衣,也拍土,恰好白梦媛过来,嬉笑道:“哟,你哪里弄了个黄皮,难看死了,像个小日本!”

肖宗泉个儿小,忌讳这个,听她叫“小日本”,明知她无心,却也不舒服,见她围着条黑白相间象眼块的围巾,笑着回敬:“你又在哪里弄了这么个驴拥脖?漂亮倒是漂亮,可是不适合你,围上就像个‘乌克兰’。”“乌克兰”是那时引进的白猪。

白梦媛说:“去你的,狗嘴里吐不出象牙!”赶过来要打,从门口看见曹兀龙,转身走了。

肖宗泉收起笑,进了办公室。孙铁招呼道:“小肖,别的事儿你暂时都放下,抓紧时间给咱们把材料赶出来。”又转脸对曹兀龙说,“我和小肖把羊山公社整个儿跑了一遍。又在青石崖蹲了些天,想把羊山的畜牧业生产和青石崖大队学习小靳庄的情况整个材料,以县委的名义发个简报。”

曹兀龙马上想到他在山口蹲点,到现在也没发一个字,孙铁一来就

发，心理上不平衡，心里颇生文戈的气，但口里还得应付，说："可以吧。"

正说着，农办（农业学大寨办公室）的马宏雄主任进来，嗓门挺大地说："哦，两位领导都在，正好，我们农办没人了，领导看咋办？再不给我们调个写材料的，我这个主任就没法儿当了。农办的工作，我说重要不算，你们想去，农业学大寨呢，学得好与坏，一半儿是领导们的干，一半儿还在农办的写。你干得好，还要总结得好。咱们说个啥话呢，这三分的成绩，还要七分的修饰，你们不重视农办不要紧，我怕把领导们的成绩抹煞了。"一转脸看见了肖宗泉，"干脆把小肖给我们吧，办公室还有文戈，又新调了鲍主任，不够了你们再调。反正权在你们手里，你们想调就能调来，不比农办，两位领导看行不行？"

曹兀龙没说话，孙铁忙道："不行不行。你们没人你们物色嘛！物色好了给你们研究嘛，小肖不能给你们。我好不容易发现这么个笔杆子，哪能给你们。"说着，用欣赏的目光看着肖宗泉笑。曹兀龙听了，更气文戈，却说不出来。

鲍日曙进来了，谦恭地笑，和孙铁握了手。曹兀龙面前，他执晚辈礼，只问好，不敢伸手。马宏雄看见，心里鄙视，一笑走了。鲍日曙谦卑地搓搓手，给曹兀龙汇报："计委汪主任给你打电话，没打通，他做主给高家湾的高支书两车油渣，让我给你汇报一下。"

曹兀龙正想去问这事，一边说"这个汪天鹏胆子也太大了，你给我叫来。"一边站起往外走。鲍日曙连忙跟了出去。孙铁一听高家湾，知道是省上洪书记的点，那个高翔虽只是个大队支部书记，却与洪书记相熟，想问问情况，鲍日曙却走了，只得去找靳向东。

办公室只剩肖宗泉一人了。门悄悄开了一条缝，白梦媛在门缝里招手，轻叫："你来。"肖宗泉迟疑，想问干啥，门缝却闭了。只得用墨水瓶压住材料，出去看究竟。出去，白梦媛却在拐角处招手。他到拐角处，她又到后院过道，直把他引进打字室。一进打字室，却见白梦媛变戏法似的戴了副金丝边细腿眼镜，美滋滋地站在那里看着他笑："你看我这副眼镜好看不好看？"

肖宗泉见两台打字机都苫着罩，问："马秀娟和小常哪里去了？"白梦媛说："马秀娟回家了。常菊墨病了——哎，你看我的眼镜好看不好看么？"肖宗泉问："你从哪里弄来的？"白梦媛说："你别管，你就说好看不好看？"

肖宗泉端详，心里不由好笑，大白扁脸，配细腿儿眼镜，忍不住笑道："好，好看。像漫画里做针线活儿的猪姥姥。"白梦媛脸一沉，摘了眼镜，嘴巴使着劲,一把把肖宗泉推出门外,恨道:“你滚!狗嘴里吐不出象牙!”

肖宗泉嘿嘿地笑着往办公室走,没走几步,白梦媛又在后面叫:“哎,你来,我还有个话。”肖宗泉不想过去,只站定了问:“啥话,你说。”白梦媛不说,还叫:“你过来!我吃你呢!”肖宗泉不动:“你说,我能听见。”白梦媛见他这样,牙一咬说:“算了,你滚吧!我不跟你说了!”“咣”一下关了门。

肖宗泉倒作难,想想,只得又回去,推开门道:“啥话,你快说,我还忙着呢。”白梦媛不转脸,故意把打字机弄得呱哒呱哒乱响,说:“你滚,滚得远远的!我不跟你说话。”肖宗泉在她身后笑:“你不说我可走了。这回可不能算我的责任。”

他说着,故意跺脚,“咣”碰一下门。白梦媛以为他真走了,忙站起到窗上看,半晌,院里不见过去人,却听肖宗泉在身后嘿嘿地笑。她回头看见,踢开椅子,追过来举拳就打。肖宗泉忙拉开门,准备乘机走掉,白梦媛在门边说:“哎,今晚有电影,看去吗?好电影!”

肖宗泉问:“啥好电影?”白梦媛不会撒谎,只说:“我忘了,反正是好电影。咱们看去吧,票我买。”肖宗泉说:“不行。晚上我要加班弄简报,孙书记催几次了。”白梦媛把门“咣”地一关:“不去算了,谁稀罕你!”肖宗泉笑,自回办公室去了。

办公室已无人。他准备收拾材料,李映进来了,说:“有文戈的信没有?文秘书不知道等谁的信,我看快急成精神病了。”肖宗泉说:“我刚回来。我这里没有。”李映便在文戈的办公桌里找,说:“何玮婉不在,她肯定知道。桌子里也没有。”肖宗泉说:“如果那么急,肯定是女的。”

李映坐沙发里和肖宗泉聊天,说:“哎呀他妈的,还得等,要等车凉了才能放水。什么时候咱们也和小日本的车一样,加点防冻液,就不用早上加,晚上放的了。”肖宗泉嘴里乱应着。

白梦媛推开门,见李映在,说一句:“吃饭了,你们不吃饭?”转身走了。李映看看门,回头对肖宗泉笑道:“小白对你有意思了。行啊,这来才几天,就把咱们肖秘书相中了。怎么样,抓不抓?”肖宗泉笑说:“她还用得着抓!”李映笑道:“小白不错嘛,又白又胖,人也活泼,我看挺不错的。”

肖宗泉转过身来,笑道:“要说白梦媛这个人,要看咋看了。如果,”他看看窗外,“这可是咱两个关起门来说话,千万别传出去。”李映笑道:“看把你吓的。我们车户在一搭啥话不说,就差脱了裤子在大街上走了,啥话没听过!”

肖宗泉来劲了,胖胖的脸上漾着笑,说:“白梦媛,你要会看,能看丑,能看美。比如她的脸,你不能整体看,要局部看。你单看她的眼睛、鼻子、嘴、脸蛋、脖子,没一样不美的。可要放一起,完了！你要看她这个人,也不能整体看,要分开看。你可以设想一下,把她脱光,展展的……”他做一个抚平的动作,“放在高级宾馆的软床上,身底下铺一层暖色调的丝绒,上面用一条高级毛毯盖住那个部位,然后,把脸用一条半透明的薄纱巾苫住,朦朦胧胧,周围没一点打扰,这时你再仔细看,全身那个白！皮肤那个细！那种女人的奶糖一样的甜腻！那种感觉,简直能把人吸上去！能把骨头酥在上面！可是,千万不能揭脸,一旦露出那张大白脸来,完了！你想吃半斤,连四两都吃不下去了！”李映笑道:“脸还可以嘛……”

两人说得时间略大了点,等肖宗泉到饭厅,早没人了。白梦媛端着一碗羊肉小炒出来,见他慌慌忙忙,没好气地说:“你干啥去了现在才来?”肖宗泉一愣,这口气像是妻子管丈夫的,想碰她一句,想想又忍住了,“嘿”地笑一声,自去打饭。白梦媛在后面说:“你打点米饭就行了,不要买菜,我这些羊肉小炒给你。”

这关心得太不含蓄,肖宗泉本来不想买肉菜,这一来反故意要买,偏肉菜没了,只好作罢。白梦媛一直在身后等,见他打了饭,便把羊肉小炒端过来,说:“这些你吃了吧,我吃不完,放下也坏了。”

这个借口找得还可以。肖宗泉觉得好接受多了,但还要扳面子,故意说:“我今天不想吃肉。”白梦媛嘴一撇说:“哟哟哟,毒不死你！我给你热一热吧?”肖宗泉还是说:“不,我不想吃。”

白梦媛一把夺过他的筷子,说:“我就在这边边儿上吃了一点点,别的地方都没动。看把你干净的！我把嘴巴子拨掉行不行！”说着,用肖宗泉的筷子把小炒上面一层全拨了地下,碗往肖宗泉面前一戳:“这行了吧?”肖宗泉无话说,她把筷子“啪”一声拍到他面前,到灶房那边热去了。

白梦媛一过去,金师傅就嚷:“哎,好我的白姑奶奶,炒瓢我刚刚洗净,你又倒里面！你们一天光吃饭就吃几小时,还让不让我们休息了?”

白梦媛也冲他嚷:“我热完了给你洗,不要你洗,看把你吓的！”金师傅说:“你洗能成,我等到啥时候去呢?你们早都干啥去了,这时候才都来！”白梦媛说:“有事。谁还爱来迟。你不想等了你走,我热完给你把门锁上,你放心,我不偷你的饭票！”

金师傅说:“你偷饭票我不怕,我问你给谁热着呢?如果是给你女婿热,我支持你。”白梦媛脖子一梗说:“就是。咋?”金师傅哈哈大笑:“好！好！只要你承认是给你女婿热,我啥话都不说了。”

肖宗泉在饭厅那边听得一清二楚,脸烧得坐不住,端碗要走。白梦媛端着炒瓢过来了,喝一声:“过来,到哪里去?”肖宗泉只得站住。白梦媛过来，把热腾腾的小炒全扒他碗里，提着炒瓢过去要在水龙头上冲。金师傅大声喝止："行了行了，你放下快走吧。羊油一见冷水全长锅上了，你日啥鬼着呢！你不日鬼我还好洗点。你再不要给我添麻烦！"

白梦媛把炒瓢一扔，笑道："行行行，你不放心就自个儿洗去，这可不是我不给你洗！"过饭厅来，坐肖宗泉旁边看他吃。肖宗泉被看得不自在，端碗要走，她还在后面说："哎，没吃完咋就走？"

2.两个冤家

吃过饭，肖宗泉想擦澡，打了两铝壶开水。他先洗头，刚抹了一头肥皂，两只耳朵却被人揪住使劲往水里按。他睁不开眼，挣着说："谁？别按。"耳朵不松，还按，变着声儿说："你猜我是谁？"肖宗泉早从香味闻出是女的，听声音知道是白梦媛，故意说："我猜你是我大妹子！"

白梦媛改按为揪，说："你这么坏！这阵儿我可不饶你！快说，你说一声大姐姐饶了我，我就放你，不说不放。"

肖宗泉抓着她的两只手腕子，觉又腻又软，笑着说："我告饶。大妹子饶了我。"白梦媛觉出肖宗泉手捏得紧，心里暖暖的，巴不得他多捏一阵，笑说："叫啥？你再叫一声我听！我不把你的耳朵揪下来还怪了！叫！叫姐姐！"

肖宗泉只捏她手腕，嘴里告饶，姐姐却不叫。白梦媛便两边儿使劲，调动着他的脑袋左晃右摆，假狠道："你叫不叫？叫不叫？不叫姐姐我把你耳朵揪掉呢！"

肖宗泉耳朵扯得真有些痛，笑说："别揪，别揪，我叫。"白梦媛揪一下，喝一声："叫！"肖宗泉只支吾："别揪，我叫。"白梦媛使一下劲："叫！"肖宗泉真有些痛了，小叫一声："姐。"

白梦媛一小愣，她倒巴不得他不叫，好让她多扯一阵，便说："叫姐姐。两个字：姐姐！"她身子哈一哈，肖宗泉感到她的柔软部位了，心里也有些软，便叫："姐姐。"

白梦媛心里一漾，还不满足，身子更哈得低，两只乳全贴在肖宗泉背上，眯细着眼说："再叫，叫白姐姐！"肖宗泉感受着背上软软的压力，心里也潮潮的，跟着叫："白姐姐。"白梦媛心里甜甜的，曳长声儿答应："哦——"还觉不够，在他脖子上"啪"地补一小掌，仿佛小夫妻临别前的一吻，一蹦蹦出门外。

肖宗泉早有预谋,随着她的“啪”,“哗哗”就泼了两把水。白梦媛早在门外了,将门推开一条缝,嬉笑着说:“没泼上!”话还未完,肖宗泉跟声儿又是一把水。她急忙拉门,脸上身上已溅了些水星儿,桌子上也溅了水。她怕湿了他写的东西,推开一条门缝说:“水泼桌子上了!你再不要泼,我给你收拾。”

肖宗泉忍着肥皂刺眼,睁点缝儿一瞄,果然,便说好。白梦媛心喜,进来给他擦了桌上的水,一边瞄地上的水壶,一边说:“你别动,你别动,还没擦净,再稍等等。”

肖宗泉一边听着,一边抓紧时间洗。白梦媛待提到壶,一手开门,一手冲肖宗泉头上猛浇一股水,急忙跳出门外。肖宗泉“哎哟”一声痛叫,把洗脸盆撞地下了,同时嘴里喊道:“开水!烫死人了!”

白梦媛一听“开水”,忙摸一把铝壶,烫手,也吓了一跳,“咣当”放下壶,忙进去,抱住肖宗泉的头,心慌意乱,又是吹又是抚,嘴里叨叨:“哎哟我不知道!哎哟我不知道!痛吗?烫痛了吧?我该死,你打我吧!”一边说,一边又吹,心里倒真希望打她几下。

幸亏水壶在地下有时候了,肖宗泉头发又厚,又湿着,没烫得太厉害,但脖子上已红了一片。气她冒失,把一点柔情早烫没影儿了。白梦媛见他脖子眼看着就红起来了,有些着忙,又不敢用手摸,只噘了嘴轻轻地吹,恨不能将自己身上的脂肪化了解烫油,将那一片红消去。

正乱抓,靳向东推门往里看,见满地的水,盆子扣着,白梦媛捧着肖宗泉的头,噘着嘴像是在亲,急忙拉上门要回避,一转念又推开,刚准备说话,白梦媛一拧脖子,瞪眼问:“你干啥?”

靳向东倒一愣,咧一下嘴,怪模怪样地看她,说:“噫——还咋这么有理了?我没问你,你倒问起我来了!”

白梦媛摆出一副泼样道:“你咋哩?你就不能问?你是天王老子?你无缘无故推人家的门,还不能问一声?这又不是你的宿舍!”

靳向东气笑了,咧嘴说:“好,问得!问得!那么我能不能问你一声,你在这里干什么?这里也不是你的宿舍。”

白梦媛两手握拳在腰间一叉,下巴一扬说:“你管得着吗?我又不是共青团员!你管你的共青团员去,还管到我头上来了!”

靳向东咧一咧嘴,无话可说。肖宗泉这时已擦了头,忙问:“靳书记有事吗?”靳向东说:“我来看看简报,咋样了?孙书记让抓紧。”肖宗泉说:“快了。你给孙书记说,今晚一定好,明天一早给他。”

靳向东应一声要走,白梦媛说:“你出去不要乱说!我和肖秘书是正正经经的同志关系,他下乡回来病了,身上不舒服,我帮他洗头,你就不要乱猜!我们这是互相关心,互相帮助,你要出去乱说,我饶不了你!”

靳向东愣那里好一阵,点点头,怪样地说:“好!好好好!同志关系!同志关系!互相帮助!互相帮助!”转身走了。

肖宗泉再没料到她会说出这话来,惊得半晌不得言语,见她一张肥脸又蠢又白,心里一下满上来,腻得真想一脚把她踢到天外去。白梦媛见他那样看着她,说:“咋了,我说得不对?”肖宗泉哪里还有心再和她废话,说:“对!都对!你快走吧!”说着把她推出门外。

白梦媛还想弄个明白,赖着不走,说:“到底咋了么?”肖宗泉懒得和她说,要关门,推她道:“咋都没咋,你走吧,我要写简报。”

刚才还阳光满天,怎么一下就阴了?这变得似乎太快了。白梦媛愣愣,赌气说:“看把你日能的!”甩手就走,出去摔上门,却又推开丢来一句:“你当我稀罕你?你再八抬大轿抬我我都不来了!你等着去吧!”又摔一次门,才走了。

肖宗泉又气又好笑,也不理,下了锁,地下的水用笤帚扫扫,铺纸写简报。然而脖子上却火辣辣的,仿佛扎满了小刺,心怎么也静不下来。正烦着,门上“当当”两下,未及说话,又是“当当”两下。他问谁,一边起身去开门。再没想到,竟是白梦媛。她拧着下巴发狠道:“我怕你死了,给你要了瓶红霉素软膏。你当我稀罕你!”

肖宗泉本想损她几句,一见软膏,心却软了,说:“医院早下班了,你在哪里找的?”听他话软,白梦媛脸上一下有了喜气,说:“从兰……那个兰什么?就是卫生局新调来的那个小医生?”肖宗泉知道是指兰曼曼,不说话,门开大让她进来。

白梦媛似乎全忘了方才的赌气,张罗着要给他擦软膏。兰曼曼却来了,说:“是肖秘书烫了吗?小白刚说烫了,没说是谁,我就给了瓶软膏。走了,我想不对头,到后面看去了,靳书记才说是肖秘书。怎么样,我看看。”

肖宗泉驯顺地把脖子伸过来。兰曼曼小手跷得像燕子抄水,轻轻地往发红的地方涂抹,一边说:“开水烫了后,千万别用凉水浇,用干布子轻轻把水沾掉,再涂点红霉素软膏就可以了。没有红霉素软膏,有金霉素眼药也可以。最好是紫草油。如果烫得严重,就不要自己处理,赶快到医院去让医生处理。如果在农村里,南方用花生油、豆油,北方用獾油涂一下也行。如果都找不到,抹点锅底黑也可以。农村的锅底黑也是药,叫百草霜。”

白梦媛全无这些知识,一句话插不进去。见兰曼曼涂完,忙把肖宗泉的衣领折了一下,算是也出了点力。兰曼曼洗手,肖宗泉递香皂,见她小手指上还缠着纱布,关切地问:“手还没好?”

白梦媛拉她手看,说:“这就是我姨父家的狗咬的?”兰曼曼怕她尴尬,轻轻一笑说:“没关系,已经好了。”白梦媛心里坦荡荡,又不是她的错,什么事儿也没有,说:“我讨厌死那个狗了。我每回去都要喊半天,咬的人门里都进不去!”

肖宗泉拉开抽屉,取两颗水果糖,给两人各一颗。兰曼曼起身告辞,白梦媛还想多坐会儿,见兰曼曼走,也只得跟出来。

肖宗泉重新下了锁,想赶紧把简报赶出来,谁知刚起个头,门又“当当”地响了。他不想开,隔门问是谁。白梦媛在外说:“我。我不打扰你。我给你拿了条纱巾,你把脖子围上,就不油衣裳和被儿了。我不进来,我给你从上头扔进来。”说着,真从门上的窗洞里扔了进来,又在外面补充说,“那是旧围巾,我不要了,你围完丢掉就行了,不用洗。我走了,你写你的。”

说着,没声儿了。肖宗泉捡起看,是条花点子旧纱巾,心里颇有些过意不去,觉得对她太冷了点。拿着纱巾愣半晌,想想出个法儿表示一下歉意。去说几句感谢话?那位根本不需要,还怕被她缠住。想想,忽然有了:跟她要药。假装有病,跟她要片药,既能表示亲近,还能及时撤退。他笑起来,关门去找白梦媛。

窗帘拉着,看不到里面,他“当”轻敲一下门,心里却希望她不在,或没听见,那他事后就可以理直气壮地说找过她,而她不在。不料里面反应异常敏锐,手没落点,一声“谁”已问了出来,听声音就知道非常急切。肖宗泉便想笑,忍着说:“我。”

“来了!”一声,屋里立即传来光脚拍地的响声,门“哗”一下大开,一张大白脸在灯光下一闪,招呼一声“进来!”又光脚拍着地跳回炕边,把一双白生生胖脚伸脚盆里扑腾,龇牙笑道:“哎哟哟哟,冰死我了!”

肖宗泉往里一走,屋里一股带点香气的烘热立即包围了他。白梦媛一脸喜色,感染得满屋子小东小西都像要扑哈哈拥抱过来。她喜悦地问:“你干啥来了?简报写完了?”

她只穿件柔软的尼龙紧身衫,胸前两块诱人的凸起。袖子挽到了小臂上,露两条圆滚滚白胳膊。两只白生生胖脚像鸭子戏水般,噼噼啪啪在盆儿里拍打。地上几只湿脚印显示着她的急切和活力。肖宗泉不由心里一动。可抬头一看她白白的大扁脸,涌起半截的血又落下来,说:“你有去痛片吗?我好像有点感冒。”

“哎哟,没有。”她说,神情很懊丧。肖宗泉说:“安乃近、APC、解毒丸之类,随便什么都行,我对付一顿,明天我就去医院开。”她更懊丧了,苦着脸说:“没有。都没有。我这里啥药都没有。我老是不害病,医院门里都没进去过。”

肖宗泉假装很遗憾地说:“没有就算了。我走了。”说着就往外走。白梦媛脚还在盆儿里,说:“你等等,我把脚擦了找兰曼曼去给你要。”

肖宗泉忙向后摇手:“不用了。不用了。”

3.第一次出击

第二天一早,靳向东就来了,领导似的,问简报写好了没有。肖宗泉烦他那个劲儿,但碍于孙书记的面子,只得耐着性子应付。靳向东要看,肖宗泉不想给他,说:“孙书记说了,今天一上班就给他,孙书记看了你再看好不好?”

靳向东面不改色地说:“孙书记在我屋里,我给他。”肖宗泉只得给他拿去。

靳向东刚走,孙铁来了,进门就问简报。肖宗泉一听,知道靳向东骗了他,说:“靳向东刚拿走。他说你在他屋里,是你让他来拿的。”孙铁一听就明白了,说:“哦,我刚从那里出来。”说着,去找靳向东。

靳向东正在改简报,见孙铁来,说:“肖宗泉的笔杆子硬是硬,就是还没上咱们的路,没有敲到咱们的鼓点上。你看这简报,写的全是过去的情况,你去抓了什么只提了几句,这就本末倒置了。我想,这个简报要突出这么几点:第一,得明确说明青石崖大队是你的‘点’,不是别人的。第二,孙书记在青石崖抓的是‘学习小靳庄’,不是‘农业学大寨’。第三,青石崖大队的成绩,是孙书记抓了学习小靳庄之后取得的,而不是以前就有的。”

孙铁点头:“对。点得准。我还有个计划,县上准备成立一个‘家畜家禽委员会’,我想来想去,这个委员会主任我要当呢。我是这么想的,第一,曹现在是一把手,精力都在大滩口会战上,这个主任他不会在意,我要提出来,成功的可能性比较大。第二,我是分管畜牧业的,当这个主任顺理成章。我为啥要当这个主任呢?你想,省上给的水利款,上次都拨了抽水机,叫曹一爪子都打着去了,咱们那时候还在边边上,只能揉个肚子痛。现在就不一样了。我要当了这个主任,省上再拨畜牧业救灾款,咱们就得下手了。你抓‘点’,拿什么抓?还不是用钱往起填,钱花到哪里,哪里出成绩!你说是不是?”

靳向东说:“当然!绝对真理!就得这么干!我再给你出个主意,你当主任,让刘钟当副主任。这是一箭双雕的事,不,一箭三雕!第一,刘钟当了副主任,就把曹隔外面了,将来分配畜牧款,曹就不好插手。第二,刘是个医院的客,只要等他住院时召开会,就等于你一个人说了算。第三,你当主任,刘当副主任,常委会的人不大在乎,下面的人他会敏感,他要一看刘给你当了副手,他马上会猜这是刘的地位在下降,你的地位在上升。只要给他们留下这个印象,对咱们就有利。你说是不是?"

孙铁点头,忽然想起油渣的事儿,问:"油渣的事你打听得咋样了?"靳向东说:"清楚了。人是计委的汪天鹏拉来的,想给曹牵个线儿,让曹通过高翔搭上洪书记。洪不是在高家湾蹲点么。"孙铁点头:"看来曹真格急了。"

靳向东说:"你注意到没有,最近这段时间,有三个人活动得特别厉害,一个计委的汪天鹏,一个水电局的陈召凤,一个羊路公社的段梦熊。已经有人多次给我说了,说这三个人经常碰头,说话就关门,一说就是半天,说完了还必定去找曹兀龙。上次曹在山口公社时,三个人都去过那里。你再想想:抽水机的事,油渣的事,都和他们三个有关。我听说三个活动着想进班子,这可要注意,那三个可都是狼,那要进了常委班子,水泉县就完了!"

孙铁不屑地说:"这你放心,他们进班子还没影儿着呢。"靳向东说:"我咋不太放心,我看这事还马虎不得。"孙铁摇头:"没关系。无论他们怎么策划,总得过了常委会才能往上报,只要上常委会,我这一关他们就过不去。"

靳向东还摇头:"你可记着,上次报常委,曹在班子里是一比五,还按人家的意思报上去了。现在又多了个四眼子,那是个刁德一!我们还不敢马虎呢!"

孙铁仍不以为意。靳向东有点急,说:"要不要给刘钟他们放点风?这三个人也是他们的对头,放点风叫刘钟的人也提高警惕,到时候如果有情况,咱们还可以借助他们的力量。"孙铁点头,说:"可以。"

靳向东又说:"那么我的事儿咋办?我现在的日子很不好过,不说别人,一个肖宗泉,半个还算咱们的人,都没把我放在眼里。我去要简报,还不想给我。"孙铁忙说:"小肖不错。你还要注意一点,搞好关系。"

靳向东还说:"还有文戈,我这次气大了!咱们满腔热情地去找人家,骑了个烂摩托,冻得像狗屎兽一样,人家给咱们连一杯水都不想给。还是我要的。嗨他妈的,我咋这么下贱咪!我瞎好还是个团委书记,他他妈狗屁不是,倒像我求着他似的。这次我气儿大了。"

孙铁摇手说："哎，你不要计较这些，文戈就那么个人。还有丁常委的面子。"靳向东说："我就是看了丁常委的面子才忍住了，要不，我那天就蹶到他脸上呢。——反正，我这个团委书记当不下去了，再不进常委班子，人往我头上尿尿呢！"

孙铁说："你也不要太急。风儿我已经给曹吹了，曹没说啥。地区丁常委那里，我准备有机会再去跑一跑。这次我让杨红砚到省上去跑一跑，看他们那一帮子人里有没有能通到洪书记跟前的。要能让洪书记说一句话，啥事都解决了。"

靳向东点头："杨红砚的事也要考虑呢。这次想办法先给闹个副部长，以后把姓解的赶走，让她当部长，进常委班子。以咱们三个为核心，水泉县的事就好办了。"

孙铁点头："应该。我准备这一两天就找曹谈。争取赶在她回来之前敲定，她一来就给她一个准信儿，不能叫人家白跑。——文戈以后也得考虑。"

靳向东说："文戈我先前倒是考虑了，凭他那个态度，我心凉了。"

正说着，只听门外有人高声说："哪个门，这个？"接着，"咚"一声，门被踢开，梁天佐穿着身油不叽叽的工作服站在门口，见孙铁，一脚跨进来，将一双脏手套摔桌子上，说："头儿，你两个当尿官着呢，管不管？曹兀龙个老杂种欺负到老子头上来了！老子的车不让老子开了！要把老子闹到建工队拉架子车去呢！你们两个看咋办！你们但能管了就管，你们但说管不了，我就找那个老杂种去呢，反正一个人就一条命，我还不信他个鳖眼胡儿有九个头呢！"

孙铁和靳向东两个都站起来，一个关门，一个按他坐下，问是咋回事。梁天佐说："咋回事？还是那次给山口公社送抽水机，说好的送到为原则，我们送去了却不让卸。嗨他妈的，我们是企业，压一天少挣多少钱！他不管，就让我们压着，还不给运费。我当然不干了，队长吓得不敢说话，我管尿他呢，就把货卸了，鳖眼胡儿盯上我了，给我找茬茬子着呢！"

孙铁和靳向东听了，也都生气。这位勇敢的司机当年曾是他们的造反派战友，现在遇上事儿了，不能不管。就安慰几句，让他安心开车，这里有他们摆平。梁天佐自然相信，说几句闲话，走了。

孙铁和靳向东商议，这种事能猜出是谁干的，却抓不住把柄，不能直接找曹兀龙，最好找朱仕第。孙铁说："你先找朱，让他干预。成了成，不成了我再出面。"计议已定，走了。

靳向东点一支烟，躺炕上思量对策。对朱仕第，他是存有几分戒心的，虽然他一向自视甚高,以“军师”自居,但潜意识里,朱仕第才是真正摇羽毛扇的人物。他早就想到了,在水泉县,要想有所作为,迟早得和朱仕第较量。但现在就较量,他觉得有点准备不足,而且不是为了什么大事。他有点抱怨梁天佐,这给他出了难题。虽然只是一次小的接触,但这是两个智囊人物的第一次交锋,关系到今后的长远对抗,只能胜,不能败,因此,不能掉以轻心。他要想一个万全之策,创造一个不平凡的开端。他隐隐有一种激动,觉得自己仿佛是大战在即的将军。一团烟灰掉下来,掉手背上又掉进袖筒,不烫,但他却火烧般猛然翻起,使劲抖搂,同时,一个计划在脑子里形成了。

他摁灭烟头,整了整衣服,在镜子里照照,觉得太正经,太拘谨,便把脖扣子解开,领子敞着,头发弄弄乱,他要显示一股凡事都不在乎的豪劲。重新点一支烟,叼在嘴上,歪着脖子,闭起一只眼,对着镜子模仿电影里那种玩儿命的角色。他平时好以正面形象出现,但朱仕第是理智型人物,你以正面形象出现和他讲道理,那可是能把歪理也说得像正理的角色,岂不是自讨苦吃。倘若以泼皮的形象出现,他的嘴巴就派不上用场。靳向东向镜子里的他一扬下巴,把对面的自己当朱仕第,赖里赖气地说:“你知道我来找你干什么吗?我不是找你玩儿嘴皮子,老子是跟你动刀子来的!”他觉得还算满意,冲镜子里点点头,关上门去找朱仕第。

刚出门,碰上办公室管总务的杨天才,他抢一步,拦住问道:“哎,我说老杨,房子腾出来没有?人眼看就来了,你得快点啊!”杨天才看看他说:“谁的房子?这些天调进来的人多了,我都弄糊涂了。”

靳向东看着他点点头,好半晌才说:“好我的老杨同志,我可没有得罪过你,怎么我叫你办个事儿就这么难?弄半天你连谁的房子都没弄清?”杨天才挠挠脖子,赔笑道:“谁的来?我真的忘了。”

靳向东盯着他,憋了一阵才说:“黎虹,还记得吗?”杨天才“哦”一声:“记得,记得。调妇联的。那没问题,早安排好了。”靳向东不信任地说:“真的,还是糊弄我?”杨天才说:“靳书记咋说那话呢,我还敢糊弄靳书记!”

靳向东站着不动,说:“我可是团委书记,不是县委书记!”杨天才笑道:“团委书记也是书记嘛,我儿子也快入团了,到时候还想走靳书记的后门呢!”说着又笑。

靳向东不笑,歪着脑袋看他,说:“杨老哥,咱姓靳的今天算认识你了。我知道你没把我这个团委书记放在眼里,这没关系。我这人也是这样,谁的官儿大我巴结谁,今天你杨老哥是办公室的大管家,我靳向东尊着你,见面叫你一声杨老哥,明儿你当常委了,我见面给你趴地下磕一个头,叫你一声杨爷爷！你说对不对？人就这样，咱们边走边看，我等着你当常委的那一天！”

说完，撇下杨天才，走了。杨天才看看他的背影，嘟哝道：“他妈的，神经病！”也走了。

靳向东窝了一肚子火，带着火敲开了朱仕第的门。朱仕第一只眼镜腿儿断了，还没配好，但不戴眼镜，也能感觉到靳向东来头不对，心里怔一下，让进门。靳向东也不说话，径自去坐了朱仕第的座儿。朱仕第心里便“咯噔”一下，沉住气，慢慢关上门，坐到客座上，也不说话，静等靳向东开口。

靳向东自己点支烟抽几口，抬起下巴，往前吹一口烟气，才转脸对着朱仕第说：“朱常委，我是个小小的团委书记，你是县委常委兼组织部长，我俩的地位很悬殊。我今天有一句话，说出来，你愿听了听，不愿听了拉倒，就算我干拌嘴，好不好？”

朱仕第不说话，他还不摸靳向东的来头，不便马上开口应答。他慢慢摸出烟盒，抽一支，在大拇指上蹾蹾，慢慢点燃了，看着烟气袅袅地上升。

靳向东看他定下来，说：“没别的事。梁天佐！我是为梁天佐来的。梁天佐是我们的人，请你们不要拿他开刀！就这！”朱仕第扭了扭嘴，在桌子边儿上刮了刮烟灰，慢慢地问：“哪里的梁天佐？干什么的？”

靳向东也相信他不知道，说：“汽车队的。司机。得罪过曹书记。不要以为一个汽车司机就可以任人随便欺负，我们认为这是对整个造反派的挑战。我们绝不会坐视不管！”

朱仕第不得要领，说：“怎么着他了？”靳向东说：“有人想把他从汽车队赶出去，弄到建工队去拉架子车！”

朱仕第悄悄松一口气，说：“工人的调动是计委管，不是组织部。”靳向东说：“这我知道。我也知道调动是计委，但根子不在计委。咱们不必兜圈子，没意思！我的话就说到这里，多余的话我不说了。你们愿听了听，不愿听了拉倒，那是你们的自由！”说完，把长长的半截烟使劲摁在烟灰缸里，走了。

回到自己屋里，锁上门回想刚才这一幕，看有没有什么疏漏，却听杨天才在门外喊。他不理，点上烟慢慢地抽。他现在不想让人打扰，和朱仕第打交道，不敢有丝毫马虎。杨天才又是敲门又是喊，他只是不理。杨天才在外笑骂道：“向东，你他妈的我看见你进去了，装屎啥呢！房子钥匙你还想不想要了？”

他一听是房子钥匙，起身开了门。杨天才将一串钥匙交他手里，讨好地笑骂几声，走了。他看了看手上的钥匙，冷笑了一声。

4.光在下面窝着不行,得往上跑

靳向东走后,朱仕第陷入了沉思,他慢慢吸着烟,两只凸出的眼珠茫然地注视着烟雾。有人敲门,很轻,很小心,他听见了,却没出声。第二次敲响时,他才慢慢说了声:“进来。”

进来的是鲍日曙。他有一张和白梦媛相近的大脸盘, 只是没有那么白,由于鼻子稍有点凹,脸显得更扁平。一副白边眼镜将两鬓勒出两道沟。他见朱仕第的椅子空着却坐在客座上,奇怪地看了看,却没敢问。朱仕第问他啥事,鲍日曙赔着小心说:“这是几份比较重要的文件,你看一下。一些不要紧的我都批给刘书记看去了。”

朱仕第不说话,坐回主座,将烟头摁灭说:“你去计委汪主任那里看一下,看最近有没有工人调动的文,如果有,你给说一下,车队有个梁天佐,叫他暂不要动。”

鲍日曙要走,却犹豫一下,说:“要是文已经下了咋办?”朱仕第不转脸,说:“下了再说。”

鲍日曙走了。朱仕第仍坐着,今天这事儿他没料到,更没料到靳向东会跟他来这一手。这还仅仅是合作的开始,还是件不值一提的屁事,但已经预示了某种前景。他感到不舒服。他早已看出靳向东不宜给太大的权力,心里早就预备了遏制他的方案,只是还没来得及给曹兀龙说,不料他竟如此咄咄逼人,这要真当了常委还了得。可是,不让他当常委也难,全国上下一片声儿要把“造反派”放到各级领导岗位上,谁能挡住这股潮流。特别是省上有洪流,地区有熊庆来、丁义川的情况下,形势几乎是不可逆转的。

突然,门“哗”一声被推开,倒把他吓一跳。见是白梦媛,心里便不高兴,进来怎么也不敲门。但他什么话都没说。白梦媛拿一沓原稿,嗓门挺高地说:“朱常委,这是两个啥字,我认不得。”说着,把稿子伸朱仕第面前让他认。朱仕第没戴眼镜,只得凑近去看,那姿势不太优雅,白梦媛差点笑起来,忙用咳嗽掩饰。

朱仕第看清是“厉”和“彻”,他写成繁体了,便从笔筒里取出毛笔,打开一个大铜墨盒,慢慢掭了笔尖,改为简化字。白梦媛见他慢吞吞的,说:“朱常委,你咋不用钢笔,要用毛笔?毛笔又不好用,你这个人真怪。”

朱仕第不说话,把稿子给她。她接过要走,又说:“朱常委,你以后再不能写繁体字了,繁体字我认不得,你要再写繁体,就叫马秀娟打去,我再不打。”

她全无上下级的概念，对谁都大大咧咧，想说什么就说什么，出去连门也不关，就扬长去了。朱仕第起身关门，恰好郭玉海进来，说："地区组织部来电话，说丁部长最近要来，叫咱们准备常委班子的材料。"朱仕第点头"嗯"一声。

郭玉海出去，碰上汪天鹏和何玮婉进来。何玮婉抱着一大沓文件、材料，笑着说："汪主任，我先说吧？"汪天鹏笑说："你先说。你重要。"何玮婉说："不是我重要。我说完走了你们再慢慢说。"

她将文件放桌上，一沓一沓指着说，这是国务院的，那是省上的，那是各厅局的，那是地区的，那是地区各部委办的，那是县上各科局的，那是各公社的报告，那是要求建房的，那是要求增拨救济粮的，那是要求拨水利款的，那是要求改选大队班子的，以及个人申诉、调级问题、打人事件、离婚问题，群众来信……说得汪天鹏笑起来："我一听你说，头有这么大！"他比一个形状，"你烦不烦？要是我，早跳崖了！"

何玮婉说："烦有啥办法？干的就这个工作。"又对朱仕第说，"朱常委，这些能不能给别的常委分一点？刘书记住院，身体本来就不好，再把这一大堆全给他批，怎么受得了？我给鲍主任说，鲍主任不听我的。"

汪天鹏这才想起，这是他教的"磨死白头"的办法，倒后悔刚才说多了，忙补救说："刘书记是老书记，水平最高，别的人谁代替得了！"

何玮婉说："这都是些事务性工作，要啥水平！"汪天鹏说："哎，这就不对了，不要水平，咋不让你我批？"说得何玮婉无话对答。朱仕第说："鲍主任批了就先这样吧，刘书记要忙不过来，以后再说。"

何玮婉只得抱走了。汪天鹏这才问："朱常委，梁天佐咋回事？鲍日曙来说，我没听明白？"

朱仕第说："你们要调梁天佐？是不是谁说什么话咪？"汪天鹏是何许人，他当然不会把曹兀龙的话再告诉别人，即使是朱仕第，也不，沉吟半晌，说："你的意思是不要调？"朱仕第见他不正面回答，心里便明白了，慢慢说："文要是还没下，就暂时先缓一缓。"

汪天鹏却为难了，刚才没提曹兀龙，现在不好再搬出来，不说话，只愣着。朱仕第明白他的心思，说："就先这么办。谁有啥话，你就说我说的。我会解释。"汪天鹏是明白人，心照不宣，说了句"那好吧"，走了。

朱仕第这才坐下翻文件，看看题目，也没什么要紧的，随手翻了翻，也就丢过一边。正要出去，曹兀龙来了，进门就问有什么情况。朱仕第想了想，说："别的没什么情况，就是地区丁常委说要来，估计是为常委人选。"等一等，见曹兀龙无话，又说，"靳向东这一段时间活动得非常厉害，一心想进班子。”

曹兀龙看他一眼，说：“孙铁跟我提过好几次，我都没表态。”朱仕第轻轻点头，慢慢说：“靳向东要慎重，如果让他进了班子，和孙铁拧到一起，就又是一股势力。”曹兀龙说：“刘钟他们不会同意的。”

朱仕第点头，慢慢说：“还有人说，汪天鹏、段梦熊、陈召凤三个也要进班子，还说是你的意思？”曹兀龙知道朱仕第和这三人不和谐，他也对他们有看法，说：“造谣！现在的人，啥话都说呢！”

朱仕第想想说：“就是，我也想着，他们三个进班子的可能性不大。现在，情况越来越复杂了，我想着，咱们得在目标比较小，不要在太极端的人身上打主意，像他们三个，无论提哪一个，刘钟他们都会拼死反对，孙铁说不定都会站过去。所以，我想得找不太扎眼又和咱们一心的人。”

不想这句话正对了曹兀龙的心思，他满脸放光，高兴地说：“对对儿的！我发现了一个好苗子：第一，是女的，咱们班子里就缺女常委；第二，是真正的贫下中农，咱们班子里就缺贫下中农代表；第三，还不脱产，咱们班子里就缺不脱产常委。这完全符合上面精神！哦，对了，她还是造反派！”

朱仕第听得糊里糊涂，曹兀龙就把吕翠儿的情况简单说了一遍。朱仕第见曹兀龙神情亢奋，知道中了他的意，反对是不行的，再说，他听着也还可以，就称赞了几句。曹兀龙更高兴了，想起吕翠儿的党籍不知解决了没有，要打电话问，才想起常委屋子里只有他装了电话，于是说：“常委房里都要装上电话。你给办公室说一下，都装——走，这阵儿到我房里去，我给山口挂个电话，咱们边等边说。”

曹兀龙的房门大开着，小李子正在扫地擦桌子，看见曹兀龙来，僵笑着说：“我不知道曹书记回来，打扫晚了。”朱仕第说：“以后不管曹书记在不在，每天都打扫一遍。”小李子答应着，慌忙走了。

曹兀龙要了山口电话，一边等，一边又说吕翠儿。朱仕第乘机也说了梁天佐调动的事，怕曹听了沉不住气要炸，靳向东的话一个字也没提，只说：“梁天佐和孙铁一块儿造过反，关系不错，暂时不要动吧，以后再慢慢看。”曹兀龙此时心思不在这上面，也不说什么。朱仕第偷偷松了口气。

鲍日曙拿着份文件兴冲冲进来，说：“地委文件，新书记批下来了。”曹兀龙一喜，以为是他的“代理”去掉了，忙接过看时，却是新批的公社书记，其中有冯彦虎。正看，冯彦虎电话来了，曹兀龙接住说：“你的书记批了。”冯彦虎还惦着前书记田养民，问时，曹兀龙很不耐烦地说：“还是羊场。”冯彦虎还问：“曹书记你的事咋办了？”曹兀龙心里一戳，说：“还那样。”也不等对方回话，就把电话挂了，连问吕翠儿的话都忘了。

朱仕第听出冯彦虎的问话戳到了曹兀龙的痛处，怕鲍日曙不识相说出不明智的话来再惹气，就说："鲍主任，你去起草个文件，把这个批复转发一下。"鲍日曙答应一声要走，他又补充道："起草完让曹书记看，叫曹书记签发。"鲍日曙又答应一声，走了。

朱仕第这才慢慢说："曹书记的事儿，咱们不能这么干等。本来，这个事儿地区的熊书记最得力，可是，我隐隐约约觉得，熊书记和丁义川似乎对孙铁……有意？如果是真的，咱们就得绕开他们，到省上想点办法。"

曹兀龙再也憋不住了，说："这个事儿我想了好些天了，咱们光在下面窝着不行，得往上跑，洪书记那里，不去不行了！"朱仕第点头："高翔前些天来拉油渣，说了个情况，曹书记还记得吗？就是洪书记母亲今年七十大寿。高翔给咱们提供这么个线索，我觉得是有意的。"

曹兀龙想这事想了有一百遍了，只是不想让任何人知道，但现在却被朱仕第点破，也就想听听他的意见，便说："你的意思是……"朱仕第说："曹书记怕要跑一趟。我们不去，洪书记不可能来啊。"曹兀龙说："怎么去？"朱仕第静了好一会儿才说："空着手怕是不行吧？"

话说到这个份儿上，曹兀龙只得说实话了："我有件狐皮筒子，质量不错，拿着倒可以，只是我想，送给老人家，洪书记咋得知道呢？"

朱仕第见他说了实话，也就真心给他出主意，说："这倒好办。可以写一封信夹在里面，皮儿上写上洪书记的名字，她会给洪书记的。"

曹兀龙高兴起来，说："那你给咱们起草一封信。"

5.曹书记写了封自己不认识的信

曹兀龙面前，铺着一张血红的蜡光纸，工笔楷体写着：

洪書記閣下：

久疏箋候，馳念良般，時企音塵，忽奉藍訊：欣悉丙辰清明，老伯母壽登古稀。

瞻萊衣之重彩，塵心蒙慈，仰華悦之光輝，拭目領愛。恭維福衍桐枝，祥征桃瑞；啟霞觴而介壽，依海屋以添籌。引企德門，曷勝忻頌！

弟自愧塵勞，兼遠阻山川，雖有心趨祝，但憂誕慶貽機，不克摳衣申敬，欠仄莫名！

附呈白狐嗉裘一筒，聊表微忱，幸即賜存是荷。

專肅恭祝萱齡，祗請侍安。

弟：兀龍謹啟

曹兀龙看了半天，没有几个字能认识，啥意思就更不懂了。心里疑惑，又不好意思问，呆半晌，想不出该说什么话。

朱仕第知道他看不懂，本来等着给他解释，可人家不问，他怕伤了书记面皮，也不好意思开口，只轻轻问："行吗？"曹兀龙这才清醒过来，说："你先忙去，我再考虑考虑。"

朱仕第只得往外走。刚一开门，迎面碰上何玮婉带着羊场副场长蒋成斌来找书记，见他要走，忙说："朱常委不要走，蒋场长有事，正好你和曹书记都在。"

朱仕第假装一呆，堵着门，好让曹兀龙将信收起，问了两句话才退后一步，让蒋成斌进来，看时，书记桌上早空了。蒋成斌看一眼曹兀龙，又看一眼朱仕第，说："两位领导，我们从开春到现在，死了近万只羊了，再不给拨救济饲料，羊场就成羊皮场了！"

曹兀龙被那封信搅得头都大了，哪里听得进去，只盯着蒋成斌发呆。朱仕第明白曹书记此时的心情，说："这些事儿你应该去找刘书记。"

蒋成斌一噎，说："刘书记住院……"朱仕第不动声色，说："常委有分工，生产上的事儿就是刘书记管。"

蒋成斌说不出话来，只得求救似的往曹兀龙脸上看。曹兀龙清醒了点，说："对着呢。常委有分工，生产上的事你找刘书记。"

蒋成斌吸一口气，半晌没说出话来，心一横，说："那好吧！"转身出来了。

朱仕第看一眼曹书记，也往外走。曹兀龙叫住说："饲料的事要慎重，不能乱批，常委没研究，谁说了也不行。"朱仕第点点头，出来了。

曹兀龙被打搅得有点恼火，好一阵才渐渐平静下来，仍想信的事。他首先想到汪天鹏，但汪天鹏识字也不多，这才想到鲍日曙。可是，让他这么大个书记向自己的晚辈兼部下请教，岂不太没面子？他摇摇头，在地上转一转，又坐下看信，还是不认识。又站起在地上走。他气恼极了，提拔个常委也没这么难办！他几次拿起电话，又几次放下了。犹豫来，犹豫去，想这事实在重大，总不能糊里糊涂把一个不知道是什么的东西送给洪书记，这才下了决心，打电话叫了鲍日曙来，让他关上门，才把信给他看。

鲍日曙一见之下，血直往头上涌，知道自己进入了一个绝大的秘密，立即产生了一种重大的使命感。他匆匆浏览一遍，有些字他也不认识，一些词儿他也搞不明白，但大概意思还是看清楚了，便悄问曹兀龙："姨爷啥意思？”

曹兀龙费了好大劲，极不好意思地说：“信上写的啥？”

鲍日曙这才明白，原来是姨爷看不懂，见姨爷说话声儿都发颤，知道他难为情，就小心翼翼地把大概意思说了一遍。

曹兀龙问：“没什么问题吧？”鲍日曙一愣，又扫视了一遍，才说：“问题是没有，但都是繁体字，不知道洪书记能不能看懂？”

这一问，倒提醒了曹兀龙，才想到朱仕第的精明，说：“哦，那没关系，洪书记是老秀才，就喜欢这一套套。”他倒高兴起来，说不定洪书记还因这封有文化的信，会高看自己也未可知。

曹兀龙嘱不要告诉任何人。鲍日曙重重地点头，说：“打死我都不敢吐一个字！”要走，却犹豫着说，“我看这像朱常委的字。”见曹兀龙看他，又进一步表自己的忠心，说：“这种事要秘，外人最好不要叫知道。”

曹兀龙脑子里一转，心想，除了自己，别的都是外人，就说：“我知道。这不是我要这么做，是他的意思。我正在考虑是不是要干……”鲍日曙“哦”一声，点着头退出来了。

6.水泉的“龙”时代开始了

鲍日曙从曹兀龙屋里出来，边走边想，真是朱常委先提议的，还是姨爷想瞒我？他只顾想，差点和迎面来的陈召凤撞个满怀。

陈召凤拦住他问：“曹书记在吗？”鲍日曙忙说：“在。你有事啊？”

他本来只是礼貌问语，不想陈召凤正得意，要把自己的功劳告诉人，便附在他耳朵上悄说：“我给曹书记找了个记者，和他商量一下啥时间叫来，叫把咱们曹书记好好写一写。”说完笑着走了。

鲍日曙呆了，想着汪天鹏为曹书记牵来个高翔的线，陈召凤又找来个记者，人家都为曹书记立了功，自己却什么事都没有做。心里不由焦急起来，却一时想不出好招儿。闷闷地正要进办公室，却见汪天鹏在过道那儿招手，过去，汪天鹏指着后面打字室说：“你们的打字员要管一管。县委文件，特别是人事任命的文件，在正式下发之前都应该是保密的，你现在去打字室看看，和自由市场一样了。”他再近一点，悄说：“这个任命是曹书记好不容易争取来的，不要在下发之前出事儿，明白吗？”

鲍日曙知道他是指转发的地委任命那批公社书记和科局长们的文件，觉得关系重大，便向打字室去。果然里面挤满了人，看的看，议论的议论，还有悄声骂的。也难怪他们反应激烈，这批任命对他们的震动实在太大了，这绝不是一般的任命，一个不容忽视的事实是，升降是按曹兀龙的意愿形成的。名单预示着：水泉县的曹兀龙时代开始了！

所有的人都看出了这一点。鲍日曙当然也不例外。所以，他明白汪天鹏的警告绝不是过分小心。

他看打字室里全是县委大院的人，不好直接说他们，只得板起面孔批评三位打字员，高声说："马秀娟、常菊墨、白梦媛，你们几个现在不要打了！"

这一声来得很突然，所有的人都一惊，回头看时，鲍日曙板着脸，生硬得像一块钢板，又好气又好笑的样子，本想嘲笑他几句，可一想他背后站着曹兀龙，只得忍住，互相招呼着走了。

屋里只剩了三个打字员。鲍日曙沉着脸说："你们三个都听着，县委的文件，在下发之前都是保密的，不应该随便让人看，你们怎么连这么点常识都不懂？"

马秀娟和常菊墨没说话，白梦媛却不愿意了："保密的干脆锁你抽屉里算了，还打印干啥？打印就是为了叫人看的，还保的啥密。"

这话不上路子，鲍日曙心里气，但白梦媛是他"娘娘"，大他一辈儿，不好发火，只得忍气说："这是组织纪律，不能看就是不能看，以后打字室不许人随便来。"

白梦媛接过去说："打字室又不是党中央，人不能随便来，你跑来干啥！"

这话更不上路子，气得鲍日曙无话可回。马秀娟平日不喜欢白梦媛，嫌她文化低技术差，又无组织无纪律，这阵儿听她和鲍日曙抬杠，倒觉可爱，走过去拍拍她的肩，转身对鲍日曙说："鲍主任的话我们听下了，我们以后注意。"

鲍日曙这才得了个台阶，气咻咻地走了。

7.多恼河之波

打字室三个人，文件是平均分配的，白梦媛技术最差，总是最后一个完成。肖宗泉送文件来时，见只有白梦媛一个在吭哧，想跟她开个玩笑，悄悄把文件放马秀娟桌上，过去一胳膊搂住她脖子就往后扳。白梦媛着实吃了一惊，但已经晚了，仰在椅子上，椅子只有两只后腿着地，上不能上，下不能下，动不敢动。她翻眼看是肖宗泉，刚要说话，肖宗泉把椅子往下一放，她又不敢动了。肖宗泉笑道："你那天占我的便宜，今天咋说？你连着叫我十声哥我就放你,要不,我就往下扔。"

白梦媛动不得,她身子重,怕他扶不住真的摔一跤,便紧紧抱住他胳膊,说:"别闹,别闹,看把椅子腿折了。"

肖宗泉哪里肯放,又将椅子往下放放,白梦媛几乎躺平了。她身上的热气,脸上的香气以及胸前两块凸起散发的女人味阵阵向肖宗泉袭来,几乎使他冲动起来,但她的白扁脸却又像一剂制冷剂,使人只有某种模糊的欲望,冒烟而不起火。他继续要挟她:"叫!快叫!再不叫我就扔了!"

白梦媛真怕他控制不好摔一跤,也料定不叫他不会放过,但仍挣扎了一阵,最后拗不过,轻轻叫了一声"哥"。

肖宗泉一阵笑,非要她叫十声,但白梦媛挣扎起来。肖宗泉也怕把椅子腿弄折,乘着她挣扎,干脆连椅子放地上,反身跑出了打字室。

跑到办公室门口,他收住笑,推门见鲍日曙不在,只何玮婉一人给文件盖章,忍不住又笑,一边帮何玮婉盖章。何玮婉见他一个人笑,料到他又搞了什么恶作剧,笑问:"你又干啥坏事了?"肖宗泉嘴里说没有,眼睛却一直盯着后窗,见白梦媛来了,笑道:"白胖子来了。"

话未完,白梦媛推开了门。肖宗泉立即站起,作好防卫准备。白梦媛只在门口指他说:"这阵儿我不治你,我就警告你一下,你就小心着,迟早我要好好儿治一治你呢,你等着!"说完,转身走了。

何玮婉笑道:"你个小肖啊,真是个活宝。我给人说呢,我们办公室两个秘书,一个文戈太老实,一个小肖太调皮。你看小文来这么些年了,从没和打字员打打闹闹过。你来才多长时间,就闹得鸡飞狗跳墙的。小白也是个活宝,也爱闹。"说着看看窗外,压低了声儿,"小白也是曹书记的亲戚,倒不像鲍主任,鲍主任跟前曹书记的话一个字都不敢说,小白倒不管。"

蒋成斌推门进来,一脸的沮丧,一屁股坐沙发里说:"老何,你给我教个办法,我实在没办法了。几十万只羊呢,不是耍的,几个领导我都找了,找曹书记,说去找刘书记,找刘书记,却没权批,你说咋办?"

何玮婉笑说:"你问我,我有啥办法?书记常委都解决不了的问题,我一个工作人员有啥办法?"

肖宗泉看看窗外无人,说:"蒋场长,我教你一个办法,但你要保密。"蒋成斌说:"没问题,只要能救羊,我给你磕头都行,不要说保密。"肖宗泉说:"当真?"蒋成斌说:"当然当真!"肖宗泉又看一眼窗外,说:"去找孙书记!"见蒋成斌没反应,说:"你不信我的话?"

蒋成斌不知该怎么说,只道:"孙书记管不管?"肖宗泉见他不当回事,反激起了他,说:"你不相信我的话?我告诉你吧,现在的形势,你找谁都找不响,只有找孙书记!”

蒋成斌说:“为啥?”肖宗泉说:“为啥?你还没看出来?我给你打个比方吧:咱们县上现在有三股势力,”刚说半句,何玮婉立即打断,肃了脸说:“小肖你不要胡说!蒋场长,你忙你的去吧,不要听小肖胡说!”蒋成斌不说话,只拿衣襟扇风,好一阵才说:“孙书记现在在哪里?”

何玮婉不等肖宗泉开口,抢先说:“不知道。你要找自己去找,我们可是啥话都没说。”蒋成斌一摇头:“老何你那么小心咋呢?”走了。

何玮婉把肖宗泉好一通埋怨:“你这个小肖,太不分轻重了,这个地方不能随便乱说话的!叫曹书记听见,你还想活不想活了?”说着一转脸,从后窗上看见白梦媛,悄声警告道:“小心,小白又来了!你两个呀!”

肖宗泉也从后窗看到了,将右手食指在何玮婉的印泥盒里按一下,转脚跳到门后躲起来。白梦媛悄悄推开门,从门缝里往里看,没看到肖宗泉,慢慢推开,刚想问何玮婉,肖宗泉从门后出来,右手立掌在她左肩一砍,何玮婉刚喊了声“小心”,白梦媛已经转过头去,嘴唇刚好碰到肖宗泉的食指,指背上的红准确无误地抹到了她嘴上。她用手一抹,手上两道红,唇上的红抹到脸上去了,要追打肖宗泉,肖宗泉早跳到院里了,强忍着笑,装没事人往前走。

白梦媛一手捂嘴,往前追两步,说:“你等着!”转身往后跑了。肖宗泉回来洗了手,与何玮婉说笑一回。何玮婉让他到医院去给刘书记送文件,回来她却已不见,正准备坐,不防白梦媛从何玮婉桌后钻出来,二话不说,将一张沾满油墨的蜡纸“啪”一下贴到了他脸上。肖宗泉一把扯下来,抓住白梦媛,一把扳倒,白梦媛头在他怀里,两人就脸对了脸。肖宗泉思索都没思索,便将满脸的乌墨朝那张大白脸上蹭去,蹭几下,推开她,急奔自己宿舍洗脸去了。

【喜冤家】两个冤家,不知谁大?男叫女姐呀,女叫男哥啊,成天你追我打,满世界嘻嘻哈哈;涂个红唇儿叫亲亲,抹个黑脸儿喊老公;红与黑,黑与红,这姻缘不知成不成?

他换了两盆水，先用香皂，洗不净，再用肥皂，还洗不净，最后抓半把洗衣粉往脸上擦，擦得满脸火烫似的，还是洗不净。他没办法了，只得罢手，拿着小镜子躺炕上照看，脸像阴得很重的天气，灰沉沉的。他心里有些不快，但一想白梦媛这阵儿也在宿舍里照镜子生气，又觉好笑。他忽然想起两脸相蹭的一瞬，雪白的皮肤，细腻的感觉，扑人的香味……他突然有些狂躁，一翻身坐起来，看着窗外发呆。

午饭时间到了，他怕人看见，直等到估计没人时才去。饭厅里就剩白梦媛一个人，她来得早，为了等肖宗泉，一直慢慢地一颗一颗数着米吃。看见肖宗泉一脸乌黑，她哈哈地笑，刚笑两声，猛又刹住，说："哎哟对不起，我没想起油墨抹脸上洗不下来。"

肖宗泉看她时，毫无痕迹，猛然省悟，女同志脸上老抹香脂之类的东西，保护层厚，能洗下来，男人不抹那些东西，沾上就进毛孔了，自然洗不下来。白梦媛连连后悔，说她有一盒粉质雪花膏，抹上脸白，说不定能遮一遮。吃过饭真就给肖宗泉送来了。肖宗泉假意推辞，白梦媛硬放下走了。肖宗泉一个人关起门来试抹，像是驴粪蛋上下了一层霜，连忙又用香皂洗掉。

白梦媛心里过不去，买了包水果糖、几只香水梨送来，弄得肖宗泉有点不好意思起来。不知为什么，他今天忽然不大敢看她的脸，仿佛心里有鬼似的。白梦媛坐一阵，见他无话，自去了。肖宗泉不敢到办公室去，给何玮婉说了，让她打掩护，一个人躲屋子里看书。

那书是他下乡去捡来的，只有半本，前半本叫人撕去卷烟了。本是无聊磨时间，谁知一看竟放不下，正看到冯员外得了玄玄子秘传，与春花实验房中之术而脸热心跳时，白梦媛敲门进来了。她很神气地将一张电影票拍桌子上，说："外国电影——《多啥河之波》，那个字我认不得，看不看！"肖宗泉说："是不是《多瑙河之波》？"白梦媛稍愣："《多恼河之波》——可能就是，怎么叫这么怪名字！"

白梦媛说话时，肖宗泉目不转睛地看着她，突然觉得她变得可人了，眼神不禁有些恍惚。白梦媛奇怪地看看他，说："你咋了？"肖宗泉慌忙掩饰："哦，谢谢，票不好买吧？"白梦媛说："太难买了！我都挤不进去，差点就买不上了。"

直等天黑尽了，肖宗泉才往电影院去。等找到座位，发现白梦媛香喷喷地坐那里得意地看他。他不说话，紧靠她坐下了。白梦媛轻轻捅他一下，塞过来一颗糖。他把糖放嘴里，看她一眼，虽看不清，却觉她整个人都甜蜜蜜的。

电影开始了。那时全国只有八个“革命样板戏”翻来覆去地演，已经有十年没见过别的影片，更不要说外国影片了，人们的精神饥渴到了极点，猛一看这种有男有女的片子，简直是惊心动魄。当银幕上出现接吻的镜头时，影院里一片嘘声，怪叫的，打口哨的，乱成一片。他二人没有叫，但心潮澎湃，身子紧靠在一起，两只手紧紧握住了。白梦媛近于狂躁，动来动去，在肖宗泉腿上狠拧了几次。

看完电影回去，两人都有些不能自抑。白梦媛见无人，不回自己宿舍，却跟了肖宗泉去。肖宗泉拿钥匙开门，手抖得半晌插不到锁孔里。好不容易打开，白梦媛在身后一挤，两人一起跌进屋里，他们谁也没想到“多瑙河之波”过去了，“多恼河之波”却才刚刚开始。

8.中国人，学什么外国话

第二天，肖宗泉本要跟孙铁下乡，半路却让靳向东追回来了，正一个人发呆，白梦媛从这里过，进来问：“你说要下乡，咋没走？”肖宗泉一眼看见她的白扁脸，心里一阵腻味，后悔昨晚失态，见她竟然是夫妻般的神情，更觉难耐，只不冷不热地说：“孙书记有事，一阵儿就走。”

白梦媛无话，站一阵，说：“你买的毛线打背心呢打了没？拿来我给你打。”肖宗泉不愿再和她有联系，说：“我现在还不想打，过些天再说。”

白梦媛哪里肯听，开箱掀柜找出来，拿了就走。出了门，却又寻思，自己不会打毛衣，兰曼曼似乎手挺巧的，何不托她给打？便奔了卫生局去，没找到，到她宿舍，又见门窗紧闭，以为没人，敲了下门，里面却有应声。

门开处，科委观测地震的邢小同也在，心下大疑，以为他们也在干苟且之事，但一细看，发现兰曼曼脸上有泪痕，邢小同也心事重重的样，不像是干了那事的神情，便问：“你们咋了？”

兰曼曼不言语。邢小同说：“小兰父亲有病，小兰想去见一面，局长不给请假。”

白梦媛不解，说：“为什么？”邢小同说：“怕担责任。”白梦媛觉得好奇怪，说：“这有啥责任？”兰曼曼料瞒不住，说：“白姐你不知道，我父亲在黄桥农场里。”

白梦媛隐约记得人说过，兰曼曼父亲是右派，在黄桥农场劳改，想来是了，便问：“病重不重？”邢小同说：“下了病危通知。”白梦媛说：“那还不给请假！——我找你们局长说去！”

兰曼曼一把拉住，说："白姐谢谢你，没用的。"白梦媛说："为啥？"邢小同摇头说："真的没用，他们局长胆儿小，不敢请。现在唯一的办法……"他说半句不说了。白梦媛心急，说："啥办法，你说！"邢小同看看兰曼曼，说："唯一的办法就是哪位领导说一句话。"

白梦媛愣一下，说："你们的意思是叫我给我姨父说一声？"兰曼曼屏住气不说话。邢小同巴结地笑笑，说："就看小白你肯不肯说？"白梦媛看了看兰曼曼，见她眼巴巴地望着她，便把手里的毛线往她怀里一塞，说："咱们两个交换，我给你去说情，你给我打件毛衣。行不行？"

兰曼曼倒一愣，看看毛线说："我打件毛衣是随便儿的事，你要肯说，我就谢谢你了。"白梦媛高兴起来，说："那好，咱们一言为定，你给我打背心，我给你去说情。"她又说了句"说情"，兰邢二人听着别扭，却也高兴。

白梦媛是个直肠子，马上去找曹兀龙。曹兀龙正和朱仕第商量事儿，让她在外面等。这时靳向东来了，也要找曹兀龙，被白梦媛一把拉住："哎哎哎，总有个先来后到呢吧？我在这里等半天了，你咋往里挤？等着，我说完了才能轮到你。"靳向东看看这位姑奶奶，咧一咧嘴，一句话不说，走了。

好不容易等到朱仕第出来，她进去先叫"姨父"，说："我给兰曼曼请个假，她父亲有病，可能快死了，你给请个假让看一趟去吧？"

曹兀龙再没想到她会来说这种屁事，眉头一皱说："你老老实实打你的字去，闲事少管！"白梦媛说："我说的是实话。兰曼曼父亲真格快死了！"曹兀龙火了，怒喝一声："你出去！"白梦媛吓了一跳，只得退出来，在门口回一下头，悄骂一句："有什么了不起的！"

这一下她为难了，本来以为手到擒来的事，却没办成，迟迟疑疑来到兰曼曼屋里，邢小同已经不在了，只兰曼曼一个人。她有点难为情地说："对不起，我没办成。我给我姨父说了，把我骂出来了。"

兰曼曼看她一副可怜相，心里一暖，赶紧拉住她的手说："没关系，我早知道会是这样。谢谢你了。还累你挨骂。"

白梦媛见她并不怪罪，高兴了，说："那你还给我打毛衣吗？"兰曼曼"扑哧"一声笑出来，说："我是那种人吗？"白梦媛也笑了，说："那我也谢谢你，毛衣不是我的，是肖秘书的。"兰曼曼说："哦——？"

白梦媛高兴地去给肖宗泉报信儿，肖宗泉却毫无热情，还抱怨她："你不会打就不要逞能，毛线拿去还叫别人打。"白梦媛说："我好心为你，你还怨我！"

肖宗泉不理她，只希望她快走，她却偏没有走的意思，站着想了想说："你要下乡，把你门上钥匙给我一把吧，我隔几天给你打扫一次，你回来前我给你把炕烧上就不潮了。”

肖宗泉皱眉说:“那怎么成!叫人知道,我说得清吗?”白梦媛说:“我们光明正大,有什么说不清的!”肖宗泉答不上来,只说:“不行,那不行!”白梦媛还问:“为啥不行?”肖宗泉有点气不打一处来,口气很不友好地说:“不行就是不行,还为啥!”

正争着,孙铁进来叫肖宗泉走。白梦媛猛一高兴,说:“孙书记,你能给兰曼曼请个假吗?她父亲快死了,想请假,他们局长胆子小,不敢给请。”

孙铁没有思想准备,也知道兰曼曼父亲是右派,说:“兰曼曼?”白梦媛说:“兰曼曼。”说完,巴望地看着他。孙铁捋了捋下巴,考虑应该怎么办。白梦媛说:“孙书记给请给吧,小兰挺可怜的。”肖宗泉在旁,也助一句:“兰曼曼确实挺可怜的。”

孙铁听他俩都说,心动了,想白梦媛还是曹的亲戚,想来曹不至于找茬儿,便说:“请给就请给,你去给说,就说我同意。”

白梦媛高兴得一跳:“我去说!”忙去找兰曼曼。她宿舍没找到,却在邢小同宿舍里,白梦媛进去说了,兰曼曼和邢小同两人都愣了,半晌才同时说:“谢谢你!也谢谢孙书记!”

白梦媛看邢小同桌上一本毛主席语录样的小红皮书,却不是毛主席语录,上面印的外国字。拿起随手翻了下,里面也全是外国字,心里奇怪,也没说什么就放下了。

再回到肖宗泉屋里时,靳向东也来了。原来靳向东是让孙铁再等一天下乡的。白梦媛说:“孙书记,我给小兰说了,小兰和邢小同说谢谢你。”孙铁说:“邢小同?”白梦媛说:“小兰在邢小同屋里。——哦,邢小同还有本外国书。”

她脑子不绕弯儿,想到哪儿就随口说出来了。孙铁却犯了思量,这两人出身都不太好,他刚给兰曼曼请了假,要再惹出点什么事儿,岂不是自找麻烦。就问:“什么外国书?”

白梦媛说:“像语录本,我翻了一下,里面全是外国字,我认不得。”孙铁不吭气儿了,半晌,笑着说:“小白你忙去吧,我们商量个事儿。”白梦媛只得走了。

白梦媛一走,孙铁立即对靳向东说:“你去邢小同屋里看看,看是啥外国书?咱们不要再惹出什么事儿。——不要直接问,找个啥借口。”靳向东知道是他不放心,答应着去了。

邢小同还在屋里,兰曼曼已经不在。靳向东假装问最近有没有地震消息,眼睛到处乱看,发现桌上果然摆着个语录本样的小红书,印的是外国字，他装作无意地拿起看。邢小同看见了，解释说："哦，那是英文版毛主席语录。"并把前面的毛主席像翻出来让他看。

靳向东看时，排版样式和语录本一模一样，只是里面全是外文，一个也不认识。就说："你为啥要弄这个？"邢小同有点紧张了，说："我是想一边读毛主席语录，一边还可以学点外文。"靳向东把书往桌上一撂："你学外文干什么？"

这可是个非常敏感的问题，邢小同一时答不上来，脸都憋红了。靳向东说："你这不是没事找事，好好的，学外文干什么？中国话还不够你说的？你们家啥成份？"

邢小同咽了口唾沫，小声说："小商。"靳向东说："小商？我咋没听过有这么个成份？"邢小同解释说："就是做小买卖的。我父亲解放前在上海……"

靳向东一举手挡住了："你别说那么远，不管是做小买卖，大买卖，商人总不是工人吧？"邢小同说："不是工人，但是……"

靳向东又一举手："你别解释，不是工人就对了。我今天不是要找你的茬儿，我是为你好。我看你也是个可怜人，你自己怎么这么不注意？"他指一下小红书，"你弄这个东西干啥？你好好的拿一本毛主席语录就行了，你弄个外国的东西干啥？"

邢小同说："这不是外国的，是咱们中国自己印的。"靳向东说："我知道。我要告诉你的是，如果你是工人，或者贫下中农，倒也没有太大关系。你既不是工人，也不是贫下中农，你弄这么个东西，你不是自己把把柄往别人手里递！要是有人说你是特务，你怎么解释？"

邢小同的脸涨得通红："这是毛主席语录，我以为不会有问题。"

靳向东说："你也太天真了。这是外国字儿，明白吗？你好端端的中国

【铁木真】中国人，学什么外国文！想投敌？想偷渡？还是想去勾结尼克松？说轻了是崇洋媚外，说重了，你死了也无处葬身！《毛主席语录》是真理，不许你打着红旗反红旗！

人，学外国字儿干什么？你不是想当特务，还想干什么？是不是？赶快把这个东西烧了！你再不要给自己找麻烦！我这是把你当朋友才给你说的。明白吗？”

邢小同赶紧点头：“明白。谢谢靳书记。只是……这里面有毛主席像，我不敢烧。”

靳向东也迟疑一下，想想说：“这我可是冒着风险跟你说这句话的，你可就掂量好，你能不能保密？你要能保密，我就跟你说，你要保不了密……”他盯着邢小同看，邢小同赶紧说：“能、能。我一定保密！一定保密！”

靳向东说：“好，那我可就说了。不过我有言在先，将来万一有什么情况，我可没有跟你说过任何话！”邢小同赶紧说：“对对对，你没有说过。”

靳向东这才压低了声音说：“我走了以后，你把门锁好，把那里面的毛主席像剪下来保存好，别的赶快烧了。烧得净净儿的，叫人连个纸边边儿都找不到！”

邢小同重重点一下头：“好。谢谢靳书记。”靳向东说：“那就这样。”走了。

靳向东一回去，孙铁就问：“有没有，咋样？”靳向东抑制着心里的得意，说：“小伙子看上去挺聪明的，政治上不成熟。脑子里也不知想啥着呢，还真格弄了本英文书。不过，你们别紧张，不是啥要紧东西，是本英文的毛主席语录。”

孙铁皱眉：“他好好的，弄那干啥？”靳向东说：“就是。我也说呢。叫我好好教训了一顿，吓得够呛。看他再敢不敢弄那些乱七八糟。”

孙铁说：“那得想个办法处理了，放着终究是个事。”靳向东说：“放心，我已经叫处理了。”孙铁不放心，说：“怎么处理的？”

靳向东见肖宗泉在，迟疑一下说：“你别问，反正处理了。”孙铁便不再问，说：“你叫我再留一天的意思是啥？”

靳向东迟疑半晌，不想让肖宗泉听见，却已无法回避，只得说：“我从地区回来还没有见曹，我想和曹接触一次，完了把情况告诉你，你再走。”孙铁想了想，说：“那也好。”

9.平静的日子

曹兀龙见靳向东来，似乎并不奇怪，淡淡地说：“你去地区了？啥时间回来？”靳向东要装得潇洒，点了支烟，稳稳神才说：“我去地区是汇报团代会的事儿。汇报完出来，碰上了丁常委。”他看一眼曹兀龙，想看出他听到

“丁常委”时的表情，“丁常委说，他过几天要来咱们县上。咱们县上的班子，地区还要进一步考查呢。咱们县上……知道了吧？”

曹兀龙含含糊糊地“嗯”一声，算是回答。靳向东又扯一阵工作上的闲话，才转入正题：“曹书记，我的问题，你咋考虑着呢？我听丁常委说，咱们县上对我的问题态度好像不怎么积极？我正想征求一下曹书记的意见呢，你看我还有什么缺点和不足，希望你能当面给我指出来，我也好改正。”

曹兀龙不正面回答，支吾道：“你有啥缺点错误？谁说你啥话来吗？”靳向东不含糊：“我不是说谁说我啥话来，我是问曹书记，你对我的看法。”曹兀龙说：“我没有说过你什么话呀。”

靳向东咧一下嘴，点点头说：“我知道曹书记没说过我，我还给丁常委说呢，我说曹书记对我好着呢。丁常委也说，曹书记对我的态度还是挺不错的。我先谢谢曹书记。这次丁常委要是来，还请曹书记在丁常委跟前多美言几句。”

曹兀龙只看着他，不说话。靳向东想了想，又说：“曹书记的事，我也关心着呢。我每次见丁常委，都给提说着呢，我说曹书记的代理要赶快去掉呢，再不去掉就影响工作了。”他停顿一下，看看曹无反应，又说，“这次我听丁常委说，”他故意打住，听听外面的动静，仿佛是怕叫人听去，“苏芸和赵天葵两个在地区可都没有闲着。特别是苏快嘴，和王三丰、陈贵勾得紧着呢！说了曹书记不少坏话，你还要提防着些呢！”他又顿一下，“这些话是丁常委偷偷告诉我的，叫我不要给任何人说。”

他一口一个“丁常委”，想给曹兀龙造成一种印象，他和丁常委的关系不一般，我在你手下，你可在丁常委手下，你不关照我，丁常委会关照你的！对这小把戏，曹兀龙当然明白，却也不敢公开表示轻蔑，吭哧半晌，问道：“丁常委还说啥咪？”

靳向东心里骂了一声，他没料到这个笨牛现在也变得如此滑溜，他既没发火，也没低三下四，不正面回答，也没反驳，只用一句看似平常的问话，就把他所有的问题都巧妙地推回给他了。靳向东心里发火，却也有些发憷，把平日对这位大老粗书记的藐视收敛了些。他本来还想逼他对他的问题表态，这下倒怯了，不敢那么张狂了。他想了想，说：“别的倒没说什么。”说完，想不起该再说点什么，原来准备好的方案突然破碎得找不出头绪，谈话自然也就进行不下去了。

曹兀龙显然也发现了这一点，主动问：“还有什么吗？”靳向东方寸已乱，不敢再提自己的事，但不能冷坐着不说话，便重新汇报团代会，说着说着，他自己也发现是说过的话，自己骂自己一声，打住了，说：“没有什么了,曹书记还有什么指示吗?”曹兀龙说没有,同时站起来,说他有事要出去。靳向东也只得跟着站起来。

从曹兀龙屋里出来,靳向东觉着似乎比平日矮了一截。他明确地知道,今天的交手,他败给曹兀龙了。他恨得牙齿咬得“格格”响,他想起了自己的格言:“我宁当爷哩不当孙子!”今天怎么成了这个孙子状?悔恨和羞耻感使他下了决心:一定要当上常委!一定要当爷,不当孙子!

他盲目地走着,走半截清醒过来,想应该去和孙铁商量商量,一抬头,发现自己已经到孙铁门前了。一推门进去,关上门,屁股还没落座就骂上了:“他妈的,我今天叫鳖眼胡儿耍了一顿!老孙啊,情况比我们想象的还复杂呀!”

孙铁让他沉住气慢慢说,他便把见曹兀龙的经过讲了一遍,说:“看来丁常委说的是实话。情况比我们预计的要复杂得多,要是鳖眼胡儿和老白头勾结起来,我这个常委怕就没戏了!”

孙铁做沉思状,半晌说:“不要灰心,现在大形势对我们是有利的,全国都在提拔造反派,中央的精神,我倒要看看,他谁敢反对!”

靳向东摇头:“道理是对的,公开反对谅他们也不敢,怕的是他们找其他借口把你软放到一边儿。”孙铁说:“你说他们还能找啥借口?”靳向东说:“这就难说了。可是你别忘了,欲加之罪,何患无辞!你叫我给他们找茬儿,统统撤职都是轻的!”

孙铁说:“那倒是。”靳向东说:“我看还得请丁常委出面。这些贼,你不给他来点真格的,他不知道马王爷三只眼!”孙铁沉思一阵,说:“咱们两手准备,一手让丁常委出面,给他们施加压力;一手,咱们自己再……”

话未完,卫生局局长张文庆敲门进来了,笑着说:“孙书记,兰曼曼的假,说是你同意的?”孙铁说:“就是。咋?你不同意?”张文庆连忙笑:“看孙书记说的,孙书记都同意了,我能不同意吗?”孙铁笑笑,说:“就是。也是可怜人,听说她父亲快死了,叫见上一面,也是一点人情。”

张文庆收了笑,说:“她又不去了。人已经死了,埋都埋了。”孙铁诧异,说:“是么?”张文庆说:“这假不了。我不知道,是她自己说的。”孙铁说:“哦——那就由她自己看吧。”

张文庆一笑,说:“孙书记一片好心,给小兰请了假,小兰没去成不说,还差点吓坏了。”孙铁不解:“吓坏了?吓啥?”

张文庆看一眼窗外,把椅子拉近点说:“这两个小家伙出身都不咋好,平常胆子就小,这次又遇了这么个事儿,小兰先给曹书记说过,曹没同意,后来不知谁给孙书记说了,孙书记同意了。这一下把两个娃娃弄难了,去吧，曹书记没同意；不去吧，孙书记同意了。去吧，怕曹书记骂；不去吧，怕孙书记不高兴。小兰听说吓得两天没吃饭，小邢给偷着买了包饼干，还偷着藏着的害怕人看见。”

孙铁说：“买包饼干，怕咋了？”靳向东说：“资产阶级生活方式呗！”张文庆笑说：“就是。”孙铁不屑：“那也太小心了！”张文庆笑说：“孙书记从头红到脚了，你不知道家庭出身不好的人啥心情！那都心提到嗓子眼眼上过日子着呢，你当好过？”

正说着，肖宗泉带着文戈进来了。孙铁笑着站起来，热情地和文戈握手。靳向东也站起来，假装高兴地握一下。张文庆也站起，和文戈打声招呼，和肖宗泉一起走了。

文戈问：“孙书记叫我回来有啥事？”孙铁沉吟一下，说：“也没什么大事，一来丁常委说要来，我想咱们几个人一块儿和丁常委见个面，有些事儿也可以一起商量；二来我看你在山口待的时间也长了，来县上休息休息，没别的意思。”

文戈便“哦”，说：“他啥时候来？”孙铁说：“又推迟了。本来想通知你，没想到你这么快。既然来了，就先住几天再说。你洗去吧，洗着收拾收拾，完了咱们有时间了再细聊。”

文戈以为有什么大事叫他来，一听没什么事，心里松了，说：“那好吧。”告辞出来了。

他还惦着“玫”的信，不回宿舍，先奔了杨红砚的房子去，敲半天门也没人应，看门口的沙土草叶积了许多，窗帘也拉着，显见得无人，就回了办公室。拉自己的抽屉，见没信，一转脸，何玮婉进来了，笑着问候了。鲍日曙也来了，问何玮婉：“这是文戈吧？”何玮婉忙给介绍，文戈也问了鲍日曙好。

鲍日曙问：“你在山口下乡，咋回来了？”文戈说：“孙书记叫我。”鲍日曙诧异：“孙书记叫你？”文戈说“嗯”。何玮婉急忙打岔，问文戈坐啥车。文戈醒悟过来，不再多话。

鲍日曙觉得这是个情况，略坐一阵，出去找曹兀龙报告，说：“文戈回来了——是孙书记叫回来的。”曹兀龙皱眉：“孙叫他？啥事？”鲍日曙说不上，只道：“不知道。”等等又说，“我发现孙书记和肖宗泉、杨红砚拉关系着呢，现在又拉文戈，我觉得不大对劲……”曹兀龙不说话，好半晌，说：“你去问文戈，看山口的简报出来了没有？”

鲍日曙得了令，去问，文戈取了几张纸交给他。他拿去翻了翻，见只是个很一般的情况反映，没说什么，交给曹兀龙看。曹兀龙见只是一般性的叙述，没有拔高，心里不痛快，但现在的文戈是丁义川的亲戚，也不好说什么，只道："你好好修改修改发了吧。"

文戈去打扫宿舍，见墙上的周恩来总理遗像，凝视半晌，轻轻点了点头，鼻子有些酸，忍住了。打扫完又回办公室去看报，见有一首赵朴初的词，想剪下来。何玮婉悄说："不能剪。要剪你拿宿舍去偷着剪去，不要叫鲍主任看见。"

文戈问："为什么？我剪的旧报。"何玮婉说："小文你不知道，现在和以前不一样了。鲍主任可小心眼啦，一点不像朱主任！他一来，办公室整个儿变了味，稿纸要我锁起来，怕人乱拿；茶杯要我锁起来，怕人偷了；茶叶叫我锁起来，怕人乱喝；报纸都天天查，要少了一张，还要问我。弄得我紧张得出去提壶水都得把门锁上。"

文戈听了不高兴："就一张报，我看他能给我定个啥罪！"说着将那张报放抽屉里了。何玮婉笑说："你个小文！"

白梦媛进来问字，何玮婉告诉了，说："你问小马或小常就行了，还跑办公室来问。"白梦媛说："她两个都不在。人家早打完要去了。老何你要给主任反映反映呢，马秀娟和常菊墨两个一顺子欺负我，她两个都是老打字员，文化程度也高，我刚来，她们还把任务平均分配给我，我哪儿能打得过她们！"

何玮婉笑说："你是主任的娘娘，你自己不去说，还叫我给你说。"白梦媛扛一下她，说："老何也学坏了！"又附她耳朵上悄悄问："这就是文秘书吧？"

文戈早猜出她是谁了，因不认识，就没转身，听她说到自己，转脸想搭话，白梦媛已问到他脸上："你就是文戈吧？"

文戈反不好意思，"嗯"着点头。白梦媛笑着说："你咋起了那么个名字沙，难听的！"

文戈无话，只笑一下。白梦媛说："你咋不说话？你这个人挺有意思的！——老何我走了。"不等文戈说话，真就走了。

文戈反愣在那里。何玮婉笑起来："看小文那老实样儿，要是小肖，这阵保险翻了天。"文戈微微红了脸，说："我还不太熟。"

小李来送报，文戈翻了翻，没有信，就问："小李，杨红砚拿了我一封信，是你给她的吧？"小李说："哦——有你一封信，那天报刚来，我还没分，杨干事进来翻信，看见你的就拿走了，我没好意思拦。"

文戈说："哦，不要紧。你记得地址吗，哪里来的？"小李摇头："我没看。"文戈失望地点头，说："再有我的信你交给老何，或者直接放我抽屉里。"小李答应一声，走了。

文戈听说刘钟还在医院里，一来想去看看他的病，二来还想说说李锦竹调动的事,就去了。可到那里一看,刘书记左胳膊上吊着针,右手在批文件,跟前坐了好几位汇报工作,他老伴儿站在墙角里,默默地看着忙得不可开交的丈夫发呆。他想,现在进去啥话也不能说,只会给他添乱,就隔窗望了望,悄悄走了。

10 此地空余一小楼

吃过晚饭,文戈又去医院,走路上,听县广播站一位播音员声音挺像“玫”,不觉呆了,心里酸酸的,不知她为什么这么久不来信？一种不祥的感觉在心头缭绕。

医院里清静些了。刘钟还在看材料,护士来要给吊针,他把左手伸过去,护士看了看说:“不行,这个手血管全扎坏了,换一个手吧？”

刘钟扬扬握笔的右手说:“不行,右手我还写字呢。”他老伴儿急道:“你吊完再写行不行沙！”刘钟用下巴一指和枕头一般高的文件堆说:“你看行不行？你自己看！”他老伴急得流下泪来。

文戈见了,说:“刘书记你有图章吗？你看这样行不行？你躺着吊针,文件我给你读,批什么我替你写,完了把你章盖上,就不用签字了。你看行不行？”

刘钟还未说话,他老伴儿急忙说:“图章有。我这就取去。”说着,擦着泪往外走。刘钟看看左手背,几乎全青了,血管更烂得不行了,只得说:“那今天就吊右手吧。”

文戈清理那些文件、材料。先分了类,按类读的读,批的批,刘书记有什么话,他代写,然后盖上章。他老伴出出进进,一会儿给文戈倒水,一会儿给刘钟左手热敷,要不就在床边站着,一阵也不休息。

文戈处理得极快,有些不太重要的东西,一目十行就扫过去了,就这,还一直忙到夜里十二点多才处理完。刘钟老伴一步都没离开,一直站了几个小时。等文戈处理完材料,她才歉意地说了两个字:“谢谢！”

文戈心里还记着李锦竹的事,但夜太深了,刘钟已经疲惫不堪,他不好意思讲,只得出来了。在走廊里他美美地伸了个懒腰,到街上又深深地吸几口气,心想,我年轻力壮都累得够呛,刘书记如何受得了啊。县委大门已关,他怕惊扰别人,从卫生局小院翻墙进去了。

第二天一早,县广播站的高音喇叭响了,又是那位声音挺像“玫”的女声。文戈从蒙眬中惊醒,闭着眼一直听到她播完。等他起床,已是上班时分,早餐也开过了,只得空着肚子等午饭。

他心里还惦着李锦竹的事,跑医院去看,刘钟床边又围了人。刘钟老伴儿看见了,热情地出来问,他笑笑说没事,就走了。

回办公室,他帮何玮婉装信封,悄悄念叨:"山口的李锦竹想调县上来,叫我给刘书记说说,我去了几次都没好意思开口。"何玮婉摇头:"唉,你给刘书记说是白说,他哪会干这种事。"

文戈说:"这又不是什么见不得人的事,又不是谁的孙子么,谁的外甥女,怕咋了?"何玮婉悄说:"小文,你不能再这种口气说话了,叫曹书记听见就不得了了!"

正说着,马宏雄进来,看见文戈,大声问:"大滩口会战现在战得咋样了?战出名堂了没有?听说山口公社的人对咱们曹书记感激得很,都叫'曹青天',真的么假的?"

文戈还没开口,何玮婉就阻止:"马主任,你不要在这里说这些话好不好?"说着指一下鲍日曙的空座位。

马宏雄不在乎,说:"哎,没关系,他又不在。咱们几个都看着,他一来咱们不说了还不行!"何玮婉站起来说:"马主任,你不听算了,你要说了说去,我不参与。"说着就往外走。马宏雄在后面说:"你走你走!那么小心着咋呢,头割了碗大的个疤疤,你还活几百岁呢!——小文你讲!"

文戈便把瞎眼婆婆叫青天的事约略说了。马宏雄说:"哦,原来是这么回事。我就知道!你看我没到山口去,他那两下子谁还不知道!他要'青天'了,那天底下的青天也就太多了!"

阮祥林秃着脑门子进来,马宏雄招呼一声走了。文戈忽想,刘书记太忙,何不把李锦竹的事给他说说?就说了。阮祥林似乎并无热情,想想说:"县委办公室调人要常委会研究呢,你给曹书记说说,现在是曹书记主持工作。"文戈心里一拧,再不提了。

阮祥林刚走,何玮婉回来了,悄悄说:"小文你要注意呢,阮常委和以前不一样了!"文戈诧异,说:"怎么个不一样法?"何玮婉摇头,悄说:"我也说不上。只是一点感觉。这个话我给谁都没敢说过,你千万不敢给人说!"文戈半晌没说出话来。

正闷着,听一个人叫"文秘书",一抬头,杨红砚新簇簇站在门口。文戈眼睛一亮,叫声:"啊呀,你可回来了!"起身就向外走,一边说,"我的信还在你那里吧?"

杨红砚还没说话,何玮婉在后面笑道:"小文等谁的信,都快急疯了!"杨红砚见他那样,脸上的笑意凉了点,不吭气,笑着问候何玮婉,故意说些无关紧要的话,急得文戈直在地上捯腾脚步。她磨够了,才慢慢地出来往回走,一路和见到的人打招呼。文戈只得咬牙忍着,边走边等她。

到那里他才发现,她屋里全是土。原来她刚回来,看见文戈在办公室,房子也没顾得收拾就过去了。见文戈一心只在信上,进门手一指:“喏,窗台上。”

文戈一把拿起,掸去尘土,一眼就看出,是“玫”的字。他心潮澎湃起来,急忙装口袋里,回身才对杨红砚笑:“你去省上去了?”

杨红砚不回答,盯着他看,故意说:“谁的信,那么急切?”文戈不好说,只笑:“一个朋友。”又问,“省上有什么情况?”杨红砚说:“行了,别装了,快回去看信去吧。别真急疯了。”文戈有点不好意思了,说:“没关系,咱们聊聊吧?”

杨红砚说:“行了行了,走吧。你这阵儿想聊的不是我!”文戈不好意思,还想说什么,杨红砚说:“行了,走吧,我还要收拾房间呢!”文戈看看满屋的尘土,才笑说:“那也好。我一会儿过来。”说着要走。

杨红砚去取笤帚,装作无意地说:“我这次还去了趟师大,我们有个同学在师大新闻系。”她说得似乎很平淡,但文戈听来却如雷鸣,站住问:“你去了趟师大?”

杨红砚不回答,只顺着自己的思路说:“我们那个同学说,他们系有个青年女教师,人长得挺漂亮,也挺聪明,课讲得好,师生关系也挺好,可以说样样都好,还是优秀教师。”

文戈听她话中有话,就站着听。杨红砚笑笑,说:“你怎么不问问是谁,后来怎样了?”文戈已感到有点不祥,说:“谁?”杨红砚得胜地一笑,一边低头扫地,一边嘴里念道:“昔人已乘黄鹤去,此地空余一小楼!”

文戈头里“轰”的一声,“余小楼”三个字像雷一样在空中炸响了,震得他头里嗡嗡直响。

杨红砚却全然不管,脸上幸灾乐祸的成分反加重了,说:“前不久,那位又聪明又漂亮又年轻前途远大人缘又好的女教师找了个对象,听说也是位又年轻又漂亮人缘也好已经是省组织部副处长将来还要提升前途更远大的高干子弟,结婚时人山人海,捧场的人差点把院子都挤破了,你没去祝贺一下?”她只顾说得痛快,一抬头,见文戈面如白纸呆在那里,心里猛一抽,扔下笤帚说:“你没事吧?”

文戈清醒过来,嗓子干得仿佛贴到一起了,只点点头,转身出来了。杨红砚看着他的背影,又恨又可怜,一个人悄悄说:“人家心里根本没有你,你单相思贱不贱啊?”

11.爱情十字架

文戈不知道自己是怎么回到宿舍的,一进去,便靠倒在门板上,压锁了门,闭眼喘了会儿气。他手还插在兜里,紧紧地捏着那封信。他不敢掏出来,只紧紧地捏着,仿佛怕它飞了。他心有些颤,恨不能马上知道信里的内容,却还是只捏着,就是不敢往外掏。他捏着,想通过手指来感知信里的内容,却什么都感知不到,只觉出那是一封很薄的信,薄得让人心颤。

他终于有勇气掏出信了,一眼看到信封上熟悉的字体,他只叫得一声:“我的玫!”眼泪“哗”的就下来了。他还是不能拆信,只把信紧贴在脸上,让泪水打在信封上。

有人敲门,他不睁眼,不出声,不动。门外的人喊:“文戈,还有你一封信,你要不要?”他听出是杨红砚,但仍不睁眼,不动。现在,任何信对他都没有意义了。

门缝那儿“咝咝”响,是杨红砚在往里塞信。他仍不睁眼,不动。待一切都平静下来,他才慢慢睁开眼。信封已湿了,能见到里面隐约的字迹。

他这才走到桌前,将信平放在桌上,擦掉脸上的泪,心里默默地祈祷,希望是一封对他有安慰的信。他拿起信来拆,发现自己的手在抖。

那信粘得牢,他拆破了,抽出信来,一眼便看到署名是“小楼”,而不是以往的“你的玫”。他的心立即一拧。

那是一封简单的信,简直太简单了:

文戈同志:

近来好吗?很久未给您写信了。今有一事相告,我有男朋友了,人还可以。可能不久就会办手续,到时候请您光临。很感谢您以往对我的关心,希望以后我们仍然是朋友。什么时候能拜见嫂夫人呢?

祝健康,望多保重!

小楼

1976年3月15日

文戈脑子里一片空白。

他呆坐着。

杨红砚来敲过一次门,他没动,呆坐着。

鲍日曙来敲过一次门,他没动,仍呆坐着。

晚饭时间过了,杨红砚没见他来吃饭,又来敲过一次门,他还没动,呆坐着。

【爱别离】全心,交出去,挡回时,已碎;捡不起,难扛回,诉说无门,杀心无罪;苍天啊,是责我傻?笨牛该罚?还是爱人只可半心,留一半,爱自己?

天完全黑下来了,他终于起来了,从门缝里抽出杨红砚夹在那里的信,拉开灯,撕开看了看,放桌上了。

鲍日曙看见灯亮,来敲门,他只得开了。鲍日曙进来,异样地看看他,说:“你咋了?”文戈摇摇头:“没咋。有事吗?”

鲍日曙见他墙上挂着周总理遗像,盯了一眼,说:“哦,曹书记叫你赶快到山口去,没事不要在县上闲待。”文戈心里一刺,点点头。鲍日曙又盯一眼周总理遗像,走了。

他本来想给她写回信,但灯开着杨红砚又会来,他这阵儿不想见她。这阵儿他什么人都不想见。便把灯拉熄,摸黑躺在炕上。黑暗中,有人敲过门,他估计是杨红砚,但他没开。直到十二点停电,他估计人都睡了,才点起煤油灯。

他又看了一遍信,不知为什么,竟然笑了一下。无意识地拿起信封,感觉里面还有东西,忙看时,是一张照片。他慌忙倒出来,却是他送给余小楼的那张。他心里又一灰。照片上的他笑吟吟地站在麦田里,左手肩着锹,右手提一顶草帽。是他刚毕业接受贫下中农再教育那会儿在马湾照的。他翻过来,背面的回文诗还在:

种田闲居在深山无人怜我[1]只自乐

他眼前模糊了，一闭眼，两行泪顺脸而下，从下巴那儿滴到衣服上。他低下头，闭着眼将照片一撕为二。再撕为四。再撕，撕不动了。分开来，撕。撕。撕。撕……

直到小得再也无法撕。

他就那么对着一堆碎片呆坐着，许久，才想起，人家已经归还了他的东西，他也应该归还人家的了。他找出她的照片，似乎还和以往一样，仍然那么恬静，仍然那么安详，仍然那么美，但却仿佛变得遥远了，陌生了。她仍那么静静地看着画报，但嘴角似乎有点嘲笑的味道，好像在说，你有资格这么看我吗？他突然想起，她信中用的都是“您”，多么礼貌，多么周全，又多么冷淡。他心里又一拧。他冲照片点点头，轻轻说：“是的，我没有资格了！”

他把照片反过来放信上，看到了那首“十字诗”：

同
心
兄
死 生 同 妹 共 心 身
玫
与
文[2]

注解：

①每个字读两遍：种田闲居在深山，居在深山无人怜，无人怜我只自乐，我只自乐种田闲。

② 读法是：每句七字。从上到下，再从下到右，再从右到左，再从左到上。

他摇摇头，突然觉得自己原来这么无聊，竟然弄这些狗屁歪诗。他不知该怎么办了。照片是应该退回去的，但这歪诗不能再让她看见。他用笔画了画，太脏。又用湿毛巾擦，却只擦掉新画的，原字竟然擦不掉。没办法，只得又用笔涂。脏就脏吧，谁知道会有今天呢！

他顺着字迹涂得一字都看不清了，却突然发现，照片背面大大地耸起一个"十"字。他心里一惊，难道这是上天示意？这次所谓的爱情就是十字架？

他又坐了许久，才开始给她写回信。写着写着，停住了，拿起看了看，摇摇头，责备自己：人家有权利想找什么人就找什么人，人家有权利想和什么人结婚就和什么人结婚，你没有权利责备人家！他把那封带责备口气的信撕了。

他感到心里很痛，便又在信上倾诉，他们从前常常这样，一个有什么不痛快，就倾诉给另一个听。不在一起就写信。他不由自主又回到了从前的轨迹上。可他诉说着，渐渐地又清醒了，摇摇头，他已经没有权利让她听那些废话了！他咬咬牙，又把信撕了。

他感到孤独。这是以前没有过的感觉。以前，他任何时候都觉得非常充实，有时候碰到困难，他甚至还感到高兴，因为有了困难，才能显出意志的坚强。他以前觉得自己是个意志坚强的人，似乎比别的人都坚强。但今晚他突然觉得，自己原来那样脆弱，仿佛一根孤零零的芦苇，一只麻雀就会压折。他希望她能给他力量，但他已经没有权利提任何要求了。她是很善于鼓励人的，但她的鼓励只会给她亲爱的人了。

他拿着笔，不知道应该怎么写了。又看看那封信，太短了，短得仿佛在说：我不想再和你废话！于是他决定，也给她写一封短信！他以冷酷的口气写了一封极短的信，看看又想，何必呢，刺激她已经没有任何意义了。于是他又撕了。

他就这么写了撕，撕了写，一直折腾到凌晨四点多，却连一封完整的信都没有写成。他实在太累了，笔也没合就趴桌子上睡着了。

早晨的广播响了，那位声音像"玫"的广播员把他从睡梦中惊醒。他翻过桌上的照片看，希望声音是她发出的，甚至希望她辟谣，说她没有结婚，没有找朋友，她心中仍然只有他。可是，声音顽强地从屋外传来，她就那么冷冷地坐着看画报，一丝怜悯之心似乎都没有。

他长长地叹了一声，最后看了一眼那位他做梦都想着的人，翻转去脸朝下装进信封。

他再次看见了那个黑乎乎脏兮兮的十字架，并且印进头脑里。

老冯开大门的声音响了,他用浑身的力气站起来,向外走去。他怕人看见他的举动,也怕自己动摇,直直地向外走,不回头,不向两边看。老冯诧异他起这么早。他给老冯一个微笑,什么都没说,就走过去了。

邮电局的铁信箱很刺眼地在那里等着,他感到了它的辛苦,同时也感到了它的恶毒,它仿佛专门守候在那里等着这件事发生。他觉得捏信的手在裤兜里颤起来了。他希望碰见一个人猛拍他一掌,在他耳边大喊一声:假的!这一切都是假的!是梦!那他会感谢那人一辈子的。但是,没有人喊,街上连一个人影都没有。

他走到那墨绿带锈的铁盒子跟前,用左手摸了摸,冷冷的,硬硬的,很真实,不是梦,同时知道它确实是铁的,不会说话,也没感情!他咬一下牙,认了!这才抽出右手一直捏着的信,看了看信封上的姓名、地址,举手投了进去。他的手在碰到铁盒子活动盖的时候,似乎迟疑了一下,希望发生点什么,许多电影里就是在这一瞬间峰回路转的。然而,什么也没发生。

随着信箱盖落下的那声响,他在心里最后喊了一声"玫",就重重地无可挽回地永远关闭了心扉。

他往回走,不回头,他怕一回头间会控制不住自己跑回去扒下信箱来倒出那封信。然而,心里,却硬邦邦的仿佛挺着一个硬物,一个铁闸。这不是件好受的事情。往后的若干年内,他都要带着这个硬物过日子,忍受它的折磨,还要装没事人。按他的性格,他能做到,但心脏却受不了,它在和这个硬物作斗争中无可避免地一天天衰弱下去了。

回到宿舍,他简单地收拾了一下,背上挎包,锁了门,急急向外走,他不愿碰上人,更不愿碰到杨红砚。他觉得自己像个气球,虽然表面上仍挺硬,但内心已经非常空虚了,而杨红砚的目光就像针,只要看他一眼,他的气一下会泄光。

12.千古奇事——家畜家禽委员会

鲍日曙是很忠于他姨爷的,曹兀龙让他盯着文戈,他便真的当圣旨照办。没有见到文戈,他不放心,去敲了几次门,都没有动静。最后一次他实在忍不住了,看四下无人,就攀住门框,扒上面的小窗上张了一眼,确定里面无人,才相信文戈可能真的走山口了。

回办公室刚坐下,白梦媛送来一份打好的文件。他拿起看了一眼,说:"这是份重要文件,怎么现在才打完?你们这么拖拖拉拉还行!"

白梦媛不高兴了，哼道："重要文件你咋不批给她们两个打去？她两个是老打字员，我才来几天？你要批给我，我就这么慢，你看着办吧！"说完，扭身走了。

鲍日曙干气，却没奈何，只得让何玮婉盖章赶快发，他去给曹兀龙汇报听到看到的事儿。到那里一看靳向东在，他不好说，只支吾一句："文戈已经下乡走了。"

这一句似乎不必专门来汇报，可下面又没话了，没话却又不走，靳向东看出来，他还有话，但不愿当着他的面讲，就说："鲍主任是不是还有什么话要给曹书记汇报？如果你觉得我在这里不方便说，我就先走，你汇报完了我再来？"

他嘴上这么说，可坐得稳稳的，一点没有要走的意思。鲍日曙连忙说："哦，不不，没有没有。你们谈吧。你们谈吧，"说着看一眼曹兀龙。曹兀龙开口了："有事你就说。"

鲍日曙犹豫一下，用屁股尖儿坐了，说："也没有什么大事。昨天我去农办，听农办的人说曹书记在山口咋了？还说'青天大老爷'咋了？还说吕翠儿咋了？"曹兀龙说："他们说咋了？"鲍日曙说："不知道他们说咋了。我听他们说呢，我进去又都不说了。"

靳向东听他连说了几个"咋了"，却一个都没说清咋了，差点笑出来，忍着笑说："那么到底咋了？"鲍日曙听他话中带讽，不便回答，只说："今天宣传部的杨红砚回来了，宣传部聚了一帮人，议论省上的啥消息着呢。"

曹兀龙警惕起来，说："啥消息？"鲍日曙说："不知道啥消息，我进去他们就散了。"

靳向东差点笑出来，装着咳嗽了一声。曹兀龙心里骂一句"窝囊废"，却想不起应该说什么。鲍日曙自己也觉得没意思了，尴尬地告辞，曹、靳都不说话，由他自去。

鲍日曙退出来，觉得挺晦气，他心里有话，没有说出来，反被靳向东耻笑了一番。回到办公室，找了份没要紧的文件等着，想等靳向东出来再去，以送文件为由，把心里想说的话说出来。他觉得不如此，就对不起姨爷的一片心。

他手里拿着文件乱翻，眼睛却从后窗盯着团委的门，不提防电话突然响了，倒吓他一跳。电话是孙铁从羊山来的，问丁常委来了没有，问"家畜家禽委员会"文件发出来没有。他一一回答了。

放下电话，慌忙到打字室去看，见马秀娟打着毛衣和常菊墨说闲话，发火道："文件没打出来倒打上毛衣了！"马秀娟不慌不忙，把打好的蜡纸给他,他见已经打好了,又发火道:“打出来为什么不送来校对?”

马秀娟说:“我刚准备送去,你来了。”鲍日曙火道:“上班时候不许打毛衣!”马秀娟说:“我没打。本来准备给你送文件去,毛线扯了一下,把几针扯脱了,我挑了一下,没打。”鲍日曙更火了:“以后毛线活不许带到打字室来。”马秀娟把毛线往袋里一装,说:“好。我送回去。”说着,提起毛线兜走了。

鲍日曙气得无话说,也只得走人。心里想,一定要想办法治一治,还反了她了!他生着气校对,没发现错误,就让何玮婉送去打印,却没想到一个笑柄永远地留在水泉县史志上了。

文件的开头部分是这样的:

关于成立水泉县家畜家禽委员会的决定

经水泉县委常委会 1976 年 4 月 2 日研究决定,成立水泉县家畜家禽委员会。

孙铁同志任家畜家禽委员会主任;

刘钟同志任家畜家禽委员会副主任;

……

“家畜家禽”也会成立委员会?“主任”、“副主任”却是人,还是两位县委副书记!

【小吊崖】家畜家禽成了精,成立委员会;主任、委员却是人,还是县常委。气煞人,谁起草文件才是驴——笨驴!

鲍日曙全然不知他炮制的笑话正在进行，还盯着团委办公室的门，看见靳向东终于进去了，他拿起文件就奔曹兀龙办公室。不巧，朱仕第又进去了。无奈，他只好放下文件又退出来。

他有些气馁，心想再找份文件如法炮制，又觉不妥，正胡思乱想，电话又响起来，却是曹兀龙叫他。他喜出望外，急忙奔了去，一进门就问："姨爷啥事？"曹兀龙双眼一鼓，说："我看你来了几趟，啥事？"

鲍日曙用半个屁股坐了，看一眼门外，身子往前倾一倾，悄说："我先头没把话说完，农办议论姨爷，是马宏雄参与的。宣传部议论小道消息，靳向东也在场。头前我见他在，就没说。"

他已经讲完了，曹兀龙却以为才开头，等半晌不见动静，问："还有啥？"鲍日曙想想，说："我觉得靳向东这个人不可靠，姨爷要小心些！"

曹兀龙还等着，他却再无下文了。一股怒火从曹兀龙胸中升起，跑了几趟，就为说这么几句屁话！他真想一脚把他踢出去。陈召凤却来了。曹兀龙招呼陈召凤进来，很不耐烦地对鲍日曙说："你去吧。"

鲍日曙出去，陈召凤关上门，悄悄说："我侄儿在地区水电局，听了个闲话，不知道是真是假，说曹书记的书记，地委根本就没报，还是以前报过一次代理，以后就再没报过。我一听，这是个情况，曹书记还要注意呢！"

曹兀龙听了，半晌没说出话来。陈召凤又说："这个事，我看宁可信其有！这咱们就要打自己的主意，得想办法到省上去一趟，无论如何得找到洪书记！曹书记你说呢？"曹兀龙点点头，心里下了决心，嘴上却只含糊地说："就是。"

电话响了，是臊女子来的，说她奶奶回来了，给他带了烤馍馍，让他回来吃。陈召凤也听到了，知道曹兀龙是孝子，起身告辞。

曹兀龙也向外走，路过办公室，给鲍日曙说："你找一下李映，叫他把车加足油，我一会儿要出去。"鲍日曙答应着，还问："去哪里？"曹兀龙不说话。鲍日曙一看何玮婉在，心里恨自己疏忽，咬了一下牙。

曹兀龙往外走，迎头一个人叫"曹书记"，他一惊，看时却不认识，站住说："干啥？"那人左右看看，想近一步说话，曹兀龙却不动，只得轻声说："我叫刘宗祥，在芦子川教书，我想问问我的调动。我家里实在困难，请曹书记照顾照顾，放我走吧？"

曹兀龙一听来了气，说："不行。教师现在正缺，你们都不安心山区工作，一个一个都走了谁教书！"说着就走。那人跟了苦求，曹兀龙只是不允。但那人缠劲十足，曹兀龙往左，他跟着往左，曹兀龙往右，他跟着往右。曹兀龙火了，说："你不要跟着我好不好，跟你说了不行就是不行，你再缠也是不行！”

那人无奈了，只得说：“曹书记，你可能不记得我了。我上次去过曹书记家，曹书记不在，是曹书记爱人接待的我。我留下一个牛皮纸信封，里面……有信，还有……没有告诉你吗？”

曹兀龙心里一惊，想起信封里那二百元钱了，他怕他再往下说，忙道：“你叫刘……什么？”那人忙说：“刘宗祥，在芦子川。”曹兀龙点点头，说：“常委已经研究过一批了，你怎么现在才来？”那人苦着脸说：“学校不请给假。这次我还是硬跑出来的。”

曹兀龙急着要摆脱他，只得说：“你跟我来。”直接把他带到朱仕第那里，交待道：“这人家在同仁县，家里困难大得很，要求调动时间长了，你看手续咋办，给说说，先把手续给办了叫走。以后常委会上补着研究一下。”

那人脸上现出大感动来，要跪地谢恩的样子，却没跪，嘴里连声说：“谢谢！”曹兀龙扬一下手制止了，给朱仕第说：“我有事要去一趟省上，家里你照看着。”朱仕第有话要说的样子，见他一脸焦急，就闭了嘴，看着他去了。

13.一女激起千层浪

靳向东发现曹兀龙不见了，急忙到朱仕第那里去问：“曹书记哪里去了？我有急事想给汇报，前院后院找不着人。”

朱仕第明白他是来探消息的，虽然他能猜出曹兀龙去了哪里，可曹兀龙并没有告诉他，可要照直说，靳向东必不信，倒有些为难，想了想，说：“昨天曹书记倒是念叨过他要出去一下，去哪里却没说。当时我屋里有人，也没顾上问。”

靳向东听他如此说，也分不清真假，但料定再问也问不出结果，便告辞出来，一路疑疑惑惑，觉得曹的神秘失踪似乎预示着不祥，立即给地区团委的熟人挂了电话，让到地区几位领导那里侦察。回说没有，他更焦急了，只得给在羊山下乡的孙铁挂电话报告了。孙铁说：“密切注意，不要声张。我马上回来。我回来之前，什么话都不要说，什么行动都不要采取。”

放下电话，靳向东心中仍不安，刚想到什么地方再去打探，通信员小李推门进来了，说：“哎呀李书记，我到处找你找不到，山口公社调来个女的，老杨说房门钥匙在你这里，快，人家在门口等好半天了。”靳向东一听，知道是黎虹来了，烟头一扔，就往后院跑。

来到后院，见黎虹头上围了个黑头巾，几乎把眼睛全遮住了。妇联干事杨冰扶着架子车，车上乱七八糟堆着满满一车东西。妇联主任杨秀芳站着和黎虹说话，见靳向东来了，半笑半嗔地说："你拿的钥匙干啥去了？搬东西没人搬，门也没人开，你到底是帮忙的，还是捣乱的？"

靳向东一边拿钥匙，一边说："给你们妇联调的人，是你手下的兵，你不搬东西谁搬？"杨秀芳接过去说："给我们妇联调的人，你为啥要拿走钥匙？"

靳向东无话可说，只得咧嘴笑："算你有理，我告饶行不行？"杨秀芳也笑，说："哎呀，我来革委会这么些年，听靳书记告饶可是第一回！行，有你这句话，这个行李我们搬得值了。你说是不是，黎虹？"黎虹做出个笑的样子，但似乎心里并没笑。

杨秀芳先进屋去看，见屋里收拾得干干净净，对靳向东说："行，这还像个样。帮人帮到底，搬东西。"靳向东早动手了，几个人出出进进一阵，车上的东西都到屋里了。

杨秀芳给指了厕所、灶房、水房、垃圾站及她和杨冰的住处，让她慢慢整理，告辞出来了。

走几步，杨冰回头看一眼。杨秀芳悄说："往前走，不要看。"杨冰悄悄说："我看靳向东干啥着呢。两个人像两口子一样了。"杨秀芳说："不要胡说。"杨冰便不言语了。

下午，孙铁和肖宗泉回来了。靳向东将曹兀龙神秘失踪的经过又讲一遍，孙铁听了，也再提不出什么问题，只让靳向东继续注意。听说杨红砚回来了，急着想听听省上的消息，让肖宗泉去找，他在屋里等着。

肖宗泉去找杨红砚，却听到黎虹调来的话，他让杨红砚去找孙铁，他急忙去看黎虹。白梦媛正在办公室里，看见肖宗泉回来，一盆火儿似的跑出来问候，肖宗泉却推说有急事，匆匆往后院去了。

白梦媛见他带搭不理的样子，心里有了气，后面没有办公室，他去找谁？便远远地站了看。见他竟然去敲新来的那个女人的门，鼻子里便"哼"的了一声。她还不知道黎虹的名字，但见她长得那么水灵，又妖精似的用围巾遮着脸，便觉不是好东西。远远地见门开了，肖宗泉走进去，她一股火儿蹿上来，大步跟了过去。

快到黎虹房门口了，见门儿大开着，那妖女靠着门，站着和肖宗泉说话，也不像有什么勾当，她突然觉得无所措手足，略一迟疑，装作上厕所，从门前走过去了。

待她从厕所出来，再路过那里时，屋里却又多了个靳向东。她慢慢地走，注意着，却觉屋里的人似乎有点奇怪，都站着，又都不说话。那女的始终靠着门，仿佛怕门被人关住，竟不让两个男人坐，只自己低着头，顺着眼，一言不发。白梦媛觉得奇怪，站门前的花红果子树下呆看。

肖宗泉似乎先醒悟过来，转脸一看，见一把铝壶放在炉台上，说："我打壶水去。"那女的抢先一步将壶提过，一边说："不用。待会儿我自己打。"一边将铝壶放到远离肖宗泉的炭堆上。

肖宗泉又去提暖水瓶，那女的又将暖水瓶夺过去，说："不用。待会儿我自己打。"肖宗泉还用眼睛四下搜索，看有什么可干的活儿。那女的说："你不用费心了，你忙你的去吧，我自己可以收拾。"

肖宗泉便显出无奈状。靳向东始终站着，一脸的冷嘲。白梦媛觉得肖宗泉又可怜又可恨，忍不住在门外说："人家不要你干，你丧眼不丧眼(没眼色，寻贱)！"

黎虹早看见她了，只是不认识，不好搭话，听她如此说，抬头看一眼，因这话不是冲她说的，也不好接茬儿，只得对屋里两位说："你们两个都忙去吧。我这阵儿想一个人清净一阵。"

靳向东身子动一下，似乎要走，见肖宗泉没动，也不走了。黎虹又说一遍。靳向东用目光逼视肖宗泉，肖宗泉仍不动。白梦媛忍不住，咬牙一哼："贱死了！"赌气走了。

这话被来看黎虹的杨秀芳听见，进屋一看几个人僵着，便明白了几分，故意笑道："先头搬行李你们一个都不见，这阵儿人家铺好了，你们做客来了？咋都那么会占便宜咪！去去去，你们都去！叫小黎休息一会儿，你们也太不懂人情礼道了。"不由分说，将靳向东和肖宗泉都推了出来。

靳向东拍拍手，慢慢走了，一脸说不来的味道。肖宗泉还不想走，见杨秀芳大马金刀地守在门口，只得慢慢挪步。见他那个样子，杨秀芳忍不住喊他道："小肖，你跟我来，我有话要跟你说。"

肖宗泉只得跟过去到妇联办公室。一进屋，杨秀芳关了门，说："小肖，你们到底咋回事？"肖宗泉说："没有咋回事。"杨秀芳说："你不要以为别人都是傻瓜！你知道不知道，黎虹是靳向东跑前跑后调来的？"

肖宗泉看她一眼，说："那能说明什么问题？黎虹不是那么浅薄的人。"杨秀芳讥他道："你深沉！你知道黎虹怎么想的？"

肖宗泉站起想走，说："当然知道！"杨秀芳也激动起来，说："你……冷着呢！"

这话肖宗泉不爱听，走到门口，一手拉着门锁说："我不敢保证黎虹会找什么样的人，但我绝对保证，她绝不会找靳向东那样的浑蛋！”说完，开门走了。

杨秀芳看着他的背影，气得一个人在屋里骂：“冷棒！你真是个冷棒！还在那里找冷棒着呢！”

14.离魂女

孙铁和杨红砚谈完话，出来刚碰上肖宗泉，边走边问他：“小文给我来了封信，推荐李锦竹，你了解不，咋样？”说着到了办公室，两人都进去了。

肖宗泉还没有完全从黎虹的事里脱出来，说：“还可以。”孙铁问：“笔杆子硬不硬？”肖宗泉说：“还可以。应付个讲话、材料没问题。”

何玮婉听见了，说：“山口的李锦竹吧？我听小文说过，说人挺好的，笔头子挺利索。孙书记想办法给咱们调来吧，办公室人太少了。”孙铁哈哈大笑，对鲍日曙说：“鲍主任，你听见了吗？给你们调个笔杆子咋样？”

鲍日曙没有曹兀龙的话，任什么也不敢应，何况还是文戈推荐，孙铁积极。他虽不知李锦竹是何许人，但对文戈和孙铁却是知道的，站起来说：“我不了解。孙书记说了，我不敢说不要，但办公室调人要常委研究，孙书记给曹书记说一下，常委们同意了我就要。”

孙铁一听，又哈哈大笑起来：“老鲍还小心得很！你不要怕，你想要怕还要不去呢，农办的马主任嚷着要人嚷得时间长了，一直找不上个合适的，好不容易找了一个，哪里能给你！”鲍日曙尴尬地赔笑：“哦，农办是缺人。”

孙铁收住笑，正色道：“不过说正经话，老鲍做得对着呢，给县委办公室调人，不论是调进还是调出，都要慎重，一定要常委会研究了再调。老鲍，你以后就给咱们把关把严，对着呢！”

鲍日曙唯唯。孙铁说笑一阵，走了。鲍日曙在窗上看孙铁走远，也起身出去了。何玮婉给肖宗泉丢眼色，鄙夷地说：“保险又给曹书记汇报去了。屁大点事都要去汇报，连我都看不起他！”

肖宗泉还想着黎虹的事，应付地“嗯”一声，仍旧发呆。白梦媛进来，见肖宗泉呆呆的，拿简报“啪”地打在他头上，鼻子里哼一声：“没出息，魂丢了！”说完，把简报放何玮婉桌上，再瞪一眼肖宗泉，走了。

何玮婉诧异，说：“小白咋了？”肖宗泉一肚子火，又不好发，说：“谁知道！”何玮婉看看肖宗泉，说：“你们今天都咋了？”说半截，靳向东进来朝肖宗泉勾一下头，说：“肖秘书，你来一下。”

肖宗泉本不想理他，想想，又站起来。何玮婉看得奇怪，说："你们今天都咋了？一个一个的都不对劲儿似的？"肖宗泉说："没咋。"关上门走了。

靳向东在墙拐角等着，一直把肖宗泉引到他屋里。桌上已泡好一杯茶。他让肖宗泉坐了，递烟。肖宗泉不接，掏出自己的点燃了。靳向东也自己点上，抽几口，抬起头来问："你跟黎虹原来就认识？"

肖宗泉顺着眼不看他，半晌说："这与你有什么关系？"靳向东说："有关系。你心里明白！"肖宗泉说："我不明白！也不想明白！"

靳向东的火有点压不住了，说："你不想明白就不想明白吧，我不强迫，但我要告诉你，黎虹那儿，你以后少去！"肖宗泉咧嘴冷笑："这只怕由不得你！"靳向东彻底火了，一改刚才硬装出来的谦卑，一变而为冷竣挑战式的了，他那张漂亮得有点流气的脸，由于生气而显得庄严，甚至可以说有些凛然。他冷视着肖宗泉，慢慢从牙缝里挤出一句话来："那你打算怎么办？"

肖宗泉未及回答，门忽然开了，黎虹面无人色地走进来，关上门，欲哭无泪地说："我求你们，你两个好好儿的行不行？我今天刚来，你们还让不让我活？"

她说不下去，泪如泉涌。肖宗泉下意识地掏手绢给她，黎虹却不接。靳向东坐着没动，冷眼看着，"嘿"地冷笑一声。肖宗泉有点尴尬，盯着她说："黎虹！"黎虹拿泪眼对着他，说："你走好不好？我求你！"

【相见欢】小姐咋这般重？真千斤？谁知她心中还有个人！背不动，丢未忍，怕只怕，洞房未到先挣断了命！

这大出肖宗泉意外,他舔一下嘴唇,说:“你咋了?”黎虹说:“你走好不好?”肖宗泉看她一阵,猛转身要走。靳向东扬起下巴说:“等等。”肖宗泉站住,咬牙下了个要拼命的决心,没转身,看他要干什么。却听靳向东对黎虹说:“你告诉他,叫他以后少来纠缠!”

听如此说,肖宗泉转身盯着黎虹看。黎虹嘴唇颤了几颤,说:“你走吧。”肖宗泉定住了,走不好,不走也不好。黎虹见他不动,跺脚急道:“爷!你走!我求你!”拉开门,推肖宗泉出去。

屋里突然静了,两个人都沉默着。黎虹始终在哭,靳向东既不劝,也不动,就那么看着她哭。许久,他才说:“怎么回事,你能解释一下吗?”

黎虹哭得慢了,却不说话。等半晌,靳向东又问:“怎么回事?”黎虹仍不说话。靳向东声音里有了怒意,说:“我问你话呢!”

黎虹不哭了,慢慢看他一眼,说:“怎么回事你都看见了,还要我说啥?”靳向东一噎,说:“你们是怎么认识的?”黎虹不高兴了,说:“我认识的人多了,你是不是都要审?”她吸一口气,“反正就这样,你看着办吧!”擦一把脸,开门出去走了。

剩靳向东一个人在屋子里。他呆一阵,理不出个头绪,一仰身子倒在炕上,头枕被子陷入了沉思。

也不知过了多长时间,门忽然被推开,一个声音在门口说:“有人吗?咋不开灯?”靳向东这才发现天已经全黑了,听说话的是白梦媛,他躺着未动,只转转头说:“你干啥?”

白梦媛听有人,进来摸着拉线开了灯。灯光刺眼,靳向东忙把眼眯细,听白梦媛问:“肖宗泉到哪里去了?”

靳向东慢慢睁开眼,冷笑一声说:“你问我,我问谁去?”白梦媛被噎得说不出话来,哼一声,转身走了。

靳向东猛一下坐起,肖宗泉不见了?他不会再钻到……他不敢往下想,忙到后院去找黎虹。灯亮着,他敲一下,说:“开门。”

里面半晌才应一声:“我睡了。”靳向东心里一堵,却无奈,站着听一阵,没听出可疑,只得悄悄走开,却不走远,隐在墙角处盯着黎虹的窗子和房门。

其实黎虹没睡,她在给肖宗泉写信,但只写了一句“你能不能饶了我”,眼泪就漫下来了。她真想大放悲声,痛痛快快哭一场,把心中的悲苦都哭出来,却不能,像无声电影一样,只张着嘴,流着泪,却不闻一点声音。信纸完全被打湿了,她拿起擤了擤鼻子,扔炕炉子坑里,同时,一个声音在心中响起:人活着咋就这么难?

第五章

1.无人不认为重大的政治事件

电话是鲍日曙接的,他半秒钟都没停就跑朱仕第那儿去汇报。

去那里,杨天才正给朱仕第换写字台。他还没开口,阮祥林转转悠悠进来了,见朱仕第换了新写字台,发议论桌子应该什么木材才好,油漆要什么颜色才对。又评说屋子光线太暗, 办公室应该派人给洗一洗窗帘等等。朱仕第问他有没有事,他说没事,随便转转。说说话又走了。鲍日曙见他走远,咕哝一句:“这人才没意思的。”

朱仕第不说话,问他有什么事。鲍日曙这才慌忙说:“哦,朱常委,山口公社发生了重大政治事件!”

朱仕第一愣:“怎么回事?”鲍日曙说:“公社里汇报,山口公社红沙沟大队的厕所里发现了半张报,上面有毛主席像!”朱仕第问:“谁发现的?”鲍日曙说:“他们大队妇联主任吕翠儿。”

朱仕第微皱一下眉,他讨厌这种事,但又不能说什么,曹兀龙不在,他是值班常委,推都推不掉,遇上鲍日曙这种人,拿着鸡毛当令箭,弄不好还得给自己戴顶大帽子。没奈何,只得说:“他们给公安局报告了吗?”

鲍日曙慌了,他急着来汇报,忘了详细问,只得说:“我没问。不知道汇报了没有。”

朱仕第沉着脸,慢慢说:“叫他们先向公安局汇报,再由公安局给县委汇报。凡事都得有个程序,不要大事小事一下都捅到县委来。”

鲍日曙深悔自己办事不老练,忙点头答应了。朱仕第继续说:“你现在去给公安局挂个电话,叫他们详细了解一下,了解清楚了再来汇报。叫他们局长来。”鲍日曙唯唯,答应着走了。

一会儿,公安局副局长薛振甲带着侦察股长曹豹来了。曹豹是曹兀龙侄子,生得瘦瘦小小,却有一双和曹兀龙相似的金鱼眼,因为这层关系,两位局长到县委办事,都要拉着他。

朱仕第叫鲍日曙也来听。薛振甲汇报完,朱仕第问鲍日曙还有没有补充。鲍日曙说没有了。朱仕第才说:“这是起重大的……政治事件,要高度重视。公安局要派出……精兵强将去查。”

朱仕第口才是很好的,可今天说话似乎不流利,把不该分开的“重大的政治事件”和“派出精兵强将”两句话点开来说,字面上的意思全到了,别人挑不出任何茬儿,可那口气却轻淡了许多,使得“重大”大打了折扣。

当然,这种微妙的处理,鲍日曙是体察不出来的。

薛振甲表面上肥肥胖胖,生就一副熊样,但头脑却极灵活,也顺着朱仕第的话说:“我同意朱常委的看法,确实是一起重大政治事件,我们是高度重视的。只是,朱常委,我们实在太忙了,人实在不好抽。”说着挠头,偷看朱常委。朱仕第慢慢说:“那也得查呀。”薛振甲无奈,只得说:“那好吧。”

送走薛振甲和曹豹,朱仕第见时间已晚,拿起一张旧报,两面翻看了没有毛主席像,方包了那本《宋词选注》,夹在腋下,慢慢踱了回去。他夫人虞观鹤一边给倒水洗脚,一边说:“这本书你刚拿去,怎么又拿回来了?”

朱仕第洗着脚,说:“我要去山口公社一趟。曹不在,轮到我头上了!”虞观鹤问啥事。他简单讲了一遍,骂道:“都什么年代了,还他妈干这种蠢事!简直一群群氓!连咱们的办公室主任都当个事儿吓得慌里慌张!”

虞观鹤说:“就曹的那个亲戚?”朱仕第冷笑:“还能有谁!”虞观鹤说:“曹这人也太差劲了,早点和他离远点!”

朱仕第不说话,脚在水里泡着,给女儿检查作业。检查完,让虞观鹤锁好门,拿出耳塞,将收音机打开,旋到“美国之音”,一边搓脚,一边听。一会儿听完,拔下耳塞,将指针仍拨到中央人民广播电台的位置上,擦脚上床。

虞观鹤倒了水,也收拾就寝,一边问:“有没有啥情况?”朱仕第说:“还那些东西。”躺下了,又说,“看来民心是不可收拾了,老人家万岁后,还不知道什么局面呢!”虞观鹤道:“管他什么局面,咱们回咱们的上海。你也抓紧点。”

第二天,曹兀龙还没来,朱仕第只得带着公安局的人去山口。他不高兴,身为县委常委,竟要强迫自己干不愿干的事,在他,心里颇不是味,对那位小题大做的吕翠儿,便怀了几分不悦。但他是个城府很深的人,外表上没露出丝毫不耐烦。

公路在山间起伏盘旋,他希望转过一个弯看到平川,但一个弯接一个弯总也转不完,前头被山头挡着,老有种无路可走的感觉,这使他心里总觉堵。他看了看让人提心吊胆的山谷,见路边连栏杆都没有,忍不住看了下时速表,见指针正指着六十,不免吃惊,吩咐阎立国道:“慢点,不要太快!”阎立国手把方向盘,笑道:“不快。朱常委放心。”

一会儿,公安局的三位下去方便,阎立国才悄悄说:“朱常委你不要怕,我开车从来不快,这么个路,我不敢快。曹书记爱快,老嫌我慢,我就把时速表调整了一下,你看着六十了,其实还不到五十。李映他们对我有意见,好像我捣啥鬼了,其实我就是怕曹书记骂,还能捣啥鬼。刚才曹豹在,我不敢说。”

薛振甲他们上车了,阎立国不再说话。胖局长有些心神不安,他忙着别的事，本来不想管这屁事，听朱常委也去，怕说他不重视，只得扔下手头工作，跟常委走一趟。

尹长安是县公安局唯一的大学生，政法学院毕业，黑脸，是个爽快的长脚大汉。那是知识分子最声名扫地之时，可公安局的大案要案却都离不开他，因此被称作“臭豆腐”，意思是闻着臭，吃着香。他正筹备结婚，突然摊上这么个倒霉事，一肚子火儿，却又不能说，从上车就望着窗外，脸都不转。薛振甲明白，想缓和一下气氛，拍他一下笑道：“长安，还想对象呢？这个案子办完就给你放假。年轻人是不是急不可耐了？”

阎立国在前面嘿嘿一笑。尹长安调整了一下挤得不舒服的长腿，没好气地说：“谁像你那么老没出息！”薛振甲笑道：“反正我老了，已经不怕羞了，你咋说都可以，不像你们年轻人，心里想着呢，嘴上还不敢说！”

曹豹上车来也没怎么说话。他虽只是个股长，却是个不甘寂寞的人，那对骨碌碌乱转的蛤蟆眼，太像曹兀龙的了，只是曹兀龙的目光中有霸气，而曹豹的眼神却狼狗似的刺人。公安干久了，只要有人进入他的视线，那双凸眼便会不停地在人身上扫描。对什么人都不信任，精明得有点不近人情。话并不多，但一出口，必定又损又刁。自从曹兀龙当了代理书记，他心里便做好了当公安局副局长的准备，但死胖子薛振甲却是个绊脚石。听他说尹长安，接过去说：“人家小尹是知识分子、大学生，还顾脸呢，哪像你，只要一提女人，还知道羞是个啥！”

朱仕第历来讨厌这种粗俗地说男道女，想打断，故意问：“薛局长，山口那边还有没有什么情况？”薛振甲说：“没有。”说完，等常委继续往下问，却再没声儿了。

朱仕第的意思，只在打断他们说那些粗俗话，目的达到就算完成任务，薛振甲却犯了思量：常委一直没说话，冷不丁问一声案子，见无进展就不言语了，莫非对他们的工作不满？他亲自到山口去查究，可见对这件事的重视，自己还得认真对待。想着，不由心情沉重起来，抽支烟，和曹、尹二人讨论起案子来。

朱仕第心里很烦，想着什么都不知道，讨论个屁！但心想人家都这么重视，自己是常委，没个态度怎么行，便也不时挖空心思地插一两句。这一来，弄得薛振甲更紧张，以为常委就是一心在案子上，讨论得更认真了。朱仕第心里火透了，却不能阻拦。几个人便都憋着讨论，直到看到山口公社的白墙了，才都偷偷松口气。

几个人下车时脸上还带着刚讨论了重大政治案件的严肃表情，却没料到这表情，再加上常委、公安局长、两位干练警员的强大阵容把冯彦虎吓了一跳。他本来也不愿管这事,心里想着哪来那么多反革命,但周兢给他汇报了,他怕担责任,就也例行公事给县委汇报了,以为把责任推出去了,不想却惹来了常委和公安局长!他一看事儿闹大了,怕常委指责他没有坚守在现场,忙收起脸上准备迎接常委的笑,连握手的仪式都不敢举行,绷着脸给常委汇报:"我本来在红沙沟,等你们等了一天,不见来人,我才又跑公社挂电话来了。"

冯彦虎本来只是开脱自己,不想薛振甲一听着忙了,说:"这个不能怪我们,我们昨晚接到电话就给常委汇报了,常委召集我们开的会,我们抽了精兵强将来查,你看,"他指着说,"我们曹股长,手头正有个大案子,我硬叫放下了;小尹,已经请了假筹备结婚的人,连婚期都推迟了。还不重视?"

朱仕第不愿搞得太紧张,有心缓和一下气氛,又不敢直说,只得以商量的口气问:"薛局长,你看现在怎么办?是休息休息吃了饭再走,还是先去看现场?"

他的意思是让薛振甲提出休息吃饭,他以常委的身份同意一下。薛振甲却理解成常委对他工作积极性的考验了,想想,试试探探地说:"还是先看现场吧?工作要紧。"

朱仕第心里不高兴,但也只得装满意,说:"好,那咱们走吧。"冯彦虎哪里敢说别的,立即慌手慌脚地准备。曹豹肚子早饿了,想吃了饭再去,却不敢说,只好找借口:"打个电话问问,看大队里有没有人,有人了咱们走,要没人,去问谁去?"

这话大家都爱听,立即让冯彦虎打电话,可摇半天,那边无人接。冯彦虎停了手问:"没人,咋办?"

曹豹肚子实在饿得很了,不等朱仕第开口,说:"没人去了也白搭,还不如吃了饭再走。"几个人都很饿了,便都巴望地往朱仕第脸上看。朱仕第也饿了,见大家等他点头,说:"那就先吃饭吧。"

一句话,所有的人都松了口气。曹豹说:"冯书记,今天朱常委可在,拿什么招待你心里也有点数着!"薛振甲也笑说:"老冯,你现在是大书记了,想一想你的书记是咋当上的!"说着朝朱仕第使眼色。冯彦虎只笑,说:"亏不了大家。"朱仕第装没听见,拿起桌上一张旧报翻看。

2.兽医给书记配的"金枪不倒丸"

冯彦虎去安排饭,几个人在屋里等。尹长安坐在炕头,觉屁股下硌,一摸掏出个塑料皮笔记本,随手翻着。曹豹眼睛骨碌碌地转,见尹长安脸上有笑意,也凑过来看,尹长安连忙合住。曹豹要抢,冯彦虎进来了,后面跟着提暖瓶的李锦竹。

李锦竹进来问了好,给各人倒了茶,出去了。朱仕第听冯彦虎叫他“李秘书”,想起孙铁嚷嚷着要调山口的秘书,便问:“他叫李锦竹?”

冯彦虎说:“对,朱常委认识?”朱仕第摇头,说:“不认识。他人怎么样?”冯彦虎说:“还可以。”朱仕第又问:“写东西怎么样?”

冯彦虎觉出常委不是随便问的了,但人多,也不好说什么,只说:“还可以。”

曹豹还记着那个笔记本,推开尹长安,悄悄去褥子下摸,却摸出一只避孕套,忙又压住了。尹长安已经看见,咬着牙偷笑,曹豹在他大腿上拧了一把。

吃饭还要一阵,朱仕第不愿死坐着,便出去散步,几个要陪,哩哩啦啦跟了走。曹豹悄拉冯彦虎后襟,两人落在后面。曹豹悄问:“到底咋回事?说实话。”

事关“政治”,人前都要表现革命,只有铁心的朋友才敢说实话。曹豹想听实情,因有曹兀龙这层关系,才敢这么说冯彦虎。冯彦虎皱一下脸,苦苦地说:“哎,这事闹别杠了!厕所里有半张报纸,上面有毛主席接见老挝凯山的照片。我估计是风吹进去的,吕翠儿看见了,她没经验,就给大队支书周兢说了。吕翠儿一说,周兢和吕翠儿不卯(合不来),怕吕翠儿给他上纲上线,就打电话给公社汇报了。偏不是我接的电话,是李锦竹接的电话,李锦竹又给这个说,那个说,等汇报到我这里,知道的人已经多了,我没办法了,只得向县上汇报。”

曹豹问:“你估计是风吹进去的?有没有怀疑什么人?”冯彦虎摇头:“百分之九十是风吹进去的。”曹豹说:“那么要怀疑,能怀疑到什么人头上?大队里都住的什么人?”

冯彦虎一想自己也在大队部住过,吕翠儿也在大队部住,这要乱怀疑起来,岂不连自己也有了嫌疑。便摇一下头说:“住的人多了,县上的文戈也在大队住。”

曹豹说:“能怀疑到文戈身上吗?”冯彦虎并不想害人,摇头说:“我估计就是风吹进去的。”

曹豹犯了思量,想想,说:“那你看这事是压了好,还是追好?”冯彦虎说:“当然压了好!谁还爱惹这种事。可是,现在……不好办了,知道的人多了!都是一个害怕一个,谁不上纲上线,还害怕别人给他上,都要往严重里说,不好压了!”

曹豹说:“见过东西的人多不多?”冯彦虎说:“那倒不多。大队里只有吕翠儿和周兢两个。”曹豹说:“那就好办。就做好他两个的工作就行了。别的人都是听说,一句话就打发了。”

冯彦虎说:“可是,周兢不好说?周兢是田养民的人,我们两个……也有点别杠。”

曹豹一甩头:“没关系。他一个大队支书,我还不信他给翻了天了!你找他两个谈,他要说闲话就往他身上推。他们大队发生的事,他也有嫌疑,我们替他压,他不感谢咱们还想干啥!”冯彦虎未及回答,薛振甲在前面喊,他俩只得加快步伐赶上。

尹长安早就注意到他两个在后嘀咕,他听不见,未免担心,他知道文戈在红沙沟大队,怕他们在文戈身上冒坏水。他和文戈是中学同学,两人关系密切,便找了个借口,离开大家,寻李锦竹了解情况。李锦竹却说不清。尹长安问:“你看这里面有没有什么背景?会不会有人故意要搞名堂?”

李锦竹摇头:“不清楚。不过,故意搞名堂怕不至于。”尹长安压低了声儿说:“冯彦虎在里面有没有什么企图?”李锦竹道:“不大可能。冯彦虎爱嫖风,心却不毒,不会故意害人。”尹长安松了一口气:“哦,这我就放心了!”

说着,灶房的女人来找他们吃饭,在门口探了一下头。尹长安看见了,悄悄说:“怪了,山口的女人还都这么漂亮?”李锦竹笑说:“挑的,能不漂亮。这个叫‘白脸媳妇’,前头还有一个‘大眼睛’、一个‘黑寡妇’、一个‘半斤粉’,都是咱们冯主任,哦,冯书记亲自挑的!”

尹长安会意,说:“听说吕翠儿也长得不错?”李锦竹笑说:“县上也听说了?那是山口的社花。”

到灶房,朱仕第几个已经吃上了。曹豹看一眼尹长安,说:“你他妈搞啥阴谋诡计着呢,饭都不吃了?”尹长安说:“我们说你杀了人!”

吃过饭,大家上路。多了个冯彦虎,曹豹被挤到左边去了。他掏掏司机靠背上的烟灰盒说:“不久前这个位子上坐过一个有经济问题的人。”

尹长安烦他,不理睬。冯彦虎要凑趣,笑问:“你咋知道?”曹豹掏出半截带过滤嘴的烟把儿一举,说:“这就是证据。咱们这么个穷县,能抽起过滤嘴的人只有两种,一是当官的,二是有经济问题的。”

尹长安没好气,打断他说:“要这么推断,我说你是杀人犯。因为杀人犯有两种,一种要避重就轻,啥话都不说;一种要转移视线,废话特别多!”

冯彦虎要装轻松,故意哈哈地笑。曹豹要回嘴,却见公社兽医站的余长庚甩着长腰向小车跑来，手遮阴凉往车里看。冯彦虎拨开窗玻璃问："啥事？"

余长庚见车里人多，犹豫一下，说："药我配好了，咋办？"冯彦虎一瞪眼："先放着，我回来再说。"说着，关上窗玻璃。曹豹怀疑，说："你吃的啥药，咋叫兽医给配？"车里的人"哄"一声笑起来。冯彦虎略有点尴尬，说："不是我吃的药。医院里药不全，我叫他找了几味。"

他们再也猜不到，是冯彦虎房事过度，体力有所不支，每每关键时刻举不起来，听说余长庚给种马配制过"金枪不倒丸"，便私下里让给他配点试试，一试，竟有奇效。他高兴得什么似的，让给他多配些，才有了上面的一幕。

车到红沙沟，周兢和吕翠儿早在那里等候了。吕翠儿紫条绒上衣黑坎肩，站周兢旁边，叫周兢的黑脸一衬，越发显得水灵，几个人的目光都被吸引了过去。朱仕第也不由自主多看了一眼，心里想，原来是这么个女人。

薛振甲几个人下去了，朱仕第却不下车。他在车上就想好了，这种事，少掺和为好，说："薛局长，你们几个进去先看，我到大滩口工地上转转，曹书记的点，我得去看看。"

曹豹想了一路，如何把人支开让冯彦虎给那两个做工作，一看茬口来了，忙说："薛局长，咱们几个都去吧，常委没个人陪还行。叫冯书记进去把东西准备好，咱们来了光一看就行了。"

薛振甲可不想单独承担有政治责任的案子，正想拉上朱仕第，一听忙说："对对对。我也正想去。"说着就往车里钻。曹豹和尹长安也上来了。冯彦虎没动，笑着请示朱仕第："车里太挤了，这半截路不好，我还去吗？"朱仕第无奈地说："你就准备材料吧。"

于是，兵分两路，一路上工地，一路准备材料。冯彦虎按曹豹的布置，连唬带吓，结结实实把吕翠儿和周兢说了一通。周兢本来就没当回事，是吕翠儿大惊小怪，他怕不汇报不行，才给公社汇报的，这阵儿听出冯彦虎想了结，岂有不乐意的。吕翠儿也是一时糊涂，周兢一汇报她就后悔了，这阵儿听说连冯彦虎和自己都有了嫌疑，恨不得打自己几个嘴巴，也就同意了结。等朱仕第他们从工地返回来，他们已经统一了认识。

冯彦虎打发周兢出去等着接朱常委，他和吕翠儿说话，说几句报纸的事，想起余长庚配的药，悄悄笑道："你有时间来公社一趟，我有样东西给你看。"

吕翠儿以为又给她买了啥，说："啥东西？你再不要乱花钱。"冯彦虎笑说："不是东西，是给你的礼物！"吕翠儿问："啥礼物？"冯彦虎笑说："你去了就知道了！包你满意！”

3.重案特办

朱仕第一行转完工地回来，冯彦虎、周兢、吕翠儿接着，一起往里走。一群孩子跟着看热闹，朱仕第见一个小女孩发辫上扎个小铜钱，要看，周兢便揪过来给他。他拿着翻里翻面看了，很和蔼地问小女孩：“我用一支圆珠笔换你这个铜钱行不行？”

孩子只当他玩笑，只笑不说话。朱仕第真的掏出一支笔来给她。女孩不敢接，只笑着后退。周兢见朱仕第是真心，就说：“拿着，给你你就拿着。”

旁边一个男孩子一把抢过去，转身就跑，女孩一下哭了，边追边喊：“给我！给我！是我的！”孩子们唿哨一声，都追去了。

朱仕第翻着铜钱说：“这是汉朝的钱币，汉‘半两’。‘半两’的钱币有两种，一种秦半两，一种汉半两。秦半两大、厚，汉半两小、薄。秦半两现在就不容易碰到了。”

周兢接过来看了看，也看不出所以，说：“麻钱子是多家伙。还有比这好的呢，这个锈了。”尹长安一笑：“正好相反。锈的比不锈的值钱。”说着接过去看。曹豹嘲笑道：“哟哟哟，臭豆腐又充大瓣蒜了！”

大嘴女人来问周兢做啥饭。周兢问冯彦虎，冯又问朱仕第，朱仕第沉吟一下，说：“等等吧，先看案子。案子看完再说。”周兢便让大嘴女人去等着。

桌上半块砚台，是王银江当镇纸用的，朱仕第拿起左看右看，问：“这块砚台是哪里的？原来是什么样儿？”

周兢说：“杨没鼻子家的。杨没鼻子是地主。城里的红卫兵下来扫‘四旧’，从杨没鼻子家扫出来的。原来是新的，放这儿没人管，摔来摔去就剩半截了。”

朱仕第点头：“可惜。”又翻看几眼，似有不舍之意。

周兢看出了门道，说：“朱常委爱砚台？杨没鼻子家还有一个小点的，散了工我叫他拿来。”

朱仕第忙摇手：“不要不要，不能干这事儿。”转脸对薛振甲说，“咱们开始吧？”薛振甲让冯彦虎拿东西。尹长安拿起那半截砚台也看了看。

一时，赃证拿来，摆桌子上让大家看。是半张烂报，尹长安用镊子夹着翻看，并没有毛主席像，只有“……席会见凯山同志率领的老挝党政代表团”一行大字,及“华国锋、姚文元会见时在座”的副题。下面是会见的报道。翻过去看,背面是周建人的文章,谈学习鲁迅的问题。曹豹见靠上部分缺口处有毛刺,知道做了手脚,什么话都不说。

朱仕第见上面地图似的一圈一圈的水渍,知道是那不干净的地方造成的,屏住气勉强看了看,说:“没有毛主席像啊?”几个人同时说:“就是。没有毛主席像啊?”都把目光射向冯彦虎。冯彦虎看着周兢说:“你说说,怎么回事?”周兢又推吕翠儿:“你说。”

吕翠儿无处可推了,显得略略有点紧张,说:“我是在厕所里发现的。我看上面有中央首长的名字,还有毛主席的‘席’字,就问周支书该咋办,周支书就给公社汇报了。”

周兢比较坦然,接过去说:“我也看了,上面确实有毛主席的‘席’字,我拿不准,就打电话请示公社,公社里就给县上汇报了。”

轮到冯彦虎了,他说:“我没听电话,是秘书给我说的,我没来得及到红沙沟来,就让秘书给县上说了。”

几个人面面相觑,都往朱常委脸上看。朱仕第心里很不高兴,看看吕翠儿,慢慢说:“是你第一个发现的?”吕翠儿点头说“嗯”。朱仕第说:“刚才说的有没有出入?”吕翠儿慌看一眼冯彦虎,冯彦虎用眼神鼓励,她说:“没有。就是这么个过程。”朱仕第沉一阵,问薛振甲:“局长,你说。”

薛振甲说:“这我也不会说了。如果说没事儿吧,我们这么一大阵人,连常委都惊动了,跑这里来干什么?如果说有事儿吧,就一个‘席’字,能说明啥问题?”

曹豹不耐烦了,说:“哎,局长,你再不要耍滑头,这是个明事儿,还要滑头干啥嘛!你干干脆脆给一句话,我们走路,再磨下去有啥意思!”

薛振甲说:“我咋是耍滑头?干干脆脆一句话应该咋说?你说我听一听!”曹豹盯着他道:“你不说?你不说咱们就耗着!反正我不是局长,咱们看谁耗得过谁!”说着,坐一边望窗外去了。

薛振甲笑笑,说:“长安,你说。”尹长安还没说话,曹豹就喊:“臭豆腐你要先说就是王八蛋!不要说!哼,当局长呢,光想捞好处,一句话都不想说!我看你的头滑到啥时间去!”尹长安一笑,也走开了。

薛振甲要驳曹豹,朱仕第一举手拦住了:“你就说吧,再不要推了。”

薛振甲无奈地笑笑,想半晌才说:“依我说,这不算个案子。不算案子的意思是,报案的人没弄清情况,只是当做疑问和人商量,商量的人误以为是报案,一层层报了上来,才有了这么个过程。说不算案子的根据是,报案的人根本就没有报,而不是报了案公安局没有立案。如果这个说法各方都认可,这个事儿就算了结了,如果有疑问,咱们再商量。好不好?”

他说完一阵静。朱仕第也沉了沉,问冯彦虎道:“冯书记,你说呢?”冯彦虎当然能听出来薛振甲是推责任,这么一说,公安局是干干净净了,他心里有点不痛快,但事儿是他们公社引起的,而且是吕翠儿第一个说的,少不得承担些责任,就说:“行。我没意见。”

朱仕第又问周兢和吕翠儿:“你两个有什么意见?”周兢见冯彦虎已经说了,他只是中间人,怎么说都与他没关系,就痛痛快快地说:“我没意见。”吕翠儿听不大懂薛振甲的话,一来想了结,二来冯彦虎说了没意见的话,她就放心了,也说:“没意见。”

朱仕第这才说:“那好,既然大家认识一致,就这样吧。”他没有自己的意见,只是认可大家的意见。说着站起来,这是结束的意思,所有的人都跟着站了起来。冯彦虎说:“朱常委,你看是在这里吃饭,还是回公社?”

朱仕第眼睛一扫,说:“大家的意思呢?”几个人都说:“回公社,叫冯书记请客。”薛振甲还补一句:“冯书记,当书记了,不出点血怕不行吧?”曹豹接过去说:“你放心,他连一滴血也不会出!”

于是,都往外走。冯彦虎悄悄问薛振甲:“那半张报纸咋办?”曹豹在旁边听到了,说:“你还想留着包点心!”

刚出屋子,一群孩子围上来,不远不近地跟着走,不说话,只是跑前跑后地挤眉弄眼,不时展一下手,将手中的铜钱亮给人看。曹豹跺脚吓唬。朱仕第笑道:“来来来,拿来我看。”

孩子们一下围上来,朱仕第面前便多了一堆拿铜钱的小手。朱仕第微笑着,弯腰一个个地翻看。尹长安也看。朱仕第挑了两枚“乾隆”,两枚“顺治”,一枚“开元通宝”,一枚汉“五铢”。尹长安挑了一枚汉“货泉”,一枚“开元通宝”,都给了朱仕第。薛振甲也挑了几枚,问朱仕第,朱仕第看了看,说已经有了,就没要。

朱仕第弯腰下去,对孩子们说:“这些锈了的不好玩儿,给我,没锈的好玩,你们拿着玩,好不好?”那些被选中钱的孩子都高兴地笑,仿佛得了彩,没被选中的孩子便紧紧攥了铜钱,怀着嫉妒勉强笑。朱仕第用一张小纸包了铜钱,掏出一元钱给一个大点孩子,说:“这一元钱你们拿去买点糖,一人几个分了,要人人有份,明白吗?”孩子们像在课堂上一样,齐喊一声:“明白!”唿哨一声,全跑了。

朱仕第出得门来,站门外往四下里望望,叹一声:“还是乡里好啊,你们看这黄土、炊烟、顽童、草屋,处处都显着祥和,不像城里天天让人提心吊胆。我将来老了退休了,就找这么个地方,盖一间草屋,几卷黄经三尺剑，一条藜杖五弦琴，那真是神仙过的日子啊！”尹长安听了，说：“朱常委还有这雅兴？”朱仕第立即意识到自己说造次了，忙道：“开玩笑！开玩笑！”

回到公社，冯彦虎备了丰盛的晚饭，还有酒。喝到七八成时，王银江送来一块砚台，说是从杨没鼻子家找到的。冯彦虎忙呈给朱仕第看，朱仕第只扫一眼就摇了头，说：“拿回去，拿回去，这种东西一文不值。”

4.夤夜试“金枪”

文戈去公社发简报，晚了，李锦竹留他住下，说：“住下看戏。今晚有一出白虎团大破天门阵，你不看就太遗憾了。”

文戈看他笑得怪怪的，说：“咋回事？”李锦竹悄说：“兽医站的余长腰给老家伙配了一包‘金枪不倒’，今天送来了，老家伙把白脸媳妇儿留下了，今晚还能没戏！”

文戈说：“这种事，你咋知道？”李锦竹笑说：“余长腰的嘴像个稀屎洞，啥话能包住？老将叫保密呢，长腰恨不能到广播上去广播，还能给他保密！”文戈便不说话。

半夜里，文戈起来小便，一摸身边，不见了李锦竹。他出去小了便，一边往回走，一边四下看，房角处一个人轻嘘，他过去看，果然是李锦竹。拉他蹲下，悄悄往耳朵里灌热气：“进去了，咱们到窗底下听去？”文戈摇头：“我不去。”李锦竹便也不动。

一会儿，文戈便感到身上冷，竟有点打颤，就回去了。刚睡下，李锦竹也冻回来了，牙齿“咯咯”直敲，一边往被窝里钻，一边笑说：“我们这是中了哪门子邪，人家粉团面蛋热被窝，我们冻得像狗屎兽，这是干啥呢！”文戈也笑，说：“谁知道你是干啥呢！”

李锦竹在被子里还打颤，好半天暖不过来，说：“可惜朱常委和薛局长走了，要不，找几个人把老将捆到朱常委的门上，就热闹了。”说完等着，半晌不见文戈回话，又说：“你睡着了？”

文戈说：“没有。我在想，冯彦虎这种人还能升官，你说说明了啥问题？”

李锦竹说：“说明‘朝中有人好做官’，还说明啥问题！要不是曹兀龙，他能升得了官？”

文戈说：“对。但这说明了什么？说明咱们的用人体制有问题！你想，公社书记算正科，要地区批。地区的领导有几个知道冯彦虎是什么人？还不是全听县上的。曹兀龙说好,地区也就说好,曹兀龙说不好,地区也就说不好。材料是由县上报的,是不是？”

李锦竹说:“那你说应该咋办？”文戈说:“毛主席发动文化大革命,要解决的是无产阶级专政下的继续革命问题,怎么继续革命？就是依靠群众,让人民当家做主！毛主席为什么一次又一次接见红卫兵,一再号召发动群众？实际就是想让群众自觉地起来监督各级领导。”

李锦竹说:“怎么监督？给他来一张大字报？”文戈说:“这也是一种办法。但是,你想想,从文化大革命开始到现在,已经十年了,哪个领导没挨过大字报？可是,哪个能用,哪个不能用,最终并不是群众说了算,还是上面说了算。这就又回到原来的轨道上去了,群众仍然没有任何权力！”

李锦竹说:“那咋办？群众选举？”文戈说:“为什么不可以？”李锦竹说:“那你当国家主席吧！我要睡觉了！”说完,打个哈欠,转身要睡,又笑道,“不过,人治不了的事,老天爷能治。老天爷可不管你官多大,是谁的亲戚,只要你犯下,总有一天会和他算账。今天是春分,正好是个节气,老家伙嫖风也不看个好日子,一年二十四节气、打雷狂风暴雨时、父母亲的生日忌日时,最忌讳房事,老家伙不但不忌,还嫖风,等于罪上加罪,他能好得了！我给你留一句话你记着,老家伙将来必定死在这嫖风上,你信不信？”

文戈心里想着别的,没在意。李锦竹捅他一下,说:“我的话你听见了没有,咋不回答我？”文戈说:“那你就等着让老天爷惩罚他吧。”

5.两袋小麦

第二天,文戈仍回红沙沟。李锦竹送走文戈,回来碰见白脸女人,想起昨晚之事,忍不住看她一眼,笑出声来。白脸女人被笑毛了,趁给冯彦虎送开水,悄悄说:“昨晚李秘书不知干啥去了,我今早碰见,看着我直笑。”冯彦虎不当回事,说:“他爱笑笑去,不要管！”

白脸女人还要说话,来一个社员敲门,只得走了。那社员进来,没头没脑地说:“冯书记,我们支书说粮给你送到了,叫你放心。两口袋都是麦子。”

冯彦虎一愣:“你是哪个队的？”社员说:“罗山大队的。”冯彦虎才明白是他叫罗吉万办的事,心里骂罗吉万浑蛋,这么机密的事,怎么能随便告诉人。忍着气问:“送到哪里去了？”

那社员懵里懵懂,说:“罗支书没给我说。就叫我告诉你送到了就行了。详细的我不知道。”冯彦虎心里才稍松,一扬下巴说:“你去吧。”

冯彦虎倒犯了思量，他是吕翠儿搬出来时让罗吉万办的，现在吕翠儿又搬回去了，要是送到瘸子家就讨厌了。他越想越心慌，本来打算休息一天，哪里还坐得住，吃过饭，急急忙忙到工地上去了。

到工地，他喊来吕翠儿，劈头就问："我给你弄了二百斤麦子是不是送到你家里去了？"吕翠儿点头："就是。"

冯彦虎连打咳声："糟糕！本来是我给你弄的，你看现在闹的！瘸子和你婆婆知道了吧？"吕翠儿说："那还能不知道！"冯彦虎说："他们咋说？"吕翠儿说："他们还能说啥！肚子都空提着呢，给他们把粮送来了，偷着笑去，还能说啥。"

冯彦虎愣愣，还问："瘸子就没有审你？没问粮从哪里来？"吕翠儿说："问咪，我给他没好话！"

冯彦虎心又提了提："你咋说？他咋说？"吕翠儿说："我说你管不着！他就再不说啥。猜是能猜出来，不过他也说不出口，也不敢说。你想，他要胡说，我把粮食退回去，他们不得饿死！看他们是顾脸呢，还是顾命！"

冯彦虎的心稍稍放下了点，说："把我吓坏了。我生怕他们乱嚷。"吕翠儿说："不要紧。现在我把他们拿住着呢。"冯彦虎说："那也不敢马虎，你要想法子给安顿好，千万不敢叫人知道。"吕翠儿点头说："能成。只要有粮吃，堵他们的嘴还不是一句话。谁不爱命！"

冯彦虎这才放下心来，想起"金枪不倒丸"，瞅着吕翠儿一笑，说："你有时间来公社一趟。"

吕翠儿看他的神色，早会其意，凄楚地一笑，说："我现在就希望你能赶快把我从那个鬼地方弄出来。现在已经不由我了，一进那个家门，我心就发急，只想往出跑。一看见那个瘸子，一听他的声气，我心里恶心的啊，就说不成了。那个家，我是一天都不愿待了，我觉着比蹲班房子还难受！"

冯彦虎露出些同情样儿，说："这你放心，曹书记既然叫你回去，就一定能让你出来。你现在已经是党员了，条件已经具备了，我估计曹书记很快就会办。退一万步说，就算有什么困难，一时半会儿办不成，还有我。我现在是书记，山口现在是我说了算，我准备马上召开党委会，把你的公社副书记报上去。这事儿我现在就有权办，你放心。"

吕翠儿又悲又喜，半晌，说："我就盼着能赶紧从那个鬼地方逃出来，只要能和你在一起，当不当官，我都没想。"

冯彦虎安慰一阵，说了些鼓励的话。吕翠儿看看太阳，说她该去了。冯彦虎掏出李锦竹捎给文戈的字条让她带过去，他推起自行车往大队去了。

6.人去楼空情未了

文戈这些天一直在工地劳动。他本来在写大滩口会战的情况反映,没想到突然被“玫”的消息击中,差点没有倒下。他一个字都写不下去了,天天到工地上劳动,用强消耗来折磨自己,希望能忘掉“玫”。他吃得少,干得多,人已经明显地瘦了,但仍不能忘掉。吕翠儿给他字条,他诧异地展开看,立即明白了,这是杨红砚不放心,想抚慰他,才托故有事,让他回电话。他心里叹一声,将字条撕碎,随风扬了。

这张小字条在他脑海里转了好些天,但自始至终,不给杨红砚回电话的念头却一点没有动摇。人就这么怪,他和余小楼要好时,是那么同情信赖杨红砚,几乎觉得杨红砚就是余小楼,及至余小楼突然离去,他才猛然发现,原来她们两人有很大差别。有几次,他曾试想让杨红砚取代余小楼的位置,但当这念头一出现,他马上觉得自己很可憎,爱,应该是纯净圣洁的,不是买衣服,这件拿不着就去取另一件。他憎恶自己竟会有如此龌龊的想法。他宁愿自己痛苦着,让伤口流着血,觉得这样便是对她背信弃义的惩罚,他觉得她仿佛还在身边,他所有折磨自己的行为她都能看到,并且会感到心痛。但有时候,他又怀疑,这有意义吗?

有时候,他会幻想自己能强大起来,强大得方方面面都比她现在的男友强许多倍,然后携着比她美丽得多的新娘出现在她面前,让她后悔,后悔得无地自容,他再骄傲地离去。可是,当他清醒过来,明白了自己的处境,明白一个待在穷山沟沟里还要被人欺压的农民儿子,根本无法和省城里已经处在重要岗位的高干子弟相比时,他的心真正感到了苦痛。那是一种心仿佛被人死死攥住就要痛死过去的难受。一种无望的悲哀,一种无能的悔恨,像漫天大雾一样笼罩了一切。那个时候,他往往会想到死,与其屈辱地活着,还不如悄悄地永远消失。这个时候,他才会突然想到杨红砚,想到养育了自己却没有得到任何回报的父母,他的心便更加苦痛。

他就在这一会儿苦痛、一会儿恶毒、一会儿无望、一会儿悔恨、一会儿想号叫、一会儿又幻想的反反复复的思想搏斗中不断地折磨自己,变得孤独、健忘、精神恍惚,远离人群,一会儿觉得现实是梦,一会儿又觉得梦是现实。他变得不太像真实的人了,倒像一个模糊的影子。

杨红砚也犯了一个错误,这种时候,他固然需要慰藉,但如果能远远地看着,让他自己慢慢沉静下来,或许会比这么急切地表示关怀要好。当然,这怪不得杨红砚,她是真心的。她太想抚慰他了。当她怀着些许妒意把余小楼结婚的消息告诉他时,还多多少少有些报了小仇的快意,但当她发现这对他的打击太大时,她立即后悔了。她曾几次去找文戈,想帮他料理一下伤口,但文戈的房门一直锁着。她并不知道开始几次是文戈故意不开的,还以为他已经去山口了。她打过几次电话,都没有找到他,才不得不托李锦竹给他传话,让他回一个电话。作为一个姑娘家,能如此体贴人,已难能可贵了,可惜文戈只顾欣赏自己的伤口,咀嚼自己的苦痛,冷淡并无情地伤害了另一颗心。

他一直劳动到散工,回去后又躺着呆望屋顶,一点也不知道杨红砚心急火燎地在电话机旁守候了整整一天。

7.粮食是命

世上没有不透风的墙,有人半夜给吕翠儿家送粮食的事传开了。散工后,周兢把张培河叫到大队部里审究:"你说实话,到底有没有?"

张培河摇头。周兢说:"你说话,不要摇头。到底有没有?"张培河嘴唇动了一下,说:"没有。"周兢说:"大声点,有没有?"张培河嗓子发干,说:"没有。"周兢说:"你就想好,有没有?"张培河仍说:"没有。"周兢说:"肯定没有?"张培河迟疑,但仍说:"没有。"周兢看了他半晌,说:"那你去。"

周兢到文戈屋里坐,一边卷烟,一边唠叨:"哎瘸㞞,嘴硬得很,硬不说!人家把他当王八着呢,他还替人家保密,你说气人不气人!"

文戈没听明白,刚想问,大嘴女人进来了,笑说:"支书你审出来了吗?"周兢脸一沉:"审出啥来了?你不要胡说。我审谁咪?"

大嘴女人略显尴尬,说:"庄里人都知道了,还瞒我着呢!你不说算了。"要走,又转回来说,"我给你出个主意,你到瘸子家里去搜,保险能搜出来。"

周兢喝她:"你做㞞你的饭去,烂话多得很!"女人还不走,说:"那个婊子啊,那个婊子太恨人了!搜着出来把那个婊子好好儿臊一顿!叫那个婊子 × 歇着去!"周兢喝道:"你滚㞞你的吧,咋那么多烂话!"女人这才嘟囔着走了。

文戈问咋回事。周兢说:"前天晚上,有人看见两个驴驮的啥吆到瘸子家去了,估计驮的粮食。人都猜着是冯彦虎给吕翠儿弄的,可都说不准。我刚问呢,瘸子也不说——唉,这个世道完了,胡整的人官越当越大,好人倒吃不开了!”

话未完,吕翠儿推门向里瞅一眼,问:“周支书没见我们那个人吗?”周兢道:“刚才来和我要了几张卷烟纸,这阵儿回去了吧?家里没有?”

吕翠儿神不守舍地“哦”,拉上门出来了。她顺路问了几个人家,碰上人也问,都说没见。众人好奇,同时又有点幸灾乐祸,知道粮食的事发了,她坐不住了,想看热闹,笑眯眯地互相递着眼色。吕翠儿也顾不得许多,知道人都在看她,也不回头,还一路走一路问,直到转了一圈回家,张培河还没回去。

她心里不安,担心张培河给周兢说了啥话,怕露出粮食的底儿害了冯彦虎,心急火燎,又出来在庄里转了一圈,仍不见张培河的面。没办法,只得回去。谁知一到家,张培河却在窑里发呆。吕翠儿没好气,劈头就骂:“你死到哪里去了,到处寻你寻不着?”

张培河也一肚子火,从大队部出来,觉得没脸见人,躲在园子房房里哭了一场,哭够了才回来,并不知道吕翠儿找他。见她发火,他哪里忍得住,但又怕吵起来,少不得忍着。吕翠儿见他不吭声,越来了气,骂道:“你×嘴叫驴毛塞了吗?人问话着呢,咋不言喘?——你说,周支书叫你干啥去了?”

张培河真想踏她一顿脚,但忍着,只瞪她说:“你管他!”吕翠儿心里急,更气了,说:“我当然要管!我给你把话说响,你但把粮食的事说出去,我、我、我叫你知道呢!”

张培河气坏了,全倒过来了,他忽一下站起来,瘸一瘸,立在吕翠儿面前,恶狠狠地说:“我×你妈!我偏说!你还把我的×咬了呢!你把你那个嫖客大吃劲的(贵重)!你害怕人知道了把你那个嫖客大的官撤了!我还偏要给人说!看你把我咋呢!”

吕翠儿气极了,说:“好!你说去,你爱说就说去,我把话给你说清楚,你但敢给人说,我就说家里所有的粮食都是人送来的!把这些粮食一颗不剩地都退回去,我看你们娘儿两个×不歇下还怪了!你吃风屙屁去吧!你不信你试着!”

张培河也气急了,说:“我就说呢!拿去就拿去!我就是饿死,也不叫你那个嫖客大的官当顺当!你咋呢!我这阵儿就给人说去呢,我看你还把我的×咬了!”说着,拨开吕翠儿就往外走。吕翠儿急了,双手齐出,“咕咚”一声,把张培河推倒在炕沿下。

张培河头碰在炕沿上,也没觉着痛,稍一愣,眼睛睁得铜铃一般,翻身就要爬起来。吕翠儿见他真急了,她也急了,趁他翻爬的当儿,猛扑过去压在他身上，想把他压住。却不料这正得了张培河的手，他腿脚不灵便，手上却颇有力气，虽吃她一压，却也不在乎，顺势往地上一倒，双手揪过吕翠儿来，再一翻身，吕翠儿早翻了下面。好几年的恶气积到现在，这一顿好揍！他一手揪着吕翠儿，一手握拳，也不分东西南北，捣蒜般便往吕翠儿身上捅。吕翠儿疼痛难忍，挣了几挣挣不开，杀猪般号了起来："救命啊——瘸子杀人了啊——！"

锣锣在炕上早吓醒了，没命地哭。瞎眼婆婆摸进来，"扑通"一声跪倒在地下，双手乱扑乱抓，将头在地上墙上乱撞，一边哭喊："大！奶奶！我不活了！你们把我捏死去！祖宗！爷！我这还活个啥味道！你们来把我捏死！爷！"

张培河一见，怕母亲撞出个好歹来，这才丢了吕翠儿去扶母亲。吕翠儿得空爬起来，顾不得许多，披头散发抢上炕去，抱住锣锣大哭起来。

门口早围满了人，这时才都进来，拉的拉，劝的劝。队长孙廷明排开众人，进来问道："你们咋了？"

没有人回答。吕翠儿抱着锣锣只是哭。张培河呆呆的，也不说话。瞎眼婆婆头都撞愣了，一边哭一边说："没有咋，没有咋。两口子吵个嘴，没有咋。"

孙廷明道："两口子吵嘴总有个原因呢吧？到底为啥？"瞎眼婆婆忙又说："哎哟，队长，你就饶了我们吧。两口子吵几句嘴，还一定要为个啥呢！"

孙廷明转问张培河："你说，为啥事？"张培河低了头，不说话。孙廷明看了他半天，骂道："看你那个㞞样子！你咋不一头碰死去，你活的个啥味道！"又转向吕翠儿，"那么你说，为啥事？"吕翠儿止住哭，抱着锣锣说："不为啥。"

孙廷明还要问，周兢在外面听够多时，这时发话道："孙队长，你出来。"孙廷明听出是支书，看看窑里，排开众人往外走。周兢在外喝喊围观的人："不相干的人都回去！这又不是唱戏，有啥好看的！都回去！"

看热闹的人这才纷纷散去。周兢等人走得差不多了，才进窑去，以支书的身份将各人教训了一顿，又出来叫了孙廷明，边走边悄悄问："咋回事？"

孙廷明说："刚才，我听几个人说，两口子为粮食的事吵嘴着呢，吵着吵着打开了，好像瘸子嚷着要给人说，吕翠儿不叫说，就打开了。我想趁他们在气头上问问，看瘸子能把实话说出来么，结果那瘸㞞还是不说。"

周兢道："算了，再不要问了，就问出来，能干啥？那些问题，谁不知道，人家的官还不是越当越大了。这阵儿副主任成了正书记，你把人家瞅给两眼半！再说，瘸子家也可怜，咱们没有力量救济，有人把粮食送到门上了，有啥不好。现在又是这么个年景，粮食就是命，脸重要，命更重要，你再问也不会说。算了,再不问了。”

孙廷明说:“对是对着呢,我也不是冲瘸子,我是气那个老叫驴,把公社里的年轻媳妇子洗了一遍,官还越当越大了!”周兢叹道:“叫人家当去,我们个平头老百姓,能把人家咋呢!”两人叹息一阵,不提。

8.梁拯华

这日天气晴好,文戈要到工地去,李锦竹却来了,笑嘻嘻的,迎面就问:“我叫冯老将给你捎了个字条,捎到了吧?你给杨红砚同志回电话了吗?”

文戈说:“捎到了。电话……我还没顾上回。”李锦竹收了笑:“哎,这就是你的不对。你不回电话,不要叫杨红砚同志以为我把她的话贪污了。”

文戈不愿提这事,问道:“你今天情绪挺好,有啥喜事吧?”李锦竹笑说:“孙书记打电话问候你,你见了要说清楚,不要叫孙书记以为我把他的话也贪污了。”

文戈诧异,说:“孙书记打电话问候我?不可能吧?没说啥事?”李锦竹咧嘴笑了:“孙书记给我说了个事儿,我心里不太踏实,想和你商量商量。”

文戈问啥事。李锦竹说:“孙书记想调我到农办去,你说我答应不答应?”文戈一听,心里松了一大截,这事是他促成的,这些天只想自己的心事,忘了告诉他,现在再说,倒仿佛是邀功了,便不提起,只说:“农办也好,为啥不去。和办公室前后排,后窗子就能看见办公室的门,咱们以后就是邻居了。”

正说着,只听院外车响,两人看时,曹兀龙带着陈召凤和一老一少两个干部进来了。文戈认得,一个是梁拯华,说话唠叨,为人耿直,技术好。那年月不评职称,他都老了,还是个技术员,但水电局的职工都戏称他“梁工”。小的叫段有德,梁拯华的徒弟,也是技术员。

文戈和李锦竹出来问话,周兢也快步从大门进来。曹兀龙看见,老远便喊:“周支书,今天要你操心呢,给你们做饭的说一下,把饭做得好好的,今天要招待梁工呢!”说着,冲梁拯华“嘿嘿”地笑,“咱们梁工给你们设计水库来了,你们要好好儿招待呢。把你们那羊羔子宰上一个,叫咱们梁工好好吃一顿。我们也跟着梁工沾点光。”说着,还“嘿嘿”地笑。

梁拯华眨着小眼睛,粘粘串串地说:“书记说到哪里去了,我们跟着书记沾光还差不多,书记跟着我们只能沾泥沾水,没有光沾的。你完全说倒了。”

曹兀龙、陈召凤几个都笑。曹兀龙说:“梁工今儿咋还谦虚起来了?你把你和人辩论的劲头拿出来嘛,咋还谦虚起来了?”说着,又看着梁拯华笑。

他一口一个“梁工”,叫得梁拯华不自在起来,说:“书记,你不要叫我‘梁工’,我不是工程师,我是技术员。你再不能这么叫,这有点污辱人了!”

陈召凤知道他的古怪脾气,一看他认了真,忙给曹兀龙使眼色,一边打圆场道:“老梁,那么认真干啥!书记跟你开句玩笑,也是抬举你的意思,你咋连瞎话好话都听不来了!”

梁拯华说:“不对。不是抬举。现在是知识分子吃不开的时候,大老粗光荣,要抬举我就应该叫我梁老粗!不应该叫梁工。越粗越光荣嘛!”

陈召凤知道他的犟劲又上来了,连忙转移话题:“老梁,闲话不要说了,你看现在咋办?先到工地上去看,还是吃了饭再去看?”

梁拯华说:“先看,先看。看回来了再吃饭。工作不能马虎。”又冲曹兀龙道:“书记不要生我的气,我这个人说话就这样,直冲冲的,心里想啥就说啥,不会溜须拍马,不会顺情说好话。一辈子了,改不了了。你不要生气,你要生气,那生不完的。”

陈召凤笑了。曹兀龙也笑了,说:“我不生气。我就喜欢直人。直人好打交道。直人不搞阴谋诡计。”

陈召凤说曹书记一路辛苦了,要休息休息,让周兢带梁拯华去。文戈和李锦竹见书记没有和他们说话的意思,就自去工地了。

不到两个小时,梁拯华和周兢回来了,陈召凤出来招手,让都到曹书记这里来。几人一边往里走,一边争论。梁拯华说:“我说句不好听的话,你们听了不要生气。我先声明,我不知道最初,最初!我说的是最初!最初是谁决定在这个地方打水库的我不知道,我不知道是谁。确实不知道。我也不打听。打听没用。有啥用你们说?是不是?确实没用。所以,我不打听,也不知道。”

听的人都笑起来。李映笑着说:“梁工你说的啥话嘛,一句话能说清楚的事,你颠来倒去说了有十句,还没说清。”

众人都知道他的毛病,也不计较。梁拯华冲李映说:“你又叫我‘梁工’,我已经声明过了,不能叫我‘梁工’。我不是工程师,是技术员。不过,李师傅你叫,我不生气。你是汽车司机,我们是平等的,你不会嘲笑我。对不对?所以,你叫,我不生气。这些话就不说了,还说水库。我说最初决定在这儿打水库的人是谁我不知道,所以我这话绝对不是针对哪一个人的。我是就事论事,绝不牵扯任何人。你们要是同意我的这个说法,我就讲我的意见,要是不同意,以为我是针对谁的,那我就不说了。我何必要去得罪人?是不是?”

曹兀龙不笑了,他已经预感到梁拯华的话将对他不利。陈召凤觉出点味儿来,想提醒他,说:“老梁,你再不要声明这声明那了好不好?有啥想法你就谈。你看,曹书记也在。曹书记专门把你从县上请来,就是要听你的意见的。对知识分子,我们也是一分为二的,不是一听知识分子就都是坏人。像你这样的工农出身的知识分子,我们也是欢迎的嘛。是不是?要不欢迎,县委书记也不会把你从县上请到这里来了,是不是?闲话不说了,你就谈吧。”

周兢给各人倒水。梁拯华说:“好。那我就谈。我声明,哦,我刚才已经声明了,不声明了。我直接谈,直接谈。”他略思考一下,“第一,我说,最初决定在这里打水库的人,不是十足的外行,就是别有用心……”

曹兀龙的脸“刷”一下阴了。陈召凤睁大了眼睛。周兢偷看曹兀龙。段有德扫了曹兀龙一眼,偷偷捅一下师傅。梁拯华说:“你别捅我。不是让我说话么,让我说我就说。我这个人就这样,不让说,我就不说,让我说,我就要照实说。我为啥这么说呢?因为这是稍有一点常识的人都能看出来的问题……”

曹兀龙的脸更阴了。陈召凤一看要坏事,连忙制止:“老梁,老梁,你听我说一句。你还没弄清楚一个根本问题:我们今天是干什么来了?我们是来勘察水库咋修来的,不是讨论该不该修!这就好比打仗,司令员已经下达了命令,我们要考虑的就是如何冲锋,如何把山头拿下来,而不是讨论山头该不该拿。不是讨论命令对错,而是研究如何执行!你明白我的意思了吗?”

梁拯华倔倔地说:“明白。当然明白!我要连那么一点话都听不明白,我几十岁不是白活了!”陈召凤说:“好,你明白了就好。那你就谈谈,这个水库应该怎么修!”梁拯华摇摇头说:“我没什么可谈的了!谈完了!”

屋里的人不安地动了动。陈召凤偷觑一眼曹兀龙,笑着说:“老梁,咱们谈工作就谈工作,不要耍小孩子脾气。”梁拯华说:“我不是耍小孩子脾气,也不是耍大人脾气。我没有脾气。我的话谈完了,没什么可谈的了。”

陈召凤还要劝,曹兀龙一摆手制止了,说:“老梁同志,那我现在问你一句话,你现在就说一说,大滩口能不能修水库?能修,怎么修?不能修,为什么?我听你的意思是不能修,为什么啊?”

梁拯华说:“曹书记,我还没有下结论。我没有说不能修。修怎么会不能修?当然能修!中国九百六十万平方公里的土地上,哪里也能修。问题是——花多少代价?”

陈召凤想引导，忙说："老梁，你就说说大概能花多少代价？"梁拯华两手一摊："我哪儿知道！陈局长，你是水电局局长，也算半个内行，怎么提这么愚蠢的问题？几个人像参观一样那么转一转，就能知道要花多少代价，除非神仙，凡人不可能知道！不可能！"

曹兀龙耐着性子说："那你说，要怎么才能知道？"梁拯华说："测量啊！不搞详细的测量，不弄明白有关的情况，谁有天大的本事也没法子知道，更没办法设计！谁敢说能，我说他是吹牛，是不负责任。是拿国家、人民的财产开玩笑。"

曹兀龙说："都要测量什么？"梁拯华说："多了！天上、地面、地下的情况都得知道。设计一个水库，首先你得知道地质情况吧？得计算库容吧？简单一点说，分水岭在哪里？集流面积是多少？你得考虑流量吧？得考虑水位吧？得考虑枯水期、洪水期吧？洪水的特征是什么？洪峰、洪量、洪水过程线、洪水频率，知道吗？伏汛、桃汛、凌汛的情况，知道吗？河流的泥沙你不能不考虑吧？含沙量的百分比是多少？输沙量是多少？输沙率有多大？降雨量、降雨强度、雨时、雨频……"

"行了！"曹兀龙一声断喝，"梁拯华，我不懂你说的这些，也不想懂！我只问你一句话：这个水库，你设计得了，还是设计不了？"梁拯华想了想，摇摇头说："在现在的情况下，设计不了。"

"行了。"曹兀龙脸上现出平静来，"周兢，去看看你们的饭好了没有，饭好了让梁拯华吃饭，吃了饭送客！李映，客人从什么地方来，你负责还送到什么地方去。咱们有始有终，好接好送。老梁，你看这样行了吧？"

屋里突然静得像死了一样。梁拯华沉了沉，倔倔地说："曹书记要送客，我现在就走。话我已经都说了，水库我设计不了，应该走。饭就不吃了，无功不受禄，还吃啥饭，不干活儿白吃饭就没意思了。是不是？小段，我们走。我们现在就走。"说着，站了起来。

段有德也跟着站起来，却胆怯地往陈召凤脸上看。陈召凤一声断喝："段有德，坐下！别人谁爱走了叫走，你走哪里去？"

段有德看一眼梁拯华，犹犹豫豫，想坐不敢坐，想走不敢走。梁拯华见了，自己就向外走，说："小段，你不走就算了。局长叫你留下你就留下。我一个人走。"说着就向外走。段有德要送，陈召凤瞪一眼，只得站住。

周兢和李映站起挽留梁拯华。陈召凤喊一声："周支书，回来。他爱走就叫走！"周兢只得站住，犹犹豫豫地往外看。李映出去拉梁拯华："老梁，老梁，不要走嘛！有话好好说嘛，走干啥呢？"

【厮儿白】领导的屁，香香气，扑面门是看得起你。为自身，忍着点儿吸；为儿女，笑着点儿吸；为家私，追着屁眼儿吸；这道理，一根筋儿岂能会！

梁拯华挣脱他，说："人家不需要你，你留下干啥？不是自讨无趣吗？"说着又走。李映见他非走不可，折回来请示曹兀龙："曹书记，要不要送送老梁？"

曹兀龙脸色铁青，但强笑着，说："送。咋不送。我们把人家请来的，再不送，还说我们不够意思。送！"

李映这才走了。段有德不安地站起坐下，坐下又站起。陈召凤看见了，说："小段你也去送。送到公路上就行了，让他去坐班车，你跟李师傅的车回来。"段有德答应一声，走了。周兢也跟出去看。

屋里只剩了曹兀龙和陈召凤两人。陈召凤念叨一句："他妈的，真是狗肉不上台板！"

半晌，曹兀龙才冷笑一声："这就是资产阶级臭知识分子的典型！这种人对无产阶级、对共产党有仇恨呢！你听他说的那话，对贫下中农就没有一点阶级感情！"

陈召凤说："太不识抬举了！先前，局里有人对他有意见，我还老护着，心想也是老人了，能得过就叫过，结果倒给咱们来了这么一套！"

曹兀龙说："你好好查查，这种人不可能是工人贫下中农出身！这对共产党有阶级仇恨呢！"陈召凤说："我回去叫人去搞一次外调，看他家里到底啥成份。"

9.记者

李映送梁拯华到公路边,回来带来了冯彦虎。周兢在门口接着,说:“你们几个快去灶房吃,曹书记和陈局长已经吃过了,羊羔肉冰了就不好吃了。”冯彦虎让李映和段有德去吃,他要先去见曹书记。

一进门,发现曹书记正在打电话,样子很生气,他悄问陈召凤咋回事。陈召凤说:“我给书记联系了一个记者,让来采访一下曹书记。我想着,在这个节骨眼上,要是能让记者写一篇报道登在报上,上面看到就好些。现在记者要来,咱们却派不出车去接,你说急人不急人!”

冯彦虎说:“县委有两辆小车,曹书记坐了一辆,还有一辆呢?”陈召凤说:“气人就在这里!那一辆孙铁坐去下乡了,曹书记叫调回来,那边借口说车坏了,不来!”

冯彦虎说:“是真坏了,还是假坏了?”陈召凤说:“肯定是孙铁捣鬼!哪有那么巧,迟不坏,早不坏,偏偏曹书记要用车时就坏了。”

只听曹兀龙在电话上喊:“你叫车队的申广恩派个卡车去羊山看去,要真坏了,叫拉到县上去修;要没坏,你叫他阎立国小心着!你马上去办!我等你电话!”

他放下电话,陈召凤问:“咋办?”曹兀龙气犹未平,忍着说:“先让李映去接人。那辆修好了我坐——老陈你准备一下,和李映一块儿去。人是你请的,你去了好说话。”

陈召凤沉吟一阵,说:“我怎么去?总不能空着手,两个肩子抬一张嘴去吧?”

曹兀龙陷入沉思。陈召凤立即说:“要不这样,我那里还有些水利款,我想办法提出一点来给买点东西?”曹兀龙点头:“手续做好。”陈召凤说:“那没问题。”曹兀龙说:“那你去看李映吃完了没有,叫快点。吃完了咱们一块儿走,我先到县上做些准备,有啥情况咱们也好联系。”

陈召凤出去了。曹兀龙又嘱咐冯彦虎:“你今晚立即召开一个全社电话会,让大小队干部都参加,扎扎实实讲一讲,让各队这几天把所有的农活都停了,全力以赴搞会战。标语、红旗、大批判专栏,都要上。造成一个轰轰烈烈大干社会主义的局面。井要赶紧打,一百口井上都要有人,每口井上都要有红旗。叫人一看,造田的是千军万马,打井的是两条人流。把咱们百井汇流的气派显出来!井要争取出水。只要见了水,就组织人敲锣打鼓报喜。总之,要把场面搞热烈!”

曹兀龙忽想起吕翠儿来,诧异地问:“小吕咋不见?你要告诉小吕,让她把铁姑娘突击队好好整顿一下。记者来肯定带照相机着呢,让记者给她们照张相,说不定还能登到报上。让她们穿得好点,不要太烂。旗要打上——哦,小吕的材料报了吗?”

冯彦虎说:“准备要报,这几天忙,没顾上。”曹兀龙说:“马上报。这是大事!抓紧。你这里公社副书记不上,我那里报常委就不好报。”冯彦虎沉吟,说:“按规定,还要组织考查,怎么办?”

曹兀龙一时没了主意。冯彦虎试探着说:“朱常委上次来过红沙沟,见过吕翠儿,还说过话。他是组织部长,还是常委,算不算考查?”

曹兀龙一兴奋,说:“算。当然算!咋不算!这就行了,朱常委我到县上了给说。材料你们赶快报。”又说,“哎,小吕咋没见人?”

冯彦虎也觉奇怪,在门口喊周兢。周兢跑过来,见问吕翠儿,往冯彦虎脸上瞅瞅,吞吞吐吐地说:“吕翠儿和男人吵了几句嘴,可能不好意思来。”

冯彦虎和曹兀龙便觉情况有异,他们吵嘴是家常便饭,从来没影响吕翠儿的活动,便问:“吵了个嘴咋不来大队了?”

周兢知瞒不住,说:“吵了几句,两口子又你推我搡地推了几下,瘸子叫吕翠儿推倒把后脑勺子上绊了个疙瘩,吕翠儿叫瘸子捣了几拳,脸上青了几块子,不好意思出来了,连工地上都没去。”

冯彦虎碍于那种关系,没有马上发作。曹兀龙因是他让吕翠儿搬回家去的,怕有意外,早捺不住了,指着周兢吼道:“周兢,我可告诉你,吕翠儿的安全我可交给你了,万一有个意外,你要负完全的责任!那个瘸子,你们要教育呢!吕翠儿的伤重不重?”

周兢不在意,笑着说:“不重,就脸上一点青坨坨。吕翠儿的安全我能保住。那在家里为王着呢,瘸子不吃亏就算烧高香了,她还有啥安全问题。”

曹兀龙心里稍安,但嘴上仍说:“你不要马虎,吕翠儿再有一点点问题,我问你这个支书呢!”

陈召凤进来,说李映吃完了。曹兀龙说马上走。陈召凤问:“小段还在,是不是叫先测量水库坝址?”曹兀龙脑子转了转,梁拯华的话虽难听,但不是全无道理,他心里也对打水库有了疑问,便说:“叫先在工地上参加劳动,记者走了再说。”陈召凤朝在门外候着的段有德一点头:“听见了?”段有德说:“听见了。”

曹兀龙向外走,一边扭头给冯彦虎嘱咐:“你给文戈说,叫他赶紧再写一两期简报,不要啥都不干,光知道吃。”冯彦虎含混答应着,送曹、陈二人上了车。

车一走,冯彦虎立即叫周兢喊吕翠儿,他不放心,不知道吕翠儿伤得咋样。吕翠儿来了,他见脸上只小小几坨青,不仔细还看不出来,知道不要紧,才放了心,嘱周兢去通知晚上的电话会。周兢知道他怕打扰,答应着走了。

他这才带吕翠儿到屋里。一进屋,吕翠儿“喔哇”一声就哭开了。冯彦虎忙抚慰,问伤得重不重,悄悄说:“我叫你忍着,忍过这阵儿就离开那里,咋又闹起来了?”

吕翠儿嘟一下嘴,说:“我忍了,可他要说粮食的事,我还咋忍?”冯彦虎吓一跳:“没说吧?”吕翠儿道:“他敢!”

她便把经过简单说了一遍。说到委屈处,不由泪珠儿滚滚;说到得意处,不由又破涕为笑。哭哭笑笑,又是一番妩媚景象,招得冯彦虎心里直痒。

冯彦虎也把要报她为公社副书记,曹书记要报她为县委常委的事说了一遍。吕翠儿脸上便红一阵、白一阵的,又是高兴,又是紧张,不知道该说什么好。

冯彦虎还惦着晚上的电话会,顾不上多缠绵,说:“你再给周万贵捎个话,工地上和红沙沟大队的工作,叫他操个心。你的公社副书记一报上去,我就把周兢的党委委员免了。将来调整各队班子,他的支书也就免了,红沙沟我就交给他了,叫他多操点心。现在我不便和他多接触,万一周兢觉察了,工作一撂,我还就不好办了。”

吕翠儿答应着。冯彦虎又说:“大队会计你和周万贵也操个心,物色一个。那个王银江是个坏屃,不能用,支书一换,会计也立即换。人叫他现在就物色着。”吕翠儿都一一答应了。

10.照相

开完电话会,冯彦虎一边往炕上躺一边想,又得几天的紧张了。忽想起王西存回来了,要研究吕翠儿报副书记的事,得以公社党委的名义,周兢的委员要免,自然不能让他参加,那就只剩他和王西存两人了,得先给他打个招呼。他去找,王西存却不在屋里,他回来在炕上躺着休息,想等会儿再去找。不想这些日子太累,竟睡过去了,半夜才冻醒,只好拉被再睡,想天亮再说。

谁知这一觉竟睡到吃早饭时还没醒。曹兀龙慌慌乎乎从县上来了,才打门把他叫醒。他见书记来这么早,自己竟还没起床,心里一阵惶愧,嘟囔说他昨晚熬夜太晚了。曹兀龙问工作布置情况,他说都按书记吩咐的布置了,曹兀龙才略略放心。正要问吕翠儿的情况,宣传部长解文举啰啰嗦嗦弄一堆照相器材进来,曹兀龙一皱眉,说:“马上要上工地,你怎么拿下来了?”

解文举是曹兀龙叫来照相写材料的,曹兀龙怕记者来匆忙,叫他先来一步,把准备工作做好。听书记说他,解文举犹豫一下,说:“现在就走?总得吃早饭吧?我怕放车上人乱拉。”

曹兀龙看他那啰嗦样儿,就不说话了,问冯彦虎:“吕翠儿的材料弄好了吗?”冯彦虎心里说,你刚布置,我晚上开电话会,哪有时间弄,但嘴上说:“公社党委就剩我和王西存两个,我准备今天抽时间研究呢。”

曹兀龙说:“那还等啥?现在马上研究。”冯彦虎脸还没洗,只得说:“行。”犹豫一下,不知该洗了脸再去找,还是开完会再洗脸。还没定好,李锦竹来喊吃饭,冯彦虎才说:“曹书记,要不吃了饭再研究?”曹兀龙也觉催得太急了,就点了头。

冯彦虎让李锦竹带着曹书记和解部长去吃饭,他匆匆抹了两把脸,也赶去灶房。正吃着,阎立国进来了,一脸的尴尬不忿,笑着说:“冯书记,官当大了,门槛咋高得很?看不见我们这些车户了,能不能也给我们口饭吃?半夜起来到现在连口水都没顾上喝,能给口水润润嘴吗?”

冯彦虎和解文举忙让他过来坐。曹兀龙心里想,怎么把他给忘了,但又气他话里带刺儿,便不理。阎立国见曹兀龙脸色不好看,又把话往回挽,笑着对冯彦虎说:“瞎好我们也是给书记开车的,万一饿晕了,把车开到沟里,把书记摔了谁负责任?”

冯彦虎忙赔笑让他坐。曹兀龙已经吃完,站起来说:“老冯,快吃了叫王西存开会。”说着走了。

冯彦虎看着他出去的背影,悄悄说:“书记这次咋慌得很?”只得匆匆吃了点,让李锦竹找来王西存开党委会。他想借曹兀龙的势,说:“曹书记也参加吧?”曹兀龙想都没想就答应了,只催让快点。

会议开始,王西存左右看看,除了曹兀龙和做记录的李锦竹,党委就他和冯彦虎两个人,问:“周兢怎么没来?”

冯彦虎看一眼曹兀龙。曹兀龙正吹杯子里的茶叶,头都不抬地说:“你听着,一阵儿你就知道了。老冯,抓紧。直截了当,有啥说啥。开短会。开完还要上工地。”王西存一看这架势，不言语了。

冯彦虎得了鼓舞，接茬儿宣布开会：“今天咱们研究公社党委的人事变动问题。大家都看到文件了，田养民同志调羊场了，现在公社党委由我负责。班子要根据实际情况做些调整。根据中央政策，我们应该着重把年轻的同志、女同志提上来，还要提拔那些工作有朝气的同志。而把那些工作无成绩、办事拖沓、缩手缩脚、暮气沉沉的人免掉。根据这些原则，我提议三点：第一，提议吕翠儿同志为公社党委委员、副书记，当然了，是不脱产的；第二，提议罗吉万同志为公社党委委员，当然，也是不脱产的，罗吉万同志继续担任罗山大队支部书记；第三，提议免去周兢同志的公社党委委员职务。”

他强调，吕翠儿同志年轻，是女同志，工作有干劲，在大滩口会战中成绩突出，等等。罗吉万也是工作有热情、有干劲、办法多等等。周兢除了工作不努力，不能起带头作用外，还因为吕翠儿同志也是红沙沟大队的，一个大队不能同时有两个公社党委委员。说完了，恭敬地问曹书记还有什么要说的。

曹兀龙喝一口茶，说：“你们公社的事，由你们党委定。我不想多说。不过，吕翠儿同志确实是个好同志，那么年轻，又是女同志，文化程度不高，家庭又拖后腿，种种困难，都能克服，还能把工作做好，不简单的！确实不简单的！不仅在红沙沟大队是突出的，在全公社、全县，都是很突出的。这样的好同志，不提拔，说得过去吗？啊？你们说说得过去吗？”他看一下手表，“王西存同志说，你有没有意见？快说。”

王西存是聪明人，一看这阵势，他还能说什么，摇摇头：“没意见。”说完，一声儿不吭了。

屋里突然有点静。按惯例，次要人物附和主要人物的意见，都要找出几条似是而非的话作补充，至少也要按主要人物的意思重述几句，可他说了那三个字后，再不吭声了。冯彦虎等半晌，见他没声儿，问：“你说完了？”王西存说：“完了。”

冯彦虎略犹豫一下，转脸问曹兀龙：“曹书记，你看，还有啥要说的吗？再给我们讲几句。”

曹兀龙当然能感觉出王西存的抵触情绪，心里不痛快，本想镇喝几句，转念一想，人家什么都没说，怎么开这个口？于是说：“没意见就好。党委会上通过的事就抓紧办，不要拖拖拉拉。老冯，谁整材料你安顿好，叫抓紧整材料。咱们赶快上工地。”说着，就往炕下走。别的人一见，也都站起。党委会就这么结束了。

曹兀龙还惦着陈召凤联系记者的事，怕电话出问题，一边端茶杯往车上走，一边说："把你们那个管电话的叫来，这几天的电话不能出错，出了错，叫他负完全的责任呢！"

冯彦虎便扯着嗓子喊。李线长听见了，一边飞跑，一边答应。跑跟前，见好几位领导，便往曹兀龙和冯彦虎脸上往返地看。曹兀龙见了，厉声说："你听着，这几天的电话你就给我看得好好儿的，要出一点错，我叫你负完全责任呢！听清了没有？"

冯彦虎也跟着镇喝。李线长惶恐地点头答应，裤脚儿都抖起来了。曹兀龙见了，反笑起来："你去守电话去，不要紧张，看好就行了。"李线长这才走了。

曹兀龙一路紧催，小车直奔大滩口工地而去。还未到，就听工地上高音喇叭里《大海航行靠舵手》的歌子喊到半天云里去了。再近些，就见长长短短大大小小新新旧旧的红旗在风中高高低低地飘扬。再近些，蚂蚁似的人群乱攘攘地奔跑。真有股轰轰烈烈的热闹景象。

解文举看了，说："要照相，就不能再往前开了。太近了照不到全景。"

曹兀龙立即让停车。几个人下来，爬到一个小山包上远望，曹兀龙一手叉腰，指着对面山上只弄了半拉的"学习小靳庄"和"农业学大寨"标语说："老冯，标语怎么到现在没搞好？要抓紧呢！你看现在这个样，相都没办法照了！"

冯彦虎红了脸，说："好。我抓紧。工作量太大……"他想解释，却不敢解释，嗫嚅几句，不吭声了。

曹兀龙全然不理他，说解文举道："老解，想办法照一个全景。把人、红旗都照上。照得气气魄魄的。要把那种大干社会主义的气魄照出来！对面山上那两条标语……能不能想个啥办法？没有标语也不好……"

解文举端着机子左照右看，说："没办法。一定要有的话，就只能在底片上做手脚了。"曹兀龙说："底片上能想上办法？"解文举说："比较复杂。没把握。我试试吧。"曹兀龙嘴张了张，没说出话来。

解文举端着照相机调整角度远近，忽然有了主意："哦，可以让曹书记站镜头前，我给曹书记照，把大背景衬出来。这样，没弄完的标语曹书记的身子就挡住了，外人看不出来。曹书记的大镜头也有了，还更好。"

曹兀龙高兴起来，他早就盼着自己的照片能登在报上，所以立即照办。照完，解文举说："我给曹书记和冯书记两个再照几张吧？"曹兀龙还没照够，说："行。怎么照，你安排。"

解文举便让他俩这样站站，那样站站，却都咂嘴不满意："要是有张规划图就好了，曹书记和冯书记看着规划图，再配场面的实景，就非常理想了。”

一旁观战的阎立国说：“我车上有张牛皮纸行不行？反正照出来就是个样子？”解文举犹豫一下，说：“你找出来咱们试一试。”阎立国真就把他修车垫身子的牛皮纸找出来了。曹兀龙见纸上东一块西一块的尽油渍，嘟囔一句。冯彦虎说：“试试吧，照出来兴许看不见。”

曹兀龙便摆出视察的样子，和冯彦虎两人拿着牛皮纸指指画画。解文举抓紧照了几张。照完，阎立国收牛皮纸，偷偷笑道：“领导干革命的镜头原来是这么照出来的！”解文举瞪他一眼，他笑着闭上了嘴。

解文举说还要照几张不同角度的全景图，爬另一个山包上去了。冯彦虎这才有机会问：“曹书记这次去省上，见洪书记没有？”

曹兀龙兴奋起来，说：“见了。哎，咱们以前没见过那么大的书记，人好得很！没一点架子！那个平易近人！那个和气！真是大书记的气魄！对咱们县上关心得很！农业也问，水利也问，找的人拖头不断！说不上两句话就有人找！我看书记忙，抓紧时间把咱们县上的情况简单汇报了，原来地区没把咱们县上的情况报上去！”

冯彦虎惊问：“地区真格没报？”曹兀龙说：“没报。要不是这次直接找到洪书记，咱们还都在鼓里蒙着呢！”冯彦虎咂嘴：“看！多亏找着洪书记了！地区咋这么个态度？曹书记对熊书记也好着呢，他们咋就这么个态度？”曹兀龙说：“地区复杂得很！”

一句话未完，远处有人喊话，两人听了听，似乎是喊曹书记。冯彦虎站高了喊问，那人跑近了喊：“县上电话找曹书记，说记者来了！”

曹兀龙一听“记者”二字，立即跳起来：“记者来了，这么快！我得赶紧上县。”说着，让阎立国喊解文举，差点等不及人来，急得车上车下几趟。解文举刚一到，立马命令开车，给冯彦虎嘱咐的话也忘了。

上公路不远，见有人上坟，曹兀龙诧异，说：“这个时候上的干啥的坟？”阎立国笑笑说：“清明。马上就清明了。”曹兀龙“哦”一声，若有所思好半晌，念叨道：“把清明还忘了。好几年都没有给老人上过坟了！”

解文举迟疑一下，说：“其实上坟不应该算迷信，是对亲人的纪念，不应该算迷信。毛主席都给母亲上过坟。这和给烈士扫墓一个意思，不能算迷信。”曹兀龙笑起来，说：“毛主席给母亲上过坟？”解文举说：“千真万确！这没一点错！”

阎立国听出了意思，回头问：“曹书记家坟在哪里？要不要我拉你去？”曹兀龙犹豫一下，说：“不远，正好路过。”解文举和阎立国都说：“那就去一下么！”曹兀龙不说话。

走一阵，曹兀龙手往前一指说：“我们家老坟就在这个山嘴后面。”阎立国就把车停住了，和解文举两个劝，曹兀龙真就下去了，说：“你两个在车上等着，我去看一下，看坟好着吗。”说着，向山包后走去。

解文举在车上坐一阵，忽然说：“哦，给曹书记照一张相。”说着急急忙忙下去，一路小跑，赶过去正好看见曹兀龙撅着屁股跪在坟前叩头，他怕慢了照不上，边跑边对焦距，咔嚓了一张。

【吊沧浪】竞功名心提在口上，眼觑着祖宗遭凄凉；学偷儿贼兮兮把坟上，被窥破惊煞水泉王。为甚不身心放？王侯将相，哪个是石缝里长？

正高兴，不想曹兀龙一回头看见了，暴喝一声：“你干啥！”解文举一听声气不对，打了个哆嗦，说：“我给曹书记照张相。”曹兀龙怒道：“谁叫你照的！你想干啥！”解文举慌了，说：“我是好心，没有别的意思！真的！”

曹兀龙一脸怒容，指着相机说：“你把它给我毁了！”解文举犹豫：“这一卷照的是会战？”曹兀龙怒目一瞪，吼道：“你给我毁了！”解文举手哆嗦着打开相机，把胶卷拽了出来。

曹兀龙怒犹未息，说：“烧了！”解文举说：“已经曝光了。”曹兀龙不懂啥叫曝光，说：“烧了！”解文举摸着口袋说：“我没有火柴。”曹兀龙掏出打火机扔过去，解文举没接住，弯腰从地上捡起来，将胶卷点燃了。

11.接待给大爷传话儿的，小爷赔了不少笑脸

晚上，曹兀龙从县上给冯彦虎打电话，说记者还未来，但马上就会来，

让他们继续做好工作，保持轰轰烈烈，还要准备夜战。冯彦虎不愿意干这种事，但不敢不干，便派人将公社里早已不用的一盏旧汽灯取来预备着。

然而，第二天等了一整天，记者没有来。第三天直到快中午了，公路上才掀起尘土。山头上放哨的敲响了锣，高音喇叭里立即响起了《大海航行靠舵手》的雄壮歌声，工地上红旗展动，年轻人乱喊乱叫，倒也有几分热闹景象。

小车到解文举照过相的地方，曹兀龙让停下，给记者介绍说："温记者下来看看吧？这里能看到工地全貌。"他的意思是让记者在这里照相，但温记者似乎并没有要照的意思，车都不想下，见曹兀龙在下面等，只得跟下来，但照相机皮套子都没打开。

曹兀龙指指画画介绍了半晌，记者似乎没进耳朵里去，他便觉得没劲，收住了话头。温记者这才问："你刚才说的这些都有材料吗？有材料了给我一份材料，我就不记了。"

这下倒难住了曹兀龙，如果说有材料吧，他一时拿不出来，如果说没材料吧，怕记者不写了。陈召凤见状，忙说："有的有，有的没有——曹书记，看这样行不行？咱们下去凑一凑，有现成材料的找出来就行了，没有的，找几个人整理，整理好了给温同志，好不好？"曹兀龙还没说话，温记者就说："行。"

几个人又上车。解文举因前面拍的照片都毁了，这阵儿急急忙忙补拍，见人都上了车，他才慌乎乎过来。到工地，冯彦虎迎过来，陈召凤给介绍，温记者懒洋洋地伸出手，说："我叫温德清。"

曹兀龙瞅瞅，没瞅见文戈，给冯彦虎安顿："你找个人，叫文戈和李锦竹赶紧准备材料！"冯彦虎找个社员送信去了。

温德清是老记者，见过大世面，这样的会战在他心目中占不了多少位置。但既然来了，也只得听着，见吕翠儿的"铁姑娘突击队"里还有几个看得过眼的，也照了张相，但始终提不起精神来。曹兀龙还要介绍，他打断了，说："咱们去看看打井的情况吧，'百井汇流'的口号提得还有点新意。"

这对曹兀龙多少是个打击，心里便有点凉，话也少了。多亏解文举向记者请教写稿发消息的经验，才没太冷场。

打井的沟里，每个井口倒都按布置的插了红旗，原设想这些红旗串成串，远远看去像两条龙，但插上去才知道，一是沟长，二是弯弯拐拐的，远处根本看不见，近处只能看到两三处，根本没有设想的那种气势，相也就没法儿照了。这又给曹兀龙泼了一瓢冷水。

看了两三口井，还都没出水。来到周万贵打的井旁，周万贵因有冯彦虎的许诺,干活特别卖力,见领导和记者来,忙迎上来说话。温记者问:“出水了吗?”周万贵笑着说:“快了。你摸,这沙子都湿湿的了,用手能捏成疙瘩了。”说着,将刚吊上来的沙子抓了一把,捏给记者和曹兀龙看。

曹兀龙也抓一把捏着试,果然。冯彦虎和解文举也都捏着试了,说:“就是,有希望。”温记者只看了看,面上冷冷的。曹兀龙只得嘱咐周万贵:“抓紧!抓紧!好好打!”冯彦虎以目示意:“抓紧!”周万贵心里明白,大声说:“领导放心,我一定抓紧!”

曹兀龙还要往里走,温德清却不动,问:“有没有出水的?有出水的了咱们看看,没出水的就不去了,大同小异,看了也没用。”

几个人闻言都停住了。陈召凤往曹兀龙脸上看。曹兀龙看冯彦虎。冯彦虎回看一眼曹兀龙,吞吞吐吐地说:“出水……还都没出。”

曹兀龙只得说:“那就算了吧。”他心里很不是味儿,像盼大领导一样盼来了,却是这么个情形。他心里有点抱怨陈召凤了,怎么请了这么个爷!

陈召凤也感到了曹的不快,想挽回,努力给温德清介绍“百井汇流”。温德清不知是为了缓和气氛,还是真觉得“百井汇流”有气魄,说:“‘百井汇流’的提法还是不错的,我刚才已经说过了,有点新意。可惜都没有出水,要不,还是可以做点文章的。”

曹兀龙心里一动,立即转身给冯彦虎布置,悄悄说:“你留下,给打井的布置一下,连天连夜打!三班倒,一刻都不要停!人手要是不够,等记者走了后,把工地上的人抽出来打井。一定要想办法在这几天把水打出来。”

冯彦虎心里直叫苦,想着这地下谁知道有没有水,要有,就不说了,多费点力气,要没水,岂不是白费劲!但他嘴上忙忙地答应着,返回去布置去了。

回到大队部,曹兀龙心里已经凉了大半截,但还保持了礼貌,把温德清让进屋。敬茶毕,温德清用茶漱漱口,说:“书记、局长,我有个想法,说出来你们听,如果觉得合适,咱们就办;如果觉得不合适,咱们——用你们水泉的话来说——就拉倒算屎了!好不好?”他抿了口茶,“陈局长,你叫我来的目的,我也明白,咱们就不说了。我也是喜欢为朋友帮忙的人。多个朋友多条路嘛!但是我想,如果我们仅仅把目光局限在这个工地上,是不是目标太小,材料过于单薄?你们想,我要写的是曹书记,是水泉县几十万人民的书记,不是一个小工程的指挥。如果是写公社或大队支书,那可以,但作为县委书记,仅仅写这么一个‘点’,就太小了!‘造三千亩水地’、‘百井汇流’,都是不错的口号,也有新闻性,如果放在一个大队支书身上,是大气魄!放在公社书记身上,也算中气魄。但如果放在一个县委书记身上,就成小气魄了。别人要问,几十万人,就干了这么点事儿?不好听!是不是?"

陈召凤偷偷出了口气,偷看了曹兀龙一眼。曹兀龙心里的火儿也熄了点,脸上现出尴尬的神情来。

温德清继续说:"所以我说,要写一个县委书记,目光就要放到全县去,看全县的工作搞得怎么样,当然,'点'也是很重要的。这就像枪尖上那一点钢,没有枪头枪身,那点钢没一点用,只有枪头枪身,没枪尖上那一点钢,也不行!是不是?"

陈召凤释然了,刚才的担忧、紧张一扫而光,一副茅塞顿开的喜悦相。曹兀龙心里也不得不承认他说得对,但面子上仍有些下不来,又不好说什么,只得点头道:"对是对着呢。"

温德清又说:"所以,这里的材料,你们找人整理一下,我还想到全县看一看,多跑几个地方。"

直到现在,曹兀龙才觉得,温德清那高高的个头,是魁伟,不是高傲;那大大的脸盘,是体面,不是臃肿;近视眼镜,是学问的象征,不是臭知识分子的标志。他看一眼陈召凤,似乎是对他功劳的肯定,又转脸笑着说:"谈得好,谈得好。老温到底是见识过大世面的人。——老陈,你快去看饭怎么样了?跑了一天,饿坏了。"

陈召凤连忙去安排。冯彦虎也回来了。几个人边吃边聊,气氛融洽。

曹兀龙和陈召凤、冯彦虎算可看的公社,数着数着,这才发现,搞得比较好的公社几乎全是铁首仁的人当领导。而这些人会不会讲他的好话还在两可之间!而能讲他好话的那些公社领导,大多搞得不怎么样。他心里一下沉甸甸地装了块石头,恨不得立时将这些公社书记来个大对调。他心里下了决心,等记者一走,立即召开常委会,公社书记要动大手术!

陈召凤也在动脑筋,问曹兀龙:"林丰公社去不去?"他有潜台词,林丰公社虽然成绩最突出,但姬建华是刘钟的人,弄不好,倒宣传了他们。刘钟几次要报姬建华当常委,这要上了报,说不定真就成常委了。曹兀龙当然明白此中利害,但若不让去,别的公社还真没有那么突出的。一时竟不知该怎么好了。

温德清是何许人,官场上的事儿,他能不清楚?见他们犹豫,早猜出是怎么回事了,开导道:"只要是水泉县境内的地方,哪儿都可以去。这没关系。无论哪个公社,无论谁当领导,不都在县委的领导下?中国这么大,哪儿有成绩,也离不开党中央、毛主席的领导,是不是?道理是一样的,这你们放心。"

温德清并不是为曹兀龙着想,他是为他的材料丰富着想,写文章,材料越丰富越好写。这正中曹兀龙下怀,他扳下一根手指,说:“行。林丰算一个。”

王银江跑过来说县上电话找曹书记,曹兀龙去接了,回来说:“庞部长调地区军分区了。”看一眼冯彦虎,“你的工作抓紧。”冯彦虎明白,庞大卫一调,常委又空出一个名额,让他抓紧吕翠儿的材料,这里人多,不便明说,便点一下头,“嗯”一声。

算完要去的公社,却为陪同的人犯了难。曹兀龙想自己陪,被温德清拒绝了,说:“叫别人陪吧。也不叫陪,其实就是带个路,书记事儿多,就不麻烦你了。再说,我写的是曹书记,曹书记再陪着不好。”

曹兀龙只得作罢,可再让谁去?温德清拍拍解文举的肩说:“解部长就挺合适。我俩一起还可以聊聊。”

曹兀龙却有点作难,解文举当着面儿自然没问题,背后也不至于说他的坏话,但会尽力为他说好话吗?他想到了鲍日曙,但鲍日曙在县上,也不熟悉情况。正犹豫,陈召凤说:“要不,我和解部长两个去?”这正合了曹兀龙的意,陈召凤是帮忙的,有他在,解文举也得说他的好话,便立即答应了。

12.报喜

送走记者和曹书记,冯彦虎差点要累倒,一躺就睡着了,大嘴女人叫起吃了饭,他又躺下了。迷迷糊糊听有人叫“冯主任”才醒来,却是吕翠儿。他忙叫快进来,睁眼时,才知道天全黑了。吕翠儿等屋里灯亮了才进来,远远坐了,规规矩矩说话。她知道这里人杂,亮着灯,别人老远就能看见。

冯彦虎简单问问工地上的情况,抓紧时间把报她为公社副书记的话说了。吕翠儿笑道:“我已经知道了。”冯彦虎略一愣:“你咋知道的?”吕翠儿说:“工地上的人都知道了。”

冯彦虎又一愣:“那……周兢是不是也知道要免他的话了?”吕翠儿说:“我不知道他知道不知道,我看脸色好像不对。”冯彦虎愣了半晌,说:“他妈的,不是李锦竹就是王西存!”

正愣着,周万贵进来了,冯彦虎问:“你听说免周兢的话了吗?”周万贵点头:“听说了。”冯彦虎说:“那周兢肯定知道了。”想一想,说,“知道了就知道了,他能干啥!”又问周万贵,“你有啥事?”吕翠儿见他们谈工作,告辞走了。

周万贵掩住门,慢慢说:“我今天听了个闲话,不知道当说不当说?”冯彦虎说："啥闲话？"周万贵看一眼窗子，说："我听几个社员说，县上的文秘书和公社的李秘书议论记者和曹书记的事。李秘书说，一个记者，曹书记咋巴结得很。文秘书说，要巴结当官的，就得巴结送信儿的。他们以为社员啥都不懂，说话就不防，没想到叫小蛋子听着了，给我说了。"

周万贵与文戈并无仇隙，他只不过想借此讨冯彦虎的好儿。这一招还真灵，冯彦虎马上觉得与他近了，问："谁是小蛋子？"

周万贵说："你不认识。四队东湾里的那家子，矬蛋蛋个儿，老不穿鞋，冬天只穿两条单裤子。"冯彦虎沉吟一阵，说："这个话你再给任何人都不要说。"

周万贵笑了，说："这我知道。"他犹豫一下，"文秘书好像还写着个啥东西，一休息就和李秘书争论，好像李秘书不让写，文秘书非要写。是不是大滩口会战？文秘书一有时间就问这问那的，都是会战上的事。我担心对冯书记和曹书记不好……"

这冯彦虎已经有怀疑了，料着周万贵也不会知道多少，只"哦"一声，说"你以后多留心"，就转了话题，问井打得怎样。周万贵说："我们那口井，今天下午出了点水。"

冯彦虎一激动，坐起来了："水大不大？"周万贵摇摇头："不大。等半天能渗半坑坑。"冯彦虎有点失望，却还不甘心："你尝了吗？甜水，咸水？"周万贵说："尝了，水倒不咸。"

冯彦虎便又躺下了，有一搭没一搭地说些闲话，想休息了，周万贵却还不走，便问："你还有事吗？"

周万贵迟疑一下，说："出水的事儿，要不要给曹书记汇报一下？"冯彦虎一想，对呀，怎么把这步棋给忘了。忙摇公社要曹书记、陈召风接了电话，说："曹书记正和记者谈话呢，不让打扰。你有啥事？"

冯彦虎便把出水的事儿讲了。陈召风立即骂起来："我把你个冷棒！你冷着呢！这么大的事儿你还不报喜，等啥着呢！"冯彦虎慢慢地说："水不多，就一点点渗水，半天才能渗一碗，咋报呢？"陈召风又骂："那咋不能报！出水是不是事实？"冯彦虎说："事实倒是事实，可是……"

陈召风打断他，几乎要喊起来："你冷棒再不要说屎子！你真是个冷棒！曹书记正和记者谈话着呢，盼材料眼睛都盼绿了，你把这么好的材料抓住不出手！你再啥话都不要说，赶快组织人，把水提上，敲锣打鼓到公社报喜来！记者正好在，再没有这么好的茬口了，你还磨蹭啥着呢！赶快组织人！搞得热热闹闹的！曹书记那里我马上去说。"

冯彦虎放下电话，愣一阵，才给周万贵说了。周万贵笑道："我刚才也是这个意思。陈局长说得对着呢，报喜，报喜，报了才是喜，不报哪来的喜！——那现在咋办？"

冯彦虎道："你去把周兢给我叫来，人我叫他组织，你马上带个人到井上去弄水。——你现在得给我使点劲儿！周兢可能觉察了，那现在就磨开滑儿了。"周万贵点头应了，去找周兢，一边找人提了个小桶拿了茶缸子到井上去舀水。

一会儿，周兢和吕翠儿都来了，冯彦虎让召集人并找锣鼓。正乱着，曹兀龙电话来了，询问出水情况，指示冯彦虎，一定要提些水来公社尝尝。冯彦虎说已经叫人舀去了，正准备来公社报喜。曹兀龙已从陈召凤那里知道了，没再说什么。

冯彦虎不断地催促周兢，他怕周兢不卖力，所以事事都要亲自过问，布置得也特别仔细。一时锣鼓人员都齐了，只是不见周万贵。冯彦虎让人拿了手电去催，连派了两拨人，周万贵才满头是汗地来了。

冯彦虎等得心焦，一见面就呵斥："你咋屎弄的，不来了！"周万贵说："天黑，车子不敢骑，去了还要等水，就迟了。"

冯彦虎接过小桶来看，见只有一个桶底，还泥糊糊的，用唇在茶缸子边上沾了点，尝半天，果然尝不出咸味。文戈、段有德、周兢、吕翠儿也都尝了，也没尝出咸味，自是高兴。文戈问："水大不大？能用抽水机抽吗？"

他想的是，既然打的是浇地的水，自然得用抽水机抽才行。周万贵听了，半晌没说出话来，心里说，等了二十几分钟才刮出这点子水，饮麻雀还差不多，哪里能用抽水机。可嘴上还得说："水刚出来，还不大。"怕文戈再问，立即转脸问冯彦虎，"冯书记，现在咋办？"

冯彦虎就喊："周兢，锣鼓家什敲起来，出发！曹书记还在公社等着呢。"周兢就招呼。

文戈还惦着水的大小，拉一把周兢，问："水大不大？你下井去看了吗？"周兢偷瞟一眼冯彦虎，悄说："我没下去，我问过他们一块儿的，就一眼泪水！"文戈听了，愣半晌，自言自语道："那还报的啥喜？"拉了段有德回房去了。

屋里，冯彦虎有点犯难，水太少，太浑，送到公社去，曹书记、记者还要尝，如何叫人家沾唇？便悄悄拉了周万贵说："水太少了，把你们家窖水掺上点，行不行？"

周万贵一愣，一边称赞，一边责备自己："行！我早该想到的！有真不算假，咋不行！"冯彦虎下巴抬一下，示意他去掺，说："注意，也不要太清，太清就不像了。”周万贵点头说“知道”，趁人不注意，悄悄溜了出去。冯彦虎出去和周兢说话打掩护。

吕翠儿悄悄站到他旁边了，她惦着锣锣夜里哭，悄问：“明早去报喜不行吗？咋非得这阵儿去？”冯彦虎悄说：“明早记者就走了。”

吕翠儿不懂，还问：“曹书记那么大的书记，咋把个记者那么当事（看重）？”冯彦虎悄悄说：“这你就不懂了，记者本事大着呢！要是他写一篇文章登到报上，把咱们曹书记说得好好的，地区、省上领导看了，曹书记就不‘代理’了。明白吗？”

吕翠儿如梦初醒，刚要说什么，前面的人忽然乱起来，一问才知道，周兢把脚扭了，坐地下揉脚脖子呢。冯彦虎过去问了几句，说：“那你回去吧，公社就不去了。”周兢挣扎着还要去，往起一站，又“哎哟”一声坐倒了。只得由人扶回家去。

吕翠儿看着消失在黑暗中的周兢，悄悄说：“周支书怕装着呢？”冯彦虎冷笑：“那是明事！”

周万贵来了，打手电让冯彦虎看桶里的水，果然清多了。冯彦虎挥一下手说：“喊，走！”

锣鼓声响起。一支乱哄哄的队伍踏破黑夜的寂静向公社出发了。远远近近的狗，被这突然的喧闹惊起，惊诧地朝着夜空乱吠，不知道人世间又发生了什么怪事。

报喜的队伍来到时，不仅公社的人全都出来了，周围的社员也都跑来看热闹。曹兀龙笑容满面，陪着温德清出来，站房前台阶上高声问：“水打出来了？带来了吗？”

冯彦虎已到曹兀龙跟前，忙转身喊：“周万贵！周万贵！把水提来！”周万贵在人群里答应一声：“来了！”

陈召凤不满地抱怨冯彦虎：“你没组织好。书记问：水打出来了吗？你们就应该像军队上一样一齐喊：打出来了！你们连个答应的声儿都没有！”冯彦虎心里好不舒服，见记者在，没说话。只招呼周万贵：“快！”

周万贵提了水桶，拨开众人来到曹兀龙面前，将水桶举给曹兀龙看。曹兀龙看了一眼，笑着让温德清看。温德清也看了，问：“水大不大？”

周万贵怕说不到点子上，不敢回答，忙往冯彦虎脸上看。陈召凤知底，怕冯彦虎说漏嘴，忙过来打岔，故意责备说：“老冯，你们报喜，总有个报喜的样子呢吧，这么乱哄哄的像啥！”

冯彦虎被骂蒙了，不知该怎么办。陈召凤朝人群挥手喊道：“站好！都站好！锣鼓在前面。喊口号的在后面。”他指一下公社团委的叶景珍，“小叶，去灶房取个碗。”

小叶飞跑去取了碗来，陈召凤继续说：“老冯，你拿碗在桶里舀点水，给曹书记和记者同志尝，解部长给照相。这样就像个报喜的了，你提个桶子给曹书记，曹书记咋办？又不是……”他没有说下去，但旁边的人已经听出来，他没说出的话是“又不是饮驴”，都“哄”的一声笑了。

这一来，就把温德清的问话岔开了。冯彦虎真就拿碗舀了小半碗水，面向镜头，双手端给曹兀龙。曹兀龙笑吟吟地接了，尝一口，笑着向人群宣布：“不咸，是甜水！”闪光灯闪了一下。曹兀龙双手捧碗做喝水状。闪光灯又闪了一次。曹兀龙笑着，竟将那半碗水全喝下去了。闪光灯连着闪了几次。

曹兀龙将碗高高举起，像亮酒杯似的将碗底亮给大家看。下面的人只笑，不知该怎么办。陈召凤急了，喊：“敲锣！打鼓！喊口号！喊口号！”

他捅一下冯彦虎。冯彦虎问：“喊什么？”陈召凤也一下蒙了，真的，喊什么呀？想想，一举拳，领着喊道：“毛主席万岁！”下面的人便跟着喊：“毛主席万岁！”

他又喊：“中国共产党万岁！”下面的人也跟着喊：“中国共产党万岁！”

他又喊：“无产阶级文化大革命万岁！”下面的也跟着喊：“无产阶级文化大革命万岁！”

锣鼓敲起来了。在锣鼓和口号声中，温记者也尝了水，照了相。曹兀龙见吕翠儿也来了，冲她笑一笑，给解文举说：“给小吕也照一张喝水的相。”解文举真就给照了。

接着，陈召凤、冯彦虎也照了。

】百眼井干破喉咙，三千地旱透魂灵，泪
半碗，把来兀龙一饮。试问：干旱在镜
庄稼在肚皮里种？

曹兀龙见记者总提不起精神，怕他烦，就让他进屋，他也陪着进去了。外面的人见没了主，锣鼓都缓下来了。陈召凤见曹兀龙进去了，咂一下嘴，悄悄说："哎，没有讲几句话，咋就进去了！"就给冯彦虎抬一下下巴，说："你宣布，散了吧。"冯彦虎心有不足，也只得扬扬手说："行了，散了吧。你们都回。"

下面的人都打咳声，说："就报这么个喜啊？"稀里哗啦都散了。冯彦虎轻问吕翠儿："你回去，还是住公社？"吕翠儿说："我跟上就回了，怕锣锣晚上哭呢。"冯彦虎点头，看见周万贵，招一下手，叫过来说："你得暂时留一留，怕一阵儿曹书记问情况。"

周万贵还没说话，陈召凤就过来挡住了，朝周万贵一挥手，说："你快回，夜黑了，大家一起走，一阵儿你一个人咋敢走呢。"

冯彦虎还要留，陈召凤拉他一把，硬让周万贵走了。陈召凤这才悄说："你个冷棒，你把他留下是个害，留他干啥？一阵儿记者要问情况，你叫他咋说？说水小，记者不高兴，文章不好写；说水大，万一他要去看，咋办？留不得！"

冯彦虎说："那他走了，问我们，我们咋说？"陈召凤道："这还不好办，跟他打马虎眼呀！"冯彦虎便不吭气了。

他俩进屋去，温德清果然问起水来。陈召凤马上说："哦，光顾激动了，把这个茬儿给忘了。冯书记，你赶紧看打井的人走了没有，他们是下井的，别的人可能还说不上。"

冯彦虎装模作样出去转了一圈回来，说没找到人。温德清也是聪明人，一看情形也就猜到了，便不再问。陈召凤怕时间久了聊出马脚，说："曹书记，是不是让温记者早点休息？今天跑了一天，怕累了。"温德清嘴里打呜噜，曹兀龙便告辞出来了。

13.睡觉前半小时吃的"补药"

曹兀龙、陈召凤又到冯彦虎屋里聊。陈召凤自觉这次请记者他功劳最大，想趁热打铁让曹兀龙作个决断，便把话往县委班子上扯，说："这次要闹好了，曹书记的书记一批，就该把县委班子整一整了。庞大卫这一调，常委的名额又空出来一个，曹书记还得早打主意呢。"

冯彦虎今天对陈召凤处处占上风心里不快，听他的话音儿，接口道：

“庞部长给你腾板凳着呢，这一下你有空子钻了。”陈召凤正希望他说这话，并不恼，说：“这个空子谁能钻上还得曹书记说了算，你以为你想钻就钻上了？”说着，往曹兀龙脸上看。

曹兀龙早听出他的意思来了，他心里也有算计，按说，陈召凤当个常委也应该，但现在要报吕翠儿，就不能松这个口，但他找记者也确实费了一番心思，还把水利款都挪用了，要直说不行，他半道儿扯后腿就不好了，想想，说：“庞大卫一走，倒真是个机会，可是，你们知道多少人盯着这个位置？第一个，孙铁要报靳向东，搬的地区的丁义川当靠山，你看硬不硬？现在上面又明喊着要把造反派闹到各级领导班子里来，谁有啥理由挡？这是一难。第二，刘钟还想报姬建华。这不是一天两天了。苏芸、赵天葵到地区去，活动得王三丰、陈贵给说情着呢，看谁敢惹？这就两难了。老陈的条件确实还可以，可这两股子人在那里扯着呢，要没个特殊理由，常委会上都不好办，还要上面批！”

冯彦虎没在这上面动过脑筋，不说话。陈召凤想了想，说：“我还是那句老话，要对付孙铁，你就把刘钟推到前面去。刘钟那帮子人，对靳向东肯定没有好印象，咱们把孙铁的意图悄悄捅给他们，再把他们要报姬建华的消息捅给孙铁，他们两边还不狗咬狗？只要他们互相咬，闹个两败俱伤，咱们就趁空儿上了。”

冯彦虎冷笑：“那人家都傻着呢，都听你指挥着呢！”陈召凤说：“不是都听我指挥，这不是咱们商量办法么！”说完看着曹兀龙。

曹兀龙只笑着喝水。冯彦虎知道曹书记心里想的是吕翠儿，自然不愿谈这个话题，想了想，突然说：“哦，曹书记，周万贵给我谈了个情况，我觉得是个事儿。”曹兀龙正想转个话题，立即说：“啥情况？”

冯彦虎说：“周万贵听人说，文戈在调查大滩口的材料，好像要写什么东西？”陈召凤为打断了他的话头不快，不满地撇一下嘴：“文戈是县委秘书，曹书记叫他来，就是专门写材料的，写个东西有啥大惊小怪的！你真是！”

曹兀龙摇头说：“不。老冯说得没错，这个文戈要注意呢！还要防着些呢。”陈召凤说：“他个秘书能干啥！要捣蛋你一脚发了(踢开)！”

曹兀龙摇头：“暂时还不能发，他不知道从哪儿和丁义川挂了个亲戚，你还不得考虑考虑？只能等以后，大局定了，打发到哪个山沟沟里叫蹲着去。”

冯彦虎说：“那现在咋办？”曹兀龙想想，说：“这次材料整完打发叫回去。再不能叫在大滩口待了，时间长了还真格出问题呢。”陈召凤叹一声：“唉，说呢，知识分子就是难打交道。一个小小的秘书，还要我们动脑筋呢！”

曹兀龙接过去说:“毛主席早就说过,知识分子比农民脚上的屎都臭①,对对儿的!”

陈召凤说:“哎,你们听说过吗?听说林彪的事儿出来后,毛主席对许世友说,还是不读书的好,读书多的人心眼儿都不正②。”曹兀龙一听笑起来,说:“毛主席是不是这么说的?说得太好了!”

冯彦虎不愿参与这些无味的谈话,一个劲儿地打哈欠。曹兀龙笑起来,说:“咱们睡。再不睡,老冯把嘴都打着扯了。”

陈召凤心里有气,看一眼冯彦虎,说:“你个老㞞,光嫖风去劲大,人说点正事儿,你就瞌睡了。”又转向曹兀龙,“曹书记,不知道你听说了没有。我听说这老㞞把山口公社的年轻媳妇子都过了一遍!也不知道哪里那么大的劲咪?”

曹兀龙便笑:“是不是?我咋没听说。真的假的?要是真的,你给老陈介绍介绍经验。老陈眼热(羡慕)了!”陈召凤说:“哎,老冯,我在县上听说你叫人给你配春药了,是不是?”

冯彦虎忙摇头摇手:“睡觉,睡觉。再不要淌烂话。”陈召凤笑起来,说:“曹书记,你看是真的假的?一说春药他就急了!——哎,老㞞,我不是要揭发你,你有那东西了,给我和曹书记也弄点子,不要光你一个人偷着快活!”冯彦虎不吱声,安排都睡了。

第二天一早,曹兀龙还未起,他却进来,摸摸索索半天,把个纸包塞曹兀龙包儿里了。曹兀龙醒着,却没动,只问:“你闹啥着呢?”

冯彦虎悄悄说:“一点补药。曹书记试去。如果你吃着好了我给你再弄——睡觉前半个小时吃。”

注解:

① 当时引用毛主席的话是时髦。此处是嘲书中人没文化,未搞清却乱贬。原意是虽然农民脚上有牛屎,还是比知识分子干净。

② 原意是说许世友读书少却忠诚,林彪、陈伯达自称马列主义者,却要反革命。嘲书中人捕风捉影、为“粗”贴金找根据。

第六章

1.我现在是个坏女人了

清明刚过,各处的坟头上还挂着长长短短的白纸条,被风吹着,呼呼啦啦地在野地里颤,四野愈显得冷清、寂寞。远些的山头上有耕牛的剪影,能看见吆牛人甩鞭的动作,却听不到同步的吆喝声,鞭落下了才听到吆喝,仿佛声像错位的电影。文戈看窗外看得累了,一转脸,才发现田养民书记的爱人许大嫂也在车上。他意外又惊喜,问:“哟,老嫂子你这是走哪里?”

许大嫂也笑了,说:“我走羊场。老田调羊场了。”文戈说:“田书记还好吧?”她苦苦一笑,点着头说:“好,好。现在又当官了,又好了。前一晌从山口刚出来时,咋说呢,一些人以为他的官当到头了,门头儿都不谍(探看)来了。现在又有人来了。人啊,不得了!”她说着摇头。

文戈默然半晌,问:“家里还都好吧?”她叹一声,挺无奈地说:“好。好着呢。小文啊,我知道你和老田好,我有啥话不瞒你,我现在是个坏女人了。”

文戈不知其所指,意义不明地笑笑。她摇摇头,说:“咋说呢?早先,我听老田的话得很,家里来了人,无论拿啥礼,无论他咋说,我把老田的话认准了,就两个字:不要。我不是做假着不要,我是高兴着不要。那时候,我心里想,咱们老田在外头干事着呢,公家看得起,给的公社书记叫当着呢。一个公社少说也万把口子人呢,交给咱们老田了,你看公家信任不信任!我想着,我是个老社员,我帮不上老田的忙,我不给他脸上抹黑总能做到吧?我就这么想着,再加上老田也安顿了再安顿,不让收任何人的东西,所以那些年我真格啥都不收。我全力支持老田着呢,家里再穷,我心里富着呢,心里高兴着呢,心劲大着呢!——哦,谁知道干着干着,不要我们老田了!原先人都说呢,我还不信,我心想他不要谁都可能,不会不要我们老田。我们老田泼上命给公家干着呢,除非他瞎了眼,还能不要我们老田!后来,传的传的,成真格的了!为啥呢,说县上的头头捏帮帮着呢!一捏帮帮,不要我们老田了。要的谁?远的我不知道,近处我能看见,”

她悄悄在文戈耳边说:“我听老田说你到山口公社去了,那个姓冯的你总知道了吧?那是啥人!光盯人家的年轻媳妇子,不干工作,结果咋样?人家升官了,我们老田被踢出来了!”

文戈见车上人多,只叹一声。许大嫂还在他耳边悄悄说:“还有我们公社的王登朝!谁不知道那是个黑心贼!把那号人都提成公社副书记了!那当一般干部时就是个黑心贼，把个家里收拾得像宫殿一样，你都没长眼睛？你就不算一下账，他那几个工资能置起那么一院子地方？我们老田工资比他高到哪里去了，我们咋没置起那么一院子地方？我就不信老社员都会算的账，公家不会算？他当了几天副书记着呢，听说就要提正书记了！——哦，我一下明白了，捏帮帮就是这么个捏法！能捏到一搭里，啥人你都要，啥人都能当官，捏不到一搭里，命泼上你们都不要！我的心劲儿一下给浇灭了！心乏乏儿的了！"

文戈的心也仿佛被人捏住了，憋闷得透不过气来。许大嫂还说："我在老田跟前说呢，老田还骂我，不让我说。这次我才不听他的了！我说你忠得很，清得很，人家咋不要你沙！这个世道就是要捏帮帮的，不要忠臣，不要清官，你还忠啥呢，清啥呢！那次回来，我没客气，天天骂仗，骂来骂去，骂不过我，叫我骂跑了！"

她嘿嘿地笑，继续说："从那以后，我就成坏女人了。我公开说着呢，这个世道不要好人，不当坏人吃不开！谁爱当好人了当去，我不当了，我要当坏人呢，当坏人才吃得开！所以，从那以后，家里再来人，不管他提啥礼，我都收呢！我们老田还想当清官，我说你要当清官咱们就离婚。我以前穷，我穷得高兴，我觉着穷得光荣，我们老田给公家干着呢，我给他把气争上着呢，我没拿别人一分钱！现在穷，我觉着穷得窝囊！穷得没出息！穷得我没脸见人！那不叫清官，那叫没本事官！人家吃了喝了拿了，家里富了，官还越当越大了！他不吃人的，不占人的，人家还不要他了！我气着啊，气着……"她摇摇头，压低了声音，悄悄在文戈耳边说，"你当我气着干了个啥活？我们队里原先有个庙，解放后庙拆了，我趁着黑夜晚跑到那个庙底摊子上祷告去了，我没地方说了，就想说着叫老天爷听听……"她说不下去了，大口地抽气。

文戈想说句安慰的话，想半天却想不出该说什么，只问："那你现在……是到羊场看田书记去？"她叹一口气："唉，叫我骂跑了，我心里又过不去。那是个犟人，我害怕心里吃不倒，再坐下病。我心里去看看，再给说说，我那是气头上的话，叫他不要吃力。唉，说实话呢，咱们这号人，就这种病，嘴上说得凶，到时候了，还是抹不开面子！"

照壁山到了，文戈想到铁书记坟上去看看，喊司机停车。许大嫂奇怪地问："你咋在这个地方下车？"文戈不想说他是到坟上去，只说有点事。他挥手告别，满心里还是田养民书记那佝偻的身影，直到班车看不见了，他才怀着无限的惆怅转过身去。

2.而今相对不能语，问人生，到此凄凉否？

铁书记是水泉县第一个去世在任上的书记，也是第一个把坟留在水泉的县委书记。

坟地离公路不远，文戈先看到的是苍黑色的松柏树梢，然后看见围墙，透过树孔，隐约能看到坟包。这里能看到水泉县县城，铁书记也许还关心着县上的事，但他却已经无能为力了。

坟圈不小，却只有他一个人，显得那么静，那般寂寞。

围墙没有门，只留了一个豁口。两行孤寂的松柏夹着一条沉默的土道，一直通向无语的坟包。坟两边也有松柏，有一株已经干枯了。墓碑前有烧过纸的痕迹。坟包上有新添的土，周围有大小不同的脚印。看样子是有人来过了。文戈抓起一把土，绕坟转了一圈，把土撒在坟包上。然后站定在坟包前。

文戈是铁书记调进县革委会的，是铁书记带着他下乡，跟他谈这说那，虽然没有任何许诺，但处处都流露着对他的关爱和器重。他感激也敬重铁书记，知道他是个好人。然而，一想到曹兀龙也是他提起来的，感激里便含了抱怨。

铁书记在世时太苦了，任何时候都在忙，从来没有星期天，可是，他却提拔了曹兀龙！这一步错棋，把他一生的辛苦都断送了。不仅断送了，在他去世后，这错误还在继续，还在不断生长膨胀。而起因就是因为他的提拔。这未免太荒唐了。如果他能活过来，听听老百姓的抱怨，会作何感想？

他闭上了眼睛，两行泪顺着鼻翼慢慢流下，爬过嘴唇，凉凉地凝在下颏上不动了。

太阳被云隐没，天空是一片漠然的灰白。

他觉得身上有点凉，慢慢睁开眼，抹去脸上的泪水，从挎包里取出日记本，找到一页，撕下来，肃立着，默默地在心里读。

那是一阕词：

金镂曲

——悼念铁首仁书记

我亦难开口，数年来，深负栽培，哪堪回首。漫道如铁行路难，谁携稚子起步？曾记得，屈尊切嘱。而今相对不能语，问人生，到此凄凉否？悲难禁，泪亦苦。

垂涕含怨对新墓，愤难吐；兢兢遗风，横遭玷污。悲月君自飘逸去，抛却故友熟土；再不顾，后缺谁补。才智雄略哪条逊，何输他翻云覆雨手?!歌有恨，君闻否？

他又肃立一阵，才想起忘带火柴了，便将那纸撕成指甲皮大的碎片，慢慢撒下，随风飘去。他忽然觉得铁书记似乎睁开了眼，从深深的地下看着他，却不说一句话……

他眨眨眼，重新回到现实中来，又把整个坟圈看了一遍。他忽然想跪下，却怕人看见，便四下转着看了看，很静，连只麻雀都没有，才跪下去，匆匆磕了个头，站起来拍了膝上的土，慢慢从坟圈里退了出来。

3.一股母性的冲动使她心里又热又酸，不由自主就走到他身边

回县城的路上，文戈走得很慢，他一直在想如何过杨红砚这一关。杨红砚在第一排住，一进县委大院就能看见，万一他进门时，她的门正好开着而且看见他怎么办？要在以往，他会很高兴她打招呼的，可现在，他还没有从失却余小楼的悲痛中拔出来，不想和她接触，这便成了个难题。

他还没有想好该怎么办，就到了。进县委大门的那一瞬，他不由自主向那边瞄了一眼，糟糕，杨红砚的门正好开着，而且似乎有人影在动，匆忙中，他别转了脸，装作看东边什么的样子，连忙走过去了。竟然没有听到她叫。他松一口气，直奔自己宿舍。

一进宿舍门，屋里一股冰凉气，他略迟疑，才进去关上门。周恩来总理的遗像静静地在墙上看着他，他轻轻走近去，双脚并拢，恭恭敬敬地鞠了三个躬，才取下身上的挎包。他定了会儿神，闭着门打扫房间，怕的是开着门目标太大，杨红砚路过会看见。

打扫完，他坐着发了会儿呆，到办公室看信。虽然一想信，他的心就一阵绞痛，因为再不会有“玫”的信了，但他仍不死心，万一她突然来一信，说前面那些都不是真的，是别人造的谣，是别人模仿她的笔迹搞破坏……他摇头否定自己，嘲笑自己，但总扑灭不掉这妄想。

何玮婉和鲍日曙都在，问了山口的情况，听说文戈不走了，何玮婉喜形于色，说：“哎呀太好了。你们都走了，我一个人忙死了！”

常菊墨进来送打印文件，看见文戈，笑吟吟地问：“你回来了，还去吗？”听文戈说不去了，她忍不住拍一下手：“哎呀太好了！”

也许是她的表现太过强烈，鲍日曙抬头看了她一眼。何玮婉也笑着看她，说：“看把你高兴的！”常菊墨不好意思了，放下文件，赶紧走了。何玮婉笑着说：“小常挺有意思的。”

鲍日曙知道文戈的事，曹兀龙给他交待过，控制使用，心里便有了种看临刑牛羊的骄矜，但面子上仍装得若无其事，给赦令似的说：“文戈，你今天休息一天，明天来上班。”

文戈本没有要休息的意思，平常连星期日都不休息，有活就干，但今天觉鲍日曙在这儿挺不自在，又没找到一封信，便起身回宿舍了。

然而，却无聊，他不想看书，什么都不想干，总觉得什么事儿等着他，却找不出来。在地下转了几转，也没想起该干点什么，便提了暖瓶去打开水。

他刚拐过打字室的门，便看见杨红砚提了两个暖瓶并一个大铝壶从开水房出来。他想躲已经来不及了，只得继续往前走，但脚步却明显慢下来。然而，杨红砚没有转脸，一直往前去了。

开水提回来，文戈坐着想，不对呀，即使不转脸，从开水房出来不会看不见他呀？难道她在生我的气？为什么呢？一阵不安从心头掠过。他这才意识到，这半日坐立不安，原来是在等杨红砚。要在平常，她一定会找一个恰当的借口来看他的，或在宿舍，或在办公室，见一面，问几句，或者只相视一笑，便彼此心安，了却了一桩事，再各自干各自的去。今天，杨红砚至少有两次看见他的机会，为什么没来？提水时明明看见了，为什么要故意装看不见？

他坐不住了。尽管他从山口回来时曾暗暗下过决心，要守誓，这辈子他不再和别的女子好，但一想到杨红砚，又怀疑这誓该不该守？如果“玫”守约，他无疑会守誓的，但是她先违约的，值不值得为违约人守誓？这些时的坐立不安，使他意识到，杨红砚在他心里是很重的。他急赤慌忙找出下乡前借的两本书，提在手里甩着，这是故意让人看见，他去宣传部是还书的。

杨红砚的门虚掩着，他敲两下进去，杨红砚正洗头，一头的泡沫，说：“谁？请坐。”他把书在手上拍拍，笑说：“洗头呢？”

杨红砚听是文戈，不说话了，只抓头。文戈又问：“洗头呢？”杨红砚生硬地说：“你没长眼睛，洗不洗头你看不见！”

文戈攒着的心松开了，虽是气话，但她已经开口了，便一笑，自己坐了，将书放桌子上，说：“我哪儿得罪你了？”

杨红砚一哼:“你好,你哪儿会得罪我!我也不配让你得罪!”说着,端盆儿弯腰要去倒水,文戈忙站起接盆儿要替她倒,杨红砚却不放手。

她头发尖儿还浸在水里,闭着眼说:“放开,我自己倒,不敢劳你大驾。”文戈不言语,只按住盆子不放手。两人坚持一阵,杨红砚妥协了,说:“好,你要倒就倒,这是你自愿的,不是我请你。——我也请不起。”

文戈倒了水,将盆儿放盆架上,提起地上的铝壶试了试凉热,说:“你往前点,我倒你冲。”杨红砚仍弯着腰,头发上的水往下滴着,伸手要壶,说:“我自己洗。”文戈不说话,拉她一下,头往盆儿上按按,用手指头按着她的头往上浇水。杨红砚先不说话,让水在头发上流着,后来终于配合动作了。

正洗着,马宏雄进来了,见文戈正给杨红砚倒水冲头,呵呵地笑道:“年轻人咋热火得很?小文刚回来,我追都追不上,就给咱们小杨洗头来了。好啊,好!正是年轻人的时候,我们眼馋着,已经过时了,没办法了!好,好!祝贺你们!好!”

文戈不好意思,但水倒了半拉,不好停手,只得边倒边说:“马主任啥话嘛!”

马宏雄笑着自己坐了,说:“好话!百分之百好话!也是为你们年轻人高兴着开两句玩笑,千万不要往坏处理解。”说着收起笑,“我是来问一声小文,山口公社的李锦竹这一段时间你熟了吧?孙书记要给我们农办调呢,我还不摸底,到底咋样?笔杆子硬不硬?咱们这都是熟人,你照直说,我啥话都不瞒你们,你也不要瞒我。”

文戈听他问这事,说:“我不瞒你。我和李锦竹是朋友,要叫我说,当然希望他能调来。至于笔杆子硬不硬,就看你什么标准?给《人民日报》写社论可能差点儿,对付咱们县上的公文,我觉着都是浪费。马主任如果觉得我写的东西还凑合的话,李锦竹的东西你肯定能比较满意。有些地方可能他不如我,有些地方比我强。”

马宏雄站起来了,笑道:“嗨,那是你谦虚着呢,如果能有你的水平,我偷着笑去了。水泉县几十万人,有几个能抵得上咱们小文的!我说得对不对,小杨?咱们小杨都是眼睛里有水的人,要一般了,小杨能看到眼里呢!是不是?”

杨红砚已经洗完,正在擦干,笑说:“马主任,我可没有惹你!”马宏雄拉架势要走,说:“没有惹不惹的问题。我说的都是好话。不过,有小文这句话,我也放心了,他就是差也差不到哪里去。省上要开‘农业学大寨’会呢,马上就要准备材料,那我们先把人闹来叫准备材料,完了再办手续。——

你们忙吧，不打搅了。我是公事紧急，对不起。”说着，笑呵呵地走了。

文戈看看他的背影，说：“偏偏让他看见了！”杨红砚梳头，脸上淡淡的。文戈复坐了，问：“现在说说，咋回事儿？”

杨红砚不转脸，半晌说：“问你自己。”文戈说：“我咋了？”杨红砚转脸瞪着他，口气生硬地说：“你要不知道咋了，就请你走开！从此以后，再不要到我这儿来！”

文戈自知理亏，在山口几次都不接她的电话，也不回她的电话，到县上来还故意避着她，还心里想着不再和她接近，她能没一点感觉？然而，他实在是有苦难言。余小楼那一刀，捅到他最要命的地方了，到现在一想起，心里仿佛还在流血，他能心上滴着血对另一个女子笑么？问题是这话不能对杨红砚说，而不说，他就无法解释对她的态度。他不愿伤害她，但这恰恰伤害了她，又反过来伤了自己。

他忍着心里的痛疼，咬着牙不说话。

“怎么不说话？”杨红砚对镜梳着头，觉得他沉默得太久了。文戈心里刀绞一般痛，感觉血就要喷出来了。杨红砚又问一句：“说呀，怎么不说话？”他再也忍不住了，低着头说了声“对不起”，就走出去了。

一出门，他将两滴泪甩在门台阶上，抹一把脸，低着头往自己宿舍冲。他觉得不是在走，他只想一头扎进宿舍把自己埋起来，和外界完全隔绝。

杨红砚倒一愣。说实在话，文戈在山口不接电话，不给她回电话，她虽然生气，但一阵儿就过去了，毕竟她利用余小楼结婚说的那些气话对他刺激太过了，她觉得内疚。当她看见文戈从大门进来时，高兴得差点叫出来，可文戈不仅没向她这边看，还故意把脸别过了。这下，她真生气了。她觉得受了侮辱。那一瞬，她也发了一下狠，想不再理他。但她在屋子里却坐不住，借打水路过文戈宿舍前，见文戈的房门紧闭着，显然是不愿让人打扰。他刚从乡下来，除了她杨红砚，还有谁会去打扰？这不明明是不愿见她嘛！这下她的气儿大了。以至文戈也去打开水，她故意装看不见。后来他来了，她的心又软了，但面子上还硬，她毕竟是姑娘家呀！马主任的那几句玩笑，实际上起了缓冲作用，她完全释然了，眼看就要言归于好，却不料文戈竟又起身离去了。

她碰上门，心里仿佛把他隔到了外面。一个人坐着生了会儿气，慢慢又觉得这事也不能只怪文戈，毕竟他受了伤，自己不仅没有抚慰，反而让他伤得更厉害，自己是不是太过了？她慢慢拿起梳子，一边梳，一边想，对，应该安慰他，而不是再刺伤他。

她手脚麻利起来，梳好头，润了脸，拿起那本几经转折的《多雪的冬天》,向文戈宿舍走去。

门锁着,她轻轻地敲。里面没有声音。她咳嗽一声,轻说:“开门,是我。”略等等,门开了,文戈眼睛向下看着,但她还是看出来,他哭过。文戈不说话,低了头,仍回桌边坐下,双手抱住头,定在那里。

杨红砚看了看,突然觉得他是那么可怜,仿佛一个受了伤又受了委屈的孩子,正等着大人去关心抚慰,却没人理他。一股母性的冲动使她心里又热又酸,不由自主就走到他身边,像抚孩子一般在他头上抚了抚。他没动,仿佛在等待,在感受,在融化。她贴近他,慢慢揽过他的头来,揽近自己胸前,搂着,抚着,像哄自己的孩子不要怕,不要哭,不要委屈。文戈不说话,不动,任由她抚。她心里竟真的觉得她揽着自己的孩子,动作越来越轻柔,越来越动情,嘴里轻轻地像哄婴儿似的吐出几个字:“对不起,是我不好……”

那声音是那样轻柔,那样动情,仿佛真是一位善良的母亲因不小心弄伤了自己的孩子,而心疼地向他忏悔。

文戈一直闭着眼,贴在她胸前,让眼泪流在她的衣服上,流进她身体里,流进她心里。他仿佛要化成孩子,化成婴儿,让她抱着,让她怀着,让她轻轻地抚着,拍着,心里的苦,都变了泪,排毒一般从眼中流去,流去……

4.大道晴如昼,小道风满楼

小李在院子里喊:“文秘书,孙书记找你。”

文戈应一声,才和杨红砚分开。站起要走,杨红砚说:“你没有吃午饭吧?我看你来已经晚了。你去找孙书记,回来到我那里,我给你下点挂面凑合一顿。”

文戈点点头,见《多雪的冬天》在桌上,要拿,杨红砚说:“本来我给你留着,小肖来看见了,硬要看,就拿走了,幸亏没误事儿。”

文戈心里本来还有点酸,这一说,他反没话说了,只问:“黎虹调来了,见了吗?”

杨红砚说:“见了。好像挺孤僻的。不怎么和人说话,每天就是从办公室到宿舍,再从宿舍到办公室。头上围了个黑头巾,把眼睛都遮了。——不过,人倒长得挺漂亮的。”

文戈诧异,说:“不会吧?你有没有搞错?挺活泼的,咋会孤僻?”

杨红砚眼里闪个火花:“我告诉你,你可不要随便去她那里,靳向东看得紧着呢！刚来就闹了场风波。”

文戈隐约听到过风声，便无话，说：“我去看孙书记。”杨红砚说：“快去吧。”两人出来，各自走了。

杨红砚偶尔也自己做饭，但次数不多。她收拾了小电炉，剥了根葱，切碎了，便再无其他菜，想到街上去买，又怕文戈来，正犹豫，文戈来了。杨红砚说：“这么快？啥事？”

文戈说：“没事。要调李锦竹，问了问情况。孙书记办事挺热心的，我就给写了封信，都没敢抱太大希望，还真给办成了。”

杨红砚说：“没菜，你等我去买菜，还是凑合？”文戈说：“凑合吧。能填饱肚子就成。”

杨红砚就插上电炉子，坐上铝锅，把暖瓶里的水倒上，随即放入挂面。看着挂面煮着，才说：“你才发现孙书记热心，也太迟钝了吧？——我问你，那次在山口，孙书记去找你，你咋不理人家？”

文戈争辩道：“我哪儿不理了？”杨红砚道：“理要看怎么个理法，你就不能主动点，热情点？”文戈说：“我怎么不主动、不热情了？我觉着够可以的了。”

杨红砚说：“人家是书记，能找你，你就不能找找人家？还够可以的了！”文戈说：“他找我，是联系群众，我找他，是拍马屁。我成什么人了？”杨红砚气笑了，说：“你这个人，真没法儿说你！”

饭滚上来了，杨红砚拿两个鸡蛋，打进去，用手指头将蛋壳里的残汁也捋到锅里。文戈看在眼里，心里好动情，吃饭时说：“你刚才有个动作，我看得很感动。”

杨红砚不明白，问：“哪个动作？”文戈说：“就是你用手指头捋蛋壳的动作。”杨红砚说：“你嫌不干净？不雅？”

文戈摇摇头：“不，是真诚。这个动作，我小时候见我母亲捋过。那时候我们家穷，一个米粒儿都不能糟蹋，还不要说鸡蛋清。长大后见许多人打鸡蛋都是随便一倒就扔，再没有见过捋蛋壳里一点残汁的。今天我又见了，心里有股说不出来的味道。”

杨红砚无话可说，半晌才道：“我根本就没想。”文戈说：“正因为没想才让我感动，要是刻意，就惹人厌了。”

白梦媛一推门进来了，一脚刚踏进来，见文戈在这里吃饭，愣一下，随即又冲杨红砚皱鼻子，发现了重大秘密的样子，笑道：“哦——，我才知道了！”

杨红砚起身拉她，说：“你‘才’知道啥了？你‘才’啥都不知道！”白梦媛鼻子里一哼，说："我又不是瓜子(傻瓜)！"杨红砚笑着逗她："你不是瓜子，我是瓜子！"

白梦媛晃一下手里的画报，说："再给我换两本。——哎，小杨，我问你，你说那外国女的嘴皮染那么红人不笑话？也不知拿啥染的？"

杨红砚在她脸蛋上刮一下，笑说："人家外国女的都那样，不染人才笑话呢。"白梦媛说："那她们用啥染？"杨红砚笑道："你是不是也想染？那我教你，拿张红纸，撕下一片儿，用唾沫抹湿，在嘴唇上一抹，就染红了。"

白梦媛嘴一嘟说："人家问你好话，你光耍人家！——我不和你说了！"说着就往外走。杨红砚赶紧笑道："别生气别生气，跟你说着玩儿。——走，我给你换画报去。"说着，拍拍白梦媛的后背，一起出去了。

等杨红砚再回来，文戈已经吃完饭，连锅碗也洗了，问："你这次去省上，听没听到啥消息？我在山口啥都不知道。"杨红砚说："怎么说呢？消息太多了，你想听什么？"文戈说："有没有北京的？"杨红砚说："当然有。怎么说呢？简单一句话就是：山雨欲来风满楼！"文戈说："详细点。"

杨红砚想了想，说："乱七八糟我也记不清了，我记起什么说什么。——反正总的情况看，焦点集中在邓小平身上。一方面想保，一方面想打。你还记得三月份上海《文汇报》的一篇文章吗：《走资派还在走，我们要同他斗》。那里面就有一句话，'党内那个走资派要把被打倒的至死不肯改悔的走资派扶上台'，那指的就是邓小平。当初是为了打周打邓，现在只剩下邓了。群众的反应和中央的那几个人完全相反，都想打倒那几个。三月中旬，天安门广场上就开始有人送悼念总理的花圈了，越送越多。后来就有人往外搬，白天送来，晚上就搬走烧掉。这下把群众反倒激怒了，送得更多了。天安门广场上听说每天都是人山人海。北京市还下了命令，关闭八宝山公墓，不许向机关团体供应纸张。南京下令，不许到梅园，不许到雨花台。"

文戈说："这些都是总理生前去过的地方。"杨红砚继续说："天安门前、王府井、西单、西四等地方还出现了小字报，矛头直指张、江、姚。重庆、黑龙江、福建、山西、贵州、河南、浙江、湖南，都出现了反江的大字报。三月下旬，南京的学生上了街，在公共车、火车上刷大标语，悼念周总理，指责《文汇报》，说张春桥、江青是《文汇报》的后台。后来，各省都闹起来了。北京紧张了，北京市公安局的才提出，说清明节扫墓是'旧传统，旧习惯'，不让搞活动，实际是怕闹大。听说还派了便衣。现在上面的口径是：南京是反革命事件。天安门有反革命捣乱。清明节是鬼节。有的人可能已经被秘密逮捕了。小字报、诗词里虽然没点名，但谁一看都明白，指的就是那几个人。什么'妖魔'、'鬼怪'、'野心家'、'阴谋家'、'白骨精'等等,谁一听都明白。听说有一个工厂,因为花圈晚上总让人偷,就做了一个四米高的钢花圈,上千斤重。结果,晚上还是叫人抬走了。又做了一个七八米高的,几吨重,没有起重机,根本没办法拿动……"

文戈听得目瞪口呆,又热血沸腾,说:"我在山口什么都不知道,简直与世隔绝了。"杨红砚从抽屉里取出一个红皮笔记本,从中抽出一个信封给文戈,说:"你看看这个,'总理遗言'。"

文戈诧异道:"总理有遗言?"杨红砚说:"你装口袋里,拿回去锁上门再看。千万不要让人知道,中央现在正在追查,可能很快就会出现新情况,复杂得很!"文戈便连忙装口袋里了。杨红砚说:"现在,已经不是批邓的问题了,是倒邓的问题了……"

5.周总理在我们心中

一句话未完,孙铁敲门进来了,见文戈在,笑道:"小文也在这儿?我找小杨说句话。"文戈站起要走。孙铁说:"你要没事就坐着,对你没什么保密的。"文戈听出来,他并不欢迎有人在场,客气几句,走了。

孙铁立即说:"小杨,有件事儿急得很,你马上给你父亲写封信,让他回来一趟。事情是这样,我这次上了曹兀龙的当,叫老家伙把我耍了。差点没把我气死!你看我两个说得好好儿的,让靳向东上常委,他们上吕翠儿,两家一人一个,都不吃亏。谁知一上会,不是那话了!老家伙先提吕翠儿,我以为是下面说好的,就表态同意了。谁知吕翠儿一通过,靳向东不讨论了!说是下面征求常委们意见,有不同看法,暂时放一放。这一下把我气蒙了,下面说的话又端不到桌面上来,当时就把我晾那儿了!咳!他妈的!我气不过,追着问是哪几个常委不同意,老家伙也滑,硬不说,就说只稍微放一放,下次再讨论。这么一说,朱仕第、阮祥林都跟上来了,把我彻底晾那儿了!我气了个没的言喘!生生地吃了个哑巴亏!所以,我想着,咱们要自己做工作了,再不能相信曹兀龙。你给杨常委写封信,咱们争取把这一票拿过来。"

杨红砚迟疑:"写信可以,可我爸那个人,不一定听我的?"孙铁说:"先努力。走一步看一步。你先写信,我马上再到地区去一趟,找一找丁常委,让他从上面压一压。——哦,你的副部长通过了。以后,宣传部就交给你了,你就给咱们把这一关把好。"

杨红砚问:"文戈呢?"孙铁住一住,说:"小文的事我在心里呢,一有机会我就争取。——你给小文也做做工作,有些事儿,咱们得共同努力。"杨红砚知道文戈没戏了,有气无力地说:"好吧。"

孙铁走后,杨红砚坐着呆一阵,拿起桌上一个报纸包儿,到文戈那里去了。进门,将报纸包儿背到身后,笑着说:"我送你一个小礼物,你猜?"文戈说:"那哪里猜得着。"

杨红砚拿出来给他,说:"打开看。"文戈打开看时,是面心形的镜子,说:"哦,镜子。——是你墙上挂的那个?"杨红砚摇头,说:"看背面。"

文戈翻过来看时,是面周总理遗像。杨红砚说:"我在省城买的。我买了两个,你一个,我一个。——省城里都卖疯了。"

文戈说:"卖疯了?镜子还卖疯了?"杨红砚顺着镜边的心形画一圈说:"不是镜子,是'周总理在我们心中'!"

文戈点点头,叹着说:"哦——好!这倒是个创意!"

杨红砚说:"把你墙上报纸拿掉吧,都变色了,挂这个就行了。"

文戈真就把墙上有周总理遗像的报纸拿下来,又取了个小钉子钉墙上,端端正正挂了,看着长叹一声:"诸葛亮可称古今第一贤相,总理可称古今第一苦相!"

【嚎歌词】少年意气干云,低头哀周公;逆风三千里,昂然行。笔似剑,扫不平,头颅未断舞未停;心事浩月长空里;民为重,君为轻。

杨红砚说："苦相？"文戈说："还不苦吗？总理硬是累死气死苦死的！"说着，便觉鼻头酸酸的。杨红砚微微点头。

文戈看看杨红砚，说："我们一起给总理鞠个躬吧。"杨红砚看着他抿嘴一笑，摇摇头说："要鞠你鞠，我不和你一起鞠。"

文戈笑了，说："你想得太多了，我不是那意思。"

6.她脸上没刺，可吻她却有股犯罪感

杨红砚回去，见文戈还来的书还在桌上，拿过去插架上，刚进套间，肖宗泉来了，见屋里没人，转身要走，念叨一声："这人都到哪里去了？"

杨红砚听到了，在套间里答应一声，伸出头来问："有事吗？"肖宗泉"哦"，笑嘻嘻转回来也进了套间，说："今晚尹长安结婚，吃过晚饭咱们凑凑热闹去吧？"

杨红砚说："行，一个人多少？"肖宗泉说："咱们凑六七个人，一人一块，给买个钢皮暖瓶吧？这是咱们的朋友，给弄体面些。"

杨红砚随即掏出一元钱给了他。肖宗泉要走，犹豫一下，说"给你说句话。"说着，嘴就往杨红砚耳边凑。杨红砚以为他真要说啥话，不防肖宗泉却猛地将嘴唇压她脸上亲了一下。他做着杨红砚反抗的准备，却没动静，看时，杨红砚瞪眼看着他，脸上冷冷的。肖宗泉心一跳，连忙道歉："哎哟对不起，对不起！"转身就走，走几步又回来，轻打自己一个嘴巴，说："对不起，是我的错，我道歉。"

杨红砚不说话，只看着他。他还想说什么，却不知该说什么好了，呆呆，急忙走了。

杨红砚继续整理书架，什么话都没说。

晚饭时，她略去晚了点，不料文戈因午饭吃得晚，也来晚了。两人打了饭，坐一张桌子上吃，文戈说："今天的《人民日报》社论看了吗？题目是《牢牢掌握斗争大方向》，里面提到'要把斗争矛头对准党内那个不肯改悔的走资派'。看来要公开批邓了。"杨红砚说："这已经不是什么秘密了。"

文戈说："咱们鲍主任给报社写稿子呢，写的是水泉县委曹兀龙同志，题目叫《阶级斗争的带头人》。"

杨红砚没在意，悄说："快看。"文戈看时，黎虹进来了，仿佛个殉道者，一条黑头巾几乎蒙住了眼睛。明显地瘦了，神情和过去几乎判若两人。她谁也不看，打了饭转身就走。文戈叫了一声，她的手一哆嗦，等看清是文

戈，才过来，却没一点笑，没一点喜气，应付差事似的略说几句话便走了。

文戈心里好奇怪，看着她走出去，盯着空荡荡的门口发呆，轻轻说："她怎么成这样了？"杨红砚悄说："你注意，现在肖宗泉要进来了。肖宗泉之后是白梦媛，白梦媛之后就是靳向东。"

文戈看她，说："什么意思？"杨红砚说："你看着，以后告诉你。"

文戈还有些呆，念叨着："怎么会这样？"杨红砚说，"我不知道应该怪谁，黎虹看样子和靳向东不是一路子人，可她偏偏把自己交给了靳向东。她心里想的好像是肖宗泉，却偏偏又拒绝了他。她调县上来应该高兴，可偏偏却像受了创伤。她那么年轻，应该打扮得漂漂亮亮，可偏偏要打扮得像个殉道者。你不觉得奇怪吗？"

文戈心里也挺不是味，说："怎么会这样？"

靳向东和白梦媛都来了，肖宗泉却始终未见。文戈心里还在想黎虹的巨大变化，没在意，杨红砚却一直留心着。打饭窗口的插板拉下来了，杨红砚问白梦媛："小白，宗泉咋没见来？"白梦媛说："谁知道他哪根神经抽住了，说他头痛，不想吃饭。"

杨红砚听了，知他是不好意思见她，在躲，心里反过意不去。她只是不愿和他那样，并没有要羞辱或把他怎么样的意思。在她心里，除了对他的轻浮略觉不快外，实在还挑不出别的毛病。即使是现在，她也愿意和他保持朋友关系。

她想把两人的关系搞得正常一些，便笑问："小白，尹长安结婚，你们两个去吗？"白梦媛说："我不认识尹长安。"杨红砚说："哦，对不起，我忘了。"她不想一个人再去见肖宗泉，以免再给他错觉，遂转脸对文戈说，"咱们吃过饭去看看宗泉，约个时间咱们一块儿去。"文戈点头，两人洗了碗，一块儿去找肖宗泉。

肖宗泉正为今天的唐突后悔，羞于去见杨红砚，躲屋子里左思右想，没办法转圜，文戈和杨红砚却找来了。他知道文戈和杨红砚的关系非同一般，不知是吉是凶，恨不能有个地缝钻进去。正不知所以，听杨红砚笑道："肖驸马怎么没去吃饭？"

文戈吃了一惊，他知道肖宗泉心里并不爱白梦媛，只是逢场作戏和她玩玩罢了，怕他生气，紧张地往他脸上看。心里还想，杨红砚平时不是嘴里跑马的人，今天是怎么了？怕肖宗泉发火她受不了，又看她。

要在平日，这一句玩笑足可以把肖宗泉惹恼，但今天，仿佛听到大赦令一般，心里一下轻松了。他怀着感激看杨红砚一眼，笑说："杨大姐怎么跟小弟开这种玩笑？小弟年幼无知，有什么做得不对的地方，大姐耳提面命，小弟无不听从，要打要骂，小弟谨领，这样的玩笑小弟可经受不起。”

杨红砚知他明白自己的意思了，笑道：“哟，看来我说到点子上了，你一口一个大姐。平常可没见你嘴这么甜过。就冲这一点，我认你这个弟弟了。以后我就是你大姐，说什么你得听我的，行不行？”肖宗泉双手一抱拳，说：“小弟无不从命！”

文戈不知就里，大为诧异，看看这个，又看看那个。杨红砚赶紧转移话题，说：“咱们什么时候走？”肖宗泉活跃起来，说：“马上就走。你两个去放碗，我去叫小郭。”

7.星星高高地挂在天上。宇宙显得无比广大、空旷、寒冷、遥远和无边无际

尹长安爱人叫祁霞，是中学教师，所以县中也来了一帮。公安局是曹豹张罗，见文戈、杨红砚及中学的老师都来了，喊道：“你们这帮臭知识分子听着，给新房里写几副对联，今天你们就使劲儿臭，越臭越好！今天要的是不穿衣裳的，越赤裸裸越好！不要孔老二的屁眼门——文绉绉。听见了吗？我要审查，审查不过关的不要。”

说着，叫人拿了纸笔，把那些人赶进一间屋里去写对联。一进屋，便很自然地分成了两帮，一帮是中学老师，一帮是县委的几个年轻人。倪少青先说：“我有了一个上联，谁来对下联？我是教数学的，上联是数学定理，叫‘过切点，作垂线，直达圆心’。”

众人各自寻思，肖宗泉脑子快，说：“我对下联。是尹长安的职业，叫‘拨丛草，寻蛇窟，一举成功’。横批是‘金枪玉笔’。‘金枪’是公安战士的武器，‘玉笔’是人民教师的教具。至于有人要往别处理解，就不关我的事了。”说完得意地瞟一眼杨红砚。

杨红砚不喜欢他的得意外露，似笑非笑地说：“好了，好了，你不解释还好，越解释越糟。”肖宗泉立时收了笑，老实了。

说话时，教语文的吕歧生开口了，说：“我有了一个上联，‘慢慢推敲体会入微处’。”说着，他执笔写了出来。文戈刚要对下联，吕歧生接着说：“下联我也有了，‘细细咀嚼香甜在其中’。”杨红砚附文戈耳边说：“你说，横批‘大有文章’。”文戈竖了下大拇指，说了，众人哄然叫好。

肖宗泉又来了劲，说：“我给你加两个字。”说着，从吕歧生手里接过毛笔，写道：“慢慢推敲方能体会入微处，细细咀嚼才晓香甜在其中。”写完又

向杨红砚脸上看。杨红砚当着人的面,怕伤了他面皮,只轻轻对文戈说:“蛇足。”文戈轻点一下头,过了阵无人注意了才悄说:“字多了,意思反而少了。”

吕歧生和倪少青都往教物理的陈继尧脸上看,说:“就差你的了。你是不是来个牛顿定律?”

这一说,倒启发了文戈,他忽然有了一副,却碍于杨红砚在旁,不好说出来,便悄悄躲在一旁写了交给肖宗泉。肖宗泉拿起看时,笑得嘴都合不拢了,不由分说,拿起笔改了一个字,就交给吕歧生了。吕歧生拿起看时,纸上写着:

居高临下动势能都大切莫莽撞
作用力反作用力相等不用担心

横批原来是“牛顿定律”,肖宗泉一见,夺过笔改为“牛洞定律”,文戈抿嘴一笑,背着杨红砚朝肖宗泉竖一下大拇指。

吕歧生先笑得不能写,拿着笔抖。众人看时,也都笑起来。杨红砚要去看,被文戈拉住,笑说:“不要看。”杨红砚心里好奇,也不好意思再看。

【花间词】文章变了花样,牛顿改了方向,男女是篇大文章,定律派用场。调笑也风流,不似俗模样。只是铁剑发硬声,狂飙骤然起,一夜桃花尽。

婚礼很简单,公安局和县中学的负责人讲了话,新郎新娘给父母和领导鞠了躬,曹豹要了一阵贫嘴,便给来宾散糖点烟。正闹着,却听街上的高音喇叭里响起了严峻的声音。文戈先注意到,屋里吵,听不清,就出来在外面听,那声音仿佛不是传过来的,而是整师的正规军平端着机枪射过来的:

"……近几天来,正当我们学习伟大领袖毛主席的重要指示、反击右倾翻案风、抓革命、促生产之际,极少数别有用心的坏人利用清明节,蓄意制造政治事件,把矛头直接指向毛主席,指向党中央,妄图扭转批判那个不肯改悔的走资派的修正主义路线、反击右倾翻案风的大方向。我们要认清这一政治事件的反动性,戳穿他们的阴谋诡计,提高革命警惕,不要上当……"

接着,又播放了北京市公安局"公安干警"和"首都工人民兵"对"广场上闹事的反革命暴徒"实行"专政"的消息……

参加婚礼的人全数站到院子里来了,听着那震耳惊心的声音,一个个木乃伊似的呆住了。许久,不知谁咕哝了一句:"又开始了!"

没有人说话。没有人应。

一弯细月落到山背后去了。星星高高地挂在天上。宇宙显得无比广大、空旷、寒冷、遥远和无边无际……

8.要"双追"了

一连几天,电台及大小报刊都在报道"天安门广场反革命事件"。事件成了"有预谋、有组织、有计划地制造的"。是"中国的匈牙利事件"。邓小平成了中国的"纳吉"。中共中央政治局通过,以中共中央名义做出两个决议:

"华国锋同志任中国共产党中央委员会第一副主席,中华人民共和国总理。"

"撤销邓小平党内外一切职务,保留党籍,以观后效。"

四月九日,《人民日报》用《热烈欢呼毛主席、党中央的英明决策,首都一百万军民群众上街游行庆祝》的大标题和《北京市一万多名青年代表举行大会,坚决拥护中共中央两个决议,愤怒声讨邓小平罪行,彻底粉碎反革命逆流,誓把反击右倾翻案风的伟大斗争进行到底》的副题发表文章,报道消息。

四月十日，《人民日报》发表题为《伟大的胜利》的社论，用黑体字登载了毛泽东关于邓小平的谈话："他这个人是不抓阶级斗争的，历来不提这个纲。""他不懂马列，代表资产阶级。说是'永不翻案'，靠不住啊！"

同时，各省市自治区都举行了盛大的军民集会："坚决拥护毛主席、党中央的英明决策"，"愤怒声讨天安门广场反革命事件的罪魁祸首邓小平"。对在悼念活动中散发过传单、张贴过标语的"反共、反人民、反社会主义的反革命分子""必须实行镇压"，对"这些反革命分子的总代表"邓小平要"万箭齐发"。在《用革命舆论粉碎反革命舆论》的口号下，此类文章铺天盖地而来。

在舆论狂轰滥炸的同时，组织措施也跟上来了。曹兀龙从省上开会一回来，便召集全县委机关人员开会，传达"追查天安门广场制造反革命政治事件的幕后策划者、指挥者"及"追查反革命政治谣言、诗词、传单的制造者"的所谓"双追运动"精神。说"江青同志"讲了："不要放松，要一追到底！"说"王洪文、张春桥同志"也都指示了："一年查不清，查两年，问题不清楚，十年也要查清楚。"要像搞"镇反、肃反、反右那样"搞运动。

曹兀龙宣布，水泉县也成立"双追"办公室，由朱仕第任主任，鲍日曙、曹豹任副主任。同时动员大家交待、揭发，是否有收到的传单什么的。

曹兀龙讲得很起劲，但他心里并没有太当回事，水泉县太偏僻，要不是报纸上批判，有些事怕永远也不会知道，所以一讲完，就匆匆忙他的去了。朱仕第更没当回事，例行公事式的讲几句重要性也就完了。只有鲍日曙看重，神经兮兮的自己先紧张得不行。曹豹是公安局的，不参加县委机关的会。

会后，文戈回了自己宿舍，锁上门，检查自己的记事本，翻着，发现一阕词：

浪淘沙

狐貉夸娇媚，比干偷泪，飞虎神鹰今安在？任畜类庙堂作祟，亵渎神器。

唤佛佛不语，求神神睡；恨不奋飞生九翼，打破天宫问帝君，××何罪！？

他看看，这要被人发现，是可以上纲上线的，后果不堪设想，便撕下来烧了。还有几首，也撕下来烧了。翻到一阕藏头词，却有些舍不得。

水调歌头

总理功德伟，理树九重碑；英魂常留天地，名驰如风雷。流芳人间不灭，万代仰君恩惠，古今谁堪比！阴霾江边来，谋密应为讳。篡心急，权术诡，江妖祟。姚黄魏紫外衣，张口毒箭飞。绝对“左派”自封，无奈民心难违，好梦必成灰，下视权贵惴，场祭群情沸。

词每句的第一个字连起来是：“总理英名流万古，阴谋篡权江姚张，绝无好下场。”他看了两遍，闭眼默诵了一遍，才撕下来也烧了。

再翻，又翻出三首七绝，道是：

千里冰封万里霜，
人云严冬兆凄凉；
文王美里排八卦，
未女宫中抚海棠。

深藏渭水待文王，
携手蓝桥影双双；
口边勿挂儿女事，
人在尔旁须提防。

皇旁身边无武将，
座上邀客舞一堂；
囚中无人勿挂念，
取玺偷玉人在旁。

第一首里的“千里”是个“重”字，“人云”是个“会”字，“文王”是个“玫”字，“未女”是个“妹”字，合起来就是“重会玫妹”。

第二首里的“文王”，还是“玫”字，“影双双”是“丛”字，“口边勿挂”是“吻”字，“人在尔旁”是“你”字，合起来是“玫丛吻你”。

第三首“皇旁身边无武将”是王边只剩文，是个“玫”字，“座上邀客舞一堂”是个“丛”字，“囚中无人”是“口”，“勿”挂上再念，就是“吻”了，“玺”偷掉“玉”剩“尔”，“人在旁”就是“你”，还是“玫丛吻你”。

他看着，心里忽然又酸上来，心脏仿佛有人捏着似的憋闷难受，他使劲呼一口气，闭上眼，将那两张都撕下来，划火柴点燃了。看着火焰将纸卷起，变黑变白，看着那些文字消失，仿佛一个世纪被揭过去了，感到自己好像被埋葬过一次似的。

后面还有些诗词，他看都不看了，见了就撕，就烧。

有人敲门，他看炕炉子里已全是灰了，才去开门，却是杨红砚。她嗅了嗅，说："你烧什么？"

文戈说："我清理一下日记。"杨红砚点头："我给你的那个东西呢？"文戈说："'总理遗言'？我给肖宗泉了。"杨红砚急道："小白常到他那里去，你不知道？"

文戈说："我马上要去。"说着就走，一开门，门口却站着个人，他一惊，脱口叫道："锦竹！你怎么来了？"

李锦竹扁着嘴笑，风尘仆仆的样子，说："怎么，不能来？"文戈叫："快进来。"

李锦竹进来了，看着杨红砚笑，说："这位同志是不是姓杨？"

杨红砚看一眼文戈，说："我叫杨红砚。你是李锦竹？"李锦竹笑说："正是鄙人。"文戈说："行了行了，别酸了。是不是来上班的？"李锦竹这才笑说："农办马主任电话说，要准备材料，叫我来了，上班嘛，好像还得一段时间？"

杨红砚略致问候，要走，马宏雄却赶了来，在门外就伸出了手，说："哎呀，这就是李锦竹同志吧？欢迎欢迎！我们见过面，还记得吧？这些天可把我盼咋(非常盼望)了！你来就好了。好好好。——现在咋办？吃饭的问题你暂时先在小文这里拿点饭票吃着，等买了再给还。小文都好说话得很，没一点问题。住的问题，咱们现在就去找老杨，如果有房子，一便儿就安排了，如果不便宜，就先在小文这里凑合几天，我看你们都是好朋友，住一起说个话儿也方便，还不心慌。就是小文要委屈一下，我先给你道歉。小文你看行不行啊？"

文戈说："没问题。"马宏雄说："好，那就行了。小文一向都是痛快人，我知道没问题。那——小李，你先把包包放小文这里，咱们找老杨走。"他连珠炮似的放了一气，容不得别的人插嘴。李锦竹是他部下，自然只有听他的，放下挎包跟他去了。

杨红砚这才告辞，说："你快找宗泉去要。"说着走了。文戈去找肖宗泉，刚到办公室门口，碰上常菊墨，悄悄说："文秘书，又提拔了一批人，咋没有你？"

文戈一愣："你咋知道？"常菊墨说："我正打文件呢。"文戈一犹豫，说：

“我看一下。”说着向打字室走。

常菊墨也跟过来。文戈问:“都是谁?”常菊墨说:“杨红砚提为宣传部副部长了。还有一大帮,就是没有你。奇怪,咋没有你?”

文戈胡乱应一句:“我不够格。”说着,来到打字室,就往常菊墨打字机上看了,默无一言,转身走了。刚到门口,正碰上肖宗泉,知道他也是来看文件的,悄说一句:“看了把那个东西赶快给杨红砚。”肖宗泉点头,进去了。

文戈到杨红砚那里,笑着说:“祝贺你!”杨红砚看看他,说:“你从哪里知道?”文戈说:“已经行文了。”杨红砚说:“哦,这么快?”文戈还要说话,白梦媛赶着肖宗泉进来,两人在夺一个报纸包,肖宗泉将纸包塞文戈手里,喘着说:“还你书。”

白梦媛一把从文戈手里夺过纸包就拆,却是本《批林批孔材料选编》。她一愣,翻着看了看,里面什么都没有。

就在她翻书的当儿,肖宗泉背着身将一个信封塞给杨红砚,杨红砚知道是《周总理遗言》,忙藏了。肖宗泉见白梦媛没找到什么,得意了,说:“我说是文秘书的书,你不信,看吧?”白梦媛还是疑疑惑惑的,杨红砚笑着打岔,一顿乱话遮掩过去了。

白梦媛直心肠,只一会儿工夫,就没事儿了,笑着问杨红砚:“哎,小杨,我听说你会作诗?说尹长安结婚时,你们几个都作了诗,你咋那么能沙?”

杨红砚笑说:“你怎么还叫我小杨?你应该叫我大姐。宗泉都叫我大姐,你还不叫?”白梦媛用鼻子哼肖宗泉,说:“他叫不叫与我有啥关系!”杨红砚笑说:“真没关系?”

白梦媛拉她一把,撒娇般说:“你会作诗,念一个我听听。”杨红砚见她憨得可爱,想逗她,就说:“行,我作诗,但我念一句,你得跟着我念一句,行不行?”

白梦媛大乐,说:“行!”杨红砚就笑,说:“进山看见藤缠树,”白梦媛跟着念:“进山看见藤缠树,”杨红砚说:“出山看见树缠藤,”白梦媛跟着念:“出山看见树缠藤,”杨红砚说:“树死藤生缠到死,”白梦媛跟着念:“树死藤生缠到死,”杨红砚说:“藤死树生死也缠。”白梦媛疑惑地看一眼杨红砚,不跟着念了,说:“你编着骂我着呢?”

文戈、杨红砚都笑起来,肖宗泉也忍不住,想笑,却没笑出来。杨红砚笑道:“我作诗呢,哪儿骂你了?你说说,哪一句是骂你的?”白梦媛说不出,但心里却被那“缠到死”、“死也缠”困扰着,见肖宗泉也笑,指着骂道:“你个没良心的,你笑啥!”

9.老、中、造三结合

晚上,李锦竹和文戈一起住,说了阵闲话,文戈想写东西,把《多雪的冬天》给他解闷。李锦竹随手一翻,翻出一个小字条儿,看着笑了,说:“这是你写的吗?不像你的字儿?”文戈看时,是四句:

明月高天卧,透屋搅人眠;
隔窗遥长揖,试问夜如何?

文戈认得是肖宗泉的字儿,心里一刺,不知是他写给黎虹的,还是写给杨红砚的?但当着李锦竹,装作无所谓淡淡地说:“哦,那是夹书的。”李锦竹并不在意,遂看他的书去了。

文戈却身上热一阵冷一阵的,脑子里静不下来。他猜,要是写给黎虹的,应该早就不在书里了,那是写给杨红砚的?杨红砚严谨,他不敢乱说,只好这么打哑谜。字条没动,说明杨红砚没看到,也说明杨红砚心里没鬼。他决定不提这事。

第二天一早,马宏雄就来了,进门就问:“锦竹昨晚睡得咋样?小文是热心人,对朋友都实心得很,关照得一定都好着呢,是不是,小李?”

李锦竹笑着连说是。他又说:“我就知道。所以我也就放心得很。——咱们闲话不说了,锦竹你吃了早饭就到农办来,咱们的任务还艰巨着呢。本来应该叫你休息休息,这忙得我也顾不得礼节了。好在锦竹都是实在人,能理解,客套话我就不说了。”

李锦竹见他的话都是封嘴的,不好回答,只笑着点头。马宏雄还说:“小文,你刚上来还不太忙吧?我那里拉不开栓了,想请你帮个忙,又怕你架子大,我老马面子小请不动,你说咋办?”

说得文戈无话回答,半晌才说:“你这么说,我没法儿回答了。”马宏雄说:“我想请你给我帮几天忙,整几份材料,你如果同意,你们鲍主任那儿我去说?”

文戈说:“我在哪儿也是干,只要办公室同意,我没意见。”马宏雄拍他一下,说:“好,有你这句话,我先谢谢你。那你就和小李一起来,我去给你们鲍主任说。”说着走了。

李锦竹看着他的背影说:“马主任嘴挺能说的。”文戈说:“也一肚子牢骚,没地方发,见人就叨叨。”

吃饭时,黎虹见李锦竹来了,破例坐到餐桌上来,问了阵山口公社的情况。肖宗泉见了,也端着碗过来坐。黎虹见他来,和李锦竹打声招呼就走了。却正好让白梦媛看见,端碗过来往桌上一蹾,质问肖宗泉道:“你干啥坏事了,说!”

肖宗泉气得也把碗一蹾,说:“我欠你的了!”白梦媛说:“你没干坏事,老张调查你着呢!”

一提老张,肖宗泉知道是狼狗的事,一两句话说不清,也不想叫人逼问,假装生气,端起碗就走。白梦媛也端碗追了去,追办公室门口,碰上鲍日曙,喊住白梦媛,说:“你来,我问个话。”说着,退进办公室去。白梦媛见他郑重其事,只得跟进去,没好气地问:“干啥?”

鲍日曙手里提着碗,悄问:“你是不是给人说过姨爷有个狐皮筒子?”白梦媛挺意外,说:“咋了?”鲍日曙问:“你说过没有?”白梦媛说:“说过,咋了?”鲍日曙气得拍一下腿:“这种话你咋能随便给人说!”白梦媛莫名其妙,说:“那有啥不能说的,又不是偷的抢的,说了咋了?”

鲍日曙气得吸一口气:“好了,以前的再不提了,以后,姨爷的任何话你都不要在人前提起!”白梦媛也生气,说:“我又没说他坏话,怕咋了!”说着,端碗就走。鲍日曙在后面悄喊,她理都不理,径直走了。鲍日曙干着急没办法。

这一闹,她早把追肖宗泉的事忘了,气呼呼往自己宿舍走。肖宗泉见她被鲍日曙拦住,反不放心,追过去问她:“鲍主任叫你干啥?”她正生着气,说:“不该你管!”

肖宗泉挨了呛,想问老张调查的事也不问了,又掉头回去了。他想,反正就是个狼狗儿子,有什么大不了的。

下午,孙铁来了。肖宗泉碰见,悄说:“老张调查狼狗的事着呢。”孙铁不以为意,说:“你不要管,有我。”

孙铁这次去地区没要上小车,去时坐的梁天佐的大卡车,来时坐班车,心里老大不高兴,但两辆小车,一辆曹兀龙坐了,一辆给记者了,他有气也说不出口,只想找个茬儿发泄,进门看见鲍日曙在,劈头就问:“哎,鲍主任,上次那份《成立家畜家禽委员会》的文件是谁起草的?”

鲍日曙见孙书记气色不对,站起来说:“是我,咋了?”孙铁说:“你?那你说我们几个是家畜还是家禽?”

鲍日曙被问了个莫名其妙,张着嘴不知道说什么好。孙铁说:“你大大的主任当着呢,咋那么说话着呢?你说我们几个是家畜还是家禽?”

这时,阮祥林走进来,听了说:“鲍主任是不是到现在还没闹清楚?你那份文件用词不当。你应该说‘成立水泉县家畜家禽饲养委员会’或者‘管理委员会’,你把‘饲养’或‘管理’弄丢了,成了‘家畜家禽委员会’了。这就成笑话了。明白吗?”

鲍日曙这才明白过来,脸涨得通红,一句话也说不出。孙铁接口道:“就是嘛,文件发下去,我成人家笑柄了!”

阮祥林打着哈哈,笑说:“这个错误一般人不注意,咱们在常委会上研究的时候,不都那么随口说着呢。”孙铁道:“研究是研究,那是口语,形成文件就不同了。”

阮祥林说些话,无非是替鲍日曙开脱,孙铁不爱听,敷衍几句,起身去找靳向东。靳向东听说孙铁来了,早都在屋里等着,见他来,眼巴巴地问:“怎么样?”

孙铁满脸喜色,说:“基本都解决了,比我们预期的还好。你的常委,丁常委满口答应了,过几天要来咱们县上,说你的不报,报的都不批!这一下就把曹治住了!”

靳向东高兴,说:“我要有权,我早把这帮子杂种三下五除二踢蹬了!中央的政策那么明确,这帮子驴日的硬给你不执行,你说气人不气人!”

孙铁说:“形势是有利得很。丁常委说,洪书记在省委会上讲了,所谓‘老中青三结合’就是‘老中造三结合’,‘青’是谁?‘青’就是‘造反派’!”靳向东捶一下桌子,说:“太对了!”

孙铁说:“丁常委说,上面有精神,‘批邓’要结合各地实际抓‘黑线’。主要目标是‘党内走资派’。‘党内’的重点又是‘还在走的走资派’。这就太明确了,就是要把目光盯住还在台上的,死老虎要打,但主要的是各地的‘张小平’、‘李小平’!”

靳向东说:“太对了!要我说,邓小平是中国的‘邓纳吉’,刘钟就是水泉县的‘刘小平’!”孙铁说:“前一段时间,地区的王三丰、陈贵神气得很,这次叫熊书记点了一下,也蔫了。”靳向东说:“点得好,对着呢!”

孙铁又说:“北京那边追查邓的问题,力度大得很,把邓的女儿也给揪出来了。听说邓的女儿好像在中国科学院还是什么地方?好像是搞半导体的?人还不在,有病呢,公安部都不放过!”他看一眼门口,小声说:“这人听着有点过分,一个搞半导体的,她又夺不了谁的权,还有病,搞她干啥嘛。”

靳向东微微点头,说:“那咱们就搞不清楚了,是不是还有其他问题?”孙铁说:“听说有些事还追查到叶剑英、刘伯承身上了?”靳向东说:“这倒是个新情况。邓小平在明处,这两个人以前还没有公开点过名。”

孙铁点着头说："情况还复杂着呢！中央的斗争和咱们的不一样，那真格是生死斗争，闹不好说掉脑袋都是一句话的事！"

靳向东更关心身边，问："丁常委对曹和刘啥态度？"孙铁说："对刘的态度是明确的。丁常委说，熊书记也念叨过，说刘身体不行，老在医院住着也不是个事。"

靳向东说："你说他都那个样了，咋就不死？你一下干脆死了也罢，不要挡别的人路！死又不死，还要占个茅坑！我给他准备好着呢，要叫我说，他就是水泉县的'刘小平'，'还乡团'的分团长！我就不懂，我哪儿得罪他了，他怎么就盯着我不放？"

孙铁沉思一阵，说："这个事儿，我们头脑还要冷静一点呢。我听人说，刘反对你上的话是从曹的嘴里出来的。我想着，刘反对是完全可能的，但话从曹嘴里出来人就觉着不大对路子。刘那个人，有啥话都在会上说呢，一般不在背后说，他在会上公开反对我一点都不奇怪，但背后说的我有怀疑。这个事儿还得走着看。"

他问县上这些天有啥情况。靳向东说："还就那个样，曹忙着伺候记者。刘在医院挺尸。阮祥林东转西转——阮祥林这个人我觉着没意思得很！我恨刘钟，可那是个硬骨头。阮祥林是个软蛋，没骨头！我看不起他。又想投靠曹，又不敢明目张胆投靠，一天哼哼唧唧，这儿哼哼一阵，那儿哼哼一阵，太没意思了！"

孙铁说："朱眼镜呢？"靳向东说："四眼子这一段时间我觉着不大对劲？好像有点消沉，和曹的关系也好像不像开始那么紧密了？曹这一段时间和陈召凤、汪天鹏勾得紧！"

孙铁沉吟，说："我听人说他想回上海。可回上海也不该消沉啊？——这个人琢磨不透。"

靳向东想起了李锦竹，说："哦，你调的那个扁嘴来了。"孙铁说："是吗？咱们看看走。这些人你都不要小看，这都是笔杆子！林彪那家伙死了，说的话，你细琢磨有道道呢！笔杆子，枪杆子，这两杆子到啥时候都不敢小看！"

10.凡是不想叫人知道的事，都在门后面进行

李锦竹在后院收拾房子。孙铁和靳向东从农办找过来，见文戈和肖宗泉也在，孙铁大声笑着伸出手，说："咋把我们小李安排到女同志一起了？

这一排都是女的吧？”

李锦竹红了脸，说：“我不知道，是办公室安排的。”孙铁哈哈大笑：“开句玩笑，你就认真了。这又不是你自己挑的。小李还老实得很！”

靳向东见肖宗泉在，就不进去，只在屋外站着。孙铁问隔壁住的谁？文戈说黎虹，孙铁说：“好，咱们看看黎虹。”出门对靳向东说：“你是不是把黎虹管得太劲大了？我咋看她不像早先那么活泼了？”

敲门，无人应。靳向东说：“可能在妇联。”两人又都到妇联去了。

这里文戈和李锦竹开玩笑：“你可以和黎虹发电报了。”说着在墙上敲几下。李锦竹忙摇手：“这个玩笑开不得！”肖宗泉脸上悻悻的，没说话。

文戈想起常菊墨来，笑着说：“宗泉，你说咱们小常和锦竹——怎么样？”肖宗泉略一愣，拍手道：“好，天生的一对！”李锦竹不知道常菊墨是何许人，笑着说：“你们好点，不要欺负我这个乡下人。”

文戈说：“谁欺负你！你先相相面嘛，相中了算你的，相不中再说。”肖宗泉说：“锦竹还会相面？”

李锦竹怕文戈说出《神相水镜集》来，忙说：“是一般用语，不是你想的那个意思。”文戈高兴，说：“咱们现在就去。”肖宗泉怕白梦媛多事，借故走了。文戈和李锦竹两人去打字室找常菊墨。

还未到，就听里面打字机响，文戈说：“小常在，这就是她的打字声。”李锦竹惊异地看他：“你能听出她的打字声？”文戈说：“当然能。打字室三个人，马秀娟是老打字员，速度最快，打起来只听一片哒哒声，基本不间断；小常算中速，打起来是哒哒哒，哒哒哒，像机枪点射；小白最慢，打起来像半自动步枪，哒，哒，哒。”

李锦竹一笑，说：“你对她们这么熟。”文戈说：“用不了多长时间，你也会和我一样熟。”

他们推门，却锁着。文戈诧异，敲了敲。常菊墨来开了门，文戈问：“你怎么锁门？”常菊墨看一眼李锦竹，说：“我打着个东西，鲍主任不让人看，安顿我要把门锁上。”李锦竹张嘴点头：“嗯，门是个好东西，凡是不想叫人知道的事，都在门后面进行。”常菊墨异样地看他一眼。文戈还惦着她打的东西，说：“什么东西这么神秘？”常菊墨说：“是那个记者给曹书记写的报道。”

文戈心里一动，悄悄说：“能不能让我看看？”常菊墨要说话，却看着李锦竹一笑：“你是新调来的吧？没见过。”

文戈知道她是怕惹事，忙介绍说：“哦，这是朋友，李锦竹，调农办了，笔杆子。”常菊墨笑说：“一看就像个笔杆子。”李锦竹知道此来的目的，有点不好意思,说:“不是不是。文秘书是笔杆子,我当不起。”常菊墨心中无事,笑说:“笔杆子就笔杆子,还客气啥,给县委调的人都是笔杆子。”李锦竹鼓起勇气开了句玩笑:“那你也是。”常菊墨笑起来:“我想叫人说我是笔杆子,没人说。”

她是乖巧人,见李锦竹神情有点不对劲,心里有了点感觉,便多看了几眼,看得李锦竹反不自在起来,说文戈道:“咱们走吧?”

文戈正看那篇报道,便不动。常菊墨说:“你别看,这只是一部分,还有一部分在鲍主任手里。这样吧,我打完了,把蜡纸后面那层绒纸给你抽出来,凑一份完整的给你。不过你得替我保密,要不鲍主任骂我呢。”说着往李锦竹脸上看。

文戈知她不放心李锦竹,说:“行。”又拉李锦竹说,“锦竹是朋友,绝对可靠,你放心。”常菊墨笑说:“我当然放心。你领来的我咋会不放心。”

回到农办,文戈问:“怎么样?第一印象如何?”李锦竹心里倒满意,把下巴一捋,笑着说:“一言难尽。不过,第一印象不坏。”说着自笑。文戈说:“笑什么?”李锦竹说:“你跟她说话的时候,我发现她后颈窝有个痣。那个痣不错。那有讲究。”

文戈笑说:“是不是?我怎么没发现?有什么讲究?”李锦竹忽然敛了笑,说:“那几份材料在你那儿吧?”文戈听话头不对,一回身,发现马宏雄进来了。

马宏雄一进门就说:“你们打扫完了?辛苦了,辛苦了。赶快给咱们弄材料。——哦,刚才‘双追办’布置了,叫问问你们各人手头上有没有《周总理遗言》、《天安门诗抄》之类,有了就赶快交,没有就算了。有没有?没有吧?”

文戈没说话。李锦竹笑说:“我还是第一次听说《周总理遗言》。”马宏雄接口道:“就是。我就知道,咱们这山沟沟里,哪来的那号东西!天安门广场上爆炸个原子弹看我们能不能知道,写几首首诗贴那儿我们咋得知道!——好,这一页就算揭过了。我问也问了,你们没有,咱就不管他了。我给‘双追办’交差去,你们赶快弄材料。”

正说着,鲍日曙进来了,说:“马主任都问过了吗?”马宏雄说:“问了,问了。都没有。我知道问也是白问,咱们这个地方哪来的那号东西呢。不过,鲍主任的指示我们还是不折不扣地贯彻执行着呢。咱们鲍主任现在是重任在肩,两副担子一肩挑!你的指示我们不敢有一丝一毫的马虎。”

鲍日曙听他挖苦,说:“马主任这么说,我可担当不起。这可不是我要追查,这是中央的精神!”马宏雄说:“那是,那是。中央的精神就靠鲍主任贯彻执行着呢,你说我们能不服从?”

鲍日曙自知斗嘴不行,支吾几句,又到别处去问。等一一问过,才到曹兀龙那里汇报,一敲门,见汪天鹏在里面。他知道汪天鹏在,一定有机密要谈,忙往出退。曹兀龙问:“有事吗?”鲍日曙这才说:“我就是想汇报‘双追’的情况,县委大院里都问过了,没有。”

曹兀龙说:“嗯,知道了。”见鲍日曙走了,他自言自语道:“《周总理遗言》咋会到这个地方来,不可能的事!”

汪天鹏犹豫一下,说:“曹书记见过吗?”曹兀龙摇头:“没见过,你有吗?”汪天鹏说:“曹书记想不想看?”曹兀龙大感兴趣:“你有?拿来咱们看看。”汪天鹏立即去取了来。曹兀龙心直跳,说:“门关住!门关住!万世不敢叫人看见!”汪天鹏锁了门,拿出几页复写纸,送到曹兀龙面前。

曹兀龙要显自己的聪明,看着说:“这一眼就能看出来是谣言。周总理不会自己称自己‘周总理’。这题目就是错的。”汪天鹏嘴上“嗯”,心里却想,现在怎么说都对。

曹兀龙看完了,以不屑的口气说:“这个谣言也不知道咋会骗那么多人?这一眼就能看出来是谣言。你看里面对邓小平的评价多高!毛主席早就对邓小平有看法,周总理不可能不知道,他怎么会对邓小平有那么高的评价!一看就是谣言!”

汪天鹏不以为然,但只能表示赞同:“对,一看就是谣言。”曹兀龙把纸给他,说:“快烧了去,万世不敢再叫人看见。要叫人知道就把天祸闯下了!”汪天鹏接过去,曹兀龙给他打火机,立即点火烧了,将纸灰扔炕炉子里,还用捅火棍搅着埋了。

他们接着方才的话题聊,曹兀龙说:“你给段梦熊说说,调,肯定调,但不一定就把他调林丰,你叫他有点思想准备。不能他想到哪里就到哪里,常委不是我一个人。”

汪天鹏点头,说:“对。我还有个建议,把鲍日曙调组织部当部长,朱仕第不要再兼组织部长了。四眼子我总觉不放心。把他提成常委就已经是天大的照顾了,组织部的实权不能再叫他掌。”

这和曹兀龙想一块儿了,他点点头说:“我也是这么想的。就是办公室又没人了?”汪天鹏说:“这倒也是。县委大院里几个笔杆子,一个都不是咱们的!”

曹兀龙想想,确实,不过,他重视的是权,对笔杆子不笔杆子不在乎,说:“臭知识分子,毛主席最反对了!”

汪天鹏要说话,鲍日曙一推门进来,慌乎乎地说:“曹书记快接电话,地区的!”说着退出去在院里喊:“好了,让他们转!”

电话铃响了,曹兀龙拿起听,却是丁义川来的。他听着听着,脸色变了,放下电话还愣着。汪天鹏问,他才骂道:“丁义川让报靳向东呢。说靳向东报上来再和吕翠儿一起研究。”

汪天鹏说:“不报靳向东他们就不研究?”曹兀龙说:“可能就是这个意思。”汪天鹏气愤地说:“这是讹诈!”

11.乍暖还轻冷,风雨变无定,重门静,隔墙幻秋影

汪天鹏和曹兀龙两人想对策。汪天鹏说:“我看我们还是老办法。丁义川我们惹不起,但他未必敢给刘钟打电话,他给刘钟打电话,刘钟顶他呢!我们鼓动一下刘钟,让他和丁这样去,”他做了个针尖对麦芒的手势,“咱们口头上答应着,也开常委会,但要把风吹给刘。刘肯定要坚持,他一坚持,阮祥林也得跟上他说,再把杨子厚叫回来,杨肯定和刘口径一致,这样常委会上至少就有三个反对靳向东的。孙铁再能,他就一票,能斗得过三个?”

曹兀龙轻轻摇头:“上了会我不好办?我表什么态?我要支持刘,孙铁马上就会告给丁义川。还有朱仕第,朱要反对,孙也会认为是我支使的。我们两个要投赞成票,就成三对三了。”

汪天鹏想了想,说:“不要让朱参加会。那样,即使你投赞成票,也是三比二。”曹兀龙说:“朱是常委,咋能不参加会?你叫下乡去,孙也要叫他回来。杨子厚都叫回来了,朱不回来还行?”

汪天鹏说:“叫朱走远点,叫他回上海去!他不是想调回上海吗?你让他回去联系去呀!”曹兀龙沉了沉说:“这倒也是个办法。”汪天鹏进一步说:“朱常委那里叫鲍日曙去放风,就说鲍要调组织部,他听了肯定不高兴,他自己就会请假回上海。”

曹兀龙一摆手,断然说:“不必要。朱仕第我直接谈。鲍日曙你去给说一下,让他悄悄通知杨子厚回来,就说是让他汇报工地上的情况,检查‘双追’工作,不要说开常委会的话。要不,开了那么多常委会都没叫,这次突然叫,他会怀疑。”

汪天鹏点头,去知会鲍日曙,又让鲍日曙通知了朱仕第。朱仕第来见曹兀龙,曹兀龙没隐瞒,照直说了,问他什么时候回上海。朱仕第还在等那边回函,有消息了才准备走,便说:“上海我暂时还不想去。不过,常委会我可以不参加,我身体不舒服,还要做些准备工作。”

曹兀龙说“也行”,顺便把准备让鲍日曙当组织部长,让他专心搞好常委工作的话说了。朱仕第觉得突然,但装得若无其事,说:“好。鲍主任当组织部长挺合适。我的担子也轻一点,挺好的。”

曹兀龙说:“我主要是觉得鲍日曙在办公室不合适,组织部动笔头子的时间少点,没别的意思。”朱仕第点头,不说别的,自去了。

曹兀龙的话有一半确是真的,鲍日曙的平庸,连他也无法忍受了。办公室主任是需要才能的,他除了打小报告外,几乎一无所长。还有一点对他很不利的是,他接的是朱仕第的班,朱仕第在各方面显示的才能,在他离开办公室主任位置后,更显得耀眼。大家很自然地拿他和鲍日曙比较,就使得他的平庸更突出。这是曹兀龙想换他的一个原因。另外,也确是曹兀龙想用他。他是平庸,但却忠诚。尽管他连小报告也打不到点子上,但他毫不介意曹兀龙的脸色,一次又一次地将那些价值很小的小情报送来时,还是打动了曹兀龙。他用行动证明自己对曹兀龙的绝对忠诚。当组织部长,可以没有才能,但不能没有忠诚。朱仕第的深沉总使曹兀龙心虚,无论他嘱咐什么,朱仕第都不驳回,但他每次都仿佛在遭受被人窥透隐私的尴尬,他那对隐藏在镜片后面的小眼睛,仿佛具有穿透力,只要他当组织部长,曹兀龙就没有秘密可言。虽然他至今都没有反对过曹兀龙,但曹兀龙却不敢相信他的忠诚。他担心,只要朱仕第捣鬼,他会全线崩溃。所以,他要限制他的权力,有些秘密,还是不让他知道的好。

对这一点,朱仕第心里也明白,尽管他从第一次给曹兀龙出谋划策时就预见到了这一点,但当这一天当真到来时,他心里仍不免有些小小的失落感。他从曹兀龙房间出来,一边慢慢地步向自己的宿舍,一边取下眼镜来揩拭,外人看来这是非常安详稳重的步伐,其实他心理活动非常激烈。鲍日曙过来问候他也没听见。

他一个人在房间里坐了会儿,本来有几件事要办,忽然都不想办了。一叶落而知秋,曹兀龙夺走他的组织部长,预示着他和曹兀龙的合作高峰期已过,现在要走下坡路了,与其叫人推下来,不如自己撤下来。他嘴角动了动,心里冷冷一笑,从今以后,他要取不问不言、不推不动的态度,再不主动献计献策,再不主动拾遗补缺找工作干了。

拿定主意,他心里轻松了,干脆关门走人。在大门口碰上通信员小李,说自己不舒服回家去了,让有事到文化馆找他。

回到家,却又无聊,试着看书,却看不进去。放下书,想起朋友寄来的一封《周总理遗言》,几次要烧掉,回家就忘了,便在抽屉、书柜里翻,好半天才找出来。又看一遍,暗暗称赞此人的才能,口气竟真的很像周总理。看完,点火烧了。

他自己也觉好笑,从来没这么无聊过,大好的时光,竟没事儿做。想想,取出纸笔,练起毛笔字来。练一阵,文化馆文艺队队长金秋影突然推门进来,叫道:“虞姐……”

她忽然愣住,不好意思地道:“哦,是朱常委,我还以为是虞姐。——哎,我虞姐呢?”朱仕第知道她和虞观鹤好,说:“她没回来。”

金秋影转身,说:“朱常委忙,我走了。”人已到门口,又转回来,喜滋滋地看着桌上说:“朱常委练字呢?朱常委的字写得真好看,给我题幅字吧。”朱仕第漫应着:“好。有时间了给你题一幅。”说着,站起送客。

金秋影走了,朱仕第想着她的名字有点怪,“秋影”,一般人都不这么起名儿。想着,记起张三影的词,顺手在纸上写道:

青门引

乍暖还轻冷,风雨晚来未定。庭轩寂寞又清明,残花中酒,又是去年病。楼头画角风吹醒,入夜重门静。那堪更被明月,隔墙送过秋影。

写完,看看“秋影”二字,轻轻叹口气。刚准备收拾纸笔,虞观鹤领着金秋影来了。虞观鹤奇怪地问:“你咋没上班去?”朱仕第慢慢在砚台上掭着笔尖,说:“有点不舒服。”虞观鹤惊疑:“咋了?是不是感冒了?”说着,就要来摸头,朱仕第举手挡住,说:“没事儿。”

话未完,听院里自行车响,县委通信员小李在窗外叫:“朱常委,曹书记叫你商量事儿。”

朱仕第怕他进来看见他闲画字,忙给虞观鹤使眼色让收拾桌上,一边往外迎。虞观鹤先给金秋影寻书,金秋影看桌上的字,发现有“秋影”二字,身上一热,以为朱常委有什么意思,便说:“虞姐,桌上这幅字给我吧,朱常委的字写得真好,我早就想要一幅,一直没敢说。这幅就给我吧?”

虞观鹤是精细人,朱仕第的东西,她从来不轻易给人,嘴里问写的什么,一边拿了书过来看。她见是幅词,默念一遍,没发现什么,心里便同意了,但嘴里仍说:“这怕是他胡乱写的,等他来了给你写幅好的吧?”

金秋影心里惦着“秋影”二字有深意,说:“朱常委工作忙,不好意思麻烦他,这幅就挺好,就给我吧。”虞观鹤见她执意要,就说:“那你看,你要不嫌弃就拿去吧。——这是书。”

金秋影一心都在字上,怕虞观鹤反悔,忙卷字,一边说:“朱常委咋净写繁体字？是不是书法家都爱写繁体字？"虞观鹤心里高兴，嘴上嗤道："他就是乱写，算什么书法家！"见金秋影拿了纸要走，说："你找的书不要了？"金秋影脸红了，才接了《如何编织毛衣》，叫几声"虞姐"，说些感谢的话，走了。

一回到房里，她忙打开字来看，越看，越觉得朱常委肯定有什么意思在里面，虽然那字句朦朦胧胧的，看不大懂，但越读越觉得意味深长。

她到镜子前仔细端详，二十六七的姑娘了，还没有一个相当的男人相配，尽管长得不笨，身材还可以说是一流的，婚姻却不如意。十七八时，曾有好几个小伙子和她好，但那时她还没转正，职业又是蹦蹦跳跳，怕结了婚发胖，不能跳舞事小，不能转正事却就大了。关系一辈子的铁饭碗，她岂敢马虎！这么着，耽误下来了，至今还是独身一人。这个年龄还不结婚，小县城里是绝无仅有的。有人说她变态，可谁知道她心里的苦！多少回，她梦中哭醒，天亮还得笑脸迎人。朱仕第的年龄和她是有差距的，但男人四十一朵花，何况他现在事业正成功，正是有魅力的时候，这么一个男人心里有她，她不可能无动于衷。

她坐不住，只想找个人证实一下词里是否真有那种意思。想来想去，认识的女人里只有杨红砚学问最好，文化馆和宣传部联系多，她也算熟，决定去找。她也是有心计的人，并不拿原件，只抄了来找杨红砚。一见面，她笑着说："杨部长，我给你道喜来了！"

杨红砚虽和她熟，却未开过这种玩笑，略笑一笑，说："别瞎说。——最近忙啥？"金秋影说："没忙啥，就是改编秦腔《沙家浜》。"说着，拿出那抄件让杨红砚看："小杨，请你看看这首词写的啥意思？"因为要谈女人的事，她不叫"部长"了，叫"小杨"。

杨红砚拿起看："是谁写给你的吗？"金秋影摇头："不是。我在一个地方见人写的，我不懂啥意思，请你看一看，给我解释解释。"说着，文戈进来了，杨红砚便给文戈看。金秋影本不愿让外人知道，但已给文戈了，也不好说什么。

文戈看了，问："什么意思？"金秋影忙说："你看写的什么意思？"文戈又看一遍，说："调子挺低沉的。写这阕词的人心情可能不太好。可能他心里正有什么事儿拿不定主意，很矛盾，对前途很担忧。看得也比较暗淡。——不过，这最后一句好像不太对头，'秋影'是个抽象的概念，和前面的'明月'、'隔墙送过'好像接不大上。我也说不好。"

杨红砚若有所思，说："你们等等。"说着从床下拉出一个纸箱，翻了半晌，找出一本书，又翻半天，高兴地说："果然是张子野的词！"文戈说："张三影?”杨红砚说:“对。你们听。”说着,把那阕词又念了一遍,说:“就是抄的张子野的。不过,抄错了三处:‘风雨晚来方定’,他抄成‘风雨晚来未定’;‘近清明’,他抄成‘又清明’了;‘隔墙送过秋千影’,他把‘千’字丢了。这个字儿不应该丢,这个字儿一丢,意思完全变了。这个人也太马虎了。”

金秋影听了,心里忽上忽下的。文戈问:“小金,你是在什么地方发现的?是不是最近这几天?”金秋影含混地“嗯”。文戈说:“这就对了。——小杨,我说这个人不是马虎,而是有意为之,而且我敢说,这个人不是个一般人,是个关心国家大事并且为将来担忧的人。”

杨红砚瞪他:“好了,好了,你别胡乱猜好不好。”文戈犟道:“不是我胡乱猜,你稍考虑一下就知道了。你想想,我们国家现在是什么形势?再想想这个人改的几个字儿,‘风雨晚来未定’,‘秋影’,这都是有政治含义的词儿……”杨红砚不等他说完就打断了:“好了,好了,你别上纲上线好不好!你怎么也学了这么一身臭毛病!”

文戈还要说,一看杨红砚的脸色,不吭气了。杨红砚这才笑向金秋影道:“你还有事儿吗?”金秋影摇头。杨红砚笑说:“那你回吧,没事儿。就是抄的张三影的词,抄丢了几个字儿,也没啥意思,别往心里去。”金秋影点点头,客气几句走了。

金秋影刚一走,杨红砚立即责备文戈:“你这个人咋回事?怎么没一点眼色!到底说你太聪明,还是说你太笨?”文戈茫然:“咋了?”杨红砚说:“你不看看金秋影的脸色!这事儿明明和小金有关,你还没完没了地上纲上线!”文戈说:“这事怎么会和她有关?肯定不是她抄的,她不可能有那个水平。”

杨红砚一笑:“我说你笨着来了怎么这么笨!”文戈说:“那你说是谁写给她的情书?不可能呀,谁用这种词当情书!”杨红砚摇头:“也不一定就是情书,但肯定与小金有关。你想,如果他不会使小金产生联想,她会巴巴地拿来问?”

文戈说:“这倒也是。我多嘴了。”杨红砚笑说:“有时候我觉得你简直笨到……算了,不说了,再说你不高兴了。”文戈摇头,说:“我承认我笨。——会是谁写的?”

杨红砚说:“毛病出来了!这也想刨根问底?”文戈说:“我就是觉着奇怪。”杨红砚看他魂不守舍的样子,笑说:“那你想想,小金能接触到的圈儿有多大?”文戈说:“与文化馆有联系的。”

杨红砚说:“你再想,什么人写的才能使小金产生联想?”文戈说:“青壮年男子,而且要有一定的社会地位。”

杨红砚说："这个圈儿里有社会地位的青壮年男子谁有这么高的文化素养，还喜欢诗词？"文戈一惊："你是说……朱常委？"杨红砚摇头："是你说，我可什么都没说！"

12.红装多娇，素裹妖娆，常委要折腰？

金秋影觉得挺扫兴，回文化馆便将那幅字卷起来，一个人坐着发呆。坐一阵，又觉心里烦躁，无目的地走出来，偏偏在院里碰上刚下班回来的朱仕第。朱仕第不知道发生了那么多事，还和往常一样微笑、点头。金秋影却有点尴尬，勉强挣出一笑："朱常委下班了？"

朱仕第本来已经走过去，听她问，又回一下头，笑着应一声。这一瞬，金秋影脑子里转了好几个圈，似乎觉得朱仕第的笑与往常不一样。她身上马上热烘烘的，决心再试一次，便鼓起勇气叫道："朱常委。"

朱仕第诧异，站住问："小金有事吗？"金秋影喊过就悔了，但已无退路，只得说："朱常委，我拿了你一件东西。"

朱仕第见她脸红，心里诧异："哦，什么东西？"金秋影说："就你写的那幅字。"朱仕第说："哪幅字？"金秋影心一横，决心豁出去了："就你桌上刚写的那幅，最后两个字是'秋影'。"

她把"秋影"点出来了。朱仕第一皱眉，他最不愿意叫人注意的就是那两个字，便说："哦，那是我练字儿乱画的，烧掉吧，我以后写幅好的给你。"

金秋影脑子正热，虽没注意到他皱眉，却也能听出他的口气，但她还不死心，又问："朱常委，那是你作的，还是抄的别人的？"

她这完全是无话找话，试探他的态度了。朱仕第刚要说话，虞观鹤推开窗子叫："老朱，水开了，快来煮面！"朱仕第心里一喜一忧，点一下头，走了。

一进门，虞观鹤就抱怨上了："两个人天天见面，有啥好说的，一见面就叽叽咕咕说不完了！"

朱仕第不回答，一边洗手一边责问："我写的字叫你收拾，怎么叫小金拿去了？"虞观鹤比他还厉害："你问我？我还没问你呢！你两个到底搞的啥鬼！"

朱仕第怒了，停住手不洗，双目透过镜片直射虞观鹤，声音低沉而威严："我问你话，打什么岔！你知道那上面写的什么东西，怎么可以随便给人！"

虞观鹤见他真怒，软了："我咋知道你写的啥？我又不是神仙！小金来看见说要要，就拿走了，怎么能怪我！"朱仕第说："你不答应她敢拿走！"

虞观鹤还要解释，朱仕第说："好了，好了，再不说了！"虞观鹤沉默一阵，觉得不对劲，说："那要不我给你要回来？"朱仕第说："要咋要？你已经给人家了，再要回来，岂不是不打自招！"虞观鹤不乐意了："那你说咋办？给不能给，要不能要，你说咋办吧？"

女儿湘湘放学回来了。朱仕第擦着手说："待会儿我再写一幅，你送去把那幅换回来。——你怎么搞的，又是一身土！快到外边拍去！"后一句他是对女儿说的。

吃过午饭，朱仕第午觉也没睡，认认真真抄了毛主席的《沁园春·雪》。上首题：赠金秋影同志。下面正正规规写的年月日和×××敬抄字样。等字干了，立逼着虞观鹤去换，嘱咐道："你去就说那幅是练笔，写得不好，就说我怕人笑话，所以才正式题了一幅来换，别的啥话都不要讲，讲多了反惹人怀疑。"

虞观鹤见他如此郑重，心中不悦："你自己去换吧，谁知道你两个搞的啥鬼，叫我夹中间受气。"

朱仕第不说话，只拿眼睛瞪着她。虞观鹤只得说："好吧，我去。"嘟嘟囔囔去了。朱仕第就在窗子上看着，见她换出来了，才松一口气。

虞观鹤回来，将那幅字往桌上一扔："给你吧。你的事儿我再也不管了，管不出个好来。"朱仕第拿起看了看，划着火柴点燃了。虞观鹤说："咋又烧了？"朱仕第说："烧了放心。"

虞观鹤心里不痛快，也不再问。直到晚上，她才问："哎，你那里到底有啥？我也看了，啥也没看出来，你到底怕啥吗？"

朱仕第深沉地一笑："你要都能看出来，只怕我的脑袋早就不在脖子上了！"虞观鹤撇嘴："哟，说你能，还在缸边上走开了！"

她憋一阵，到底憋不住，又问："你给我说说嘛，到底是啥事儿，我看了，一点都没看出问题来。"朱仕第见她虚心请教，这才说："你只看字面，当然看不出问题，主要是调子。当时我心情不好，改了几个字，调子显得低沉了。我怕人抓把柄，上纲上线。"

神秘了半天，原来就这么简单。虞观鹤有点泄气，嗤他道："哟哟哟，就一个小小的组织部长，当不当有啥，还心情不好！你咋也变得小里小气的了？"朱仕第说："不！我根本就不是为县上那点屁事！"虞观鹤嘲笑道："那你还为国家大事？国家大事轮得上你操心？"

朱仕第说："当然是在为国家大事！我在想，邓小平一打倒，我们国家咋办？邓小平可是个人才啊！上台才一年多时间，各条战线都有起色了，这一打倒，谁来干？总理去世了。毛主席恐怕没多少精力了。江青纯粹是个小丑。王洪文太年轻。就张春桥还是个人才，可是搞经济不一定行。你知道国外现在发展到什么程度了？连台湾都用上电视机了。咱们国家有几个人知道电视机是啥玩艺儿？我们的广播里说什么台湾人民生活在水深火热之中，可你知道不知道，人家的人均产值是大陆的五倍！人家差不多已经电气化了，我们的对外宣传还在说某某公社有多少辆自行车，有多少台缝纫机！高度的无知！叫人家笑话！如果是老百姓，可以理解，一个国家机器如此无知，岂不太可怕了！我在这么偏僻的山沟沟里呆着，偶尔听听外台，就知道这么多，一个国家，有多少工作人员，就没有人监听敌台？这么简单的事情，就没人去做？或者做了，情况却反映不到高层？无论哪种情况，都是非常可怕的！说明我们的国家机器完全转动不灵！你想想，可怕不可怕？”

一席话说得虞观鹤神情悚然，好半天，才说：“那上海人咋都拥护张春桥？”朱仕第淡然一笑：“上海人拥护张春桥谁统计的？占全体公民的百分之几？那不就是舆论机器在说话嘛，你相信那个？”虞观鹤说：“难道你拥护邓小平？”

正说着，有人敲门，金秋影在门外叫：“虞姐，虞姐在家吗？”虞观鹤朝朱仕第一撇嘴，悄说：“都是你惹的！”随即又朝门外热火火地说：“小金啊，来了来了。我给你开门。”

金秋影穿了件水灵的粉红的确良衬衣，手里拿着毛线活儿进来，笑说：“虞姐，我怎么不会起边儿了。你给我看看，这么起对不对？”一抬头看见朱仕第了，“朱常委也在？我得好好谢谢朱常委，那幅字本来就很好了，朱常委还专门又写了一幅，我都不知道应该怎么感谢你了。”

朱仕第还没说话，虞观鹤马上接过话头去：“哟哟哟，你听听咱们小金这张嘴！咋那么巧来！说个话甜的啊！——来坐，坐。喝水吗？我给你倒杯水。”说着转身去倒水，乘机瞪朱仕第一眼。

金秋影像在舞台上似的，眼睛盯着毛线，嘴里对答着虞观鹤，心思却在亮相给观众。这里的观众只有一个人，那就是朱仕第。朱仕第专门写了一幅字送给她，更使她想入非非，虽然是毛主席的词，她还是从中看出了“如此多娇”、“红装素裹”、“分外妖娆”、“引无数英雄竞折腰”等句子。更觉得朱仕第大有深意在，否则，为什么不抄别的，偏要抄这首？一时间，她觉得自己就是那“红装素裹”的“分外妖娆”，朱仕第就是那“竞折腰”的“英雄”，虞观鹤就是那“稍逊风骚”的“唐宗宋祖”，他们的婚姻应该“俱往矣”，而她和朱仕第的新关系才应该是“还看今朝”。她越想越激动，一个人在屋里怎么也坐不住，便换了她认为“妖娆”的粉红衬衣，以问编织为借口闯进来了。

虞观鹤也是很敏感的人，一见她的说话举止，心里便不是味，说半天话，硬是没让朱仕第插进嘴来。正好湘湘出来问算术题，她趁机说朱仕第：“你给孩子看作业去吧，馋猫守耗子一样守这里干啥！孩子的学习成绩下降了，你心在哪里操着呢！”朱仕第只得到湘湘屋里去。

金秋影也能听出她话中夹枪带棒，坐不住，朱仕第又不出来，只得告辞走了。

金秋影一走，虞观鹤立即叫朱仕第出来，指着鼻子就训：“都是你闹的！谁不知道你会写两个烂字，还给这个题给那个题！金秋影谁不知道？文艺队的人，有几个好货！二十七八的人了，嫁不出去，精神变态，见个男人就急了！”

“你住嘴！”朱仕第一声低吼，把虞观鹤吓了一跳，这才想起湘湘还在里屋，急忙住嘴，只悄悄嘟囔。朱仕第点根烟慢慢吸着，沉思半晌，小声说：“你以后和小金接触要注意，不要刺激她。”

虞观鹤一肚子火儿又引发了，没好气地说：“我以后注意？你神经没毛病吧？你惹的事儿，倒叫我注意！”

朱仕第轻拍一下桌子，喝道：“你听着！”虞观鹤到底怕他，不言语了。朱仕第沉一阵，才说：“小金的情况不对头，你们成天在一起，就没点感觉？”

虞观鹤有点愣：“你指什么？”朱仕第说：“你还问什么！你就不看看，她精神明明不对头了，你就看不出来！”

虞观鹤傻了，好半晌才说：“你是说她有精神病？”朱仕第摇头：“现在还不能说就有精神病，但她的精神状态显然不对，她的思维已经钻牛角尖了，再不能受任何刺激，再受刺激，就有可能出问题。”

虞观鹤心里有点虚，但又怀疑是朱仕第故弄玄虚，心里乱七八糟的，嘟哝一声，不再吭气。

13.他心里一阵急一阵冷，忙乎了半天，自讨了一场没趣

朱仕第晚上睡不好，虽然早早就醒了，却无心上班去，曹兀龙让他回避常委会，不上班也没关系。他就那么躺着，迷迷糊糊中听有人敲门，闭着

眼问了声“谁？”

屋外人说：“虞姐在家吗？”他一听又是金秋影，眉头皱紧了，一大早，又是什么事？虞观鹤不在，这门也不好开呀？就说：“哦，她上班去了，你去阅览室看看。”

他以为这一说，她就该走了，谁知她不走，还在外说：“阅览室不在。我想问个事。朱常委咋没上班去？”朱仕第怕惹事，故意装得有气无力地说：“我有点不舒服。”

金秋影还不走，在外说：“哦，朱常委病了？要不要我给你请个大夫？”朱仕第赶快再精神点：“没关系，不用。”金秋影还不走：“请一个吧，不要耽误了。”

朱仕第为难了，这院里到处都是眼睛，这么一个门里一个门外地叫唤像什么！他闭着眼不说话，想让她自己走了完事。谁知她竟一直在门外站着等，隔一阵没动静，又喊：“朱常委要不要药，要不我给你买点药去？”

就在他们隔门对话的当儿，已经有好多双眼睛在窗后盯着了，有人偷偷跑出去告诉了虞观鹤，虞观鹤事没办完就怒冲冲回来了。一进院门，见金秋影在她家门口立着，一身大红的练功服，衬托得身体凸是凸，凹是凹，显得那么青春，心里恨不能抓她两把，忍着到跟前，没好气地问：“你干啥？”

金秋影见她突然回来，吃了一惊，但她是有备而来，忙拿出书请教：“哦，虞姐，我就是找你来的。——你看看这个地方怎么挑，我看不懂。”

虞观鹤看时，是几个花子的挑法，也不让她进门，就在门口“上针”、“下针”地指点一阵，让她走了。

她开门进去，朱仕第已经起来了，她劈脸就骂：“你不上班去，在家里勾引婊子是不是？”

朱仕第气了个没话说，半晌才道：“我门都没开，你没看见！”这倒是事实，虞观鹤没话说，自语道：“大天白日的，也太不要脸了！”朱仕第知道在家呆不住了，不说话，洗了脸就出来走了。

刚到单位，鲍日曙就来了，拿着一沓材料，说：“记者写曹书记的材料出来了，朱常委想看吗？”

朱仕第说：“给我一份吧。”鲍日曙放一份，说：“曹书记让保密，别的人我都没给。”一边忍不住高兴地说：“人家到底是大记者，写得美得很！准备给《人民日报》投呢，要能在《人民日报》上发表影响就大了！说不定把曹书记定成第二个焦裕禄呢！”

朱仕第装没听见，取下眼镜来擦拭，心里却想：蠢货蠢到家了！鲍日曙还要说话,却听小李满院子喊“鲍主任”,出去看,却是曹书记找他,急忙去看,曹兀龙问:“材料底稿收回了吗?”鲍日曙说:“收回了。”

曹兀龙说:“底稿要保管好。蜡纸都销毁了,不相干的人不要叫看。”鲍日曙答应着,心想蜡纸的话忘了,急忙到打字室去看,问了常菊墨,见蜡纸都扔在废纸篓里,已一塌糊涂,便没提销毁的话。

常菊墨却惊出一身冷汗,他给文戈抽了份蜡纸背面的软纸还在抽屉里,要叫他发现,又是一场是非。鲍日曙一走,她急忙把废纸篓里的东西拿去烧了,鲍日曙即使再想起追查软纸,她也可以说已经烧了。但放着总觉是个事,就去找文戈,想让他赶快拿去。

去农办看,见文戈和李锦竹都在,她冲文戈点一下头:“你来。”文戈出去,她悄悄说:“那份材料打完了,我给你抽了份软纸,你赶快拿走,放我那里我怕鲍主任发现。我的抽屉没锁。”文戈点头:“你先回去,我马上来。”

常菊墨走了,文戈回来问李锦竹:“锦竹,你对小常印象咋样?有没有点意思?如果你觉得可以接触谈谈,我就给小常说明,如果你毫无意思,就算了。”

李锦竹沉吟,笑说:“你看咋样?”文戈说:“要你拿主意,问我干啥!我当然认为合适,要不我吃这闲力干什么!”李锦竹吸一口气,笑说:“那你看着办。”文戈审道:“那我可就挑明了?”李锦竹说:“行。”

文戈这才去打字室,常菊墨已经装好在一个大信封里,交给他,说:“你可千万保存好,不敢叫鲍主任看见。”文戈说:“当然。——你到我宿舍里来一下,我有件事想和你说。”常菊墨看他吞吞吐吐的样,已经猜到几分,一笑,说:“行。”

两人到文戈宿舍,文戈要倒水,常菊墨说:“不要客气,有啥话你快说,我还有事。”文戈便不倒水,说:“李锦竹来这些天你都见了,对他印象如何?”

常菊墨一听就明白了,笑说:“你啥意思?”文戈说:“没别的意思,就是想介绍你俩认识一下,当然,这只是初步认识,不是要你答应什么。如果你觉得还可以接触,我就给小李说,你们两个接触着看?”

常菊墨也是聪明人,自从那天文戈带李锦竹到打字室转悠,她就有了感觉,也就留了心,接触几次,对李锦竹印象不错;所以,文戈字斟句酌吞吞吐吐说时,她平平静静地听着,丝毫没有一般姑娘的忸怩,等文戈说完,她干干脆脆地说:“可以考虑。不过嘛,暂时只能是接触,等以后互相了解了,再说下一步的话。”

文戈本来做了许多准备,想了好几种办法准备说服她,没料到不用任何解释和说服,她一口就应承下来,倒有一拳打空的感觉,一时竟不知该再说什么,忙道:"那是,那是,当然现在只能是初步接触。"

说完,无话可说了,倒尴尬起来。常菊墨见文戈无话,站起来说:"如果再没别的事,我就走了。"文戈也站起,说:"好。"常菊墨就走了。文戈在地下站着,心里一阵虚,觉得似乎太容易了,仿佛不真实似的。

他放好材料,急忙向农办奔,给李锦竹报喜:"成了!"李锦竹从后窗能看到他们进出宿舍,见他们进去只一会儿就出来了,能说几句话?这么快就成了?便只笑,露着不大相信的脸相。文戈急了,说:"真的!"李锦竹摇头笑说:"我不相信。"文戈说:"你不相信?那你们见了面自己谈。"

这才想起,只顾了高兴,忘了约见面时间,就说:"哦,忘了给你们约见面时间。"李锦竹笑说:"不用约了,你们商量好捉弄我着呢吧?"

一句话,文戈愣那儿了。这话分明是怀疑他们串通好了骗他,哪是他怀疑他们的关系不正常了?他心里一阵急一阵冷,忙乎了半天,自讨了一场没趣,还叫人怀疑他品行不端!他突然觉得面前这个人变得无比遥远,变得无限陌生。他后悔自己热心过了头,一时千言万语涌上心头,心脏仿佛叫人捏住似的憋闷痛疼,连脸都变形了。

李锦竹话一出口就后悔了,见文戈一句话不说,脸突然变得煞白,他一下慌了,朝后一脚踢开椅子,跑过来抱住文戈惊问:"文秘书,你咋了?"

文戈不说话。

李锦竹急得恨不能跪下去,从身后抱住文戈,连连道歉说:"哎哟是我不好!哎哟是我不好!对不起!对不起!"

马宏雄进来了,问:"咋了?"李锦竹心想这事说不清,就撒谎说:"文秘书有点不舒服。"马宏雄说:"哦,要不要紧?赶快送医院吧?"

文戈怕事闹大,摇头说:"不要紧,我到宿舍休息一下。"说着就往外走。李锦竹急忙跟上。马宏雄还在后面说:"要不行了就到医院去。"

到宿舍,文戈想起常菊墨给他的那份材料,想着李锦竹可能怀疑他们鬼鬼祟祟干什么,就拿出来让他看,说:"新华社有个记者,给曹兀龙写了份报道,是小常打的,我想看看写的什么东西,叫小常给我弄了份蜡纸后面的衬纸。鲍日曙他们不让人看,小常怕人看见说她,就悄悄给我了。你看,就这么个东西,我不想让别人知道,但没想瞒你,不是我们鬼鬼祟祟搞什么鬼。"

李锦竹一听急了,连连说:"我没有怀疑你们!我已经承认我错了,还不行吗？你要这么说，我就无地自容了！”

文戈心里想，要有那心，岂是一句话两句话能解除的，再说这也不是用语言能解释清楚的，便说：“你也不用说了，去整你的材料吧，咱两个都在宿舍里，马主任又得找来了。你已经把话说了，我就在宿舍躲会儿，乘便看看这份材料。”

李锦竹能听出他并没有原谅自己，但料着一时半会儿也无法说清，就心事重重地走了。文戈也没心思看材料，只呆坐着。这件事对他的打击挺大。他不怕强大的对手，越是厉害的敌手，越能激起他奋不顾身的勇气，但却经受不起朋友的不信任。现在，在朋友眼里，他成了个下流坯，他觉得自己仿佛一下倒塌了似的。

14.曹兀龙是什么人，水泉县的人都清楚，千里之外有权封他官的人谁知道？

晚上，文戈心情稍许平静了点。李锦竹虽已有自己的房子，但因手续未办，行李还都在山口公社，所以仍得和文戈一起住。他内心的愧悔可以说已到极点，他本无心伤害文戈，但却干了无法挽回的蠢事。他几乎寸步不离文戈，不时责备自己几句，请求文戈原谅。但文戈怎么听，似乎都不真。他不想折磨自己，也不想折磨别人，只得说：“行了，再别说了。干你的吧，我想看一看这份材料。”

他真的翻开材料来看，不再理李锦竹。纸很软，差不多是半透明状态，但字儿还能看清。这一看，他不禁又心潮起伏起来。

报道总题叫《风雨英雄路》，副题叫“记水泉县代理书记曹兀龙”。

从材料来看，曹兀龙真不愧是一位胸有成竹运筹帷幄的英明领导，水泉县也一派莺歌燕舞欣欣向荣的景象。那位温先生所用的，都是先前的旧材料，不过重新作了组织。前任的成绩，便成了现任的；局部的个别的事例，成了整体的行动；部分人的吹捧，成了群众的口碑；纸上的规划或头脑里的想象，仿佛成了事实……。单曹兀龙的抓“点”，就用了这么几个小标题：

1.高瞻远瞩，上任伊始先选点；

2. 整顿班子，事业成败在用人；

3. 兀龙降旱魔，百井汇流灌良田；

4. 驭虎学愚公,移山造田展宏图;

5. 三下基层,满山开出大寨田;

6. 一心蹲点,一花引来万花开。

文戈看得心口乱跳,要在往常,他早就将材料给李锦竹看,并大肆抨击了,可今天,他却只一个人在内心翻腾着。李锦竹样子虽在看书,却注意着文戈,看出了他的激动,他有心与文戈和解,无话还要找话,便笑着说:"我可以看一看吗?"

文戈很想和人说话,但不愿和李锦竹说,只将材料给他,没言语。李锦竹看了,也心潮澎湃,说些很激烈的话,文戈却只听着,偶尔"嗯"一声算是回应。李锦竹觉得无趣,不再说话,将材料给他,一个人先睡了。

文戈不睡,他觉得这份材料非同小可。曹兀龙是什么人,水泉县的人都清楚,但千里之外有权任命他当官的领导并不清楚,他们若是看了这份材料,取掉了"代理",水泉县会出现什么情况?水泉县的几十万人民将会被一个蠢货折腾得穷上加穷,苦上加苦!

他坐不住,在地上走来走去,最后下了决心:一定要把真实情况反映上去。

他把反映大滩口会战的半拉子材料取出来看了看,觉得太褊狭了,不足以和这份材料对抗。他又列了提纲,将需要补充的东西全列出来,记在一个小本本上,准备再作些调查。事实,唯一重要的是事实。他看着温记者的材料狠狠地想:我要用事实扇这种无耻文人一个大耳光!

第二天,他一方面给农办整材料,一方面打电话或骑自行车到各单位去调查。马宏雄看见了,还以为是为农办的材料在跑,高兴得在李锦竹面前夸奖:"小文真不错,布置的干了,没布置的还主动去搞,小伙子真不错!"李锦竹只扁着嘴笑。

吃过午饭,杨红砚突然来找文戈,掏出一份打印好的材料给他看。文戈吃惊,说:"这个材料保密,你从哪里搞到的?"杨红砚说:"我们解部长跟记者跑了好些天,人家赏赐给他的。部长拿来让我学习,批评我整材料老是整不到点子上。"文戈点头:"真是个好宣传部长!——你学好了?"

杨红砚一摆头:"我恶心死了!"李锦竹在旁,笑说:"人家是新华社记者,非同小可,你敢藐视?"杨红砚说:"我不是藐视,是恶心!说真话是记者的起码要求,你说他贱不贱,跑这山沟沟里来给曹兀龙吹喇叭!他要不是拿了人家的东西,他能干这种下三烂的活?"

李锦竹只笑,不说话了。文戈说:"这不是简单吹捧哪个人的问题,这是向水泉县挑衅,是拿水泉县几十万人民的生计开玩笑!你想想,他这个材料要在《人民日报》上一发,那曹兀龙还不是个先进典型!他先进了,地、省两级的领导还不给他封官!他要取掉'代'字,你们说,是水泉县的福,还是祸?要再封一个更大的官,为害就更大!一将无能,累死三军!他的官越大,为害也就越大!你们说,这个材料起什么作用?”

李锦竹点头:“记者的笔头子重啊!”文戈说:“重,要看给谁重?他重了一人,却轻了几十万!”杨红砚说:“就是。我们应该揭露他!”文戈听她如此说,看她一眼:“那我问一句话,你准备只是口头这么义愤一下就完了呢,还是准备有所行动?”

杨红砚一愣:“你——,什么意思?你是不是想搞批驳材料?你要写了我也签名!”文戈沉吟,说:“你先别忙签名,如果你有这个心,我倒真的想写个东西,但现在材料还不够,你帮我搜集点材料,行不行?”

杨红砚刚要说话,鲍日曙一推门进来了,见杨红砚在屋里,略愣一愣,笑着点头:“杨部长也在这里?”

杨红砚初被人称“部长”,很不习惯,只得点头“嗯”一声。鲍日曙对文戈说:“文戈你到医院去给刘书记通知一声,就说地区的王三丰副书记要来,叫他准备一下。”

文戈说:“准备什么?”鲍日曙一结:“不准备什么,你就说王书记来了,要去医院看他,让他知道就行了。——你这是什么材料?”他一把抓起桌上的材料来看,诧异道:“这个材料你从哪里拿来的?”

因为鲍日曙没敲门就进来了,文戈没来得及将材料收起,只反过来放桌上了。鲍日曙对这个材料敏感,反放着他也能认出来。杨红砚见他已看见,只得说:“这是解部长叫我们学习的。”鲍日曙“哦”一声,略翻翻,半信半疑地放下走了。

李锦竹笑起来:“多亏咱们杨部长足智多谋,要不,‘双追’又多了项内容。”

文戈还在琢磨那声“杨部长”,微微一笑,念叨道:“杨部长!”杨红砚瞪他一眼:“你有病啊!”说着,一把拿过材料去,扭身走了。李锦竹看着她的背影笑:“杨部长!嘿嘿,杨部长!”

文戈没说话,他心里一直觉得她是“小杨”,这一声“杨部长”把她和自己的距离叫远了,心里有股说不出的味道。他起身去给刘书记送信,人还有点呆。

走几步,听肖宗泉喊,一回身,肖宗泉招手,他转回来问:“有事吗?”肖宗泉让他进屋,说:“你是不是在生李锦竹的气?咋回事?你怎么会生他的气?太莫名其妙了!都是朋友,你不应该。”

文戈说:“李锦竹告诉你的?”肖宗泉说:“锦竹挺痛苦的,想和你和解,说你不理他?”文戈努一阵,说:“如果是别人,我还正当不生气,可他……!我把他当朋友,实心实意给他介绍小常,他反倒怀疑我!”

肖宗泉无话,只说:“误会,误会。你不要太认真。”文戈说:“算了,不说了。我还要到医院给刘书记送信。”肖宗泉说:“那你去吧。——我就说一句,原谅他吧,锦竹已经认错了,还给你道了歉,别再计较了!”

文戈不说话,站起就走。肖宗泉在后面问:“哎,你手头有没有《风雨英雄路》?孙书记想看,叫我给找一份。”

文戈说:“孙书记要看,咋不向鲍日曙要?”肖宗泉说:“我要过,他说没有了。”

文戈冷笑:“这么见不得人!咋会没有,明明是不想给。”肖宗泉说:“我知道。”

文戈想他手头那份不能拿出来,看的人多了会暴露常菊墨,就说:“我知道有个地方能搞到。杨红砚那儿有一份,但是你不能直接找杨红砚,你先去找解部长,就说孙书记要看,他不能不给。让他到杨红砚那儿,你再去,免得给她惹麻烦。”

肖宗泉脸上便怪怪的,笑道:“好,多谢指点。我一定尽力保护好嫂子。”文戈看他一眼:“不要胡说,人家现在……”

肖宗泉聪明,一听就知道他没说出的是什么话,笑道:“没关系,她就是当常委也是你的。”文戈一摆手:“不说这些。”走了。

到医院,郭玉海也在。刘钟见文戈来,问:“小文有没有听说公社班子要大调整的话?”

文戈茫然:“我不知道。——刘书记也不知道?”郭玉海接过去说:“是我从外面听来的,有几个公社书记打电话问组织部,我什么都不知道,来问刘书记,刘书记也不知道。”

文戈要说话,刘钟以手示意不让说,咳嗽一阵才道:“你没听见就再不要说了。这个话就到这里。你们再不要给人传了,也不要再打听。——小文有事吗?”

文戈说:“鲍日曙说地区王书记来了,要来看刘书记。”郭玉海诧异,说:“王书记?不是说丁常委要来,咋又成王书记了?”文戈摇头:“不知道,我是听鲍日曙说的。”刘钟也问:“王书记和谁来?没说干什么?”

文戈仍摇头："不知道，我只听鲍日曙说了一句。"郭玉海说："前一段时间传着，说丁常委要来考查新报的常委，丁常委没来，王书记来，是不是有什么变动？"说着，两人都往刘钟脸上看。

刘钟说："没根据的话不要乱猜。你们两个，我要再跟你们说几句，你们都在要害部门，你们自己可能不注意，觉得自己是一般干部，有啥话，不考虑就说出来了，别人可都看你们着呢！在别人眼里，虽然你们是一般干部，却在领导身边，你们的话，别人会以为是领导说的，所以，你们说话，一定要慎重再慎重，一定要学会守口如瓶。"

护士进来换药。鲍日曙慌慌张张跑进来，说："刘书记，曹书记和地区王副书记来了。"

第七章

1."废话艺术家"王三丰

王三丰绰号"废话艺术家",个头不高,矮胖矮胖的,外表愚拙,自言无心,人说装傻。他率着地区几个部委办的头儿,还有曹兀龙、孙铁、朱仕第、阮祥林等到医院看望刘钟。苏芸也在其中。

他一边走,一边大声说些废话:"这医院还不错嘛。就是走廊窄了点。以后要是有钱了,再扩建扩建。医院是人人都要来的地方,你们把它修得好好儿的。修好了好,医院修好了好,修好了病人住着舒坦。修得不好,病人住着不舒坦。对不对?这是千古不变的道理。——老刘在哪个房间?这个老同志咋搞的嘛,咋把身体闹垮了?常住院着呢。常住院不行啊,医院不是好住的地方。我是怕住医院。只要有一点点奈何,我就不住医院。我硬在乡里跑呢,不爱在医院里住。医院不是好住的地方。医院真格不是好住的地方。我这个人爱动,住到医院里心急得很。——老刘在哪个房房里?"

曹兀龙在刘钟的病房前立住脚,站门边让王书记先进。王三丰一眼看见正吊针的刘钟,老远就伸着手,一边往里走,一边说:"啊呀,你这个老同志在这里,还吊针着呢。你这个老同志咋搞的嘛,咋把身体闹垮了?常住院着呢。啊呀,你咋弄的?"

刘钟要起来,王三丰伸双手按住:"不要动,不要动。你好好儿躺着。这还吊针着呢,你动啥呢!"刘钟朝贴门边站着的鲍日曙努一下嘴:"你叫一下护士,给我把针取了。"

王三丰忙用手制止:"哎,不要取,不要取。你安安稳稳躺着吊你的针。这不影响。一点都不影响。咱们就是说个话嘛,取不取都一样。不取还更好些。咱们话也说了,你的针也吊了,一举两得,谁都不影响。——你是啥病?"

刘钟还没来得及回答,王三丰又站起来,指着床头柜上一厚沓文件、材料问:"那是啥东西?你是不是还在医院里办公着呢?这就不对了嘛!有病你就好好儿看病,把病看好了再好好儿工作。你不能又看病又工作,又工作又看病。这不好嘛。住院着呢,还弄这么大一堆文件。拿过来,拿过来我看都是啥东西?——哎呀,有文件,有材料,有公社的报告,还有申请救济粮的,怎么把这些东西都送来了?谁送的?这都是谁送的?这就不对了嘛!老刘住院着呢,还给送这么多材料。你们这是整人着呢,还是咋回事?眼看这老同志病成这个样了,皮都包了骨头了,你们就没一点同情心?老干部是党的宝贵财富,你们把老干部整死了,谁给党工作?啊?你们说,你们这是不是整人？”

病房里空气有点紧张。苏芸偷偷往曹兀龙脸上看。曹兀龙一身的不自在，但碍于上下级关系，不敢说话。刘钟见状说：“不是，王书记，这是我要来的，不怪他们……”

王三丰根本不听，一边翻材料，一边还说：“咋不说话？是不是整人？我听说，有人把老干部说成是‘民主派’、‘走资派’，不对！毛主席说了，老干部是党的宝贵财富！我就听毛主席的！毛主席说老干部是党的宝贵财富，我认为老干部就是党的宝贵财富！你们这么整还行！住院着呢，还给压这么多的工作，这不是整人？是不是有人说的，对老干部不能客气？！是不是你们也在学那一套‘给任务套住他，抓住辫子批判他，时机一到打倒他！’啊？是不是？——咋没人说话？”

他的话听起来很严厉，可他却像自言自语似的唠叨着，也不紧盯着谁发问，只低头翻那些材料。话和说话的姿态表达着完全不同的意思，这就使得他的话虽然严厉，听起来却并不咄咄逼人。屋里的人只是觉着不自在，但既不像追究责任，又不需要回答，便没有出现顶牛的局面。如果说此人不是糊涂蛋，就是个善于在复杂情况下运用灵活手段的行家。反正起到的效果就是，该说的话他都说了，朋友听着感动，听着心里舒坦；对手，也没有被逼到困兽犹斗的境地，尽管心里不舒服，也还可以装得过去；无关痛痒的人，只会觉得好笑，他这到底算说，还是算没说？

把复杂的斗争戏剧化、艺术化，不是件容易的事，没有高度的智慧，没有长期复杂斗争的磨练，是无论如何做不到的。

他从那一沓文件、材料上抬起头，将屋里的人扫了一遍，最后将目光定在蜷缩在人背后只露出一张戴眼镜的大扁脸的鲍日曙身上。他瞅准了这个猥猥琐琐的办公室主任只是个小跑儿，是个没主见、没骨气的家伙，绝不敢和上级领导顶嘴。他决定拿他开刀。他盯着鲍日曙开口了：“你是不是县委办公室主任？给老刘同志压这么多任务，是不是你干的？”

鲍日曙不由自主瞅一眼曹兀龙。曹兀龙觉得了，但他这阵儿什么话都不能说。鲍日曙也明白，只得吞吞吐吐地道：“有些文件是办公室送来的，有些不是。”

王三丰道：“怎么有些是，有些不是？你们办公室就是干这事儿的，这就是办公室主任的工作，怎么会有些是，有些不是？如果是你干的，这就不对！老刘同志住院着呢，你给派这么多的工作像话么？是不是你想故意整老同志？你把老同志都整垮对你有什么好处？你这做法是错误的！这做法就是整人！如果不是你干的，也要批评，你是办公室主任，这就是你的工作，你为什么没干？没干就是失职。失职也要批评！该干的工作你没干，还不应该批评？没干好就应该批评，还不要说没干！是不是，啊？”

鲍日曙脸都白了，说：“是。”王三丰继续说：“好，你承认了就好。重要的是要记住，这种整人的做法不好，以后不能再干了！再不能给老同志这么多工作了。不仅老刘，凡是住院、有病的老同志，都不能压过重的工作。”

他一转脸，看见阮祥林了，他听苏芸说阮祥林有点动摇，早就要警告他一下，一直没机会，就借势说：“阮祥林同志也在这里，你也是老同志了，老同志对老同志要有感情！老同志要保护老同志！今天我说的话你也听着，老刘同志身体不好，你要多担些担子呢！对老刘同志，你有责任保护的！革命的道路是漫长的，同志之间要互相关心，互相帮助，互助互爱，才能共同前进呢！你这个老同志是咋搞的？我听说你的精神状态不咋样好啊？是咋回事？文化大革命搞了这么长时间了，革命形势这么好，毛主席他老人家身体那么健康，你怕啥呢？啊？老同志了，应该有那种革命的硬骨头精神！不怕苦！不怕死！不怕老婆离婚！不怕开除党籍！毛主席说的‘五不怕’，就要五不怕呢！革命先烈抛头颅洒热血，头挽在裤带上干革命着呢，怕没怕过？现在我们有毛主席、党中央的英明领导，怕啥呢！你要挺起来呢！你要向老刘同志好好学习呢！”

见阮祥林不安地动着身子，知道他往心里去了，见好就收，马上话锋一转，说：“我也要向老刘同志学习！——不过，老刘啊，我可不学你住院。住院不能学。身体是革命的本钱，要爱惜身体啊！你到底是啥病，咋把身体闹得这么垮？你们看，我现在都怀疑，老刘同志身上割破一点，还能不能流出血来？我看你都成个干皮皮儿了！这不行啊！咋办呢？我看你还是下个决心，到省医院去看一看，彻底检查一下，看到底是个啥病，把它彻底根治了，再回来好好工作。你看行不行？”他又看曹兀龙，“老曹，你看呢？”

曹兀龙含糊答应：“对。对着呢。”王三丰这才像突然发现了什么，说：“哎，你看来了这么半天，就光我一个说话着呢。你们不说话，也没个地方坐，是不是就不要在这里站着了？干脆你们都回吧，工作都忙，都站这里咋办呢？地区来的几个同志，老刘都认识，我也就没介绍。是不是你们都和老刘握个手，握完了就忙你们的去。这次来都有任务，都是忙人。好，握完了的就都走，忙你们的去。都走，我再和老刘扯几句闲磨。”

那几位果真都和刘钟握了手，退到走廊里。苏芸也要走，王三丰说：“老苏你留下，咱两个一阵儿一起走。”他说着站起来，把手伸给曹兀龙、孙铁几个，和他们也都握别了。看见鲍日曙站边儿上不敢过来，他主动把手伸过去，拉住鲍日曙的手说：“小伙子，我批评了你，你服气不服气？”

鲍日曙双手回握，弯腰点头连连说："服气，服气。"王三丰很温和地说："服气就好。快把那些材料都拿回去，看该给哪个书记、常委处理，就给哪个书记、常委。再不要让老刘为难了。对老同志要多关心呢！"然后转向大家，"你们都走吧，该忙啥忙啥去。我是闲人，你们是忙人，不要把你们的时间都耽误了，快都去，快都去。我和老刘再扯几句闲磨就过去了。"

众人都微笑，点头，互相让一让，走了。

2.泥菩萨

护士见众人走了，进来看了看吊针。护士一走，王三丰舒了口气，放低声音说："红脸唱罢了，该唱白脸了。老刘，现在咱们抓紧说，闲话一概不讲，简单明了，几句话。我这次来的目的有三个：第一，劝你去看病；第二，我听说阮祥林精神状态不好，有点向那边靠，我想给敲打敲打，刚才我已经当着这些人的面点了几句，我估计够他受的；第三个嘛，我担心你思想转不过弯子来，所以我想留下单独和你谈谈。为啥刚才我敢当着这么些人的面留下和你单独说话，就是我还担着一项任务，任务是明的，我就不怕他们说啥话了。——唉，你看他妈的这现在是啥世道！一个地委书记找一个县委书记谈话，还和做贼一样，还要事先想好逃跑的路路子，你说这真……唉——！"

苏芸在一旁说："王书记在地区压力也大得很。有些人一直想找茬儿把王书记整下去。"刘钟在枕上点头："我知道。"王三丰说："那些话现在就不说了。咱们抓紧说咱们的。先说第三个，就是靳向东进班子的问题。"

刘钟眼睛睁大了："靳向东？"王三丰以手按压："你先不要激动，听我把话说完，你再发表意见。靳向东我不熟，但从你的态度里，我就知道是咋样个人了。苏芸也给我介绍过。这么一个人，在正常情况下能不能进班子？恐怕不行。但是，现在，老刘啊，我看还得让进。为啥呢？挡不住！不仅你挡不住，连我也挡不住！这不是哪一个人的问题，是潮流！潮流把这些人裹上来了！咱们现在要看形势啊！这股潮流，咱们都挡不住！中央一个文件接一个文件地下，会议一个接一个地强调，要把'造反派'选拔上来，谁能挡住？谁挡谁就得完蛋！没办法呀，老刘！人家说这是上面的精神，就把咱的嘴堵得严严儿的了！这还确实是上面的精神！谁敢不按上面的精神行事？你有啥办法？咱们一点办法都没有！"

苏芸朝刘钟重重地点头："王书记说的实话！"王三丰继续说："这次，

你们孙铁跑地区告状去了，我听熊书记的口气，恐怕你得转个弯子了，再不转，就真不好说了！我看不对劲，就自告奋勇跑来了，就是想劝劝你，得转个弯子了！再不转，人家说不定就把你拿掉了！这不是要的！我们现在是什么？是‘泥菩萨’，对上，我们是‘泥’，对下，我们还是‘菩萨’，虽然不起作用，但碰到茬口上，也能办点事，一旦叫人拿掉了，一件事都办不成了！这不是为个人的问题，我们个人有啥？咱们得为老百姓办事儿着想。所以，这个位位子还要保住呢！人说我是个‘废话篓子’，我不‘废话篓子’不行啊！不‘废话篓子’，那一步你就迈不过去！我们这些人要都完蛋了，对老百姓有啥好处？一点好处都没有，只有坏处！你把所有的权都交出去，交给他们掌上，那人家不更要为所欲为了！这个道理你要想清楚！咱们得和他们斗智，不能硬拼。形势明明对咱们不利，你再硬拼，那不是自己找亏吃！”

苏芸又加一句：“王书记说得对着呢！”王三丰继续说：“所以，我的意思，靳向东你放脱叫上！一来咱们挡不住，二来放上去也没关系。有啥关系？不管是这个派，那个派，他打旗号还不都得打共产党的！谁掌上权会故意把工作往坏里搞？他千方百计争那个常委，目的是当官，他把官当上了，他还是想把工作搞好。再说，他总还是个年轻人嘛，还能往好里学嘛！退一万步说，就算这个人本质不好，他就是个小林彪，又能咋样？林彪比他厉害吧？毛主席一句话就打倒了！刘少奇、邓小平也是，都一句话就打倒了！他一个靳向东有啥了不起的！所以我说不用怕，让上。‘造反派’掌权，现在是中央的政策，我们要服从。真的有那么一天，说‘造反派’不对了，不要他们掌权了，还不是一句话的事儿！毛主席一句话，全国的‘造反派’就都打倒了，还不要说他一个靳向东！”

【菩萨怨】倒霉，叫这班骚猴儿欺，岂有此理，气破肚皮！忍，祸兮福所依，不让它骑，你我得成两摊泥。

刘钟苦笑着点一下头:“这倒是实话。”王三丰继续道:“好。你想通了咱们就说第二个,你去看病的问题。你的心事我知道,你是怕你一离开,他们那些人胡搞,是不是?所以你苦撑着不离开水泉县。我说,这也没关系,天塌不下来。离了谁,地球照样转动。文化大革命初期的时候,你被打倒了,我也被打倒了,全国的老干部,大部分都被打倒了,天塌了没有?地球不照样转嘛!所以你不用怕,放放心心看病去!把病看好了,再回来工作,不是更好嘛!说句不好听的话呢,你的身体现在已经成了人家攻击的把柄了!熊书记念叨过,说水泉县的老刘身体不行了,老住院着呢,如果实在不行了就让他休息吧。你听这口气!当然,这不是熊书记平白无故想起来的,是你们县上有人这么说。所以,你现在必须把工作放下,下决心去看病。再说得难听一点,万一你这么坚持下去,有一天去见周总理了,咋办?到那个时候,这个位子你不想腾也得腾给人家了!所以,你不能再坚持了,快点下决心!”

苏芸点头说:“王书记说的是实话,实实儿的!”刘钟看看吊针,想坐起,见护士不在,也就罢了,说:“我很感谢王书记的关心。废话我就不说了,王书记的话我都照办就是。不过,我也有一点希望,就是把姬建华提上来。靳向东要上,就让上吧,我不挡了,但是,姬建华一定要提上来。否则,班子里的比例一个劲儿地下降,正气恐怕就越抬不了头了。再者,我一走,班子里老同志也太少,老杨在工地上回不来,老阮就那么个情况,王书记已经知道了……”

话未完,就被王三丰打断:“老刘,姬建华的事,再不能钻牛角尖了,再不能考虑!姬建华现在已经成了众矢之的,上次已经报过一次,地委通不过嘛!他这个目标已经暴露了,你还死抱住不放!上次开会讨论的时候,我把劲鼓圆了喊着呢,通不过嘛!咱们现在虽然还戴着这么个菩萨帽子,不是真菩萨嘛!法力不大嘛!这你又不是不知道!姬建华的事再不能考虑了。”

刘钟要说话,苏芸忙制止:“你听王书记把话说完。”王三丰说:“我给你出个主意,你把姬建华放开,另外再考虑一个。这个人要这样才行,外表上老老实实,不显山,不露水,还没有引起那些人敏感,但心里有数,关键时候能出上力的。不要像姬建华,一提,那些人就跳起来了!但是,一定要正派,要心中有数,不会随风倒才行。我说句就咱们三个人听的话,中央不已经给我们做出榜样了嘛。两派斗得不行,结果两派的核心人物都上不去,邓小平也上不去,张春桥也上不去,华国锋上去了,两边都接受了!毛主席伟大啊!他把那个策略运用得那个好,真格不是一般人能想得出来的！”

刘钟不断点头，想一阵，说：“那就只好上陈玉玺了。”苏芸一拍手喜道：“我两个想一块儿了，我给王书记推荐的也是陈玉玺！”王三丰说：“陈玉玺现在是石寨公社书记？”刘钟说：“对。”

王三丰说：“那好。我明天就去趟石寨，实地接触接触，如果再没有啥大的情况，那就按咱们商量的办。我这阵儿再到那边去转一转，时间长了那些人还怀疑呢。苏芸留下，你们再把细节考虑考虑，看怎么运作，看有没有我们考虑不周的地方。咱们尽量想得周全些。”

他松一口气，仿佛全身都放松了：“好，我的大事这就算完成了。老刘，你知道不知道，你是我心里的一块石头，这些天一直在我心里压着呢，这一下放下了！一下觉着松泛了！”

苏芸说：“王书记为你愁得夜里睡都睡不好。”王三丰说：“就是。苏芸说的是实话，我真格愁得睡不好。——不过，也不全是为你，有时候我也想国家的事呢，你说我们这些人，对共产党忠不忠？太忠了！但是，事情就怪得很，你说我们对共产党这么忠，现在还是共产党的天下，我们这些人反倒吃不开，你说怪不怪？”

刘钟要说话，护士进来了，他就忍住了，只对苏芸说：“你送王书记过去吧，王书记忙着呢，不要在我这里耽误太久。”王三丰站起来说：“不用送，我能摸着。水泉县来过不止一回两回了，你们谈你们的，我自己去。”说着自去。

苏芸继续和刘钟谈陈玉玺的事。他们情绪并不昂扬，相反，还有些无可奈何的苦涩。像一株植物，主干受了伤，不得不用旁枝去完成继续向上生长的任务，虽然可以见出倔强，但毕竟是痛苦不得已的。一定程度上说，社会也像植物，不断受伤、受阻，不断改变生长方向，在曲曲弯弯中寻找出路，挣扎着向上。

对于刘钟来说，做出这样的选择是痛苦的，他对姬建华有太多的偏爱。可以说，姬建华是他和铁首仁看着成长起来的。当他们把他从一个公社团干部一步步提拔到公社书记的位置后，他充分展示了自己的能力。短短几年时间，他把林丰变成了全县一流的公社，铁首仁欣喜地在林丰建了“点”。他们心中，他就是他们的接班人。然而，还没来得及把他提上来，铁首仁就在一个风雪交加的日子里离去了。从那以后，赠给姬建华的就不再是荣誉，而是各种各样的污言秽语。刘钟明白，是那些竞争者出于不同的目的而散布的。他的优点使他们嫉妒，也使他们害怕。那些人因为他的工作成绩太扎眼而恨他。他太突出了。现在要由自己来做出决定舍弃他，刘钟心里十分难受。

刘钟叹口气:“本来我想把水泉县交给他我就彻底休息,想不到会是这么个结果。”苏芸也叹息:“没办法!我们现在都像王书记说的,不是真菩萨,是泥菩萨!你、我,连王书记,都是泥菩萨。我们连自己都保不住,哪有力量提拔他!”

3.他像干部,又像农民,就是不像常委

小李替苏芸送完信,见西边一间房可门可窗子往外冒浓烟。他想起曹兀龙交给他的任务,发现有人生炉子就到他那里报告,便跑冒烟的地方去看究竟。

烟把屋里全罩了,小李使劲弯着腰才勉强进了屋,见一位像干部又像农民的老头儿蹲地下用笤帚扇炉子,已被烟熏得涕泪四流。他见小李钻进来,笑说:“烟这么大,你钻进来干啥?快到外面去。”

小李未敢贸然说他是来查生炉子的,只胡乱应一声,看那老头儿又黑又瘦,满脸尽是褶子,一身旧中山装,料子还好,但已分不出年代了。脚上一双布鞋,鞋底儿往上翘着,一看便知是鞋不合脚,太大导致。鞋上和裤腿上都是尘土。左腿裤子有三寸来长一截开了线,露出里面的绒裤来。小李来县委才半年多时间,人还没认全,猜不出这老头儿是干什么的。但既然在这屋里生炉子,大约是县委的干部,却也不敢得罪。只得赔个笑脸,问道:“你来了?”

老头儿一笑:“不来能在这儿生炉子?”小李也笑:“你刚回来?”老头儿说:“嗯。”小李还不得要领,只得又赔一个笑脸:“你是咱们县委的干部吗?”老头儿还笑:“不是县委的干部,能在这里生炉子?”

小李笑问:“我咋没见过你?”老头儿笑道:“我刚回来,你到哪里见去?”小李愣一愣,说:“你刚回来可能不知道,曹书记前两天刚下了命令,怕浪费炭,一律不许生火,叫我和鲍主任在各处看着,谁要生炉子,要给他报告呢!”

老头儿不笑了,停住扇说:“哟,那咋办?我这房房子时间长了没住过人,不生炉子烤一烤,炕潮不说,房里都凉得很,没办法住,你说咋办?”小李也不知道该咋办,只愣愣地笑。

正没开交,杨红砚进来了,惊喜地叫一声:“爸,你啥时候回来的?——快出来吧,熏死了!”不由分说,把老头儿拉了出来。

小李也跟出来，不好意思地说：“哦，是杨常委！我还当是哪里的干部。”他心里想说“当是哪里的社员”，话到嘴边又改成“干部”了。

小李这才跑进跑出给帮着生炉子。他看烟筒里一点烟都不出，找了个长树枝，搬把椅子上去捅，一捅，叫道：“哎，炉筒子里麻雀子把窝坐上了，堵得严严儿的，我说咋一点烟都不出。”说着跳下来，找铁丝弄钩儿掏麻雀窝。

杨红砚见她爸一身尘土，一边拍打，一边问：“爸咋回来了？咋不先给我说一声，我好给你把房子收拾好。”杨子厚说：“办公室突然通知的，事先我也不知道。”杨红砚听得一愣：“办公室通知的？没说什么事儿？”杨子厚说：“说是叫汇报工作，也不知道还有没有其他事。”

杨红砚心里疑惑，她爸几乎成了被遗忘的人，怎么突然想起来让汇报工作？

有几个干部路过这里，看见了，都过来握手问候。文戈也看见了，过来问候，见杨红砚在旁，突然觉得有点不好意思起来，尴尬地站着，不知该说什么好。杨红砚见了说：“你先忙去吧，一阵儿有事我再找你。”文戈才走了。

小李寻个长竹竿，在头上缠了铁丝，才把麻雀窝钩出来。一时尘土鸡毛乱飞，烟也随之涌出。但屋里烟还多，只得站院子里等。杨红砚见她爸又疲惫又邋遢，责备说：“爸坐的啥车，咋弄成这个样子了？”

杨子厚看看自己，下意识地拍拍土，说：“我坐工地上拖拉机，走半路上坏了，我怕书记着急，就拦了个手扶回来了。人老了，腿脚不灵便，绊了一跤，手也绊烂了，裤腿子也扯了。”

杨红砚忙拉她爸的手看，果然右手小指处蹭掉了一块皮，便生气地瞪她爸道：“你就光知道坐拖拉机！县委两辆小车都是干啥吃的，他们能坐你为什么不能坐！叫汇报工作，为什么不派车去接！也怪你，你就爱坐个拖拉机！”说着，生气地把她爸的手一摔。

杨子厚不生气，笑着说：“只有两辆小车，能坐得过来嘛！拖拉机回来顺路，还不一样？小车去接得跑个来回，得浪费多少汽油？能回来就对了，坐不坐小车有啥关系。我没坐，也没把我低一截。”杨红砚疼爱父亲，气得说不出话，瞪他一阵，也只得罢了。

屋里的烟渐渐散去。小李已将炉子扇着，便去打水。杨红砚收拾屋里。杨子厚在屋里转来转去，看着女儿收拾，心里像有无限幸福，脸上每条皱纹里都是笑意。他老伴儿去世得早，到现在连个家也没有，父女俩都在单位上吃住，女儿是他唯一的亲人。看着女儿替他收拾东西，在他是一种享受，也是一种慈爱。倘是别人，他早就要过笤帚自己扫了，但对女儿，他却特别宽容，知道女儿无法报答自己对她的慈爱，便创造这样的机会让她报答。这是他疼爱女儿的一种方式。

小李提了水来坐炉子上，水壶底儿便发出“咝咝”的响声。小李转着看了看，没有他可干的活儿，便也站着看杨红砚扫地。他发现杨常委那么专注那么慈爱地看着杨红砚，忍不住笑出了声。杨子厚觉察了，笑说：“你个小鬼笑啥呢？”

小李“嘿嘿”一声，说：“杨部长现在是宣传部副部长了，杨常委知道吗？”杨红砚抬头瞪他一眼：“你嘴咋那么长！”小李一笑，两只可爱的小虎牙尖尖地露出来，说：“我说的实话，又没有说谎，咋了？”

杨子厚又意外又惊喜。他干革命几十年，才是个县常委，女儿参加工作没几年，就已经是宣传部副部长，看来女儿是比他有出息啊。他心里高兴，嘴上却说：“干啥都是人民的勤务员，干啥还不是为人民服务！”小李一笑：“那对是对着呢，但当了部长总是服务得更好一些。要不人咋都爱当官。”

鲍日曙也看到这个屋里冒烟了，走来探看。杨红砚看见，提着笤帚给她爸介绍：“爸，这是咱们办公室新调的鲍主任。——这是我爸。”

鲍日曙忙伸双手来握，杨子厚伸手握了，说：“鲍主任我知道，就是还没见过面。电话就是你打的吧？”

鲍日曙说：“就是。”接着问，“杨常委坐啥车来的？”杨红砚接过话去说：“你还问呢！你们通知汇报工作，也不派个车去接一接，坐了个拖拉机，把手都弄破了。——你看！”说着，拉杨子厚的手让鲍日曙看。

鲍日曙略显尴尬：“没有车。只有两辆，都叫书记坐走了。”杨子厚抽回手，嗔杨红砚道：“回都已经回来了，还说那些没用处的话干啥呢！”杨红砚说：“爸，你太老实了，老叫人欺负！”

杨子厚生了气，呵斥道：“你少说一句行不行！咋那么多废话！”杨红砚把笤帚一扔：“我废话？你爱叫人欺负！”说完，跳起就走。小李看情形不对，也赶紧走了。

杨红砚走几步，想不该和老爸生气，咬咬牙又转回来。一进屋，听杨子厚正给鲍日曙说：“我这房房子时间长了没住过人，潮得很，我生个火打打潮气，要不就没办法住了。你给曹书记解释一下。”鲍日曙说：“没关系，你生。曹书记那里我给说。”

杨红砚听得来气，说：“就生个炉子，犯得着给曹书记说？”杨子厚瞪她，斥责说：“你去！又跑来干啥来了！”

杨红砚真气了,回宣传部去干她的活儿。不一会儿,从窗口见杨常委向她宿舍走,气立即消了,跑出去赶她爸前面开门,还假装生气:“人不理你,你又跑来干啥?”杨子厚慈爱地笑着:“你不理算了,谁要你理。”

杨红砚扶她爸坐了,笑着说:“爸,我给你买了件呢子大衣,你穿穿看合适吗?”说着,从箱子里取出一件黑呢子大衣,让杨子厚穿。

杨子厚心里喜悦女儿的关心,却心疼女儿花钱,脸上绷着说:“谁叫你买的!胡花那个钱干啥呢!——在哪里买的?”

杨红砚说:“我这次去省上买的。”一边拉她爸起来。杨子厚故意坐着不动,说:“我不要!我有衣服。你光胡花钱!”杨红砚哪里肯依,硬拉他起来,替他解扣子脱外衣。杨子厚还说些“不要”、“不穿”的话,但也任杨红砚摆布,说着说着就穿上了。杨红砚退后一步看看:“长短正好。转过去我看背后。”

杨子厚嘴里说:“啥正好!这么长,穿上咋劳动呢?”一边听话地转过身去。杨红砚说:“背后也正好。”杨子厚说:“呢子的东西光钻土,有啥好的!”

杨红砚知道是她爸故意说气话,也假装生气:“爸,你再说我还不给你穿了!”杨子厚笑着说:“不给算了,我有衣服,我早就说不要,谁请你买了!”一边就脱。

杨红砚说:“不要脱,就穿上吧。”杨子厚不听,脱了:“我不穿。穿得像地主资本家,人不骂?”杨红砚冲他喊:“就一件呢子大衣,咋就地主资本家了?”

杨子厚说:“那你见哪个工人贫下中农穿呢子大衣?穿得这么啰哩啰嗦还咋干活?”杨红砚说:“干活也不要你干。你还挖土背沙子去?”杨子厚说:“我咋不能挖土背沙子?我也是劳动人民出身,挖土背沙子咋了?”

杨红砚气得无话,嗔道:“你穿不穿?你要真不穿我扔到厕所里去!”说着拿起大衣看着杨子厚。杨子厚嘴上劲儿也挺大:“现在啥时候了,还穿呢子大衣?你想把我热死?穿也到冬天再穿,现在咋穿?”

杨红砚笑了:“这才像个话!爸真把人能气死!——那我给你包好放着,冬天再穿。”杨子厚嘴里叨叨:“就知道乱花钱!我都老了,穿那么好有啥用处!你把你自己照顾好就行了,管我干啥呢!”

杨红砚包好大衣,仍旧放回箱子里。又取出一套旧衣服,让杨子厚换了身上穿的。杨子厚边换边说:“刘书记还在医院里?在哪间房里,我去看看。”

4.不管羊常委、马常委，打煤都得鲍主任批

杨子厚到医院，见刘钟比以前更黄瘦，不免心里难受。刘钟见杨子厚也又黑又瘦，知道工地上辛苦，也心里感叹。互致问候后，刘钟将县上的情况大概介绍了一遍。杨子厚亦将工地上的情况大致说了说。随后，刘钟告诉杨子厚，说地区王书记和苏芸在招待所里，让他抽空儿去看看。杨子厚答应着，吃过晚饭，真就去一一拜望了。

回到县委，已是睡觉时分，他一推门，屋里一股潮热扑来，简直如蒸笼一般，便打开窗户，门也开大，让透透气。看地下，煤已烧完，炉子边放着一簸箕大块儿煤，就知道是女儿从她房里端来的，心里很是安慰。

一时杨红砚来，说这屋里太潮，不能睡，让到她那里去住，她再另找地方。杨子厚硬是不肯："这算啥！你没到工地上去看过，那些民工在就地挖的窑窑子住着呢，那真个潮的，天一阴，褥子被儿能拧出水来！那如果有这么个房房子，幸福死了，还嫌潮呢！你们没吃过苦，不知道啥叫苦！"

文戈亦来帮着劝，杨子厚只是不听。无奈，文戈拿了条褥子，杨红砚抱床被子来，任他凑合了一夜。

第二天，王三丰要到石寨公社去，常委们去送，杨子厚也去了。往回走，杨子厚问曹兀龙有没有时间，他要汇报，曹兀龙心里不感兴趣，嘴上支吾："我还有点事儿，办完了我叫你你再来，好不好？"

孙铁惦着杨子厚这一票，一盆火儿似的赶上来，说这问那，邀他到自己屋里坐坐。杨子厚说："行，我回去给炕炉子里添点炭就过来。"孙铁笑着点头，由他自去。

杨子厚回来，见杨红砚正张罗给他打炭，便说："有架子车吗？咱两个去拉。"杨红砚知道文戈会来帮忙，瞪她爸一眼："你干你的去，我叫小李帮忙。"

杨子厚担心孙铁久等，笑说："那你就和小李拉去，我去孙书记那里坐坐。"杨红砚不知是孙铁邀请，还以为她爸心眼儿活了，高兴地说："哎，好！你去多坐会儿，这边你不要管。"

杨子厚便去了。杨红砚想叫文戈，正好小李走来，她拉了架子车往炭房走，让小李帮她去找杨天才。不料杨子厚因平日无威，一般人都没把他当常委待，听小李要给他打炭，杨天才头都不抬，说："打炭？打炭你找鲍主任说去，现在权不在我手上。鲍主任说打，我就打，鲍主任没说，我不能

打。”

小李说：“是给杨常委打的。”杨天才仍不抬头：“我不管是羊常委、马常委，鲍主任说了，羊常委也打，马常委也打。鲍主任没说，马常委也不行，还不要说羊常委。”

小李只得去找鲍日曙。杨红砚在院里等，见小李出来，问：“老杨来了吗？”小李只得实说：“老杨说要鲍主任批了才能打。”杨红砚听了，心里便不舒服，放下架子车说：“你看着架子车，我去找鲍主任。”

正说着，鲍日曙从办公室出来，小李看见，跑过去说了，鲍日曙迟疑，按理说，这炭该打，但因曹书记说了，现在天暖和了，任何人都不再给打炭，他才给杨天才下了死命令，这要再说打，岂不是自己打自己嘴巴，想想说：“你稍等一下，我去给曹书记说一声。”

杨红砚离他不远，听见了，一肚子火儿压不住，紧走几步赶过来，叫住鲍日曙说：“鲍主任，咱们的炭是按什么政策打的？”

鲍日曙见杨红砚怒容满面，不敢接茬儿，只扶一下眼镜。杨红砚追着问：“是每个人都有，还是什么人有，什么人没有？”

鲍日曙下意识地往东边看一眼。杨红砚一转脸，见曹兀龙出来泼水，提着脸盆儿正往这边看。杨红砚火儿更大了，声气更高地说：“鲍主任，我再请教：上面发烤火费是按什么发的？是不是有的人有，有的人就没有？”

高声惹出些人来看热闹。文戈、李锦竹、肖宗泉、郭玉海等也都出来了，一边听，一边都走拢来。白梦媛也听见了，嘟囔说：“一点炭，给人家打给就算了，也扣扣扣！”文戈、肖宗泉平日对鲍日曙就有看法，无处发泄，这阵儿过去，自然要帮杨红砚说话，还不免夹带出平日的积怨来，口气中便有了不满和指责。

鲍日曙也一肚子委屈，本来他觉着这炭该打，但又担心曹兀龙批评，想着给曹书记说一声，也不会不同意，他就可以脱掉干系，不料却遭这么多人围攻，不免也心头火起：“我也没有说不该打！我是说给曹书记说一声，我不是说不给打嘛！”

围观的人又抱怨：“这么点子事，还用得着给曹书记说？你办公室主任连这么点权都没有？”

此时，杨子厚因找孙铁不见，已转回来，听杨红砚和人吵，赶过来，攒着眉头训斥杨红砚：“你吵啥嘛！一点炭嘛，打了打，不打算了，有啥可吵的！大家都办公着呢，像啥话！天气暖和了，打不打有啥关系！”

曹兀龙远远地站着，听到这里，进屋去了。

朱仕第有事经过，全看在眼里，十分听不过，慢慢踱过来，招手将鲍日曙叫过去,低声说:“你去给老杨说,把杨常委的炭全打给。叫小李给帮着打一打。曹书记那里不用问了,曹书记要问,你就说我说的。”

杨子厚听了笑道:“打一点烤烤房就行了,打多了也没用处。又不能吃,要那么多干啥!天气暖和了,其实打不打都没关系。”杨红砚听得生气,说:“你不要算了,活该你冻死去!”说着,转身走了。

文戈、肖宗泉、李锦竹、郭玉海几个拉起架子车,去打了来。杨子厚看见,动手要搬,被几个人挡住,七手八脚就搬进去了。杨天才说还有,让再去打。杨子厚拦着说:“不要了,不要了!够了,要那么多干啥!”杨天才笑说:“你的正份儿还没打完。”杨子厚说:“不要了!够了,再多也没用处。”

杨天才这阵儿话倒多起来,笑说:“多了不会送人?还能领个人情,咋会没用处。”杨子厚正色道:“那不行。公家的东西,用不完也是公家的,咋能随便送人?”杨红砚去了又转回来,见她爸手上的纱布弄掉了,又拿了纱布和胶带来给包,一边没好气地说:“就你革命!”

女儿给包扎,杨子厚心里暖暖的,嘴上却说:“就烂了一点皮,过两天就好了,包他干啥。”杨红砚说:“你说的!万一感染了咋办?”杨子厚道:“你没到工地上去看过,那些民工一天到晚和石头打交道着呢,哪个人的手上没伤!折胳膊断腿子的多的是,要都这么小心,还不干活儿了!”杨红砚没好气:“那你再碰去,碰得和民工一样就光荣了!”

一时炭收拾完,帮忙的人要走,杨子厚心里感激,嘴里却说不出个谢来,只说:“洗了再走吧?”大家笑着说回去洗,都走了。文戈问杨红砚车子从什么地方借的,替她还回去了。

杨红砚见她爸换下的衣服都泡在盆里,要端去洗,杨子厚见内衣内裤都在里面,不想让女儿洗,板着脸说:“你放着,我自己洗。”杨红砚不理,端起走了。杨子厚无奈,又去找曹兀龙汇报工作。

曹兀龙实在不愿听他唠叨,但这是第二次来找,不好再拒绝,只得让进来坐了。杨子厚拿出一个皮儿掉了页儿也散了用橡皮筋儿捆着的硬皮笔记本,很熟练地将橡皮筋套手腕上,要翻本本,却又停住,略显尴尬地一笑:“曹书记,我今天给房里打了点炭。时间长了没住人,房里潮,我想打点炭烤一烤房子……”

不等他说完,曹兀龙就笑着打断了:“没关系,没关系。打了就打了。”杨子厚还说:“我听鲍主任说,天暖和了,曹书记不让生炉子……”曹兀龙又连忙打断:“没关系,没关系。我那是说那些不自觉的人。你生,你生。没关系。”

杨子厚颇感激曹书记的宽容,想说谢谢,却说不出来,只笑笑:“那我就把工地上的情况汇报一下。"

他翻开笔记本,找到地方,清了喉咙说:"今年大批的民工是三月一号上工地的。除了去年冬天留守的三百六十五名外,截至现在,已上工地三千二百六十三人。三月十号开了誓师动员大会,省水利厅的王副厅长到会作了重要指示。截至三月底,全指挥部开'批邓反击右倾翻案风'大会一次,各连队开中小型批判会八十二次。办大批判专栏五期。书写标语五百多条……"

数字太枯燥了。曹兀龙耳朵里根本进不去,心里想,老汉活迂了。但他不能说,还得忍受着,嘴里还得不时应答一两声,好像在注意听的样子。杨子厚却全然不觉,仍旧很认真地汇报:"截至三月底,共完成土方十二万九千三百立方米;石方五万四千八百立方米;砼六千八百六十三点二立方米;占全年计划的百分之十六点五五……"

鲍日曙敲门进来,见杨子厚在,便欲退出。曹兀龙正希望有人来打断,问他什么事。鲍日曙心想是没要紧的事,不愿在杨子厚面前谈,边退边说:"没啥事,完了我再来。"曹兀龙心里气,皱眉道:"啥事你说。"鲍日曙只得说:"是狼狗的事。我找肖宗泉问过了,肖宗泉不承认。"

曹兀龙一听是这事,虽然心里气,也不好当着杨子厚的面说,一抬下巴:"知道了,你去。"

鲍日曙便退出去,门还没来得及关,陈召凤来了,见杨子厚在,问了好,犹犹豫豫地坐炕头上。曹兀龙知他有事,碍于杨子厚在,故意问:"你有事吗?"

陈召凤便看着杨子厚笑:"你和杨常委谈话着呢,你们谈完了我再说。"

杨子厚一听,立即站起来说:"你有事你先谈。你离得远,来一趟不容易。我就在这个院子里,想来随便就来了,你先谈。"说着就往外走。

陈召凤连忙站起送,连说:"哎呀劲大了!劲大了!这叫常委给我让路着呢!那我谢谢杨常委了!"杨子厚不听,朝后摆摆手,走了。

5.忽然成了关键人物

杨子厚一走,陈召凤坐到曹兀龙旁边的沙发上,说:"我给曹书记说个啥话呢?还是老温写的那个文章的事儿。老温临走安顿了,说那个材料,最好不要叫人知道。他说现在的人,告状的特别多,怕万一叫不满意的人知道了再惹麻烦。他的意思是现在先保密着,等将来一见报,他谁想做啥文章都晚了。”

曹兀龙微微点头,心里说,这话已经说过几遍了,老说有啥味道?你无非是邀功,想当常委,但老挂在嘴上反惹人讨厌。但他确实也出了大力,也算是立了大功,不好和他吊脸子,只得强忍着听他唠叨。

陈召凤唠一阵,见曹兀龙总不接茬儿,还似有不耐之意,只得转了话题,问:“听说地区王书记来了,是不是为咱们县上报常委的事?”

曹兀龙一听他又绕回到常委问题上了,心里更烦,但也只得忍着说:“还没有正式跟我谈,但我估计就是。不过,我估计,王的意思可能还是想提姬建华,今天就走林丰公社了。”

陈召凤急了:“那县上的意思呢?姬建华已经报过一次了,地区没批,就不应该再报了!这个县上得顶住,要不,刘钟他们又得势了!”

曹兀龙往后一靠,撇着嘴说:“这个我心里有数呢!地区又不是他一个书记,还有熊书记呢!他才是个副的,我怕他呢!你的事我心里记着呢,我准备再开常委会,我就提你呢。——就看常委会上能不能通过。”

陈召凤听得一喜一忧,品味着他的话,慢慢说:“这次都是哪几个常委参加?杨常委咋也回来了?”

曹兀龙心里一喜,计上心来,说:“杨是我叫回来的,我正和杨常委谈开常委会的事,我想先和他沟通沟通,还没谈,你就来了。”陈召凤一听,倒是自己坏了事,忙说:“啊哟,你们谈大事儿着呢,你看叫我给打搅了!——那我把杨常委再叫来?”曹兀龙不喜欢听杨子厚唠叨,更不喜欢听陈召凤摆功要官,就顺水推舟,笑着说:“也好,你去找一下。”

陈召凤急忙去找。不一会儿,杨子厚来了。曹兀龙捺着性子听完汇报,这才谈开常委会的事:“你来了,就多住几天,一来休息休息,二来,我准备这几天开个常委会,你也参加一下。常委会咱们准备讨论补报常委的问题。——你觉得靳向东这个人咋样?”

这问题太突然,杨子厚毫无思想准备,但对靳向东还是熟悉的,眉头马上皱起来了,说:“要报靳向东?那不行!”他口气之坚决,曹兀龙听得心里直想乐,但面子上却不表现出来,说:“怎么个不行?我听老孙他们反映,说靳向东挺不错的。”

这与其说是做工作,不如说是火上浇油。杨子厚眉头攒得更紧了,说:“不行!他能当常委?他要能当常委,水泉县的人都能当。老孙和他关系好,当然要说他的好话了。”

曹兀龙心里更喜，又装作为难的样子道：“那咋办呢？我这次觉着挺为难的，地区的丁义川好像也有这个意思，我觉着压力挺大的。”

杨子厚脖子一挺，一副共产党员死都不怕的劲头：“那怕啥呢！这是我们报，又不是他们报！他们要报谁了报去，我们管不着，我们要报谁，得我们讨论，他们在地区，离那么远，知道个啥！要上常委会，我的意见明确得很，报靳向东我不同意！他谁说我也不同意！”

曹兀龙心里暗叫一声“好！”目的达到了。他想，刘钟也是个老倔头，原来反对，现在肯定也反对。再加上王三丰来了，他只会更坚决。阮祥林本来有向他这边倒的倾向，王三丰一来，很可能又会回到刘钟一边去。也好，起码这次他得投靳向东的反对票了。这一来，会上至少也有三票反对，他再把朱仕第打发开，不让他参加常委会，他就可以在会上说支持靳向东的话了，既不得罪孙铁、丁义川，靳向东还上不去。想到这里，心里高兴，对杨子厚的态度更加温和起来，平日不说的话也说了几句，平日不扯的闲磨也扯了几句，弄得杨子厚心里也暖融融的。

从曹兀龙屋里出来，正碰上靳向东路过，靳向东笑得一盆花儿似的过来问候。杨子厚因刚刚谈过他的事，态度便很冷淡。靳向东是何等精灵的人物，马上觉出情况不对，告辞了杨子厚，立即改变方向，去找孙铁。

一进屋，他马上关门：“老孙，不对头啊，我刚碰见老杨了，咋比石头还冷？”

他便把碰见杨子厚的情况学说了一遍。孙铁微微皱眉：“老杨这一票关键得很哪！现在六个常委，我这一票之外，曹兀龙和朱仕第这两票我估计他们当着我的面不敢不投。这就三票。丁常委说王三丰来做刘钟的工作，我看是个大失策！你根本别指望王三丰会说服刘钟，那做相反的工作还差不多。所以，刘钟这一票是丢定了。就看到时候能不能参加会，要是在医院里起不来，就谢天谢地了。阮祥林原来我还算了半票，王三丰这一来，我看没指望了。王三丰把阮祥林抓得那么紧，那天当着那么多人的面点了几句，那几句厉害啊！这次下乡去，又点名儿让阮祥林陪着去，肯定在路上还要给做工作。所以，阮祥林的这半票又丢了。加上刘钟的，就是两票反对。这就三比二了！这就看关键的老杨的这一票咋投！如果把老杨拉过来，就是四比二，我们就赢了！如果老杨跟上刘钟跑，就是三比三，形不成决议还就复杂了！不行，我得找小杨去！一定要叫小杨把她父亲这一票争取过来！”

他立即起身去找杨红砚。靳向东随后出来拉上了门。

杨红砚正给杨子厚洗衣服，见孙铁进来，擦手要倒水，孙铁掩住门说："不要倒，不要倒。我有急事。"便把和靳向东算的账又给杨红砚算了一遍，说："现在就看杨常委这一票了！小靳能不能进常委，咱们将来能不能在水泉县站住脚，就全看这一票咋投了！所以，小杨，我不是开玩笑，咱们今后的前途，全攥在杨常委手里了！他手一抬，咱们就前途无量！他手一紧，咱们可能就从此翻不了身！所以无论如何，杨常委这一票一定要争取过来！怎么样？有没有把握？"

杨红砚太了解她父亲了，心里摇头，但不想让孙铁太失望，勉强笑着说："我试试吧，但我得说明，没把握。"孙铁立即说："不行！'试试'不行啊！你要没把握，我们就完蛋了！"杨红砚笑着说："我爸那个人，你又不是不知道，软着来了，谁都能欺负他，硬着来了，几头牛都拉不动。我实在是没把握。"

孙铁心里急，用手指头敲着桌子，敲半天，突然一笑，摇着头说："咳，你爸这个人，好人是个好人，难缠着来了，也确实难缠！——这样吧，你尽量去说服，能说服了好，万一说服不了了再说。你先去接触接触，看看啥态度，咱们不要坐在这里空想。"

杨红砚说好。孙铁催她马上去，杨红砚也应了。孙铁起身要走，又转身问道："你没问你爸，是谁叫他回来的，还是他自己回来的？"杨红砚说："我问过，他说是鲍日曙打的电话。"孙铁眉头拧起来了，自言自语地说："鲍日曙？那是曹兀龙的主意了，曹叫他回来什么意思？"

他一边自言自语，一边疑疑惑惑地走了。杨红砚也关上门，去找杨子厚。

6.常委屋地上长草，他给小蚂蚁洗澡

杨子厚正在屋里观察一株植物。他的工作在工地上，回县上来没事儿做，又不愿打扰别人，便一个人在屋里呆着。他没有看书的习惯，也没有其他爱好，呆得十分无聊，无目的地四处看，发现墙脚和铺地砖之间有个淡绿色的东西。走过去看，才发现是棵一寸来长的狗牙刺芽芽。倘是别人，屋里长草，不是连根拔起，也得铲掉，偏杨子厚有个痴处，一见之下，觉得它好可怜，它在地下摸索了多少时日，走了多少弯路，才找到这么个缝隙钻

出来啊，太可怜了！他心里一阵颤栗，赶紧去拉开已经晒得发白的窗帘，想让它见见太阳，至少见点光亮。

他想，它一定又饿又渴又累，忙将自己喝剩的半杯凉茶端过去，轻轻倒在砖缝里，仿佛是给一个饥渴的孩子喂奶。他一手端着杯子，蹲地下细细地观察，想象着它吸收了水分和营养后能稍稍喘口气。正想站起，却奇怪地发现，它跟前有什么东西在动，再凑近些看，才发现是只比针眼略大的小蚂蚁在泥水中挣扎。

他的心又一抽，那也是条小生命啊。忙找根火柴棍儿，轻轻挑起小东西，放桌子上，从茶杯里控出一滴水，将小东西放进水中，让它爬着将身上的泥浆洗净，才又用火柴棍轻轻拨出来，拨到有阳光的地方。小东西动了，身后拖出一条细细的水渍。水渍干了，小东西身上也干了。他伸出火柴棍，让它爬上去，端着，在墙根找，见到一个窝，有好几个和它一样的小东西在窝边爬来爬去。他不敢断定它们是不是一家，放下去，火柴棍不丢，随时准备营救。看它欢欢快快钻进窝里了，他才松一口气，扔掉火柴棍，在抽屉里寻了筷头大一丁点饼干屑，在窝跟前捻碎，看着小东西们兴奋起来，忙忙地往窝里搬，才悄悄笑了。心里还想，小东西们一定以为天上掉馅饼了。

【归何处】心地净似稚童，性情直如钢针，常委生来是忠臣。扫地怕伤蝼蚁命，爱惜飞蛾纱罩灯，只为一纸上峰令，射杀了亲人。

杨红砚进来时，正演到这一幕。杨红砚奇怪，问道："爸，你蹲地下干什么？"杨子厚站起来："没干啥。你干啥？"杨红砚说："不干啥。我看爸干啥。"杨子厚说："我的衣服你洗了吗？要没洗端来我洗，我闲着也没事。"杨红砚说："我就洗了，你别管。"杨子厚道："要洗你下班以后再洗，不要在上班时间洗。不要叫人说话。"

杨红砚含糊应着，想探探他对靳向东的态度，说："爸，我问你一件事。你这次回来见靳向东了吗？你时间长了没见，人家进步可大啦！我听说准备给报常委呢。地区的领导也挺器重的，点着名儿让报靳向东，爸听说了吗？"杨子厚眉头皱起来："你不要听那些谣言！常委的事儿你不要管！"

杨红砚故意说："我怎么能不管。毛主席说了，'你们要关心国家大事，要把无产阶级文化大革命进行到底！'我不管还行！"杨子厚知道辩论、抬杠都不是女儿的对手，便蹙着眉不说话。杨红砚走近去，拉着他的衣襟撒个小娇："爸，如果靳向东的问题上常委会，你打算赞成还是反对？"

杨子厚扒开她的手，皱着眉说："这是常委们的事，你不要管！"杨红砚说："人家问一问还不行？"杨子厚道："你问他干啥！不该你管的事，就少管！我给你说过多少次了，你问他干啥！常委的事不要打听！"

杨红砚看他那倔样，知道问不出结果，但孙铁托了，少不得再忍忍，拉住她爸一只胳膊，笑着说："爸，你就投他一票吧，人家都同意了，你何苦得罪人？"杨子厚甩开她："不要你管！不要你管！咋那么多废话！我还有事，你再不要打搅我！"说着，甩手出去了。

杨红砚没完成任务，很灰心地告诉了孙铁。孙铁见已经这样了，没责备杨红砚，反安慰她："没关系。他只是没表态，并没有说一定反对。他就那么个人，我也知道，你也不用生气。这种直人其实好。比那些鬼七流八的人好。再说，就是老杨真的不赞成也没关系，他也只是一票嘛！咱们还可以想其他办法嘛。"

杨红砚只有叹气。孙铁想想，笑着说："现在就是不知道刘钟的态度。丁常委说王三丰是来做刘钟的工作的，不知道做得咋样了？你能不能想办法通过文戈了解一下？"杨红砚心里一苦，又是桩不好完成的差事！但她不好意思推托，只得说："我试试看。"孙铁笑着鼓励，让她去了。

杨红砚刚一走，他立即去找靳向东。靳向东正热锅上蚂蚁一般到处乱碰，见他来，焦急地问："有什么新情况？"孙铁说："老兄，有点复杂！我让小杨去劝老杨，没劝动！小杨来说她爸没表态。我看这里面恐怕就有文章了！形势看来还严峻着呢！"

靳向东一向自恃足智多谋，这阵儿却一筹莫展，说："那咋办？是不是再给丁常委挂个电话？”孙铁摇头：“不好。老给丁部长挂电话，人家会烦，也叫人家看不起，会觉得这两个人咋这么窝囊，啥事儿都办不了，有点困难就知道找他。还是我们自己想办法。”

这几句话说得在理，靳向东不由心里增了敬意。往日他总觉得孙铁文化程度不高，一副大老粗的形象，事事都要靠他出主意，今天才发现，到关键时刻，自己反不及他沉得住气，便将往日的骄慢略略收起，以讨教的口气说：“你说还有啥办法？”

孙铁坚定地说：“这要看具体情况而定，如果还有希望通过，咱们就努力争取；如果僵持，或者有危险，就要想办法把常委会搅黄！只要不作决定，我们还可以想办法补救，一作决定就麻烦了！”

靳向东一拍大腿：“对！就这么干！”说着，双手握住孙铁一个劲地摇：“你为我的事下这么大的决心，叫我咋感谢呢？真是天高地厚啊！你说我这一辈子不忠于这种战斗友谊，能行吗？”

孙铁是个实在人，听他这么说，反不自在起来，只说：“嗨，这有啥！咱两个谁跟谁！”

下午，杨红砚来告诉孙铁，文戈没探听出刘钟的态度。她说得很含糊，因为文戈根本就没去。他们俩也分析了，知道去也是白搭，便干脆放弃了。她不好意思说文戈没去的话，只好如此支吾。孙铁倒也理解，说：“没探听出来就没探听出来，没关系。那几个老家伙我也知道，一个比一个生！再说吧。你忙你的去，给小文说一声，就说我谢谢他。”杨红砚胡乱应了，去找文戈。

7.得罪了最好的朋友

杨红砚来找文戈，倒不是专为传孙铁的话，是为了还文戈写的文章。文戈和李锦竹的关系一直没正常，但表面上还说话，又在一个屋里住，所以写出后，先给李锦竹看了，不放心，又给杨红砚看。杨红砚看完了，这是来还他。

她在农办后窗那儿招招手，文戈看见出来了。两人来到文戈宿舍，杨红砚说：“我看完了，非常满意！就改了几个错别字。——你准备咋办？”

文戈说：“我准备打印。温德清的稿子是打印的，肯定送过不少地方，有一个地方登出来，咱们就等于白费工夫了。所以我想多打印几份，估计他送的地方，咱们都送，反正要把他压住。”

杨红砚点头，说：“马秀娟不在。小白不能让知道。那就只能让小常打了？”文戈嘴里支吾，他不好说因为李锦竹疑心，他现在都不好见常菊墨了，只好说：“我想办法吧。”杨红砚说：“还要快。人家的稿子已经寄出去了，咱们慢了，就成马后炮了。”

杨红砚走后，他拿着稿子便奔了县供销社去，找到梅玲玲，将前后经过照实说了，央她给打印一下。梅玲玲爽快地答应了，只要求替她保密。文戈自无不答应之理。

谁知到晚上，送蜡纸来的却是常菊墨。文戈气结，问：“怎么到你手里了？”常菊墨见李锦竹在炕上躺着看书，见她来，坐了起来，便大大方方地打招呼。常菊墨笑着对文戈说：“是不是你不相信我，怕我泄露了你们的秘密？”她说“你们”时，还看了李锦竹一眼。

文戈这些天再没跟李锦竹提那事，又不好跟常菊墨解释，一直躲着不好意思见她，此时见她全无芥蒂，仍一副什么都没有的模样，心里颇感动，忙说：“哪里话，我是怕你忙。”常菊墨盯着他说：“我忙不忙你应该知道！”文戈怕她再误会，赌咒发誓地说：“我真的……是怕你忙。如果我不相信你，让我明天就死了！”

常菊墨见他话重了，忙说：“哎，不要，不要！跟你开句玩笑，你咋认真了。”文戈无话可说，只恨李锦竹那样说话，弄得他这阵儿进退维谷，但事已至此，不能不说话，只得问：“怎么到了你手里？”常菊墨笑说：“你的朋友也是我的朋友，怎么不能到我手里？”文戈笑笑，无话可说。

常菊墨怕他急用，问：“那咋办？我等你校完改正，还是……”文戈见已半夜，说：“不用了，你回吧。我估计错也不会多，我用圆珠笔改，就不麻烦你了。不过，你得把打字室门给我留着，我可能用涂改液，今晚还得印出来。”常菊墨说：“行。那你两个忙，我走了。”说完要走。李锦竹忙起身致意。

文戈忽想起白梦媛来，问：“哎，小常，你打这个时，小白看见了吗？”常菊墨摇头，说：“我觉着小白挺好的。她是那么个大大咧咧的人，从来不鬼鬼溜溜。我打的东西，马秀娟有时候还问一问，看一看，小白从来睄都不睄一眼。小白就是一门心思盯肖秘书。”说着又笑，看李锦竹一眼。

文戈也笑了，说：“那就好。我是怕她嘴上没把门的。”

常菊墨又笑笑，走了。文戈关了门校对，果然只错了几处，他用圆珠笔改了，拿打字室去印。

屋里只剩了李锦竹一个人。他把书一合，长叹一声，仰天躺炕上发闷。

这些天，他心里非常难受，说错了一句话，得罪了一个朋友，道歉的话说了有一箩筐，文戈面子上原谅他了，心底的裂痕却没有修好。两人貌合神离，还得住一起，那个别扭劲儿就别提了。还有常菊墨，他也留心观察了些时日，模样还可以，人也大大方方，是个知事明理的好姑娘，他越看越觉得深可敬爱。但因他说了那句话，文戈再只字未提，他又不能背着文戈直接和她见面，心里憋了一肚子话想说，却没个牵线儿的。今晚小常来，他也注意了，她言谈中似也觉察了一点，他真想跳出来把一切都讲清楚，文戈却不提供机会。她今天话已经说到那个份儿上了，一两天内再不见动静，她肯定会怀疑出了问题，也许会以为是我李锦竹看不上她，那就冤枉死人了！他使劲在墙壁上砸几拳，手上一小片皮砸破了，也不觉得痛。

他心里发急，挥着拳头说："我发誓！发誓！文戈，我不是故意的！不是故意的！"

听到敲门声，他停住了，镇静一下自己，问："谁？"门外传来杨红砚的声音："你们睡了吗？"李锦竹忙答应一声："哦，没。你等等，我给你开门。"说着，急忙跳下炕，拉拉衣服，将头发抚顺，才开了门。

杨红砚往里看看，说："你一个人？文戈呢？"李锦竹已恢复常态，说："文秘书到打字室印那个东西去了。"杨红砚诧异："那你刚才和谁说话？"李锦竹故作惊讶："没有呀。我在看书。"说着，指指炕上的书。杨红砚看一眼书，又看一眼李锦竹，说："奇了，我明明听见有人说话。"李锦竹耸耸肩："一定是你耳朵出了问题。"

杨红砚一笑，也就作罢，说："你看了吗？名怎么署的？"李锦竹说："文秘书坚持署他一个人的，说有事儿他一个人承担。"

杨红砚摇头："怎么那么犟！——我看看去。"说着就走。李锦竹在后面轻喊："要署也算我一个！"杨红砚轻"嗯"一声，走了。

快十二点了，文戈和杨红砚才回来。杨红砚拿着印好的材料，文戈抱着一台打字机，往桌上一放，说："这家伙还挺沉的。"李锦竹奇怪："你抱打字机干啥？"文戈说："我学习打字，将来这事一出来，我就说是我自己打的，不要连累小常。"

李锦竹听了无话。他从杨红砚手里接过材料，翻到最后一页，还是文戈一个人署名，便问杨红砚："咋还是一个人？"杨红砚摇头："唉，死犟！"李锦竹沉吟，说："要不，干脆不署名，叫他没法儿查。"

文戈摇头："不，不署名别人会以为是造谣中伤，署上名就意味着我对它负责。谁要来调查，我事事件件都能说出根据，怕什么！"杨红砚说："不怕为什么不让别人署？"文戈无词："已经这样了，就别再争了。赶快装订吧。"

文戈去办公室拿了订书机来，说："小杨你回吧，夜深了。我和锦竹就装订了。"杨红砚想一下，说："行。那我走了。"

杨红砚一走，气氛又变得沉闷起来，虽然两个人一个揭页一个装订，配合得很默契，但自始至终，竟没找出一句话说。装订完，李锦竹在心里叹一声：这样我如何能呆下去！

李锦竹睡了。文戈又忙着写信封，装信封，直忙到快两点了才睡下。

李锦竹并没有睡着，他只是假装睡着，以免使两人都陷入尴尬。他想了很多，既恨自己，也抱怨文戈，他恨不能痛痛快快和他打一架。这样貌合神离同处一个屋檐下，太难受了。

第二天，文戈忙着去发材料。李锦竹一个人关屋里写了一封信：

文戈：

对不起，是我的错。我无法表明我的愧悔。我知道我伤害了你，伤害了一个朋友。也许，只能用鬼迷心窍来解释吧？除此之外，我无法自圆其说。我不打算再求你谅解了，我罪有应得。调农办的事，我知道是你求了孙书记才办的，我心里一直感谢着，但我没有当着你的面说过一句感谢的话，那是因为我觉得我们是朋友。现在，我要说一声谢谢了！谢谢你，也谢谢孙书记。很遗憾，我决定不来农办了，我觉得无法报答你们。对不起，让你们的劳动白费了。请代我向孙书记表示歉意。

小常是个好姑娘，我怀着深深的敬意，是我配不上她。如果她问起，就这么说吧。

农办的材料一整完，我就回山口了，我将十分乐意呆在那个我十分厌恶的地方。也许，只有苦役能够磨掉我的愧悔。

别了，朋友！请允许我再叫你一声朋友，尽管我觉得我没有资格吐出那个高尚的词汇。

你的朋友（如果你还承认的话）

李锦竹

他把信折好，压在炕头他的衣服下，准备临走时再夹到文戈的书里。他做完这一切，心情并没有轻松，反而更加沉重起来。

8.关键时刻

文戈发完信，又回来取了三份材料，到招待所去找苏芸，说："苏常委，这三份材料,一份请你看看,一份请你转给王书记,一份你捎给赵常委。请你带我问赵常委好。赵常委那时为我的事和曹兀龙闹崩了,我心里一直记着,觉得挺对不起他。”

苏芸掂掂信封,说:“什么材料?”文戈说:“县上来了个记者,写了份吹捧曹兀龙的报道,拔得太高了,我觉着不实事求是,写了篇批驳文章。”苏芸“哦”一声:“曹兀龙还来了这么一手?你手头有吗?给我看看。”

文戈说:“我没有。我是从别人手里看到的。曹兀龙让保密,不给人看。打印了好多份,肯定还有留的。”苏芸点头:“哦,那好。”

文戈告辞后,苏芸拆开信封,匆匆扫了一遍,觉得是个情况,告诉了王三丰,顺便把给王三丰的那份也给了他。王三丰没拆,说:“材料你给咱们装上,回去了再慢慢看。这阵儿我想去参加一下他们县上的会,完了咱们再细说。——那个小伙子你说叫啥?——文戈?这个小伙子你注意着点,这心里还有点路数呢,以后多联系着些。”

正说着,鲍日曙出现在门口,谦卑地说:“王书记,曹书记请你去参加常委会。”王三丰给随他来的人嘱咐:“你们几个,看还有啥需要搜集的情况了都搜集去。没啥情况的自由活动,忙了两天了,都累了,也轻松轻松,劳逸结合嘛!我去听听他们县上的常委会。”说完,跟鲍日曙去县委。

一进县常委会议室,大家都站起来,王三丰边往沙发前走,边四下打量:“人都到齐了吗?哦,老刘也来了?身体怎么样?能不能坚持住?”

刘钟今天是提前吊完针,腰里缠了条长带子来的。今天的会非比寻常,他非参加不可。听王书记问,略欠一下身子,说:“没关系,可以参加。”王三丰以手示意他坐下,看着曹兀龙说:“人到齐了就开吧。”

不等曹兀龙开口,孙铁先说:“哎,再等等,朱常委还没来。”曹兀龙不看孙铁,给王三丰解释:“朱常委准备回上海探亲,在家准备东西,今天身体也不好,给我请假了,不参加了。”

孙铁一听就急了,今天要讨论靳向东,他一直在心里盘算人数,见刘钟、阮祥林、杨子厚都来了,眼见得是三张反对票,朱仕第要来,才勉强能打个平手,朱仕第不来,他和曹兀龙两票赞成,这是已摆明的败仗,便不等王三丰开口,嚷道:“哎,不行!这么重要的会,回家探亲算什么!会完了再准备去嘛!”

曹兀龙只得面对孙铁解释:“今天主要是身体不好。”孙铁嚷道:“昨天我还见了,好好儿的,咋今天就身体不好了?”王三丰用手拍打着沙发扶手,说:“人害病的嘛,昨天好好儿的,今天躺倒是常有的事。”孙铁不吃这明亏,还嚷:“老刘这么个样子都能参加,他啥病还不能参加了!”

一来有王三丰在场,二来这是曹兀龙玩的花样,所以曹兀龙今天表现得特别和气,柔柔地说:“朱常委已经请假了,就算了吧?”孙铁很火,口气坚决地说:“哎,不行!常委都没到齐,你开的啥会!”

曹兀龙一看僵了,把求助的目光投向王三丰。王三丰好像没事人,仿佛根本没听见他们的争论,突然向曹兀龙说:“哎,老曹,我听说有个新华社记者给你写了篇报道,说写得好得很,你给咱们找一份看看。”

这突如其来的一下,把曹兀龙弄蒙了,他踌躇一下,转向记录的鲍日曙道:“还有没有?有了给王书记找一份。”孙铁早就想看,忙说:“给我也找一份,我也看看。”一时阮祥林也说。王三丰冲鲍日曙道:“你干脆给每个常委一人一份,叫大家都看看,免得你看我不看的,不看的人心里还痒痒的。——这种材料,应该叫常委都看看。”鲍日曙便往曹兀龙脸上看。曹兀龙一抬下巴,很勉强地说:“找去。”

鲍日曙去找材料。孙铁趁机出来,找到靳向东说:“你赶紧去看看朱仕第干啥着呢?常委会开始了,四眼子没来!我担心是曹兀龙捣的鬼!四眼子不来,就成三比二了!赶快找去!”

靳向东心都快跳出嗓子眼了,一路急奔文化馆。他有心看看朱仕第在干什么,没出声,一把推开了房门,见朱仕第正斜躺在被子上看书,不像有病,心里的火腾一下就起来了。但他忍着,勉强挣出一笑,说:“朱常委好悠闲啊!”

朱仕第见他突然进来,心里一惊,问:“你咋来了?”靳向东说:“常委开会,找不着你,叫我来通知你,赶快去。”朱仕第一听,明白了,慢慢下床穿鞋,冷静自己。等穿好鞋,站起来时,已完全平静了,说:“哦,常委开会啊?”靳向东着急:“对,常委开会,就等你了!”朱仕第不急,慢慢地说:“我身体不舒服,已经给曹书记请过假了。”

靳向东一结,心想,今天要不拿下四眼子,自己的常委就完了。他脸上渐渐露出一丝似笑非笑的表情,盯着朱仕第说:“朱常委,我不想和你绕圈子。我听说今天的常委会是讨论报新常委,说白了,关系到我能不能上的问题,刘钟他们已经磨刀霍霍,等着宰我呢,朱常委一向都支持我,我很感谢,今天是关键的一天,你能不能不要病,去参加一下,投我一票,我姓靳的一辈子感谢你!行不行?”

朱仕第用手指尖顶一下眼镜,说:“你喝水吗?我给你倒点茶?”靳向东心里都快起火了,哪有心思喝茶,强忍着说:“谢谢,我不喝!我现在就希望你去参加常委会!”朱仕第又顶一下眼镜,慢慢说:“我已经请过假了,不好再去了。”

靳向东眼睛都红了,说:“就算我请你!求你!行不行?”朱仕第心里想,你求我也不行,倒不是我要和你过不去,问题是我这一去,不仅是自己打自己耳光,还要得罪曹兀龙!靳向东不好得罪,曹兀龙更不好得罪!他慢慢坐下了,将书塞被子下,说:“不是我不去,实在是我身体不好。我已经给曹书记请过假了,医院那儿也约了,我准备马上就去医院的,你叫我怎么去?”

靳向东几乎绝望,狠盯他一眼,说:“那你是不去了?”朱仕第仍慢慢地说:“我已经说过了,我不好去了……”

靳向东死盯着他看了好半天,恶狠狠地说:“好!今天我算是彻底认识你了!在最关键的时候,你一刀插在我心口窝上了!我靳向东没有你官大,没有你权重,没有你这么毒,没有你这么狠,我今天还是孙子!但是你记着,如果有我当爷的那一天,我不会忘记今天受的侮辱!咱们走着瞧!”

他说完,转身就走,脸上青筋颤动,咬得牙齿都格格响。

9.一次完全意料之外的常委会

靳向东气急败坏地回到县委,直奔常委会议室。孙铁在里面瞅着窗户,见靳向东来了,急忙出来问:“找着了吗?咋样?”靳向东气得话都说不连贯:“狗日的不来!我看这是四眼子和鳖眼胡儿策划好的!——你说咋办?我看只有把常委会搅黄了?”

孙铁沉吟,慢慢说:“今天王三丰在……我看这样,我参加着看,如果情况不好,我就采取措施;如果还有一点希望,我再争取。杨子厚不是还没表态么,小杨给做过工作,万一想通了,也还说不定会有改变。我看情况,好不好?”

靳向东也没办法,只得说:“那只能这样了。全靠你了!”孙铁笑着安慰,说:“放心,我会尽我所能!”

孙铁进去时,鲍日曙已经拿来了材料,常委每人一份,他的沙发上也有一份。王三丰似乎是眼神不大好,拿着材料远远近近地调试距离,好不容易看清一句,大声念道:“‘旱魔难挡英雄路,飞龙水泉显神通’!——啊呀,老曹还是‘英雄’啊?不简单!不简单!对着呢,要当就当英雄,不要当狗熊,当狗熊就不好了。当狗熊不好。那么你到底是‘英雄’,还是‘飞龙’?你当了‘英雄’,就不要当‘飞龙’,当了‘飞龙’,就不要当‘英雄’,你又当‘英雄’,又当‘飞龙’,咋忙得过来呢?啊?你说你忙得过来吗?”

曹兀龙一下闹了个大红脸,只尴尬地笑,一句话也答不上来。孙铁忍不住哈哈地笑。刘钟和阮祥林也都谨慎地笑了。郭玉海来做记录,本不敢笑,却又忍不住,一下吹出个鼻涕泡。孙铁本来还有所收敛,怕惹恼了曹兀龙,这下有了借口,指着郭玉海放声大笑起来。杨子厚也忍不住笑了。鲍日曙不敢笑,但大家都笑,他也只得跟着咧嘴,眼睛却一直瞄着曹兀龙。

王三丰没有笑,仿佛他是置身事外之人。见大家笑得差不多了,他把材料一放,说:"现在大家把材料都放下,下去了再抽空慢慢看去。现在咱们抓紧时间开会。时间宝贵得很啊!不要浪费时间。老孙,你看朱常委没有来,咱们是不是就不等了?大多数都在,是不是就开?"他冲曹兀龙一点头。

曹兀龙偷看一眼孙铁,刚要说话,孙铁先开口了。不过,经过刚才这场大笑,他的冲劲儿减了不少。他说:"王书记,朱常委不在,常委不全,会不好开嘛!我看最好还是等一等,派个人把朱常委叫来。"

王三丰点点头,说:"老孙的话道理是对的。开常委会,咱们应该尽量地全,人越全越好!不过,老孙啊,全和不全也是相对的,不是绝对的。你要求次次都全,做不到的!县上做不到,地区也做不到。每次开会,无论多么重要,总有人不是这号事,就是那号事,总给你来不全!你们县上是不是这样?老曹,你们是不是每次都要人等全了才开?"

曹兀龙说:"不是。每次都不全。从我当一把手开始,还没有开过一次全常委会。铁书记那时候也是这样!"

王三丰点点头,说:"我没有调查过,但我估计就是这样。全都来,有时候是很难的。老孙,你说是不是?"他眼盯着孙铁,手指一下杨子厚,"你比如说老杨,这次回来碰上了,就参加了,以往是不是每次都请回来?老刘经常住院,是不是他一住院,你们就不能开常委会了?不会吧?要那样,你们永远开不了会。今天老刘还在,过几天老刘就看病去了,老杨也要到工地上去了,你要等,结果就是等来一个,走了两个!更不全了!是不是?所以,不能等了。开!"

孙铁见他这么说,一来毕竟是上级,二来说得句句在理,他找不出反对的借口,只好默认,嘴里咕哝一声,不再说话。曹兀龙见孙铁不反对了,正要宣布开会,电话却没命地响起来,鲍日曙拿起听,却是找杨子厚的。杨子厚急忙去接,脸上肃了,说:"赶快送医院!救人要紧,钱指挥部先垫上,等我回来再研究,先救人!"

王三丰一听不对,问咋回事?杨子厚放下电话说:"工地上一个民工腰砸断了!我叫赶紧救人!"王三丰说:"命能不能保住?"杨子厚满面愁云,说:"命估计问题不大,恐怕后半辈子得瘫在炕上!唉——,隔不了几天就得出一回事！开完会我得赶紧回工地上去！”王三丰说：“对着呢，开完会你赶紧回！回去把安全好好抓一抓！”又朝曹兀龙一点头，“老曹，赶紧，宣布开会，再不能等了！老杨还有事儿呢！”

曹兀龙便宣布了，说讨论上报的常委。刘钟第一个发言，一开口，孙铁吃了一惊，他没提意料之中的姬建华，却提陈玉玺和靳向东。

孙铁这一惊非同小可。陈玉玺这之前连一丝风儿都没听到；对靳向东，刘钟一向都反对，今天他却第一个提靳向东！他脑子里忽热忽冷几变，预感到今天的会是有来头的，立即提高警惕，紧张地坐直了身子。

接着阮祥林发言，论述半天，也是提的陈玉玺、靳向东！

孙铁的头脑冷静了一点，这才想起，王三丰这次去了三个公社：林丰是前书记铁首仁的“点”；山口是现书记曹兀龙的“点”；还去了石寨。他还纳闷，心想他跑石寨干什么去了？现在才明白，他是有备而来，这次会就是王三丰导演的！

他惊出一身冷汗！

杨子厚发言了，乞乞啃啃好半天，提的是陈玉玺、姬建华。

孙铁打个激灵：陈玉玺三票，已过了半数！而靳向东也已两票，只要自己一表态，靳向东就过了！他一阵激动，偷瞟一眼王三丰，王三丰正拿着那份报道远远近近地调试角度，仿佛什么都没听见。他心里一阵冷笑，老家伙装得倒像！不过，他也明白了，老家伙不好斗啊！

孙铁迅速转了转脑子，杨子厚一停，他立即发言，赞成刘钟的意见，同意靳向东和陈玉玺。靳向东既已通过，陈玉玺是顺水人情，何不让刘钟、王三丰高兴高兴。

曹兀龙完全傻了，他几乎不能思考，满脑子的火在燃烧。轮到他发言时，他竟然连丁义川的嘱咐也忘了，没提靳向东，却提出陈召凤和汪天鹏来对抗。但很快，陈召凤就被以“年龄太大”否决，汪天鹏也以“条件还不成熟”为由，软软地放一边儿了。

孙铁冷冷地看着他，别的人发言批驳陈召凤或汪天鹏，他只简短的几个字：“同意老刘的意见”，或者“同意老杨的意见”。他明白了一个道理，无论发言多长，最重要是就只三个字：“同意”或“不”。

王三丰似乎根本不关心讨论的情况，只翻着那份材料，不时自言自语一番：“不错！写得不错！这人是个大笔杆子！”

曹兀龙还在苦苦为陈召凤和汪天鹏争辩，有些话已经翻来倒去重复了几遍，批驳的人都无兴趣再重复讲过的话，曹兀龙还只要争。因他主持会议，他不说结束，会议便无法结束，别的人便都有些着急。刘钟从开始到现在,已经坐得够吃力了。大家便偷偷看王三丰。

王三丰这时才放下材料，仿佛刚从外面进来似的，问:“讨论得咋样了？都发过言表过态了吗？”鲍日曙回一声:“都发了。”王三丰说:“好,都发了就好。开会就是要都发言,要畅所欲言。要充分发扬民主！这是我们党的一贯作风。要坚持。好的作风就要坚持！我看你们的这个会就开得好！每个人都发言！而且都是畅所欲言！把心里话都说出来了！话都讲出来就好了嘛！就可以争论了嘛！就可以发扬民主了嘛！是不是？所以,我说你们这个会开得好,是个畅所欲言的会！是个发扬民主的会！开得好！开得好就要肯定！凡是好的东西都应该肯定！是不是？我听你们提了好几个人,都是谁？记录念一念。”

鲍日曙偷看一眼曹兀龙,念道:“一共提了五个:陈玉玺、靳向东、姬建华、陈召凤和汪天鹏。”王三丰说:“好！你们看怎么样？果然是个充分发扬民主的会！提了五个人！你们五个常委,平均每人提了一个！你看这多好！——有没有票比较集中的？”

鲍日曙又偷看一眼曹兀龙,说:“比较集中的两个。”

王三丰说:“好！经过发扬民主,经过争论,票最后集中在两个人身上了！你看这多好！又有了民主,又有了集中！党的民主集中制都有了！哎,好！开会就应该这样开！你们这个会的经验我看值得推广！我到地委去要给你们做宣传！把好的经验推广开来！——你再念念,最后票集中到哪两个人身上了？把各人得的票数都念念。”

鲍日曙又偷看一眼曹兀龙,说:“陈玉玺四票。靳向东三票。姬建华、陈召凤、汪天鹏各一票。”

王三丰道:“好！这就是充分发扬民主的好处！真正地发扬了民主,意见非但不分散,还能集中！你们看,提了五个人,票就集中在两个人身上。这说明大家的眼睛是雪亮的！谁好,谁不好,多数人是看得清楚的！也说明大家是认真负责的！是不是？如果不负责任,拉山头,搞宗派,你提你的人,我提我的人,那意见就不可能集中！是不是？这说明,咱们水泉县的一班人是团结的！是不搞宗派的！说明咱们这个班子是值得信赖的！是有一定水平的！是不是？能不能说明这一点？我看能行！一个班子的团结,是非常重要的！不团结就不能打胜仗啊！是不是？我们水泉县的班子,过去是团结的,今后,还要更好地团结！只有团结起来拧成一股绳,才有力量！……”

王三丰讲着废话,曹兀龙只想哭,但还得不断点头表示赞同,脸上还得挂着笑,表示赞赏。孙铁以前对王三丰是存戒心有看法的,但今天,他却心平气和地听着,而且觉得学到了不少东西。王三丰的啰哩啰嗦、似是而非的废话,他不再认为是水平低,是无话找话了,他从中听出了智慧。他真的从心底里对王三丰产生了敬畏。

王三丰话锋一转,说:“总的来说,会开得很好,很成功。我就不再啰嗦了。结果已经出来,那你们就按你们研究的往地区报,报上去地委给你们研究,争取尽快批下来。还有上次你们报的吕翠儿同志,我这次去山口公社也见了,都是很不错的同志,争取一块儿给你们批下来。不过,老曹啊,是不是为了慎重起见,咱们把要报的两个同志再议一议?当然,按照我们党的组织原则,这两个同志是已经通过了的,少数服从多数嘛!但我看还是再议一议的好。让持不同意见的同志充分发表自己的看法!你说对不对,老曹?”

曹兀龙连连点头,心里又燃起一丝希望。孙铁的心跳起来,不知他又要玩什么花样,他清一下喉咙,全神贯注地注意着。王三丰道:“哎,小鲍,你看看记录,不同意陈玉玺、靳向东同志的是谁?”

这“不同意”三个字一出,曹兀龙立即掂出了分量,靳向东是丁义川打电话托过的,孙铁就坐在当面,他当初也不敢说“不同意”;陈玉玺虽然没人托,但从王三丰的行动来看,只怕也有来头,而且多数已经通过,往后就要一起共事,何必自己树敌!想到这里,他立即道:“我说明一下,刚才我是提了陈召凤和汪天鹏,但我没有反对陈玉玺和靳向东的意思,这两个同志也都不错,报他两个我也是同意的……”

接着,他历数了陈玉玺、靳向东的优点,有的没的,都往两人身上贴。说完了,王三丰道:“好。其他同志也来谈谈。不过,已经同意的同志就不要再重复了,咱们不要浪费时间。”杨子厚便也说了几句,仍坚持自己的意见,把靳向东和姬建华作了一番比较,都是以前说过的话,大家也只是听听而已。

两人谈完,王三丰道:“好。今天的会,咱们确实是充分发扬了民主!结果也是令人满意的。除了一位还有点看法外,其余都取得了一致!参加常委会的五位常委,五位都同意陈玉玺同志,全票!同意靳向东同志的四位,也占绝大多数!这样的结果报到地区去,地委研究也就好研究了。是不是?充分发扬了民主,就不会有人再告状了,是不是?像陈玉玺同志,全数通过,谁还会再告状?不会了!我想是再不会了!再告,不是自己打自己的嘴巴?所以,发扬民主是个好办法……”

孙铁这才明白,王三丰为什么对通过的人还要再议一议,原来是为了堵嘴!这一来,便把告状的人的嘴堵了,再不会重蹈姬建华的覆辙!他从心底里再次惊叹王三丰的严密!这个没有上过一天学,参加工作后才识了几个字的放牛娃,竟然一肚子的转转啊!他深感自己不是他的对手,对今天的侥幸取胜便觉得格外珍惜。王三丰至少掌握了刘、阮、杨三个常委,而自己和曹兀龙几乎成了他的掌上玩物,万一他今天要玩儿一下靳向东,那他还不一败涂地!想到这里,不禁又添了一丝感激之情。

他在心里叹了一声,不服不行啊!

10.一个和党中央连着的大队会计

下午,王三丰带着地区的一彪人马回去了。曹兀龙突然宣布,常委会不开了,上午的惨败使他清醒过来,目前这个阵容,讨论任何问题都对他不利。他有点后悔没让朱仕第参加了,他得等待有利的时机,好在他是一把手,掌握着召集会议的主动权,他要等刘钟去看病,杨子厚上工地后,再看情形召开。刘钟一个上午已经坐得精疲力竭,回医院躺着去了。孙铁因靳向东已通过,主要目的已达,再开不开已经无所谓。阮祥林和杨子厚是无可无不可的人,自然也不说什么。

杨子厚惦记着工地,急与曹兀龙告别。曹兀龙说:"你赶快去,就是咱们小车紧张,不能送你了。"杨子厚就没妄想过小车送,说:"不要紧,工地上拖拉机拉水泥来着呢,我坐上就回去了。"要走,却犹犹豫豫地念叨一句:"如果再能给我派个人,哎,算了,县上人手也不够。"

曹兀龙一听他想要人,想起水电局的梁拯华来,那个犟牛皮不听话,他早就想把他弄到工地上去受罪,忙说:"你想要人?可以嘛!我叫水电局给你抽一个。"

杨子厚没想到这么痛快,高兴了,脸上皱纹也展了许多,说:"要能抽一个也好。"曹兀龙想给陈召凤打电话,手按到电话机上了,却想当着杨子厚的面不好,就笑着说:"你先忙你的,人抽好了我叫他们来找你。"杨子厚答应一声走了。

曹兀龙这才要通陈召凤,说:"工地上想抽个人,你们那里给抽一个。"陈召凤一听要抽人,说:"曹书记,我们再不好抽了……"话未完,曹兀龙一句打断:"梁拯华呢?"

陈召凤一下明白过来,说:"哦——,行!"接着说:"曹书记,我还忘了给你汇报。梁拯华我们外调回来了,这个家伙反动得很!他家里弟兄四个,他大哥叫梁拯中,梁拯华是老二,老三叫梁拯民,老四叫梁拯国。弟兄四个的名字连起来就是'拯救中华民国'!你看反动不反动!咱们要不外调还不知道。老大和老三，都戴的白袖套，专政着呢。老四没专政，反正也不咋好。我正想问曹书记呢，梁拯华咋办？咱们是不是也给专政了？”

这倒是个新情况。曹兀龙想想，单凭名字就专政人，也不是不可以，但到底勉强些，再说，他只是想整治他一下，并不想把他打成阶级敌人，就说：“专政的事先缓一步，先叫到工地上去。专政不专政以后再看。”

陈召凤一听，松了一口气，他也不想做绝事，只是怕曹兀龙不高兴，便说：“行！我通知他。”

曹兀龙便告诉了杨子厚。杨子厚一听是梁拯华，皱了下眉：“抽个年轻人吧？梁拯华年龄大了，工地上苦得很，怕他吃不消？”曹兀龙哪里肯依：“梁拯华有技术，有经验，正好给你帮忙。年龄也不算大，还没你大，怕啥？你都能受那个罪，他还受不了！”杨子厚无话，只好叫了梁拯华，当天下午就上工地去了。

地区召开一个组织工作会，本来应该由分管的朱仕第参加，因他刚推说身体不好，连常委会都没参加，这时不好立即出来，便由孙铁去代开。省上召开一个政法工作会，本来应曹兀龙去，因他马上要去参加“农业学大寨”会，只好由阮祥林去代开。因没有小车送，只好坐医院送刘钟的救护车去。随后，曹兀龙又带了马宏雄、解文举、鲍日曙及农、林、水、畜牧局等部门的负责人去参加全省的“农业学大寨”会，肖宗泉作为工作人员也去了。

这一走，县委大院里竟像没人了似的，安静得让人觉得怪怪的。李锦竹回了山口。文戈无事，便“咔嗒咔嗒”地在宿舍里学打字。大院里安静，连打字室都清静了，他这里一咔嗒，便格外吸引人，都好奇地来看。文戈倒高兴，他会打字的消息一传开，将来那份材料的事就不会连累朋友了。

这一日，杨红砚无事，过来看文戈打字，问起《多雪的冬天》。文戈说：“还剩一点儿。前些天李锦竹看，我没顾上。”说着，从李锦竹睡过的地方取出来，却发现了李锦竹写的那封信，脸顿时皱起来了。杨红砚也看了，问：“小李说了句啥话，把你得罪了？”

文戈摇头，半晌才说：“一言难尽。开头错在他，现在错在我。他要真的不来报到，我的罪孽就大了！”杨红砚说：“给打个电话说说吧，不要真拖出麻烦来。”

文戈立即挂电话，可李锦竹口气很慢地说：“我咋不想来了。”文戈放下电话沉默良久，说：“看来我得亲自去一趟。”

第二天，正好星期日，文戈便去了山口公社。李锦竹没想到文戈会来，一肚子幽怨全消了，扁着嘴说：“你何苦跑这趟冤枉路？”文戈说：“对不起，是我的错。”李锦竹摇一下头，有点疲乏地说：“别说了！”说着，手伸过来搭文戈胳膊上。仿佛接通了电路，两个人的心都软了。文戈拍拍他手背，说：“好，不说了！”

李锦竹倒水。文戈说：“手续今天能办吗？要今天能办完，咱两个今天就走，我没有请假。”李锦竹摇头一笑：“没啥可办的。人家已经把我的权夺了，我现在是仙(闲)人一个！要走，在小叶那里取一片纸就行了！”

文戈说：“那你还赖在山口不走，逼着我来请你！”李锦竹不好意思地一笑：“不是逼你请我，实在是我觉着没脸见你！”文戈说：“人呢，公社里咋这么空？”

李锦竹说：“现在公社里就我和小叶两个人，白天我俩下棋，晚上他守电话，我研究我的《神相水镜集》！”

文戈笑说：“你还摆弄你的那本书！我说你趁早扔了，免得惹麻烦！”李锦竹笑道：“我越研究，越不想扔，这玩艺儿，不能全信，也还不能全不信。”文戈笑道：“你中毒了！”

李锦竹去办手续，文戈一个人在屋里等。王银江忽然进来，笑着说：“哎呀，我来找李秘书，没想到把文秘书碰上了！你咋来了？是不是又来住队？”文戈说是来接李锦竹的。王银江脸上便不自在起来，勉强笑着说：“李秘书也调了？那我们公社更没指望了！”

文戈问红沙沟的情况，才知道周兢的支书已免，王银江的大队会计也换了。

王银江气呼呼地说：“老嫖客报复我着呢！我告过老嫖客，老嫖客不知道咋知道了，把我撤了！”

正说着，叶景珍和李锦竹来了。叶景珍和文戈握手问候了，又和王银江点点头，略坐坐，仍去守电话。李锦竹问王银江来干啥。王银江笑说：“我来请你给我出个主意，我想告老嫖客呢，你说能不能告？”

李锦竹扁着嘴“嘿嘿”：“这个主意我出不了！我说你告吧，万一告得不好，把你自己告栽了，我给你咋说？我说你不要告吧，你一肚子气没地方出，再不要憋坏了。你叫我咋说？”

王银江说：“我叫你出主意，又不会赖你，告栽了我自个儿负责，我还能说你把我教坏了！”李锦竹道：“你看你这不是自己有主意了！”

正说着，叶景珍来叫，说县上电话找文戈。文戈忙去接，却是杨红砚来的，说“农业学大寨”会已结束，曹兀龙已经回来，正找他呢。

文戈回来说了情况，李锦竹忙起来，将被褥捆了，零七八碎装几个大纸箱里，准备暂时只带被褥，纸箱子留给叶景珍，以后公社的拖拉机上县时再捎上去。

文戈一边帮李锦竹收拾东西，一边和王银江拉闲，问大滩口会战的情况。王银江一一作答，说："会战现在就抽着一口气。名义上还会战着呢，实际就应着个名。曹书记来了，还有几个人，曹书记一走，就没几个人了。水库是已经决定不打了。"

文戈说："哦，水库不打了？咋不打了？"王银江说："不知道。我们只知道不打了，为啥说不清。"文戈问："井咋样了？出水了吗？能不能汇流？"王银江笑道："汇流不行。一百眼井，有十几眼算是见水了，有两眼略为旺些，再有都是渗沙水，等半天能舀一马勺，咋汇呢！"

文戈问："两眼旺的能不能抽？"王银江摇头："根本没门儿！一眼等半天能打半桶桶，一眼好的，勉强能打一桶，还不能连着打，也要等，抽水机根本用不上！"文戈摇头叹气："这就叫劳民伤财！"

王银江想了想，说："不过，红沙沟大队的人还是挺满足的，虽然不能浇地，能吃水也就不错了！"文戈说："那沟离红沙沟那么远，吃水到那里去挑去？"王银江说："平常没关系，遇上旱年，我们几十里路上拉水着呢，大滩口才几里！红沙沟人老几辈子没有井，只有窖，现在总算有井了，也算曹书记给红沙沟办了件好事！"

文戈默然。

李锦竹收拾完东西，看看表说："姓王的，现在咋办？时间不多了，我要走路呢，把你的真正目的说出来吧，再不说，可就没时间了！"王银江红了脸，说："李秘书像神仙一样，把我看透了！我心里有啥想法都瞒不过李秘书！"李锦竹扁着嘴，笑说："行了，行了，别给我戴高帽子，快往出拿，先给文秘书看看。"

王银江这才不好意思地从兜里掏出一份复写的东西，一边给文戈，一边说："我本来是想请李秘书看看的，没想到碰上文秘书了。你们都是大写家子，我吓得不敢往外拿了。"

文戈接过来看时，是一份告状信，告的是冯彦虎，历数了他玩弄了多少女人，戴了一大堆"坏"帽子，却没有具体事实。他匆匆扫了一遍，知道这么空洞的东西，送到哪儿也不会有人重视，想点拨他几句，却又想，凭他，也告不倒冯彦虎，告来告去只给自己多惹着些麻烦，便不忍说话，将信给李锦竹看。李锦竹看过，两人对视一眼便彼此明白了。

王银江还怀着希望，问道："行不行？不行了我再重写？"李锦竹说："你要不听我的意见，你想怎么办就怎么办。你要想听我的意见，我说你算了，不要告了！我知道你心里有气，不过，就凭你，告不倒冯彦虎。依我看，回去好好儿劳动，挣工分儿，等着。等到一定时候，有个什么情况了，你还可能当你的大队会计。现在这么告，对人家没有任何损伤，只把你自己害了！"

文戈在旁添一句："李秘书说的实话。你写这样的信，作用不大，只惹得人家整你。"王银江脸上便变颜变色的，好半晌，又问李锦竹："李秘书说'等有情况了'，是不是有啥情况了？"

李锦竹一笑："情况啥时候都有！不过，你心里想的情况，暂时还没有。"

王银江说："那你说的情况指啥？"李锦竹摇头："你不要乱猜。我只是随口说。你要想翻身，得等周万贵下台。周万贵要下台，得等冯彦虎下台。冯彦虎下台，得等曹兀龙下台。你就等着，什么时候听到曹兀龙下台了，冯彦虎肯定下，冯彦虎一下，周万贵肯定跟着下，到那时候，你就把钢笔擦亮，准备接你的大队会计。哈哈！"

王银江眼神又暗了，说："李秘书跟我说笑话着呢！"文戈叹一声："也是笑话，也是实话！"王银江说："曹书记还能下台？那么大的书记，如果下台了，那天下还不乱了？"李锦竹一笑："嗨，那有啥大惊小怪的？林彪都下台呢，还不要说一个县委书记！"

王银江说："那你说曹书记啥时间下台？"李锦竹笑说："你听着，地区的熊书记下台的那一天，曹书记就下台了。"王银江道："熊书记啥时间下台？"李锦竹笑道："省上的洪书记下台的那一天。"王银江又说："洪书记啥时间下台？"李锦竹笑道："到某个比他大的人物下台的那一天。"

王银江知道他在开玩笑，神情凄楚地说："那我这个大队会计还和中央连上了？"李锦竹见他心情沮丧，想安慰，却想不出可安慰的话来，忙看表，笑道："啊哟，快走，班车快来了！"

于是，几个人忙上路。王银江要去送，李锦竹不让，王银江说："唉，只怕我这辈子就只能送你这一回了，咋还不让送呢！"李锦竹听他说得凄楚，只得让叶景珍留下，让王银江用自行车推了行李走。

11.路遇奇人

岔路口的两个人，都是农民装束，背身坐在路边，很亲密地说着话。走近了才看清，一个像外地人，一个却是红沙沟的冯四石。

王银江一见，激动起来，悄悄说："哦，那是个算卦的！这几天在冯四石家窝着。说卦灵得很，我们队上有人悄悄儿算过。"

文戈和李锦竹都一惊，文化大革命这么搞着，竟然还有这种人！

冯四石一见他们，慌忙站起来问候，神色慌乱，吓得不知所措，只拿眼睛来来回回地两边偷看，似乎在寻找逃路。那人虽也站起来以示礼貌，却端端正正地站着，并不点头哈腰，两只小而黑的眼珠正对着人看，似乎有一股罡气,不惧不避,李锦竹不觉心里一凛。

李锦竹走近去,眼睛盯着那人问冯四石:“你们在这里干什么?”冯四石点一下头,恭敬地说:“我送他到西平县去。”李锦竹还问:“是你什么人?”冯四石目光躲躲闪闪地说:“呃——,是我个远房亲戚。”李锦竹追着问:“啥亲戚?”

冯四石显然有些慌,溜一眼那人,嘴里直打乱话:“也是社员。”李锦竹不信:“社员?社员现在会走亲戚?不种庄稼了?”冯四石额上见汗了,咽一口唾沫。王银江已经捺不住,说:“怕不是你的亲戚吧?怕是个算卦的!”冯四石惊得一跳,慌忙摇手说:“哎,不是不是!王会计你不敢乱说!”

这时,那人微微一笑,以手示意冯四石安静,却目注李锦竹,笑着点点头,说:“这位同志也是来等车的吧,你贵姓啊?”

听他口音,不是本地人,但南腔北调的,又分不清是何处人氏。李锦竹本无恶意,只是好奇,也报以微笑:“对,也等车。免贵姓李。”

那人便朝冯四石说:“老四,放心,无妨。这位同志姓李,李乃木也,现在是晚春,木旺于春,这位同志正在运字上,好着呢!春发之木,柔而不刚,虽旺而不伤人。对不对,李同志?”

李锦竹听他说得有趣,有了和他交流的欲望,便笑着说:“哦,你真格是算卦的?”

冯四石还紧张,直往那人脸上看。王银江已高兴起来,他最爱看热闹。文戈听他如此说,心里也奇,觉得此人胆子真大,竟敢当着两个国家干部的面把自己的身份亮出来。

那人又一笑,说:“现在的人,把算卦当做封建迷信,一听这两个字就害怕,以为这种人都是妖魔鬼怪,其实,社会上的人,人人都在算卦,人人都会算卦!不过有的人能算得多,有的人能算得少,有的人算得好一点,有的人算得差一点,就这么点差别,你说算不算封建迷信?会算卦就一定是坏人?”

这倒是奇论。几个人都被他的话吸引住了。文戈也不由多看了他几眼。

李锦竹笑了,说:“有意思。那你说说,你说人人都会算卦,我怎么不会?”那人盯着李锦竹看看,说:“你会!你不仅会,还会得比一般人多!我不举你的例子,我举个一般人的例子。”他朝王银江点点头,“王会计,你说你会不会算卦?”

王银江一笑:“我不会。”那人以肯定的口气说:“我说你会!”王银江看着李锦竹一笑,那意思是要看他玩什么把戏。那人不笑,说:“王会计,我问一句话,你看今晚下雨吗?”

王银江没想到他会问这不相干的问题,不由自主往天上看了看,说:

“你说算卦着呢，问下不下雨干啥？”那人说：“你不要管，你就说今晚下不下雨？”王银江又看一眼天空，说：“当然不下！连云彩都没有，下啥雨呢！”

那人点头，说：“你看你会不会算卦？”王银江说：“这咋能叫算卦！”那人说：“啥叫算卦？人们常说的算卦，其实就是指对未来的预言。你预言今晚不下雨，还不算算卦？”王银江无言以对，说：“你赖着呢！”

那人笑了，说：“不是我赖。其实算卦就是这么回事。你不是天，你怎么知道今晚不下雨？但是，你并不是胡说，你是根据天所示之象推算的。天示了什么象？天上没有云，就是天所示之象。你根据这个象推算，才说今晚没雨，这就是你算的卦！对不对？但是，你可能能算出今晚，能算出明天，但你不一定能算出后天，不一定能算出大后天，或者再远，一月，俩月，你可能就算不出来了。这说明你能算的不多。气象台就比你和我能，他们就能算出下个月、下两个月，甚至一年的天气情况。那你能不能说气象台在搞封建迷信？”

王银江争辩说：“气象台人家是搞科学，和算卦不一样！”那人说：“怎么不一样法？气象台的人是根据气象资料推算的，算卦的人也是根据有关资料推算的。依据的资料不一样，但道理是一样的。比如算下雨，你可能根据云彩的情况推算，云彩就是你依据的资料。我如果不看天，看地、看地下的蚂蚁垒窝，我也能推算出下不下雨。蚂蚁垒窝就是我依据的资料。你不能说，你依据云彩就是科学，我依据蚂蚁窝就是迷信。对不对？”

王银江道：“这和算卦是两码事！”那人道：“其实是一码事。这说明一件事发生之前，会有多种多样的预示，只要抓住一种，就能算出将要发生的事。你所说的算卦的人，其实他们抓住的是一般人不明白的八字呀、面相呀、骨相呀、时辰呀等等。因为搞不明白，就给戴一顶帽子：封建迷信！其实这和看蚂蚁垒窝一样的道理。你说是谁迷信？”

王银江对这种斗嘴不感兴趣，说：“你说那些话都没意思。你给我算一卦，能算准，说明你不是搞封建迷信；算不准，说明你就是搞封建迷信！”

那人一伸大拇指，说：“对！你这才是顶呱呱的态度！这才是毛主席他老人家说的，凡事都要用事实说话！不要先给人扣帽子！”

李锦竹笑起来：“那你到底是会算，还是不会算？”那人笑道：“我早就说过，人人都会算！”李锦竹说：“你用什么算？”

那人点点头，冲李锦竹抱一下拳，说：“看来你是个行家！我先谢个罪。——你问的是星占、卜筮、六任、命相、奇门遁甲、拆字、起课、堪舆、占候等等那些吧？我是什么都用，什么都不用。这个你懂，上天示象，无处不象，无时不象，知之者眼见亦知，耳听亦知，鼻闻亦知，舌尝亦知，不局限于哪种哪样。”

被人说是行家,李锦竹有点不好意思,他说的话,有些能听懂,有些他也听不懂,竟觉得对话无法进行下去了。文戈见此人一身农民打扮,说起话来竟如此深奥,心里亦奇之,不觉也听得入迷,下意识地向前凑一步。那人注意到了,立时冲文戈笑着点点头。

王银江急着看热闹,说:“再不要说那么多了,你给我算一卦。我看你算得准不准?”那人一笑,道:“圣人立卦,以明吉凶,修身为根本,救人为宗旨。这可不是往水坑里扔石头,谁想扔,抓起一个就扔。”

王银江眼睛一转,说:“你是不是想要钱?”那人肃了容,正色道:“学卦之人,第一要紧的是要心正。心不正则卦不灵!你若说钱,兄弟,你的卦我可不能算噢!”

王银江碰了一鼻子灰,有点不好意思。李锦竹却更来了情绪,笑着说:“我有个为难事儿,你能不能给断一断?”那人正色道:“不能为人趋吉避凶,圣人作卦何用!——你但说无妨。”李锦竹看看文戈,又看看王银江,笑道:“有人想降龙伏虎,你看是吉是凶?”

他用的是隐语,“龙”指曹兀龙,“虎”指冯彦虎。因此事不好明言,他又带有试探性质,所以才用了这般戏谑的口气。

那人却认真,问:“龙蟠何处?”李锦竹说:“龙蟠水泉。”他心里想的是曹兀龙是水泉县委书记。那人又问:“虎踞何方?”李锦竹道:“虎踞山口。”他想的是冯彦虎是山口公社书记。那人脱口而出:“龙蟠水泉乃得水龙,不可降也;虎踞山口乃得势虎,亦不可伏!”

李锦竹一愣,看一眼文戈,又问他道:“若非降不可,会怎么样?”那人道:“动非其时,不祥。”李锦竹又一愣:“怎么个不祥法?”那人道:“不知其不可降而强降,是为不明;知其不可降而硬降,是为不智。不明不智之举,焉有不败之理!轻则伤筋动骨,重则有性命之忧,不可不预为之察!”

文戈已听出李锦竹之意,见那人虽然农民打扮,却满口之乎者也,便留了心,竟忘了忌讳,说:“龙乃凶物,虎亦猛兽,虽得水得势,然不降伏,必定伤人,你说该怎么办?”

“壮哉!”那人冲文戈一伸大拇指,“这位同志念念不忘为人,足可见是位仁者,正应了那句‘上天有好生之德’,虽然动非其时,天必佑之!不过——”

他停住话头看看在听的几个人,说:“我想劝这位同志一句,天生一物,必有一物的用处,虽是恶物,亦不可必欲尽除之!比如狼,人皆以为狼恶,却不知狼有时却是帮助人的!如果无狼,羊和兔子必定成灾,人只看到狼恶,岂不知羊和兔也能吃人!”

文戈道:“那依你说,就袖手旁观,看着它们为害?”那人叹一声,说:“这位同志怎么这么固执?你没有听说过那句话?多行不义必自毙,子姑待之？”文戈摇头：“如果你看见一只狼正在咬一个小孩，却一动不动，就在那里念‘多行不义必自毙，子姑待之’？”

那人摇头：“不是这个意思！罪过啊，是你逼着我把不该说的话说出来。那就告诉你吧，龙非凡人可降，虎亦非常人可伏，此等凶物，待以时日，天必谴之，不用降而自降，不用伏而自伏！”文戈摇头：“空口白话！”

那人也摇头：“我不是空口说白话，刚才李同志，”他指一下李锦竹，“告诉我卦象的时候，说得明明白白，只是你们不留心罢了！李同志说：‘龙蟠水泉’，龙蟠水泉，虽为得水龙，但龙非泉中物，生非其地，虽然得水，但泉水终有限，岂容久蟠，久则泉干，成涸龙矣！李同志又说：‘虎踞山口’，虎虽为山中物，踞山口而得势，但虎宜踞深山，山口乃行人道路，岂容虎狼常踞！虽然一时得势，但假以时日，必然自走，不走则必为人所乘，何必要在其得水得势时硬往龙虎口里撞呢！”

【卜算子】虎踞山口势，龙蟠水泉水，窥得天机暂回避，春旺不动笔。降龙待天摇，地动虎失威，多行不义必自毙，时在金秋里。

几句话说得文戈言语不得。李锦竹听得高兴，一时性急，笑说：“那你看这‘龙’、‘虎’什么时间下台？”他说出来了，也感到“下台”二字很不得体，自己也笑了，自嘲地念一句：“下台。嘿嘿！”

那人一笑：“天摇泽涸龙困，地动山崩虎走！”李锦竹想想，不得其要，笑道：“能不能说得具体点？”那人摇头：“天机不可泄露！”

这句卖关子的话使文戈又回到了现实中，觉得他又是个走江湖算卦卖嘴的了,脸上不禁现出淡然的神色来。这变化没逃过那人的眼睛,他问李锦竹道:“请问李同志,你这位朋友姓什么?”李锦竹看着文戈笑道:“哦,他姓文名戈,是咱们县上……”

那人用手一拦:“够了,再不要多说。这位同志文武兼备,是个难得的人才啊!我看你还不相信我,我就说几句你的情况,说对了,大家哈哈一笑;说不对,权当咱们在这儿等车耍子,好不好?”

王银江和李锦竹来了劲,又往跟前凑了凑。文戈只笑。冯四石紧张地咽了口唾沫。

那人面对文戈,说道:“你姓文,是以文为根,名戈,是以武为标,你是个写文章的人,对不对?”围观的几个都往文戈脸上看。李锦竹笑着点了点头。那人道:“而且你的文章很厉害,锋芒毕露!戈者,兵器也,你一动笔,就要伤人!戈者,凶器也,要伤人,必定伤得不轻!但是,”他突然用手指一点,几个人都吃了一惊。他目光如锥,盯着文戈道:“戈者,亦金器也,现在犹是晚春,春属木,金木相克,你现在动笔伐杀,既能伤人,亦要自伤,不可不慎!如果再等待数月,到八九月份,金秋到来,就无往而不胜了!”

文戈默默含笑,不置可否。那人又道:“如果这个还要等待验证的话,我说一个现时的例子。——你与这位李同志必是朋友,但李属木,戈属金,你们这对朋友虽然十分要好,却常常要发生矛盾。如果我没有猜错的话,你们可能刚刚发生过矛盾又和好了,对不对?金能克木,木亦能克金,现在是春天,正是木旺的季节,你们这次矛盾,一定是李同志先引起的,对不对?虽然金木相克,但金克木是顺克,你们的矛盾,一定是文同志常处于主导地位,对不对?不过,李同志你不要忌讳,不要以为文同志克你,就回避他,我不是要破坏你们的友谊。金虽然克木,但有成克和败克之分,比如斧头、锯子,能砍倒树,这是败克;但是,木匠用斧头、锯子,却能将木材做成家具,这就是成克。败克要避之,成克却是越克越好!家具只有不断加工,才能越克越精,越克越巧!所以,李同志,你的这位朋友,可能常常在为你办好事,你可不能误会他!但是,文同志也不要居功,如果没有木材叫斧子、锯子去克,那斧子、锯子也就成了废物,就会被人遗弃!所以,斧子、锯子也是借了木材的光才受人器重的!朋友之间,从来都是相互帮助的,没有单方面的施予……”

冯四石突然惊呼一声:“哎哟,车来了!”大家看时,去西平的车不知什么时候悄没声地停在那里,已经下完人,准备启动。冯四石忙喊,那人不慌不忙地和文戈、李锦竹道别,缓步上了车。

第八章

1.肖宗泉被白梦媛堵在黎虹屋里

李锦竹到县上,房子是早就要好的,炕也已经烧干,便将行李直接搬过去,不再和文戈合住了。肖宗泉、杨红砚都来看他,多个朋友,大家自是欢喜。说着话,听隔壁屋里椅子响,知是黎虹,肖宗泉敲敲墙壁,不一会儿,黎虹果真过来问候李锦竹,与大家都见了面,略坐一坐,便又回她屋里去。

她与众人都说了话,唯独不拿正眼儿看肖宗泉,肖宗泉跟她说话她也不接茬儿。大家见状,都有点不自在,说朋友之间,还是正正常常的好,不要谈对象不成,反倒成了仇敌。独杨红砚与大家看法不同,说:“什么呀!你们太不了解女人了!”

大家让她说说女人与男人有什么不同,她却又不说。文戈明白她的意思,见她不说,也不便点破,心里倒多了分惆怅。他心里还惦着李锦竹和常菊墨的事,暗自祈祷不要再出意外。

过几日,丁义川来了,春风得意的年轻人是戴着地委常委、地区组织部部长的显赫头衔来考查三位新报的常委的。文戈因与他有亲戚关系,到县招待所去探望,见孙铁、靳向东、曹兀龙、朱仕第、鲍日曙都在屋里,众星捧月一般捧着丁义川说笑,便没进去,又悄悄回了县委。

刚到宿舍门前,却突然听后院里有喊叫声,略听听,像是白梦媛,一个念头闪电般划过脑际,预感到肖宗泉有事,顾不得多想,拔脚就往后院跑。没跑出几步,听身后杨红砚轻叫:“等等。”他站住脚,等杨红砚来一起往后奔。杨红砚边跑边问:“是不是宗泉?”文戈说:“不知道。有可能。”

到后院,那排房子只有黎虹的屋里亮着灯。白梦媛堵在门口,拍打着门板边哭边喊:“开门!你不要脸!不要脸!开门!你不要脸!你不要脸!……”

她拍一下,喊一声,喊一声,拍一下,一声高,一声低,一声长,一声短,好像农村妇女哭坟,边哭边唱着诉说,又悲切又绝望,还夹着些怨,裹着些恨……

文戈见果是白梦媛,脚步就慢下来。杨红砚过去轻拍一下白梦媛的肩膀,拉住她拍门的手,轻说:“怎么了?你不要喊,有啥事给我说!”

白梦媛满脸泪痕,看一眼杨红砚,那眼泪不由自主,更涌出来。她从杨红砚手中抽出胳膊,又去拍打门板,边拍边喊:“你开门!不要脸!你没有良心!你的良心叫狗吃了!你不要脸!开门!……”

杨红砚已猜到是咋回事,见白梦媛泪流满面,一下生出许多同情,倒真有点恨肖宗泉了,但这阵儿又不能说,仍拉白梦媛,一边小声说:"小白,小白,不要喊。你听我说,有啥事咱们到屋子里去说,在院里喊不好。听话!听我的!走,到我屋里去。"

白梦媛哪里听她的,仍旧边拍边喊:"开门!你不要脸!我看见你进去了!你装啥呢!你不要脸!你的良心叫狗吃了!你开门!不要脸!……"

【声声唤】声声唤,不要脸,你入去是我亲眼见,怎的装聋作哑不露面!寻下贱,把臊狐狸当天仙,打破门揪住狗耳朵,看你咋分辩!

文戈见不是事,而且分明看见,黑暗中,远远近近都有人站定了往这边看,给杨红砚悄说一声:"走!先拉到你屋里再说。"

文戈便下了手,一把拉住白梦媛的胳膊,心里暗吃一惊,没想到白梦媛的胳膊那么粗,肉滚滚的,而且很瓷实。他用力拉,杨红砚也帮着推,白梦媛使劲撕摆挣扎,文戈和杨红砚两个人竟拉她不动。

这有个缘故,一来白梦媛身体结实,确实有股子蛮力气,二来文戈只是劝拉,不敢十分用劲,倘死拉硬扯,真把这位姑奶奶惹翻,岂不更加坏事。所以,他两个从台阶上拉下来,被白梦媛挣脱,又上去拍打喊骂。拉下来，又挣脱上去。反复几次，两人竟有些无可奈何。

正不可开交，李锦竹跑来了。估计是听到吵闹跑步来的，到跟前还呼哧呼哧直喘。文戈一见，叫他帮忙，李锦竹是机灵人，二话不说，上来就笑推。三个人这才把白梦媛推拉到前面杨红砚的宿舍里。

关上门，喘口气，文戈这才问："咋了吗？到底啥事？你又哭又喊的。"白梦媛脖子一拧，冲文戈说："啥事你还听不来！装啥糊涂着呢！我知道你们都是一顺子！"李锦竹在她背后一伸舌头，冲文戈做个鬼脸。

杨红砚拧了条热毛巾，给白梦媛擦脸，一边拍着她的肩膀笑说："小白别生气！先擦把脸，擦了喝口水再慢慢说。有啥不平事儿，大姐给你出气！"

白梦媛这才拿下眼镜来擦脸。她的脸本来白，这一折腾，身子热了，再加上热毛巾一擦，那张脸白处白，红处红，鲜亮鲜亮的。杨红砚从后面伸手捧住她的脸，笑着说："瞧我们小白，简直就是个大美人，哪个没良心的，竟敢惹我们小白生气，明儿咱们把他抓来撕着吃了！好不好，小白？"白梦媛一拍杨红砚的手，笑骂："去你的！你就会编派我！"

文戈见白梦媛稳住了，给李锦竹丢个眼色，故意给杨红砚说："那你和小白说话，我和锦竹还有点事儿，出去一下。"说着要走，白梦媛一下站起来，说："你两个可别把他放跑！放跑了我可向你两个要人呢！"

文戈站住，咧咧嘴说："放跑谁呀？你糊里糊涂说的啥嘛！"白梦媛提高了声儿，说："你别跟我来这一套！我告诉你，是我亲眼看见他进去的！进去后就再没出来！门缝、窗缝都糊得严严儿的看不见，他们在里头干啥着呢！"文戈道："里面灯明晃晃地亮着，能干啥？再说，里面有没有人还不知道，你胡嚷啥着呢！"

白梦媛一听又火了，甩手就要到后面去抓人，说："走，咱们把她的门打破看里面有没有人！我还不信了！"杨红砚忙拉，李锦竹及时挡住门，几个人一顿猛说猛劝，才又把她稳住。

文戈和李锦竹出来，悄悄商量说："宗泉可能还在里面，这阵儿院子里到处是人，可能不敢出来。咱两个也进去，略坐一阵，和宗泉一块儿出来，人就不注意了。"李锦竹说："行。我也是这么想的。"

两人便往后去。走半截，却见兰曼曼幽灵似的飘过来，见他二人，悄问："出啥事了？我听像是小白。"

文戈一见兰曼曼，忽然有了主意，忙把二人叫到路旁，刚要说话，又有人来，文戈怕人打扰，干脆把二人拉到自己屋里，将经过简单讲了一遍，说："小白这一闹，不论真假，对宗泉和黎虹都非常不利，我们得想个办法压一压。你们有没有办法？"

李锦竹知道他已有了主意,说:“你快说你的吧。”文戈说:“我想是这样:咱们三个现在一块儿到黎虹屋里去,给他们说好,宗泉就让他说是找锦竹去的,锦竹不在,他就走了。锦竹的房和黎虹的在一起,别人会容易相信,小白咱们就给说,是她看花眼了。锦竹再出面证明一下,就说宗泉是找你的。黎虹呢,就说不在屋里,在曼曼那里……曼曼和黎虹熟不熟?”

兰曼曼迟疑着说:“不是很熟。她房门老关着,我们很少说话。”文戈沉吟。李锦竹说:“没关系,你就说在你那里,谁还真格考证去呢!先瞒过这一阵儿再说。”文戈看着兰曼曼说:“那也好。你看行不行?”兰曼曼仿佛受惊似的眨眨眼,说:“行吧,我听你们的。”文戈见她好像不太坚决,心里犹豫,却没有更好的办法,只得说:“那就这样。咱们见机行事。”

三人又悄往黎虹处去,见灯还亮着。文戈上前敲门,由轻到重,里面却没一点反应。不得已,又出声叫,还是无反应。李锦竹也叫,也无反应。兰曼曼故意说话,想让里面听出是女的,还是无反应。

难道里面真的无人?

他们不能在门口久站,只得回去再商量办法。走着,却发现肖宗泉屋里灯亮了。过去一敲,肖宗泉来开了门。三人进去,文戈问:“你刚才到哪里去了?”肖宗泉故作惊讶:“哪里也没去呀,我就上了趟厕所。”

文戈心里想,装得倒像,要瞒过白梦媛才算!随问:“你没去黎虹那里?”肖宗泉说:“没有呀!吃过饭我想约锦竹去看电影,敲锦竹的门,锦竹不在,我就走了。”

听他如此说,李锦竹和文戈相视一笑,李锦竹扁着嘴说:“对,这一点我能证明!”文戈故意问李锦竹道:“你是不是买电影票去了,没在屋里?”李锦竹会意,说:“就是。我和宗泉说好要去看电影,我去买票去了,没买上,回来在宗泉这里说了会儿话。”

文戈点头,又问肖宗泉道:“你没见黎虹吧?”肖宗泉摇头说:“没见。”文戈冲他点头,说:“我知道你没见。黎虹在兰曼曼那里。是不是,曼曼?”

兰曼曼赶紧点头:“哎,就是。”肖宗泉是何等聪明的人,听他们如此说,心里全明白了,内心着实感激,却不能说出来,随说:“哦,我知道了。你们现在干什么去?”

文戈不接肖宗泉的话茬儿,指派道:“好,现在情况就是这样,小兰你再去看看黎虹回来没有,若回来了,把你们的事了一了。完了你到杨红砚屋里去一下,小白还在杨红砚那里,咱们把情况给解释解释,不要叫小白误会。宗泉你就在屋里呆着,万一我们有事找你也好找点。要是碰见黎虹,也问问她,她晚饭后和兰曼曼干什么去了?——还有没有问题?要没有问题就分头行动。"

于是便分头行动。兰曼曼心惊肉跳地去找黎虹,却碰上了邢小同。邢小同问,她简单把情况告诉了,邢小同便不说话。兰曼曼悄问:"是不是有什么不妥?"邢小同说:"你已经答应人家了,就去吧。你总不能干半道儿再反悔。"兰曼曼听他有点勉强,犹豫起来,邢小同又催了一次,她才去了。

兰曼曼轻手轻脚到黎虹房门口,轻敲几下,听听,没动静。再敲,还是没动静。轻咳几声,又轻叫几声,里面却一直像坟墓一样静。她无奈,只得往回走,邢小同还等在那里,问:"没人?"兰曼曼说:"不知道。——现在咋办?"邢小同说:"给文戈他们说一声吧。"

两人到杨红砚屋里,文戈和李锦竹都在。白梦媛早不哭了。被杨红砚揽着腰,很亲密地坐在一起。看见邢小同和兰曼曼,文戈故意问:"你两个见黎虹了吗?我们找她有点事,一直没找到。"兰曼曼看一眼邢小同,说:"黎虹吃过饭在我那里坐了会儿,小邢来她才走。"邢小同也含混地"嗯"一声。

于是几个人便都责备白梦媛,说:"你看,你眼睛看花了,还乱怀疑!"白梦媛嘴上说些话,心里倒真的怀疑自己看错了。

众人见她安静下来,都暗暗松一口气。杨红砚又取糖,一人一颗散了。大家吃着糖,扯些没要紧的闲话。

解文举忽然推门进来,说找杨红砚要材料,目光却只在众人身上转来转去,看得大家都不自在起来。他一走,邢小同便站起告辞,说有事。文戈也站起来,说大家散了吧。便都各自走了。

杨红砚陪着白梦媛往后去。文戈仍不大放心,紧走几步,追上邢小同和兰曼曼,悄问:"黎虹给说了吗?"兰曼曼低声说:"没有。我敲不开门。也不知道在不在屋里。"文戈便不言语,半晌才说:"你们休息吧,明天再说。"

邢小同和兰曼曼自去。文戈招呼李锦竹到他屋里,说:"我有点不大放心,黎虹不开门,总不会出啥事吧?"这一说,李锦竹也担心了,说:"我也有点担心。"文戈说:"不行。咱们得去看看。"李锦竹说:"行。叫上宗泉吧?"

两人去敲肖宗泉的门,门一开,只见满满一屋子烟,烟灰缸里刺猬似的插满了烟头。文戈皱眉,把门窗打开让跑烟气。肖宗泉让座,文戈说:"不坐了,和你商量一下,黎虹不开门,咋办?我两个有点不大放心。"

肖宗泉说:"现在我去她也不会开。"想想,说,"我有个办法,不知道行不行?"说着,将地下一个破木箱上的软铁皮扭了半截下来,用打炭的铁棍儿敲直,三个人一起往后去。

李锦竹先开了自己的门,故意在门口大声说话。文戈敲敲黎虹的门,仍是一无声息。肖宗泉也低叫了两声,也是毫无反应,只得拿铁皮捅锁。半天,门缝忽然一亮,三个人一齐往里看时,见黎虹在炕上趴着,脸埋在被子上,样子像在哭,便一齐闪了进去。

黎虹早已哭得筋软身疲,被子上一件罩衣,已被涕泪湿了一片。李锦竹关上门,三个人灯影儿似的围着,你一言、我一语地乱劝。黎虹头不抬,脸不转,只一个劲地哭。肖宗泉犹豫一下,掏出手绢往她手里塞,黎虹推开,还哭。

三个人劝了一阵,丝毫没有结果,知道这一阵只有肖宗泉好劝,却又不能把他一个人留下。李锦竹悄与文戈商量:“是不是把杨红砚和兰曼曼叫来?”文戈说:“只有叫她们了。”

正商量,却听有人敲门,却是妇联主任杨秀芳。大家颇感意外,一时竟不知说什么好。杨秀芳看看屋里,面色冷峻地一摆头:“你们几个出去!”三人要解释,她不听,严厉地说:“叫你们出去就出去!”

三人只得往外走。刚到门口, 杨秀芳又转回头说:“你们该干啥干啥去!这里的事没你们插手的份儿!各人的嘴,都自己管牢点,谁要把那些没根没据的话乱给人说,我听见拿鞋底子扇呢!你们就自己掂量去!”三个人听得心里一热,差点掉下泪来,这才都放下心来。

2.白梦媛想结婚,兰曼曼有情况

第二天刚上班,鲍日曙进办公室来,犹犹豫豫地冲文戈点头:“你来一下。”说着便往外走。文戈很不情愿去,又怕他是谈工作,只得慢慢起来,跟他出去。

鲍日曙一直把文戈引到他宿舍里,坐定,也学大首长宽宏大度的样让文戈坐。文戈不客气,坐了。鲍日曙这才问:“我听说昨晚上后院里闹事,我去招待所看丁常委去了,是咋回事儿?”

文戈知道这事肯定有人会问,早就想好了,平淡地说:“没有啥事儿。吃过晚饭肖宗泉找李锦竹去看电影,没找到就走了。白梦媛可能看到肖宗泉到后面去了,去找肖宗泉,没找到,喊了几声。——是不是有人说什么了?”

鲍日曙听他说得如此简单,不甘心,想一想又问:“再没有啥事儿?”文戈摇头:“还能有啥事儿?你不信问小白去。”他故意说小白,是想把白梦媛扯进来好让鲍日曙却步。鲍日曙自然明白他的用心,便不言语,只坐着沉思。文戈见他无话,站起来说:“还有事吗?没事我就走了?”鲍日曙知道再问也白搭,只得让他去。

文戈往办公室走,却被靳向东叫住:“请你到我房里来一下。”文戈不愿让人喊奴才似的呼来唤去,站着不动,说:“啥事?”靳向东看看,说:“要不咱们到你房里?院里站着说话总不大好吧?”

文戈只得开了自己宿舍门。一进屋,靳向东自己先在桌边坐了,文戈只得靠在炕边上。靳向东见文戈没关门,只得自己起身去关了,这才说:“丁常委昨天来了,本来说想请你过去见见面,谈一谈,咱们的几个书记、常委给汇报工作,没顾上找你。叫我给你捎个话,他从山口上来再和你谈。”

文戈本以为他要问黎虹的事,心里憋着一股劲,听他开口却说这事,倒有点意外,心想他真能沉得住气。也就顺着他的话问:“去山口是不是考查吕翠儿?”靳向东点头:“就是。这次来考查我们三个,还有一个陈玉玺。你都知道了吧?”文戈点头。

靳向东又说:“文秘书,我一向都对你挺不错的,我觉得你是一个正直的人。我今天问你一句话,你要把我当朋友,就照实说!好不好?我希望你能说实话。”文戈心想,来了!少不得装糊涂:“啥事?”靳向东盯着他看看,语气沉重,一字一顿地说:“昨晚上到底咋回事?”

文戈假装想了想,轻描淡写地把编好的词儿复述一遍。靳向东是聪明人,如何肯轻信,但一来他看出从文戈嘴里再掏不出什么,二来还真怕叫人说出难听的来,便装作相信的样子,脸上堆出些轻松的表情,站起来,强笑着说:“好。我信你的!”接着,话题一转,“丁常委可能很快就回来,回来了我给你透个信儿,你们是亲戚,该美言的地方,请老哥多美言几句!万一我有哪儿做得不周的地方,你老哥该遮掩的也遮掩遮掩。好不好?咱们有福同享,有难同当。我如果当了常委,绝不会忘了你老哥!”

文戈含混应着,起身送他出去。靳向东一边走,一边也在作思想斗争,有心装个糊涂算了,自己马上要当常委了,真弄出个丑闻来,有什么光彩,但心里又实在不甘,总想弄个明白。不知不觉,到了打字室,见白梦媛不在,问常菊墨,常菊墨说可能在宿舍里。他便又去宿舍找。他有个想法,这事儿是白梦媛先闹起来的,她一直把黎虹当成了仇敌,要问她,她不会不说。而且,她一向有口无心,经不住几句话就会套出来,即使想瞒也瞒不住,况且她一定也想搞清真相,和他正是天然的盟友,没有理由瞒他。

谁知白梦媛睡了一夜,倒想过来了,再加上杨红砚、文戈、兰曼曼几个人那么一说,连自己的眼睛也怀疑起来,倒后悔昨晚不该太莽撞,正想着找肖宗泉去和好,靳向东却撞了来。她哪里有好话!冲靳向东喊道:“你问着想捞啥稻草？我告诉你，我什么都没看见！我和肖宗泉两个人好好的！我们就准备领结婚证，你不要想在我身上捞到一根稻草！你去去去去！爱干啥干啥去！别打搅我，我还要打文件！文件耽误了，要你负完全的责任！”

她说着一看表，又叫起来：“哎哟，你看时间！这都上班多长时间了，硬叫你打搅着我不能上班！把文件耽误了你就找曹书记解释去！”

靳向东又气又好笑，肚子里早叫了几百个“姑奶奶”，一句话不说，掉头就走了。

白梦媛自己得意，到打字室给常菊墨一学说，常菊墨笑得气儿都换不过来，捉住白梦媛，又笑又打，一边擦眼泪，一边揉肚子，差点没把气笑断。白梦媛也跟着乐：“你疯了！打得我痛的！”常菊墨这才渐渐止住笑，还用手捏着肚子，想一阵，笑一阵。

白梦媛早不笑了，转身找肖宗泉和好。办公室没找到，又到宿舍去找。门锁着，她敲了下，肖宗泉来开了门，却见孙铁在里面。原来孙铁也听说了，来了解情况，也做做工作。他见白梦媛来找，忙叫她进来，故意问她什么事，开几句青年男女的玩笑，见白梦媛平平静静，说话也正常，心里松了一口气，这才站起来说：“那好吧，你们有事，你们就谈你们的，我还要准备材料，丁常委来了要给汇报呢。你们两个可好好儿谈，不要吵嘴！有啥事儿和和气气地商量，不要闹得满城风雨！不要叫人看我们的笑话！好吗？特别是小肖，你是男子汉，有啥事儿你应该多担待些，让着点小白。小白同志性格直爽，心直口快，但对你还是够可以的！你要多体谅小白的好处呢！不过，小白你也要注意点，有啥事儿多动动脑子，今后你们就是个小集体，小肖的事就是你的事！小肖的名誉也就是你的名誉，你们要共同爱护呢！是不是？”

肖宗泉站着听，不时偷看一眼白梦媛。白梦媛心里想着要和好，明白孙书记的意思也是要他们好，就笑着，样子像听，其实并没听进去多少。孙铁见没什么危险，才起身走了。

肖宗泉立即关上门，还怕白梦媛再嚷起来，准备好好给她解释。白梦媛却不听，下巴一拧，说：“我不听你胡编！我知道你们都合着编好了哄我！我不听！我今天就问你一句话，我们的事儿咋办？能办好，我就啥话都不说！办不好，我就告你呢！昨天晚上我就是看见了！我看得清清楚楚！证据就在我手里攥着呢！你们谁胡编我都不听，谁编我都不相信！现在这些话都不说，我就问你一句话，我们两个的事儿咋办？”

她不提昨晚的事，肖宗泉心里暗喜，但问他们两人的事儿咋办，却又是个难题。他担心一句话说不好，这位再闹起来，便赔着十倍的小心，试试探探地问："那你说咋办？"白梦媛脖子一拧说："我问你着呢，你倒问起我来了！我当然有我的主意，我现在就考验考验你这个人，我看你咋说呢！"

肖宗泉心里翻腾起来，听口气，他已经知道她的大概想法，但要他痛痛快快答应，实在太难了。只得装糊涂，赔小心，一遍又一遍地问她怎么办。白梦媛也多少看出一点来，把下巴一拧说："你别磨磨蹭蹭，痛快点！说！怎么办？我可告诉你，我这一月多可没有来那个东西！看你怎么办吧！"

"那个东西"是什么，肖宗泉自然能听明白，这句话可把他吓着了，如果昨晚的事还可以遮掩抵赖的话，"那个东西"一月多没来，可就铁证如山了！他瞅了她半天，说："真格？"白梦媛一看抓住要害了，心里得意，强忍着笑说："那还有假不成？"

肖宗泉便在地下转圈儿。白梦媛拧着下巴不说话。半晌，肖宗泉悄悄道："咱们是不是找个大夫问一问……"白梦媛脸立时变了，抢白道："问啥？你想得美！你想把娃娃刮了就没你的事了，是不是？你咋想得那么美咪！我咋没上你的当沙！我看你真是个狼心狗肺！我不和你说了，我告你去！"说着，扭身就往外走。

肖宗泉一把拉住，满脸赔笑："你别急嘛，咱们商量嘛！你说吧，你说咋办就咋办，还不行吗？"白梦媛这才又站住，鼻子里冷哼一声："我没有二话，就两个字：结婚！"

肖宗泉便咽唾沫，磨磨蹭蹭好半天，说能不能先把肚子刮干净再考虑下一步？白梦媛一听又要走，肖宗泉没法，只得先答应下来，想先稳住她，完了再想办法。白梦媛这才口气软了，讲定在一个星期内领好结婚证，这才答应不再闹，转身走了。

肖宗泉呆一阵，奔了宣传部去，在窗外弹弹玻璃。杨红砚看见了，出来问："咋了，有啥事？"肖宗泉吞吞吐吐："能不能到你屋里说话？"

杨红砚知他有难为事，就开了自己宿舍门，又问："啥事？说。"肖宗泉吞吞吐吐半晌，说："我问一句话。你见没见过小白……"他说半句不好意思往下说了。杨红砚诧异，等半晌不见他有下文，说："小白咋了？我当然见了，怎么会没见。"肖宗泉见说岔了，只得鼓起勇气说："不是。我问的意思是，你这一个多月见没见小白来例假？"

杨红砚明白了，沉沉地看他一眼："要依我说，这是你的不对！我看小白对你也是一片痴情，你既那样了，又不想要她，太不对了！昨晚上你没见，我可是亲眼见了，小白那个哭，真伤心了！不是真情，不会那么伤心！真的！我心里都非常不忍！你的心也太狠了，死活不开门！你也不想想，如果你和小白倒个过儿，你心里会怎么样？人，得有良心！你要再干对不起小白的事,不要说小白,我都不答应!昨晚上我真恨得牙根都痛!黎虹也是!她要和靳向东好,就好她的去得了,你们又丝丝黏黏,算咋回事嘛!”

肖宗泉忙道:“这事不怪黎虹!真的,一点都不怪黎虹!是我找她说话,谁知刚进去,小白就来了。黎虹让我开门,我怕小白不讲理,进来不管三七二十一再骂黎虹,就没开。我心里想她敲一下没人就走了,谁知她堵在门口闹,越闹越大,我再想开都不能开了!这是实实在在的话!黎虹真的没一点责任!”

杨红砚道:“我也不问你们那事儿,你也不用跟我解释。我就说小白的事,你也要有点责任心呢!你现在的真实想法到底是啥?”肖宗泉说:“我也不知道该咋办了。我就想,要是小白真的一个多月没来例假,是不是先找个大夫处理一下,我实在不敢出面……”杨红砚明白了,摇摇头说:“这个忙我帮不了。否则我太对不起小白了!”

肖宗泉听她口气坚决,冷了心,站着愣半天,念叨道:“那怎么办?”杨红砚不松口:“我看,你只有和她结婚一条路!”肖宗泉目视地面,默默站一阵,不说话,走了。

杨红砚心里反不忍,又气他,又觉怜悯,不想管,又放不下,犹豫来犹豫去,终于忍不住跑文戈那里商量。文戈听了,也抱怨肖宗泉做事欠考虑,说现在只有和小白结婚一法。一时,李锦竹来了,也认为只有和小白结婚。三人商定,先逼肖宗泉领结婚证,然后再设法让白梦媛把孩子做掉。做孩子的事儿暂时还不能告诉肖宗泉,怕他知道了又生异心。

于是,文戈和杨红砚两个出面,软说硬说,肖宗泉无奈,只得先答应下来。杨红砚见第一步棋落实,找来兰曼曼,悄悄说:“我有件棘手的事求你,能不能帮帮忙?”

兰曼曼像受惊的黄羊,惊惶地问:“啥事?”杨红砚沉吟一下,说:“刮孩子,不能让人知道。”

兰曼曼着实吃了一惊,悄悄咽了口唾沫,避开杨红砚的目光,好似自言自语地说:“避孕的方法挺多的,怎么会呢?卫生局里避孕药一大包一大包的,都在我那里闲放着,发都发不出去,可以随便儿取的。”

杨红砚一听,知她误会了,忽发一笑,把兰曼曼的小脸一掬,瞅着笑道:“你想哪儿去了!你给我上卫生课来了?不是我,你个小傻瓜!”

兰曼曼松了一口气,不好意思地笑了,说:“我没有怀疑你。”杨红砚笑着捏她的鼻子:“你敢!”兰曼曼也笑了:“是城里的,还是乡里的?如果是乡下的就好办,县医院就可以。如果是城里的,或者是干部,就得到地区医院去,县医院都认得,不好办,怕保不了密。”

杨红砚想想,说:“算城里的吧。就在地区给想办法。”兰曼曼说:“地区医院有我的同学,我可以给写信,让他们保密。”杨红砚点头说:“那我先谢谢你。你先写信问问有没有可能,如果可以,咱们再商量下一步。人暂时你不要问是谁,对你不保密,到时间你就知道了。”

兰曼曼两只又黑又圆的眼睛眨一眨,像是领受了极其光荣的任务似的点点头:“嗯。我知道。”杨红砚看得心里一动,像捧苹果般捧住她的脸,笑说:“你咋这么可爱咪!”

兰曼曼不好意思地笑了。杨红砚点头和她告别,兰曼曼却脚下迟滞,想走不想走的。杨红砚看出来了,问:“是不是还有为难?如果有为难就照直说,咱们再另外想办法?”

兰曼曼摇头说不是。杨红砚奇怪,几次追问,兰曼曼才犹犹豫豫地说:“我有一句话,不知当说不当说?我没有别的意思。上次为我父亲的事,孙书记担着责任给我请假,我虽然没去成,但心里一直记着孙书记的情,老想着如何才能报答,一来没机会,二来我们这样的人,也没什么可以报答的。所以一直藏在心里。最近有点情况,我和邢小同考虑好长时间了,一直不敢跟孙书记说,今天碰上你了,你和孙书记关系好,请你考虑一下,看能不能说?”说着,紧张地往杨红砚脸上看。

杨红砚看看她那又黑又圆的眼睛,剥了壳的荔枝似的肌肤,以及说话时的小心乖巧,心里颤颤的,这么个可人儿,却生在那么个家庭,弄得成天提心吊胆像只小老鼠,杨红砚心里忽然酸酸的,上前抓住她的小手,用力攥了攥,说:“你说吧,啥事儿?”

兰曼曼感激地点点头,说:“是这样。小邢的父亲有个朋友,姓武,他儿子是省上洪书记的秘书……”

刚说个头,解文举推开门,面带愠色,冲杨红砚说:“你来一下!那些材料得赶快弄呢,省上的宣传会眼看就要开了,咱们的材料到现在还报不上去!你们咋一点都不着急!”说完,掉头就走了。

杨红砚略镇静一下,说:“小兰,你看这样吧。我先去看看材料的事儿,解部长发火了。完了我有空咱们再细说,好不好?”

3.说漏了一句嘴

杨红砚忙了一天材料,直到晚饭后才抽出空来找兰曼曼。兰曼曼接着上午的话题说:“小邢小时候也见过武秘书,比小邢大几岁。不过人挺随和的。我看好多人都找路子到洪书记那里去，我心想，这也是一条路子，就不知孙书记有没有这个意思？要没有这个意思，我们冒冒失失提出来，反倒不好。再说，我们也担心，小邢他父亲反右时也犯过错误，社会面儿上的事，他也不好出头，只能在背后做点工作。我们怕孙书记嫌弃，也不敢随便提。”

孙铁先前还派杨红砚到省上找过关系，杨红砚虽有同学可以说上话，但都不及这条路子直接，心里自然高兴，说：“行。我给孙书记说说。如果他有这个意思，咱们再细说。如果他不愿意找麻烦，就算了。没关系，我给他说，无论成与不成，孙书记都会感谢你们。他又不糊涂，怎么会嫌弃给他帮忙的人。”

兰曼曼松一口气：“要不我们也想不到，一来孙书记对我们好，我们心里老惦记着；二来小邢前些天去开地震工作会，见他父亲了，说起这事儿，还说咱们县上已经有人跟洪书记拉上关系了，说给洪书记母亲送了一件白狐嗉子皮筒子，武秘书见了，说是虽然没有加工好，但材料却是不可多得的。因为提到咱们县，小邢父亲就记住了。这么一提醒，我才想起也给孙书记搭一条路，要不还想不到这里。”

杨红砚一听“白狐嗉子皮筒子”，心里一动，想半天，忽然记起似乎听白梦媛说过，曹兀龙家里有一条“白狐嗉子皮筒子”，便一把拉住兰曼曼，急问道：“这件事确实不确实？我听人说，曹书记给洪书记送过狐皮筒子，是白的，如果确实，一定就是他！”

一来杨红砚问得急了些，她抓兰曼曼的动作也有些急迫，兰曼曼一下感到了事态的严重，她吓得两只黑眼睛像照片似的定了格，半晌，拉着哭腔说：“哎哟！杨姐，我说漏嘴了！我没有想到这事儿会牵扯到咱们县上，你千万不敢传出去！要传出去，我和小邢都死无葬身之地了！杨姐求你了！千万不要传出去呀！”

杨红砚倒为难了，手慢慢松下来：“你不要急，你不愿让人知道我就不说了。我不过随便问问。”

兰曼曼略松口气，身上还颤着，说：“哎哟，吓死我了！杨姐你真的不敢给人说！你就权当是可怜我吧！你想想，要叫人知道，连小邢父亲都卷到里面了！我们这么个出身，还会连累武秘书！你想想，我两个还咋活？！”

杨红砚再三说不会给人说，兰曼曼还是不放心。再三再四地叮咛，送杨红砚离去时还显得忧心忡忡。

杨红砚走后，她一个人思前想后，越想越不踏实，又生气邢小同今晚怎么不来，连个商量的人也没有。想着，关门去找邢小同。宿舍里没有。见科委院子灯还亮着,过去看,邢小同还在办公室测量“土地电”(大地电流变化情况)。兰曼曼一肚子气,发火道:“都什么时候了,你不回去,还干啥呢!”

邢小同一心都在土地电上,以为是兰曼曼嫌他下班晚了不高兴,说:“这几天土地电情况不对头,变化非常大。我担心可能有大地震。我翻了有关资料,一两个月内,河北、山东一带可能有情况。我想搞个预报,又怕不准再惹来麻烦,你说咋办?”

兰曼曼根本不相信仅凭一个土地电就能搞地震预报,心里气他不关心自己,生气地一跺脚:“你爱报报去吧,我管你!”说完,赌气走了。

邢小同这才发现不对,关上灯跟到她宿舍,见兰曼曼嘟着嘴,笑着解释:“不要生气嘛,我关心的是件大事。这次要真发生地震,恐怕是个了不得的大地震。要是报准了,就是天大的功劳!可要是不准,就不敢说会发生什么情况了!你说说,我是报,还是不报?”

兰曼曼见他问都不问自己到底为什么生气,越气了,站起就往外推他:“去去去去!你立你的功劳去吧!”

邢小同这才发现她的气生大了,捺着性子赔笑脸:“哦,对对对。不说了!不说了!咱们说你。咋了?”他连问几声,兰曼曼才把她说漏嘴的事讲了。

邢小同一听火了,刚要呵斥她一顿,一想平日都是她做错事反抱怨他,少不得忍住,半晌才说:“我给你说过多少次了,你总是这么没头脑!这种事特别敏感,谁听见不给别人说!杨红砚人是不错,可谁能保证她不给人说!”

兰曼曼已经流泪了,说:“我知道!现在你说这些废话还有什么用!”邢小同一想也是,可怎么办呢?他嘴里念叨:“杨红砚要是告诉了孙书记,孙书记肯定要来问咱们,那时候,你说我们说不说?要说,曹书记饶不了我们,不说,又把孙书记惹了!两个书记,我们敢惹哪一个!”

兰曼曼更气了,说:“你快想个办法吧,光埋怨有什么用!”邢小同一时哪里就能拿出办法来,心里急,少不得叨叨:“孙书记还照顾过咱们,按理,我们应该帮孙书记,他要来问,我们若不说,他不抱怨我们忘恩负义?”

兰曼曼一跺脚:“好了!是我的错,死活由我,不要沾染你,你滚吧!以后永远不要来!”

这一军倒把邢小同将住了,他闭了嘴,不说话了。兰曼曼反过来抱怨他,说:“你光知道怨我!当初你要不告诉我,我怎么会说漏嘴!现在你倒好,一切都是我的错了!”

邢小同又气又好笑，知道再抱怨就只有吵架，只得忍住，正没办法，却听有人敲门，门打开，竟是鲍日曙！两人的心都跳起来，鲍日曙可从没来过他们屋，难道事发了？不会这么快吧？两人紧张地往鲍日曙脸上看，鲍日曙笑着冲邢小同说："我到你宿舍里去了，马主任说你在这里，我就找来了。——哎，我听说你会修收音机，是不是？"

邢小同不知他什么意思，试探着问："鲍主任的收音机坏了？"鲍日曙一笑："不是。我还没钱置办那么贵重的东西。是曹书记家里的，响还能响，就是不稳，要人把开关按住才响，音量也不好调，一调就'叭叭叭'地乱响，不知道是啥地方的毛病。"

邢小同一听，松了一口气，知道是电位器有毛病，说："那就看看吧。小毛病还能凑合，大毛病就没办法了。什么时候去？"鲍日曙看看表说："明天吧。明天我来找你，咱两个一块儿去。"邢小同答应了。鲍日曙又说几句闲话才走。

鲍日曙一走，兰曼曼说："曹书记家的狗你要防着！"邢小同笑说："咬过你的手，我还能忘了！"兰曼曼又说："哦，你要记住，这个地方的人迷信，晚上太晚了不能到别人家里去，你去别人会认为你把冲气带来了。人家家里要有人生了病，特别是小孩子，就会怨到你身上。我那次去给曹书记女儿看病，还是朱常委叫我去的，结果反说是我把不对火带给他们娃娃了！我听了又好气又好笑！"邢小同点头，说："咱们在这个地方无亲无故，晚上跑谁家里去呢。"

两人又商量说漏嘴的事，邢小同说："没有别的办法了，只有明天再去求杨红砚，让她不要告诉人。"兰曼曼说："我已经求过了，再去，我都不好意思了。"邢小同说："你求是软求，那不行，不起作用，明天咱两个一块儿去。"兰曼曼警惕起来，说："你可不要干啥对不起人的事！"邢小同说："睡吧，晚了。明天再说。"

第二天一上班，邢小同怕鲍日曙叫，急忙记录了土地电，又去观察大巷子里的水井，又急急忙忙跑西门外的树林子里观察了老鸹。等回来，鲍日曙已在办公室等他了。他慌忙记录了有关数据，向马林道请了假，随鲍日曙去给曹兀龙修收音机。

到曹兀龙家门前，邢小同站住说："喊一喊吧，我害怕狗。"鲍日曙常来，狗也熟了，所以不以为意，心里还笑邢小同胆儿小，傲然说："走，没关系。"推门直入。狗见有人，跳起就吠，挣得铁链子咔咔乱响。邢小同惊惧，鲍日曙喝一声："定着！你连我都不认识了！"

那狗果然不再吠，但仍恶恶地盯着邢小同。邢小同仍紧张，紧贴着鲍日曙走。臊女子在灶房门口探一下头,又缩回去了。黄香桂出来,见是鲍日曙,说:“哦,是他哥哥,你到屋里去。”说着瞅一眼邢小同。鲍日曙说:“我找了个修收音机的。”黄香桂说:“哦,那你领着修去。”仍回灶房去,再没过来。

鲍日曙熟门熟路,自己推房门,领着邢小同进去,像在自己家一样搬出收音机来,拧着表演给邢小同看。邢小同拆开,在电位器里灌了点汽油,拧一拧,一试,好了。

鲍日曙高兴地说:“哦,就这么简单!再坏了我也会修了!”邢小同嘴上没说,心里冷笑,想着明白道理了就简单,不明白缘故就不简单了!

修完,鲍日曙还在曹兀龙家磨蹭,邢小同一个人先回了科委。马林道见了,酸溜溜地说:“你回来了?孙书记找你。——咱们小邢现在成大红人了,曹书记也找,孙书记也找,还忙不过来了!哈哈!”

邢小同听了,心里却沉重起来,怕孙书记问狐皮筒子的事。他忧心忡忡,走一走,停一停,边磨蹭边想主意,主意还没想好,却已经到孙铁门口了。他几乎没有勇气敲门,门却突然大开,他倒吓了一跳。原来靳向东在里面,他警惕性高,和孙铁谈话老担心别人偷听,听到外面似乎有人,却不见敲门,他就猛拉开了门,见是邢小同,摆手说:“进来进来!快进来!”

邢小同进来,他随手就关了门,在邢小同背上拍着说:“坐。孙书记要见你,你认识武秘书啊?你这次可是为咱们立了一大功啊!”孙铁也站起来,在他肩上拍了拍,笑着说:“小邢不错,小邢是个好同志!”

他从关心的角度问邢小同的年龄、工作、身体状况,问他的爱好,问地震,问兰曼曼,刚转入问他和武秘书的关系,小李却来敲门,说丁常委考查回来了,叫孙书记过招待所去。邢小同还担心着狐皮筒子,一听丁常委找,仿佛得了大赦令一般,马上站起告别。孙铁笑着嘱他保密,约了以后再细谈,才让他走了。

一出孙铁的门,邢小同大松一口气,赶紧去找杨红砚。他想赶在孙铁下次考问之前把狐皮筒子的事埋好。杨红砚正好在,诧异他的到来,忙让座。

邢小同未语,脸先红了,勉强笑笑说:“对不起,打搅你了。昨天兰曼曼说错了一句话,我想给你解释一下。”杨红砚一听便明白了,说:“哦,就是狐皮筒子的事儿吧?我已经给曼曼说了,你们放心吧,我不会传出去的。”

邢小同不好意思地笑,说:“我的意思,不是不相信你。主要是因为这件事不落实。兰曼曼是听我说的。我是听另外一个人说的。那另外一个人还是听另外一个人说的。都不是直接看见,到底有多少真实性就很难说。

所以，我觉得，这么捕风捉影的事，兰曼曼不应该给你乱说。当然，错误在我们。我们现在就是想请你帮帮忙……”

杨红砚有点不耐，说：“你放心吧。我刚才已经说了，昨天也跟兰曼曼说了，我不会给人说。——你是不是信不过我？”邢小同忙说：“不是信不过你。实在是我们家庭出身不好，社会关系又复杂，这些你都知道，我们不敢犯一点错误！请你理解……”

杨红砚更不耐了，但忍着，口气稍重地说：“我能理解！”邢小同脸更红了，说：“那我谢谢你！但是……我还是要说句……不好听的话，就是万一将来叫人知道了——我不是说你传出去，你我们当然非常相信。我是说万一将来从别的方面传出去，有人要来调查的话，我们也不敢承认这话是我们说过的。我们实在是承担不起。我说这话觉得自己很卑鄙，但我们实在是没办法，请你原谅。”

杨红砚心里像吃了个苍蝇。如果他是个无赖，她会啐到他脸上，如果他是个流氓，她会轰他出去。可他却是邢小同，是兰曼曼的恋人，投鼠忌器，她不想让那个可怜人儿受一点点伤害。她低下头，下意识地掐着钥匙链上的塑料花瓣。邢小同下面还说了啥，她没听见。邢小同什么时候走了，她也不知道。直到文戈问她，她才发现面前是另外一个人了。

她笑一下，说：“坐。你什么时候进来的？”文戈慢慢坐了，说：“发生了什么事？”杨红砚凄然一笑，说：“没什么。”文戈说：“不可能。我问了你两声，你都没反应。”

杨红砚低下头，好半晌，才把邢小同的话说了，说：“我想不明白是咋回事，平时看着好好的一个人，到关键时刻怎么就成这样了！”

文戈拍拍她的手背，安慰说：“别生气，这也不全怪他。”沉默一会儿，又说：“我上中学的时候，学校里搞勤工俭学，在一个小河边儿上开了一块地，自己种蔬菜，我们种的是白菜萝卜。白菜没什么。萝卜看着也挺好的，可是到收获时挖出来一看，都七拧八歪的，没一个好看的。你知道为什么吗？”

杨红砚说：“为什么？”文戈说：“因为我们的地开在小河边上，尽是沙土和鹅卵石，萝卜是在鹅卵石缝里生长的。”

4.样样都好，只可惜是知识分子

孙铁和靳向东到招待所时，曹兀龙正好离开。地区组织部及几大口陪同的人知道他们有私话要说，便到另一间屋里打扑克去了。

丁义川招呼孙铁和靳向东坐，一边倒茶，一边问："吕翠儿你们县上考查过没有？我这次去谈了谈话，那干脆啥都不懂！你叫那号人当常委，起啥作用？就光是个摆设。当摆设那还可以，脸蛋子我看还长得光光堂堂的。你们是不是就选了个漂亮的报上来了？"

孙铁和靳向东相视一笑，孙铁说："那是曹兀龙选拔的人才！曹兀龙在山口蹲点，看上了，回来说千好万好！说班子里正缺贫下中农代表，还是个女的。人家是一把手，我们只得通过。"

丁义川道："贫下中农代表是有要求，但也不是随便哪个贫下中农都行！总得选个差不多的吧？不要说陈永贵了，郭凤莲也行啊！或者比郭凤莲再差点，只要不出大轮，也行！你们纯粹选了个样子货么！脸蛋子我看比郭凤莲长得好看，是不是有郭凤莲那么能干？"

靳向东听着，咧咧嘴说："我们有一个现成的女常委，比吕翠儿强百倍！还比吕翠儿年轻。能干程度么，怎么说呢？在水泉县没有几个抵得上的！美中不足的是知识分子，看你要不要？"说着，冲孙铁点头。孙铁会意，两人都往丁义川脸上看。

丁义川喝一口水，说："有没有你说的那么好？有那么好了当然要。为啥不要！咱们现在缺的就是年轻的女的。知识分子也不要紧嘛，知识分子也有好有坏，不能一概而论。毛主席还说'老九不能走'！有些高级知识分子，中央也用呢！你比如造原子弹的钱学森，不用行不行？哪个贫下中农会造原子弹！对不对？不能一听知识分子就害怕！——这个人是干啥的？"

靳向东道："现在是我们县宣传部副部长，大学生，人绝对能干！"丁义川说："是不是'造反派'？"靳向东说："就是。不是'造反派'我们也不能给你推荐！这个人要是当个常委，比吕翠儿强一百倍！"

丁义川动心了："叫什么名字？"孙铁和靳向东同时说："杨红砚。"

丁义川往孙铁脸上看看，说："是你们早就商量好的，还是临时想起的？"孙铁说："以前商量是商量过，不过我们商量的是将来。当下……"他略一犹豫，靳向东把话接过去了，说："当下我们主要是考虑怕丁常委为难，如果丁常委觉得可以报，我们现在就报？"

丁义川沉吟。孙铁说："小杨确实不错。人确实能干！在学校里时，就是'红卫兵'头头，很有组织能力。我和向东两个商量过，即使向东的常委批下来，班子里还是只有我们两个，举手表决个啥东西，我们是绝对少数！要想办成事，确实太难了！我们想着，也不能大事小事都麻烦丁常委，还不如我们就麻烦丁常委一次，把杨红砚的常委一批，水泉县的事儿我们再也不给丁常委添麻烦了！”

靳向东接着说：“水泉县的班子，现在是三驾马车。刘钟不用说，是老班底，实力雄厚，即使现在，也还有刘、阮、杨，再加这次报的陈玉玺，还有四个人。曹兀龙加上朱仕第，再加上吕翠儿，就是三个人，他还是一把手，有权力和机会做手脚。我们只有老孙和我两个！老孙还是副的！你想想，这么个比例，这么个局面，我们还能干什么！”

丁义川有点心动，说：“刘钟现在也是日薄西山，气息奄奄了！他的人也不能就算四个。陈玉玺也不一定就是他的人。我还准备到石寨公社去看一看。准备和陈玉玺好好谈谈，将来你们好好配合，争取让他支持你们两个。杨子厚还在工地上，多数都不参加会，顶多也就算半个人……”

孙铁说：“哦，杨红砚就是杨子厚的女儿！”丁义川意外：“杨红砚是杨子厚的女儿？”靳向东说：“嗯！”丁义川说：“杨红砚要是杨子厚的女儿，麻烦就大了！你总不能一个班子里放父女两个！那还成他们的家天下了！”

靳向东说：“这个问题我们考虑过。我们是这么想的，杨子厚嘛，丁常委下个文，调到地区哪个部门放个副职叫养老去。把杨红砚给我们批了。这样，表面上是他们父女两人互换，刘钟他们说不出啥话来，可实质上是他们少了一票，我们多了一票！即使他们明白，也不好公开反对，因为杨子厚肯定高兴，刘钟他们心里不愿意也说不出口。而曹兀龙那边呢，一加一减反正都不是他的人，杨红砚上他可能还高兴些，因为老杨那个人，要犟着来了，九头牛都拉不动，曹兀龙都忌讳呢。这样，我们不动声色就把事情办了！阻力小而意义大，丁常委你考虑。”

丁义川转了转茶杯，说：“她在不在？如果在，叫来咱们看看嘛！”孙铁说：“行。向东你去叫一下。”

靳向东答应一声，一路急行到县委，找着杨红砚，拉到她宿舍里，喘着说：“快！收拾一下，咱们一块儿去见丁常委。啊呀，把我和老孙两个人嘴都说干了！我两个想推荐你当常委，丁常委的嘴紧得很，硬是不吐核儿(不答应)！从一上班直说到现在，丁常委才松了口！快收拾一下，收拾得麻麻利利的。成败在此一举，你可不要给我和老孙丢面子啊！”

杨红砚没有一点思想准备，不觉愣了，非但不收拾，还一屁股坐下来，说：“到底咋回事儿？我还不明白。”靳向东着急，但也无奈，只得把他和孙铁准备推荐杨红砚当常委，以及在招待所说服丁义川，丁义川答应见杨红砚的话说了一遍。杨红砚这才明白，一边整理衣服，一边往镜子里偷偷扫几眼。靳向东提议换件衣服，杨红砚本来也想换，靳向东一提，反不好意思换了，只用湿毛巾擦擦脸，又略擦点润脸油，便随靳向东去了。

一进去，杨红砚和丁义川四目相对，竟同时一呆。丁义川没想到偏僻的水泉县竟有如此出众的女子，仿佛睡梦里见过，竟一下觉得十分亲近。杨红砚老听人说丁义川，以为年轻得志，不知怎么张狂自得，虽未见面，心里早存了几份轻蔑和戒备，不想此人官高位显，却又平和随分，全没有小人得志的那种忘形，且长得一表人才，不似靳向东身上总似乎有股邪气，不觉也亲近了。这一瞬间的变化，没能逃过孙铁、靳向东的眼睛，两人偷偷一对眼，不觉心中暗喜。

杨红砚反应过来，很为刚才的失态难为情，不觉脸微微红了，勉强笑着问候一句："丁常委好。"

丁义川点头，说："好。你也好？"向杨红砚伸出手去。杨红砚略一迟疑，也伸手去握，暗暗感到丁义川的手握得稍微重了一点，时间也略为长了一点，她抽回自己的手，同时镇静下来。

丁义川上下一打量，见她上身穿灰涤卡外衣，领口处外翻着白底蓝色小点子衬衣，脚上一双系带儿黑色软帮皮鞋，鲜亮鲜亮一双黄袜子。不觉脱口说道："小杨的袜子好漂亮啊！"

孙铁和靳向东也同时向杨红砚的脚上看去。杨红砚已经镇定下来，笑说："女同志么。"

几个人重新坐了说话。话题自然地回到给杨红砚报常委的事上来。丁义川说："小杨还是大学生啊？听说你的笔杆子挺硬的？"杨红砚一笑："也就会写几个字儿。"

丁义川冲孙铁点头："挺谦虚的！不过，小杨当常委不一定合适，是不是？——小杨，你自己说说，你适不适合在县上当常委？"

这变化太突然，孙铁和靳向东脸上的笑一下僵住了。杨红砚也颇感意外，想想，不卑不亢地说："丁常委看吧。你是组织部长，是专门管人的，什么人适合干什么，都在丁常委嘴里说，你说谁合适谁就合适，你说谁不合适谁就不合适嘛！"

这话带点刺儿了。丁义川拍一拍沙发扶手，歪头一笑："哦，有情绪了！哈哈，不愧是造反派出身！——不过，你误会我的意思了，我说你不适合在县上当常委，但没有说不提拔你！我是觉得，像你这种情况，搞宣传更合适！老孙，你说对不对？"他转向孙铁，扳着指头数说："第一，大学生，文化水平高，本人又能写；第二，年轻，又是女同志，心又细，热情又高，适合搞宣传工作；第三，现在是县宣传部副部长，有长期搞宣传工作的经验。这样的同志，当县常委不一定合适，但到地区宣传部去当个部长还是挺适合的嘛！是不是，老孙？"

几个人这才明白他的意思，都松了一口气。孙铁笑着说："丁常委是看上我们小杨了？好啊！只要你提拔我们小杨，我们太高兴了。不过，我们也不希望小杨走啊！"

丁义川含情脉脉地看着杨红砚："小杨有没有兴趣？地区现在还缺一个宣传部长，如果你有兴趣，我回去给熊书记说。你的条件，我觉着挺合适的。就看你本人什么态度。不过，你也不必急着表态，可以考虑考虑再说。"又转向靳向东，"向东你们也考虑考虑。你们推荐的人才确实不错，就看你们舍不舍得？给地区推荐人才也是你们的责任嘛。是不是？从另一方面说，地区的力量加强了，对县上的工作也有好处，是不是？"

杨红砚没有思想准备，只笑笑。孙铁接过话头去说："丁常委要提拔小杨，我们自然是十分欢迎。不过，你把小杨调去，我们的计划就全盘打乱了！你一定要调，我们不能不给，但你得给我们再配人。不然，我们的日子就不好过了。"

丁义川让他们再物色，孙铁和靳向东念叨，说这个人一时半会儿还不好物色。杨红砚突然插一句："其实文戈比我能干，你们咋不考虑文戈？"

一句话，把几个人都说哑了。这有个缘故，丁义川和文戈是亲戚，想听听他们对文戈的看法，等着他们先说话。靳向东和文戈关系不是很融洽，心里不愿意，但当着丁义川的面不能说。孙铁见没人说话，只得慢慢道："文戈同志，正像小杨说的，确实是个很不错的同志。我们脑子里经常记着呢。在考虑小杨的时候，我们就考虑过，有这么几个原因，最后我们还是考虑了小杨。一是文戈也是大学生，这丁常委也知道，一戴上知识分子的帽子，要提拔就特别难！这个话就不好说了！文戈呢，平常又爱写个东西，更给人一种知识分子的印象，说话就更困难。二来呢，他还不是'造反派'，与当前形势不大对得上口，也是个难。三来，文戈还不像小杨，有这么个科级干部的台台，一步登得太高，人还说闲话呢。我们两个，"他用下巴指一下靳向东，"也商量过，准备下一步在办公室先给安排个副主任，在办公室干一段时间，再考虑下一步的问题。——丁部长有什么想法？你如果有什么想法，我们两个没问题，配合你！"

丁义川忙摇头："这个我不发表意见。用人问题，你们按你们的想法办。咱们只考虑工作，不考虑关系。这我一点都不为难你们。"

靳向东听他如此说，也慢慢道："文戈的本事有呢！我们都佩服着呢！以前我们之所以没有提，是寄希望于刘钟他们先提。他们一提，我们这边表示赞同，一下就通过了。我们还担心，要是老孙先提，刘钟那边怀疑文戈和我们靠得紧了，再来个不同意，反倒闹坏了。结果，刘钟那边一直没提，就耽误了。”

这话说得很委婉,意思是文戈实际是刘钟派的人,但因丁义川是文戈的亲戚,不能直说。丁义川是聪明人,一听就明白,淡淡地问:“哦,文戈和刘钟那边还靠得近?他咋那么没脑子!”

这话孙铁和靳向东都不愿接。杨红砚憋不住,说:“也不能这么说。文戈是个直人,说话办事不会绕弯弯,有时候赞成那边的意见,有时候赞成孙书记的意见。他倒不是那种以人划线的人。”

听杨红砚如此为文戈辩护,丁义川留了心,看一眼杨红砚,说:“小杨对我们这个亲戚印象还挺不错的?”

这下把孙铁和靳向东解放了。孙铁看着杨红砚一笑:“小杨,坦白!什么时候喝你们的喜酒?”

只此一句话,丁义川心里便凉了,但嘴上还不能立即说,便和他们扯些别的,不再提让杨红砚表态的话了。

杨红砚心里却一直惴惴的,从招待所一出来,就直奔文戈屋里去,一见面就说:“哎,文戈,丁常委来着呢,你咋不去看去?我给你出个主意,干脆让他帮个忙,把你调到地区去,好不好?”

文戈不明白她为什么这么激动,为什么又突然想出这么个主意,疑疑惑惑地看她,半晌才说:“调地区去?我一个?”杨红砚脸上现出点调皮来,笑着说:“你不想把我也带上?”文戈面露难色,说:“两个人……怕不容易?”杨红砚道:“那你就一个人先过去,完了再想办法嘛!”文戈仍迟疑:“你怎么突然冒出这么个想法来?”

杨红砚冷静下来了,在椅子上坐定,说:“你这个人,水泉县有什么可留恋的?从县上到地区去,谁不愿意!再说,县上这些头儿,对你怎么样?曹兀龙想整你!刘钟不理你!孙书记当然不想整你,也想用你,可你又不愿靠拢人家!你还留恋什么?”

文戈想想,叹口气:“我不知道。你的话是对的,可我没有思想准备,你这么一说,我好像觉着突然没着没落,心里空落落的……”杨红砚点点头,表示理解,站起来说:“那你再想想吧,完了咱们再商量。”

她说着要走。文戈叫住说:“我主要是担心,咱们两个人,要只走我一个,你去不了,我何苦要去?”杨红砚心又热起来:“这样吧,我的事你先别管。你去找丁常委,只要你能走就走,我的事你不要考虑。行不行?”文戈说:“那怎么能不考虑!”杨红砚说:“不是不考虑,是暂时不考虑!”文戈说:“可终究得考虑啊?”

杨红砚烦了:“叫你不考虑你就不要考虑嘛!咋那么啰嗦!我的事我有

办法！”文戈说：“你有什么办法？”杨红砚说：“你别管我什么办法，你就去谈你的事吧！咱们就这么说定了！”

她故作调皮地在文戈额上吻一下，又笑一笑，走了。文戈在那里愣着，心里直犯疑，那一吻他觉着是她为了掩饰什么故意做出的，不但无滋无味，似乎还有点不洁的内容在里面。他用手掌在额角处擦一下，拿下来摊眼前久久地看着。

5.靳向东不愿戴绿帽子

文戈决定去找丁义川。到县招待所，才知丁义川到石寨公社去了。回来想和杨红砚再商量，见她和解文举正忙，他怕解文举嘴碎，便不言语，转身就走。

杨红砚却看见他了，悄悄追出来，咳嗽一声。文戈转过脸来。杨红砚怕解文举听见，不出声，只用嘴形问文戈：“有事吗？”并示意到她宿舍说话。文戈犹豫一下，只得轻手轻脚过去。

刚进屋，还没来得及说话，靳向东就来了，一副大功臣的模样，又说开他与丁义川的关系如何好，如何费力为杨红砚、文戈争取前程等等。文戈不愿听，见他丝毫没有走的意思，就借口有事，自己走了。

文戈一走，靳向东立即换了一副面孔，脸上的颜色也变得有点瘆人，问杨红砚道：“小杨，我一向对你可都是真心的！从来没有对你隐瞒过什么，我希望你也能真心对我！”杨红砚说：“什么意思？”靳向东说：“我问你一句话，希望你告诉我真实情况。——我就问小白在黎虹门前又哭又闹，到底咋回事？”

杨红砚看他一眼，心想，骗白梦媛那一套，在他身上使不开。她决定跟他讲明厉害。便说：“这些事你别问我好不好？事情已经过去了，就让它过去算了，何必事事都要追根究底？要那样，我看大家都别活了！再说，谁又是十全十美的？你就没一点错误？你要犯了错误，是希望别人原谅，给你改正的机会呢，还是希望别人抓住不放？将心比，都一理。我看你就再别问了好不好？”

靳向东听了一咧嘴，冷笑道：“‘错误’？这是‘错误’？这能叫‘错误’？”杨红砚说：“不是错误是什么？难道还是成绩、优点？”靳向东冷哼一声，说：“一男一女在屋子里锁着门，别人叫都不开，仅仅是‘错误’？”杨红砚说：“一男一女在屋子里就有问题？现在这屋子里只有你我，是不是也有问题？”靳向东说：“这不一样。他们是锁了门的，人叫都不开！”杨红砚说：“那又怎么样？难道你不知道小白的为人？整天恨不得把肖宗泉拴个链子拉在手里，肖宗泉走哪儿小白都跟着，刚进去小白就去敲门，能干什么？”

这句话有分量，靳向东不吭气儿了，半晌，又一瞪眼，说：“你不在现场，你怎么知道刚进去小白就去敲门的？”杨红砚略一呃，说：“小白要没在屁股上盯着，她怎么知道肖宗泉在屋里？”这话有理，靳向东心里大大松了口气，但面子上仍不露出来，咬咬牙，说：“可是，满城的人都知道了，就我不知道，我成傻瓜了。别人都在议论，就我的嘴像驴踢了，一句话不能说，这个气谁受得了？你受得了吗？”

杨红砚以讥嘲的口气说：“满城谁议论了？你自己心里有鬼，别人谁顾得上管你！就算有个别人说了闲话，说了让他说去，文化大革命搞了这么多年，啥事儿没见过，你倒害怕起几个说闲话的人来了！你的政治家的风度到哪里去了？‘水至清则无鱼，人至察则无徒’，你是干大事的人，水泉县几十万人都看着你呢，你的度量得大一些！大事情，寸土不让；小事情，得适当糊涂点！大事清楚，小事糊涂，是大才！大事清楚，小事也清楚，是小才！大事糊涂，小事清楚，是庸才！大事小事都糊涂，是蠢才！你说你要当大才，还是当小才？”

【绿绣鞋】糊涂难得是大才，水清无鱼，宰相肚里能种大白菜。既是把她爱，莫把她想坏，将来，她是你太太。

靳向东听她讲完，慢慢抬起头来，神情怪怪地说："那我问你一句，如果你碰上这号事，比如说，文戈和别的女子胡搞了，你怎么办？你当大才，还是当小才？"

杨红砚心里忽然一痛，先前文戈和余小楼好，人家还好在先，她心里都不好受，要是现在，就更不能容忍，哪里能不管！只得说："我不知道。俗话说，当局者迷，旁观者清，如果叫我碰上，也可能我就糊涂了。"

靳向东一拍桌子站起来，将手伸给杨红砚，握着杨红砚的手说："痛快！你说的是真话！就这一句话，可见你是把我当朋友的！没说的，就冲这一句话，我也得听你的！从此以后，这个话再不提了！谢谢，再见！"他招一下手，走了。

干脆，利索，拿得起，放得下，有心计，敢出头，杨红砚心里还真的有点佩服他了。

靳向东心里也在称赞杨红砚处事老练，试想，如果她告诉他，黎虹和肖宗泉怎么怎么了，他又将如何处？如何下台？他希望搞清真相，更希望黎虹纯洁干净。说实在话，黎虹恐怕是他见过的最水灵的女子了，真要丢给别人，于心何甘！但她到底和肖宗泉有些不清不楚，要不，何至于叫人说三道四。又何至于叫白傻子堵在门口叫骂。想到这里，一个恶念袭上心头……

他乱想着，不觉到了妇联门口，也没想要去干什么，就进去了。黎虹却不在。他转身要走，却被杨秀芳叫住。靳向东问她干什么。她不即说，打发杨冰去送一份材料，等办公室里只剩他们两个人，才说："小靳你是不是来找黎虹？我有句话先给你说到头里：黎虹是个好同志，是个非常好的同志！你可不能把黎虹往坏里想！黎虹以前我就认识，自从调到妇联来，天天和我在一起，我比你接触的时间长得多，有些事儿我比你清楚！那天晚上的事，黎虹确实没有责任！确实没有干任何对不起你的事！我几十岁的人了，我的娃娃都上中学了，我不会哄你们年轻人的。对不对？你要相信我呢！要相信黎虹呢！"

靳向东咧嘴笑了，说："看杨主任说到哪里去了！我们好好儿的，有啥相信不相信的！杨主任这么说是不是听到啥事儿了？"

杨秀芳见他这样，反没话说，半晌方道："啊，好好好好！你相信她就好！相信她就好！我没有听到啥事儿！什么事儿都没听到！"

靳向东咧着嘴似笑非笑地说："谢谢杨主任的关心！杨主任的话我一定记着！"说完，点点头出来了。

他还去找黎虹。一边心里也想，竟有这么多人替她说好话，看来她的人缘儿还不错，或许她真的没什么吧？

敲黎虹的门，里面无人应。他方才分明听到里面有响声，难道又有外人？他心里起了火苗儿，又使劲敲几下，里面才问一声："谁？"声音极冷极淡极不耐烦。

靳向东在外面答应了，黎虹这才开了门，顺着眼儿，也不往他脸上看，转身到炕边背身站着，一句话不说。

靳向东轻轻掩住门，站着等会儿，自己在椅子上坐了，寻思半晌，竟找不到一句合适的话开头。这几天他一直不来黎虹这里，一来是丁义川来了，他忙于接待丁义川，二来他要弄清楚事情的真相，才好决定对策。但问来问去，竟毫无头绪，又不能老不见她，这才来的，没想到黎虹竟不开口。他想半天，无话可说，又不能老干坐着，只得问道："你咋没上班去？"

话问了，半天竟又无回应。他心里未免生气。但一细看，黎虹的肩膀在微微抖动。他过去一把扳转过来，才发现黎虹两行清泪，已把衣裳前襟都滴湿了。再细看，她仿佛瘦了，脸儿黄黄的，比前更妩媚动人，不觉一肚子怨气消了大半，掏出手绢来给她拭泪。黎虹轻轻推过，转身撕一片卫生纸，擤了鼻涕，将卫生纸扔炉坑儿里，又取毛巾擦脸，身子转了半转，侧身对着靳向东，低着头、顺着眼等他发话。

靳向东重新坐下，寻思着话头，却听黎虹开了口："事情你已经都知道了。你咋想的，我不知道。我也不想问。我现在，是有嘴也说不清。说啥别人也不会信。所以，我什么都不想说，什么都不解释。你看着办吧！如果你相信我，想把咱们的关系进行下去，我没意见。如果你不相信，我也不解释，你说咋办就咋办。成与不成，都由你说。你看着办吧！"

靳向东倒愣住了。好半晌，才慢慢说："我这个人，咱们交往也不是一天两天了，你大概也有所了解吧？我不是那种小肚鸡肠的人。从认识你的第一天起，我就没怀疑过你。不然，我也不会费九牛二虎之力把你从山口调到县上来，是不是？我是什么人？一个没人看得起的县团委书记！说话和放屁差不了多少的团委书记，我容易吗？为了调你，我几乎把组织部的门槛踏断！我把组织部大大小小的王八蛋都当爷爷在头上顶着呢！几乎把那些王八蛋的尻子翻过来舔！你当我容易！我靳向东是什么人？说句心里话，只要有一分的奈何，我宁当爷哩，不当孙子！可为了调你，我把组织部所有的王八蛋都叫爷！"他喘一口气，"这些你都知道了，我再不说。你到县上来，工作，我给你联系好了！房子，我给你要好了！你人还没来，我就把房子提前打扫了，玻璃擦了，炭给你打好了，炉子生着炕都给你烧干了！怕你吃不好，点心、饼干没少了你的！你那天起晚了，我怕没开水，连开水都给你打来了！说句实话呢，我把我妈都没有这么孝顺过！我亏待过你吗？我有没有哪点对不起你？……"

他越说火儿越大，却突然听何玮婉在门前喊："靳书记！团委靳书记电话！”他没好气，隔窗扔过去一句：“不接！忙着呢！你就说我不在！”何玮婉不走，仍在窗前喊：“是孙书记从石寨公社打来的，说一定要找到你！”

听是孙铁的电话，他不能不接，便去了。却是让他通知杨子厚回来，说丁常委采纳了他的意见，决定不调杨红砚了，丁常委要找杨子厚谈话，看他愿不愿意提前退休，把位子让给女儿。还说丁常委看完石寨公社就回去，让他尽快把杨子厚叫回来。

接完电话，靳向东颇觉奇怪，不知丁义川何以一日三变。又想工地上还没有直通电话，要先把电话打到渠口农场，农场的人通知工地上的人再挂过来，颇费周折，还不知能不能挂出来。但他还是照孙铁的话做了。在办公室等电话，看见扁嘴李锦竹和常菊墨双双从窗前走过，他们对视，说笑，很幸福的样子。这使他心里难受了一下。他觉得，李锦竹远不及他能干，常菊墨也不及黎虹漂亮，而他们的幸福却似乎超过他！这使他心里颇不平。特别是现在，他的事业蒸蒸日上，眼看就要当常委了，却偏偏出了这等事。他想象着，自己以常委的身份在公众面前亮相，很威风地在讲台上讲话，而下面的听众却在窃窃私语，他还有什么威风可言！

他气得用拳砸桌子，对肖宗泉的仇恨也越来越深，竟幻想黎虹和肖宗泉要是能突然消失掉就好了。他并不认为像农村社员那样发现妻子有外遇就严刑拷打是明智的，但是佯装不知也并不聪明。重要的是处理得当，防止新的蠢事再发生。突然，一个念头在他脑际一闪：何不把肖宗泉调出去？调到一个交通不便的公社去当一般干部！这念头像洒上煤油的木柴一样燃烧起来。他看一下表，变得烦躁不安，又砸一下桌子：“他妈的，这电话还不来！”

何玮婉见他坐立不安，说：“靳书记，你要忙你就忙去，电话来我叫你好不好？”靳向东巴不得一声，说：“好。你听着，我到组织部去一下就来。万一找不着我也没关系，没别的事儿，就是让杨常委回来，地区丁常委要找他谈话。”

何玮婉答应了。他去组织部探口气，得到的答复却是办公室秘书的调动要常委会研究。他在心里骂一声，回来问电话还没来，又到黎虹那里谈了一个多小时，再来问，电话还没有来。

直到快下班时，杨子厚的电话才回过来，偏又找不到靳向东，何玮婉按他交待的说了，杨子厚问丁常委要谈什么话。何玮婉说不清楚。杨子厚说：“如果是征求对新常委的意见，我就不回去了，意见我在常委会上都谈过了。我这里正在开展‘双追’，有些新情况，还离不开。”何玮婉听着合情合理，也就不说什么。

接完电话，靳向东来了，何玮婉说了，靳向东说：“不行！他一定得回来！”急挂过去，那边却没人接了，无奈，只好作罢。

晚上，丁义川回来了，靳向东说：“杨常委那边有新情况，说正开展‘双追’，离不开，不打算回来了。”

丁义川听了摇头，说：“哎——，水利工地上么，尽是些老社员，你抓紧叫干活就行了，搞的啥‘双追’！老社员知道啥嘛，你追啥嘛！你叫他们造个谣他都不会造，追啥嘛！老汉活迂了！迂了！赶快叫退休了叫家里呆着去，还当的啥常委！”

孙铁笑道：“嗨，丁常委你不知道，老杨那个人，干啥事儿可认真着呢！这次说不定把哪个老社员打成反革命呢！”

丁义川和靳向东听了，哈哈大笑。

6.要败坏人，最好不要挑他工作上的毛病

丁义川是个谨慎的人，年纪轻轻就当了地委常委兼组织部部长，还没有冲昏头脑，但过多的恭维还是改变了他的习性，以至和文戈见面时，他不自觉地扮演了一个接见下级的领导者的角色。尽管他是不自觉的，但对文戈来说，仍然感受强烈。这多少妨碍了他们之间的交流，以至丁义川放下所有架子，只跟他谈家常时，他仍感到他是在做作。

丁义川满脑子都是工作，问了几句文戈的个人情况后，不由自主又谈开了水泉县的班子：“水泉县的工作老是搞不上去，你看是啥原因？”文戈想了想，说：“毛主席说：‘政治路线确定之后，干部就是决定的因素。’”丁义川说：“那对着呢。具体呢？是曹的问题，还是刘和孙的问题？我听曹说，是刘和孙不配合。孙又说曹是一把手。你看呢？”文戈说：“当

【车夫叹】三心驾车，车不行，打谁？牛不该打，鳄不敢打，猴打不着，只好打车。

然，班子不团结，恐怕他们三个都有责任，但是，从根子上说，是谁把他们弄到一个班子里的？”

这话丁义川不爱听，沉默了一下，又谈吕翠儿。文戈对此事颇有看法，说：“吕翠儿这个人咱们且不说，这种做法到底有多少意义？就说陈永贵吧，到中央去，你说他能起多少作用？吕翠儿就算是真正的贫下中农，给她一个常委，能发挥多少作用？她到底懂些啥？把水泉县几十万人的命运交给一个啥都不懂的农村妇女，是对他们负责吗？”

本能使丁义川严肃起来，他是现行政策的受益者，觉得有责任维护。他面色沉沉地说：“话不能这么说。中央的政策么，总有他的道理，如果没道理，中央也不会那么制定。对不对？中央的水平，总比我们高吧！在这些问题上没有什么可争论的！”

文戈有股不服人的犟劲，说：“好吧，不争论，比较一下总可以吧？咱们远的不说，就说水泉县，姬建华你知道吧？拿姬建华和吕翠儿比一比，哪个更有能力？哪个提上去对水泉县几十万人民更有好处？这么明白、这么简单的事情，我不明白上面怎么就一点都不考虑！”

文戈自己也进入了辩论者的角色。丁义川更觉得他面对的是一个想驳倒他的对手，说：“那好，那咱们就比一比看。你说的姬建华我也清楚，以前报过，没有批，不是没报过！他们两个要比，我觉得吕翠儿更具备条件。第一，吕翠儿是真正的贫下中农，家里到现在连条新被子都没有！她家里我前天还去过，住的窑洞那个烂，就别提了！这一点，他姬建华能比吗？他瞎好总还是个公社书记吧？每月还有五六十元的工资吧？有那么穷吗？”

文戈说：“如果把穷作为一个条件，那还有比吕翠儿家穷的人呢！”丁义川说：“不是把穷作为一个条件。我说的是贫下中农！姬建华家啥成分我不记得了，但可以肯定，不会是贫农。这可以推算，他今年四十出头了吧？听说文化程度还不错，四十出头的人，有文化的人，解放前就得上学吧？要是真正的贫农，解放前能送子女上学？他即使有那个心，也没有那个力！是不是？”

文戈不说话，他确实不知道姬建华家啥成分。丁义川继续说：“第二，吕翠儿是女的，姬建华是男的。现在你们水泉县的常委班子里全是男的，没一个女的，你说要吕翠儿，要姬建华？”文戈心里说：“选常委是为办事，还是为装点？”但这话他没说出来，因为这是中央的精神。

丁义川扳下第三个指头：“第三，吕翠儿今年二十出头不多点，姬建华四十多了吧？是两个吕翠儿的年龄！水泉县常委班子的平均年龄老是下不来，上面批评过多次了，你说要谁？”文戈心里说：“选个刚出生的更小，能办事吗？”但他仍没说，因为年龄也是上面要求的。

丁义川扳下第四个指头：“第四，吕翠儿是农民，姬建华是干部，你说农民不起作用，可这是中央的政策，你能不执行吗？还有第五，吕翠儿还是个‘造反派’！尽管农村的‘造反派’实际也没造什么反，这大家都清楚，但人家有‘造反派’的名名，姬建华再咋说，也是个‘当权派’！当然，我们是唯物主义者，不是对谁都套‘当权派’就是‘走资派’的公式，但他到底是个‘当权派’呀！当了那么多年公社书记，多多少少总会有点问题吧？就这么五点，你自己比一比，你说要谁？”

文戈要说话，丁义川摇摇手说：“算了，咱两个说这些都没意义。其实你的脉我把来着呢，你是对曹兀龙有意见，因此对曹兀龙选的人也不满，是不是？”

说到曹兀龙，文戈话就多了，尽管他力图扮演一个公正的角色，实际上他全说的是曹兀龙的毛病。县委办公室秘书的身份使他有资格和能力对曹兀龙工作中的问题发表评论，听得丁义川连连打哈欠。最后，丁义川实在忍不住了，打断他道：“我说，你如果要成心败坏一个人，最好不要挑他工作上的毛病。他的工作再不好，只要领导对他好，随便一解释，什么事儿都没有了！你要想搞他，我教你一个办法，就是找他生活中的问题，没准儿还叫哪个神经过敏的领导听了发一顿脾气，你谈工作根本就没人听你的！”

仿佛一盆冷水，浇得文戈心里凉透了。他完全失望了，呆一阵，说：“那你能不能帮我调动一下工作？水泉县我呆不下去了。”

丁义川不打哈欠了：“为啥？”文戈说：“曹兀龙老想整我。”丁义川问：“到底咋回事？他为啥要整你？”文戈想了想，说：“这话就长了，有远因，有近因。远因是：铁书记刚去世时，有人传说他要当书记，我说不可能，就他那水平，也就生产队长的料，哪里当得了县委书记！这个话可能传到他耳朵里了。后来，他老以大老粗为自豪，动不动就给人吹，‘我是大老粗！’‘臭知识分子如何如何’，我听了不舒服，就说了句‘粗不等于马列！’可能又有人传给他了，又给我记了一笔。”

丁义川点点头：“哎，你说他干啥嘛！现在就这么个社会，就兴的大老粗，这是潮流，你这不是自己找倒霉！你的思想方法有问题！——近的还有啥？”

文戈觉得话不投机，不想说了，但又想，这事包不住，迟早得出来，便又说：“前不久，他找了个新华社记者，写了份吹捧他的材料，吹得太过分，都快成焦裕禄了，我气不过，写了份真实情况发出去了。这事儿肯定包不住，他非得知道，知道了恐怕得气疯。所以，我觉着我不应该再在水泉县呆着了。”

丁义川对曹兀龙并无牵扯，听得笑起来，说：“他还能成焦裕禄！他要能顶焦裕禄一个手指头，也谢天谢地了。”又肃了脸说，“不过，你的做法也有问题，那是你的顶头上司，你得罪他干什么？要都像你这样，哪个领导还敢要你？”

文戈说：“我不是为自己！如果是为我自己，我不会明哲保身？我是担心让他这样的人当了县委书记，水泉县怎么办？他到山口公社去蹲点，为了给他造成绩，搞得劳民伤财，根本不管老百姓的死活，要当了县委书记，全县的人还不都得跟着他倒霉！”

丁义川说：“他再咋折腾，你的工资一分也少不了，管那么多闲事干什么？”文戈说：“我要不知道也罢了，知道了要装不知道，我办不到。”

丁义川叹一声：“你把他得罪了，还有你的好儿？”文戈说：“所以我想调一调，单位我不在乎，只要能离开水泉县就行。我不是图好地方好单位，我只是为了避祸。”

丁义川沉吟，他倒不是不想帮亲戚，问题是他当常委时间不长，马上给亲戚们办事，也显得太急不可耐了。于是说：“不过，关系也不大，我给曹兀龙讲讲，让他正确对待。毛主席说，要善于和持不同意见的同志一起工作，他是县委书记，这点度量他应该有吧？”

文戈摇头：“他不可能听。”丁义川不高兴了：“全听当然不一定，一点不听也不可能。咱们的关系他不是不知道，我还不信他连一点都不听！没关系，你放心，他要敢对你怎么样，我会说话的。他要真不听……咱们再说，好不好？”

文戈彻底失望了。这对他是个很大的打击。他不再说什么，沉默一阵，告辞要走。丁义川站起送客：“我最后再劝你一句，告状的事儿，以后你就再不要干了，没啥意思，一来不起作用，二来也是个得罪人的事。何苦呢！”

文戈说：“我不是为自己。我是为水泉县几十万人民！”丁义川很不屑地一笑：“这些官面上的话在这里就没必要说了。”文戈已没心思再和他辩论，只在心里摇摇头，出来了。

他往回走，突然觉得非常孤独，仿佛掉进大雾里，看不见光亮，看不见方向，看不见可以行进的路，周围的一切都模模糊糊，似乎潜藏着巨大的危险和阴谋，一个人影都没有，一个朋友都没有，一阵无望的恐惧悄悄地袭来，连县委大院里的灯光都仿佛变得昏黄了。

7."双追"

踏进县委那熟悉的院子,文戈才觉得踩到了实地,心才慢慢落下来,但精神仍灰灰的。见杨红砚屋里灯亮着,他犹豫一下,没有去,回了自己宿舍。拉开灯,见地上一个纸条,捡起看时,是杨红砚留的,让他回来到她那里去。他知道她还惦着他的调动,心里升起一丝暖意,仿佛又有了活气,可去了说什么呢?说丁义川不愿调他?一来显得他们亲戚间无情义,二来显得自己无能。可不说,又说什么呢?不去也不行,她心里惦着,不知道来过几次了,不告诉她,她会睡不着觉的。

他脚步迟滞地到她那里去。一进门,杨红砚就问:"去找丁常委了?怎么样?"文戈想了想,说:"我不想到地区去了,调来调去挺麻烦的,何必呢?"杨红砚一愣,半晌才说:"他不肯帮你?"文戈回避着她的目光:"他也有他的难处。我也不太想去。"

杨红砚满脸疑惑:"我觉着丁常委挺有魄力,人也挺热情的,怎么会呢?"文戈说:"算了吧,不说了。——你怎么办?"杨红砚还沉浸在思虑中,她想亲自去找一下丁义川,又怕文戈多心,说:"你是不是没有说明白?不好意思说?要不,我再替你跑一趟?"文戈摇头:"算了。我不去了。——你咋办?"杨红砚心里也凉了,半晌才说:"你不去,我去有什么意思!"

文戈听了,心里颇温暖,但嘴上仍说:"你要有机会,还是走吧,这个地方到啥时候也没出息。"杨红砚淡然地说:"出息在人,不在地方。"

文戈还要说,肖宗泉敲门进来了,见文戈在,嬉笑道:"哦,对不起,我就打扰半分钟。小杨,我想借你样东西,不知道还在不在?你的那份《周总理遗言》让我看一个晚上,明天一早还你,行不行?"

杨红砚不想给他,故意打岔:"你怎么又叫我小杨了?你应该叫我杨大姐!"肖宗泉马上改口笑:"对不起!对不起!叫错了!杨姐!杨姐!"说着伸出手:"杨姐,借小弟一阅。"

杨红砚不说话,只半笑不笑地看着他。文戈看出了她的心思,说:"你看过了?"肖宗泉说:"是一个朋友想看看。不过,你们放心,绝对可靠!"杨红砚说:"哪个朋友?你说具体人。"肖宗泉不想说,但也只得说:"穆子录。"

穆子录人是没说的,但传来传去,总让人担心。杨红砚推托说:"我已经烧了。"肖宗泉赖赖地笑道:"我一看你的脸就知道没烧。你不会撒谎。"杨红砚说:"真的烧了。'双追办'成立多长时间了?谁还敢保留!"肖宗泉说："'双追办'还不是吓唬老百姓的，谁把'双追办'当回事！你越说越不像了！要我说，你不如赶快给我，我走了你们也好说话。你不给，我走不了，你们说话也不方便，是吧？你要不愿意给，我就自己拿，就算我抢的，好不好？"

他说着，真就自己拉抽屉。杨红砚无奈，拉开抽屉取出一个红塑料皮的笔记本，取出给他，说："你就拿好！要落到'双追办'手里，你就坐牢去！"肖宗泉接过去，满脸是笑，嘴里说些调笑的俏皮话，朝两人挥挥手，关上门走了。

文戈听他脚步声远了，说："那个东西最好不要乱传，不怕一万，就怕万一。宗泉不是个十分谨慎的人。"杨红砚有些为难地说："本来我不想给他。可前些天有件事儿我没给他留面子，我怕今天再不给，他心里有想法，不好不给了。"

文戈问："前些天什么事儿？"杨红砚岂能告诉他，只淡淡地说："也没啥，你别问吧。"文戈便隐约有了点猜想，心里又添一层不愉快，不过也不说什么。

从杨红砚处出来，见办公室的灯还亮着，他进去看，鲍日曙正在电话本上写什么。鲍日曙也看见他了，笑道："你还没睡？我刚接了个电话，是杨常委从工地上打来的。说工地上发现了一份《周总理遗言》，杨常委正组织人追查呢。"

文戈心里咯噔一下，见鲍日曙笑得很不自然，知道是他知道了他和丁义川的关系，表示友善，否则也不会主动把电话内容告诉他。他心里鄙视，嘴里咕哝一声，告辞走了。

鲍日曙纡尊降贵和他说话，见他似乎并不领情，心里骂一声，恨道：神气啥呢！县官不如现管，曹书记总有一天会收拾你！想把杨子厚的电话内容告诉曹兀龙，又担心曹书记是不是休息了，万一打扰了他反不好。想想，反正工地上的事也不要紧，就明天再说吧。把电话本锁抽屉里，关灯去睡了。

第二天刚一上班，鲍日曙便拿着记录本去给曹兀龙汇报。曹兀龙心里烦杨子厚多事，想着还要应付丁义川，打电话到招待所，问丁常委今天什么安排。鲍日曙只得停住，等他挂完电话才接着说。曹兀龙不耐烦，皱眉说："'双追办'的事儿不要给我汇报，你们看着处理，处理不了的给朱常委汇报去。我顾不上这些，没有重大情况就再不要找我。"

鲍日曙连说了几个"好"，准备退出来，曹兀龙说："你去一趟招待所。丁义川今天要走羊山公社，老孙陪着去，你过去送一送，就说我有事儿来不了。送走后把地区组织部的小任找一下。他叫任惠。那天小任说有个啥事要给我说,一直没顾上,今天他不去羊山,你找来看是啥事。"鲍日曙便去招待所,送走了丁义川,请来了任惠。

任惠大高个儿,结结实实,年龄也四十出头了,在地区干了十多年,还是个一般干部。地区组织部的人,无论年龄大小,都叫他"小任",他也不计较,是个难得的厚道人。他找曹兀龙,是县地震台他一个亲戚想调到县上来,找过他好多次了,他一直没碰上茬口说。

曹兀龙一听是这事,心想小菜一碟,就点头答应了,问他叫什么名字?任惠说:"叫姚忠民。他什么意思呢?主要是嫌地震台是归地震大队管,人员是统一调配,他怕以后把他调到别的地方去,照顾不上家。要不,也就不调了。"曹兀龙见他说得很作难,笑着安慰:"没关系,没关系。完了我给组织部的人说说,给你安排。"

任惠说完就想走,曹兀龙留着,慢慢打听地区组织部的情况,也聊丁义川。任惠说:"丁部长人挺不错的,虽然年轻,人很稳,也比较正派。不像有些年轻人,稍当点官就不得了了。"

曹兀龙笑着听,"哦"着,不时点点头。任惠见他爱听,接着说:"私心也比较少。组织部长有权呢,他却很少为自己谋啥。也不很照顾自己的亲戚。我们这次来县上,你们县委有个叫文戈的,是丁部长的亲戚,找他调工作,他也没答应。"

新情况!曹兀龙一下注了意,忙问:"为啥没答应?"任惠奇怪地看看曹兀龙,说:"不为啥,还能为啥?就是想铁面无私,想当个好官,还能为啥?"

他的忠厚和不时髦的词汇把曹兀龙惹笑了,心里明白他为什么至今仍是个一般干部的原因了。他高兴的是,终于弄清了丁义川和文戈的关系,丁不肯帮文戈,看来他们的亲戚也平常。仿佛去了一块心病,他一下轻松了许多。

任惠要回招待所,曹兀龙送出来,让鲍日曙送过去。任惠不让送。曹兀龙让鲍日曙送,鲍日曙坚持送到大门口,硬叫任惠打发回来了。

鲍日曙到曹兀龙那里复了命,才去朱仕第那里汇报杨常委的电话。朱仕第只点了点头:"哦,我知道了。你给曹局长也说一说。"

鲍日曙便给曹豹挂了电话。曹豹一听,在电话上骂起来:"哎,你说这个杨常委是吃多了撑的还是咋了?你不把你的渠好好儿挖,你'追'的个啥嘛!那些背石头的老社员,你吃了豆子追屁呢!追啥着呢!也不知道谁捡了片擦屁子纸,老汉神经又过敏了!唉,真是!这号常委,当啥着呢!还不如早点下台叫我当!"

鲍日曙没想到他是这种态度，心里有点不舒服，说："杨常委也是对工作负责嘛！"曹豹一听鲍日曙多心了，说："哦，好好好，对着呢！对工作负责！对工作负责！杨常委负责！你也负责！就我不负责！""咔"电话挂断了。鲍日曙对着耳机看了看，无可奈何，只得放下。

他又拿起电话记录本看了看，想着大家都不当回事，他也就不那么神秘了，照旧挂在电话机旁边，没再往抽屉里锁。

过了会儿，他有事出去了。文戈去打电话，顺手取下来看，只见上面记着：

工地上有传播谣言的(《周总理遗言》)，谣源很可能是草庙公社干部张志栋，但暂时无证据。目前只追到该社羊圈堡大队民兵营长胡玉宝。正在进一步追查中。(胡玉宝系张志栋小舅子)

文戈看了，仍旧挂回原处。打完电话，准备去告诉杨红砚，常菊墨进来说："文秘书，你房里的打字机是不是要搬回去？马秀娟这几天可能快回来了。"

常菊墨明显地比过去精神了。文戈与李锦竹虽然已释前嫌，但他却格外留意，不很和常菊墨开玩笑。见她等他回答，遂说："好吧，你先忙去，待会儿我就抱过去。"

常菊墨要走，何玮婉来了，又和何玮婉说话。文戈便过宿舍去，将打字机抱到打字室去。白梦媛见他抱打字机来，停住手说："哦，抱来了。学会了吗？"文戈说："当然！"白梦媛笑说："哟，那就好。以后我们活儿多了，忙不过来，你就打。"

文戈也笑："可以。不过，咱们得等工交换，我给你们打字，你们替我起草文件。"白梦媛嘴一撇："哟，看把你能的！起草就起草，你敢拿来我就敢起草！——哎，肖宗泉干啥去了，咋一天没见？"文戈笑说："怎么，一天没见都不行？看得太紧了吧？"白梦媛道："去你的！文秘书也学坏了！——哎，我问的好话，他真格到哪里去了？"

文戈已摆好打字机，准备走，说："到羊山公社去了。跟孙书记一起。孙书记要他写个材料。"白梦媛说："啥时间回来？"文戈说："恐怕得好几天。"白梦媛说："哦。——哎，小常的对象是你给介绍的？小常这几天高兴的！"

文戈想了解常菊墨的真实情况，站住问："小常高兴吗？你觉着李锦竹怎么样？"白梦媛说："当然高兴，那还能不高兴！不过，李锦竹的嘴长得不好，下嘴唇子太长了，就像个吃剩饭的！"文戈听得哈哈大笑，从窗口看见常菊墨来了，急忙就走。

他找着杨红砚，把杨常委的电话说了，杨红砚皱眉抱怨她爸太认真，两人不免叹息一回。

8.随风飘去

五月十六日到了。

几天前,文戈就被这个日子折磨着,心脏不时会抽搐一下。先前,这是个让他无比快乐的日子,是他心里的一个秘密——因为这一天是"玫"的生日。

"玫",一想到这个字,他的心就抽搐。"玫",是"一丛玫瑰花"。当然,"刺"也是有的,但那是对外的,对别人的,对他,则只是"花"。然而现在,花向了别人,刺却扎在他心里。

他还记得他们的说笑:"你的生日是哪一天?""五月十六。这个日子好记。""对。'五一六通知'!'五一六反动组织'!""我是'五一六分子'!""好啊,那我可要抓'五一六分子'了!这可是中央命令!"他笑着搂她。

像昨天刚刚发生的,然而,却已成了历史!成了段一回忆就让人揪心的痛苦!

……

丁义川今天要回地区,县委的大小头目都去送行,文戈本应去跟丁义川打声招呼的,但他没去。一来他不愿让县上的头头脑脑觉得他是借机提示他们的关系;二来今天恰恰是"五一六",他只想静静地一个人呆一呆。

他没心吃早饭,只眼望天花板躺着。

他想到去年的今日,前年的今日,大前年的今日,大大前年的今日,都是愉快的,可今年的今日,却成了灰色的。

两滴泪悄悄从眼角溢出,顺着两边慢慢流下,先是湿热,后来变得凉凉的。无论怎么说,这个结局来得太早了。应该在秋天结果的,却在春天就落了花。

窗玻璃上,新疆杨的影子一摇一摇地从西面的窗格移到中间的窗格下,他仍然那么一动不动地躺着。脸上的泪自己干了。他能感觉到两行盐巴给皮肤造成的不自在。

有人敲门。他不出声。他现在什么人都不愿见。然而,外面的人出声了,是杨红砚。她先说声"是我"。等等,没反应,又说,"你怎么了?是不是病了?"

他现在最不愿见的就是杨红砚。但她不走,他便受不了,只得翻起来,擦去脸上的泪痕去开门。杨红砚以疑问的目光盯着他问:“你咋了?”文戈勉强一笑,回避着她的目光:“刚才睡着了。”杨红砚疑惑:“是吗?”说“是吗”之后又问:“丁常委今天走,你怎么没去送?”

文戈现在不愿谈这事,只说:“没去。”杨红砚问:“为什么不去?”文戈说:“不为什么?”杨红砚更疑惑了:“你今天早饭也没吃。”文戈低了头说:“有点不舒服。”

杨红砚分明感到不对劲,他却只是不说,见他始终懒懒的,心里颇不自在,态度也就冷下来,挖苦道:“我看你是神经有问题!”说完,转身走了。

文戈望望她的背影,心里更苦了,慢慢关上门,站着发一会儿呆,心惶惶的,总觉没着没落,只得起身到办公室去。何玮婉见他来,说:“你到哪里去了?有你一封信。”

他一听“信”字,心头一振,今天是她的生日,难道是她回心转意了,要在这个特殊的日子给他一个惊喜?他的心一下提到了嗓子眼上,一把拉开抽屉,见只灰白的四边形没精没神地躺在里面。

他的情绪一落千丈,简直憎恨来信者是有意戏弄他。

他拆开信来看,实际上只是做一个看信的样子,以免叫人看出他的不对劲来。他恨自己太傻,明知这是不可能的,却还要制造一个幻想来骗自己,然后,让事实再给自己狠狠地一击。

这反复的揉搓使他本来就没有完全愈合的伤口又鲜血淋漓了。他拿着信,已经不能读。他怕在办公室出丑,又回了宿舍。

他把那封无故的信撕成碎片,投到炉坑里。他想起了她以前的信,打开中间抽屉的锁,一只鼓鼓囊囊捆得结结实实的大信封静静地在里面。他取出来,用手捏了捏,心里又一阵痛疼。

他叹一声,拍拍那捆信,轻说:“永别了!”

他决定烧掉它。他把信捆装提兜里,拿了盒火柴,关门向外走。何玮婉碰见,问他干什么去。他只含混地说:“出去一下。”

事实上,他确实无目的。他只想找个僻静的地方把那捆信烧掉。

他由脚带着乱走,一直出了县委大门。出了县城。他还在走。到他能够想能够看能够辨别时,发现前面不远就是十里墩了。

十里墩,离县城十里,她最后一次离开水泉县时,他骑着自行车发疯般追公共车,车早跑得无影无踪了,他却没命地蹬,他已经不是追车了,只是想把心中的绝望发泄在徒劳的奔跑上。然而,当他登上十里墩前的山梁时,却发现那辆公共车抛锚在山顶。她从车里走出来,没来得及说一句话,车又发动了……

那一瞬,他突然有种神秘感,觉得仿佛是自己的诚心感动了上天,故意让他们再见上一面。然而,那却只使他的痛苦重复了一遍。

今天,上天会不会再一次显灵?

他站在冷风飕飕的山顶上,望着逶迤的山间公路发呆。然而,公路上空荡荡的,连个车影儿也没有。

后来,倒是有几辆车路过,却一辆也没停。当然,更不会走下一个她来。

他呆呆的,无望地看看天空,向着天地相接的地方遥望,看到的只是一片漠然。

他找了个稍僻静的地方坐了,打开信捆,慢慢地一封一封地看信。看一封,烧掉一封。看一封,烧掉一封。最后只剩那只大信封了,他拿起望望里面,空空的,他心里也仿佛一下空得什么都没有了。

他闭了会儿眼,在信封背面写了四句话:

永诀虞姬霸王泣,
远行昭君元帝惜;
别梦杨素红李去,
了却孙秀绿石归。①

他看了看,默默地念了两遍,划根火柴点燃了,看着它慢慢地变黑变白。那几行字在火焰中挣扎着最后显现了一次,仿佛要再次提醒他:永远别了!

纸灰被风卷着,渐渐地消失不见了。

他茫然地坐着,无知无觉,仿佛自己也像纸灰一样随风飘去。

直到太阳偏西,他最后看了眼隐没在无数山包后面的公路,带着个空壳慢慢往回走。他没再沿着公路走,斜着从田埂上往县城的方向去。一条沟挡住了去路,很陡,跳下去,摔倒了。腿仿佛有些痛。他爬起来,拍拍土,继续走。

到县城时,天全黑了。

迎接他的,是鲍日曙的责问:"你今天到哪里去了,几个人找你找不

注解:

①这是首藏头诗。四句话,四个历史故事,十个历史人物。每句话的第一个字连起来是:永远别了!

着！”他说：“出去了一下。”越过鲍日曙，向自己的宿舍走去。他庆幸不是杨红砚盘查。

9.白梦媛知道了《周总理遗言》

没有吃饭，被野风吹了一天，心中又苦，文戈病了。按他的身体状况，这点病本不算什么，但他的腿受了伤，走路有困难，他不愿让人知道，便借发烧躺下了。杨红砚先以为他有什么事瞒着她，后来见他真病了，少不得来看望。

她正在炕边坐着和文戈说话，肖宗泉进来了。他才从羊山公社回来，听说文戈病了，进来问候。杨红砚见了说：“那个东西呢？你说就借一晚上，今天几天了？你要再这么说话不算数，从此再别想从我那里借任何东西！”

肖宗泉忙赔笑：“哎哟，对不起！对不起！这次确实是特殊情况。这你们都知道，孙书记让我到羊山去了，这不才回来嘛！为了表示我的信用，我这阵儿不洗脸不喝水，马上到广播站去给你要来，如何？”

杨红砚知他嘴上说的和行动老有距离，并不当真，便说：“好，拿去。”肖宗泉很果绝地说：“好！咱们废话少说，看我的行动！”说完转身就走，一副马上去办的样子。但一走过窗口，脚步就慢下来，自己偷偷笑着，悄悄回宿舍去了。

但他心里也着实记挂着，在宿舍办完自己的事，见无人找他，就悄悄溜出县委，到广播站去找穆子录。穆子录见他来，自是高兴，弄了两只咸鸡蛋，两人又干了几杯，淌了阵儿烂话，直磨蹭到晚饭后才回来。

他回宿舍去泡杯浓茶，使劲漱口，对着镜子哈气，似乎闻不到酒气了，才从包儿里取出那份《周总理遗言》，准备给杨红砚送去。谁知刚拿出来，白梦媛一把推开门进来了，嘴里嚷着：“你这个家伙……”

她嚷半句不嚷了。看见肖宗泉正神色慌张地将几页信纸往口袋里塞，她盯着问：“你鬼鬼祟祟又弄啥着呢？那是谁的信？”肖宗泉道：“哪有谁的信！你净胡说！”白梦媛眉毛一立：“我胡说！你给我看！若不是黎虹给你写的信才怪了！——这个婊子！”

她说着，就往肖宗泉跟前逼，手直往他衣袋里伸来。肖宗泉连忙按住衣袋，一边躲，一边说：“你不要胡说！与她没一点关系！”白梦媛越疑，哪里肯信，一边夺，一边说：“你又和那个婊子勾上了！你给我看！”

肖宗泉又气又急，一使劲，把白梦媛推到脸盆架上，差点摔倒。这一下，白梦媛也急了，扑上来就要抓肖宗泉，声音都变了："你还敢打我！我叫你打！我叫你打！我叫你打个够呢！"

两人正不可开交，却好邢小同和兰曼曼来了。兰曼曼给肖宗泉的毛背心打好了，叫了邢小同，一起来给肖宗泉送背心，听见里面打架，白梦媛声气都变了，急忙推门进来，果见两人撕在一处。

顾不上问，先把两人撕扯开。白梦媛不理他俩，气急败坏地指着肖宗泉嚷："你拿不拿出来？你今天不拿出来叫我看，我要叫全县的人都知道你们干的丑事呢，你信不信？"

肖宗泉又气又急，却不能解释，只狠狠地瞪着白梦媛。白梦媛一把拨开兰曼曼，又想扑。邢小同连忙拦住，同时问："到底啥东西？"白梦媛嚷道："你问那个不要脸的！——还有黎虹！两个一对儿不要脸！"

肖宗泉气急了，回骂她："你才不要脸！"白梦媛向前一冲，嘴巴使着劲说："你不要脸！"

邢小同和兰曼曼连忙拉劝。肖宗泉因和黎虹的风波还未完全平息，她如此大喊大叫，自己倒没什么，却让黎虹跟着受冤。再说，这阵儿不说清，只怕他一辈子也说不清了。想来想去，实在没办法，只得掏出那份《周总理遗言》，却不敢给白梦媛，拉住邢小同的手说："小邢你看看，你给我证明一下，看是不是哪个女的的信！"

他把邢小同拉一边，背身挡着白梦媛，要给邢小同看。白梦媛扑过来就要抓。肖宗泉挡住说："这个东西你不能看！让小邢给咱们当中间人，让他看是不是黎虹的信。如果小邢说是，你今天就是把我杀了我都不说二话！如果他说不是，对不起，这个东西我收回，你也不要看！"

白梦媛哪里肯听，还要喊。兰曼曼拦着说："小白，你先让小邢看嘛，看他看了咋说。"白梦媛听她说得在理，又见肖宗泉一手保护着邢小同，一手做出拦她的准备，料也难抢到手，便不说话，只拿鼻子冷哼，站定了看他们怎么办。

肖宗泉见白梦媛不来抢，才将纸塞邢小同手里，说："你现在看。你就看是不是黎虹的信，不是，你说不是就行了，不要说是什么！"

邢小同看一眼白梦媛，慢慢拿起看，谁知只扫了一眼，仿佛叫火烫着了，连忙扔还给肖宗泉，急道："哎哟，这个东西我不能看！我不能看！"

肖宗泉没料到他会这样，一下没接住，那纸一飘。说时迟，那时快，肖宗泉和白梦媛两人同时伸手抢，但因纸飘无定向，肖宗泉一把抓空，却让白梦媛抢个正着。肖宗泉急得一跺脚，但已无可奈何，一屁股坐椅子上了。

白梦媛展开看时，不是黎虹的信，是份复写的《周总理遗言》，心里顿时释然，笑道："哦，是这个东西！我还当是啥！"她轻蔑地朝肖宗泉一撇嘴，"给你拿去！还把你神秘的！"

她说着，往肖宗泉怀里一扔。肖宗泉在气头上，没动，纸飘到了地上。白梦媛又拾起来，说："哎，人家都追谣言着呢，我看上头说的啥？"说着，展开看。看了没几行，又扔到肖宗泉怀里："哎，没意思，没意思！我不看了！"

肖宗泉已被她揉搓得无一句话可说，她扔来就接，她要拿，就让她拿去，反正已无保密的价值，她看不看都无所谓了。

邢小同和兰曼曼这时倒为难了，站又不是，走又不是。他们明白，这种东西，说没事儿就没事儿，说有事儿，可就是了不得的事儿。偏偏白梦媛是个顾前不顾后的人，见他两个那样，说："你两个见过吗？没见了也看看。这有啥关系！看把你们吓的！看看吧，看看，没关系！有啥事儿我负责。"

说着，又从肖宗泉手里拿过来往邢小同和兰曼曼手里塞。邢小同和兰曼曼紧张地往后退，手也背到身后去了，摇着头，只说："不看！不看！我们不敢看！我们不敢看！"

邢小同一指桌边的毛背心："这是小兰给肖秘书打的背心，你们收起来吧。完了试试，看合适不合适，要哪里有毛病，叫小兰再改。——我两个走了。"

他说完，将兰曼曼一推，就往外走，到门跟前，又站住，犹豫一下说："今晚的事，我两个啥都没看见。你们说的啥话，我两个都没听见。我两个啥都不知道！谁问我们都不知道。这个请你们放心。再者，也希望，"他的脸忽然红了，"希望肖秘书和小白不要提我们。我们的情况，你们也知道，就当是可怜我两个好不好？我们实在是不敢沾染这种东西！请你们原谅！就算我两个求你们！"

兰曼曼已经出去了，此时也退回来，可怜巴巴地说："小邢说的是实话，我们真的不敢沾染这种事！请你们多帮忙！"

说完，两人悄悄出去关上门，小老鼠一样消失在黑暗里。

白梦媛见他们吓成这样，轻蔑地撇撇嘴，拿起毛背心，取掉外面的报纸，抖开来翻里翻面地看："哟，针脚细得很！小阿拉的手巧呢！"见肖宗泉还气鼓鼓地坐着，笑笑，把毛背心拿过去在他身上比了比："还生气呢？别生了吧，我都不生了，你还生啥呢！起来，试试背心，我看合适吗？"

真叫人哭笑不得！肖宗泉又气又好笑，心里叹一声，取支烟慢慢点燃了吸。

白梦媛提着背心站他身边等，见他不说话只抽烟，说："今儿算我错了行不行？也怪你！谁叫你不老早告诉我！那个东西嘛，你一说不就啥事儿都没有了,硬不说!你不说,我还当是黎虹给你来的信。你不那么鬼鬼祟祟,我哪里会往那个地方猜!咱两个都有错,你不能光怨我一个!"

肖宗泉仍抽烟,不说话,看着烟气在屋子里慢慢扩散,眼睛里空空洞洞的。

白梦媛像哄小孩子似的说:"好了吗沙?气生一生就完了,还老生去了!我早都没事儿了,你一个人生有啥意思!算了算了,再不生了,起来试背心。"

说着,把肖宗泉推起来。肖宗泉不想依她,可不依又不行,半推半就站起来,仍吸他的烟。

她见肖宗泉总不言语,从背后抱住摇了摇:"不生气了好不好?不生了,嗯!我给你赔不是。以后我再不怀疑你了!不生了!好吧?"再摇一摇,到前面去,冲他一笑,动手给他解扣子。肖宗泉不抵抗,任她施为。

扣子全解开了,拉袖子往下脱。肖宗泉不好不动了,略略配合了一下。白梦媛觉得了,得意地一笑,更大胆地替他套背心。肖宗泉只得放下烟,自己穿了,让她看。白梦媛仿佛什么事儿都没发生过,把肖宗泉扳过来,转过去,前前后后地转着看。看够了,说:"不错,挺合适的,式样也挺时新,花子也挺好看。你说是不是?行了,好了,脱下来吧。"

这次她不帮助脱了,双手叉腰,看着肖宗泉自己脱。肖宗泉脱着背心,终于忍不住开了口,叹一声说:"唉——你哟!"白梦媛接过背心去,脖子一拧说:"我咋了?我对你够好的了!"说着,到炕边去叠背心。

肖宗泉拾起桌边的烟头继续吸,说:"我说,别的话咱们都撇过,不说了。总理遗言的事,可不是耍的!闹不好真的掉脑袋呢!你既然已经知道了,就把嘴闭得牢牢儿的!"白梦媛漫不经心地说:"我晓得,不用你说!"

肖宗泉因关系实在重大,少不得忍着气,捺着性子继续说:"你知道啥嘛!你知道!你那张嘴,像个敞门子,啥时间要能知道轻重……唉,我不说了!我都不知道该咋说你了!"白梦媛道:"不说了好。谁还爱听你唠叨!"

肖宗泉想了想,不说扎实,只怕她不往心里去,只得又说:"你看,今天这个事,不是我不信任你,我主要是怕你管不住自己的嘴。我也知道,你不会故意害人,但你说话太不注意了!啥事到你那里都保不住密!今天这事儿,实在是太重大太重大了!这要漏出去一点风,就不得了了!真出大事呢!说你是反革命你就是反革命,弄不好真格人头落地呢!你可千万千万不敢马虎!"

白梦媛根本没往心里去,她只要肖宗泉对她好,别的一概不管。所以,尽管她样子笑眯眯的像在听,其实她只是在听肖宗泉的声音,而不是在听话的内容。等他说完,她一笑,说:"你说完了?你就光知道吓人!我这阵儿就说是我写下的,看他们谁能把我怎么样!”

肖宗泉气得说不出话来,半晌才道:“我说了这么半天,你根本就没往心里去,是不是?”白梦媛一张大白脸嬉笑着故意往肖宗泉脸上凑:“好好好,别说了!别说了!我听你的还不行吗?我若给人说了,你立马把我拉出去杀了!”

肖宗泉真是一点辙都没了。他想,再说也是白搭,将一点烟屁股使劲抽完,扔到炉坑里,说:“那好,我要去给人送这个东西去。你走吧。”白梦媛还不想走,但无奈,问:“给谁送去?”肖宗泉没好气地说:“你想我能告诉你吗?”白梦媛一撇嘴:“哼,看把你日能的!你还知道啥?”

她说着出来了。可走几步,忽然心血来潮,想看看他是真的给谁送去,还是借故赶她走,便蹑手蹑脚转回来。见肖宗泉果然出来了,她急忙隐身于柏树行后,一直盯着他过了农办、统战部、民政局,向宣传部方向走去。她得意地一个人在黑暗中笑,知道他是给杨红砚送去了。

10.四个美女、五大笔杆子

第二天,白梦媛去上班,一进打字室,见马秀娟回来了,自是高兴。女人们话多,又好久不见,便与常菊墨三个聊起来。正聊得高兴,李锦竹来送打印稿,白梦媛见了,笑道:“李秘书,我听说你会相面,给我相一个好不好?”

李锦竹已经领教过她,哪里敢惹,只笑着应付道:“好,好,好,你的面相好!你的面相非常好!非常好!”说着,放下稿件要走。马秀娟笑着叫道:“李秘书,你会算卦吗?我妹妹这次订婚,恰恰在订的那一天把个暖瓶打了,家里人都担心的,怕那个男的有啥妨碍,都心心事事的,你给算一算?”

李锦竹连忙摇手笑:“哎哎哎,这个话可不敢乱说!我可不会算什么卦!咱们说是说,笑是笑,你要当真就麻烦了!我可不会那玩艺儿!这个话再不敢说了!”

白梦媛一撇嘴:“说着耍一耍嘛,看把你吓的!谁还真格说你去!”常菊墨要给李锦竹解围,笑着说:“我会算卦!你们谁请我算?”白梦媛朝她撇嘴:“谁信你!”

一句话未完,肖宗泉进来了。他也是送打印材料的,接茬儿说:“我信。——若要会,跟上师傅……啊!小常跟上咱们锦竹,你想还能不会!”小常听了,警告地一指他:“肖秘书,你要再敢胡说,我告小白呢!”

白梦媛见肖宗泉来,想起昨晚的跟踪,心里得意,笑道:“我也会算卦,我知道你和杨红砚有个秘密！”

肖宗泉的脸刷一下变了。这种话，怎么能当众说！他狠瞪白梦媛一眼，一声不吭，转身就走。李锦竹一见，也跟了出来。马秀娟几个给闹了个莫名其妙。马秀娟回头问白梦媛：“肖秘书和杨红砚有啥秘密？”

白梦媛这才想起这事不能说，又见肖宗泉当着这么多人的面给她脸子看，不高兴，听马秀娟问，她无话可说，哼一声，一扭脸也走了。

这一来，马秀娟不高兴了，沉了脸哼一声：“啥事儿嘛，还闹得神神秘秘的！不愿说算了，给谁甩脸子呢！”常菊墨心里也犯疑，见马秀娟生气，又不好劝，便说：“你坐着，我打听去。”站起来走了。

她到办公室，见肖宗泉、鲍日曙、文戈、孙铁、何玮婉都在，不好问谁，又不能掉头就走，少不得寻出些话来和何玮婉敷衍，见杨红砚进来送“宣传动态”，说：“哦，宣传部还有一份材料，已经打完了，给你吧。”便和杨红砚一块儿去取。

何玮婉盯着她俩的背影看，见杨红砚脖子里有一条天蓝色，知是新围巾，笑眯眯地说：“小杨挺不错的，人长得好，也挺会收拾。你看也不见她穿什么特别好的东西，可就是觉着和别人不一样。现在咱们县委大院里有三个漂亮女子了。”

孙铁正在看“宣传动态”，笑着抬起头来，说：“三个？你说哪三个？”何玮婉笑说：“孙书记不会看，还要我说？一个杨红砚，一个兰曼曼，一个黎虹。——靳书记能干呢，黎虹刚调来，就把黎虹抓到手了。怕是早先就有联系吧？”

孙铁笑笑，不置可否。鲍日曙也有同感，“嗯嗯”了两声。何玮婉便冲文戈笑：“小文，孙书记说小杨漂亮，你听见了吗？”文戈也笑：“说小杨漂亮，与我有啥关系？”何玮婉笑道：“没关系吗？你要说没关系，我可给小杨介绍对象了！”文戈说：“那你介绍去。”

何玮婉便对孙铁说：“说是说呢，三个里面，我看最漂亮的还是黎虹。不过，黎虹的性格有点怪，老把自己包得严严的，好像不让人接近。兰曼曼又是一种类型。小兰适合近看，近看好漂亮哟！就是个头小了点，像个洋娃娃似的。”

肖宗泉笑着接口道：“这三个人各有优长，要说仪态，应该是黎虹第一。气质，杨红砚第一。灵秀，兰曼曼第一。要综合考虑，还是杨红砚最拔尖！”

文戈没说话，但听肖宗泉如此说杨红砚，心里挺慰藉。何玮婉接上道：“那当然了。小杨是大学生，谁能比得了！不过，还有一个你忘说了。还有咱们小白哪！小白应该是咱们大院里活泼第一。对不对，宗泉？小白有些地方还真挺可爱的。”

一提白梦媛，肖宗泉马上蔫了，忙改变话题：“县委大院里有一二三四五六七八，你们知道什么意思吗？”文戈见鲍日曙在，拿眼睛瞅肖宗泉。肖宗泉猛然省悟，立即住了嘴。鲍日曙尚不知情，还追着问：“啥意思？我还没听过。”

没有人接茬。肖宗泉起的头，他不能不说话，只得说：“我也不知道。我听人说呢，不知道啥意思，才问你们。”鲍日曙便觉无趣，“哦”一声，不再言语。孙铁也不知道，还问：“都不知道？”何玮婉一边摇头说不知道，一边使眼色，孙铁明白有碍，才不再问。

鲍日曙心里猜是这些人防他，隐隐觉得不自在，找个借口出去了。刚一走，肖宗泉像脱了绳的猴儿，一下跳起来，跑去关了门，在地下扳着指头数道：“‘一’，是‘一个霸王’，这不用说明了吧？‘二’，是‘两个军师’。军师么，一个当然是朱仕第，另一个……”

何玮婉插嘴道：“小肖，轻点！你那么大声，小心鲍主任回来。孙书记不知道，鲍主任可爱打小报告了！”孙铁便笑：“知道！这个院里的事，谁把谁不知道！——嗯，宗泉，你再说。”

肖宗泉道：“‘三’，是‘三驾马车’。”孙铁一听笑了：“呵呵，把我也编进去了！我成一驾马车了！哎，你刚说的两个军师，说了一个，另一个是谁？”肖宗泉道：“这个还有点争议，有人说是靳向东，一部分人认为他还够不上。”孙铁说：“够不上还有谁？”肖宗泉道：“再还数不出来。”孙铁想想说：“好。你说下面的。”

肖宗泉说：“‘四’，是‘四个美女’。”孙铁笑了，说：“四个美女刚才说了三个，还有一个是谁？”何玮婉笑起来，说：“还有一个就是小白了，是不是？”肖宗泉撇嘴，说：“她，下辈子吧！——第四个还没来，是咱们未来的女常委。”

孙铁脸上的笑意淡了点：“吕翠儿漂亮也漂亮着呢，不过，她也不是啥美女了，已经是妇人了！”肖宗泉道：“‘五’是‘五个笔杆子’。‘六’是‘六条巴儿狗’。‘七’是‘七匹中山狼’。‘八’是‘八大金刚’。”

孙铁说：“五个笔杆子都是谁？咱们小文、小肖算两个吧？”何玮婉说：“小文、小肖当然算了。还有宣传部的杨红砚和解部长。本来朱常委也算一个，现在人家当常委了，就缺了一个。”孙铁说：“李锦竹能不能算上？小李其实也应该算。这次给农办整材料，我听马主任说，笔杆子硬着呢！”

几个人都附和，说应该算。孙铁嘴一抹，笑起来：“好！好！笔杆子可是人才！笔杆子，枪杆子，不敢小看。县委大院里五个笔杆子，曹才占了一个！四个在咱们这边呢！哈哈！好！好！有希望！有希望！”

第九章

1.狗吃了“金枪不倒”

杨子厚在工地上开展“双追”,张志栋死不承认,胡玉宝却有人给写了证明。他打电话请示县委,说准备派人遣送回县上发落。鲍日曙去给曹兀龙汇报。曹兀龙正满屋子拉得乱七八糟地寻东西,不耐烦地说:“去叫朱常委和曹豹处理。”

鲍日曙要走,见桌上一沓书籍报纸,有一张毛主席的大照相,半边叫书压着,半边露在外面,天长日久,露在外面的半边已变了色,这阵儿书碰歪了,露出一线没压着的地方,毛主席头像便成了阴阳脸。鲍日曙见了,指给曹兀龙看,曹兀龙慌忙说:“烧了,烧了!快烧了!这要叫人看见,就不得了了!”

鲍日曙连忙抽出报纸,将头像卷里面,拿炕炉子跟前烧了,还用火箸乱搅一顿,将纸灰全搅碎,才直起腰来。发现曹兀龙在旁边看着他烧,心里一阵温暖,觉得总算替姨爷办了件实实在在的好事,不由得轻松愉快起来,脸上也有了光彩。

曹兀龙脸上也有了些温暖的颜色,想表示一下对这个忠诚的孙子的好感,想半天,说:“以后家里的杂活叫娃娃们干去,你再不要干了。有些事还可以叫小李去,你不要老跑了,把单位上的事耽误了人说闲话呢。”鲍日曙心里温暖极了,搓着手说:“没有啥,我在家里也干。干惯了,不干点啥还心慌的。小李太年轻了,干个啥人不太放心。”

正说着,电话铃响,曹兀龙拿起听,脸色变了。鲍日曙也注意听,隐约听了几句,见曹兀龙放下电话,问:“狗咋了?”曹兀龙有点急,说:“你快给曹豹打个电话,叫他带两个人去,把枪拿上。——家里狗疯了!”

鲍日曙一愣:“狗怎么会疯?我去看看。”曹兀龙制止:“你空手不要去。快去打电话。”鲍日曙急忙走了。

曹兀龙想想,狗要真疯了,就得赶快打死,不然伤了人不是要的。他心里奇怪,好好的,怎么会疯?他打开抽屉,取出一把手枪,打开皮套,又一层红绸子,里面才是一件乌蓝的铁器。他拿起朝炕炉子瞄准,扣动扳机,听到撞针清脆的一响,心里涌出一股快意。给枪里上了子弹,想想,怕万一走火,也不好,又取出来。重新用红绸子包好,装入皮套,解开外衣,用皮带系在腰间,用手按一按,硬硬的,才心满意足,关上门,向家里走去。

刚到他家院外,便听见院里狗发狂般吠,铁链子“咔咔”要断似的响。

街上也有人站着听。有半大的孩子爬高了往墙里望,看见曹兀龙,都躲的躲藏的藏了。

曹兀龙先抓住门锦往里望,摸摸腰里的铁器,慢慢往开推门,心里后悔把子弹卸下来了。黄香桂和臊女子都躲在屋里,将门拉开一条缝往外看,听见大门响,见是曹兀龙,忙喊:“快进来!快!小心狗把链子揪断了!大门后有个铁锨!”

臊女子见她大回来,开门就要往外跑,被她妈一把拉住,连骂带搡,重新关在门缝后。

曹兀龙心里虽发慌,面子上仍镇定,关上大门,顺手抄起门后的铁锨,稳步走过院子,踏上台阶,还回头望一眼已认不得主人、冲他狂吠猛冲的黄狼。黄香桂急得在屋里直催,见他走近,一步抢出来拉进去,仍旧关上门,只从门缝里往外看。

曹兀龙放下铁锨,问是咋疯的。黄香桂说:“我也说不清。早上还好好儿的,我还给喂着吃了,还朝我摇尾巴来着。吃完还在院里转来转去都好着呢,一阵儿不知道咋了,就急得跑开了,还吱吱地直叫唤。我看着不对劲,就哄着叫。那时候还听话呢,我就哄着把链子给拴上了。一拴上就不对了,挣、咬,使劲儿地叫唤。我给吃的也不吃了,给水也不舔了,越咬越劲大,到后来就没命地咬铁链子,又挣,看着人就咬。我和臊女子在门台子上呢,就朝我两个咬,眼睛都红了。我吓得赶紧把臊女子拉到房里了。后来它越咬越劲大了,我怕把铁链子挣断,在房里都吓得不行,才叫臊女子给你打的电话!”

曹兀龙看那狗时,果然红着眼,吠一阵,挣一阵,咬一阵铁链,咬铁链的神情,仿佛在咬不共戴天的仇敌,看得人头皮子都发麻。狗已满嘴都是血,可怖的牙齿也变成了红色,还狂暴地乱挣乱咬。墙头上有好奇者探看,曹兀龙喊一声“干什么!”都缩回去了。

曹兀龙看不出所以,问:“你都给吃啥了?总没有把啥毒药给吃上吧?”

一句话提醒了黄香桂,说:“哦——,你上回提包里拿回来的一包包药我给喂着吃了!那是啥药?我听人说药放时间长了就不能吃了。上次我见你提包里一包包药,就掏着放下了,时间长得很了,你也没问,我也忘了。今儿我开抽屉才看见。我心里想怕时间长了,没劲了,不知道人还能不能吃,就给狗给给吃了。我想着,你再要,到医院里开新的去。那是啥药?总不是毒药吧?你包包里总不会有毒药吧?”

曹兀龙这才想起,冯彦虎给他提包里装了一小包东西,给他说是“补药”,十有八九是他配的“金枪不倒丸”。他当时往那儿想了一下,过后工作一忙就忘了,谁知却惹出这事来。再看狗时,果然肚子下伸出半截紫红紫红的枪尖,眼睛也红了,分明是一副不能忍耐的样子。他心疼那些药,也生黄香桂的气,很冲地问:“一包你都给狗吃了?”

黄香桂见他生气,辩解道:“时间长了,皮皮都干了,我当没用处了。”曹兀龙说:“你是不是都给狗了?” 黄香桂说:“我当你没用处了, 就都给了。”曹兀龙气得一跺脚:“你也不问问,就随便儿乱给!”黄香桂气短,只得赔着小心说:“我当你没用处了。——到底啥药沙?”

曹兀龙无法回答,只含混说:“治肚子痛的。”臊女子听了说:“哦,真格！你看狗老看肚子着呢,怕是肚子痛疯了?”

【茜茜令】吃错药,狗疯了;哎哟哟,金枪不倒,
可惜了;娘儿们,瞎胡闹,把好药,糟蹋了。

曹兀龙不愿女儿看狗的丑样,皱着眉从门缝那儿拉开,说:“不要看！疯狗有啥看的!”臊女子哪里肯听,还挣着要看。正在这时,只听“咔”的一声,狗将铁链子揪断了,带着半截发疯般向大门冲去。大门关着,它又抓又咬,扒开了一个缝,拖着铁链子“哗啷啷”一阵响,飞出去了。

曹兀龙本能地一摸手枪。臊女子要冲出去看,被黄香桂一把扯回来,反身抵住了门板。

街上传来一个女人的尖叫。接着,好多人同时叫起来。

曹兀龙说:“坏了!坏了!要咬了人就坏了!”说着就要冲出去看。黄香桂怕他有危险,抵着门板不让出去。

街上,男人的怒吼和女人的尖叫阵阵传来。

曹兀龙生怕伤了人,急得怒目圆睁,一把扯过老婆又去开门。不想黄香桂颇有力气,且救夫心切,虽然趔趄了一下,却未摔倒,死命抱住曹兀龙,任曹兀龙发怒,就是不放手。臊女子一看她大她妈打起来了,也尖叫一声,抱住了曹兀龙的腿。曹兀龙虽急,既不能下死劲打老婆,也担心踹伤女儿,只急得嘴里乱骂,却脱不得身。

他们搏斗了一气,突然觉得街上静了,这才屏住气听,嘈杂声和狗咬声似出西门去了。

黄香桂这才松开男人。臊女子也松了手。曹兀龙听一听,从腰间拔出手枪来,要上子弹,黄香桂吓得直往后退:“你把那个东西放下,小心把人打了!”

一句话提醒了曹兀龙, 他只对着靶子放过几枪, 这满街人乱窜的时候,要真拿不稳走了火,比狗咬了还要命。忙又将子弹夹往下卸。大约太紧张,卸半天硬是卸不下来。黄香桂早拿过铁锹来,想让他出去时拿着,见手枪出了毛病,就站门口等。

这时,鲍日曙手里提把灭火锹,曹豹带两个民警赶到。民警手里提着半自动步枪,枪上上了刺刀。曹兀龙一见,瞪眼说:“你们咋才来!——狗出西门了,快去瞄准打死,不要叫伤了人!快!”

曹豹二话没说,手一挥,带了就走。曹兀龙赶出去,在后面追着喊:“小心,不要伤了人!”

曹豹答应“知道!”匆匆走了。鲍日曙看一眼曹兀龙,见他没有别的指示,也跟出去了。

曹兀龙这才松了一口气。不想臊女子又大哭起来,边哭边说:“他们背的枪就把狗打死了!我不让他们打!我要我的狗呢!我不让他们打!”曹兀龙心里烦,朝黄香桂挥一下手。黄香桂拉着臊女子到灶房去。臊女子死跌活绊不走,被黄香桂在背上虚打了几下,哭得更凶了。

都走了,曹兀龙才松一口气,收拾手枪,不知怎么一弄,弹夹退下来了。他莫名其妙,翻着看了看,心里想,这玩艺儿,会弄了是个利器,不会翻弄的人,还不如个烧火棍。还用红绸子包好,但心里却不像原来那么看重了。

一会儿,曹豹和鲍日曙回来了。曹豹汇报说:“狗死了!等我们追出去,已经叫人打死了。这个家伙厉害!那么多的人挈叉舞棒地追着打着呢,还把谁家的一只大黑狗咬死了！”

曹兀龙说：“没有伤着人吧？”曹豹说：“没有！没听说伤人的话。如果伤了人，他肯定说呢。鲍主任，你听见了吗？”鲍日曙摇头：“没有。我也没听见。”曹豹说：“就是。”

曹兀龙这才松一口气，刚要问那两个民警哪里去了，臊女子长嚎一声扑过来，冲向曹豹就抓，连哭带喊地说：“你给我赔狗！我要我的狗呢！你把我的狗打死了！我要我的狗呢！”

黄香桂追过来，边拉边劝：“不要闹！不是你哥哥打死的！是外头一个人打死的！狗疯了，不打死咬了人咋办！”臊女子哪里肯听，拉出去，扑进来了；又拉出去，又扑进来。

曹兀龙生气，边呵斥臊女子，边给曹豹、鲍日曙说：“走走走，咱们走。到单位上再说。”

2.狼狗儿子惹祸

曹豹一边走，一边给曹兀龙汇报：“狗打死在西门外涝坝跟前了。一群人都挐叉舞棒的，我看人多，也没问谁打死的。”曹兀龙说：“算了，问啥呢。只要没咬人就行了，狗死了就死了。”曹豹说：“就是。狗皮子我给城关公社的老田安顿了，叫他找个人剥了扒好再送来。现在送着来咱们还不会收拾。咬死的黑狗我没问。我想着狗把狗咬死了，他谁也说不出个啥。”

鲍日曙没有立上功，觉得有义务为姨爷的损失表示哀痛，说：“好好儿的一条狗，说死就死了，挺可惜的。那个狗看门看得可好呢，现在还没个狗看门了。”

曹豹接过去说：“你们农场里不是有个狼狗么，捉一个狼狗儿子养上，不比那个老黄狗强！”鲍日曙偷看一眼曹兀龙，说：“还说狼狗呢！下了五个狗儿子，是你们公安局的公狗配的种，你们拿去了两个，压死了一个，还剩两个，我还给老张叮嘱了又叮嘱，还是没看住，叫人偷跑了。”

曹豹一听，说：“嘿，真格没王法了，偷到县委头上了！书记，你想不想要？如果你想要，我给你侦查，追回来咱两个一人一个，行不行？要行，你一句话，我给你立案侦查。”

曹豹不像鲍日曙那么小小心心，虽是曹兀龙的家侄，说话并不赔那么多小心，也不像鲍日曙，不敢叫曹书记，只叫姨爷。

曹兀龙着实想得到狼狗，但让他下令侦查，却不好开这个口，怕传出去不好听，所以只咕哝了一声。曹豹和鲍日曙都没听清他咕哝的什么，再问，曹兀龙说："鲍日曙你这两天注意听着，看有没有咬伤人？如果有，咱们买点东西去看看，不要让人家说共产党的书记狗咬了人，管都不管！"曹豹见他说正经话，不好再提。

到县委门口，问曹兀龙再无事，曹豹不进去，直接回公安局。一路走，想起尹长安今天去气象站查那个案子，何不让他顺路到县委农场问一下。要找到狗儿子，他一个，给曹兀龙一个，又得了狗，又让书记高兴，何乐而不为。

想着，真就去找尹长安。到尹长安宿舍，却见祁霞也在，曹豹嘴一咂，指着祁霞说："哎，我说弟媳妇，你这就不对了嘛！大天白日的，你不上班去，在宿舍里干啥着呢？你这也太劲大了嘛！是不是？你看你，这才有几天呢，把我们长安吸成空皮胎了，还不放一马？你真格成了'齐下'了，'双管齐下'！是不是？"

祁霞结婚以来，早就领教了公安局人的嘴，又粗又刁，她一个文化人，又是女的，哪里斗得过他们，便不说话，拿个酒瓶子，过来就捣曹豹的嘴。曹豹夺过瓶子去，拧开盖喝了一口才说："业务不熟练！裤子还没脱呢就想给人灌！"

尹长安一听，拍手说："太对了！太对了！"曹豹一想倒是骂了自己，忙说："啥对？你说啥对？你不要幸灾乐祸，小心你娃娃的命着！我老实告诉你，你不要以为祁霞是个蜜罐子，那是个拔火罐儿！是把杀人的钢刀！多少英雄豪杰都叫女人战败了你知道不知道？你们都是读过书的人，听没听过'袅娜腰肢催命剑，轻盈体态引魂兵'？祁霞就是那'催命剑'、'引魂兵'！那笑着宰你着呢，你当啥着呢！"

祁霞跳起就走，说："你们公安局的人嘴都像尻子一样，放出的屁又脏又臭，我不听了！"说着，真掀帘子走了。曹豹在后面喊："弟媳妇，不要生气，我是为你好，省着些用，多用些日子！"

屋里剩两人了，尹长安说："你狗日的啥事？我知道你狗日的没事不来我这里。"曹豹说："没事我就不能来了？"尹长安说："来得玄！"曹豹说："你想不想要狼狗？县委机关农场的狼狗下儿子了，你今天去气象站呢，顺便给咱两个一人要一个。"

尹长安说："他们的狗儿子叫人偷走了，还哪里有。"曹豹说："哦？那你过去问一问，看谁偷了？问出来咱两个一人一个。"尹长安说："你滚尿吧你，我吃多了，给你查狗去！"

曹豹说："不是叫你查，你顺便去问一问，问出来了出来，问不出来算屎了。”又一想，请将不如激将，改口说，“哎，算屎了，不问了，你问也是白问！你们就从书本本上学了点破案知识，狗屁都不顶，知道案咋破着呢！我这不是和你白磨嘴皮子着呢！”说完，起身就走。尹长安冷笑：“想激我，没门！”

曹豹和尹长安的关系有点儿怪，倒是人说的“见不得的离不得”。两人一见面就打嘴仗，不知道的人还以为是一对仇敌，可两人心里，也许是惺惺相惜吧，又都有点喜欢对方。曹豹虽然有点自命不凡，但在公安局里，又确实还有两下子，一般人还就赶不上，所以尹长安虽然嘴上老损他，心里却喜欢他办事利索。尹长安呢，政法大学毕业生，公安局里唯一受过正规训练的人，虽然知识分子还“臭”，但一到办大案要案，还不能不把他当王牌使用。所以，尹长安虽然嘴上自谦，心里却自视甚高。偏曹豹就看不起那种窝窝囊囊的人，心里就留了敬尹长安的位置。尹长安还看重曹豹的一点是，他虽是曹兀龙的侄子，在曹兀龙面前却并不奴颜婢膝，即使曹兀龙不高兴，他也该说什么还说什么，不顾忌曹兀龙会怎么样。而且，在背后，他也常说些曹兀龙水平不高的话，言下似有蔑视那位权高势重的叔叔的意思，倒投了尹长安的脾气，因为尹长安也十分地看不起曹兀龙。

两人既然是这么个关系，所以尹长安虽然心里并不想管狼狗的事，但好胜心却使他有点放不下，心想去问问，问清了也不告诉曹豹，等曹豹拿这事奚落他时，他再拿出来，说我早就清楚，就是不告诉你！这么着，他从气象站出来，路过县委机关农场时就进去了。

机关农场是张茂春管，本来是机关干部劳动的地方，近年却没多少人来劳动了，所以张茂春老向监狱里要犯人来干活。他正带着三个老实些的犯人要去给曹兀龙家卸煤，见尹长安来，又把犯人交给背枪的民警，和尹长安到房里说话。

两人坐下。张茂春一边卷烟，一边笑说：“小伙子你怕要注意点身体呢，膘咋掉得厉害了！怕要节约着点呢，啊，哈哈哈……”他心里想着“春一秋二夏三，冬不藏精，夏必病瘟”的道理，一想人家是大学生，懂的只怕比他还多，就没说。

尹长安可以和曹豹对骂，却不能和张茂春顶嘴，便有点不好意思。张茂春见了，忙笑说：“那么你来啥事？公安局的人不转闲门子，有事你就快说，我还给曹书记家下炭去呢。”

尹长安便说他想要个狼狗儿子。张茂春说早没有了。尹长安便转着圈儿问怎么没有的，可能是什么人偷的等等。张茂春哈哈地笑起来：“这还麻搭了！养了个狼狗还把案子养下了。那么你是正式立案调查，还是随便儿问问？如果你是正式调查,那我就给你不说了。不能说！呵呵。”

尹长安道:“你知道谁偷了？”张茂春笑道:“我是干啥的！我养的狗我再不知道谁偷了,这个农场还能办下去？问题是,是不是你们立案调查着呢？”尹长安说:“不可能！公安局再没事,也不会为一条狗立案调查！”

张茂春还笑,说:“不是立案,你从来不来这个地方的人,今天跑来干啥来了？公安局的人总不会是到这个地方来观风景吧？”尹长安道:“我随便问一句话,你看你又神经过敏了。”

张茂春道:“你是公安局的人,你们这号人问问题都带圈圈着呢,不小心就被你们套住了,不过敏不行啊。呵呵！——不过,你来查这个事儿我真格糊涂了。按说,这件事儿应该关心的是曹书记。曹书记让人查还可能,别的人不大会。可曹书记要派人,怕要派曹豹,不会派你。你也不是舔曹书记尻子的人,你咋跑来了？你说说是谁派你来的？你不说清楚,我不敢给你提供情况。”

尹长安听了,跳起就走:“不问了！不问了！尿他妈一条狗,还这么复杂！我要知道这么复杂,你们农场的门边儿我都不探来！尿他妈的,上了曹豹这个贼孙的当了！”

张茂春一听,知道是曹豹打发来的了。见尹长安骑自行车跑了,还在后面喊:“咋这么急就走了？再坐会儿嘛！”尹长安头都不回,一溜风不见了。

张茂春暗笑,仍叫了犯人去给曹兀龙家卸煤。刚走到东街口,通信员小李飞车来找,一见他们,跳下车来说:“老张你咋不见来了？曹书记家里还等着呢,鲍主任叫我催你快点。”

张茂春跟着犯人一摇一摆地走,笑说:“我早都要来呢,公安局的人来了,查狼狗案子着呢,我能走脱？”小李惊奇:“真格？”张茂春仍一摇一摆地走,笑说:“不真格我哄你干啥！”

他们说着话,在县委门前分了手。小李回去复命,一进办公室,也不看都有谁, 就笑着给鲍日曙说:“公安局的人查狼狗儿子着呢, 把老张堵住了,走不脱,才来晚了。这阵儿已经过去了。领着三个人。”

鲍日曙一愣:“不要胡说！一个狼狗,公安局的人咋会查！”小李不知轻重,还以为主任疑他撒谎,正色道:“真格！老张亲口给我说的,要不等老张来了你问！”

鲍日曙也疑心曹豹干了什么,不敢十分说小李,挥挥手让他走了。何玮婉觉得这事怪,心里犯疑,嘴上却不说。肖宗泉心中有鬼,一听公安局的人调查,担心事儿闹大,一句话不说,悄悄出去了。

他去找孙铁，见靳向东也在，本不愿进去，又不好走，只得说："孙书记，公安局的人追查狼狗着呢！"孙铁一愣："公安局的人追查？你听谁说的？"

肖宗泉便把小李的话学说了一遍。孙铁当下就火了，大声说："小肖你到院子里喊去，就说狼狗儿子是我抱到家里去了，看他谁能把我咋样！"

靳向东忙站起，锁住门，拍拍孙铁的背说："老孙，你别火。这不是狼狗儿子的问题，这里面有文章呢！"

孙铁眉毛立着，声音不减："我知道有文章呢！没文章我还不生气！咋呢！不就是那次常委会上我没有投陈召凤的票嘛！有本事常委会上见，这么偷偷摸摸算什么！你还叫公安局的查呢！你把天王老子叫来我也不怕！不就一个狼狗儿子嘛，你还能把谁的头揪了！"

靳向东和肖宗泉忙劝。孙铁气不过，仍说："我早就知道！那次常委会上没占上便宜，一对蛤蟆眼都气红了，我就知道非寻茬茬子不可。我早防着呢！没想到在狗身上做文章！啥水平嘛！你有本事把我们的人打倒一个两个，那才叫水平！在狗身上做文章，太叫人看不起了！"

肖宗泉道："他这实在太不高明了。查出来顶多也就臊臊毛，还能咋？"孙铁道："他就是想臊我的毛！查出来他好给人宣传，说一个县委副书记偷狗着呢，好叫人笑话我！"他略一思索，说："不行，不能让他的阴谋得逞！我现在就告诉他，狗是我抱回去的，看他能把我怎么样！"

说着，站起就走。靳向东和肖宗泉要拦，哪里拦得住，拨开二人就奔了办公室去，见鲍日曙在，他大声说："鲍日曙，咱们农场的狼狗儿子是我抱去了。我听说公安局的人查着呢，没查头！就在我那里！谁要问你就给说！看定个啥罪呢叫定！我还不信一条狼狗儿子能把人的头取了！干啥事儿光明正大一些，这么偷偷摸摸算啥！"说完，转身走了。

鲍日曙和何玮婉两个都目瞪口呆。鲍日曙愣一阵，一句话不说，找曹兀龙去汇报。

3.曹豹要报复

孙铁发火，鲍日曙想报告曹兀龙，却找不到人，去问汪天鹏，一敲门，段梦熊在里面。段梦熊见鲍日曙，歪歪脖子说："大主任好着吗？你们的官都当得舒服得很，把我们放到那干梁上没人管了！"

鲍日曙不善斗嘴，只笑笑，问他啥时候来。汪天鹏知他定有事，一问，鲍日曙见段梦熊也不是外人，就把孙铁的话学说了一遍。段梦熊听了说：

“这哪里是说狗,明明是给曹书记示威,还听不出来!”

汪天鹏一双鹰眼转悠着,不说话。段梦熊继续说:“当初曹书记要报孙铁当副书记,我就说过,那是个祸害,他不听,非要报。倒好,叫他尝尝味道!对着呢,我看孙铁整得对着呢!曹书记就要这种人整呢!认不清人嘛!我支持孙铁!”

汪天鹏问细节。鲍日曙知道的都说了,还是没搞清原委。段梦熊说:“鲍主任不知道,问曹豹不就清楚了!”汪天鹏也想到了,就去计委办公室打电话。曹豹一听就急了,说:“他妈的谁造的这号谣?”汪天鹏说:“你们没立案?”曹豹问:“他妈的谁说的?”汪天鹏在电话上不好说,只道:“没有就算了。”说着把电话压了。

曹豹心里烦,放下电话就追来了,见段梦熊也在,问候了,说:“嗨,他妈是谁造的谣!”汪天鹏说:“孙铁,谁!”曹豹一愣:“他咋知道的?咋这么说话着呢!”汪天鹏说:“你总闹了点啥吧?没一点儿风,人家咋会说?”

曹豹说:“立案是绝对没有!咋可能嘛!我干公安也干了半辈子了,我就那么没脑子?一个狼狗儿子能立案?我就是打发尹长安去问了问……”他没说完,打住了。段梦熊冷笑:“你问他着干啥呢?既然问了,就不要怪人家说!”

曹豹一听,转身就走。汪天鹏一把扯住:“你干啥去?”曹豹说:“我找孙铁去!我得给他说清楚:第一,公安局没有立案,谁说公安局立案就是造谣。第二,这事是我一手办的,与曹书记没关系,他不要胡拉被儿乱扯毡!”

汪天鹏把他拉回来,说:“你这么去,不但说不清楚,还越说越糟糕!依我,这事儿咱们不说。为什么不说?第一,立案不立案的话,不是谁说立案了就真立案了,你们没立案,这是事实,谁都改变不了这个事实。所以,我们用不着解释。他谁要说,让他说去,说到一定时候,我们把事实摆出来,给他一个响亮的嘴巴!这个嘴巴我们现在留着,他要不再追究就算了,他要追究,打的就是他。第二,曹书记不知道的话,也不能说。你是曹书记的亲戚,你不说还好,越说越糟!到那时候不仅说不清,人还在背后骂曹书记呢,说敢干不敢承认!事儿没说清,还把人丢了!是不是?”

曹豹听了,说:“那你说咋办?我们闭上眼睛等着挨闷棍?”汪天鹏说:“对。忍了!说不清的事,干脆不说!谁说狗屙下的是咱们屙下的,我们也认了!把这阵儿忍过去,再看!”

段梦熊听得不耐:“哎哟,听的人牙碜的!是咋样就咋样,狗屙下的咋就是咱们屙下的?我们可吃那个亏着干啥呢?”汪天鹏反问:“那你说,你有什么好办法?拿出来咱们听听,如果好,就照你的办。”

段梦熊说："我没有好办法。但我绝不干狗屙下的也是我屙下的那种事儿！我还忙着呢，拖拉机还在外面等着呢，我要走了。"他看一眼汪天鹏，"曹书记来了你给说，我就是那话，羊路公社我呆不下去了！八年抗战还有个出头的日子呢，我真个成苦役犯了，连个出头的日子都没有了！姬建华在铁首仁手里是红人，到他曹兀龙手里了，没了还是红人！权在他手里掌着呢，书记、常委没我们的份儿，换个窝窝子还不行！你给曹书记说，别的公社我不去，我就要和姬建华换林丰公社呢！苦了半辈子了，也总该让我们享几天福了吧！"

他说着，拧着和头差不多粗的脖子，晃荡着坛子似的矬身子，出门去了。汪天鹏和鲍日曙到门口送。曹豹嫌他说话刺耳，坐着没动。

段梦熊的话多少冲淡了方才的气氛，汪天鹏、曹豹、鲍日曙三个商量一阵，决定曹豹暂时不出面解释，等着看形势的发展再定。曹豹一肚子不自在，临走时说："这次我就先忍着，如果他再不追究，咱们就算了。如果他还不罢休，我迟早给他栽一桩杀人案呢，你叫他等着！"

鲍日曙吓得悄声说："曹局长小声点，不敢胡说！"曹豹说："我胡说？你等着看，杀人案是个话，反正我叫他认得我呢！三年等个闰腊月呢，他总有栽到我手里的时候！"说着，气狠狠走了。

鲍日曙又和汪天鹏闲聊了一阵。鲍日曙问段梦熊来干什么。汪天鹏说："为他的调动。打了几次电话，曹书记没顾上，又跑来了。"鲍日曙说："咋火气大得很？"汪天鹏说："想当常委，没当上，想换个好地方，还没换成，一肚子不高兴。"

鲍日曙说："他想到林丰去，怕不好办吧？林丰是姬建华搞起来的。那时候还是铁书记的'点'。"汪天鹏说："不是。曹书记考虑了，但一直在等机会。曹书记有个大计划呢，是全县性的大调整，不是他一个。总得有点时间，他着急得很，主要是没当上常委，给曹书记找茬茬子着呢。"

鲍日曙不以为然了，说："常委咋能人人都当！"汪天鹏要说话，却听小李在院子里喊："鲍主任——朱常委找——！"鲍日曙听了，慌忙往外走。

4.《周总理遗言》

鲍日曙一出来，小李就看见了，跑来说："哎呀，鲍主任你太难找了！我把县委大院里的门门子都敲遍了，硬是找不着！朱常委叫你赶紧过去呢。"

鲍日曙心跳，说："朱常委没说啥事？"小李说："杨常委押了个人来了，找‘双追办’,找你找不着,找到朱常委那里。朱常委叫找公安局的曹局长,也找不着。”鲍日曙诧异:“杨常委押的干啥的人?”小李说:“我说不清。好像是造了啥谣了?你去看吧,人在办公室门口呢。”

拐过房角,果然看见办公室门口三个农民,两个坐着,一个蹲着。鲍日曙又一愣,问小李:“押了几个?”小李道:“一个。两个是押人的民兵。”鲍日曙从他们面前走过去,也分不清哪是押人的,哪是被押的。

到办公室,只有何玮婉陪杨常委说话。见鲍日曙进来,杨子厚道:“哦,鲍主任来了。你看咋办?情况我在电话上给你讲过,刚才给朱常委也汇报了,人就在外面,现在就交给你了。”

鲍日曙没处理过这号事,毫无思想准备,一点也不知道该怎么办,这么个大活人,不是东西,交给他怎么办?一时着急,脸都涨红了:“你交给我不行。交给我,我咋办呢?”

杨子厚道:“你是‘双追办’副主任,不交给你交给谁去?”鲍日曙一时语塞,脸更红了。

何玮婉见鲍日曙全无主意,在旁提醒道:“鲍主任,刚才朱常委说了,叫你给公安局曹局长挂个电话,叫曹局长先把人带过去看住,完了再研究怎么办。”

一句话提醒了鲍日曙,忙给曹豹打电话,正好曹豹刚从县委这边回去,自是不愿意跑重复路,只问啥事。鲍日曙生怕他不来就麻烦了,说:“你快来,朱常委叫你过来。”曹豹无奈,只好答应。

放下电话,鲍日曙松了口气,想起方才对杨常委态度不好,有点不好意思,便脸上堆起笑来,问杨常委吃了吗,洗了吗,屋子里生火了吗,忙着要喊小李给打水生火。杨子厚忙拦住,说:“不用,天暖和了,不用生火。开水一阵儿才烧呢,这阵儿哪里来的开水!”

鲍日曙见杨子厚身边的茶杯干了,又忙着给添水。杨子厚便朝外喊:“你们喝水吗?”

随着喊声,进来两个,一个笑说:“哎呀,有水了给点喝,快干透了!”何玮婉给倒了两杯端过去,一个接在手里说:“哎哟,这是开水!有凉水吗?开水烫着喝不成!”杨子厚喝一声:“你喝!哪里给你找凉水去!有水就不错了,还条件高得很!”两人便笑,说:“好,好。我们喝。常委说了,舌头烫掉都不敢说了!”

杨子厚笑着:“你问问胡玉宝喝不喝。问题是问题,水还得给着喝。”一个笑道:“有了给上一杯。渴肯定渴了,咋不渴!我们都干透了,他还许带水壶着呢!”何玮婉又倒了一杯,由那人端出去。几个人便在门外吸溜。

曹豹来了,见杨常委在,招呼一声,转问鲍日曙什么事。鲍日曙指着门外的人说:“这是杨常委从工地上押来的一个人,叫胡玉宝。上次我给你说过,就那个传谣言——《周总理遗言》——的。杨常委叫民兵押来了。朱常委叫你先把人弄到公安局看管起来,完了看朱常委咋指示再说。”

曹豹一听,反身就走:“真个胡说着呢!公安局是国家执法部门,哪能随便儿把人弄去,那是你们家的羊圈?”

鲍日曙急了,追过去一把拉住:“哎——你不能走!你不能走!朱常委说了,叫你把人先弄到公安局去看着,你走了咋办呢?”

曹豹脖子硬硬地说:“‘把人弄公安局去看着’?咋说得那么轻巧咪!你先给我把这个‘看’字解释一下,是拘留?是逮捕?是关押?还是请去做客?公安局就是随便‘看’人的地方?”

杨子厚皱着眉听了半晌,说:“曹局长,我不是送人给你们公安局叫拘留或逮捕的。我是给县‘双追办’送来散布谣言的人。县‘双追办’主任是朱常委,你和鲍主任都是副主任,咋办你两个商量去!”

这话软中有硬,要命的是在道理上。曹豹无话可说了,张着嘴看杨子厚。鲍日曙见他走不脱了,才稍稍松口气。曹豹见不好推,眼珠子转了转说:“散布谣言总有个证据呢吧?有没有材料?你的证据和材料在哪里?”

杨子厚一指鲍日曙办公桌:“我都交给鲍主任了。”曹豹扫一眼,果见鲍日曙桌上一沓材料,按的红手印格外扎眼,便无话说。

正僵持着,朱仕第来了。鲍日曙像见了救星,忙把情况给汇报了,问朱仕第怎么办。朱仕第看看曹豹,说:“曹局长你先在你们那里找个地方叫蹲着,完了咱们研究一下,看怎么处理。”曹豹又把是“逮捕”还是“拘留”的话说了一遍,声音却明显低了。

朱仕第听了说:“什么也不是。不是逮捕,也不是拘留。你们那里不是也关盲流么?就按盲流对待,先找个地方叫呆着,今晚咱们再研究怎么处理。——杨常委,你看这么可以吧?”杨子厚攒着眉头说:“可以。”

朱仕第说:“那好。那咱们就这么定下来,今天晚饭后七点半,在常委会议室里研究。——好吧?杨常委。”他心里并不把杨子厚当回事,但礼貌上一点都不缺。这使杨子厚心里服帖,很郑重地点头:“可以。”

朱仕第嘱完,说他还有事,先走了。鲍日曙这才真的轻松了。曹豹心里却不舒服,气杨子厚多事,却不好说,鼻子里出一股粗气,出去对三个社员说:“走。把你们的人带上,下!——你们带钱带粮票了吗?公安局的饭可不是白吃的!”押人的两个同时说:“我们哪里来的钱和粮票呢?一路上都是杨常委给我们买的饭。”

曹豹一听,心想这大头干的啥事儿么!想笑,强忍着,说:“进去和杨常委要钱和粮票去!他把你们弄来的,钱和粮票都向他要!”隔着门儿就朝里喊,“杨常委,掏钱!掏粮票!”

杨子厚在里面早听到了,他是老实人,虽觉不该由他掏,但也想不出应该谁掏,便摸自己的口袋。其中一个小个儿社员被支进去取,他有点不好意思,只站在门口看着杨常委掏。曹豹在门外幸灾乐祸地喊:“掏三个人的!这是三张嘴,不是两张,常委你把数儿弄清楚!”

杨子厚攒着眉头,掏出一张五元的票子,略一迟疑,又加一元,说:“三个人,一人两元,可以了吧?”小个儿喜得眼睛都眯细了:“多得很了!多得很了!”

曹豹在门外喊:“你多掏点嘛!大大一个常委,一个月六七十元拿着呢,咋那么小气唻!”说着进门来,又从杨子厚口袋里掏出一张五元的,往那小个儿手里塞。小个儿不好意思要,说:“够了,够了,再不要了!”曹豹强塞他手里,呵斥道:“拿上!还不要!钱烧手呢!要不够了你再到哪里要去?”说着把他往外推。

小个儿被推出去了,还挣着在外面说:“杨常委,我先给你拿上,花不完再退给你。”曹豹喝他:“不退!拿到手的钱还能退!”又冲杨子厚喊:“粮票!粮票!还有粮票!再掏拾斤粮票!”杨子厚攒着眉头又摸口袋,把几个口袋都摸遍了,却只找到半斤,只好说:“我身上没有粮票了,你等等,我找去。”

何玮婉见他找不出,说:“我家里有,吃过饭我给你们公安局送去,行不行啊曹局长?”鲍日曙在几个兜里摸来摸去,摸出两张半斤票,要给杨子厚,却被曹豹拦住:“不要给!这个粮票应该杨常委出,叫常委找去!常委底子厚,叫常委去找。”说着拉杨子厚起来,“快到你宿舍里找去!”

杨子厚说:“我宿舍里一年多没进去了,一个纸片片都找不到,哪里有粮票呢!”曹豹往外推他,说:“那找你女儿要去!女娃娃吃不多,粮票存下着呢!”杨子厚无话,只得到杨红砚处去找。

杨子厚走了,何玮婉笑说:“曹局长,你也太过分了!杨常委瞎好也是个常委,你就那么糟蹋人家。要是我,我都受不了!”鲍日曙也笑:“曹局长胆子大,给我,我不敢。”

曹豹笑道:“不是我胆子大,实在是他气人得很。你看嘛——”他悄悄指一下门外,压低了声音,“那么个土八路,除了知道石头黄土,他还知道啥?追谣言你总看看对象呢嘛!你把这些个老土鳖追着来叫我们咋办呢?屁事不顶还得我们赔几碗干饭!你说你大大的个常委,咋干这号蠢事?我是故意的！我故意叫他难受难受，看他以后还干不干！”

再说杨子厚，到杨红砚宿舍一看，门开着，屋里却没人。他拉开抽屉看，不见粮票，又翻笔记本，却一下愣住了：他翻出了一份《周总理遗言》！

他一下呆住，呼吸都停止了。他不相信，眨眨眼再看，确定是《周总理遗言》！他脑子里一片白，眼前一片黑，身子不见了，他突然不明白自己是谁了！

那个小个子社员跟过来取粮票，在门外等不见，悄悄探进头来看，见杨常委呆坐着，说：“杨常委，没找着吗？”

杨子厚惊醒过来，忙合上笔记本，嘴里应一声：“哦，我正找呢。”在抽屉里乱翻，却分不清哪是粮票，哪是纸片儿。他还有一丝清醒，说：“我找不着粮票，你给办公室那个女的说，叫她去找几斤先给你们，我找着给她还。”

小个子走了。杨子厚连忙关上门，又翻出那个笔记本来查看，但无论怎么看，还是清清楚楚的《周总理遗言》。那些字儿一个也不消失，位置也不错乱，看看内容，也是。他颤起来了，看着桌上女儿的照片颤声说道：“这是地雷啊，你哪里来的这号东西嘛！”

5.杨子厚其人

杨子厚，可是个大忠臣。

他是那样一种人，像勤苦的老黄牛，吃着草，喝着脏水，挨着鞭子，照样耕耘不息。

他是忠诚的化身，相信党，相信毛主席，相信上级领导，相信代表组织讲话的人；与此相对应，他也相信中央文件，相信“最高指示”，相信报纸是党的喉舌，相信上级的决定都是贯彻了党中央毛主席的指示精神。

他参加革命几十年，深深懂得，要取得革命的胜利，就必须有铁的纪律。对“少数服从多数，个人服从组织，下级服从上级，全党服从中央”的组织原则奉若神明。

现实生活中，他崇拜公正，是非分明，说一是一，说二是二，从不圆滑乖觉，模棱两可。

他看人只有一条标准：就是看他对党忠诚不忠诚。对党忠诚，听党的话，就是好人，是同志；否则，就是坏人，是敌人。

他有钢铁般的原则性，坚持党的利益高于一切。如果原则和生命发生冲突,他会毫不犹豫地选择原则而舍弃生命。

他有点像箭,像箭一样强直,像箭一样死硬,像箭一样不避吉凶。同时,又有箭一样的残酷性。一旦他被扣到弦上,就会眼一闭,将生死置之度外。一旦发射,就会直奔目标,不论那目标是凶的狼,恶的虎,还是善的麋鹿,可怜的羔羊,他都不会回避,不会回头,不会绕弯,只会照直射过去,把箭头连同箭杆都插进目标的胸膛。

他从参加革命以来,得的各种各样的"先进"、"模范"、"奖状"、"奖章",数都数不清。每次奖励,都像给他淬了一次火,加了一次刚。他以为,周围的人也以为,是对他的信条的一次次肯定,因而使那些信条全部刚化,变得无比坚硬。

这样一个人,如果你能力足够强,也许能够粉碎他,却无法改变他。

靳向东背后叫他"革命机器",但因碍着杨红砚的面子,在人多的场合,却不叫。

杨红砚还不知道她爸已经发现了《周总理遗言》。她是去提水的,准备洗头。女孩子总爱干净,好打扮。

她一手提两个暖瓶,一手提只大铝壶。怕来时开门麻烦,就没上锁。等到门口踢门,却发现锁上了。她急得一跺脚,钥匙还在屋里。正没办法,门却开了。她还没来得及看杨子厚的脸色,高兴地叫了一声"爸!"

她进来放下壶,说:"我提水去了。"一转脸,收起喜色问,"爸,我听说你押了个人,咋了?"

杨子厚一心都在"遗言"上,不接茬,只努着脸坐着,心里琢磨怎么开头。杨红砚见她爸不说话,也发现他脸色不正常,说:"爸咋了?你脸色咋那么难看?"

杨子厚的脸一下皱得像苦瓜,刚要说话,孙铁笑呵呵地推门进来了,热情地和杨子厚打招呼,握手,问路上好不好走,问工地上的情况,说:"我听说你来了,到你房里不见人,办公室也不见人,我猜你可能来小杨这里了,果不其然!咋样?我听说你抓了个传播谣言的?杨常委的工作,实在认真得很!我们都要向老常委学习呢!小杨,你也要向你爸好好学习呢!"

杨红砚说:"学啥呀!我爸尽干那号吃力不讨好的事,人家谁像你呀,爸!你以后少干这号事儿!"杨子厚抬起满是皱纹的一张灰脸,瞪女儿一眼,哼道:"大人说话你少插嘴!你懂个啥!"

孙铁哈哈大笑:"老杨还把小杨当娃娃着呢!——不过也对着呢,小杨总还是你女儿嘛!再怎么着,也是小辈。不过,老杨啊,你也不能把小杨完全当娃娃,小杨现在已经是宣传部副部长了,以后我们还准备大用呢!

希望杨常委多支持，给小杨多指点着些，把你的经验多多给小杨传授些。也是培养革命事业的接班人嘛！同样是为革命做贡献，是不是？”

杨子厚心里像油煎一般，勉强挣出一丝苦笑，算是回应。孙铁给杨红砚使眼色，杨红砚知道他有话要说，给桌上放两个杯垫，倒好两杯茶，一人面前放一杯，说：“孙书记你先和我爸谈，我出去一会儿。”说完走了。

杨子厚这时只想和女儿谈“遗言”的事，但又不好让孙铁走，只得苦坐着。孙铁这才开始谈正事：“杨常委回来晚了一步。上次给你打电话让你回来，是有件大事。”

杨子厚一听“大事”，心一下提到了嗓子眼上，手不由自主就搭在放“遗言”的那个抽屉边上，仿佛怕孙铁来抢。孙铁继续说：“这件事儿，因为牵扯到你和小杨两个人，你又是革命多年的老同志，当常委也多年了，所以，丁常委想亲自找你谈。”

孙铁本来要谈的是让他让位给杨红砚，不好意思直说，才远远地往来绕。杨子厚却听得心惊肉跳，觉得句句是暗示他交待“周总理遗言”。好似他们都知道了，动员他做杨红砚的思想工作，早早坦白交待。他紧张得坐不住，问：“丁常委就为这事儿来的？”

孙铁想了想说：“还有些别的事。这件事是捎带着找你谈。”他几乎要说出口了，却想着，到底自己年轻，资历短，这么重大的问题，还是由地区领导谈比较好，就说：“这话我不好说，还是让丁常委跟你谈比较好些。我看这么办，今天晚上我就给丁常委挂个电话，就说你回来了，看丁常委能不能抽空来一趟。不过，老杨，我说句不太中听的话，丁常委虽然年轻，毕竟是地委的常委，位置到那个台台上了，再加上工作也可能比较忙，不一定能顾上来。可能还得辛苦你跑一趟地区，和丁常委见见面。你看咋样？我今晚和丁常委先联系，联系完了再说。好不好？”

杨子厚心里全乱了，觉得句句都是警告，要到地区去，只怕就回不来了。他茫然地看着孙铁，机械地随着他的话点头，只希望他赶快说完走人。孙铁却还想着第二件事。他先问杨子厚能呆几天，说：“这个话，也有点不太好说，但不说还不行。事情已经逼到眼前头了，……”

他迟疑了会儿，下了决心：“是这么回事。你上次回来的时候，不知道听到没有，反正我听到了，有股风刮得很厉害，说是公社班子要大调整，科级干部要大换班，等等。说得有鼻子有眼的。开头我还说是造谣，后来打听了一下，才知道有来头呢！具体人我就不说了，说了影响团结，不过你一听就明白，能干这种事的，水泉县再没有第二个人！”

孙铁的意思是让杨子厚注意，曹兀龙要乘刘钟看病去的时机搞公社班子大调整。他特地提到姬建华和段梦熊，一个是杨子厚深爱，一个是杨子厚深恶，而曹兀龙却要把段梦熊调到姬建华苦心经营了好些年的林丰，却让姬建华去段梦熊闹垮了的羊路去受苦。他想这些话一定能激起正直得什么弯儿都不会绕的常委义愤。没想到杨子厚却仍似乎有点茫然。他不明白杨子厚今天怎么了，一再解释，杨子厚还只是含含混混。

杨红砚进来拿碗筷，他才发现已经过了两个多小时。这才慌忙告辞。杨红砚送出去，顺便去灶房打了饭回来。他们父女俩很久没有一块儿吃饭了，杨红砚心里很高兴，笑着让父亲吃饭，杨子厚却不言语，起身去掩住门，攒着眉头说："祸神！你还有心思吃饭！你咋光给我惹祸！"

一句话，把杨红砚说愣那儿了。她本来正给父亲递筷子，这时停在空中，问："我给你惹啥祸了？"杨子厚气得想拍桌子，却怕引人注意，手也停在空中，责道："你还问我！"杨红砚莫名其妙："我不知道我惹了啥祸……"

杨子厚看女儿的脸色是真诚的，知道她根本就没往"遗言"上想，指一指那个抽屉道："你，你，你从哪里来的那个东西？那是谣言！你不知道？中央这么追查着呢，你咋不上交?！"

杨红砚明白了。她放下筷子，拉开抽屉看了一眼："爸你翻我的笔记本了？"杨子厚略有点不好意思，他是个正人君子，从不鬼鬼祟祟动别人东西，女儿的也不，只得解释："我没粮票了，想找几斤粮票，翻了一下。——你到底从哪里弄来的那东西？"

杨红砚翻开笔记本，取出"遗言"装兜里，关上抽屉，又给她爸递筷子，轻轻松松地说："吃饭吧，吃完了再说。爸都活迂了！这有什么可大惊小怪的！"

她的话，以及不以为然的态度，一下激怒了忠诚的老革命。眼前，不再是他的宝贝女儿了，而是一位不知天高地厚竟敢向纯洁一生毫无污点的老革命的忠诚之心挑战的狂妄年轻人。他一下想起了文化大革命初期冲进县委给他戴高帽子拉着他游街高喊"打倒走资派杨子厚"的"红卫兵"。他愤怒了，两眼喷火，忽一下站起来，指着杨红砚怒喝一声："你说什么？"

杨红砚吓得一哆嗦，筷子掉地上了。她趁捡筷子的机会镇静了一下自己，知道爸爸的倔劲上来了，她不敢硬顶，看着她爸一笑，像孩子一样亲切地叫了一声："爸——！"

杨子厚一愣。"红卫兵"不见了，宝贝女儿眼睛一眨一眨地瞅着他。他的心一下软了，同时却觉得心痛欲裂，其苦万状地说："你还笑得出来！"

杨红砚见她爸不吼了，以为危险过去了，笑着又给他手里塞筷子。然而，杨子厚不接。正直的常委觉得这是大是大非问题，不解决好，咋吃得下去！他攒着眉头说："你快把那个东西交了去！有啥事情赶快说清楚！再留在手里就是大祸害了！”

杨红砚生气了，把筷子拍到桌上，口气生硬地说：“你说给谁交？”杨子厚说：“当然是给组织交，还能给谁交？”杨红砚说：“谁是‘组织’？曹兀龙，还是鲍日曙？”

杨子厚没想到女儿会变得如此目无领导，颇感意外，好似不认识了，呆呆地看一阵杨红砚，还没想应该怎么说，杨红砚却先开了口：“爸爸你怎么变得这么迂！这种事儿，你不说，谁会知道！”

杨子厚气得喘了：“中央在追查着呢！不把根根子追出来，我们国家能安定团结吗？你不交，就等于包庇反革命，你明白不明白?”

杨红砚也气得脸白了，说：“我不明白！这么个烂东西，能传到咱们这山沟沟里，全国不知道几百几千万份，还靠这份追查根根子？你不交啥事都没有，你交出去才是自找麻烦！何苦来！——快吃饭吧！吃了我还要洗碗呢！都凉了！”

这几句话把杨子厚听呆了。他浑身僵硬，一股混合着震惊、气愤、痛惜、害怕等复杂心情的感觉像电击一般通过脑际，使他生出一阵神经质的颤栗。他心底里一下涌上来千言万语，但冲出口的却只有一句话：“你、你、你、你怎么变成这样了！”

杨红砚也挺生气，但又不能把父亲怎样，只说：“快吃饭吧！”杨子厚更气了，说：“你光知道吃！人家都知道了，你还不赶快坦白去！”杨红砚略一愣：“谁都知道了？”杨子厚犹豫一下：“老孙，谁！老孙来动员了我半天……”

杨红砚说：“孙书记？不可能！孙书记知道也不会……”她没有说下去，但杨子厚已经听出来她下面话的意思，说：“不会！？人家来动员了我半天，就看咱们是不是主动去坦白！”杨红砚说：“孙书记动员了你半天？不可能！绝对不可能！——孙书记咋说的？”杨子厚头脑里也一闪，说话慢了：“说他倒没明说。”杨红砚说：“没明说就是你瞎猜！是你……心虚！”

父女两你一言我一语争着，时间飞快地逝去，饭菜全凉了，他们仍然谁也说服不了谁。

忠诚的老革命不能容忍任何对党不忠的人，即使是他女儿也不行。然而，他心里却痛极了。他从来都没想过，自己的女儿会和他站到对立面，会和他发生矛盾。而且是在如此重大、原则的问题上。他激愤得身子都颤抖着，面部表情从来都没有如此强烈和丰富过。由于情绪过于激动，不免忽略了屋外是不是有人。可巧，鲍日曙这时正好在外面。

鲍日曙是来叫杨子厚开会的。他走到门口，听到了父女俩的争吵，虽然听得断断续续，但他像狐狸嗅到了鸡味，敏锐地觉察到这是一场不同寻常的争论。他不由自主放慢了脚步，等到不得不敲门时，他已经基本明白是怎么回事了。

他的敲门声禁住了争论。他装作什么都没听到的样子说："杨常委，常委会议室门开了，朱常委请你去开会。"

杨子厚茫然地答应一声。鲍日曙要走，迅速扫视了杨红砚一眼，发现杨红砚正以查究的目光盯着他，他忙挣出一个笑来，点点头说："杨部长。"

他怕杨红砚追问他是否偷听了他们的话，又急忙催杨子厚一声："杨常委快点，朱常委等半天了。我先走了。"他的话是连着说的，不给人回答和发问的机会，说完赶紧走了。

6.老革命大义灭亲

鲍日曙压抑着心的狂跳，装正经慢慢走着，一过宣传部屋角，再也忍不住，几乎要跑起来。他飞走到常委会议室，也顾不得平日的谨慎和礼貌，打断正在说话的朱仕第，悄声而紧张地说："朱常委，我发现了一个重大情况。杨常委和他女儿吵架着呢，听口气，是杨红砚手里有个啥见不得人的东西，杨常委叫坦白去，杨红砚不去。两个人就吵开了。"

朱仕第听了，没言语，手伸口袋里去摸烟。曹豹却急不可耐地问着细节，他看朱仕第阴不阴阳不阳的，怕误事，说："朱常委，这件事你交给我办吧。你是常委，事儿多，这些碎事儿你就不要油手了，好不好？一阵儿杨常委来了，我先给他屁子里撺上几箭，你要看着不对劲，你就走你的路，我来对付他。"

朱仕第还没来得及说话，鲍日曙发出了警告："悄悄，杨常委来了。"

杨子厚面如死灰般进来。他还能勉强保持镇静。但当汇报开始，马上就看出了，他的镇静只是表面的，他的话已全无条理，一句话说半截就忘了。朱仕第慢慢地翻材料，心里明白，老头子已乱了方寸。

鲍日曙心急火燎地想把谈话引到杨子厚身上，但看朱仕第不动声色，也不敢贸然说话。曹豹则完全是一副幸灾乐祸的态度。他根本没听杨子厚汇报，只盯着杨子厚的脸，仿佛在看一场滑稽表演。当杨子厚又一次说错话，不得不停下来回想刚才说了什么的时候，曹豹开口了："杨常委，你今天不对劲啊？你的话前言不搭后语啊？你自己不知道？我看你心里有事！"

杨子厚的灰脸立即出现了死气，下意识地说："有什么事？"曹豹嘿嘿一声冷笑："好我的杨常委呢！什么事你还不知道？还要我给你点破？"

杨子厚抬头看，曹豹的目光像锥子一样直往他心里钻。鲍日曙的眼镜也变得阴沉沉的。朱仕第虽然仍在翻材料，但只要看他的神态就知道，他心里什么都清楚！杨子厚又想起了孙铁跟他的谈话。虽然孙铁什么都没说，但他明白，孙铁、曹兀龙、朱仕第，还有地区的丁常委，都知道他心中的秘密了，都在等待他坦白交待。都在考验他对党的忠诚程度。他的脸扭曲了，痛苦地摇摇头，长叹一声，差点要哭出来。

曹豹一看火候到了，又说："杨常委，你给我们上课、讲政策讲得多了，党的政策你比我们都清楚，咋一到自己身上就不灵了？这可是考验你的时候，你这个老革命……咋办？是和党一条心呢，还是……咋办？这可用得上你教导我们的那句话了：党考验我们的时候到了！我看你还是……啊？你心里明白该怎么办，对不对？"

朱仕第听不过去，也怕万一什么事儿都没有，和杨子厚不好相处，说了句："曹局长，谈正事。玩笑就不要开了。"就站起来出去了。他这是两可的语言，往哪个方向解释都可以。

曹豹见他出去了，说："杨常委，听到了吧？朱常委叫谈正事，再不敢开玩笑了。"

在杨子厚听来，他们的话句句都是暗示，句句都是催促，句句都是警告。他对党忠诚了一辈子，不要说人家已经知道，就是没一个人知道，也应该对党说实话！他绝望地看一眼朱仕第坐过的空沙发，沙着嗓子说："等朱常委回来了我给说一声，再给我一点时间，我动员她自己坦白好不好？"

这等于承认了！曹豹是干什么的，哪里会给他时间，紧逼一句道："常委，说清楚，你叫谁坦白？坦白什么？不要打马虎眼好不好？"杨子厚心里叫一声："完了！女儿啊，爸对不起你了！"说："杨红砚。就是《周总理遗言》。你们都知道了，还问啥！"

曹豹心里乐开了花："嗨，常委，这可是你的不对，我们知道是我们知道，你说是你说。这可不一样！"他怕拖下去杨红砚销毁罪证，就站起来了，"走吧，咱们一块儿去动员。"

杨子厚用了浑身的力气站起来，头一晕，打了个趔趄。曹豹扶了一把才没摔倒，说："哎，慢点，慢点，老同志不要激动！"鲍日曙心脏剧烈地跳动，跟过来站旁边等，恨不能立即飞跑过去撞开杨红砚的门。

杨子厚往门外走，比赴刑场还难受。他想走得坚强些，想昂着头，他认为他的行为光明磊落，他没有玷污一个共产党员的光荣称号，他这是大义灭亲！但他的心却止不住地颤抖。他走得一点都不像个英雄，倒像是犯了罪的人。他恨自己为什么这么软弱。恨自己对党的忠诚还不是百分之百。

他发现了，自己原来还是有私心的，面对女儿对党的不忠诚，他竟下不了手！

鲍日曙心情激动，嫌杨子厚走得慢，在曹豹耳边悄悄说："要快点，小心销毁证据！"曹豹当然知道这点，但也不好过分催，毕竟他当了那么多年常委。

当他们推开门时，闻到了烧过纸的烟味，几个人立时都意识到晚了。杨子厚看了一眼女儿。曹豹和鲍日曙盯了一眼炉坑。炉坑里有烧过的纸灰。

曹豹看一眼杨红砚，这一眼差点让他的心动摇了，他忽然觉得，把这么聪明漂亮的一个女子毁了是不是有点可惜？就在他一犹豫的当儿，鲍日曙捅他一下，悄说："你问吧。"曹豹只得转向杨子厚："杨常委，该你了！"

杨子厚知道"遗言"已经烧了，但他说过的话却收不回来了。那一瞬，他有点恨女儿，恨她为什么不早点烧掉。他嘴唇有点颤，努力镇静着自己，说："朱常委、曹局长他们都已经知道了，你早点交待吧！"

从他们推门进来的那一刹那，杨红砚便明白了一切。她以轻蔑和仇恨的目光扫了几个人一眼，曹豹那幸灾乐祸的神情令她愤恨，鲍日曙那闪烁虚伪的目光让人憎恶，而她爸那殉道者的脸上的表情复杂得说都说不清。她咬牙忍着，一句话不说，只盯着他们看。

曹豹吃软不吃硬，见杨红砚眼中满是愤怒和鄙视，他心又硬了，朝杨子厚一声冷笑："杨常委，说话呀！你说来动员，怎么不说话？"

杨子厚差不多要哭出来，说："你快说呀，冤家！你再不坦白就晚了！"

杨红砚痛苦地一咬牙，一脚踢翻了脸盆架，转身到桌前，双手一扫，将桌上的冷饭菜和笔记本、墨水瓶全扫到地上，差点泼了鲍日曙一身。鲍日曙一闪躲过了。她一转身，一把又打断了搭毛巾的铁丝，湿毛巾和围巾顺着铁丝都滑到了地上。她照准毛巾狠狠地踹了两脚，嚎一声，冲出房门去了。

鲍日曙愣了，往曹豹脸上看。曹豹冷冷地说："哎哟，脾气还不小！"他冲鲍日曙一扬下巴，"去，找两个人跟着，让她回来交待问题！这阵儿常委小姐的脾气要不开了！"

7.一支漂亮的笔杆子折了

"双追办"迅速作出决定：对杨红砚实行隔离审查。

鲍日曙自觉立了大功,跑去给曹兀龙报喜,没找到人,兴奋没有释放,又转到汪天鹏那里,笑着说:“这次把孙铁最漂亮的一个笔杆子折了!”

消息以最快的速度传遍了县革委会大院,接着传遍了全县城,并且从各种渠道向远处传去。

8.有人欢喜有人愁

因杨红砚是县委宣传部副部长,隔离审查的决定要报县常委会批准。孙铁接到开会通知,怎么也不相信杨子厚会对自己的女儿下手。他神色慌忙地赶到县革委会,直奔常委会议室,进门就问:“杨红砚藏了个啥东西?咋回事?”

曹豹见是孙铁,心里一乐,一股报仇雪恨的快感传遍全身,假装热情,连嘲带讽地说:“哦,孙书记来了,快来看,快来看。孙书记要仔细看看。这是《周总理遗言》的纸灰!这是杨子厚的交待!孙书记仔细看看!这就是咱们新提拔的宣传部长,也是咱们未来的无产阶级革命事业接班人对党中央的态度!”

孙铁气得肚子里翻疙瘩,却无话可回,只得忍着。他见人还未到齐,坐不住,转身出来了。刚拐过屋角,迎面碰上靳向东,他做个手势,靳向东就跟他去了宿舍。他简单讲了情况。靳向东狠挥一下拳:“这个老杨!”

孙铁切齿道:“哎呀把我气坏了!你没见曹豹和鲍日曙的那个嚣张劲儿!太嚣张了!”靳向东说:“这不是小杨一个人的问题,这是对咱们的挑衅!”孙铁说:“我知道。可惜这个老杨太糊涂了!”

两个人沉默一阵,孙铁叹一声:“一大损失啊!一大损失!把咱们好好儿的一盘棋硬给你搅黄了!弥补都没办法弥补!”靳向东点头说:“我是人不犯我,我不犯人,人若犯我,我必犯人!我迟早要报这一箭之仇!你叫他们等着!”

孙铁想杨红砚这阵儿压力一定非常大,怕出意外,说:“小杨现在不知道在哪里?得找个人给说一下,安慰安慰,不要叫出事儿。——文戈在不在?叫小文去给安慰安慰。”靳向东说:“你糊涂了,文戈跟阮祥林下乡了。”

孙铁便“哦”一声,想再叫谁去。靳向东自告奋勇:“要不,我去给说?”孙铁摇头:“不行,你不能去。你的常委快批下来了,在这个节骨眼上,不能叫他们抓住任何把柄。咱两个都不能去。小肖……”

孙铁想叫肖宗泉去,一想肖宗泉和靳向东正闹别扭,不好叫他去找,改口道:“要不你去找一下李锦竹。我看他们几个的关系还都不错。”

靳向东应声要去,何玮婉神色慌忙地进来了,一进门就喘着说:“孙书记,我听说小杨出事了,你们知道吗?”

孙铁见她来,大喜,忙说:“哎呀,太好了!你来了!——我知道。我正想找个人。你快去悄悄打听一下,看他们把小杨弄到哪里去了?找着后你就给说,让她不要紧张,情况人家都已经知道了,没必要再瞒什么了,该怎么说就怎么说。事情已经这样了,也不要想得太多,留得青山在,不愁没柴烧。她还年轻,以后的日子还长着呢。政治上的错误,也没什么见不得人的。山不转水转呢,千万让她想开些!要是没外人,你给说说,我和向东都知道了,暂时还不能来看她,但我们会想办法的。”

何玮婉说:“隔离了吗?让不让见人?”靳向东说:“没关系,你就说是奉了孙书记的命来做思想工作的,吓唬他们一下。”孙铁点点头:“可以。”

何玮婉答应着,要走,又抱怨一句:“这个杨常委,咋这个样子嘛,虎毒还不食子呢!”孙铁摇头:“唉,再不说了!这老汉!”靳向东说:“机器!纯粹是架机器!”孙铁催道:“再不说闲话了,快去!”

何玮婉刚出门,肖宗泉喘吁吁来了。何玮婉说:“你找孙书记问小杨的事吧?在,快进去。”说着走了。

肖宗泉进来,见靳向东也在,犹豫一下说:“孙书记已经知道了?我吃过饭准备到广播站去,走半路听人说呢,我还不信,一打听,真格!我怕孙书记不知道,跑你家里去,家里说你来单位了。现在咋样了?”

孙铁未及说话,鲍日曙来了,见屋里几个人,倒一愣,说:“天黑了,孙书记咋不开灯?”靳向东顺手拉开灯:“鲍主任有事儿?”鲍日曙说:“我叫孙书记开常委会。孙书记,人都来了。曹书记叫我喊你。”孙铁答应一声:“我马上就来。”鲍日曙退出去,关上门。

鲍日曙一走,孙铁马上说:“我要开常委会去了。你们现在就都把耳朵伸长些,注意收集情况,看外面都有些啥反应。要是碰见小杨,不要回避,能说上话就说几句,哪怕一句半句,她听了都是个温暖的。人在这个时候特别需要安慰,谁都有碰上不顺的时候呢,不要落井下石!”

嘱完,往常委会议室走去。鲍日曙找了杨子厚也正往里走。只这半天时间,杨子厚似乎老了好几岁,满脸都是死气。

曹兀龙宣布开会。他先让“双追办”的人汇报情况。朱仕第朝曹豹点一下头:“曹局长你讲吧。”曹豹也不客气,把前后经过讲了一遍。大部分情况大家都已经知道了,所以他讲得比较简略。说完,曹兀龙让发表意见,看是否同意对杨红砚实行“隔离审查”？

结果是不言而喻的。孙铁心里虽不愿意，但也只能投赞成票。朱仕第只简单地说了两个字：“同意。”

杨子厚嘴都干了，咳了几次才说出话来。他先检讨自己没教育好女儿，又对杨红砚的违纪行为说了些很严厉的话，说他完全赞成组织上隔离审查的决定，言语之间，似乎这是很宽大的处罚，是对干部最大的关心和爱护。

孙铁想为杨红砚争取一点宽松的环境，提议让何玮婉和妇联的杨冰执行隔离。他本来想提黎虹或兰曼曼，因兰曼曼家庭出身不好，黎虹新近又有些不好的风声，再加上和靳向东的关系，怕人说闲话，就提了杨冰。曹兀龙的本意只在渲染，事情已经这样，杨红砚已经完了，再追也不会追出什么，既然目的已达，这些小小不言的事，乐得让步，也就随口答应了。

孙铁心里稍安，散会后，立即找到靳向东，让靳向东找何玮婉安顿，好好给杨红砚宽宽心。靳向东去找，却见鲍日曙已在给何玮婉布置，就等了等。等鲍日曙布置完，他才叫出何玮婉来给嘱咐了几句。不料鲍日曙起了疑，等何玮婉进来，问她道：“靳书记给你说什么？”

何玮婉一向讨厌鲍日曙的小心眼，听如此质问，心里腻味，说：“就是小杨的事。”鲍日曙知道她不想说，再说靳向东眼看要当常委了，也不好太过分，就不再问。何玮婉告辞：“我回去拿铺盖，也给家里说一声，今晚就和小杨住一起了。”

鲍日曙让她去，自己也准备走，朱仕第却进来了。看鲍日曙要走的架势，站门边说：“一阵儿你去杨常委那里看一看。那个房子不常住人，可能潮，看杨常委怎么住法？可能铺盖也没有。现在没人管了，你去看看，给借一套干净铺盖。”

鲍日曙点头答应了，以为朱常委该走了，不料他不走，也不说话，只那么呆站着。鲍日曙奇怪，悄问：“朱常委还有事吗？”他以为朱仕第忘了什么。

其实不是。朱仕第是在考虑下面的话该怎么说。他动了动，声音仍然那么慢慢地：“杨常委那排房子没别的人住，你今晚留一点心。明早起床后去敲敲门。明白吗？”

这话有股不祥的味道，听得鲍日曙心里直发憷，把他立了大功的得意劲全冲没了。

9.阴险的无边无际的寂静

鲍日曙有点怕朱仕第。在县革委会,他怕两个人,一个是曹兀龙,一个就是这位阴沉沉不哼不哈的朱常委。怕曹兀龙是因为曹兀龙是一把手,脾气暴,霸道,动不动就发火骂人。怕朱仕第却有点说不清。在常委里,朱仕第的排名是比较靠后的,也很少发脾气,还从没说过鲍日曙什么,可就怪,他就怕他。论起来,孙铁是副书记,地位比朱仕第高,孙铁脾气比朱仕第暴,有时还冲他瞪眼睛。孙铁还是对立面的人,而朱仕第却属于自己这一派,可他就是不怕孙铁,就是怕朱仕第。朱仕第要嘱咐他什么,即使他不愿意,也不敢打折扣。所以,朱仕第走后,他只在宿舍里去喝了点水,便真的去后面看杨子厚了。

他先在门外悄悄听了听,没听到一丝动静,心便不由得跳。轻轻走到窗口,窗帘没有拉,他探半边脸看,只见杨子厚呆呆地在炕边坐着。四周静悄悄,屋里空荡荡,阴气沉沉。他一个人,又老又衰……

这一瞬,鲍日曙突然心里一揪,觉得老头儿太可怜了。

他咽了口唾沫,稍稍镇静一下自己,才去敲门。杨子厚看到他,感到意外,声音干涩地说:“有事吗?”

听到他的声音,鲍日曙又一次鼻子一酸,动情地说:“杨常委,你这个房子冷得很,也潮,你到我那里住吧。”

杨子厚也感动,不由鼻子发酸,忍了忍,说:“不了,谢谢你。我这里可以。”

鲍日曙真诚地再邀请。固执的老人都坚定地拒绝了。他想给他生炉子,又被拦住。他只得将自己的被褥抱来。他觉得在做一件善事,心里有股从来没有的奇怪和感动。

这次,杨子厚只略作推辞就收下了,一来他确实没有被褥,二来他看出鲍日曙是真诚的,他不忍一次又一次拒绝他的好心。

鲍日曙出来时,杨子厚送出来。鲍日曙硬是把他推了回去。杨子厚感到浑身瘫软,心脏也仿佛在微微颤抖,已没有力气和鲍日曙来回推拒了。

屋子里重新静了。

他站在当地发呆。这一年多来,他是在炮声和民工的吵闹声中过来的,已经习惯了吵闹,这突然的静寂,他觉得陌生而不安。仿佛一个没有炸响的哑炮,是阴谋,不是安宁。他能感觉到不祥。然而,期待中的一响却始终没有到来。寂静在扩大,仿佛一股势力,占据了整个房子,占据了县革委会大院,成立体状向东南西北及天上地下发展,很快占领了全世界。同时,它还向人的皮肤里渗透,浸透了肌肉,浸透了骨髓,恶狠狠地迅速占领了五脏六腑。

他整个身心都被阴险的寂静占领了。

现在,他觉得自己成了寂静的俘虏。

全世界……全宇宙都成了寂静的俘虏。

他的心开始颤抖,越抖越激烈,并且产生了一种无可名状的恐惧。

恐惧仿佛和寂静具有同样的性质,也开始扩大起来。

他使劲提精神,想抵抗。然而,心脏和肌肉都不听他的,仿佛它们已经被寂静吓破了胆,投降过去了。

背叛!可耻的背叛!他心里还明白,给心脏和肌肉下了判断。

他更孤独了。

他一天没有吃饭了。早上从工地出发时,他啃了几口干馒头,因为没开水,吃不下去。路上,他给拖拉机司机、胡玉宝及押胡玉宝的两个民兵买了吃的,他怕晕车了吐,没敢吃。晚饭时和女儿吵架,又滴水未进。他完全是靠意志的力量才坚持到现在的。他并不觉得饿,只是控制不住地颤抖。不得已,他坐下了。他闭上眼,想养会儿神。

他很快处于一种半昏迷半睡眠的状态。忽然,他听到了一声亲切的"爸爸"!是小英!他一下睁开眼……女儿没有了……声音也没有了……屋子里什么都没有……有的只是无边无际的寂静……

他的心被狠狠拧了一把。

他咬牙闭上眼,想把自己和凶恶的寂静隔开。

他想起女儿周岁时,他躺在炕上,女儿坐在他宽宽的胸膛上,一边"爸爸,爸爸"地叫,一边把又白又嫩的小脚丫伸进他嘴里。他轻轻地咬那小脚丫,直咬得女儿咯咯地笑起来……

他使劲咬咬嘴唇,想着会走了的女儿向他要饼干的情景,他拿饼干当交换,索一个小吻,有时他会如愿以偿,有时她不愿意,会一屁股坐地下,蹬着小腿哭。那时,他会急忙抱起她,拍拍土,赶快给她两块。

他又一次睁开眼,仿佛看到一双小手,却不见人。他一下慌了,努力把眼睛往大里睁。然而,眼前只有空虚和寂静。

他就那么睁一睁,又闭一闭,渐渐地连他自己也分不清到底是看到了什么，还是只是幻想。

但有一点，他感觉越来越强烈——那就是寂静。

无边无际的寂静……

抓不着，摸不到，撕不开，踩不住，占领了整个宇宙，浸透了肌肤骨髓五脏六腑，变得越来越凶恶，越来越狠毒，仿佛要把他整个儿榨干吸净连一个手指头都不留。他感到一阵窒息，一阵恐惧，一阵绝望，一阵颤栗。

他仿佛听到一个无助的小女孩子在无边无际的越来越黑越来越浓越来越冷越来越阴险的寂静中呼救的哭嚎。

他猛地站起来，仿佛一个英勇无比的巨人，扑过去救她。

他向前冲，向前冲，向前冲，脚下突然一空。

这一瞬，他明白了自己的处境，但没有害怕，心头还掠过一丝喜悦，希望这一跤能够跌进宇宙深处，永远永远消失掉……

【夜半风】失神的眼儿，向天际呆望，问苍穹，忠臣咋这么难当？非得在心上插把刃？千百声嚎，千万次问，无人应，只银河茫茫，宇宙深深……

第十章

1.不幸中之小幸

孙铁一上班来，肖宗泉就告诉了他杨常委住院的消息。孙铁想了想，说："这件事儿，暂时还得对小杨保密，不要再叫她受刺激。你去把老何叫来我给安顿。"

肖宗泉去了一会儿，叫来的却是杨冰。杨冰说："老何回去了，这阵儿是我的班。孙书记有什么事？"孙铁刚要说，鲍日曙进来了，他只好说官话："小杨啊，你负责隔离工作，任务也很艰巨，要注意啊！老杨住院的事儿，暂时要对杨红砚保密，让她安安静静认识自己的问题，写检查，不要受外界干扰。明白吗？"

杨冰说明白。孙铁让她把这个话也说给何玮婉，杨冰答应了。孙铁又简单问了问杨红砚的情况，才让她去了。

杨冰刚走，尹长安骑自行车来了，在门口探一探，问肖宗泉道："文戈呢？"肖宗泉说："下乡了。"尹长安便朝他点头："那你出来一下。"

孙铁见他脸黄黄的，瘦了许多，眼睛也显得大了，便开玩笑道："小尹咋瘦得快得很？是不是媳妇太漂亮了？啊，哈哈哈！"

尹长安跟孙铁不熟，所以没跟他打招呼，见他主动跟他搭腔，回道："这是不是孙书记的经验之谈？"孙铁的目的只在和他搭腔，并不想把玩笑开下去，目的已达，只哈哈笑几声，起身走了。

肖宗泉问什么事。尹长安让到他宿舍说话。肖宗泉把他带过去，尹长安才道："有这么个情况，对杨红砚比较有利……"说半截，白梦媛进来了，见尹长安在，她不熟，转身就走了。尹长安看一眼肖宗泉："这就是小白吧？我咋看着……肚子有点不对劲？你冷棒怕把货干下了？"

肖宗泉最怕人提这事，猛一听，头都大了，忙掩饰道："不要胡说，没有的事！——你说啥情况对杨红砚比较有利？"尹长安见他打岔，越疑了："冷棒，你但干了就要早打主意呢，那可不是耍的！"

肖宗泉回避着他的目光："不要胡说，不要胡说。——你说啥情况？"尹长安见他一再回避，看看他，不再提了，说："《周总理遗言》的事，中央已经查清了，是浙江省杭州汽轮机厂的一个工人写的。"

肖宗泉一喜："哦，这就好了！谣言既然已经查清，就不用再追查杨红砚了？"尹长安说："对。我上来说的意思，一是给杨红砚透个风儿，叫她压力不要太大；二是得让常委班子里可靠的领导知道，追得不要太紧。但这事儿现在还没公开,得找一个可靠的常委,你看谁合适?”

肖宗泉想都没想就说:“那当然是孙书记!”尹长安是谨慎人,考查道:“孙书记咋的个?这个消息可还没有公开,你不要把我装里面!”肖宗泉拉他要走,说:“绝对没问题!杨红砚的副部长就是孙书记争来的。杨红砚出事,其实他们主要是为了打孙。”尹长安有点信了,慢慢站起,边跟他往外走,边说:“你就闹好,不要把我装进去!”

来到孙铁房间,肖宗泉将大意一说,孙铁立即优容相待,让长安坐了,笑容可掬地说:“你把详细情况说一说。”

尹长安见孙铁如此热情,放心了,又细说了一遍:“那个工人叫李君旭,很年轻,才二十三岁。其实遗言的关键问题是说了邓小平的好话。现在上面想打倒邓小平,这也是个由头。孙书记要给我保密,这个消息还没公开,要说我泄密就不好了。”

孙铁肯定地点头:“这你放心!我还能出卖朋友嘛!我感谢都感谢不过来,还能让朋友吃亏!太谢谢了!以后你有啥事就尽管说!”他连说“谢谢”,尹长安反倒有点不大好意思了。

何玮婉敲门进来,见尹长安在,笑着点点头,问孙铁道:“孙书记找我?啥事?”

尹长安见他们有事,起身告辞。孙铁站起握手道别,让肖宗泉代他送人,直看他走出老远,才招招手,回身招呼何玮婉:“小杨的情况咋样?”

何玮婉说:“昨天情绪很不好,我给劝说了半夜,今天稍微好些了。小杨——就是杨冰,也给劝说了。杨冰挺不错的。以前我接触不多,看着她像个小娃娃,没想到还挺成熟的。有些话说得挺好的。”

孙铁点头,稍稍放了心:“叫你来有两个情况,一是杨常委住院了,估计可能是受了点刺激,精神压力太大,晚上也可能没睡好,不知是想上厕所还是干什么,出来从台阶上栽下来了。幸亏发现得还算及时,否则可能就过去了。”

何玮婉说:“我听杨冰说了。唉,杨常委真是的!我一点都没想到。”

孙铁叹息:“唉,老杨!不说了!他就那么个人!一辈子了!我看他心里也挺痛苦。昨晚开常委会,话都说不出来,嘴和嗓子都干了。我给你说的意思,是要你暂时保密,不要让小杨知道。这个时候,她知道了不好。不要再给她增加精神负担。”

何玮婉说:“这我知道。你不安顿我也不会说。”孙铁点头:“万一小杨问起,就说老杨上工地了,以后好了再告诉她。——另外还有个情况。《周总理遗言》中央已经查清了。”

何玮婉一喜："查清了？那小杨的问题就轻多了！"孙铁说："就是。但这个事情现在还没公开，你等杨冰不在的时候，悄悄给小杨说一说，叫她思想上放松一点。再者，也告诉她，我和向东都关心她的事儿着呢，只要有机会，我们都会为她说话，叫她放心。"

靳向东兴冲冲推门进来，看样子有话要讲，见何玮婉在，改为询问杨红砚的情况。何玮婉看他心不在杨红砚，知趣地告辞走了。靳向东不等她走远，就激动地一挥拳，说："批了！地区批了！"

孙铁想了一下，才回过味来："是不是你们几个的常委批了？批了几个？都是谁？"

靳向东这才坐下来，长舒一口气："三个都批了。我委托地区团委的小王给打听的消息，说地委昨天开的会。"

孙铁自然也高兴："好！这下好一些。"但马上又沉了脸，"不过，也不算太理想，说来说去，三家一人一个，还是打了个平手。"

【无腔调】三牲拉不动，再加三牲；力量倍增，这遭儿再不飞奔，说明车不行！

这对靳向东的高兴劲多少是个打击。他想了想，说："这话也有道理。不过，是表面现象。从数量上说，是一家一个。但从质量上看，我看还是咱们的胜利。我不是吹牛，这顶常委帽子给我戴上，我看要比给他们戴上作用大得多！这个帽子不戴上不说，既然戴上了，我要叫他们都认得我呢！一两年时间内，我不把水泉县闹他个轰隆隆，我就不叫靳向东！陈玉玺那小子，咱们不敢太藐视，那是个笑面虎，咱们还得防着点，但是，我看他起码缺乏我的魄力！公开场合，遇到事儿我敢硬上，他敢吗？所以，以后只要咱们强硬，他非得避着咱们。这咱们就强了他一着。至于吕翠儿，"他脸上露出轻蔑来，"我敢说，那只是张画儿。她能文？能武？她最大的作用就是跟着曹兀龙举手，算一个数字，还能干啥？就从这一点看，曹兀龙就不是干大事的人！他闹腾得最凶，可他收益却最小！只知道表面，不知道实质！你说我说得有没有道理？"

孙铁嘴里呜哇一下。这些话，不能说没有道理，但大大咧咧从靳向东嘴里说出来，孙铁多少有点不快。但不快是不快，还只是一点感觉，又不好扫他的兴，便只淡淡地说："对是对着呢。我们也不敢马虎。常委会上，能举手就不敢轻视。书记的手是一票，常委的手也是一票；能干的手是一票，再不能干，手一举，也是一票。你还不能不算！"

靳向东是聪明人，立即意识到自己刚才话说大了，好在孙铁是自己人，他一向说话都不顾忌，所以也没太往心里去。

孙铁将杨子厚住院及《周总理遗言》的消息都告诉了靳向东。靳向东立即说："哎，那就应该解除对杨红砚的隔离审查！谣言的制造者都抓住了，听了谣言的人有什么罪？"

孙铁沉吟一阵，说："对是对着呢。不过，现在马上解除隔离还不行。一来常委会刚开过，刚过了一夜就改变决定不严肃。另外，我还想，你要让常委会再作个解除隔离审查的决定，就必然要对这件事作结论。现在马上作结论，气候上对小杨不利。是不是？不如再拖一拖，拖过这个敏感期，冷处理比热处理总要轻些。你说是不是？"

靳向东听了，竟提不出不同意见来，心里暗暗诧异，这位直杠子书记，一向以他为军师，几乎事事都要向他讨主意，现在竟然自己也一套一套的了。他心里不觉便增了一丝敬畏，同时也稍稍地有了点失落感。

2.曹兀龙开始下手

解文举去省上开"批邓反击右倾翻案风"会，得了个惊人的消息。他心急慌忙地去办公室找曹兀龙汇报，却碰上了孙铁。孙铁问他："哦，回来了？开了个啥会？"

解文举心里有事，但也得应付，说："批邓、反击右倾翻案风。中央的意思，是运动要向纵深发展，'不批死的，批活的'。重点是邓小平在各地的'代理人'。实际就是揪各省、市、地、县、局、基层的'小邓小平'。"

孙铁问："省上有什么举动？"这话说起来就长了，解文举不愿耽误时间，只说："材料我都带回来了，常委会上我给孙书记详细汇报好不好？"孙铁笑道："好好好。常委会上再听你详细汇报。"说着走了。

何玮婉还惦着刘钟，悄悄问："解部长见刘书记了吗？"解文举说："见了。我去医院看去了。哎呀，不得了！你们猜刘书记的病是咋回事？肚子里一把钳子！一把手术钳子！"

鲍日曙抬起头来："钳子？肚子里哪来的钳子？"解文举说："动手术时掉进去的呗！刘书记一九六八年得过阑尾炎，当时他还没结合[①]，还在'五七干校'劳动，没人管，等送到医院，阑尾都穿孔了。医院的人都造反去了，没人做手术，还是那个大个子河南人叫什么来？"

何玮婉想了想说："是不是王金喜？"解文举说："对。就是王金喜！那是个马大哈！自己的钱包儿放哪里都弄不清的人，他能做手术？"

鲍日曙道："那应该追查他的责任。"解文举摇头："哎，那个时候，乱得没法儿说了，还追查啥责任！要不是王金喜救了刘书记一命，刘书记可能早就……唉，还得感谢人家的救命之恩，还追查啥责任！"

何玮婉感叹："都八年了！还了得！也不知道咋活过来的！"解文举说："就是。刘书记全凭意志着呢，给一般人，早就不行了！"鲍日曙也感叹："八年，不可思议！"

解文举心里有事，说几句，赶紧找曹兀龙去了。谁知陈召凤在曹兀龙屋里。他简单汇报了省上开会的情况，曹兀龙似听非听地"嗯"几声。完了，解文举还坐着，他有件十分重要的情况要给曹书记汇报，陈召凤却不走。他正想该怎么办，陈召凤却问："解部长，你这次去省上，见没见新华社的老温？他在不在会上？"

这正是解文举要汇报的。原来文戈写的那份材料，温德清已经知道，他从省城跑到这山沟沟里好些天，点灯熬油地写了份长篇通讯，本来已与

注解：

① 打倒的干部重新起用叫"结合"。

省报联系好了要发表，不料文戈的材料寄到了。报纸的一贯做法是，只要有不同意见，一般就不见报，免得惹事。所以，温德清的稿子等于白写了。他这一气可非同小可。他当了这么些年记者，哪一级的领导见了他不是恭恭敬敬，没想到在这穷山沟里翻了船。他不甘心，想让曹兀龙好好收拾收拾这个不知天高地厚的家伙，就把文戈写的材料给解文举捎回来了。因这事是陈召凤联系的，陈召凤隔不了几天就要挂电话问，他也就告诉了陈召凤。陈召凤来这里谈的正是这件事，叫解文举打断了。他见解文举不提，只干坐着，知道是怕他听，才问了一句。

解文举见问，只得说："见了。老温还提了他那份材料……"说半截又不说了。陈召凤只得点破："解部长你说吧，我知道！老温给我挂电话说了，说文戈的材料给你捎回来了。我已经给曹书记说了。"

解文举这才松一口气，取出材料给曹兀龙。曹兀龙打开看。陈召凤也凑过去看。曹兀龙听陈召凤说时，就气了个半死，这阵儿见了真材料，头都气昏了，哪里看得进去，看半天竟不知道里面都说的什么，只见满篇的"曹兀龙"格外刺眼。他心里只明白一条，这个东西是说他坏话的，而且把他原来的好计划给搅了。明白了这一条，他便不急着弄清楚材料里都说的什么，只关心老温的文章还有没有在别处发表的希望，说："那么你听没听老温说，这个东西还给了什么地方？有没有没寄的地方？"

解文举说："老温说了，他的材料是给过好几个地方，但他给过的地方文戈都寄了。"

路子全堵死了！曹兀龙差点没气昏过去。他真想把这个文戈一脚踏死！

解文举一走，陈召凤立即说："曹书记，文戈这份材料，我看有问题。虽然署的文戈一个人的名字，我敢肯定，绝不是文戈一个搞的。肯定有后台！文戈一个人他没有这么大胆子！也不可能把材料打印了发出去。这里肯定有人指使，有人在后面撑腰。"

曹兀龙点头："我也这么想。"陈召凤说："据我分析，与刘钟和孙铁可能都有关系。与孙铁的关系可能更大。刘钟那个人，还有那么点正统劲儿，爱说个官话，倒不一定和这些年轻人搞到一起。孙铁那可不一样。那只要能达到目的，啥活干不出来！孙铁还和那几个年轻人缠得紧……"

曹兀龙突然想，是不是孙铁为杨红砚的事报复他？又一想，不对，文戈的材料在前，杨红砚的事在后。就摇了摇头。不想这一摇，陈召凤误会了，还以为曹兀龙不同意他的分析，说："曹书记还不信？我说话是有根据的！曹书记你注意到没有？孙铁自从当了副书记，你看工作多积极！乡下跑得勤，单位上抓得紧，见了谁都笑嘻嘻，又常往地区跑，我听说还往省上伸手着呢！”

曹兀龙吃了一惊：“他往省上伸手？”陈召凤说：“对！”曹兀龙说：“省上他怎么伸手？”陈召凤说：“这个话我还没有落实，但风确实有。我听说孙铁通过咱们县革委会那个右派儿子，叫邢什么的小上海，和省上联系着呢！”

曹兀龙知道邢小同，他不信了，但还是问：“右派的儿子他有什么办法能联系到省上？”陈召凤说：“这个我也没有完全搞清，但事情不敢说一定没有。现在的人际关系，太复杂了！你别看那是个右派，说不定还和哪个中央领导有瓜葛呢！”

这话倒也是。曹兀龙不言语了。陈召凤继续说：“这事可以试一下，一试就知道了。”曹兀龙说：“怎么试？”陈召凤说：“你可以下个命令，叫把那个姓邢的调到什么偏僻地方去，再看孙铁的态度。如果孙铁不理不睬，说明他们没什么关系。调了也就调了，一个右派儿子，也没什么可惜的。如果孙铁着急，说明他们有关系，我们心里就明白了。你说是不是？”曹兀龙没有说是，也没有说不是，只哼一声。

陈召凤走后，曹兀龙叫来汪天鹏，把材料给他看。汪天鹏匆匆看一遍，说：“太恶毒了！这是专拣人要命的地方下刀子呢！曹书记，我不知道你心里咋想的，要是我，我一天都不让这种人在革委会呆！我今晚就要叫他滚蛋呢！”

曹兀龙比头前冷静些了，装得像个大政治家，说：“文戈的事倒不急。这件事肯定有幕后指挥！我叫你看的目的，就是叫你注意了解一下，把幕后指挥找出来！”

汪天鹏说：“明白了！”曹兀龙显得更沉着：“那好，你去把鲍日曙给我找来。”

鲍日曙来了。曹兀龙把材料往鲍日曙面前一扔，严厉地说：“你好好查一查，看这份材料是谁打的！打字室要整顿！我们不能把特务内奸留在身边。”

鲍日曙紧张地拿起看。曹兀龙说：“你拿回去看去。不要让别人知道。这阵儿你给我把朱仕第叫来。”鲍日曙赶紧走了。

朱仕第进来，曹兀龙客气些了，冷着脸说：“我要下去，到各公社走一走。我走了后，你以组织部的名义下一个文，把文戈调到山口公社去。科委的邢小同，调到县地震台去。地震台的……”他忘记名字了，拉开抽屉，取出任惠留的字条看了看才说，“地震台的姚忠民，是地区组织部任惠的亲戚，上次来专门给我说了，给安排到民政局去。”

朱仕第感到很突然。他知道曹兀龙对文戈有看法,赶出县革委会是迟早的事儿,却没想到这么匆忙。邢小同又怎么了?怎么会想到调他?他犹豫着,没说话。曹兀龙问:“怎么,有什么问题吗?”

朱仕第想了想说:“文戈上次调过一次,常委们有看法……”曹兀龙立即打断:“有看法就有看法!调!出了问题我负责。”

朱仕第点头,却又说:“文戈是丁义川的亲戚?”曹兀龙很豪气地说:“不管!这是我们县上的事,难道地区还插手一个一般干部的调动不成!调!”

朱仕第不再说话了,点点头,说:“好。”

3.男人和女人干那事儿神也看着吗?

朱仕第领了旨,却没有马上下文,他深知,这步棋不那么简单。调文戈,不是文戈一个人的事,既是向刘钟派下手,还顺便扫扫孙铁的兴。按他的想法,宁愿合两人的力打一个对手,不愿意一个人同时打两个敌人。但曹兀龙似乎并不想征求他的意见,他有点不舒服,心里冷笑,狡兔还没有死,就想烹狗。

他心里想,你不尊重我,就按你的意思办吧,结果的好坏你自己负责,与我没有关系了。当然,既是为你办事,我不能把自己搭进去,不能为你挡箭。再说,他对文戈并无恶感,相反,倒有些惺惺相惜。他有点爱才,办公室有文戈这么个笔杆子,他省了许多劲,倒希望文戈不要调出去。再说,革委会里要全剩了一帮蠢货,呆里面还有什么意思。

他叫来郭玉海,把曹兀龙的话干巴巴地说了一遍。他并不提曹兀龙的名字,但话说得叫人一听就知道是曹兀龙的主意。这样,既可以免去曹兀龙的责难,又巧妙地避开了自己。而且,他心里清楚,郭玉海一离开,第一件事绝不是去起草文件,而是把这个消息告诉能阻止事态发展的人。刘钟不在,唯一可阻止这事的人就是孙铁。尽管孙铁是郭玉海的第二人选,但实际上却是更得力的人物。

他部署好了,悄悄地回家吃饭,想着自己用曹兀龙的手打曹兀龙的嘴巴,还要让曹兀龙感谢自己,不由心里好笑。虞观鹤问他笑什么。他说:“我笑曹兀龙。现在越来越霸道了,什么事儿都不和我商量。”

虞观鹤没听明白:“那有啥好笑的?”朱仕第说:“自古道:‘师臣者帝,友臣者王,霸者仆其臣,奴其臣者失其国。’曹兀龙刚开始的时候,啥事儿都来问我,不能说‘师臣’吧,也还有那么点请教的意思。我给出了几个小主意,几乎使刘钟派土崩瓦解。后来,他地位巩固些了,态度就不大一样了,但有事儿还能和我商量。我也还给出主意,但有所保留了,他不问,我不说。那算'友臣'阶段吧。现在,大不一样了。有些事都开始瞒我了,完全一副支使仆人的口气。哼!所以,我说他的路将会越走越窄!将来走不下去再来求我,咱老朱就不伺候了!"

虞观鹤呆了呆,说:"你那时候要逞能,把刘钟的人得罪了。后来又惹得孙铁不高兴。现在连曹兀龙也闹翻了,咱们以后在这县上还咋呆?"朱仕第说:"'危邦不入,乱邦不居'。这穷乡僻壤,弹丸之地,还四分五裂,你倾我轧,我们还呆在这里干什么?"

虞观鹤说:"不呆你倒是走啊!光嘴上的劲!"朱仕第说:"走,怎么不走,现在就走。马上和上海联系。"虞观鹤一听,说:"真联系?那我去。"朱仕第说:"行。"

湘湘吃完饭上学去了,虞观鹤脑子里又转了个弯儿:"你叫我去什么意思?是不是有什么阴谋?"朱仕第苦笑:"是你主动要去,怎么又成了我的阴谋?"虞观鹤说:"你一肚子鬼主意,谁敢相信你!"

朱仕第说:"那好,你留家里照顾湘湘,我去!"虞观鹤又不愿意:"要我去得有条件。"朱仕第说:"什么条件?"虞观鹤看着他,半晌才说:"我走了不许你让小金到咱家来!"

朱仕第一扭头不理她了。虞观鹤怕他真生气,连忙赔笑脸:"我这不是为你好嘛!你想,咱们要走的人了,走得干干净净多好,不要临了再惹一身臊,多划不来!"朱仕第口气生硬地说:"我是那种人吗?"

虞观鹤贴着他说:"好了。我相信你,再不说了。但我走了以后,你还要好好干,不要让曹兀龙觉得咱们和他有另心,再刁难咱们。"

朱仕第坐远一点,说:"你操你的心好不好?我的事我自己知道该怎么处理!工作,我就不能好好干!我要好好干了才惹麻烦呢!你懂啥!"

虞观鹤说:"为啥?"朱仕第说:"古人云:'威震其主,必不能久。'曹兀龙是个大草包你不知道?他要是个能人,那我得好好干。他是个草包,我要好好干,他还疑心我要夺他的权!自古以来,'功臣'多是'祸首',为什么?不是'功臣'都居功惹祸,祸其实在君王的心里!韩信并无反意,他掉脑袋的原因是'臣带兵多多益善'!彭越的兵权都已经夺了,成了平民,还要杀掉,为什么?因为'彭王,壮士!'明白吗?"

朱仕第肚子里装满了这类故事,因为没有相当的谈手,很少和人谈起。今日忍不住说了几句,发现虞观鹤目光定定的,摇摇头,不往下说了。他心里不免有点憾,自己一肚子学问,在这山沟沟里却没人赏识。他发现文戈、杨红砚还有点见识，但一来年龄上有差距，二来不是一派的人，也无法在一起畅谈，又不免感慨。

虞观鹤见上班时间到了，他却不走，问："你咋还不上班去？"朱仕第干脆上了床，说："下午不去了。要有人来找，你就说我不舒服。"虞观鹤知道他没什么不舒服，问："咋了？"朱仕第说："单位上的事，你别问。"

朱仕第是想躲麻烦。他知道，文戈和邢小同的调动，下午全革委会的人就都知道了，说不定会闹出什么事儿来。闹去吧，曹兀龙惹的祸，管他呢。他将外衣和长裤全脱了，扯过一本《古文观止》，躺在枕上看。

虞观鹤收拾完碗筷又洗了手，一边擦蜜蝶霜，一边去锁了门，转回来坐床边慢慢搓脸。见朱仕第躺得舒服，想着自己就要离开他到遥远的上海去，心里不觉便有股说不出的味道。她忍不住伏下身去，压在被子上。朱仕第看不成书，便闭了眼，手放她头上，捏一绺柔发轻轻地捻。他心里也酸酸甜甜的，想着二人从繁华的大上海一起到这偏远的山沟沟里来，相依为命二十多年真不容易，手上不由就多了几分情意。虞观鹤感觉到了，蹭蹭他，干脆脱掉鞋钻进被子里。她紧紧地将朱仕第抱住。朱仕第被撩拨得身上发热。他们有许多日子井水不犯河水了，他忽然有股对不起妻子的歉疚，感觉到她动了情，他也有补偿之心，两臂一用力，使劲搂住了虞观鹤。

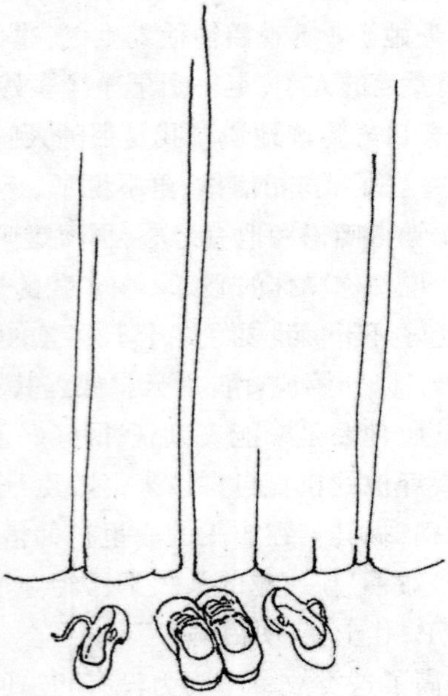

【琵琶行】政治病，随来去，白日卧床身难起，醉搂观鹤女。肥臀丰乳相依偎，莺吟燕舞云与雨；春几许，意几缕，春意朦胧床如水，摇醉县常委。

事毕,虞观鹤还伏在他身上不动。他感觉到呼吸有点困难了,就轻轻放她下来。虞观鹤这才睁开眼,冲他送一笑:“挺好的!”朱仕第回笑,闭上了眼睛。

好一会儿,虞观鹤说话了:“我问你一句话,你要老实回答我。”朱仕第闭着眼说:“啥话?”虞观鹤道:“你这辈子摸过几个女人?”朱仕第眉头皱一下,刚才的美好气氛一下烟消云散了,他不睁眼,半晌才说:“你被几个男人摸过,我就摸过几个女人。”虞观鹤一笑,轻打他一下:“你坏透了!”

她看他一直闭着眼,轻轻问:“想什么呢?”朱仕第不言语,半晌才说:“我在想,世上是不是真的有神?要是冥冥之中,真有一双眼睛不分白天黑夜注视着世上的一切,连夫妻间的一举一动都看在眼里,他会怎么想?”

虞观鹤一下捂住他的嘴:“快别说这些,真好像有人看着我们似的。”

朱仕第不睁眼,等她把手拿掉,又说:“我现在也算是个官,是常委,走出去,别的人可能会觉得我挺神气,很威严,可我自己怎么想?我想着,常委就这个样?上班时候不上班去,大天白日和老婆在家里干这种事,叫他们知道了会怎么想?”

虞观鹤不屑地说:“这算什么!我们是合法夫妻,那些乱搞男女关系的人多着哪!他们才应该觉得丢脸!”

朱仕第说:“就是。我才是个县常委,地委、省委、中央的那些官儿,哪个人不干这种事?大天白日出来,一个个都人模狗样的,对老百姓随便发号施令,谁知道他们背后都干的什么。想想他们不可一世的神态,你说滑稽不滑稽?老百姓怎么就都俯首帖耳,见了当官的还就吓得不行?”

虞观鹤没想过这些,说:“你成天琢磨这琢磨那,累不累啊?”朱仕第继续说:“再说老百姓吧。我有时候下乡去,看见那些土里巴叽的社员,就想,这一群一群的人到世界上来到底是干什么的?吃不上,穿不好,说句啥话呢,连女人都不会玩,和老婆干那号事儿都是最原始的动作,你说他们的快乐到底是什么?我觉着,他们是一群前世犯了罪的灵魂,被罚到这个世上来受苦的,干的永远是毫无意义的工作,直到把罪赎完,才算完成使命,死去。然后再让另一批灵魂生下来,接着去赎。循环往复,永无尽期……”

4.半路杀出个孙铁

郭玉海不知道都在朱仕第算中,还自以为做得很聪明。他听到文戈要调到山口去的消息,心都提到嗓子眼上了。这倒不全是因为文戈是他朋友，还因为他感觉到，曹兀龙又要动手，而且是有备而来的动大手。要在以前，他会立即去告诉刘钟，但现在，只能找孙铁。他有点为难，不好直接把情况告诉孙铁，那样，追查起来，他就有泄密之责。只有“意外”才能脱身。

他很快起草好了文件，坐到窗口去，样子像是在琢磨文件，注意力却在窗外。当孙铁在院子里出现时，他飞走出去，“碰巧”和孙书记碰上了。他主动问候，还向孙书记打听：“孙书记见朱常委来吗？我找朱常委批个文件。”

孙铁随口说：“什么文件？”郭玉海说：“人事调动的。文戈调山口公社了。”

孙铁一愣，站住说：“谁？”郭玉海又说了一遍。孙铁眉毛立起来了，“拿来我看。”于是，文件草稿就到了孙铁手里。

“无可奈何”的郭玉海哭丧着脸去找朱仕第汇报，朱仕第却病了，直到第二天才知道了这个“不幸的消息”。

朱仕第脸上没有一丝表情，心中却在暗笑。他取下眼镜来慢慢地擦，眼睛迷瞪着，好像思维也和眼睛一样模糊、近视，和眼睛一样迟钝。

这形象在郭玉海身上起了作用，他初来时的担心减轻了，而且隐约地觉得，这事是曹兀龙一手策划的，朱仕第只是个不得已的执行者。他甚至还生出一丝同情，觉得眼睛如此近视的常委是个可怜人。

朱仕第擦了好半天眼镜，才慢慢问：“你说文件孙书记拿走了？”郭玉海正在观察朱常委凸起的眼球，忙点头：“嗯。”“你说孙书记不同意调文戈？”“孙书记没有说不同意。他只说县委秘书的调动要经过常委会。他拿走底稿的意思是等常委会研究。”

郭玉海说的并不完全真实。事实上，孙铁说了许多激烈的话，有些话是不宜在下级面前说的。但他觉得，孙铁在保护文戈，他就有责任保护孙铁，便主动替孙铁转圜。

朱仕第不多问，只说：“你去给孙书记说说，就说曹书记催得很急，最好让孙书记和曹书记联系一下，不要把事儿耽误了。”

郭玉海答应着，忐忑不安地去找孙铁：“朱常委说，这件事是曹书记让办的。曹书记催得很急，他怕耽误了曹书记回来不好交代。”孙铁正在气头上，一听就火了：“你去给他朱仕第说，有啥事儿我孙铁负责！叫他少拿大牌子压人，我姓孙的不吃那一套！”

郭玉海一听，这话越靠得实了，心里高兴，答应一声，转身走人。

孙铁和靳向东继续商议。靳向东也很恼火，他倒并不是替文戈抱不平，而是觉得这是曹兀龙向他们挑战。杨红砚让他们吃了个哑巴亏，居然又搞文戈和邢小同了。如果说动文戈还只伤及他们一半利益的话，动邢小同则完全与刘钟派无关。孙铁担心地说："老家伙是不是闻到啥味味子了？不然怎么会想到邢小同？"

靳向东点头："我也这么想。如果不是这个原因，就毫无动小上海的理由？"孙铁疑疑惑惑地说："他真想和咱们摊牌？"

靳向东想了想，说："不敢说百分之百，但至少有百分之七十五！"

那如何才能让曹兀龙把手缩回去？商量来商量去，决定要搅黄曹兀龙的公社书记大调整计划。这件事儿，他们风风雨雨地听到得早了，虽然觉得公社班子应该保持相对稳定，太大的调整不利于工作，但由于基本上是向刘钟派开刀，于他们没有太大的利害冲突，所以没有很往心里去。但现在不同了，曹兀龙已连续向他们刺了几枪，该着他们还手了。何况大调整计划如果实施，那将是曹兀龙在全县各公社各单位扎下了根，今后要想撼动他就难了。还有一条就是，刘钟派现在几乎没了声音，常委班子里的力量已经微乎其微。如果这时候他孙铁出来维护这一批人的利益，失了靠山的公社书记们一定会聚拢在他的旗下。他造反起家，虽然在县上争得了地位，但各公社却没有腿儿，总觉空落落的不够实在，现在是往下扎根的时候了！

"好，一举三得！干！"孙铁兴奋起来，拍腿说。靳向东嘴上使着劲："我们是后发治人。是自卫反击，不要怕闹大，越闹得大，他曹兀龙越吃亏！"

孙铁点头："文戈的事，我们现在还要出力呢！小杨这一出事，我看我们得下决心把文戈拉过来。这批年轻人里头，文戈是个尖儿。比小杨都强。以前我们有小杨，没有下决心，现在不下决心不行了。常委班子里光咱两个还是太单薄，一定要把文戈拉过来！"

靳向东皱眉道："道理是对的。问题是他总和咱们不一心，你拿他有什么办法？我们不是没有拉过，拉过呀！我就是不明白，刘钟眼看就要完蛋了，他死守着他们有什么出息？"

孙铁叹道："唉，人嘛，咱们也不要过于求全责备。小文是铁首仁培养起来的，对他们有感情也在情理之中。这以后，我还真的喜欢这小伙子了，倒不是因为丁常委的原因。"

靳向东忽发一问："哎，我觉得奇怪，曹这次这么赤裸裸地收拾文戈，他就不考虑丁常委的面子？你说他是得到了啥消息，还是他真的不顾一切了？丁常委总不会有啥情况吧？"

孙铁心里一动，但立即摇头："不会！丁常委会有啥情况？"靳向东说："那为什么曹就敢动文戈？"孙铁说不清："走着看吧。搞不清他心里咋想的。”

从靳向东那里出来，孙铁又到办公室里坐了会儿。肖宗泉提起文戈的事，孙铁说：“我知道。小文回来了你给说，只要我孙铁在，谁也别想动他一根毫毛！”肖宗泉说：“谢谢。”孙铁问：“文戈现在到哪个公社了？有机会你给打个电话，叫他回来。人家都抄他的后路了，他还跑啥着呢。”

肖宗泉刚要说话，鲍日曙和何玮婉两个说着话进来了。孙铁问杨红砚的情况。何玮婉见鲍日曙在，只说：“还可以，情绪还比较稳定。”孙铁会意，不再多问。

5.杨子厚沉寂了，文戈才回来

鲍日曙是到医院看杨子厚的。一方面他是办公室主任，这些杂务该他管；另一方面，杨子厚这次还真的引起了他的同情，所以常去医院看望。见孙铁在，觉得有义务向他汇报，就说：“我刚去看了杨常委。情况不是很好。嘴眼整个儿歪了。嘴始终半张着，合不住了。”

孙铁便“哦”：“那就是情况严重了？”鲍日曙说：“严重的是，从住进医院到现在，没有吃一口东西，没有说一句话！现在就靠吊葡萄糖维持生命。”孙铁注意了：“大夫咋说的？神志清醒着吗？”鲍日曙说：“神志……好像清醒吧？我听说左手手指头好像还能动。”

刚住进医院时孙铁去看过，那时口鼻还歪得不太厉害，医生说是中风，他以为扎扎针就过来了，也没太当回事。后来听说右手右腿不能动，他才感到有点严重，心里想着去看看，这个事那个事的就搅忘了。现在听鲍日曙说，他隐隐地感到，情况可能要糟，心里不觉便有些沉重。虽然他这次的事儿干得让人憎恨，但毕竟是个老实人。想到这里，站起来，自言自语地说：“我去看看老杨。”

孙铁走得很慢，他边走边想，去了说什么。这老头子真让人没法儿说他，他要不是杨红砚的父亲，干出这种事来，他绝不会同情。

一进病房，孙铁暗吃一惊，杨子厚已变得快认不出来了，口鼻完全歪到了一边，用面无人色来形容一点都不过分。一瞬间，孙铁有种杨子厚被人施了魔法的感觉，吊针的瓶瓶线线似乎都带了妖气，将他的灵魂捆死了。他突然生出一种恐惧，咬着牙使劲吸一口气才回到现实中来。准备好的话全忘了，半晌才弯腰问道：“老杨，你还认得我吗？”

话一出口，他就悔了，怎么口气好像在试探一个人死了没有！而杨常委,几天前还是个硬铮铮的大活人,还押解着造谣的人来回跑,还有许多计划,看他的样子,仿佛再过一百年也不会变,却不料转眼就成了这样。

他等着,却没有反应。又问:“老杨,杨常委,我是孙铁。我来看你来了。”

好一阵,才仿佛从非常非常遥远的地方传来一点回声,杨子厚嗓子里轻轻地“咕——”一声,一只眼皮好像动了一下,随后就又陷入了深深的沉寂。

孙铁无法确定他是听到了什么,还是什么都没听到。等一阵,又问:“杨常委,你感觉咋样?”

这一次,则连一点反应都没有了。孙铁呆着,不知该咋办好了。护士道:“两天都没说话了,也没吃没喝,就靠盐水和葡萄糖维持着呢。朱常委来过,也是啥话都没有。现在都不知道……有没有知觉?”

孙铁见护士当着病人的面就这么说,轻哼一声制止了。护士也意识到了,轻轻吐了下舌头。

孙铁使个眼色,和护士出来了,在走廊上问了问情况,又回去在杨子厚耳边说:“杨常委,你好好儿休息着,好好儿配合医生治疗,会好起来的。你不要有思想负担。小杨没关系,好着呢,你也放心,过几天就没事儿了。”

杨子厚像石头一样沉寂着。

孙铁心里很不是滋味。来时对他的怨恨被复杂的哀怜代替了。他感到为难的是,该不该让杨红砚来看一看她爸?按常情,应该,很可能这是最后一面了。可她还在隔离之中,他要是提出来,曹豹他们会不会找他的茬儿?更为难的是,杨红砚的隔离审查还是她爸一手造成的,她要来看,思想上会不会受刺激?再说,杨子厚毕竟是她爸,是她在这个世上唯一的亲人,这个样子叫她看好不好?这对她可是个双重的打击啊!

他拿不定主意,决定到杨红砚那儿去先看看情况再说。

本来, 他以县委副书记的身份去看杨红砚别人也说不出什么, 但他想,自己和杨红砚的关系比较近,还是不要给别人落下话把的好。于是,他找到鲍日曙,说:“鲍主任,杨红砚最近检查得咋样?思想转过弯子来没有?咱两个去看看。”鲍日曙明知他是借故去看杨红砚,却也不敢说什么,只得跟着一块儿去。

几天不见,杨红砚瘦了好些,脸儿也有些黄。见孙铁来,她脸上刚露一点喜色,见鲍日曙跟着,立即又换了冷傲。何玮婉不在,杨冰给两人搬好椅子,一人面前放一杯茶,知道他们有话要说,悄悄关上门出去了。

有鲍日曙在,孙铁只得板着面孔,讲一通要好好检查,深刻认识,争取从宽处理等等废话。杨红砚是明白人,装出消极对抗的样子听着,脑子里却在紧张地活动,捕捉着他话里的信息和余味,猜他此来的真正目的。

鲍日曙是存了戒心一起来的,也很仔细地在听孙铁的每一句话。大部分确实没有听出什么不对,有的他也有疑惑,感到不应该说,但孙铁是副书记,他既不能制止,又没有足够的智慧把话题引过来,只得心里乱七八糟地思谋着,等曹兀龙回来再汇报给他听。

何玮婉推门进来了。是杨冰告诉了她, 孙书记和鲍主任找杨红砚谈话,才赶来的。她从桌上一沓纸中找出杨红砚写的检查给鲍日曙。鲍日曙看了一眼,递给孙铁。孙铁略翻一翻,见写得很简单,没什么要紧的话,放心了,仍给鲍日曙去看。鲍日曙双目似钩,恨不得从纸中钓出杨红砚的思想或她反革命的证据,及至翻阅一过,见全是可说可不说的废话,实质性的东西一点没有,心里便有了想头。本想说几句,见孙铁还在说,少不得忍着。等孙铁讲完,他又觉时机已过,接不上话茬儿,只得放过一边不提。不过,不提是不提,心里却颇不是味。

说一阵公事,渐渐扯到生活起居上,孙铁问饭是怎么打的?何玮婉说:“是那个小杨打来和杨红砚一起吃。”孙铁听了说:“老何给小杨冰说,以后打饭让她和杨红砚一起去,两个人的饭不好端,一起打来吃就行了。——你说对不对?”

后一句话他是问鲍日曙的。他的意思是,不要看得太紧,让杨红砚有到院子里走走的机会,一来呼吸些新鲜空气,二来也可以看到朋友们,心情可能会好一点。鲍日曙却想,杨红砚是隔离审查,却叫杨冰端吃端喝,还成小姐了,忙点头:“对,对。两个人一起去打,叫小杨注意点就行了。”

孙铁还要说话,听门外小车响,他心里惦着文戈回来了,对何玮婉说:“你出去看看是不是阮常委回来了?”何玮婉答应一声出来,站院里看。

果然是阮常委和文戈回来了。阮常委往办公室走,文戈却匆匆过来,仿佛没看见何玮婉,直冲冲就往杨红砚屋里冲。何玮婉喊一声,他像没听见,还冲。何玮婉急了,紧跑几小步,一把拉住说:“你不能去!小杨隔离审查了!”

文戈见何玮婉拉他,也急了,又不敢使劲儿,怕把她推倒,不使劲又甩不脱,急得脸都红了:“我说句话!”何玮婉拉住不放,悄声说:“鲍主任在里面!”

6.“三步走”计划

原来杨红砚被隔离审查的消息,肖宗泉在电话上告诉文戈了。他本想趁刚从乡下回来,假装不知道,闯进去说几句话,别人追问他也有托词,不想却被何玮婉拦住，他不能解释，装作没看见，喊他，也装没听见，谁知这么不巧，鲍日曙却在里面。他叹口气，傻了似的呆站在院子里。

何玮婉问他们都跑了哪些公社，文戈没听见，反问何玮婉："小杨怎么样？"何玮婉见了，故意笑着说："不要紧，没关系！看把你急的！"

鲍日曙开门向外探头，见文戈和何玮婉在院里，问："文秘书回来了？阮常委呢？"

文戈见杨红砚的门开了，急忙往里面看，希望能看杨红砚一眼，却只隐约看见孙铁。匆忙间，他向前走一大步，故意大声说："哦，阮常委回来了！我们今天从草庙走的！"

作为对鲍日曙问话的回答，这未免太慢，声音也未免太高。但文戈的本意在让杨红砚听到，是对她的抚慰，也就顾不得别的了。

孙铁听到声音，出来跟文戈打招呼："小文回来了？一会儿你到我屋里来，我有个事儿要找你。"文戈答应，听杨红砚屋里"当"的一声火钳碰炉筒子的声音。别人没在意，文戈心里却清楚，这是杨红砚回答他呢。她因为在隔离中，不能说话，只有用响声通知他，她听到他的声音了。文戈心里稍稍得些安慰。

孙铁结束了谈话出来，和鲍日曙分手，与文戈一起往后走，见文戈满身满脸灰尘，笑说："你还没洗吧？小杨不要紧，你放心。我刚进去谈了谈，安慰了一下。情绪基本上稳定下来了。没关系，谁还不栽跟头，不受挫折？毛主席当年也不是一帆风顺。走，到我那里去，我有话要告诉你。"

到农办门口，马宏雄出来了，问文戈："回来了？"一边伸手来和文戈握，眼睛却看着孙铁："孙书记，我们农办老没人，你说咋办呢？说起来五六个人呢，都抽去下乡去了，用得着了一个都找不上。好不容易调了个李锦竹，我刚用顺手，这又叫曹书记带去了！书记、常委下乡应该带办公室的人，咋老是欺负我们农办沙？我们也有我们的工作，老叫我当光杆儿司令怕不是话吧？"

孙铁笑说："农办、办公室都是常委的秘书班子，不要分得那么开嘛！书记、常委下乡带农办的人，说明农办的人有水平，说明你马主任培养出人才了！有什么不好？也是对你的工作的肯定！你应该高兴才是。"

马宏雄笑说："嗨，好我的孙书记呢。这号高帽子我戴得多了！我现在是不想要帽子，只想要人。我得有干活儿的人！"

文戈站着听，和来往的人打招呼，见阎立国提个蓝帆布挎包，才想起他急着去看杨红砚，竟把包忘车上了。急忙过去接了，乘机到办公室里去看有没有信。各抽屉都翻了，没有。又出来看孙铁，还在和马宏雄说话。

孙铁也看到他了,见马宏雄一下说不完,就喊:“小文,你去洗洗吧,洗着收拾收拾,完了到我那里来,我跟你说个事。”

文戈这才到宿舍去,提壶打水,匆匆洗了脸,正要去看孙铁,肖宗泉来了。他们是朋友,见面不客套。肖宗泉问:“没见杨红砚吧?这几天我看只有上厕所才出来。”

文戈说:“我想冲进去说句话,正好鲍日曙在里面,没进得去。——还有什么情况吗?”肖宗泉想想说:“再没有。就是汪天鹏叫我去考查着问了半天,问的却是山口公社大滩口会战的事,我没弄明白他什么意思?是不是和你写的那份材料有关?”

文戈此时一心都在杨红砚身上,顾不得细想,只问:“杨红砚到底咋回事,怎么闹到这种地步了?”

肖宗泉正跟他说,白梦媛来了,见文戈在,没进来,又走了。文戈见她穿了件宽大的蓝涤卡上衣,身子似乎有点笨,脸上却比早先瘦了,不觉心里一疑,悄问道:“小白我咋看好像不太对劲?你……咋办着呢?”

肖宗泉知道他指什么,不好明说,支吾道:“她说身体不舒服,准备到地区医院去检查检查,还没顾上去。”文戈会意,也不多问,只说:“要查就得趁早,不要叫人说闲话。你忙去吧,我看孙书记叫我啥事?”

肖宗泉一听,猛想起文戈的调动,说:“哦,曹想把你调山口公社去。”文戈猛一惊:“什么?”肖宗泉说:“你快去看孙书记吧。孙书记可能就是要跟你谈这件事。快去吧。我给你打过电话,没找到你。”

文戈悬着一颗心去找孙铁。靳向东也在,见了文戈,也笑,也问候,但明显地矜持了。文戈感觉到了,心想,可能是他的常委快批了吧?

孙铁则显得热情、诚恳,并不以书记自居,让文戈坐,还问他喝不喝水。靳向东告辞走了,孙铁关上门说:“最近县上连连出事。我看曹兀龙真格给咱们下开手了!你看小杨刚出了这么个事,还没了结呢,又下令要把你和小邢调出去。”

文戈问:“要把我调山口公社?”孙铁说:“就是。——你知道了?”文戈说:“我刚听肖宗泉说的。——小邢呢?”孙铁说:“小邢叫调地震台去呢。”文戈自言自语:“小邢要调地震台,倒不一定是坏事。”孙铁说:“这我知道。但是,这不是小邢自己要求的,如果是小邢自己要求,我当然会支持。这是曹兀龙的迫害啊!”

文戈不说话。孙铁继续说:“那天我一听就火了。我这次没客气,组织部的文件也叫我扣下了!太不像话了!”

他取出文件底稿给文戈看:“这次我豁上了!哪怕和曹兀龙彻底闹翻

也绝不让步！小文，我给你交个底。今天咱们是关起门来说话，我真是要把心窝子里的话掏给你。在县革委会大院这些年轻人里头，我最看重的就是你和小杨。小杨确实不错，但到底是女同志，有些方面，我看，还有不如你的地方。但是，为什么小杨提拔了，你没提拔？这个你不要多心，咱们现在就这么个现实，上面的政策是提拔'造反派'，小杨的阻力相对就小一些。要报你，可能就会有人说闲话。说闲话我倒不怕，怕的是会上通不过。咱们的力量现在还比较薄弱，只能抓机会，瞅空子，还不能想提拔谁就提拔谁。所以，还请你理解。"

文戈一笑："这我能理解。"孙铁说："好。那我就放心了。现在，我是这么想的：小杨，暂时不能进一步考虑了。这件事一闹，她的副部长恐怕也保不住，进一步考虑的话连想都不能想了。我的重点，现在就是考虑你了！"

他顿住，看看文戈没反应，继续说："我打算分这么三步走：第一步，绝不能让曹兀龙的阴谋得逞。绝不迈出县委大院一步！我已经给组织部关照了，县委秘书，没有常委会的决定，不能由个别人想调就调！那不行！我已经准备好了要和曹兀龙干呢！我这次绝不让步！这一点你就放心。有我孙铁在，就有你小文在！"

文戈挺感动，想说一句感谢的话，但只在心里说：我会记住的，嘴却没动。

孙铁继续说："第二步，我想提你当办公室副主任，或者宣传部副部长。办公室比较关键，能在办公室最好，万一有阻力，我想宣传部也可以。我给小杨准备的路子就是宣传部副部长——部长——常委。现在，这条路就要由你来走了。这是第二步。第三步，就是常委。我刚才已经说了。这就是我的全部打算，已经全盘给你端出来了。你看，有没有什么想法？"

文戈想了想说："我现在担心的就是小杨。我的事，我感谢孙书记的关心。其他的，我没有考虑过。"孙铁笑笑，很爽快地说："好。那你考虑考虑，有啥想法随时可以找我说。不要见外！现在我们都在一条船上了，要同舟共济才行！"

7.一条银河，渺渺茫茫，伸向无穷无尽的宇宙深处……

文戈从孙铁那里出来，正碰上阮祥林。阮祥林要去看杨子厚，文戈也正想去，便一同去了。从医院回来，文戈心情沉重，他没想到杨常委变得那么快，照现在的情形，只怕支撑不了多长时间。想着杨红砚还在隔离中，万一杨常委有个三长两短，可怎么好？

回到宿舍，他将下乡去的衣服都换了，全放盆儿里泡着，一个人坐着发呆。郭玉海悄悄进来了，问："你知道了吧？"文戈说："什么？杨红砚？还是我的调动？"郭玉海说："哦，你全知道了。——还有一件事，不知道你知道不知道？"

文戈问："啥事？"郭玉海说："计委的汪主任这些天一直在盘查打字室的人，我听小常说，好像是冲你来的，你是不是打印过告曹兀龙的什么材料？"

文戈一听，知道是那事发了，他不想瞒郭玉海，就说："打印过。你要说是告曹兀龙的也可以。但我认为不是告，而是说明真相。我是见那位温记者胡吹乱捧，实在看不过，就写了份批驳材料，寄给各报社了。——是不是他们发现了？"

郭玉海点头说："我猜可能就是这号事。否则，曹兀龙不会狗急跳墙，这么迫不及待地要把你调出去。"文戈还问："他们咋知道的？"郭玉海说："我不知道。——谁给你打的？你可不要连累别人。"

文戈说："我自己打的。我自己印的。"郭玉海不信，但不问，只看着他。文戈本不想瞒他，但多一个人知道，就多一份危险，于是说："你不信？你不记得上个月我在这里放了一台打字机？"

郭玉海冷笑："你哄鬼去吧！"文戈也笑："我知道你不信。你不要问好不好？我不想连累别人。"郭玉海说："你这么说就对了。"

郭玉海一走，文戈忙到打字室去。他希望只常菊墨一个人，偏马秀娟和白梦媛都在。文戈不好明说，只得到马秀娟跟前，无话找话地说几句，扯到打字机上来，文戈说："你的字盘没有调整吧？你不在的时候，我用你的打字机打了个东西，按我的习惯做了一点小调整，你发现了没有？"

他这是故意告诉她们，他学会了打字，并且打过东西。马秀娟说："哦，怪道我说好端端的，字盘上咋把曹书记的名字排到一起了，你是不是……"她突然意识到此事关系重大，看一眼白梦媛，偷偷吐了下舌头。

文戈正想达到这个效果，笑道："正是我干的。"马秀娟不敢接话了。常菊墨也听出了，知道是文戈怕她受牵连，故意这么说的，想说什么，却终于没吭气。白梦媛无心之人，还和文戈开玩笑："那以后你起草的文件你就自己打，我们还省点事。"文戈笑说："好。"又说几句闲话，才出来了。

他到办公室，见报纸来了，坐下翻。肖宗泉正在起草简报，看看他，问："哎，'中流砥柱'的'砥'字怎么写，我咋忘了？"说着拿着稿纸过来让文戈写，却见稿纸上写着一行字："回宿舍，老何找你。"文戈知道是他怕鲍日曙听到，假装写了“砥”字，又略坐坐，才回去。

他假装洗衣服，开着门等。不一会儿，何玮婉来了，悄悄说：“我来过一趟，你不在。小杨给你捎了本书。”她说着，将一个大信封给他。文戈忙掏出看时，是《田中角荣传》。他急忙翻，里面却没有字条什么的，便问何玮婉：“小杨没说什么？”何玮婉笑说：“没有。她就说这本书你以前向她借过，她那时没看完，现在看完了。”

文戈又翻一过，仍然没发现任何东西，放下书，连推带扶让何玮婉坐，笑说：“你略坐坐。说说小杨情况咋样？”何玮婉笑道：“哎哟，你这么大劲儿！我的老骨头都叫你捏断了！”

文戈忙说：“对不起！对不起！”何玮婉说：“我知道你担心小杨。没事儿，好好的。”她声音放低了，“你放心吧，真没事儿。你想嘛，叫我和杨冰两个监视她，还能叫她吃亏！那些领导，就鲍主任催过几次，让写检查，别的领导连问都没问过。”她声音更低了，“孙书记还挺关心的，下面给我嘱咐过好几次，叫我给安慰安慰。你就放心吧！”

文戈心里有好多话，想让何玮婉捎过去，但想半天，有的觉得不好意思说，有的觉得没意思，竟找不出一句合适的。半晌，只问：“能出来活动吗？比如打饭、上厕所？”

何玮婉笑道：“你放心，我说没事儿就没事儿。上厕所不让出来还叫憋死去！打饭……以前不行，现在孙书记说了，也能出来了。”

文戈还要说话，听鲍日曙的声儿在院子里，就不言语。何玮婉站起来，悄声说：“我要走了。——你要有啥话，我就告诉小杨。”文戈想想，说：“也没啥话。你就让她宽心，世上没有过不去的火焰山！以后的路还长着呢，留得青山在，不怕没柴烧！叫她千万想开些。”

何玮婉听得笑起来，悄说：“还说没啥话！说这么长，我哪里记得了！”文戈笑说：“好，你就告诉她一句：保重！”

何玮婉走了。文戈又翻一遍书，还是什么都没发现，只得放下。

他想晚饭的时候早点去，在那儿守着，只要她来打饭，总能见上一面，偏阮祥林叫他去谈写汇报材料，耽误了。只得盼望她上厕所。晚饭后便在院子里转，在几条她可能路过的地方走来走去，偏她又不出来。

到开灯时候，院子里看不见了，他只得回去，一边洗衣服，一边开着门听动静。仍是什么都没听到。

邢小同悄悄地来了。他也听说要调他的消息了，一来和文戈较近，二来同是被调对象，像是同病相怜，彼此仿佛有了关照的义务，就悄悄地来看他。文戈一心都在杨红砚身上，倒忘了他，见他来，心里颇愧，问道：“你也知道了？有什么打算吗？”

邢小同凄然一笑："还能有啥打算，下了文就走。我和你不同。”

这话说得凄惨，文戈想安慰，却一时找不出话说。想半天，说："我看未必不是件好事？你说呢？”

邢小同轻轻点头："倒也是。本来，我早就想到地震台去。我这么个出身，社会关系又复杂，本来就不愿在这里混，想搞业务去，省心点。可这次调动，……咋说呢？好像叫人踢出去似的，我还怕就这样到地震台去，那边再把我当犯了错误的，我就没法儿呆了。——你打算咋办？”

文戈说："和你一样。下了文就走。”他没有问邢小同找没找过孙铁。他心里想，他这种家庭背景，即使孙铁答应帮忙，也不会太尽力。为了不使他有低人一等的感觉，就没提孙铁向他保证一定阻止这事发生的话，只尽量平淡地说："孙书记对咱两个的事挺关心，把文件压下了。看曹书记回来咋办吧？现在还不好说。”

这一夜，文戈睡得很晚。临睡前，又到院子里去转了转，见杨红砚的窗上亮着，真恨不能立即冲进去，但也得忍着，只看着那窗口，默默地祈祷她平安。

十二点一过，照例要停电，他懒得点煤油灯，就上炕躺下了。却辗转反侧，怎么也睡不着。也不知过了多久，恍惚间到了杨红砚房间，见无人看守，拉了她就走，却被手铐的链子拉住，看时，她的手被铐着，想走也走不了。他想弄断链子，但太结实了，他无能为力。便抱着她哭。她也哭。但哭着哭着，却仿佛不是杨红砚了，变成了"玫”！他骇然，茫然，定睛再看，又变成杨红砚了。眨眨眼，又变成了"玫”。他分不清面前的她到底是杨红砚，还是"玫”，就退后一步，问："你到底是谁？”她不说话，只盯着他看，眼睛闪闪的。

他一惊，醒了。杨红砚和"玫”都不见了。但眼睛却仍闪闪地发着亮。定睛细看，是几点月光透过窗帘上的洞映在墙上。万籁俱寂，只有他孤零零地躺在屋里。

他这才发现，自己衣服也没脱，就拽了只被角掩在身上。回想梦境，似真的一般，而"玫”却已是他人妇，杨红砚也被囚在笼中，自己就要被调到山口去，不觉心中凄然，眼中流下泪来。

他翻身坐起，看着墙上的光点发呆，心里祷告：如果光点是双数，杨红砚便无事，自己也平安，倘是单数，他摇摇头，不敢往下想。他闭会儿眼再睁开，发现是双。正要高兴，却见旁边还有一点，隐隐地不甚显亮。他心中一拧，自己否定道：那个不在一起，不应该算。但马上就有一个声音说：你又没有事先设定范围,为什么不算?他摇一摇头,自己否定了一切,单双都不算!他叹一声,睡意全消,屋里的凄凉味浓起来,渐渐地有点瘆人了,他心里焦躁,坐不住也躺不住,只得起来,到屋外走一走。

夜很静。连最爱响动的新疆杨也睡着了,叶子一动不动。他真想到杨红砚窗前去听一听,给她说句安慰话,但脚却不动,理性使他知道,不能去。院子里静极了。他觉得自己仿佛夜游的幽灵。月亮只有半拉。他分不清什么上弦下弦。他从没有在这些上动过脑筋。星星也很静,仿佛怕吵醒什么人似的。一条银河,渺渺茫茫,伸向无穷无尽的宇宙深处……

8.床前月光几乱点,单双可能兆吉祥?

无题二首

一

蒙眬忽觉湿枕凉,
惊醒犹闻玫叶香;
四顾唯余床头月,
起看银河正渺茫。

二

咫尺天涯已断肠,
那堪幽梦助凄凉;
床前月光几乱点,
单双可能兆吉祥?

他含着泪将纸折成菱形,找了半天,找出本《红楼梦诗词选注》,夹里面,想第二天托何玮婉捎给杨红砚。却又想,里面有“玫叶”二字,那是余小楼的影子,杨红砚看了,会不会多心?再说,这调子过于凄凉,她看了增加苦痛反不好。又取出来撕了。

9.吕翠儿真当了常委

新常委批下来了。

水泉县三个：靳向东，陈玉玺，吕翠儿。吕翠儿的名字后注着“不脱产”。

鲍日曙以最快的速度给曹兀龙作了电话汇报。放下电话，他果绝地站起来，精神抖擞，仿佛曹兀龙通过电话给注射了强壮剂。他以命令的口气喊肖宗泉和文戈：“肖秘书，你去通知杨天才，叫他赶快找人把赵常委和苏常委住过的房子收拾干净，曹书记说了，一个给陈常委，一个给吕常委。”又转向文戈，“文秘书，你去找阎师傅，让他立即到山口去接吕常委，明天下午要开常委会。叫他现在就出发，今天能回来争取今天赶回来。万一今天回不来，明天上午无论如何也要回来。不敢把下午的常委会给耽误了。——别的常委我通知。”

鲍日曙一边给文戈和肖宗泉下达任务，一边把自己的任务也报告出来让他俩听。这有个缘故，他来办公室时间短，而文戈和肖宗泉都是老资格的秘书，能力又都比他强，他虽是主任，心理上却有点怯二位。所以，给他们布置工作，前面都要加一句“曹书记说”，或“朱常委说”，或者别的哪个书记、常委说，否则，下达起任务来总觉心虚。要是没有哪个书记、常委明确指示，他就会把任务分成几份，各人的分量都差不多，然后大家分头去办。这样，“布置”就成了“分配”，他就不怕文戈和肖宗泉咬嘴了，而威风只好对通信员小李和打字室的人发。自从上次叫白梦媛碰回来，连打字室也不大敢去发了。今日因有“曹书记说”的虎皮，所以说话口气也硬。

文戈听没有安排接陈玉玺，想问，却又想，再怎么着，开常委会总不能不叫，便不说话，和肖宗泉一起出来。肖宗泉去找杨天才。文戈找着阎立国，把接吕翠儿的话说了。阎立国惊奇：“还真格批了？上面还就信他们？现在这事儿也真格奇了，连那种人都能当常委？文秘书，你说个实话，你说她能文能武？她懂啥？我不是吹牛，你别看我是个车户，我敢说我都比她强！她要能当常委，我就能当……书记！”

文戈心里有许多话，却不好对阎立国说，只叹息摇头，走了。阎立国擦着车，一个人自言自语骂几句。他觉这事太荒唐，一个什么都不懂的社员，就因为脸蛋子长得漂亮，居然能成为常委！他在县委开车多年，以前的常委都是些什么人啊！一个个都是革命多少年的老资格，听他们的名儿都让人起敬。现在,竟然连什么都不懂的小媳妇都能当常委了!

马宏雄路过这里,随口问了声"阎师傅准备出车吗?"阎立国将一肚子不服气变成笑声放出来:"我要去接新常委!吕常委!山口公社的漂亮媳妇儿!接上来开常委会呢!研究国家大事呢!嘿嘿嘿嘿……"

马宏雄诧异:"批了?我咋还不知道?"阎立国大声笑道:"你的脸蛋子没长漂亮,咋能知道!"马宏雄摇手:"哎,不敢这么说。那是人家的命。"说着走了。

阎立国收拾好车,坐上去,嘴里说"命!"猛踩油门,吉普车像脱缰的野马,向大门口狂奔。他还从没这么疯过。张文庆正从大门进来,见吉普车疯了一般冲来,吓得急忙往边上蹿。阎立国"吱——"一声刹住车,看着吓得脸都黄了的张文庆大笑。他将头伸出窗外,笑着说:"张局长,不要害怕,命——!"说完,猛踩油门飞出了县委大门。

张文庆看看一路狂奔的车,轻骂一声:"这个人疯了!"

阎立国笑着,开车上路。他并没有直奔山口,却开车回了家。他很少一个人开车出去,总是拉着书记、常委,走什么地方从来都是听别人的。今天他觉得自由,觉得自在,虽是去接人,但他觉得这个人无足轻重。她得听自己的。他突然有了种做主人的感觉。这感觉真好。开着不受人指挥的车,想回家就回家,真好!他在车里笑起来,还哼开了歌。

10.冯彦虎用"金枪不倒"给女常委饯行

阎立国在家吃了饭,还磨蹭了一阵,才往山口去。到那里已经天黑了,他没有问吕翠儿便自己决定不走了,也不对吕翠儿说,直接对冯彦虎说:"今天晚了,走不成了,明天一早走。"

这正中冯彦虎下怀,说:"行。"吕翠儿正在冯彦虎屋里,什么话都没有说。她觉得这些事就该由他们来决定。

冯彦虎高兴是有想头的。自从吕翠儿回了张家,他就很少沾上手,早就忍耐不住了,再加上吕翠儿这一升了常委,他更有一种攀龙附凤的感觉。吕翠儿要上县,不知道什么时候才能回来,又多了一层似乎要永诀的味道,如何肯就这么随随便便放她一走了之。白天接来时,见吕翠儿收拾得干干净净,一对水杏眼毛茸茸的撩得人心痒,恨不能一口活吞了,无奈公社里人来人往,没个机会下手。他早就想好了一百条理由,要留吕翠儿过夜,阎立国替他送来了借口,他如何不高兴。忙吩咐叶景珍告诉厨房里,好好待承阎立国。他那里趁人不注意，摸出两粒“金枪不倒丸”装在身上，秣马厉兵，只等夜深人睡定，要和吕翠儿行事。这饯行的方式有点儿特别，不由就兴奋起来，竟有些急不可耐的样。

好不容易熬到十点多钟，他觉着差不多了，摸出一丸药来，和着温开水吞下，准备到吕翠儿屋里闲话，却被阎立国过来缠住。阎立国今日仿佛特别兴奋，一改往日习惯，变得能说能笑。因他是县委的司机，冯彦虎也不敢得罪。他没完没了地说笑，冯彦虎只得陪着。好不容易把阎立国熬走，鲍日曙又来了电话，问吕翠儿是否出发了？为何到现在不见人影？冯彦虎少不得捺着性子解释，还怕鲍日曙催促连夜上路，替阎立国撒谎，说车有点毛病，走不了，要等明天才能上路。鲍日曙怕误常委会，嘱咐了又嘱咐。冯彦虎药力已经发作，急得从椅子上站起来，拿着话筒在地上掴腾脚步，几次要放耳机，都没放成，倒恨不得电话线杆子叫车撞倒，第二天再去修理。

终于讲完了。他若获大赦一般，就要关门走人，偏叶景珍又来请示工作。他平日小腿儿跑得勤，冯彦虎颇为满意，今晚却来得不是时候。对他，冯彦虎不客气，只说了“罗山大队……”几个字，冯彦虎就火了：“去去去去去！有事儿明天再说！”叶景珍知趣，连忙走了。他怕再来人打扰，叶景珍前脚出去，他后脚就出来关了门，直奔吕翠儿房间而去。

此时药力已盛，他口干舌燥，恨不得将吕翠儿捏成汁喝掉。一杆金枪似巨蟒将出洞，直把裤裆顶得像搭起的帐篷，弯腰四下看看没人，才扳顺了。

吕翠儿的门未锁，冯彦虎推开进去，也顾不得考虑身后是否有人，反手就锁了门。见吕翠儿抱着锣锣，一腿弯曲，一腿吊在炕沿上发呆。人说灯下不观色，即使是丑女，朦胧中也会变得美丽，何况吕翠儿本来就是美人坯子。冯彦虎只觉得仿佛嫦娥下凡，饿虎扑食般便抢了过去，也不管锣锣是否睡着，抱住吕翠儿便狂吸起来。

吕翠儿并无要干事的思想准备。她地地道道一个社员，虽然早就说过要让她当常委，但她总觉得，那是睡梦，是古今(即故事)，并没有完全当真。冯彦虎告诉她，她的常委报上去了，她也只是心跳了一阵，过后也就忘了。今天，她还在地里劳动，却突然通知她换装上路，说让她到县上去参加常委会。她当时就蒙了。县委常委，听来仿佛半天云里的神人，自己这个样儿，也是常委？开常委会，那是决定大事啊，自己什么都不知道，让她说什么？这半天时间，她简直度日如年，真想把这个帽子给别人戴去，晚饭都没吃出味儿来。

她一直在等冯彦虎，想向他讨个主意。谁知好不容易等来，还没来得及说话，冯彦虎嘴一张就咬住了她的嘴，舌头在她满嘴里乱搅。她摇头晃脸，想让他等会儿，她问过话再来。冯彦虎根本不容她张嘴换气，哪里说得出一个字。锣锣被揉搓醒了，见一个黑脸恶汉狼似的咬他妈，吓得“哇——”的一声嚎起来。吕翠儿怕吓着孩子，一手紧抱，一手拍抚，尽量用身子遮住孩子眼睛。

冯彦虎已完全失去控制，一边猛咬狂吸，一边分出一只手脱吕翠儿的裤子。由于太匆忙，将裤带的活扣拉成了死扣，越拉越紧，怎么也脱不下来。吕翠儿还是农村人的习惯，裤带是红布条儿做的，虽然已旧，强度还足够抵挡冯彦虎的强暴。冯彦虎心急火燎，扯几次也没扯断，摸着一个破布头儿，只一撕，那裤带便劈成了两半。这一来，便只剩了一半的强度，冯彦虎再一使劲，只听“嘭”的一声，终于断成两截。冯彦虎仿佛攻破了敌人的城池，呐喊一声，便从缺口处冲了进去。

吕翠儿已被推得半跪卧在炕边。两手努力撑着炕沿，保护孩子不受挤压。她心里又酸又苦，恨不得一脚踹开他，但到底施暴者是她平日心爱之人，只得咬牙忍住，泪水却早下来了。

冯彦虎已什么都不顾了，只求一泄，哪管吕翠儿什么态度，抱着屁股，就在炕沿上大喘大动起来。锣锣的哭嚎正好做了掩护，他自己哼哼哈哈不说，还不断要求吕翠儿呻唤。

终于“啊”的一声，一匹惊马带着嘶声从悬崖上冲了出去，靠着一股惯性向前向下栽入了大海。一片浪花过后，一切又都渐渐恢复了平静。

冯彦虎仿佛抽去骨头的海马，瘫倒在炕边上，蒙蒙眬眬，就要睡去。忽然，他耳朵里钻进一种古怪的声音。他略略清醒了一点，再听，又“吸溜”一下，似乎是女人的哭声。他有点意识了，挣扎着坐起，见吕翠儿的背影在颤颤地抖。他一把扳过她的脸来，竟愣住了：吕翠儿满脸是泪，胸前已湿了一片。

冯彦虎慌忙提好裤子，抱住吕翠儿又亲又哄。吕翠儿伸一只手推开他，悄说：“不要动，锣锣刚睡着。”

冯彦虎看一眼睡梦中还在抽噎的锣锣，心里也有点悔，便千般哄，万般劝地赔小心。吕翠儿毕竟是女流，再加上过去相好，渐渐地便止住了泪。

她平静下来后，又提出了那个使她寝食难安的问题：“我害怕得不行。我到底不会当常委嘛，叫我咋办呢沙？开开会了你叫我说啥？”

冯彦虎一听笑了，脸上现出经验丰富的领导神色，拍拍她的肩膀，笑道：“我说你放一百二十个心！啥事儿都没有！我教你一个最简单最正确最万无一失的办法，不论别人说啥话，不论研究啥问题，你就记住一条就行了：曹书记咋说你咋说！”

吕翠儿想想，说：“曹书记要说得多，我记不下咋办？”冯彦虎笑道：“你不一定要全记住。记住个大概意思就行了。”吕翠儿还不放心：“我要是把曹书记的意思辨（领会）反了咋办？”冯彦虎沉吟一阵，说：“也好办。我教你一个最简单的办法，无论研究什么问题，你就一句话：‘我同意曹书记的意见。’就行了。保证曹书记满意！”

这个能做到。吕翠儿轻松了，脸上有了笑容：“真格？”冯彦虎说：“当然！我还能哄你！”吕翠儿笑了：“这个我能记住。反正我心里明白，曹书记对我好，我也要对曹书记好。”

冯彦虎心里突然有股说不出的味，仿佛吕翠儿从此要离他而去了。他轻轻揽住吕翠儿的腰，身子挨着她，心却飞得远了，迷迷糊糊地说：“曹书记对你好。对我也好。对咱们都好。咱们都要对得起曹书记。你到县上后，也要对曹书记好好的。”

吕翠儿心里一动，觉得冯彦虎话里有了别一种味道。她扭脸看看他，说：“我会对曹书记好。但是……无论走到哪里，我都是你的人。”

冯彦虎有点感动，他使一使劲，将她搂紧了。吕翠儿靠在他身上，两人紧紧地抱着。终于，吕翠儿感到了一种需要，蹭蹭冯彦虎，轻轻在他耳边说：“我想了……”

冯彦虎却有些尴尬。他这个年龄，本已没有连续作战的能力，何况他耽于女色，早已掏空了身子，现在几乎全靠“金枪不倒丸”救急，此时哪有余力再战。不得已，他轻轻在她头上吻了吻，说：“你把锣锣放好叫他睡着。把炕铺好，把准备工作做好。我出去上个厕所，再给你寻根裤带。你明天上县去没裤带咋行？总不能提着裤子去开常委会吧？”

吕翠儿明白他的心思，勉强一笑：“你要乏了就算了。我能忍住。”冯彦虎说：“你准备。我去去就来。”

冯彦虎转身出来，顺手摸出那丸药来放嘴里嚼着，回他房间去喝水。走到当院，只听发电的柴油机像轮胎放气一般“哧——”的一声，全院的电灯立时全熄了。

冯彦虎摸到自己屋里，点上煤油灯，喝了水，略定会儿神。想想吕翠儿的裤带，便找出皮鞋，解下鞋带，两根并一根，在腰上试试，长度可以，只是太细。商店这阵儿都已关门，以他的身份，叫开门自然不成问题，但想要买的货却难以启齿。站地下想半天，把自己一条半旧的围巾找出来，劈为两半，高高兴兴给吕翠儿拿去。

出了房门，全院子都黑洞洞的，他屏气听一阵，没有意外声音，这才高抬脚，轻落步，悄悄往吕翠儿屋里摸去。

他轻轻溜进去，摸黑锁了门，到炕边，吕翠儿伸一只手来接引。他顺手一摸，吕翠儿已经睡好，他脱鞋上炕，才知道吕翠儿上身仍穿着衣裳，下身却已经脱得光溜溜的了。他突然一阵兴奋，想起他们第一次在一起时，就是这般情形。

药力渐渐地上来了，两人的兴奋也跟着增长。这次真格是春风化雨，水到渠成。他们一起飞翔，一起翻滚，一同呻吟，一同陶醉。其情也脉脉，其乐也融融。吕翠儿突然又哭起来，冯彦虎一愣，悄悄问道："咋了？弄痛你了吗？"

吕翠儿在黑暗中摇头："不是。我高兴。"冯彦虎听了，满足。身心舒泰。翻身瘫倒下去，笑眯眯地睡着了。

吕翠儿却睡不着，听着冯彦虎沉重的呼吸，她思绪飞腾，一会儿飞到县上，一会儿飞到红沙沟大队，一会儿又飞回到冯彦虎身边。这样来来回回，一会儿东，一会儿西，直至听到第一遍鸡叫，才觉有点困。

她怕自己睡过头，冯彦虎再醒不来，天亮叫人发现，就推推冯彦虎，让他回自己房间去睡。冯彦虎疲极了的人，好不容易才清醒过来。要走，亏他还记得给吕翠儿一个告别吻，却像盖图章似的，全无一点感觉。

吕翠儿见他糊里糊涂的，怕他走错门，还怕他睡着在院里，屏住气，直听到他房间的门锁响过，这才放心睡去。

11.女常委上县，心虚虚地像风筝一样飘了起来

锣锣的哭声惊醒了吕翠儿。她翻身睁眼，天已大亮。披着衣服给锣锣把了尿，这才穿衣裳。捋开冯彦虎塞给她的裤带一看，认得是冯彦虎的围巾，不由心里叫苦。农村妇女封建，认为男人的衣服也比女人的高贵，晚上睡觉，裤子也不许放男人裤子上面，何况脖子上的围巾。更何况还是冯书记的围巾，哪里能当裤带？

她卷好围巾，塞进自己的布包儿里，又将那条旧裤带结了，试一试，长度还够，便凑合着又系上，心想到了县上再想办法吧。

阎立国昨天自己做主，开车乱跑了一气，今天早上一起来，想着回去

可能要受盘查,不由冷静下来,早早洗了脸,收拾好车,催着让叶景珍找吕翠儿上路。

叶景珍一边留他吃早饭,一边去喊吕翠儿,却不见冯彦虎起来送行。冯彦虎平日也有起得晚的时候,但今天他不该不起来啊?按他和吕翠儿的关系,应该早早起来安排早饭,送他们上路才对呀?

吕翠儿起来了,提着布包包,抱着锣锣出来看车,生怕行动慢了被拉下。叶景珍等冯彦虎不起来,见吕翠儿,只好过来问候。阎立国按了声喇叭。吕翠儿慌了,抱着锣锣就跑,叶景珍紧跑两步追上,悄悄说:“不要紧,你不要管他,他是专门来接你的,把你撂下他回去说个啥呢!”

他说着,顺手接过吕翠儿的布包包,倒吃一惊:“你包的啥东西,咋这么重?”

吕翠儿不好意思,说:“没有啥。就几件件衣裳、几碗炒面(炒熟的杂粮面粉,当干粮)。”

叶景珍听了忍不住地笑:“你又不是去上访,背炒面干啥!你现在是常委,领导着全县几十万人呢,还害怕没你的饭吃!到县上去,他人不给你端着吃都不行,还怕没你吃的!你真是!”

叶景珍把包包放车上,还忍不住笑:“阎师傅,你把吕常委的包包看好,里面可有炒面呢!”阎立国便也看着吕翠儿笑:“吕常委,到县上还怕没你吃的?水泉县再穷,养活几个常委总还能养活过来吧?”

吕翠儿脸红了,一句话也说不出,只一个劲地摇锣锣。

叶景珍往冯彦虎门上看。吕翠儿也不由自主往那里看一眼,仍无一丝动静。吕翠儿心里明白,冯彦虎昨晚连续作战太疲劳,怕是一时醒不来。叶景珍不知情,心里奇怪冯书记怎么还不起床。他怕阎立国着急,说:“阎师傅再稍稍等等吧,我们冯书记昨晚加班太晚了,可能马上就起来了。”

阎立国不愿等,问吕翠儿道:“你还有事吗?要没事咱们就走。还等冯书记吗?不等了吧?你要有事儿就叫叶秘书叫去。”吕翠儿虽想再见冯彦虎一面,却又希望他能多睡一会儿,稍一犹豫,说:“算了吧,不等了,咱们走吧。”

叶景珍见他们要走,说:“阎师傅,还有个碎狗娃子,阎师傅给带到县上吧?”阎立国红了脸:“那不行。狗又拉又尿的,把屎拉车上咋办?”

叶景珍面不改色,直直地站着说:“这我就不会说了。狗娃子可不是我的,是我们冯书记给曹书记找下的。你要能捎了捎上,要不能捎了我就给冯书记说,叫他另想办法去。”

阎立国一时气结，冯彦虎的面子有限，曹兀龙的面子却驳不得，还要在他手下混饭吃，他的东西不捎可不好交待。他给自己找台阶："你要捎，就多找点旧报纸，把脚底下全铺了，屎拉下还可以打扫。要不，那就把车糊没事了(不像样子)。"

叶景珍道："这能办到。别的东西没有，旧报纸是多家伙。"

他没有先找报纸，却往后院喊"李线长"，让把狗娃子抱过来。李峰山答应了，他才往办公室去找报纸。

李峰山先过来。阎立国一看狗娃子，立即从车上下来，迎过去接住细看。见那狗娃子一身金黄色的毛又光又亮，乌嘴头子，长得憨憨实实，煞是可爱。他一见就喜欢上了，抱着捋捋毛，笑问："这狗娃子乖的！在哪里捉的？还有吗？有了给我也捉一个？"

李峰山支支吾吾说不清。叶景珍拿着旧报过来了，接口道："阎师傅也看上了？这个狗娃子真格是百里挑一！谁见了都爱得不行。可惜只有一个。是罗山大队的一个母狗下的。它妈是黄的，就下了这么一个。再就都是黑的嘛的。"

阎立国爱不释手，边捋边念叨，意思想要。叶景珍却不松口："这就没办法了。要是我的，我二话不说，送给阎师傅。可这个不是我的。是我们冯书记给曹书记找的。曹书记家里早先说有个黄狗呢，听说死了，冯书记要照原样儿给找个黄的，全公社找遍了，才找了这么个宝贝，咋敢送人呢！这个宝贝，人家也宝贵得不行，我们冯书记要呢，差点都舍不得给。还是冯书记说给曹书记找的，才要来了。"

阎立国没办法了，只得摇摇头，笑说："没办法就算了，咱们没这个命！"他让叶景珍铺报纸，见吕翠儿在车门旁挡路，笑说："吕常委，你略让让，叫叶秘书把报纸铺上。"

吕翠儿就往旁边站了站。看着叶景珍铺了报纸。阎立国将狗娃子放上去，才对吕翠儿说："常委，上吧！上车咱们走。"吕翠儿这才悄悄松口气，抱着锣锣爬到车上。

吕翠儿的包包里有炒面，狗鼻子尖，闻到了，哼哼着用嘴拱包包。吕翠儿怕把包撕烂，拾起架车座背后了。阎立国看见，对叶景珍说："哦，叶秘书，你能不能给咱们找两个馍馍？一个给咱们吕常委和娃娃吃，一个还要哄狗娃子。给书记的狗娃子，饿瘦了咋办呢？"

叶景珍答应："行。"要去拿馍，阎立国把他喝水的大玻璃杯子递上，笑说："顺便给咱们灌点水，路上渴了喝。"又转脸问吕翠儿，"常委要水吗？"吕翠儿摇头说不要。一来她没有杯子，二来她还怕路上尿尿不方便，昨天晚上就开始节水了,现在哪里还敢喝。

叶景珍到厨房里,灌了水,拿了两个半斤重的馒头,用报纸包了,交给吕翠儿和她的包包放一起。吕翠儿见那么好的白蒸馍,她一年四季也吃不上一两回,却要喂狗,心里都痛,却什么都没说。

要开车了,阎立国回身笑着给吕翠儿布置任务:“吕常委,狗娃子就交给你了。我要开车呢顾不上看,你把你的娃娃抱好,狗娃子也看好。再要把书记的狗摔了就麻烦了。”

叶景珍最后往冯彦虎门上看一眼,那里还静悄悄的。他忍不住,说:“阎师傅,你能不能再等几分钟,我去喊一声我们冯书记,看还有没有啥话?”

阎立国不愿意,也不好拒绝,犹豫着没说话。吕翠儿开了口:“叶秘书,算了。不要叫了。”她想见,又想让他多睡会儿,还担心他糊里糊涂地出丑。

阎立国见叶景珍犹豫,按了两下喇叭,几个人都往冯彦虎门上看。却仍无一丝动静。叶景珍跑步去叫,一边说:“哎,我看看,再不要出啥事儿?”

阎立国很不耐烦了,再按一长声喇叭,便启动了车。吕翠儿怀着一丝惆怅最后望了冯彦虎的房门一眼,无可奈何地被车载着离开了她熟悉的山口,心里虚虚地像风筝一样飘了起来。

12.家旺狗多

阎立国将车直接开到县委办公室门口,让吕翠儿下车。仿佛镖师押运货物,到站向货主交割,指着吕翠儿给鲍日曙说:“鲍主任,人我给你拉来了,我再不管了。”

吕翠儿又紧张又茫然,盯着鲍日曙看,不知道会怎么处置她。锣锣怕生人,紧紧抱着他妈的脖子,要哭又不敢使劲哭,扁着嘴,两只泪汪汪眼睛左右审视着接近的人。

阎立国交割完吕翠儿,又开车去曹兀龙家送狗。他有个想头,曹书记家的老黄狗死了后,已经有好几个公社书记给送狗娃子了,这一个他们不一定要,他们如不要,就是他的了。他平日并无爱狗的嗜好,只是这只狗娃子实在可爱,他才动了心。

他将车停曹兀龙家大门口,敲了几次,里面都没人应,不得已,按了声喇叭,只听里面臊女子尖叫一声“我大回来了”,便跑来开了门。她身后,卫兵似的跟着两黑一花三只小狗,见阎立国,好像要尽守院之责,扒着门槛,一齐“汪汪、汪汪”地喊叫。

【太平犬】狗护院,兼唱吉祥:旺!旺!旺!独唱不如合唱,死了黄狼,来了一帮,一片声喊“旺”。得时者家是百宝箱,招惹得狗腿儿乱嚷嚷,家旺狗多,狗多家更旺。

黄香桂出来了,阎立国笑着问候了,说:“山口公社的冯书记给曹书记捎了个狗娃子,你们要不要?家里三个了?还要吗?”

黄香桂早被狗弄烦了,皱着眉说:“快拿走!快拿走!我要那么多狗干啥,又不能吃!”

阎立国心里一乐,笑说:“你不要了?我就送人了。曹书记来你给说一声。狗多了是个害。没啥喂不说,又拉屎又尿尿的,把人脏死了!夏天身上虼蚤又多。真格乌苏(让人心烦)得很!”

黄香桂点头应着:“就是。你快拉着去,看谁要了送给叫养去。他来了我给说。”

阎立国眉开眼笑,要走,臊女子却一把抱住黄香桂,撒痴撒娇地要车里的狗娃子。黄香桂不要。臊女子说:“车里的狗是黄的。是咱们黄狼下的。我要呢!”黄香桂皱着眉说:“黑的黄的都一样,一群了,还要它干啥!”

臊女子只是不依。娘儿两个便在院里嚷起来。臊女子使出了绝招,坐地下蹬腿打滚地哭嚎。黄香桂气得直跺脚,却没招。阎立国一看,这狗不是好要的，心一横，不要了。便从车上抱下来，放臊女子面前，笑说：“哦，好好，你要喜欢就留下。”

黄香桂见了，也不由喜欢。她不好意思，说：“要不，你抱一个黑狗娃子去吧？”阎立国摇头：“我不要。我不爱养狗。我嫌它麻烦得很。”黄香桂还说：“太多了，我也嫌烦。”阎立国笑说：“不多。才四个，多啥呢。人说家旺狗多。狗多了家旺。曹书记命好，家旺。人才都来送狗。穷家想要还要不来。嘻嘻，好事，养着吧。”

臊女子见黄狗娃留下了，破涕为笑，翻起来抱着抚。那几只小狗，都围着她，“旺旺！旺旺！”地乱叫，仿佛在给阎立国的话做注脚。

13.女常委仿佛一块肉，都想夹到自己碗里

吕翠儿的屋子，原先是苏芸住过的。已经打扫干净，除铺盖是临时从招待所借来的外，其余都是新买的，连洗脸、擦脚的毛巾都没有忘记。

鲍日曙自觉男女有别，不好来得太勤，又恐怠慢了常委，特地请妇联主任杨秀芳照看。杨主任是热心人，进来查看了一遍，见还未打开水，便提了暖瓶，到妇联交给黎虹，让黎虹打了送到吕翠儿房间去。

黎虹听是给吕翠儿打水，悄悄皱了下眉。在山口公社时，她是公社妇联主任，吕翠儿是大队妇联主任，她是干部，吕翠儿是社员，只有吕翠儿巴结她的，现在却要她伺候吕翠儿。她心里不舒服，但碍于杨主任的面子，只得去提。返回来时，她慢慢地走，在心里转主意如何和吕翠儿见面。快到时，正好碰见小李子，她高兴了，让小李把水送进去，她转身就往回走。

不料杨秀芳正在吕翠儿屋里说话，她的意思是把黎虹拉过来照顾吕翠儿，她就可以脱身了，不料等半晌，却是小李子送水进来。她问黎虹呢，小李子说刚走了。她急忙探出头来，见黎虹没走远，就喊她过去。

黎虹见推不开，只好说她上个厕所，上完马上来。可她的“马上”比“驴上”还慢，直上了平常两倍的时间，但到底只是上趟厕所，再磨也磨不过多少时间去，终于还是和吕翠儿见面了。

吕翠儿倒一点不拿常委的架子，见黎虹来，慌忙站起，连称“黎主任”，又让座，又问寒问暖。她是真心的，因她初来，人生地不熟，见了黎虹，仿佛见了娘家人一般，便觉得格外亲热。

黎虹也感到了吕翠儿是真亲热，心里倒有些惭愧，觉得自己未免生分，怠慢了她。又见杨秀芳也恭恭敬敬，自己如何还敢拿大，便放下架子，

亲亲热热聊起来。说一阵话,倒仿佛朋友一般,彼此都有了亲近感。黎虹见锣锣没有尿布,跑后面自己屋里,将一件旧衬衣和一条旧线裤取来,当场撕成一块一块的,给锣锣当尿布。吕翠儿感动得不知该说什么好,嘴里只一个劲地唠叨:“哎哟,可惜的。这怎么能成!这怎么能成!”

杨秀芳见两人亲热,自是高兴,说几句闲话,脱身走了。

黎虹见吕翠儿丝毫没有常委的概念,倒十足一个乡下人进城的懵懂相,自己的优越感又上来了,倒诚心诚意,给她讲该注意的事项。吕翠儿心里感动,边听边使劲点头:“哎呀,我这下放心了,我啥不懂了就问你。上来的时候我害怕的呀,生怕我不懂县上的规矩,干下啥错事。”

两人聊得投机,不觉就到了午饭时候。黎虹回去取了自己的碗筷、饭票,打了三份饭端来和吕翠儿一起吃。她知道农村妇女干重活吃得多,干部的份儿饭难以填饱肚皮。吕翠儿吃干部的饭差不多等于过年,又见是黎虹掏钱,不敢多吃,说她拿了炒面,问黎虹吃不吃。黎虹自然不吃。吕翠儿见干部的饭这么好,炒面实在拿不出手,只是心里感动,要表达感激的意思,见黎虹说不吃,也就不取。

吃完饭,黎虹再嘱咐几句,才拿起碗筷回自己屋里去洗。靳向东却笑嘻嘻地进来了。他随手关上门,笑着问黎虹是不是到吕翠儿那里去了。黎虹见他笑得古怪,心里直发毛,但又一想,吕翠儿是女的,还怕他怀疑不成?她心里坦然,便点点头。

靳向东欣赏地点头笑了:“好!你干得好!我正愁没个人去接近,你想到我前面去了。好!继续接近。争取把她拉过来。至少,也要让她保持中立,别一头扎到曹兀龙怀里出不来。”

黎虹根本没有这些想头,她皱眉,心里像吃了苍蝇一样难受。

靳向东还要说话,孙铁却找来了:“向东,咱两个到吕翠儿那里坐一坐吧?”靳向东说:“我正想找你去呢。”

吕翠儿没有睡午觉的习惯,一个中午她是坐过来的。再说,她这阵儿思绪如云,在半天里飘荡,想睡也睡不着。孙铁和靳向东来时,她正坐着出神。孙铁的到来使她诚惶诚恐,那么大的书记,要在生产队里,见都见不上,现在还来看她,她感动得不知该说什么好了。

孙铁把靳向东介绍给她:“向东你还认得吗?就是原来县团委的靳书记。到山口去过,你们还握过手,记得吗?”

吕翠儿隐约记得一点,经这一提,和她的记忆接上茬了,忙问靳向东好。孙铁继续说:“向东现在也是常委了。和你一样,也是这一批批的。你们一同进的常委班子,以后要互相帮助,互相支持。”

靳向东自觉比吕翠儿高出一大截，以关怀和居高临下的口气说："咱们以后要在一起开会了。水泉县的大事小事，都要由咱们来决定了。担子不轻啊。以后，还真格要处处小心呢。一句话说错，说不定就闯下大麻搭了！所以，我们得向老书记、常委们好好学习。像孙书记和曹书记，都非常有经验，我们要多向他们请教呢！"

孙铁和靳向东一唱一和，云里雾里，说得吕翠儿不辨东西南北，唯一留下的印象似乎是听孙书记的。

二人正说着，鲍日曙敲门进来，通知说下午的常委会推迟到明天上午，曹书记在石寨公社事儿没办完，明天上午才能回来。

孙铁见鲍日曙来，指着炕上的被褥说："你们这被子褥子是新买的吗？咋像是旧的？"靳向东马上接过去说："办事儿不要拖拖拉拉的，干脆一些！既然花钱，就买好的新的，咋弄了套旧的，像什么话！"

当着吕翠儿的面，鲍日曙不好说吕翠儿不常住，开完会还要回去，这是临时借的招待所的。嗫嚅半天，才说："杨天才买去了，可能是没找到地方。"

靳向东一听就知道是撒谎，极不屑地皱一下眉："那些话再不说了。买去！买新的去！"孙铁也说："就是。买上床新的，能花多少钱！"鲍日曙一肚子委屈，只得答应着。

鲍日曙开门要出去，迎面碰上阮祥林和朱仕第。阮祥林端着茶杯子，挡住鲍日曙问："常委会不开了，咋没人通知我？要不是朱常委说，我还在常委会议室门口站着等着呢。"

鲍日曙忙往旁边站，一边解释说："我刚给孙书记、靳常委通知了，准备到你那里去，还没来得及去。——曹书记电话也是刚来。"

阮祥林不理他了，往屋里去，一边说："吕常委来了？我还没见。一路上都顺利吧？"他左臂下夹个本本，右手端个茶杯，两手都占着，就避免了握手，既问候了人，又不至让人觉得他过于热情，保持住了自己的矜持。见吕翠儿惶恐，笑说："我叫阮祥林，你还没见过。"

朱仕第因上午已经见过了，此时不必问候，只问鲍日曙一切是否都准备周全，以此让吕翠儿体会出他的关心。鲍日曙见朱常委问，忙说："都准备齐了。就是被子和褥子是招待所的，孙书记叫买新的，我准备下去就安排。"

朱仕第心想多此一举，嘴上却说："吃饭的家具都有了吗？要没有也买上。还有饭票，叫张茂春那里先借点，完了再研究解决。"

鲍日曙忙应了，站着等看是否还有吩咐。

房间本来不大,一下来这些人,坐都没地方坐,便都在地上站着说话。吕翠儿见这些平日在半天云里的人物,一下都到她这里来了,不知该和哪位搭腔的是,便只好傻站着,谁问她,才回一句。锣锣醒了,见地下许多人,吓得哭起来。常委们才一齐出去,各自散了。

14.男人的好坏,女人最清楚

靳向东暂时还在团委办公,往回走,却碰上杨冰。这些日子,因他要打听杨红砚的情况,和她接触多了点,发现她人小心却不小,见了他,总笑眯眯的,好像有什么秘密叫她发现了,忍俊不禁,却故意憋着不告诉他。这时,她也是这副神情,似乎压抑不住地一笑,也不说话,从他身边过去了。

靳向东心里一动,觉得她这些天都怪怪的,而且,怎么那么巧,他每次从妇联路过,总好像能碰上她。他忍不住叫了声:“小杨。”杨冰已走过去的人,回过身来,头一偏:“靳书记叫我吗?”

靳向东走近一步,盯着她的眼睛看,脸上很严肃,问的问题也很严肃:“杨红砚……这几天怎么样?”

这问题太大,不好回答。杨冰想一想,也盯着他的眼睛看,似笑非笑地说:“不错。——你想问什么?”

靳向东明白了,她是有意的。刚要说话,杨秀芳从办公室探出头来喊小杨。杨冰答应一声,悄对靳向东说:“你想听杨红砚的情况就来。我详细给你汇报。”说完盯他一眼,走了。

“来”?到哪儿“来”?靳向东心里疑疑惑惑,走到团委门口了,又折回到办公室,问何玮婉:“老何,今晚是你看杨红砚吗?”

何玮婉说:“不,是小杨。咋了?”靳向东说:“没咋。我随便问问。我是想,要是你看,杨红砚可能心情会好些。”何玮婉笑说:“没关系。杨冰挺随和的。没事儿,你放心吧。”她压低了声音,“我听孙书记说,马上就解除隔离了,我和杨冰都放松了。杨冰晚上有时候就偷偷回她自己宿舍了,没事的。”

靳向东心里有了底,和文戈打声招呼,走了。

晚饭后,他注意着杨冰,见她打了几壶开水到自己屋里去了。后来到杨红砚的屋里去了会儿,天黑后又回了自己宿舍。但他没跟去,直到夜里十一点后,县革委会大院里全静了,才偷偷溜出来,假装上厕所,见四下无人,到杨冰门跟前一推,门没锁,就进去了。

杨冰在黑暗里坐着，此时站起来，悄问一声："谁？"靳向东不回答，用嘴堵住她的嘴，抱到炕上，直奔主题，喘吁吁一阵忙乱。

事毕，杨冰才悄悄说："你怎么这么大胆子？随随便便就到人家屋里来了？"

靳向东亲她一口，悄说："母狗不摇尾，牙狗不跳墙，你不叫，我敢来吗？"杨冰偷笑："我哪儿叫你来？"靳向东说："行了，别装了。到这个时候了，还想装好人！"说着，又来了一次。

两人歇了会儿，杨冰悄悄说："你说，会不会是双胞胎？"靳向东一愣："什么双胞胎？"杨冰说："两次，不是双胞胎？"靳向东心里一惊，笑说："你想到哪儿去了！"杨冰不笑："要双胞胎就有意思了！"

靳向东一愣，心里打了个战："你胡想啥！"杨冰道："我没胡想。要真是双胞胎，两个一块儿在院里跑，多有意思！"

靳向东突然觉得有点心虚："双胞胎你还想养下来？"杨冰说："为什么不！"靳向东愣了半晌，说："你想陷害我？"杨冰抱住他扭扭："不是。我爱你。我就想和你生两个娃娃。我都想了好几年了。你看都不看我一眼。"

靳向东傻了。他没想到会有这种事，好半晌才说："我可是和黎虹订了婚的。"杨冰说："我知道。可黎虹根本不爱你。她爱肖宗泉。全革委会的人都知道，就你一个头在裤裆里，还把她当宝贝！"

靳向东心里一拧，他不愿认输："你胡说。"杨冰说："你不信算了！"靳向东好一阵沉默："你有什么证据？"杨冰说："两人叫小白都堵到屋里了，还要什么证据？再要证据，除非等他们把娃娃养下你再看像谁！"

靳向东心脏几乎都冻冰了："黎虹怀孕了？"杨冰说："我不知道。"靳向东心里稍松："那你不是胡说！"杨冰说："胡说不胡说，咱们等着看吧。"

靳向东知她是故意挑拨，说："那你怎么想的？"杨冰说："我什么都没想，我就想你，想和你养两个娃娃。"靳向东说："可你想过没有，要是我不和你结婚，娃娃你咋养？你就不怕人说闲话？"杨冰说："不怕。我要怕，也不会让你进来。"

靳向东说："人要是问你，这个娃娃是谁的，你咋说？"杨冰道："那还不好说！我就说是你的！"靳向东忽一下翻起来："你怎么能胡说！"杨冰说："我哪儿胡说了？你还在我的炕上呢就不认账了！"

靳向东觉得自己完全掉进陷阱里了，憋半晌说："你纯粹是个鬼，是个妖精！"杨冰哧哧地笑起来："随便你怎么说，反正我肚子里是你的娃娃。"靳向东说："我不承认！"杨冰说："你要不承认，我明天就对人说，靳常委昨晚上抬我的门了！"

靳向东翻身跳下炕，恶狠狠地说："你的阴谋永远不会得逞！"杨冰见他真恼了，伸手拉住他，哀告道："你不要走，我跟你说着耍着呢！我就是想你。就是想和你养个娃娃。"

靳向东不敢太绝情，怕她急了真咬一口，站炕头想了想，说："你要真想跟我好，就替我干一件事。"杨冰坐起来了，问："啥事？"靳向东沉了沉，一咬牙说："你要能把黎虹和肖宗泉抓住，我就和你好。"

杨冰想了想，说："抓黎虹和肖宗泉现在不大容易了。你想，白梦媛已经堵过他们一回，肯定小心了，还能再叫人抓住。"靳向东说："那你就是故意说黎虹的坏话。"杨冰想了想，无话可说："我抓不住黎虹，但我能给你提供一个情况：你到文化馆抓朱常委和金秋影去。"

靳向东一愣："朱常委和金秋影有一腿？"杨冰说："你去问文化馆的人就知道了。"靳向东心跳起来："他妈的，四眼子也有这一手！"杨冰冷笑："你们男人哪有一个好东西！"靳向东一愣："你是说，我也不是好东西？"杨冰一笑，说："你例外了？你这阵儿还在我炕上。"

靳向东笑了："你像个妖精。我有点喜欢你了。说不定我两个还真是一对儿。"杨冰拉他坐在身边，歪头靠在他身上："其实，男人的好坏，女人最清楚。特别是漂亮女人。"靳向东说："你觉得你漂亮？"杨冰说："我知道我不漂亮。但只要有一个漂亮女人，你马上就会发现，哪个男人正经，哪个男人不正经。"靳向东一笑："你真是个鬼。我以前小看你了。"

杨冰笑着蹭他一下："咱们养两个小鬼，一个像你，一个像我。好不好？"靳向东不说话了，半晌才道："你真的喜欢我？"杨冰嘟起嘴说："当然。不喜欢能让你上我的炕！"

靳向东又不说话了，这次他有点认真，真的在脑子里考虑了一下他俩的关系："你不要逼我好不好？这事儿我得认真考虑一下。黎虹……我得有个交待才行。"

杨冰说："我没有逼你。我就是爱你，想帮你。我知道你恨朱常委。那次常委会讨论报你，朱常委找借口不参加，你给下过话（求情），朱常委都没参加。我早就想告诉你他的事，你一直不理我。"

靳向东心动了一下，抚慰地拍拍她的肩："对不起，我不知道。"杨冰笑了，蹭一蹭他："我不怪你。"靳向东抚抚她的头发，轻轻说："我得走了。"杨冰跪起来抱着他的头亲一口："我想咬你一口，行吗？"

靳向东笑说："行。不过，别咬脸。"杨冰脸对脸蹭他："胳膊上行吗？"靳向东没说话，捋起胳膊给她。杨冰先亲一口，又附他耳朵上悄说："痛呢，你能忍住吗？"靳向东有点动情了，使劲搂她一下："没关系，你咬。"

杨冰轻轻咬一下,又搂住他的头乱亲:“我舍不得。你咬我一下吧。”她说着把自己的光胳膊送到他嘴边:“使劲咬,咬烂,给我留个记号。”靳向东在她胳膊上亲亲,悄悄说:“我也舍不得。”

15. 她双手的指甲一下掐进他背里,他能感觉到快刃切开肌肤的脆劲

杨冰和靳向东以为他们的事儿人不知鬼不觉,却不料落入了一个人的眼睛——被文戈看见了。

自从杨红砚被隔离审查,文戈就没有好好睡过一夜觉。他睡不着,每天晚上都要出来在院子里转悠,鬼魂似的。这一晚,他悄悄地在院里走,远远地看着杨红砚的窗口祷告。也是天缘凑巧,他看到杨冰从杨红砚房间出来,回了自己房间。他以为是她回去拿什么,却没开灯。他心里一疑,就多站了会儿,杨冰却不见出来。他心里更奇怪了,不由自主,走一走,转过来就要往杨冰窗口看一眼。她屋里却一直黑着。他因为是隔一阵才看一眼,确不定她是出来了,还是在屋里。一直到十一点多,已经停电了,他又转过来,却发现一个黑影到了杨冰门前,看身形有点像靳向东。他定住了。眼看着黑影推门进去,好久不见出来。他心跳加剧,迅速在脑子里盘算着怎么办?他的第一反应不是搞清黑影是谁,而是想到:杨红砚这阵儿没有人监视!

他脑子似乎都没有来得及想,脚就带着他直往杨红砚宿舍奔。到门前,他隐身门凹处,轻轻敲了敲门。没有反应。再敲。里面有响动了,问一声:“是小杨吗?你等等。”接着灯亮了。文戈一阵心跳,急忙转身靠着门,眼睛盯着门房老冯的窗。他心跳得快蹦出嗓子眼了,老冯的窗正对着这门,万一他往这边看一眼……

门突然开了。他来不及细想,一步跨进去,顾不上别的,先去吹了灯。一回身,杨红砚已抱住了他。他什么话都不说,双臂如铁箍般箍住了杨红砚。只听杨红砚的骨头“咔吧吧”地响。他非但没松,还抱得更紧了。许久,才吐一口气,略略松了双臂。杨红砚也才喘出气来。他没头没脑地乱亲。眼泪像水一样糊得两个人的脸都湿漉漉的。

杨红砚呜呜咽咽,不知道嘴里说些什么,只是贴紧,贴紧,贴紧……两个人的身子紧贴着,脸相挨着,泪流在一起,呜咽声搅在一处,胳膊身子都仿佛变了手,抚摩着对方的身子,仿佛要钻进对方的身体里……

渐渐的,文戈有感觉了。他摸出杨红砚只穿了件棉线背心,双臂双腿

都裸露着，已经很凉了。山里的天气，即使是大夏天，夜里仍很凉，他怕她冻着，要抱她到炕上去，她却坚决地挣扎，低声说："不！"

文戈感觉到她的抗拒，悄悄说："我是怕你凉。"说着抚抚她裸露的胳膊和腿，只恨手掌太小，不能当被子整个儿把她覆住。她仍紧紧地偎着他，仿佛要钻进他身子里去，嘴上却仍坚决地说："不！"

文戈无法，只得尽量多抱住她一些，但大部分仍露在外面。他感到了她胸前的两只凸起物，心里一颤，突然被一股强烈的欲望冲击了一下。他一咬牙，深恨自己不是东西，她在难中，你却还有这些不洁的想头！他尽量不去想胸前的感觉，而改为抚她的头发，温暖她的胳膊和腿侧，想多给她一些温暖，但无济于事。只好再一次恳求："到炕上去吧，别冻着。"

她仍然坚决地说："不！"他心里急，说："你这么冻着，我无法说话。"她用唇堵他的嘴："抱我。"

他再一次紧紧搂住她。一股燥热从心里爆出，迅速传遍全身。他颤抖起来，不由哼了一声。她身子也抖起来，突然伸手到他衣服里，双臂一搂，身子悬空，整个人都吊在文戈身上。文戈喘一声，要抱她到炕上去，脚刚一移动，她又说："不！"同时一使劲，双手的指甲掐进他背里去了。他能感觉到快刃切开肌肤的脆劲，仿佛小刀切萝卜似的，一点都不费劲。同时，肩膀上一痛，被她咬了一口。他没有来得及反应，她就松开了，轻轻一推，在他耳边说："走吧！"

文戈说："我……"她一把按住他的嘴，轻轻说："走！"说着就往外推。文戈想说几句安慰的话，稍一抗拒，她推得更坚决了："走！"一直把他推出门外。他想回来，但门关得很坚决。接着，便锁上了。他不能在门口久停，只得赶紧离开。

院子里静极了。他轻轻下了台阶，往前走几步，就轻松了。也许是没有越轨的缘故吧，他觉得很坦然，一点也没有来时的紧张和不安。他甚至像查夜人似的，这儿瞅瞅，那儿看看。虽然要说的话一句也没说，但他释然了，他觉得心里的话已经全部传给了她。她的话也全部装在他心里了。

夜很广大，也很宽容，仿佛半闭着眼，故意不往地上看。

16.地上少了个忠臣，天上多了个冤魂

就在这一夜，大忠臣杨子厚殁了，身边没有一个人，第二天早晨才被护士发现。

第十一章

1.多事之秋

曹兀龙和陈玉玺一块儿来了，大家见过了礼，鲍日曙立即报告："杨常委去世了。"曹兀龙一愣，问："啥时候？"鲍日曙说："医院说是昨天晚上。"曹兀龙便"哦"，他心里还记着吕翠儿，但死人是大事，不得不说："那你给常委们通知一下，一块儿到医院去看一看。"鲍日曙答应着要走，曹兀龙又问："吕常委接来了吗？"鲍日曙说："接来了。"

曹兀龙有些话想单独和吕翠儿说，碍于陈玉玺也在，沉了沉，对鲍日曙说："你带陈常委到招待所去，给安排一间房子叫暂住着，洗一洗，休息休息，下午再开常委会。"鲍日曙说："陈常委的房子给收拾好了，就是还没有铺盖……"

曹兀龙想叫陈玉玺走远点，说："还没有铺盖，没法儿休息，就带到招待所去找个房子叫休息。"陈玉玺说："就不休息了，一会儿一块儿去看杨常委吧。"曹兀龙心里烦他不走，说："那也行。你先坐着，我去看看吕常委。"陈玉玺出于礼貌，说也要去。曹兀龙心里不高兴，只得硬下脸来说："你就不去了。"陈玉玺这才感觉到一点不对味，复又坐下了。

吕翠儿正敞着怀给锣锣喂奶，曹兀龙心急着要见她，忘了敲门，猛一进来，她没来得及回避，吓得一哆嗦。及见是曹书记时，真是又惊又喜，忙放下衣襟，溜下炕来问候。

曹兀龙也算得一条硬汉子，在女色上还没有过什么过失。以吕翠儿的美貌，他在山口见过多次，也没有过失态处，不料今日猛然看见她两只又大又圆的白乳在胸前要来搂人似的扑哈哈跃动，心里忽然扑通一下，仿佛中了麻醉枪，身子有数秒钟失去知觉。他慌忙把目光抬高到吕翠儿脸上，笑问："你来了？"吕翠儿不知道该如何回答，只好胡乱应道："嗯……"

曹兀龙一边观察屋内陈设，一边镇静自己，见屋里虽然简单了点，但什么都齐备，必需品倒都不缺。吕翠儿已精心梳洗过了，显得玉洁银亮，两只毛茸茸的眼睛扑闪扑闪的，仿佛能撩动人心。下身半旧的蓝裤子，上身灰色涤卡女装，显得朴素大方。虽比早先的衣服旧了点，但少了俗气。曹兀龙心里喜悦，笑说："你这一身衣服，以前咋没见你穿过？"

吕翠儿红了脸，半晌才羞怯地低声说："这不是我的衣裳。我在家里穿的衣裳都烂得很，穿不出来。新衣裳有是有一件呢，冯书记不让我穿。说到县上来穿不好。我说我再没有衣裳了，冯书记给我借了这一身。"

曹兀龙听了，心里便生出同情来，说："你不要急，咱们想办法给你解决。我准备给你一月三十块钱的补贴，将来钱拿上了添几件衣裳。借的话再不要说了。一个县委常委，借着穿衣裳，人听了还笑话呢。"

吕翠儿听要给她每月三十元的补贴，不敢相信。她一年辛苦到头，也挣不了三十元钱啊。人说沾官比民强，真格啊！她呆了半晌才说："谢谢曹书记。怕太多了，别的人听了怕骂呢。那么多钱，我想都不敢想。"曹兀龙爽朗地笑了，说："不多。钱哪里还有多的。给你你就拿上。别人他谁有意见！有意见叫他也当常委！"

吕翠儿说了许多感激的话，把心中的担忧也说了。她说："曹书记，我是个社员，要不是曹书记提拔，这是我做梦都不敢想的事。不过，我也害怕得很。我不知道这个常委咋当呢？我害怕我不会说话，再说错了，就太对不起曹书记了。咋办呢，曹书记你给我先说一说。"

这倒是个严肃的问题。曹兀龙点点头，说："我正想跟你说这个事呢。县上也复杂得很。常委说起来只有几个人，心却不齐，倒确实要小心呢。闹不好，就可能叫别人利用了。"

吕翠儿下意识地拍着锣锣，说："我也知道一些。我来之前，冯书记就给我安顿了，说叫我再啥都不要管，就听曹书记的。曹书记咋说我就咋说，曹书记叫干啥我就干啥。"

曹兀龙要的就是这个。他一颗心放下了，又嘱咐了许多话。鲍日曙来说，常委齐了，都在办公室等着，曹兀龙叫了吕翠儿，和常委们一起到医院去看杨子厚。

要走，孙铁喊了一嗓子，说："曹书记，怕要让杨红砚也去一下呢吧？都这个时候了，再不让去告个别，怕不太好吧？"他是想趁这个机会让杨红砚松一松，也给解除她的隔离审查铺平道路。几个常委都停住了脚，看着曹兀龙说："叫去一下吧。都这个时候了。"曹兀龙点点头，对鲍日曙说："你去叫去。"鲍日曙赶紧走了。

几个人刚出县革委会大门，街上的高音喇叭突然传出哀乐声，曹兀龙以为是给杨子厚放的，脸色大变，回头给跑步跟上来的鲍日曙说："你赶快去给广播站打个电话，胡来着呢，放的干啥的哀乐！"鲍日曙又掉头往回走，还没走进县革委会大门，广播里开始播音，是朱德委员长逝世了。几个人便都"啊哟"，站着听了听，不知道该说什么好。

杨子厚已抬到了太平间。鲍日曙找到院长，院长听书记、常委都来了，一边叫人找拿钥匙的临时工，一边让人找来几只口罩并一瓶酒，给每人一只，洒点酒让戴上，才让开门。

说是太平间，实际只是个破仓库。门开了，那人先进去，挥手把苍蝇赶掉，才让常委们进来。虽戴了口罩，里面的气味仍然让人恶心。只好忍着。盖遗体的白布上洒了许多敌敌畏，斑斑点点，像小孩儿的尿布。

揭开白布，所有的人心中都一凛：那是怎样一张脸啊！比先前缩小了三分之一。皮肤黄中带绿，已经吃进骨头里去了。嘴奇怪地半张着，歪在一边。眼窝深陷，黑洞洞地望着宇宙深处，仿佛要找到人世间无法解答的谜。

杨红砚来了，"哇"的一声，直扑过去，跪倒在地。一来她这些天被隔离审查，心里憋屈，二来杨子厚是她唯一的亲人，事先没有心理准备，不免撕心裂肺，她"爸爸——"一声，几乎把在场的人的心都划裂了。

常委们自动让开。有心软的，鼻子也忍不住地酸，便一个跟一个，都退出来了。

曹兀龙招呼大家离开那里，转过两栋房子，杨红砚的哭声才渐弱下来。这才都摘下口罩，悄悄喘了口气。曹兀龙招呼大家往一块聚了聚，低声说："大家都看到了，老杨已经这样了，是不是叫赶快做个棺材，赶快埋掉。天气太热，不敢放。木料叫计委批个条子，到物资局去提。埋就埋到照壁山吧？和铁书记埋一起。一切费用都革委会出。看有没有意见？"大家都说行。他便嘱鲍日曙找人去办。

回到县革委会门口，门房老冯出来说："曹书记，家里你那个碎女子打了个电话，说她奶奶来了，叫你回去一趟。"曹兀龙一听是老太太，不敢怠慢，急忙奔了家去。

一进门，便见老太太、白梦媛和她母亲及黄香桂、臊女子都站在房门台阶上等他，他急忙问候了老太太。老太太不讲客套，一边往屋里走，一边责问起来："圆儿咋了？犯了啥错误，你不叫在革委会呆了？"

白梦媛见曹兀龙来，早溜了。只她母亲巴结地跟了进去。曹兀龙听老太太问，一时不知如何说好。老太太不知儿子作难，还一个劲地数说："圆儿那么乖的娃娃，你还是她姨父，别人都没有嫌弃，你倒嫌弃开了！她姨娘就在这里呢，你给说，看娃娃咋了！你看你，闹得我连娃娃她姨娘的面都不好见了，你咋着胳膊肘子还往外拐开了？我听说革委会几十上百号人呢，别人都能呆，咱们自己人倒呆不成了！"

曹兀龙因人说白梦媛的闲话，怕她真的生个娃娃出来，他的脸可就没地方搁了，想悄悄调到商业局去，不想却惹出这番麻烦来。当着这些人的面，他不好解释，正在为难，电话突然响了，臊女子抢着去接，说："大，找你的。说啥地方死了人。"

曹兀龙以为是杨子厚的事，去接，却是工地上来的电话，一个哑炮炸了,死了一个民工,伤了三个,其中还有水电局的梁拯华。电话给曹兀龙解了围,他站起就走。几个女人见死了人,都不敢拦,眼睁睁看着他去了。

2.陈玉玺意味深长

下午的常委会,共到七名常委,三名新的,会议室里有种异样的新鲜感。曹兀龙大马金刀坐在沙发里,环眼一扫,各派的政治力量便全扫在眼里了。这里,除陈玉玺态度还不甚明朗外,其余六人,刘钟派只一个意志不太坚定的阮祥林,已是残兵游勇,大非数月前的雄壮气势可比。孙铁是个强硬对手,又新添了靳向东,气势更盛,好在只有两个人,也算不幸中之大幸。再看自己一方,除了朱仕第,又新增了吕翠儿,虽然没文化,但忠诚可嘉,要举手,是绝对的三票。孙铁再硬,一人举不了两只手。想到这里,不觉心里得意,高声宣布:"现在开会!"

第一项是宣读地区任命新常委的决定。除了三名新常委觉得新媳妇终于进了门外,其余的人基本没什么反应。

第二项是曹兀龙提议给吕翠儿一月三十元的生活补助。也无异议,顺利通过。虽然靳向东心里觉得便宜了姓吕的,但也没说什么。

第三项是抽一名常委到工地上去当指挥。杨子厚去世,工地上又死了人,非得再派一个常委去不可了。曹兀龙心里算计着,早想到了阮祥林。死了人总是麻烦事,让阮祥林去挨吵挨闹吧,还去了一个对手,可谓一石二鸟。他心里得意,嘴角边挂出了笑。一提出来,没有人反对。阮祥林自己也料到了,说:"行。我去就我去。"

这决定一出,所有的人心里都明白:刘钟派完了,常委会上连个代言人都没有了。一时,会场上竟有些沉默。半晌,陈玉玺开了口,说:"要不,我去吧?我身体比阮常委好,工地上挺吃苦的,我年轻,能顶得住。"

大家都往他脸上看。曹兀龙心里想,阮祥林是明敌,前些时曾有点向他们这边靠,王三丰一来又过去了,岂能让他在班子里碍事。陈玉玺虽然有可能是刘钟的人,但形迹尚未显露,还在争取之列,自然不能让他代替阮。阮祥林也是聪明人,知道他在劫难逃,不等曹兀龙开口就说:"算了,你不要争,我去。你手续都没有交,咋能去。"

别的几位立即附议,说:"就是,手续都没交,咋能行。"于是,就定了阮祥林。

要研究第四项,曹兀龙还未开口,孙铁抢着说:"哎,杨红砚的隔离审查该取消了吧？检查写了，根子追出来了，老杨也去世了，还不解除，怕太劲大了吧？”

话刚完，阮祥林就喊了一嗓子：“我同意。”他声音之大，把在座的人都惊了一下。这有个缘故，阮祥林一向都软声细语的，从不抢着表态。今天他被派到工地上去，明知是排挤，却说不出口，心里有气，一有机会，就要发泄；二来，老杨是老实人，和他们关系好，这一下离去了，他心里难受，为他女儿说句话，对老杨也是个安慰，所以就大喊了一声。他见人都看着他，又说：“理由老孙已经说了，我不再重复，都到这一步了，再不解除，也太说不过去了。”

孙铁说话时，靳向东就想好了要说，不料被阮祥林抢了先，听阮祥林说完，也表了态，把孙铁的话重述一遍。他说完，稍静了一会儿，朱仕第低低地说：“同意。解除吧。”孙铁略略有点意外，没想到朱仕第这么快就表态。

又静了。吕翠儿不安地看看曹兀龙，见他还没说话，不知道自己该怎么说，就低下了头。陈玉玺动了下身子，笑一笑，才说：“我在公社，情况不是很了解。但刚才听孙书记、朱常委、靳常委、阮常委都说了，我觉得理由是站得住脚的，我也同意。”

七名常委，五名已经同意，曹兀龙也不想再自找麻烦，就说：“行。同意杨红砚解除隔离。”吕翠儿立即跟上说：“我同意曹书记的意见。”她话一出口，靳向东没忍住“哧”的一声，忙掩饰地一摸鼻子。

鲍日曙在做记录，这时忍不住看着曹兀龙轻轻问：“记录怎么写？就写解除隔离审查，还是……职务怎么办？不动吗？”

一句话提醒了曹兀龙，说：“撤，撤。撤销宣传部副部长职务。”

靳向东斜了鲍日曙一眼。孙铁也有点嫌他多嘴，但又想，出了这么大的事，职务要不动也说不过去，他早就想过，想给杨红砚争取一个“免职”的结果，这时听他们说破了，就说：“能不能写免去宣传部副部长职务？不要撤。一撤，一点余地都没有了。我想着，虽然犯了这么大的错误，但到底是年轻人，我们党一向是给出路的政策。免去也就行了。看大家的意见。”他说完，向阮祥林、陈玉玺、朱仕第脸上瞅了瞅。

阮祥林今儿是破天荒的勇，又抢到靳向东前面了，说：“我同意老孙的意见，免就行了，不要撤。年轻人，一向表现都不错，就这次犯了个错误，应该给出路，不要一棍子打死。免！”

靳向东接上说：“我同意免。免已经是很重的处分了。不是不给处分，是该给合适的处分。所以，我不同意孙书记和阮常委的说法，好像免是我们放谁一马似的。不是！免是合适的处分！”

他说完，会场上静了。这有个缘故，剩下的四个人，曹兀龙本来没当回事，要叫他一个人决策，免也尽够了，但这一折腾，他的态反不好表了。要坚持撤，支持的人少，他将面临着和孙、靳、阮的辩论。要说免，却像是他投降了孙似的。所以，他不吭气。吕翠儿要听曹兀龙咋说，也不吭气。朱仕第有点犯难，也不吭气。陈玉玺心里是倾向于免的，但不太摸各方的底，所以也不吭气。

静了一会儿，曹兀龙坐不住了，他想，已经有三个人说了免，再有一人同意，就是多数了。这里最危险的就是陈玉玺，不能让他先开口，就转脸点朱仕第，说："朱常委，你说。"

朱仕第还没有想好，但又不能不说话，只得说："其实，我觉得免和撤，关系都不大。文化大革命搞了这么长时间了，打倒了多少人！许多省委书记都是中央下文撤销职务的，要用的时候，一解放就用了。该干什么还干什么。不说别人，邓小平就是最典型的例子。当年打倒了，七五年要用，毛主席一句话，就到中央了。天安门事件一出来，该打倒时，一句话，又打倒了。所以，我觉得，免也好，撤也好，都没有多大意思。都行。"

说了半天，等于没说。但曹兀龙心里明白，朱仕第是不愿说那个撤字，这是给他留面子，要不就和孙站到一起去了。他知道大势已去，即使剩下的三个人都说撤，也是平手。他心一横，听天由命吧。就朝陈玉玺点点头，说："你说，免，还是撤？"

陈玉玺不得不表态了，他很为难，想了想，说："我同意朱常委刚才说的，区别不是很大，免也行，撤也行。我同意多数常委的意见。"

这话一出，几个常委都琢磨开了。听起来，他两边都没得罪，还特别点出同意朱常委的说法，仿佛倾向于那边似的。但他的意思却和朱仕第的不同，因为有一句"我同意多数常委的意见"。这像是句滑头话，但看一看几名常委的表态情况就知道，他是有倾向的。现在表了态的，三名说"免"，一名说"撤"，一名两可之间，"多数"就是"免"。吕翠儿还没表态，即使她说"撤"，仍然是少数。所以，听起来他好像两边都照顾到了，其实态是表向"免"的。能想事儿的常委都心里一动，这个陈玉玺，表面上笑嘻嘻，原来一肚子弯弯绕啊！

曹兀龙明白大势已去，不得不叫吕翠儿表态，吕翠儿还是那句话："我同意曹书记的意见。"

这话一出口，阮祥林嘴动了动，没出声，只轻轻摇了下头；朱仕第没吱声，悄悄把头低下了；孙铁不满地咂了下嘴；靳向东没忍住"嘿"地冷笑了一声，说："曹书记还没有表态，你同意曹书记的什么？"吕翠儿被问了个大张嘴,红着脸低头只顾拍锣锣。

曹兀龙心里有点程度不太严重的不愉快，他在没打算坚守的地方吃了点小亏。但他不打算再纠缠这没意思的事,听靳向东问难吕翠儿,接过话口去说:“行,我同意了。少数服从多数,就按大家的意见办。解除杨红砚的隔离审查,免去宣传部副部长职务。”

曹兀龙有了报复之心。他态度略略有点僵硬地叫鲍日曙宣读一份文件。鲍日曙宣读了,会场上再一次陷入寂静。那是省组织部文件,说中组部委托北京农业大学为“老少边穷地区”培训干部。分配水泉县一名。要求县委常委以上新提拔的领导干部，有高中以上文化程度，年龄不超过四十岁。时间一年。

一听这些条件,大家心里都乐:这是可着靳向东的身材定做的。阮祥林见无人说话,笑着问陈玉玺:“你今年多大了?有四十吗?”陈玉玺一笑,说:“四十二。”阮祥林也笑,摇头说:“看不出。”

虽是说笑,却等于排除了一个。别人还犹可,靳向东却坐不住了,三个新常委,陈玉玺过了四十,吕翠儿不脱产,就他靳向东合适,而一年时间,谁知道这里会发生什么事?他忍不住,说:“我声明一句,我有病,我不去。”

会场上静了。好半晌,曹兀龙问:“啥病?”靳向东顿一顿,说:“腿关节。一到冬天就痛。现在已经七月了,我怕去了还得回来。”

鲍日曙没忍住说:“有病正好到北京去看一看。”他说完就后悔了,深恨自己多嘴,怎么这么沉不住气。

这次曹兀龙显得气定神闲,按条件,靳向东没跑儿,他一走,等于卸了孙铁一条膀子。他谁也不看地说:“就这么个条件,大家看,谁去合适?”

孙铁坐不住了,说:“哎,这个文件规定得太死了。学习嘛,谁能去谁去,规定上那么死干啥!这个岗位上的,谁也没有七老八十,还规定个年龄干啥!超过四十岁的人都不干革命了?”

阮祥林要走的人,显得很轻松,说:“一把手定吧。定了谁谁走。这还有啥讨论的。学习是好事,又不是上战场,有啥难的。谁不想去了我跟他换,他到工地上,我去学习。”

曹兀龙说:“那就靳向东吧。文件上条件就靳常委合适。”靳向东立即说:“我刚才说了,我腿关节不好。”孙铁也说:“就是。向东情况特殊。”曹兀龙不理,说:“别的常委,都表个态。——朱常委。”

朱仕第又一次被推出来了,他顶一下眼镜,慢慢说:“按文件要求,是非靳常委莫属了。”

曹兀龙说:“老阮。”阮祥林笑笑,说:“一把手点了。朱常委也说了。文件上也是那么个要求,看来是靳常委得走一趟了？”

吕翠儿这次听清了,说:“我也同意靳常委。同意曹书记的意见。”靳向东看她一眼,说:“吕常委也可以去嘛,为什么不可以。”曹兀龙不理,又点:“玉玺,该你了。”

陈玉玺已看出靳向东极不愿去,这要直说让他去,必定记恨自己,想了想,笑着说:“曹书记,看这样行不行？把我们三个新常委都报上,让上面批去,批了谁就谁。看行不行？”

这话一出,常委们心里又一动,都想,他怎么就那么会说话？话说了,几方面还都不得罪。这主意他怎么想出来的？

曹兀龙也挑不出他什么不是,说:“那就这样吧。报,就报陈玉玺和靳向东两个吧,吕翠儿就不报了。她是不脱产的,以后再说。”

3.孙曹大战

常委会继续召开。

孙铁不想让靳向东去,却说不出理由,想找个什么事儿发泄一下,突然想起了文戈调动的事,不等曹兀龙进行下一个议程,就嚷道:“哦,朱常委,有件事儿我想问呢,还忘了。文戈调动的事是咋回事？咱们不是早就有言在先,县委办公室秘书调动要常委会通过,文戈怎么没上常委会就要下文？我告诉你,调文戈的文我扣下了。调得合理不合理先不说,没经过常委会就不对！你给大家解释解释,到底咋回事？”

靳向东跟声就上,说:“就是。县委秘书怎么能随便调动。”阮祥林也嘟囔:“怎么又要调文戈？不是闹过一次,讨论不调了,怎么又来了？”陈玉玺早先听到过风声,这时装不知道,他坐在朱仕第旁边,往朱仕第脸上看了看,没说话。朱仕第一听就明白,孙铁的目标是曹兀龙,这是故意拿他开涮,入定似的坐着,也不说话。

这事是曹兀龙干的,孙铁一开口,他就知道自己躲不过,听孙铁公然说他把文扣下了,火儿直往上撞,见下面乱哄哄,他心里又急又气,没仔细考虑,气狠狠地说:“这事我知道。是我叫朱常委下的文。为啥要调,大家心里都清楚,谁也看得明白,文戈太懒,不好好干工作,不学习,中央政策都搞不清楚,写个材料,十天半月拿不出来,拿出来也是错误满篇。县革委会的秘书,那是要有水平的,这种人要他干啥！”

这话说得欠水平。孙铁听得冷笑,说:“啥——？文戈懒？——文戈没水平？——文戈不会写材料？嘿，嘿，嘿，哎——！”他极轻蔑地撇一下嘴，“真有个没水平的呢！还能这么说话！”

曹兀龙这辈子还没有受过这么公开的藐视，何况一个下级，何况还在常委会议上，他再也压抑不住了，指着孙铁质问道：“你说谁没水平？”

孙铁见指他，忽一下站起来，说：“你指谁？有话你说话！有意见你发表意见！你手五指六指地指谁？”

曹兀龙也站起来，凸眼圆睁，直指孙铁质问：“你说谁没水平？你说谁没水平？”

孙铁哪吃他这套，直逼过去，准备打掉他指人的手。陈玉玺一步抢过去拦住，悄劝：“孙书记，孙书记，冷静些，冷静些。”孙铁被拦住过不去，直着嗓子喊：“你没水平。谁没水平！我就说你没水平。你能把我怎么样！——太没水平了！还有这种书记！”

曹兀龙气得脸都青了，又指着孙铁说：“你、你、你破坏会议！”

孙铁冷笑，说：“我破坏会议？咱们两个有个破坏会议的呢！”

两人你一句，我一句，越吵越凶，谁也不让谁。朱仕第站起拦曹兀龙。靳向东起来劝孙铁。吕翠儿抱着锣锣，要保护曹兀龙的样子，锣锣却吓得嚎起来，她怕吵了常委们，要出去，却又担心曹书记受攻击，犹豫着不知该怎么好。阮祥林坐着没动，只嘴上说：“都坐下慢慢说嘛。这是常委会，大吵大闹的像啥。”

喊声传到屋外，惊动了革委会的人，许多人站院里听。有好热闹的还借故从门前过，想多得些消息。

朱仕第见不是事，说靳向东一句：“靳常委，你把孙书记劝出去吧。”靳向东一犹豫，说：“会不开了？”朱仕第说：“这个样子还咋开。”靳向东这才连拉带劝，把孙铁拉出去了。

朱仕第对别的几位常委说：“都先回去吧，待会儿再说。”阮祥林端起茶杯走了。陈玉玺犹犹豫豫也出来了。吕翠儿守着不走，朱仕第说：“你也去吧，我跟曹书记说几句话。”吕翠儿想安慰曹兀龙，又怕他们有秘密话要说，只得出来了。

4.各自想拳经

陈玉玺出来，见阮祥林端着茶杯在前面慢慢地走，他紧走几步赶上，笑着招呼一声：“阮常委。”

阮祥林冲他点头一笑,说:“哦。感觉怎么样?”陈玉玺苦笑一下,摇摇头,半晌才说:“我觉着好像夹在钢板中间了。”阮祥林笑一笑,说:“这还不算最热闹的。”陈玉玺看他一眼,心事很重地笑说:“这样下去,咋办呢?”

半晌,阮祥林笑着摇摇头,说:“你没办法,我也没办法。就看毛主席他老人家有啥办法没有。”陈玉玺笑一笑,不回答。

到岔路口了,陈玉玺笑着说:“阮常委还在后面住?”阮祥林感觉问得有因,看他一眼,说:“去后面坐坐?认个门儿?”陈玉玺笑说:“好。”真就跟着阮祥林走。

到屋里说几句闲话,陈玉玺问:“阮常委要走工地上去了,就你一个人吗?”阮祥林听他问得古怪,说:“一个。还能有几个?”陈玉玺装作懵懂的样子问:“杨常委以前没有配秘书?”阮祥林感觉他有话要说,沉了沉,说:“你有啥话就说。我你还不了解?”

陈玉玺脸微微有点红,想了想,说:“我是想,阮常委要是出面向曹书记说一声,把文戈带到工地上去,我想……你看今天曹书记孙书记为文戈的事吵起来了,现在僵到那儿了,调也不行,不调也不行,两个书记我看谁都不想退一步,不如阮常委把文戈带走,暂时缓解一下矛盾……阮常委看行不行?”

王三丰考查陈玉玺去时,阮祥林是跟着的,自然知道他的情况,听如此说,明白是想留住文戈,点点头说:“主意倒是个好主意。我试试。”

陈玉玺立即说:“那就谢谢阮常委了。刘书记不在,我刚来,啥还都不知道,就靠阮常委了。”

阮祥林说:“不谢。谢啥呢,一说谢就见外了。我的情况你可能也知道,现在又要走工地上去了。靠我靠不住。现在就靠你了!”

别看孙铁在常委会上怒火冲天,一回到宿舍,就笑开了,说:“哈哈,今儿吵美了!”靳向东也高兴,伸大拇指道:“吵得好!看他以后还敢不敢不把咱们当回事!”

但一想到靳向东要去北京学习一年,就又高兴不起来了。孙铁说:“很明显,这是曹的阴谋!你只要看常委会上的比例,就明明白白了。现在七个人,他三个,咱们两个,刘那一派……哎,你说,陈玉玺到底是哪一头儿的?我咋听着还是倾向刘那一边的?”

靳向东点头,说:“我也有这种感觉。表面上看起来,他非常圆滑,好像哪一边都不得罪。可实际上,你细分析他的话,还是倾向于刘的。”

孙铁道:“倾向是倾向于刘的,但他要表现中立,就难免被曹利用。今天阮一走,你再一走,咱们和刘就一家剩一个人了,曹却有三个人。陈玉玺再模模糊糊,很有可能叫曹拉过去,或利用来替他说话。这样一来,常委会就是曹一个人的天下了!不行,你不能走!坚决不能走!你一走,我一个光杆儿司令,咋斗得过人家四个人!那不是开玩笑嘛!"

靳向东说:"我之所以不想去,就是这个意思。"孙铁说:"光说不去还不行,你得到医院去要个证明。——你说的那个腿关节不好不行,腿关节嘛,再不好能不好到哪里!你得再找个别的病。"

靳向东说:"这好办。我马上就去医院。——你注意到没有?今天咱们都出来了,曹和四眼子两个留下了。四眼子有一段时间不和曹那么亲密了,今天我看这阵势,两个人又有点往一块儿捏的架势。这得注意呢!刁德一给你使起坏来,麻缠就大了!"

孙铁点头,说:"就是。我注意到了。"靳向东说:"我看我们不能手软,得给下硬茬!不下硬茬咱们斗不过人家。曹现在越来越上风头了!"

孙铁不明白靳向东说的什么意思,口气略慢地说:"硬茬咋下呢?今天我觉着就够硬了,还咋硬?再硬就得到地区去打官司,我觉着咱们找丁常委找得太多了,我都有点不好意思了。"

靳向东瞅瞅他,口气慢慢地说:"办法多得很,就看你敢不敢下决心。白的不行,黑的还不行?"孙铁心里吃一惊,轻轻摇头说:"胡来的事儿咱们不能干。"

靳向东说:"孙书记,咱们一块儿多长时间了,你还不了解我?我是胡来的人吗?我是用智不用力。犯法的事儿咱不干,这你放心。至于怎么干,孙书记,我跟你只说到这里,你心里知道就行了,不要问。具体办事,我办。你什么都不用管。出了问题与你一点关系都没有。行不行?"

孙铁心里已默许了,嘴上还说:"你可把好原则,不要出线!出了线对咱两个都不好。"

常委们都出去了,曹兀龙还气得呼呼的,朱仕第劝了一阵才略好些。吕翠儿不放心,怕曹书记气坏了,抱着锣锣悄悄在窗口探看了好几回。曹兀龙看见了,心里温暖,但因要和朱仕第商量大事,就忍着没出去招呼。

曹兀龙一心想让靳向东去学习,现在已经不全是为了班子里的比例,还有他作为一把手的面子,说了的话没人理睬,他的权威受到了极大的挑战,这是他不能容忍的。他几乎咬牙切齿地说:"靳向东一定要叫去。还由他们了!"

朱仕第顶一下眼镜,慢慢说:"到这个地步,他不一定会去。"曹兀龙说："那不行！还由他们了！"朱仕第心里冷笑，想你光发火顶屁用，你拿出办法来呀。他等一阵，见曹兀龙不求他，只得慢慢说："其实，靳向东不去也没关系。他这阵儿可能已经到医院要证明去了，说他有什么病什么病，去不了，还就不太好办。"

曹兀龙说："他说腿关节不好，有啥关系！谁的腿关节好？"朱仕第还慢慢的，停一会儿才说："他要证明，就不一定说腿关节了。随便说一个不能去的病也不是什么难事。我想的是，就不要理他了，他说不能去就不要去。他不去，让孙铁去。"

曹兀龙一下睁大了眼睛，要能让孙铁去，比靳向东去更好！这下他虚心了，说："怎么让孙铁去？"朱仕第见他问，淡淡一笑，说："我猜着，中央为'老少边穷'培训干部，省上肯定要学样儿。北京学习的大家都已经知道了，就那样吧，靳向东去了好，他不去了也就不管他了。省上的培训班曹书记要早点下手，文件要是来，给鲍主任安顿一声，不要叫人知道，曹书记和省组织部的人联系一下，让他们直接下文，定到人头上。县上就不讨论。他孙铁不去，就是和省组织部顶牛。他可能没有那个胆子。"

曹兀龙心里叫了一声好，但嘴上却没说，他现在是一把手，不能让人觉得部下比他强。吕翠儿又在窗口一晃，曹兀龙装得仿佛没听见朱仕第的话似的，站起来说："小吕过来过去的有啥事吗？我去看一看。"说着起身走了。

朱仕第心里骂一声，想着再有主意也不给你说了。

5.小字报

孙铁和曹兀龙吵架的事很快就传开了。文戈听到后想，看来调出县革委会是不可避免了，他想，应该在调出前把那份材料公开，让大家知道他干了什么。群众没有权，但他们心里有秤。

他回到宿舍，取出材料来又看了一遍，取几张白纸，写了个说明，拿了胶水，在县革委会小礼堂里贴了一份。县招待所门前贴了一份。还没贴完，就被人围住了，一边看一边议论，说："哦，批曹兀龙的！"

他贴完，回去看杨红砚。这一阵为杨子厚的事，两人都穷忙，没有顾得说话，得跟她说会儿话了。

她明显瘦了，脸色也变得苍白，但似乎更清秀，有一种悲剧的美。他看着她，好一阵没说话。杨红砚也不说，只看着他。半晌，文戈说："我不知道说什么好。”

杨红砚低下头，默默地流了一阵泪。文戈倒掉脸盆里的冷水，倒点开水，又从地上提起铝壶掺了点，把毛巾洗了拧干，给她擦脸。她把毛巾捂脸上一阵，拿开后红着眼睛问：“你出去干啥去了？”

文戈说：“我把那份材料公开了。”杨红砚似乎并不奇怪，说：“我听说要调你走？”文戈说：“嗯。”杨红砚说：“你为什么不去找丁常委给你换个地方？地区需要人的地方多着呢。”文戈好一阵才说：“听天由命吧。”

说完，两人都无话，屋里沉默了。

许久，文戈说：“对不起，你需要帮助的时候，我却帮不上你。”杨红砚眼里又闪出泪花，说：“现在说这些还有什么用？”

又一阵沉默。两人都是满心的伤痕，想帮对方，却帮不上，想安慰对方，却没话可说。

【湖心月】无言两相对，如幻还如梦；凉唇默默，断肠寸寸，半湾秋水，一叶扁舟，两只孤魂。兰心酸似谜，红苦香忧，似有若无心头过，淡淡幽幽；一分愁，两分苦，三分痛。

小李到门口来,见门开着,两人静悄悄地坐着,都不说话,也小心起来,悄悄说:“文秘书,孙书记找你。”文戈点一下头,说知道了,迟迟疑疑站起来,对杨红砚说:“我去看一下。完了我再来。”

小李头前走了。文戈走几步碰见汪天鹏,站住说:“汪主任,前些天我听人说你调查材料的事儿,我现在告诉你,是我写的。打印也是我打印的。现在材料就贴在小礼堂里,你要想看就去看吧。”

汪天鹏没有思想准备,愣在那里。文戈点一下头,去找孙铁。原来孙铁知道材料的事了,说:“小文你干了这么大的事咋也不告诉我一声?你告诉我,我也好有个思想准备。这太突然了!”

文戈说:“谢谢孙书记。我主要是不想连累别人,所以谁也没告诉。”他马上转了话题,“我调动的事,让孙书记费心了。其实我调不调已经无所谓了,孙书记还和曹兀龙吵。”

孙铁见他知恩,也自高兴,说:“我那是应该的。咱们既然是一家人,就不说那些了。——哎,你写的那个材料还有没有?有了给我一份我细看看,街上人太多,挤得看不上。”

文戈说还有,去找,正碰上阮祥林找他。说:“我跟曹书记讲了,工地上需要一个人,曹书记同意了,让咱两个到工地上去。我马上要走,那边死人了,得赶快处理。你准备一下,后边来。好不好?”

原来阮祥林找了曹兀龙,说要带文戈到工地上去。曹兀龙正为和孙铁吵翻了,僵着下不来台,听阮祥林说,倒是个下台的机会,就顺水推舟答应了。

文戈没有思想准备,说:“那我算哪个单位的?”阮祥林笑了,说:“当然算县革委会的。咱两个一块儿去,调动就暂时不调了。你还是办公室的人。”

文戈想再和杨红砚说说话,告个别,就说:“行。那我准备一下就来。”阮祥林说:“那你就准备。也不要太急,准备好了再来。我先走。——哎,你写的那个材料还有吗?我没来得及看,有了给我一份,我带到路上看。”

文戈取了两份,一份给了阮祥林,一份送给孙铁。他急着想把到工地上去的消息赶快告诉杨红砚,就去说了。杨红砚心稍安,说:“这样也好。先稳着,再想办法吧。”

文戈问:“那你打算咋办?”杨红砚低了半晌头,说:“水泉县我是没法儿呆下去了。我想到地区去碰碰运气,看能不能调到那边去。”她感觉到文戈和丁义川的关系似乎有点微妙,就没说想去找丁义川的话。

文戈听了,心里突然难受起来,仿佛有种从此天各一方、不能再见面的感觉,但他强忍着,挣出一点笑来说:“也好。去看看吧。要是能到地区去,总比在这里死守着好。——准备啥时间走?”

杨红砚心里也十分难受,眼中旋着泪花儿,看着脚面说:“我想把我爸埋了就去。”一句话未完,眼泪扑簌簌下来了。她扯下毛巾来擦了擦脸,红着眼睛说:“我现在还不好说,不知道我能不能去得了。万一我去了,我会想办法把你也调过去。”

文戈心里更难受,不能帮她,还让她帮自己,他实在说不出话来,就低下了头。

6.新常委的补贴与老常委的坟

刘钟给杨子厚拍了份唁电,鲍日曙拿去给曹兀龙看,曹兀龙眉头皱起来了。唁电倒没啥,问题是刘钟远在千里之外,消息怎么传过去的?可见他人虽不在,这里的情况却都知道。曹兀龙心里乱乱的,重新感到了刘钟的威胁。他问鲍日曙是谁给刘钟传的信,鲍日曙茫然不知。曹兀龙挥手让他去,一个人看着电报发呆。

吕翠儿抱着锣锣,悄没声地进来。曹兀龙笑着点点头,起身逗一下锣锣,一股雪花膏的香味钻进鼻子里,他心里忽然堂堂的,想起了她的两只圆圆的白奶子。偷看一眼,发现那双毛茸茸的水杏眼也正瞅着他。一阵燥热迅速传遍全身,他手一举……突然,鲍日曙推门进来了。他在锣锣头上摸一下,冷下脸来问鲍日曙什么事。鲍日曙说:“杨常委的棺材已经做好了,啥时间埋?开不开追悼会?”

曹兀龙一向挺喜欢他小尾巴似的跟着,大事小事都给他报告,请他点头,这阵儿却有点讨厌他的多事唠叨,冷冷地说:“下午就埋。不开追悼会。开的干啥的追悼会?周总理、朱德逝世都不开追悼会,一个县委常委,开的干啥的追悼会!”

鲍日曙还不走,又说:“地区办公室也来过电话,问杨常委的事咱们咋办着呢?说要是开追悼会,他们可能得来人。”曹兀龙皱着眉头说:“你给说,就说我们不准备开追悼会,马上埋。队伍已经出发了,叫他们不要来人。——来了人又是麻烦。”

鲍日曙还不走,说:“坟怎么打?和铁书记的坟并排打,还是低一档?”曹兀龙一呆,这个问题他没考虑过,想想说:“低一档吧,低一档。铁书记是书记。”

鲍日曙点头应了,却还不走。曹兀龙心里烦大了,皱着眉催道:“赶快叫人打坟,赶快埋!越快越好!再不要放下又生事儿。你快走!”

鲍日曙听曹书记口气似乎不耐,往脸上瞅了一下。要是别人,可能早就退出去了,有事也会等书记心情好时再汇报,偏这位办公室主任自从上任以来,屁大点事都没有自己做过主,一来是他确实胆子小,不敢拿大,二来也要表现对小爷的尊崇,所以养成了事事请示的习惯,这么做的过程中,他也发现了,曹小爷虽然当着县委的大书记,却仿佛对管办公室的小事儿有特别爱好,甚至连门房几点关大门,汽车司机要买防滑链这样的具体事务都要请书记示下。所以,他虽然感到了书记的不耐,却理解成是对孙铁打坟干预的不满,所以仍旧不走,再次请示道:“哦,还有小事儿,”他瞅了吕翠儿一眼,“是关于吕常委的。”

曹兀龙本来眉头已经锁成疙瘩了,准备下逐客令,一听是关于吕翠儿的事,又把到嗓子眼上的一声怒喝咽了回去,说:“吕常委的啥事?”鲍日曙似乎感到了一点什么,有点小不安,说:“就是被褥的事。孙书记和靳常委来看了,嫌招待所的被褥不新,让买新的。我请示了朱常委,朱常委也同意了。曹书记看……”

曹兀龙眉头又拧紧了,十分不耐地说:“朱常委说了就按朱常委说的办!别的人说的以后不要管!”

有如此明确的指示,鲍日曙一颗悬着的心才彻底放下,高兴地答应一声,颠儿颠儿地跑了。

曹兀龙再看吕翠儿,她已坐在沙发里,锣锣正往她肩上爬。曹兀龙心中颇憾,失掉了一次时机。他心里想着别的事,就无话。吕翠儿见书记不说话,怕打扰他工作,悄悄问:“曹书记,杨常委下午埋,我去不去?”

曹兀龙说:“你就不去了。干啥去,你以前又不熟。又抱着个碎娃娃。干啥去。”吕翠儿说:“那我下午干啥?”

这倒把曹兀龙问住了。他想了想,说:“没事儿你到街上转一转商店,想买啥了买上点。——哦,你的补贴拿到了没有?”吕翠儿低了头说:“还没有。不急,慢慢儿他就给了。”

曹兀龙可不愿叫慢慢儿。他火气挺大地给鲍日曙打了电话,让他立即找杨天才,马上把吕翠儿的生活补助拿来。吕翠儿见曹书记如此关心,不知该说什么好,希望书记对她提点要求,无论什么要求,她都会答应,他却又不提。

两人说些闲话等杨天才,鲍日曙又来了,有点张皇地说:“曹书记咋办呢?孙书记说,杨常委的坟应该和铁书记并排,说都是常委,应该是平等的……咋办？”

曹兀龙一下火了，说：“谁给孙铁说的？”鲍日曙慌了，颤颤地说：“是我给打坟的人安顿，孙书记听到了。”曹兀龙喘一喘，怒怒地说：“低一档！书记就是书记，常委就是常委！书记和副书记都不一样，咋能和常委一样呢！要一样，还分啥书记常委，那都当书记去不就行了！”

鲍日曙答应一声，态度坚决地向外走。曹兀龙在后面嘱道：“你给打坟的说了就行了，再不要乱叫人知道！”鲍日曙已经走出几步去了，忙转回来答应一声，见书记再无话，才又走了。

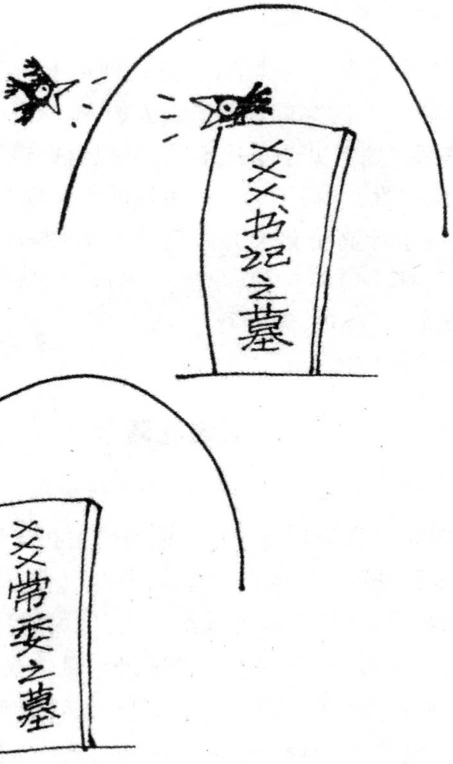

【叨叨令】活着要排“座次”，书记比常委高；死了要排“睡次”，常委比书记低。这帽子要紧！活着被它圈定，死亦难逃它手心！只是不知阎君，承认不承认？

杨天才来了,将三张十元的票子捻开成扇面状送到吕翠儿手里,拿着本本让她签字。吕翠儿为难了,她不会写字,不由脸就红了。曹兀龙看见,说杨天才道:“你写。你把吕常委名字写上,叫她按个手印。”杨天才便写了,印泥没拿,要去取,吕翠儿怕坐久了耽误曹书记的事儿,就告辞了,跟杨天才去财务室按了手印。

吕翠儿回到自己房间,拿出票子来看了又看,眼中泪花闪烁,终于忍不住哭起来。从打她生下来到现在,还没拿过这么多钱。她娘家就不富裕,婆家更苦,一元钱装身上,也觉得是个大数目,十元的大票子,只在干部身上见过,社员们谁拿过!她看一阵,抚一阵,在脸上贴一贴,小心翼翼地让锣锣拿一拿,最后将二十元用别针别在衬衣底襟上,留下十元准备到街上买点东西。

下午,她听给杨子厚送葬的人走后,到街上转了转,扯了几尺蓝布,准备回去做件开常委会时穿的衣裳。别人的衣裳,总不好意思常借。给锣锣扯了身花布衣裳。她看见个小拨浪鼓,很想给锣锣买上,可一问价钱,竟然要五角五分,忍一忍,不买了。买两角钱的水果糖装口袋里,算是补偿。最后花了八角,买了斤高价猪肉并两只猪腰子,准备回去给冯彦虎炒了吃。他身子太虚了,那一晚耍过后,第二天乏得起都起不来,她心疼,虽然贵,但为给他补身子,她舍得。

7.金花陨落

下午,靳向东没有去埋杨子厚。他悄悄去找梁天佐,说:“找几个人,我要办件事。”梁天佐问:“黑的白的?”靳向东沉吟一下,说:“就算黑的吧。”梁天佐说:“那我先声明,人我可以给你找,但黑的我不参加。”

靳向东呃了一呃,他的本意是让梁天佐具体操办,他在幕后,这一来,计划破产了。他知道疯子的脾气,狠了狠心说:“行。要小伙子,不怕死的。”梁天佐说:“几个?”“三四个吧。”“啥时候要?”“越快越好。今晚能找上最好。”“人现成,啥时间都行。但我得声明一句,咱两个的交道就打到这里,你从这个门里一出去,我再就不认识了。这件事儿与我一点关系都没有!你怎么和他们说,我不问,也不知道!”靳向东心里一拧,咬咬牙说:“行。”

从梁天佐那里出来,靳向东有点犹豫了,要自己亲自出面,值不值得?他思前想后,一天都没拿定主意。晚上,他还犹豫着,却鬼使神差似的,一个人悄悄地赴约去了。一间黑屋子,光线很暗,里面三个人,一个矬胖子,一个瘦高,一个矮点。他一进去,就闻到一股刺鼻的汽油味,便知道是车队搞修理的临时工。他进去看了看,说:“认得我吗?”几个都说:“认得!靳常委,谁还不认得!”

靳向东看看他们,又问:“认得我吗?”两个矮的说:“认得。”靳向东第三遍问:“认得我吗?”矬胖子要开口,被瘦高个捅了一下,说:“不认得!”两个矮的明白过来,也忙说:“哦,不认得,不认得。”

靳向东这才满意了,说:“把你们的名字说一遍。我得认识你们。免得以后你们转正的时候搞错人。”

三个人一下活跃起来,他们当了多年临时工了,就因为不认识当官的,一直转不了正,这下好了,就各自报上名来。靳向东嗯嗯了几声,说他记住了,这才布置任务,说:“两项任务,两天时间,必须办得干干脆脆。第一件,你们每人画十张画,多了更好。纸笔都自己找。画一个男人和一个女人干那事。明白吗?那事!”

三人都说:“明白。”靳向东说:“男人要戴眼镜。女人两条短辫子。画得不像不要紧,有那么个意思就行了。男人旁边写朱仕第。女人旁边写金秋影。”几个人又活跃起来,说:“哦,是这一对儿啊!”

靳向东说:“画完,自己找糨子贴去。把街上贴满。三个地方是必须有的:县革委会门口,招待所门口,文化馆门口。不要想糊弄我,我可是要检查的!”三个人都说:“这个容易!没问题!”

靳向东又说:“第二件……”他说了一句“第二件”,突然打住了,低头想了半晌,一挥手说:“算了,就一件!只让你们把这一件事办好,将来转正就有希望了。”

三个人都松了口气,说:“保证没问题!”

第二天街上就出了怪事。朱仕第眼睛近视,再加上他还有那么股劲儿,走路直着身子,目不斜视,去上班,见街上一簇一簇的人在看什么,他也不以为意,照样走他的。谁知到县革委会门口,也有一堆人围着。他见小李也在,问了一声,小李却支支吾吾不肯说。

他心里一疑,正要再问,老冯出来了,见一堆人,便走过去,只看了一眼,就喊起来:“走!走!走!都走!有啥好看的!”不由分说,将人轰散,一把将墙上的纸撕下来,揉一揉,捏在手心里。

朱仕第不走了,问:“啥东西?”老冯犹豫了犹豫,说:“哎,娃娃们画着耍的。”朱仕第看他的神情,知道不是随便的东西,说:“我看看。”老冯无奈了,说:“朱常委到我屋里。”

朱仕第一下感到了事态的严重,跟老冯进去。老冯关上门,悄悄说:“朱常委不要生气。我觉着这是有人故意搞破坏。”说着,把手里揉成团的纸展开给朱仕第看。朱仕第一看:一男一女在干那事,男的旁写着他的名字,女的旁写着金秋影。他头“嗡”的一声,全身的血都仿佛要炸了。

老冯还细声慢语地说:“我早上一起来就发现了一张。我开大门呢,门上贴着一张,我赶紧撕了。我当光那一张,谁知道还有一张。”他说着,把先撕来的那张也给朱仕第看。

朱仕第心里想,岂止这一张,只怕满街全是了。他还沉得住气,说:“老冯,这事暂时不要传。这两张,我先拿去了。”老冯说:“那你不用嘱咐,我几十岁的人了,这还能不知道。”

朱仕第没有进自己办公室,先到曹兀龙那里,谁知鲍日曙已在那里了。朱仕第一看,曹兀龙桌上也放着这么一张,就知道是鲍日曙给送来的。他把那两张也拿出来放曹兀龙桌上,说:“这儿还有两张。”

曹兀龙显得很生气,对鲍日曙说:“这是诬蔑!诬蔑!你给公安局打个电话,叫他们赶快来个局长。这事要查呢!要彻底地查!”

鲍日曙要走,被朱仕第叫住了。他说:“曹书记,街上可能还有,最好能叫公安局先派几个人各处走走,先把证据收集起来,将来查也好查了。”

曹兀龙点头,对鲍日曙说:“对。你给公安局打电话,先派几个人把东西都撕了。叫他们局长来我这里。”

鲍日曙走了。朱仕第慢慢地说:“我有个担心,金秋影可能承受不了这个。女同志一般都比较脆弱,她——还和别的人不太一样。一来年龄比较大了,人特别敏感,她周围的人都不大敢在她跟前说敏感的话题,一不注意就惹出麻烦来了;二来我觉得,她的精神不是……当然,这要看怎么说了。我主要是担心,这事儿要让她知道了,可能会出麻烦。我现在不好出面了……”

曹兀龙听出一些意思来,但还不是很明白,说:“那你说怎么办?”朱仕第沉吟,说:“我……也没想好该怎么办?”他是真的没想好该怎么办。他还从来没有这么束手无策过。

曹兀龙倒高兴,朱仕第从来都是无所不能的样,叫人又妒又恨,他也有无能为力的时候。曹兀龙倒有主意了,说:“是不是叫妇联派个有经验的女同志去给做做工作?”朱仕第忙点头,说:“好。我也正这么想。”

曹兀龙二话不说,立即打电话要妇联,他本来是想叫杨秀芳来,来的却是杨冰。他问:“你们主任呢?”杨冰说:“杨主任病了,到医院去了。”曹兀龙问:“啥病?啥时候回来?”杨冰说:“重感冒,吊针着呢。”

曹兀龙见她太年轻,犹豫一阵,打发她回去了。找了何玮婉来,把画给她看了,嘱咐让她去给金秋影做思想工作。

然而,还是晚了一步。何玮婉去文化馆时,金秋影已气死过去两次了。第二次醒来,她大叫大嚷,又跳又闹,说不活了,要撞墙,要抹脖子,还要上吊,文艺队几个队员整得满头大汗都拉不住,风能吹倒的何玮婉哪里能到跟前。她只能远远地看着,看过多时,知道这么拉劝不是办法,到医院去叫了大夫来,给打了一针,才渐渐睡去了。

几个拉劝的人这才松了口气,歇着,却又担心,醒来要再闹,怎么办?谁也没有办法。问大夫,她醒来会怎么样?大夫摇头说:“不好说。只有等她醒来再看。”

后来,她醒了,开始没意识,等有意识了,想起了那画,又闹起来。一整天,大家实在受不了,只好又找大夫。大夫摇头了,说:“这么打针不是办法。”问他什么才是办法,他犹豫好久才说:“看这个情况,她是受刺激了,只能送精神病院。”

这话把大家吓着了,没人敢做主。单位领导和家里人商量,家里人也给闹怕了,只好送。

救护车开走时,全文化馆的人都出来送行,没有人说话,气氛压抑得像是送殡。

8.万般皆下品,唯有当官高

梁拯华经过抢救,命保住了,双眼却瞎了。送回县医院来养伤,却让陈召凤为了难。不去看吧,是水电局的职工,情理上说不过去;去看吧,这个呆子得罪过曹书记,要是曹书记嫌他们和梁拯华打得火热怎么办?

段有德被陈召凤提拔成秘书了,颇得陈召凤信任。和他商量,段有德说:“咱们悄悄儿去看一看,不要让曹书记知道行不行?”陈召凤摇头,说:“那不行。咱们两个大活人,能瞒过人吗?”想来想去,只有请示曹书记,就打电话过去探口风,说:“曹书记,我们局梁拯华的事你知道了吧?人送回来了,在县医院里,你说咋办呢?”

曹兀龙没明白,说:“你啥意思?”陈召凤似乎有些为难,说:“唔——,咋说呢?按说,也算我们单位的职工,又出了这么大的事,两个眼睛全瞎了,我们应该去医院看一看。可是,他又是那么个情况,弟兄四个,两个专政着呢,我们去看合适不合适?”

曹兀龙早把这事丢一边儿了,他就是想整治他一下,让他受点苦,并不想再怎么样,遂说:“这还问啥,应该看,那是你们的职工,两个眼睛都瞎了,还不去看一看。”

陈召凤大松一口气,立即叫上段有德,买了二斤饼干,二斤点心,提了到医院去看梁拯华。

梁拯华整个头都被纱布缠着,外面只露着鼻子和嘴巴。听陈局长和爱徒来看他,倒高兴,说了许多话。这之后,陈召凤不大来了,段有德还隔三岔五地来看看。

一日,段有德又来了。梁拯华拿出两把钥匙,说:“这两把钥匙给你。一把门上的,一把是我书柜上的。我眼睛不行了,书都给你吧。你有空了都搬过去。”

段有德接住钥匙,听他如此说,却犹豫了。梁拯华看不见爱徒的表情,还沉浸在自己的世界里,叹道:“唉,人一辈子不容易啊!说看不见,一下就看不见了!那些书是我这半辈子积攒的,就这么送了人,还真有点舍不得。可是,没办法,看不见了!”

他说完半晌,没听到爱徒的声音,问:“你在吗?咋不说话?”段有德为难了,吭吭哧哧半晌才说:“梁老师,我……不能拿你的书。那是你半辈子的心血,我咋能拿。”

梁拯华以为是爱徒心疼他,说:“唉,我看不见了,留下有啥用?没用了。一点用都没有了!你拿去。都拿去。书就是让人读的,看不见了还霸占下不给人有啥意思!拿去!拿去!你拿去让它好好发挥作用。在我这里没有用了。”

段有德吭哧半天才说:“梁老师,我……”梁拯华听出一点不对劲了,说:“你有啥为难吗?我不向你要钱!我送你的!我看不见了送你的!你不要以为我会向你要钱!”

段有德觉得难以启齿,但不说又不行,只得说:“梁老师,我不是怕你要钱。是我……是我没用处。”

梁拯华一呃,说:“没用处?咋会没用处?那可都是好书啊,咋会没用处!你搞水利,那些书都是非用不可的,咋会没用处?你不要胡说了,拿去!我看不见了,放我那里才没用处!”

段有德不得不说:“梁老师,我现在不搞专业了。陈局长叫我给局里当秘书。”

梁拯华愣了半晌,说:“什么?你当秘书?怎么会呢?你怎么会当秘书呢?秘书是写写画画的事,你怎么会当秘书呢?”

段有德说："我没办法。陈局长叫我当呢，我不能不服从。"梁拯华激动起来，说："局里能当秘书的人太多了，随便拉一个就能当，为什么叫你当？你是专业人员，怎么能叫你当秘书！你不要怕，我给陈局长说，专业人员不能随便抽。你怎么可以当秘书？"

他说着就要下床去找陈召凤。段有德没法了，只得说："梁老师，你不要去说了。是我自己愿意。"

梁拯华呆住了，半晌没说出话来，张着嘴轻轻说："你自己愿意？"段有德说："我没办法。"

梁拯华又燃起一丝希望，说："你到底是没办法，还是愿意？你要是没办法，不要你开口，我找陈局长说。你要是自己愿意，我就……没话说了。"

至此，段有德不得不说实话了，他也挺痛苦，说："梁老师，我自己愿意。你不要骂我。我就这么没出息，我搞不了专业。我就是学到你的程度，还不是……用不上。现在谁还把搞专业的当回事儿！何况我何年何月才能学到梁老师的程度？你说是不是，梁老师？"

梁拯华呆了，好久，才点点头说："对，对。对着呢！当秘书好！当秘书好！当秘书可以升官，先升副局长，再升局长，再升县常委……好！当秘书好！搞专业有啥好？对不对？搞到头，还不是和我一样！你该学习人家张铁生[①]的！不要学我！好！好！好！你当秘书吧！万般皆下品，唯有当官高啊！当秘书好！秘书是准官嘛！"

他不再说话了，沉默了整整一天。

第二天，他叫人找来一个社员，给他五元钱，说："你找个塑料桶，给我打五斤煤油。剩下的钱归你了。你提到这里来，我还有点小活儿，你干了我再给你五块钱。行不行？"

那社员高兴得什么似的，他劳动一天，也就能挣两角钱，这一下挣几块，是天上掉馅饼的事，岂有不愿意的。他高高兴兴答应了，真就去买了五斤煤油。梁拯华给护士请了假，让社员拉着，到他单位上去。

他开了自己的房门，摸到书柜前，打开书柜，摸了半天，似有不忍之意，他一本一本把书抽出来，摸一摸，交给社员扔到院子里。社员问："这么好的书，丢院子里干啥？"梁拯华说："没用处了。"社员说："你要没用处了，我拿两本卷烟行不行？"梁拯华说："行，你拿吧。"

注解：

①张铁生是有名的"白卷先生"。因考试交白卷而飞黄腾达，当了辽宁省常委。

他真就拣了两本厚的放一边了。梁拯华摸到一本精装本，他停下手，摸了又摸，知道是《水利手册》，实在舍不得，就悄悄放柜顶上了。他在心里哄自己：就当是忘那儿了吧。

单位上人见他往院子里扔书，跑来问：“你咋把书扔院子里了？”梁拯华说：“没用处了，烧！”别人以为他开玩笑，也没当回事。

整整一柜子书全搬出去了，他叫社员把煤油倒书堆上。社员有点舍不得，说：“你真要烧啊？太可惜了，烧了干啥？”梁拯华说：“烧！你别管！知识越多越反动，现在谁还看书！”

社员无法，只得听他的。他自己摸索着划了根火柴，凑到书堆上，“轰”的一声，烧起来了。他后退几步，用脸和手感觉着大火的热气。

火惊动了单位上的职工，有几个跑出来看。段有德也出来了。他见梁拯华在烧书，脸忽然变了色，嘴唇哆嗦着，说不出话来。陈召凤也出来了，走近去说：“老梁，你咋了？咋把书烧了？”几个职工也说：“哟，多可惜，咋把书烧了？”

梁拯华说：“谁说可惜？陈局长，是你说可惜吗？谁要觉着可惜就把火扑灭拿着去！谁要？谁要？”

没有人说话。只陈召凤低说一句：“这个疯子！”转身走了。有几个不走，都定定地看着。

段有德退回到办公室里了。他锁上门，一个人呆呆地站窗口往外看。看着看着，腿慢慢软了，朝老师的方向轻轻跪了下去。他张大嘴，无声地叫了一声“老师——！”便将头埋在两臂间，嘤嘤地哭起来。

屋外，梁拯华棍子似的呆站着。那火越烧越旺，黑红的火焰被风吹着，忽左忽右地乱摆。社员找了枝树棍儿拨搅。灰白的纸灰颤抖抖地飘起来，挣扎着飘一飘，又落到地上，死去了……

9.铲除了玫瑰花的土地

文戈随阮祥林去了工地。临行前，杨红砚送了他一个笔记本，第一页写着：“不满是向上的车轮，能够载着不自满的民族向人道前进，多有不自满的民族，永远前进，永远有希望。”文戈惭愧自己的粗心，只顾了应付窘境，竟忘了给她留点纪念。他不好意思地说：“对不起，我没有准备，我去工地后给你寄。”杨红砚摇摇头，说：“寄不寄都无所谓，心里有比什么都珍贵。”

文戈的去工地，曹兀龙心里仿佛拔掉颗钉子般舒坦，而且，这给他打开了一条思路，不久，也把肖宗泉调去搞宣传。他口头上说是支持工地上的工作,但谁心里都明白,他是在拔钉子,办公室几个秘书,没有一个和他亲近的,要么和刘钟好,要么和孙铁关系密切,所以他一有机会就向外排挤。阮祥林是来者不拒,他也有自己的主意,一来他无能为力,二来也为储备干部,等待形势好转。

邢小同也未能幸免,这个老右派的儿子,表面上小小心心,背地里竟和孙铁有勾结,他不是办公室秘书,你孙铁还能找什么借口阻拦!此时,鲍日曙的组织部长批下来了,他让鲍日曙直接下文,把邢小同调县地震台去。

汪天鹏听说了,跑来说:"打字室的常菊墨不应该留革委会。文戈的那份材料,肯定是她打印的。你想,马秀娟当时不在。白梦媛不可能为他打。还有谁?他们的关系早先就好,不是她打的还能有谁!文戈给人说是他自己打的,根本不可能,那是给人打马虎眼着呢,谁信!"

这话说得有理。曹兀龙点头说:"对着呢,调出去。找个偏僻公社叫她蹲着去。"鲍日曙在旁,听了说:"那就还有个扁嘴呢。"汪天鹏知道说的是李锦竹,点头道:"就是。你不要看那个扁嘴,嘴扁得像吃了野狐豌豆,一天阴阳怪气的话还多得很。"

此时的曹兀龙,觉得水泉王已经做成,说话就是颁旨,仿佛一句话就可扫平天下,他要充分显示豪情,果决地一挥手,说:"调!发得远远的,爱说怪话,发到哪个山旮旯里叫他慢慢儿说去。"

鲍日曙应了,又说:"那兰曼曼呢?"提到兰曼曼,曹兀龙心里略略犹豫了一下,那个小小的妙人儿在他面前战兢兢的形象在心头一闪,他几乎就要放她一马了,却听鲍日曙又说:"邢小同一调,兰曼曼心里肯定不高兴,留革委会还是咱们的害。那表面上不说,背后跟咱们捣鬼,防都不好防。"曹兀龙眉头攒了一下,他不能容忍那个戴眼镜的小上海,更不能容忍兰曼曼和小上海好,他一摆头说:"调!发得远远儿的叫她蹲着去。"

鲍日曙说:"行。——办公室再调人吗?文戈、肖宗泉一走,办公室就没人了?"曹兀龙想了想,在桌上一堆乱纸里翻,半晌翻出一封信,抽出看了看,说:"把这个岳洪全调来。我看这个人水平挺不错的。"

鲍日曙接过去看了看,是写给曹书记的信,写了满满两页,尽是称颂曹兀龙功德的,署名不是"岳洪全",是"邱洪全",知道曹书记不认识"邱"字,不敢说,悄悄装进信封里。

文很快就下了。邢小同到地震台报道,把土地电也带过去了,给台里报告了这些天土地电异常的情况,说东北一带可能有大地震。这个情况他早就发现了,却怕报错了引起混乱,他家庭出身不好,得吃不了兜着走。地震台因有内部试报机制,就不用担这些心,所以一到台里就报告了。

谁知天缘凑巧,他刚报了没几天,七月二十八日,唐山大地震发生了,死了几十万人。省地震大队一下注意了邢小同,准备调他,一打听,他家庭出身不好,又放下了。

白梦媛肚子越来越大,连她母亲也看出来了。

本来,她有两次机会做掉。第一次,杨红砚让兰曼曼联系地区医院的熟人给做,刚联系好,恰被隔离审查,兰曼曼不知道杨红砚是给谁联系的,线就断了。第二次,是肖宗泉求的兰曼曼,也是刚联系好,他却被抽到工地上去了,又没做成。肖宗泉出面,兰曼曼猜到是谁了,但因没有说明,她不敢和白梦媛讲,就又错过了机会。后来兰曼曼调出去了,白梦媛便没了法儿。

她母亲是很封建的人,出了这种事,觉得脸没地方搁,差点没气死。悄悄叫回家去,在村里找了个老娘婆,又是踩,又是揉,又是乱吃药,孩子是弄下来了,却止不住大出血,等发现情况不好要送医院时,已经晚了。

白梦媛在世时,人们似乎并没有觉得她有多可爱,一旦离开人世,才都觉得可怜可惜。她母亲哭得死去活来,却无法挽回。老娘婆是她们自己找来的,又不敢声张,只有自认倒霉。可怜一条年轻生命,就这么像风筝一样轻轻飘去了。

杨红砚还算幸运,丁义川肯帮忙,给联系到地区养蜂站了。养蜂站是自负盈亏单位,经营状况不大好,发工资都困难,稍有点门路的人,谁也不愿到那里去。但杨红砚因出过事,又受了处分,和劳改释放犯差不多的人,人家肯接收就是很给面子了,哪里还敢讲条件。临行前,她收到文戈从工地寄来的笔记本,翻开第一页,上面写着:

玫瑰花能被铲除,
但,
无论谁,
都铲除不了大地;
这使我们安慰,
只要大地在,
迟早,
总会有新的、带刺的玫瑰花长出来!

10.一统水泉

八月初,省组织部下通知,让孙铁到省农学院学习半年。原来果如朱仕第所料，省上学中央，在农学院培训干部，曹兀龙早找了地区，又借开会之机找了省组织部，报了孙铁的名。两处因是县委一把手来报名，自然没有不同意的理，就记下了，时间一到，直接下通知让去人。孙铁才知中了人家的圈套，却无法可想，只得憋着一肚子想报复的怨气去了。

曹兀龙就等着这一天。孙铁一走，常委就剩了他、朱仕第、吕翠儿、靳向东和陈玉玺五个人。曹、朱、吕三人都由曹兀龙做主，陈玉玺不敢公开反对，只剩靳向东一个就没什么可怕的了。即使靳和陈两个都反对，也是少数，所以曹兀龙就开始公社和县级机关班子大调整了。

这时的所谓常委会，实际就是用合法的形式表达曹兀龙的主意。靳向东能反对的就反对，但势单力薄，起不了什么作用。朱仕第是有看法的，但他被那张漫画折磨得够呛，只想早日离开水泉回上海，手续都办了半拉，自然什么都不放在心上。

因此，常委会基本是曹兀龙一个说了算。姬建华终于从林丰公社调出来，到石寨公社当了书记。段梦熊还妄想当常委，曹兀龙若全力推荐，此时是能通过的，可曹兀龙心里担忧他桀骜不驯，怕当了常委不好驾驭，便假意讨论了一次。靳向东反对。朱仕第说得模棱两可。吕翠儿说听曹书记的。陈玉玺说，要不暂时缓一缓。曹兀龙就以“常委会没通过”为由，搪塞了一下完事。但又不能十分冷落他，遂让他当了林丰公社书记。段梦熊倒也知足，知道当常委不容易，能得到林丰这个肥缺，也不再说什么，仍一心一意跟着曹兀龙干。

其余的人，或升或迁，只要是紧跟曹兀龙的，都程度不同地得到了好处。邱洪全名正言顺，以常委会的名义调到县委办公室当秘书。汪天鹏心里想着要补杨子厚的缺，自思条件不如陈召凤，便不提起。曹兀龙倒是想让陈召凤上，可惜报上去地委嫌年龄偏大，没批准。又报鲍日曙。将陈召凤的侄子调县团委当书记，后又调办公室当主任，算是补偿了。鲍日曙能力远不及陈召凤，也不及汪天鹏和段梦熊，可他年轻，硬指标上占便宜，报上去就批下来了。

曹兀龙春风得意，梦想着他的水泉王做成了。狡兔死，走狗烹，水泉已定，朱仕第没什么用了，反催着他办了手续，让他走了。他事事顺心，只是到地委开会，发现东平县的黄永年坐的黑色硬壳卧车，再看自己的帆布篷吉普，气魄远不如人家，心里突然不平衡起来，心想，都是县委书记，他能坐，我为什么不能？回到县上就作了项决定：买卧车！

他有股雷厉风行的劲，说干就干，立即亲自到省城去看车，买了辆比黄永年还高级的。他心满意足，坐着回水泉，半路上却听到了毛主席逝世的消息。他不由自主地心跳起来,本能地觉得有情况要发生。

那是一九七六年九月九日,不到一个月,传来了打倒“四人帮”的消息。全国人民兴高采烈地庆祝。曹兀龙却心惊肉跳,不知道下一步会出现什么情况。

果然,不久,省委的实权派副书记洪青山去北京参加转弯子“学习班”,还未结束,就被免去了省委副书记职务。曹兀龙更慌了。

时间不长,地区的熊庆来书记和丁义川常委也进了省上办的“学习班”。马大展主持了地委工作,曹兀龙更是惶惶不可终日。不久接到通知,让他同孙铁、靳向东一起到地区的“学习班”报到。孙铁学习尚未结束,是半道儿从农学院叫回来的。“学习班”是个好听的名字,谁都清楚,那是“撤职”的前奏。这对他的打击很大。靳向东不服,问孙铁道:“你说,我们响应号召造反,错在哪儿了?得了这么个下场!”孙铁好半天才摇摇头,说:“你问我,我问谁去?我现在后悔的是,想回去当个老老实实的工人都不行了!”

地区派吴锷带领工作组进驻水泉县,接替曹兀龙代理书记。水泉县的“龙时代”正式结束了,新的一圈怎么走法,谁也不知道。

冯彦虎听说曹兀龙进了“学习班”,精神颓丧,只有夜夜和吕翠儿勾当发泄郁闷。他早被女色掏空了身子,此时全靠“金枪不倒丸”支撑,一粒已经不起作用,每次都加一粒,上年岁的人,哪里经得住,竟在一次勾当后死在吕翠儿的肚子上。

这是个多雪的冬天。李映送曹兀龙去地区参加“学习班”。临行前,又下了场大雪,前一场雪尚未化尽,在路上轧成了冰,现在又加了一层雪,这种夹层的冰雪路最难行,何况还是魔鬼山路,吉普车没带防滑链,县委唯一的一副防滑链装在轿车上,此时却成了吴锷的坐骑。曹兀龙后悔当初只顾了和孙铁作对,嫌他跑地区跑乡下太勤,硬不让鲍日曙给别的车配防滑链,此时有口难开,只好把命交给老天爷,慢慢向前磨。

天、地、山、路一片白,分不清哪是山哪是路。行到照壁山,两人同时把目光扫向左边,那里有一个小红点,在这一片白茫茫中显得特别显眼。近前看时,是铁首仁和杨子厚的坟圈,围墙倒了几堵,一个红衣女子跪在坟前烧纸。李映点点头,说:“哦,今天农历十月一,杨红砚给她爸送寒衣来了。”

曹兀龙没说话,他突然觉得莫名的孤单和寒冷。

吉普慢慢向前走着。

大雪纷纷扬扬,无声地下着。

吉普车渐渐成了个小黑点。

不久,小黑点也不见了,只剩下一片铺天盖地寂静的白茫茫。

图书在版编目（CIP）数据

一朝权在手/南台著．－北京：作家出版社，2009.8
ISBN 978－7－5063－4737－2

Ⅰ.一… Ⅱ.南… Ⅲ.长篇小说－中国－当代
Ⅳ.I247.5

中国版本图书馆 CIP 数据核字（2009）第 077586 号

一朝权在手

作者：南　台
责任编辑：雷　容
装帧设计：曹全弘
漫画作者：何富成
出版发行：作家出版社
社址：北京农展馆南里 10 号　　**邮码：**100125
电话传真：86－10－65930756（出版发行部）
86－10－65004079（总编室）
86－10－65015116（邮购部）
E－mail：zuojia@zuojia.net.cn
http://www.zuojia.net.cn
印刷：北京谊兴印刷有限公司
成品尺寸：152×230
字数：410 千
印张：31　　**插页：**1
版次：2009 年 8 月第 1 版
印次：2009 年 8 月第 1 次印刷
ISBN 978－7－5063－4737－2
定价：33.00 元